敘事新聞與
數位敘事

林東泰　著

五南圖書出版公司 印行

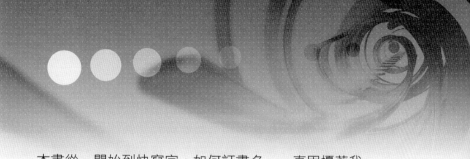

自序

本書從一開始到快寫完，如何訂書名，一直困擾著我。

最開始的時候，因為著眼於本書旨在結合新聞傳播與敘事理論，所以打算訂名為：新聞敘事研究（The Study of News in Narrative Form）。但是又怕用「研究」一詞，會不會太過嚴肅枯燥？可是若直接用：新聞敘事，似乎又缺乏鮮明主軸。

直到本書快寫完，才警覺過來，不應只侷限於討論新聞傳播與敘事學的跨域融合，更應該著重雙方彼此的相互影響和互利互惠。譬如說，新聞傳播領域可以從敘事理論學到什麼？如何將敘事理論運用到新聞傳播研究和理論建構；另方面，新聞傳播能為敘事學作出什麼貢獻？能否擴充敘事理論研究範疇和視野？

尤其是在書寫第11章〈從敘事新聞到數位敘事時代〉，感受更深。一方面有感於敘事新聞挑戰傳統新聞寫作格局的艱辛歷程，另方面更感受到數位敘事、網路線上敘事、機器自動產製新聞等新興科技，對新聞教育與新聞實務界的嚴厲衝擊。一邊撰寫、一邊內心激動不已，忽然之間，豁然開朗、清明醒悟，原來敘事新聞就是面對機器數位敘事的一劑解藥祕方。因為敘事新聞強調的深度訪談，乃是機器無法執行的任務，只有敘事新聞才能力挽新聞記者被機器取代的危機，所以面對數位敘事時代的來臨，敘事新聞更突顯它的時代意義。

由於這些念頭的轉折，於是決定將書名訂為《敘事新聞與數位敘事》（Narrative Journalism and Digital Narrative）。書名的前一部分「敘事新聞」，是新聞學運用敘事技法的寫作風格，有別於傳統新聞學5W1H倒寶塔式的寫作風格；書名後半部分「數位敘事」，則是針對網路數位敘事已然成為不可抗逆的時代趨勢，尤其看到全球幾家頂尖新聞媒體，已紛紛執行數位撰寫新聞的實務工

作，相信在數位時代的巨浪之下，數位敘事也是新聞媒體不可抗拒的潮流。

有鑑於此，所以本書就決定將書名訂為《敘事新聞與數位敘事》。這個書名，一來既有新鮮感，因為國內尚未有敘事新聞的相關書籍；二來也有未來意識，因為整個新聞產業和新聞教育都正在面對數位敘事的挑戰；三來更可突顯敘事新聞與數位敘事之間的相生相剋關係，數位敘事就是網路資通科技學習敘事理論，自動產製機器新聞，而敘事新聞則藉由記者深訪人性的聲音，來對抗數位敘事。

在敘事新聞方面，藉由本書的撰寫，自己也學習了許多，尤其要感謝馬驥伸老師，知道我在撰寫有關敘事新聞，不僅提供許多寶貴意見，也送了我近20本文學新聞和新新聞相關西文書籍，讓我對它們有更深入的瞭解。

本書最後在收尾的時候，才發現竟然寫了50餘萬字。不行太多了，因為字多，書就得賣貴，那麼學生就不想買、不會買了，所以只好大幅刪減成40萬字左右，以符合市場需求。但初稿印出來，共有576頁，還是太多，所以再刪減至目前400頁左右。

要感謝臺師大提供豐沛教學研究資源，在臺師大大傳所開設幾年的新聞敘事研究課程，真可謂教學相長，與學生互動過程，自己增進不少。尤其在退休前休假1年，方能靜下心來完成這本書。同時，連續6年在《中華傳播學會》年會發表相關論文，與學界同僚互動，也讓我學習許多。也要感謝臺師大同仁們和許多好朋友，給我許多精神上的鼓勵，也感謝臺師大大傳所研究生陳盈卉同學的協助校對。也要感謝五南圖書出版公司陳念祖副總編輯居中協調，以及李敏華編輯校對得有夠細心。

最後，今年諾貝爾文學獎頒給白俄羅斯記者斯維拉納‧亞歷塞維奇（Svetlana Alexievich），她的作品就是以敘事新聞手法呈現的紀實報導，對本書而言，也是正面的鼓勵。

目錄 Contents

第 1 章 ▶▶▶
新聞傳播結合敘事理論

第一節　新聞傳播爲何要跨域結合敘事理論

　　爲何新聞傳播要結合敘事學？這個議題已在新聞傳播學界談了將近20年，它至少可以從兩個面向來思考：其一，全球人文、社會科學界，近數10年在敘事轉向（narrative turn）（Barthes, 1977; Czarniawska, 2004）浪潮衝擊之下，所向披靡，新聞傳播領域只是追隨這股熱潮的後起之秀而已。其二，可歸因於新聞傳播學界的自我反思，因爲它既可藉由敘事學檢視傳統新聞報導技法，也可藉此增進敘事傳播效益，提升新聞可讀性和敘事性，不論對新聞教育界或新聞實務界，都可獲益匪淺，所以全球新聞傳播學術機構和實務界都在探討如何從雙方的交流融合，進而達成互利互惠。

壹、敘事浪潮襲捲整個學界

　　20世紀70年代，學術界掀起一波跨域、跨國、跨文化的敘事轉向浪潮，此一滔天巨浪，幾乎襲捲整個人文學科，包括文學、小說、歷史、傳記、藝術、美學等，無不受到敘事學深刻影響，掀起向敘事轉的典範轉移（paradigm shift）（Kuhn, 1962），這股浪潮繼而延伸至社會科學領域，包括人

類學、心理學、心理諮商治療、社工扶助、國際關係、地緣政治、新聞傳播等，也都紛紛追隨並融入敘事理論觀點。

甚至有關宇宙太空探祕、物種探源、環境保育等自然科學與生命科學，也都有如巨型敘事（grand narrative）（Lyotard, 1984），在闡釋自然與生命科學過程，充滿敘說故事的韻味。譬如史蒂芬・霍金（Stephen Hawking）的大爆炸理論（The Big Bang Theory），聽起來恍然就是一個巨型敘事，在敘說一個令人充滿好奇的宇宙起源。又如美國前副總統高爾在談論地球暖化議題，也就是採取敘說故事的手法，來說明地球暖化現象和未來可能發展趨勢。

面對整個人文、社科學術大環境受到敘事轉向典範轉移風潮的影響，身為社會科學一員的新聞傳播，當然無法置身事外，也會受到這股學術風潮影響。將近20年來也掀起一股新聞傳播結合敘事理論風潮，藉由敘事理論來檢視新聞敘事結構，不論對於報紙或電視新聞敘事結構研究都有豐碩成果（Anthonissen, 2003; Bell, 1991, 1998; Berger, 1997; Fulton, Huisman, Murphet, & Dunn, 2005; Hoskins & O'Loughlin, 2007; Montgomery, 2007; Scannell, 1991; van Dijk, 1988, 1991; 蔡琰、臧國仁，1999；林東泰，2011）。

除了最基礎的報紙與電視新聞的敘事結構之外，新聞傳播學界援引敘事學探究新聞傳播相關議題，可以說是21世紀之後的一股新興學術風潮，光是國內近幾年來，諸如新聞敘事、電視新聞敘事、電視戲劇敘事、電影敘事、影像敘事、跨媒體敘事、科普敘事、網路敘事、網路新聞敘事、創新敘事、旅行敘事、老人敘事、數位敘事等，以傳播敘事為核心的相關研究，就高達數十篇，可見這股風潮之熱烈。

貳、新聞與敘事的共同特徵：說故事

除了追隨整個學界敘事典範熱潮，新聞傳播結合敘事理論還有一個其他學術領域不能望其項背的重大理由，就是新聞傳播與敘事學都有一個共同特徵：都是在敘說故事。此一共同特徵乃是導致雙方一拍即合的基因，

尤其新聞更是向閱聽大眾敘說最新發生的活生生的真實故事。

新聞傳播與敘事乃是異曲同工，都以敘說故事為出發點，只是在傳統學術分類，彼此分屬不同敘事文類，所以今天新聞傳播跨域結合敘事理論，可說姻緣早定，只是雙方兩地相隔，一直沒有紅娘牽線，直到上個世紀末，紅娘才來輕叩門扉，結果雙方一拍即合，兩府聯姻喜事隨即熱烈展開，雙方遠親近鄰都齊相祝賀，各種新聞與敘事有關的研究議題紛紛出籠，充分展現新聞傳播結合敘事理論的熱鬧景象。

對於新聞學結合敘事學，其實就是基於一個簡單的命題，不論新聞報導或文學敘事，都是在敘說故事（story telling），說故事乃是人類最獨特且最具代表性的生活形式（MacIntyre, 1981/1990: 129），不少學者都特別強調，人類乃是說故事的動物（Fisher, 1984; Ricoeur, 1984），敘說故事就是人類的一種特質，也是人類一種獨特的生活方式。

只不過當我們提起新聞學或敘事學，就馬上直接聯想到新聞5W1H倒寶塔寫作獨特風格，或文學創作天馬行空的虛構小說，其實不論新聞寫作風格有多獨特，或者文學創作有多虛構不實，兩者之間都具有一個鮮明的共通性，都是在敘說故事，都各有專業、獨特的敘事形式和內容，都是在追求故事文本的敘事性（narrativity）。只要有好的故事題材，有好聽動人的故事情節，不論它是新聞還是文學創作小說，甚或電影或紀錄片等，都是受歡迎的故事。

新聞不僅和文學敘事一樣，也是在敘說故事、敘說各種最新的故事，也希望藉由新聞文本打動人心。尤其值得注意的是，新聞乃是當今人類每天出現數量最多的一種敘事文本類型，其數量之大，遠遠超乎其他任何領域文本的總和，可見人們對新聞故事的急切需求性。

但是，傳統5W1H寫作格式，似乎只是提供新聞事件的表象，較缺乏深度剖繪，如今適逢敘事風潮，正好給新聞學一個絕佳機會，既可藉此汲取敘事理論精華，擴展新聞學的視野和理論架構，也可在實務運作方面提升新聞寫作技法，提高新聞可讀性和敘事性，吸引更多的閱聽大眾。

參、檢討5W1H的新聞寫作格式

雖然說新聞與敘事具有共同特徵，都是在敘說故事，若仔細觀察，敘事與新聞不論在形式或內容，都還存在不小差異。

敘事理論淵源久遠，敘事文本的創作更是幾與人類歷史同長久。幾千年來人類留存下來的文學創作，何止萬千，但試問：哪二個敘事文本是相同的？哪二個文學創作的敘事結構是一模一樣的？可是，翻閱一、二百年來新聞史的發展，似乎就獨尊5W1H倒寶塔寫作格式。所以，新聞傳播若真想結合敘事學，不應只是為了攀附熱潮的5分鐘熱度而已，而應該務實地檢討到底新聞寫作與文學敘事，有何根本的差異，以及有無改善傳統新聞寫作格式的契機。

長久以來，新聞界不僅遵奉5W1H倒寶塔式寫作格式，並將此一格式運用到所有不同類型的新聞路線。但是，既然新聞路線有好多種、性質各異，理論上來說，不同新聞路線就應該各有不同的敘事焦點、不同的敘事訴求，所以不同的新聞路線，就可能有不同的新聞焦點和不同的寫作格式。

根據傳統新聞學的分類，新聞大概可分為硬性新聞和軟性新聞兩大類。所謂硬性新聞，指涉的是主題比較嚴肅、缺乏人情趣味，就像黨政新聞；或者內容比較硬梆梆、不得增減任何東西，就像財經新聞。在硬性的黨政新聞裡，從導言到最後一句話，都得正經八百，不宜穿插人情趣味素材，以免破壞整個新聞的調性。但這種限制，如今似乎已不再是絕對的禁止，偶爾也會看到諸多政治場景裡，冒出一些頗具人情趣味的插曲，令人莞爾。

軟性新聞像社會新聞、災難新聞、運動競技、影劇等類別新聞，基本上就比較沒有非得如何不可的框框，但是傳統新聞學長久以來，也沒有為軟性新聞特別另創一種軟性新聞寫作格式，都只有5W1H這麼一套。

不僅獨尊這套5W1H寫作格式，國內各家媒體近年來紛紛採取短小精幹的簡約風格，讓新聞愈來愈缺乏可讀性和敘事性，只是純粹提供簡要資

訊而已。在硬性新聞方面，國內平面主流媒體晚近就比較缺乏調查報導或深度專訪。在軟性新聞方面，也比較少名人特寫之類的特稿。

美國主流平面媒體在這方面，有完全不一樣的作為。美國早在20世紀60、70年代，就有所謂非虛構小說和「新新聞」寫作風格的出現，許多美國重量級報紙和新聞雜誌，都相當重視這種新新聞寫作風格。雖然「新新聞」這種寫作風格，曾經引發不少爭議，論辯到底新聞能否援引敘事創作手法。但最近美國學界反而開始重視敘事新聞（narrative journalism）的報導手法，像哈佛大學於2001年就成立尼曼敘事新聞中心（Nieman Program on Narrative Journalism），其目的就是要發展敘事新聞，將敘事技法融入新聞報導裡頭。

這種敘事新聞的主要敘事技法，無非就是跳脫傳統新聞學5W1H倒寶塔寫作格式，汲取敘事創作形式手法，但是內容卻都是真實事件，它與傳統新聞學主要差別在於，它不僅重視新聞事件人物角色、場景、行動等相關資訊的描繪，更強調要有人性的聲音，也就是要與事件當事人對話，而且要深入對話、訪談。敘事新聞就是要藉由這些敘事元素的深描，將閱聽大眾帶進新聞事件現場，讓閱聽大眾有如親臨事件現場，並且站在當事人或受害者的內心世界和立場，去體會該事件，將人性的聲音帶進新聞裡頭。

敘事新聞這種敘事手法，當然遠比傳統新聞報導更有看頭，更能激起閱聽大眾的興趣，所以除了哈佛大學之外，其他許多美國大學如波士頓大學、華盛頓大學、喬治華盛頓大學、奧勒岡大學、印第安納大學、紐約大學等，也都紛紛推出類似的課程或學程，其目的就是要提升新聞的可讀性、敘事性。

肆、新聞實務的默識學習，可藉由敘事學予以理論化

國內新聞記者不論在學或在職的實務養成訓練，長久以來都是依靠默識（tacit knowledge）學習模式（Polanyi, 1969, 1998; Sternberg & Wagner, 1992; Wagner & Sternberg, 1985；鍾蔚文、臧國仁，1995；臧國仁、鍾蔚

文、楊怡珊，1999），這種老手帶生手邊看邊學的學習模式，主要是因為新聞實務缺乏理論的概念性界定和操作型實踐程序指引，所以新聞傳播系所老師教導學生，主要都以默識學習方式，要求學生仔細觀察學習資深記者的所作所為，用心從做中學（learning by doing），日後就自然而然會成為好記者、傑出資深記者了。但是到底如何有效學到資深記者的專業技能、挖掘獨家新聞的本領、建立良好人際關係的工夫、調查新聞內幕的祕訣等，似乎都欠缺概念型定義及操作型程序可以依循。

人類社會有許多行業是依靠默識學習，但是由於新聞實務實在太過專業、複雜，誠非默識學習模式可以奏功。以複雜度而言，新聞實務的複雜度，遠非其他默識學習工作可以比擬。新聞記者每天遇到的新聞事件，不僅都不是課堂上事先演練過的題材，更是前所未有的新事物，否則如何稱為「新」聞？光看主流新聞媒體，將記者工作細分為十來種不同類型的路線，就可知新聞專業的複雜程度，每個新聞路線，基本上就是一種專業，不論是政治新聞、財經新聞、體育新聞，哪條路線新聞不是專業？即便同一條路線，每天發生的新聞事件，形形色色、無奇不有，豈是其他默識學習行業可以比擬？

其次，新聞實務的專業程度，也非光靠觀察、邊看邊學的默識學習方式，就可以成為好記者或傑出記者。傳統新聞學之所以透過默識學習模式施教，是因為當年缺乏充分完備的新聞學理論和研究方法，所以只能倚賴師徒制的默識學習模式，學習基本的編採技巧。如今，新聞傳播理論已經隨著社會科學與日俱進，與數十年情況早已不可同日而語。面對各種新聞專業意理，目前都可以透過社會科學概念型定義和操作性運作程序，來進行學術性研討。所以就理論性而言，新聞教育早應從傳統默識學習模式，進入社會科學的學習模式。

但事實似乎並非如此，國內外新聞教育雖然比數十年前，大有長足進步，也有一些學者投入新聞專業意理的量化和質性科學研究，提供新聞教育逐漸擺脫傳統默識學習模式，進入現代的社會科學學習模式。但無可否認，新聞傳播領域在這方面的成就，仍有許多努力空間，畢竟每項新聞專

業意理的學術理論化，都是巨大學術工程，並非1、2年即可實現的小型研究，大抵至少需要3、5年以上，甚至更久的工夫才能實現。尤其教師們面對出版論文、升等和評鑑壓力，都視為畏途。

同樣的，資深記者的許多寶貴經驗，都是新聞教育極其重要的課程教材，如果有人能夠將資深記者的寶貴採寫實務經驗，予以科學化、學術化、理論化，相信絕對是絕佳新聞學教材，也可以減少新手學習的時程，勢必對新聞教育貢獻匪淺。但是在論文、升等和評鑑壓力下，又有誰願意做這種吃力不討好的研究工作。

相對之下，西方敘事學經過數十年的鑽研，理論建構不斷精進，如今對於如何透過敘事形式來表達故事情節，已經發展出明確的理論和操作程序，不論是學術研究，抑或文學創作，都有明確學術理論和操作步驟可以依循。所以近年來，敘事理論相關研究，有如雨後春筍、百花齊放，各式各類理論蓬勃發展。

所以就理論概念界定和科學化的操作程序而言，敘事學的確比新聞學早就開發出理論體系和實踐程序，不僅值得新聞學學習，也可供新聞學借鏡。

目前最值得新聞學借鏡學習的，就是已經開發數十年，目前正掀起一股復古風的敘事新聞（narrative journalism）寫作風格。敘事新聞經過20世紀70年代有關「新新聞」的論辯，再經過最近幾年美國許多知名大學紛紛成立敘事新聞學程，有關敘事新聞的寫作風格，已經釐清，不會與傳統新聞學的專業意理有所衝突或背離。

簡單而言，敘事新聞與傳統新聞學一樣，都恪遵確實、客觀、公正的專業意理，絕非主觀報導。敘事新聞的主觀性，只是記者深入採訪新聞事件當事人或受害者，站在當事人或受害者的敘事視角來報導新聞。這種新聞寫作風格並不影響新聞客觀本質，反而帶來傳統新聞寫作所沒有的優點。

敘事新聞最大的優點，可分二個層面來談，第一個層面是對閱聽大眾的層面，就是帶領閱聽大眾親臨新聞事件現場，有如親身體驗或體會事件

當事人的內心世界，所以大幅提高新聞可讀性和敘事性。

第二個層面，新聞媒體藉由敘事新聞提升新聞可讀性和敘事性，除了因而提高媒體銷售量和收視率之外；更重要的是，可以迎戰機器人自動撰寫新聞的數位敘事嚴苛挑戰，唯獨這種需要深入採訪的敘事新聞，才是機器人數位敘事所無法勝任的。所以敘事新聞，未來的發展方向，很可能是21世紀拯救主流媒體於不墜的救星。

伍、新聞與敘事有本質上的差異

必須提醒，雖然新聞與敘事具有共通性，但是新聞學與敘事學仍舊存在極大歧異。敘事以虛構創作為手段，追求美學藝術崇高價值；新聞則以報導社會真實為職志，強調客觀再現事件原貌。

敘事學視藝術加工和美學創作為最高成就，但新聞報導則以真實故事為前提，前者不計真假虛實，後者卻斤斤計較真實的客觀再現；前者以美學藝術為最高指導原則，後者卻致力於追求真實並且容不下一絲一毫的虛偽造假。所以當我們說新聞與敘事都是在說故事的同時，其實背後仍有不同學術領域的歧異性，尤其新聞媒體一向被視為社會公器，而敘事文本則是用來欣賞品評的文學藝術對象，兩者之間本質的迥異，絕不容藉由跨域結合，而有任何搪塞敷衍念頭或作為；也就是說，在新聞結合敘事過程，不得拿敘事虛構來作為產製假新聞的藉口。

新聞雖然寫作格式簡單，但由於一、二百年來，它堅持確實、公正、客觀，才得以造就新聞媒體成為社會大眾信任的社會公器和公共論壇，所以新聞在結合敘事的過程，固然會學習各種敘事理念和技法，但新聞最根基的新聞專業倫理、專業意理，依舊是新聞事業永遠的磐石，絕不容有絲毫的妥協或退讓。

壹、新聞與敘事如何融合

　　本書旨在提供新聞傳播與敘事理論跨域結合的思考取向，如何能夠讓兩種不同的學術領域，理析出來一個明確的整合方向，就是本書的重點所在。

　　本書第1章，開宗明義闡明新聞傳播結合敘事理論的理由，也檢討傳統新聞學5W1H倒寶塔寫作格式有所不足之處，藉以作為本書介紹敘事新聞的張本。並簡要提出全球發展敘事新聞的趨勢，因為本書第11章還會有更深入詳細的說明。

　　追根究底，如何整合新聞傳播與敘事理論，才是本書重點所在。惟在探討如何整合融會之前，務必先對敘事學或敘事理論有所初步瞭解，才能進一步論析雙方整合融會之道，所以本書第2章就介紹敘事學最基本的概念：故事與情節。

　　故事與情節乃一切敘事文本的核心，聽來似乎是簡單易懂的概念，但是敘事理論對它們卻有極其深厚的理論基礎。根據敘事學觀點，任何一個敘事文本，都會有故事情節，兩者相輔相成，才能成就完整的敘事。

　　初學者如何瞭解故事與情節，最簡便的思考方法，或稱敘事研析方法，就是將敘事文本截然劃分為故事與情節二者，但是許多敘事學者認為，這種二分法太過便宜行事，未必能夠彰顯敘事學的特質，所以又提出三分法，問題是主張三分法的劃分方式，並非只有一種，而是有好幾種不同的三分法。

　　相信初學者在閱讀敘事學文獻，都會面臨這方面的困擾，所以本書第2章，對於故事情節的二分法和各種三分法，都詳加介紹解析，並且比較兩者之間異同之處，相信同學們看了之後，對於這些二分法或三分法的疑惑，就能迎刃而解。在此先提醒，任何敘事文本其實都是一部完整作品，它是無法按照研究方法，予以切割為二部分或三部分，所以不論二分

法或三分法，都只是研析敘事文本的手段，是特爲初學者入門所做的解析工作。

對敘事學有了初步瞭解之後，緊接著就是讓新聞傳播如何與敘事理論可以結合接軌，所以本書第3章，就介紹新聞的敘事成分。其實新聞與文學敘事一樣，它自有其敘事成分，只是傳統新聞學並沒有用敘事這種字眼或概念來呈現，而是以5W1H一以貫之，只是這些新聞敘事成分之間，似乎彼此各自獨立，而是透過5W1H概念，將它們連結在一起，來交代新聞事件的完整性。

西方敘事學經過半世紀的鑽研，也建構相當完整學術體系，這些敘事成分彼此環環相扣，共同造就一部完整敘事文本。如今，藉由新聞傳播結合敘事理論的契機，正好可以將敘事學最精華的故事情節學術體系，運用到新聞敘事，包括事件、行動者、人物角色、時間、地點、場景、訊息來源等，理論性地探討各個新聞敘事成分之間的緊密關係。

本書旨在結合融會新聞傳播與敘事理論，所以本書書寫行文之間，採取敘事理論與新聞傳播並進的寫作風格，在介紹敘事學理論或觀念時，隨時會蹦出來與新聞傳播相關的話題，藉由這種即時的論辯、印證，可以讓同學們對於新聞傳播與敘事理論的共同點，有更深的瞭解，同時也有助於思考雙方如何結合融會的問題。

貳、結構主義敘事學的崛起與消退

本書第4章和第5章，對於結構主義敘事學盛衰的介紹，占了不少篇幅，理由非常簡單，結構主義乃是20世紀60年代最火紅的學術理論，短短幾年之內紅遍天下，足見結構主義當年威風鼎鼎、雄霸八方。結構主義不僅急速竄紅，甚至野心勃勃地幾乎將天下一切學問，都囊括在結構主義的理論體系之下來分析，包括語言學、人類學、敘事學等。

在法國崛起的結構主義，毫無例外，第一批敘事學者幾乎每人都抱持結構主義觀點，來討論敘事學，當然包括首創敘事學（narratology）一詞的托多羅夫（Todorov）。他爲了彰顯結構主義無所不包，也將俄國形式

主義囊括在結構主義底下，強調俄國形式主義所主張的內容與形式二元分立，就是結構主義論點。

可是，結構主義美好時光極其短暫，大約只有十幾年光景，就遭受來自四面八方的抨擊，而且被抨擊得體無完膚。首先發難的是後結構主義，緊接著就是解構主義，都大聲批判結構主義，從結構主義最根基的索緒爾語言學作為批判的起點，批評它是壓迫主體、壓抑學術自由氣息、阻礙思想進步的劊子手。尤其是解構主義代表人物德希達，不僅破解索緒爾語言學二元對立的意義生成觀點，更從延異觀點，提出反西方傳統思維的邏各斯中心論（logocentrism）與聲音中心主義（phonocentrism），不僅讓人對文學界和思想界大開眼界，簡直就是將結構主義拋進歷史廢墟。

受到解構主義的啓迪之後，文學界和思想界心靈更為開放，對於敘事理論的看法更為寬廣，於是後現代主義趁機而入，引領敘事學和人文思想邁進更為開闊的天空。尤其在後現代理論勃興之際，電腦網路也正好布建全球，網際網路成為後現代另一個新興現象，所以許多後現代敘事理論對網路特別有興趣。

本書為了讓初學者能夠深入瞭解敘事學的源起與發展過程，所以第4章花費不少筆墨，清楚交代結構主義敘事學崛起的過程，不僅針對結構主義濫觴的法國結構主義，而且也追溯到20世紀初期俄國形式主義的一些具有結構主義觀點的敘事學者。有了法國和俄國結構主義敘事學者的介紹之後，相信讀者對敘事學的崛起，就有基本的瞭解。

本書第5章，就是針對後結構主義、解構主義和後現代理論的介紹，除了介紹各個不同階段的主義內涵和觀點之外，也對各個主義的代表性人物有所引介，並特別著重各種不同主義觀點與敘事理論的關聯性，它們對敘事理論後續發展有何影響，也有所介紹。

參、敘事傳播的理論建構

本書第6章〈敘事傳播：新聞傳播結合敘事理論〉，更是本書的核心意旨，探討如何融合新聞傳播理論與敘事理論，並建立未來可長可久的敘

事傳播理論架構。

如何建構敘事傳播的理論架構？誠非易事，本書從根基一步一步做起，從人類最古老的傳播行為——敘說故事和人際傳播——作為雙方融合的起點，並且作為未來敘事傳播的理論架構基石，嘗試以人際敘事傳播作為建構敘事傳播理論架構的起點。

一方面探索敘事理論的起源，另方面從最根基、也是最深層的符號互動論著手，不論是敘說故事，或者傳播活動，在人類歷史發展上，都是以人際傳播作為起點。所以本章嘗試以人際傳播結合人際敘事，作為敘事傳播理論架構的起跑點。

為了建構敘事傳播理論架構，本章特別理析出來二種與語言學和敘事社會學相關的理論：拉伯夫（Labov）的人際敘事模式與高夫曼（Goffman）的戲劇論。兩者都以社會學為基礎，拉伯夫的人際敘事模式屬於敘事社會學走向，高夫曼的戲劇論則屬於微觀社會互動觀點，兩者既與敘事理論有關，又與人際傳播息息相關。拉伯夫注重語文傳播面向，高夫曼則側重非語文傳播面向。

本文嘗試以人際敘事和人際傳播做結合的基礎，並兼顧語文傳播和非語文傳播雙管齊下，共同建構敘事傳播（narrative communication）的理論架構。將拉伯夫的觀點，歸類為人際敘事的語文傳播層面，並將高夫曼的戲劇論，視為人際互動的非語文敘事傳播層面，兩者分別從語文傳播和非語文傳播，雙管齊下共同建構敘事傳播的理論基礎。這種論點，截至目前，本書算是全球首創觀點，尚未見東西方學界有此提法。

本章將拉伯夫的人際敘事模式和高夫曼的戲劇論，作為融合匯流敘事理論和傳播理論的交會點，並將它們納入費雪的敘事典範架構之下，將傳播理論與敘事理論匯流融合成為一體，試圖為未來新聞敘事（news in narrative form）和敘事傳播（narrative communication），建構一套完整理論架構體系。尤其在費雪的敘事典範之下，未來新聞報導能有更好的敘事好理由和敘事價值。

本書第7章則以第6章敘事傳播理論架構為基礎，直接以電視新聞敘

事結構為例證，解析並詮釋新聞傳播與敘事理論兩者的共通處，並列舉許多關切敘事與傳播的學者所做的文獻，包括范迪克（van Dijk, 1988, 1991）的新聞基模結構、拉伯夫（Labov & Waletzky, 1967; Labov, 1972）的人際敘事模式、貝爾（Bell, 1991, 1998）的報紙新聞敘事結構和查特曼（Chatman, 1978, 1990）的故事內容與表達形式等，共同來解析電視新聞敘事結構。

第7章電視新聞敘事結構，徹底實踐敘事理論內容與形式二元融合一體的理念，除了探討電視新聞敘事表達形式與新聞內容之外，也探討查特曼所說的電視媒材實質的敘事表達形式，並結合拉伯夫的人際敘事模式，充分展現電視新聞有如人際敘事傳播，讓主播和記者對著電視機前的觀眾，娓娓敘說各項新聞。所以，第7章可說是第6章敘事傳播理論架構的實證。

肆、敘事傳播結合的幾個實證案例

接下來的第8、9章，則提供了依據敘事理論所做的新聞實證解析案例，將敘事理論觀點，運用到新聞報導的實證解析，並且試圖透過這些驗證，來證明新聞傳播結合敘事理論，的確可以從跨域結合過程，學到許多嶄新理論觀點。

第8章是以敘事理論的不可靠敘述做理論架構，針對國內許多新聞——尤其是政治新聞，充滿不可靠敘述情形，進行實證性解析。

根據敘事學觀點，新聞記者即敘述者，他只能扮演敘述者角色，如此新聞記者才能恰如其分地克盡記者職責。可是當前國內新聞混充許多不可靠的消息來源和敘述者，用敘事理論的觀點語彙來說，這些人明明都是故事外人物，卻偏偏自以為是劇中人物，甚至自以為擁有全知型的敘事視角，能夠綜觀整個故事情節的來龍去脈。其實這票人物所敘述者，盡是不可靠的敘述，可是當前國內媒體卻充斥這種不可靠敘述內容，實在令人擔憂。

依據晚近敘事理論針對敘述內容的報導、評價、理解三個層面，將不

可靠敘述區分為：事實軸／事件軸所產生的不可靠報導；倫理軸／評價軸所產生的不可靠評價；知識軸／理解軸所產生的不可靠解釋。再歸納出六種不可靠的敘述類型：不充分報導、錯誤報導、不充分評價、錯誤評價、不充分解讀與錯誤解讀。

本書第8章即運用這三個層面、六種不可靠敘述類型，逐一檢視「王老師世界末日預言」和2013年2月初的陳冲內閣改組新聞。從本章不可靠敘述研究分析，看到國內新聞媒體充斥不可靠敘述，真是令人痛心疾首。面對國內新聞媒體每天充斥不可靠敘述的景象，誠非國人之福，如何透過結合敘事理論觀點，更深層揭露新聞媒體各種不可靠敘述情事，藉以督促新聞界珍惜羽毛，誠乃是當務之急。

第9章是比較輕鬆有趣的〈現場直播棒球賽事的敘事分析〉，根據敘事理論和新聞傳播，針對現場直播運動賽事，進行新聞敘事分析。根據敘事理論，直播運動賽事既是模仿、也是敘述，可是故事情節完全按照時間序列和邏輯因果進行，與一般敘事文本大不相同，這是敘事理論從未思慮的一個問題：現場運動競技節目，既然是與時俱進，毫無敘事理論所謂的情節巧妙安排，為何能夠吸引數萬、數十萬、數百萬、數千萬、數億觀眾，守著電視機不放？所以本章從新聞傳播觀點，為敘事理論提出嶄新的思考研究方向。

再者，傳統敘事理論雖然也探討閱讀理論，重視讀者的閱讀反應，但是它與親赴現場觀看運動賽事和觀看直播節目的觀眾，比較起來又大不相同。這些粉絲和球迷的高昂情緒，不論從現場或在家觀看直播的場景，都與個人默默閱讀文學小說的情境和心境大不相同。從本書的探析，可以理解敘事學對於聽眾、觀眾的處理，仍有開展的空間，正好可藉由新聞傳播來補足。尤其面對後現代資本主義，無孔不入的行銷手段，都已經超越敘事學的視野，隨著影視科技的進步，敘事理論必須與時俱進，提出更精進的理論概念不可，而這也是新聞傳播領域給敘事學的提醒。

本書第6、7、8、9這4章，它們的原始構想，都曾經在《中華傳播學會》分別發表過，其中第7章有關電視新聞敘事結構，也曾經在《新聞學

研究》發表，但本書這4章都已有相當程度的改寫和修訂。

伍、從敘事視角引領批判論述分析

第10章主題是敘事視角與歷史敘事，爲何要把這麼重要的敘事視角擺放在本書後面來處理？道理很簡單，因爲敘事固然以故事情節爲重點，但是敘事視角原本就充滿爭議，尤其當新聞傳播結合敘事理論，將敘事理論運用到新聞報導時，就會發現敘事視角與新聞的報導取向，關係甚大，甚至會影響整個新聞事件的後果，可是如要處理新聞的立場與觀點，又難免會涉及另一個學術領域：批判論述分析（critical discourse analysis），所以本書特將敘事視角放在後面，藉以預告敘事學是可以再與批判論述分析結合，再造另一個跨域的探析研究取向。

至於歷史敘事，則是頗具爭議的話題，就像在2015年夏天，臺灣許多中學生向教育部抗議「歷史課綱微調」，這是國內首見中學生集體、自發性、有組織的示威抗議活動。國人對這件抗議活動，支持與反對的都有，可見歷史敘事果眞不是容易獲得各方都接受的敘事視角。

既然是歷史敘事，如同許多學者指陳，歷史掌握在當下掌權者手中，誰掌握現在，誰就能掌握歷史的書寫。難怪克羅齊說，一切歷史都是現代史。足見歷史敘事與權力之間的緊密關係，歷史敘事絕非僅僅要有敘事性而已，歷史敘事所要的是歷史眞相。

那麼，歷史敘事與新聞有何關聯？許多人都說，今日的新聞，就是明日的歷史。新聞就是歷史記錄的最佳素材，如此一來，任何一則新聞報導，豈能隨便應付了事？每則新聞都可能成爲歷史敘事的材料和證據，所以新聞記者務須審愼以對每天處理的新聞事件。今天記者所寫的新聞，很可能在不久的將來，會被拿來檢驗歷史敘事的證據和材料，所以記者下筆都要爲歷史負責，務必非常審愼才行。所以，費雪在敘事典範所提的敘事理性，和歷史敘事學者懷特所談的敘事價值等，記者在報導新聞時都務必謹記心頭，畢竟今日的新聞，就是明日的歷史。

既然提及研究方法，在這裡也要交代，本書並未專章講述敘事研究

方法，主要在於敘事研究範疇實在太過廣泛，不同的題材有不同的焦點，像本書某幾章就運用不同的敘事研究方法，書寫幾篇題旨完全不同的題材，所以並不容易找到一體適用的敘事研究方法。雖然本書在各章節零零星星也談及各種不同的敘事研究方法（Daiute & Lightfoot, 2004; De Fina & Georgakopoulou, 2011; Clandinin & Connelly, 2004; Clandinin, 2006; Clough, 2002; Cortazzi, 1993; Czarniawska, 2004; Gergen & Gergen, 2003; Lieblich, Tuval-Mashiach, & Zilber, 1998; Riessman, 1993, 2008; Smith & Sparkes, 2012; Wells, 2011b; Wiessman, 2007），但似乎尚未能整理出一套共通的研究準則，因此本書暫予擱置。

陸、敘事新聞與數位敘事的挑戰

第11章探討敘事新聞與數位敘事兩個層面，敘事新聞是探討新聞報導的過去與現在，數位敘事則是探索新聞報導的未來。

敘事新聞——最早被稱為文學新聞，曾遭受不少批評，因為它的寫作風格，常見記者主觀意識的涉入，有違新聞學主張客觀的基本立場，惟經過多年的省思與修訂，「新新聞」寫作風格已經獲致學界和業界一致的認同，尤其晚近有不少學界的參與，許多知名學府相繼投入敘事新聞的學術探究，如今敘事新聞已經走出一條既符合新聞學客觀要求，又頗富文學品味的新聞報導風格。

敘事新聞並不背離新聞學客觀要求，記者仍不得涉入主觀意識，但它採取另外一種報導策略，就是將新聞事件當事人或受害者，帶進新聞，讓閱聽大眾可以貼近他們，深刻體會他們的內心世界。於是敘事新聞成為一種脫胎換骨的敘事策略和技法，提升了新聞的可讀性，卻不影響新聞的客觀性。

為了舉證敘事新聞的寫作風格，這章特別舉了不少當年具有「新新聞」寫作風格記者的文章，同時也介紹了第一本非虛構小說《冷血》，讓讀者瞭解敘事新聞一路走來，並非如此順遂。

至於數位敘事，則是討論未來走向的文章，嘗試探索新聞媒體和新聞

教育未來的可能走向。面對大數據、物聯網、雲端運算、人工智慧等新興科技匯聚而成的智慧科技的崛起，人類生活方式可能都將發生重大變革。其中對媒介生態影響最大的，莫過於獨立媒體和公民記者個人網站紛紛成立，直接和間接導致傳統主流媒體逐漸消退，再加上網路數位敘事的進步，透過知識探勘、自然語言處理、專家系統等技術，目前幾家國際著名媒體已經採取數位敘事策略，直接由機器產製新聞。

數位敘事絕對是劃時代創舉，它不僅對當前主流媒體造成極大衝擊，也對全球新聞教育帶來無比震撼，如何因應逐成為新聞界和新聞教育界共同的嚴厲挑戰，本章對此有相當詳細的論析。

柒、總結：敘事新聞和數位敘事的時代意義

本書最後一章，特別點出敘事新聞與數位敘事的時代意義，一方面探討網路科技結合大數據、物聯網、雲端運算、人工智慧、知識探勘、自然語言生成等，所帶來的人類前所未有的數位敘事時代，尤其針對它將對新聞媒體帶來革命性的挑戰，可以透過機器自動產製新聞，新聞媒體和新聞教育將如何因應之道。

另方面，本章特別突顯敘事新聞在數位敘事時代的價值，畢竟數位敘事的機器新聞，還是必須仰賴人類的指令，如果記者缺乏敘事新聞的技能，根本無法駕馭數位機器，只能任其擺布，如此一來，又如何產製具有人性聲音、可讀性和敘事性的新聞？

所以本章特別強調：「以敘事新聞為體、以數位科技為用」的觀點，來面對即將來臨的數位敘事時代。不論新聞業界或新聞教育界，都應該秉持這種理念，才能實現數位敘事的真正意涵。

此外，本書最後一章，也將敘事新聞整理出一個總結式的重點提示，旨在提供在學學生和業界記者，面對新聞敘事議題時，或者想仿效敘事新聞的撰寫技法時，能夠有一個簡單方便的思考指引。希望這些提示，可以成為學子和記者作為面對敘事新聞時，最簡便的手冊。

02

第 2 章 ▶▶▶

敘事研析：故事與情節

　　自敘事理論勃興以來，故事與情節一直是敘事學界研究焦點，惟故事與情節兩者，常遭混淆。本章針對兩者之間的區分與融合，做一全面性的介紹與解析。

　　故事與情節的區分，可追溯至俄國形式主義，它既是敘事理論的濫觴，又是解析故事與情節的創始者，所以在討論故事與情節，就從俄國形式主義的fabula與syuzhet談起。

❋ 第一節　fabula與syuzhet、故事與話語、故事內容與表達形式

　　誠如亞里斯多德在《詩學》（*Poetics*）（Aristotle, 350 B.C.E.）指出，故事內容的焦點就是情節，情節就是一切敘事作品的核心。自從俄國形式主義以降，敘事理論在探討敘事文本時，常將敘事作品劃分內容與形式（form and content）、素材與故事（fabula and story）、故事與情節（story and plot）、故事與話語（story and discourse）、內容與文體（content and style）等各種敘事研究二分法。

　　後來又有學者在故事（histoire/story）和話語（recit/discourse）之外，又增加了敘述（narration）或稱敘述行為，於

第二章　敘事研析：故事與情節

● 019

是又有所謂敘事研究三分法，將敘事文本又再分為：故事、文本、敘說（行為），或素材、故事、文本等三種類型，讓初次接觸敘事學的讀者，眼花撩亂、摸不著頭緒。

本章將從最簡單的概念開始，就是從故事（故事內容）與話語（表達形式）著手，先將故事與話語釐清之後，再逐步探討敘事研究二分法和三分法的差別，以及其他諸多敘事元素。

壹、Fabula與syuzhet的分際

Fabula與syuzhet的區分，出自俄國形式主義。他們主張，敘事作品的組構，無非就是形式（form）與內容（content）兩者而已；而且獨厚形式、偏廢內容，以致於被戲稱為形式主義。所謂形式，就是敘事作品的表達形式；而內容則是指故事內容。俄國形式主義者認為，故事「內容」與表達「形式」乃是兩種截然不同的標的，並且提出fabula與syuzhet來作區隔。前者是故事的素材（fabula），後者是傳達故事的方法（syuzhet）（註：有的俄文也將fabula寫成fable；將syuzhet寫成sjuzet, sjzhet, sjužet或suzet）。

故事素材在敘事創作中扮演的是抽象的常數（abstract constant）（Martin, 1986: 107），傳達這個故事素材所使用的語言文字和技法，則是可以改變的，而且也可以用各種不同的方法和技巧來表達。相對於fabula素材的常數，syuzhet就是變數。所以，要先掌握穩定不變的故事內容是什麼（what），才能講究要用什麼技巧、方法來表現它的如何（how）。

就俄國形式主義而言，素材（fabula）就是實際發生的事件，是依據時間順序（chronological order）原本所發生的實際過程，也就是故事的what。而syuzhet是指透過語言文字表達形式所使用的技巧與方法，是透過藝術美學加工處理的產品。

素材與情節的區分，是俄國形式主義者什克洛夫斯基（Viktor Shklovsky, 1893-1984）所提出（高辛勇，1998）。素材是故事的原始材料，

是按照時間先後順序發生的事件；而情節則是作品中所出現的敘事，是經過作者安排的順序。

　　所謂素材，是指敘事的根本，也就是敘事中的事件或事項，尚未經過藝術手法處理，也是無形式的故事材料。至於情節，則是經過藝術安排處理，包括事件材料在敘述秩序上的安排、人物的組合、敘事人與敘事觀點的利用與變化等，是屬於敘事情節。

　　什克洛夫斯基認為，在情節裡的「敘事秩序」，和它們在素材裡的「時間秩序」，顯然有所不同。因為素材尚未經過藝術手法處理，只是個別事件發生的先後順序或因果關係而已。但是情節的敘事秩序則大不相同，它是經過藝術加工、美學安排，不論是人、事、物的鋪陳，都是為了充分展現作者的巧思、創意，於是就有可能時間先後顛倒、先有結果再回溯前因等各種巧妙布局設計。

　　什克洛夫斯基認為，素材只是構成情節的原始材料，唯有情節才會涉及敘事作品布局設計的安排，所以俄國形式主義者才會認為，只有情節才是文學藝術的研究對象。俄國形式主義因此奠定了後來敘事理論對於內容與形式、故事與話語、故事內容與話語表達的二元分立之敘事研究傳統。

　　對於syuzhet使用較正確者可能屬法國結構主義，法國結構主義借助於俄國形式主義對於fabula與syuzhet的二分法，直接將它們區分為story與discourse，即故事與話語，而不把syuzhet視為情節（plot），也就是後來美國學者查特曼（Chatman, 1978）使用的故事與話語（story and discourse）。

貳、故事與話語的區分

　　法國結構主義敘事學者托多羅夫（Tzvetan Todorov, 1939- ），於1966年首先提出敘事學字眼，並且提出故事與話語這兩個區分概念，直指故事就是指敘事素材，而話語就是指表達形式。由此可見，托多羅夫已經將什克洛夫斯基的素材（fabula）改名為故事（story）。這種改名，反而帶來不少困擾，畢竟素材與故事之間，理應還有些許差異。

此外，還有令人頭疼的術語，那就是國內有些學者將「故事與話語」當中的「話語」，翻譯為「論述」，也帶來理解上的困擾。因為discourse這個字眼，它出現在兩個不同學術領域，一個是敘事理論，另一個是話語分析。

本書認為，為了讓初學者一目了然，在不同領域宜有不同翻譯詞彙，可助學子馬上進入狀況，所以主張在discourse analysis或critical discourse analysis等領域，可將discourse翻譯為「論述」或「話語」，都不成問題。在敘事學，則將discourse翻譯為「表達」或「表達形式」較合宜，既符合俄國形式主義的內容與話語的概念，也合乎敘事學意旨。若翻譯為「論述」，則不知敘事作品裡到底要論述些什麼？本書既然是在探討敘事理論，理所當然都將discourse直接翻譯為表達或表達形式。

一、故事與話語的區別

俄國形式主義認為，fabula就是尚未形成敘事文本之前，實際發生的事情，也就是故事的原本材料或素材，是按照時間序列發生，卻尚未被形諸於語言文字之前的故事素材。

至於syuzhet，則是經過描寫或傳達fabula所寫出來或講出來的敘事，不論是使用文學的各種技巧、手段、程序、方法，或透過主題的強調等，都屬syuzhet範疇。也就是話語，就是作者添加在故事素材的所有特徵，尤其是對於時間序列的改變、人物角色意識的呈現、敘事者與故事、作品與讀者之間的關係等，都屬於syuzhet或discourse範疇。

其實，法國結構主義者最早是使用histoire一詞來指涉故事，因為法語的historie同時意指故事和歷史兩種意義。本維尼斯特（Benveniste, 1966）指出，法語過去式動詞有兩個系統，一個是用於對過去事件的文字書寫，就用historie；另一個是以口語表達，既有說者、也有聽者的discourse。但是用文字書寫的像回憶錄、信函、戲劇等，也用discourse，因為它們都是寫給對方看的，或者是內容充滿對話。在英語裡，就沒有這種區別，即使小說通常會使用特定時態形式來表達。

在法文裡，同一個敘述表達，卻有兩種不同字眼，一種限於書寫，

另一種則用於敘說和聽講。在英文裡，卻是同一個字眼discourse，用於兩個不同的學術領域：敘事學的話語表達，與話語分析或批判話語分析的話語。所以，不論是法文或英文，在這方面都令東方人頭痛。

可見，不同的文化系統，對於敘述和表達，各有許多不同的強調重點，對不同文化背景的人而言，原本都是指涉相同的事物，卻出現不同的見解，因而造成困惑。嚴格說來，discourse話語是指涉那些特別說給讀者聽的話，包括在小說中對行動的評論、解釋和判斷等。至於說給讀者聽的內容還有很多，像既非場景（scene）、也非結語（summary）的語句，迄今尚未有明確稱謂，所以用discourse話語一詞來稱呼它們，是有好處的（Scholes, 1982）。

後來，布思（Booth, 1961）更進一步使用敘事溝通（narrative communication）這個詞和概念，來指涉話語這種觀點，並且宣稱這種敘事溝通就是小說的修辭，就是講究如何與讀者做到良好溝通的境地，讓讀者充分理解作者的意圖。

美國敘事學者查特曼在《故事與話語》（*Story and discourse*）（Chatman, 1978），提出故事（story）與話語（discourse）的分際，認為故事乃是內容（content）的形式，而話語則是表達（expression）的形式。

二、故事與話語的比較

對於情節更重於故事的事例，最常拿來做典範佳例的就是佛斯特（Forster, 1927）所說的例子。他對故事與情節做了最簡單易懂的區分，他說所謂故事，就是一系列按照時間序列發生的事件（chronological sequence of events），而情節則是這些事件之間的因果關係（causal connection between those events）。

為了比較故事與情節，他就舉了一個頗為經典的範例來說明兩者之間的差異：「國王死了，然後皇后也死了」（The king died and then the queen died），這是一個故事，聽起來似乎沒有特別的地方。但若稍稍改成：「國王死了，然後皇后哀傷而亡」（The king died and then the queen died of grief），這就是情節，而且是感人的情節。

從上述佛斯特簡要區分和經典範例看來，敘事理論所要探討的敘事結構，明顯就不是故事的結構，而是情節的結構。因為傳統以來，敘事理論所探討的都是文學小說的敘事作品，真正令人感興趣的是，這些偉大的文學作家到底如何處理故事材料，讓它們成為令人回味無窮、意猶未盡的偉大文學作品。所以，故事與情節的分際，在此就顯現出懸殊差異了。

敘事學對於故事與話語的差異，區分得非常鮮明，故事完全獨立於話語之外，絕不受話語影響，也不會因為話語情節的加工而有所改變，更不會因為媒材的不同而有所轉變。也就是說，話語情節的表達，只是讓故事更加動聽感人，但不會改變故事。因此，可以看出故事獨立於話語的幾個面向：（1）故事（素材）不因情節加工而改變；（2）素材不因作家風格而有不同；（3）故事不因媒材而改變；（4）故事不因語言而改變。

畢竟，敘事作品都是依據生活經驗來建構獨立於話語的故事，所以故事與話語兩不相干，只能說話語基於故事而有各種不同表達形式，但故事不會因為表達形式的不同，因而改變了原本故事的樣貌。

再者，敘事作品既可依據生活經驗來加工處理話語情節，也可能超出生活經驗範疇來處理表達形式。依據生活經驗，比較容易獲致讀者或觀眾的理解和共鳴，若超乎生活經驗，則可能造成讀者或觀眾的困惑，也有可能給讀者或觀眾帶來驚喜。國內諸多連續劇，為了提高收視率，都鎖定收視人口的剖繪資料（profile），像《夜市人生》在臺灣連續播了2年（2009/12/22-2011/7/19），它既然以臺灣夜市人物生活為背景，又打中下階層收視人口，所以內容一定要求貼近中下階層民眾生活經驗。而《魔鬼終結者》（*Terminator*, 1984, 1991）第1、2集，就因為科幻故事情節，超乎觀眾理解能力，曾讓不少觀眾搞不清楚狀況；相反地，《哈利波特》和《魔戒》系列電影，就是貼近青少年內心想像世界，因而擄獲無數青少年的心，賣座特好。

簡單地說，故事素材就是有如日常生活經驗，平淡無奇；話語和情節，有如藝術加工，充滿人為鑿痕，有時讓人搞不清楚狀況，有時卻又讓

人大呼過癮。同樣的道理，同一個故事，可以用多種話語表現；同一個故事，可以用許多不同情節表達；同一個故事，可以用許多不同媒材來呈現；同一個故事，可以用許多不同語言符號來呈現。

就像《詩經・鄭風・風雨》所描述的景象與心境：「風雨淒淒，雞鳴喈喈，既見君子，云胡不夷；風雨瀟瀟，雞鳴膠膠；既見君子，云胡不瘳；風雨如晦，雞鳴不已，既見君子，胡云不喜。」這些話語，包括淒淒、喈喈、瀟瀟、膠膠等，都是用「興」的手法，描寫傍晚時分，屋外刮著風、雨下個不停、雞叫著不止，在這風雨交加、雞鳴不止的時候，能夠見到你，豈不叫人滿心歡喜、心病全消。透過風聲、雨聲、雞鳴，襯托內心相思、惆悵、期盼之情。有人說是思念夫君，也有人說是描寫男女情侶，當然更有人會想到是王道君子。

可是，為什麼要用這麼多不同字眼話語呢？答案就是正是如此，方可充分表露思慕、期待之情，不論夫婦、情侶、君臣都是如此。因為在風雅頌賦比興當中，「興」即「起」也，藉由外在世界「托諸草木鳥獸以見意」的一種表現手法。正合朱熹《詩集傳》所說的：「興者，先言他物以引起所言之辭。」也正是《毛詩正義》：「賦比興詩之所用，風雅頌詩之成形」的說法，意思是說，賦比興是詩的表現手法，而風雅頌則是詩的體裁。宋人李仲蒙對於風雅頌賦比興，有極精闢的見解，他說：「敘物以言情，謂之賦，情物盡也者；索物以托情，謂之比，情附物也者；觸物以起情，謂之興，物動情也者。」所以，東方中國對於故事與話語表達，早就有極其深邃的見解。

綜合以上所述，本節將從俄國形式主義以來，有關fabula、syuzhet、histoire、recit、故事、話語、內容、形式等相關詞彙，整理如表2-1。

表2-1 故事與話語、內容與形式、故事與情節等術語對照表

故事／內容	話語／形式
故事（story）	話語（discourse）
故事（story）	情節（plot）
內容（content）	形式（form）
故事內容（story）	表達形式（expression）
故事內容（content）	表達形式（form）
fabula（俄文）	syuzhet/sjuzhet（俄文）
histoire（法文）	recit（法文）
"what" of a narrative	"how" of a narrative
例：The king died, then the queen died.	例：The king died, then the qeen died of grief.

資料來源：本書整理

參、情節表達猶勝故事內容

理論上，不論長篇小說或短篇小說都有其敘事結構，但為了探討方便起見，當然從短篇下手比較容易，而敘事理論發展史也體現了這個概念，俄國形式主義者普洛普（Vladimir Propp, 1895-1970）所探討的俄國民間故事結構（Propp, 1928/1968），和法國結構主義人類學者李維思陀（Claude Lévi-Strauss, 1955）神話結構，都是屬於短篇的文本。

這可能只是巧合，也可能是學術知識日益成長茁壯的歷程，倒也見證了學術理論發展的歷史軌跡，不論普洛普或李維思陀，都是從最簡短的敘事文本著手，開啟敘事理論研究的先河。

一、情節出現在故事開端

誠如亞里斯多德在《詩學》所言，敘事有開端、中間和結尾（beginning, middle, and end），而且敘事情節是完整的（Aristotle, 350 B.C.E.: 1450b27），這是文獻上最早談論敘事結構的觀點。他說各種不同形式的詩，只要是好詩，都具備情節結構，不論是史詩、悲劇、喜劇或狂熱詩或音樂等，都有共通的模仿模式，只是媒介、主體和模仿模式有所差異。

亞里斯多德在《詩學》指出，悲劇乃是行動的模仿，它是嚴肅而完整的。而且亞里斯多德區分了描寫（diegesis）與模仿（mimesis）兩種不同的模式，此一分類也奠定了敘事理論研究類型和對象。根據利區的說法，故事這個字眼，就是描繪敘事的敘說內容（diegetic content of narrative）（Leitch, 1986:4）。也就是說，故事是指敘事內容，而話語則是敘事的表達方式。

就短篇小說而言，由於篇幅限制，情節一定在開端就要出現，好比目前電影一開場就以緊張懸疑事件吸引觀眾一般，即便是長篇小說，也只是事件較多，事件發生過程交代更為仔細，但鋪陳初始平衡狀態的文字不能長到令讀者不耐煩才對，所以亞里斯多德認為情節始於開端是有道理的。

二、故事終究回復平衡狀態？

第一個探究敘事結構的俄國形式主義者普洛普，在探討俄國童話故事結構就明確指出，敘事就是從某種平衡狀態開始，一旦該平衡狀態遭受破壞，就會歷經各種事件，來回復原初的平衡狀態。

可是普洛普發現大部分故事對英雄都具有二個重大考驗，因此所謂情節並非僅限於開端而已，除非那是最簡單的小故事。

接下來的問題：結尾必然就回復原初狀態嗎？在舊時代的小說文本通常以回復原初狀態作為結尾，表示故事最終又讓劇中人物獲得原初平衡狀態，同時也讓讀者心情從一路緊張牽掛又回復初始的平靜。但是，此一論點其實有其瑕疵，畢竟遭受破壞之後又再回復平衡，其實已非原初的平衡狀態，結尾只是達到某種嶄新的平衡狀態，但絕非原初的平衡狀態。

道理很簡單，歷經一連串事件和各種關卡艱難，結尾所展現的平衡狀態，當然與初始的平衡狀態有所差別，甚至是天差地別，只是回復某種新的平衡狀態罷了。譬如最近流行的《復仇者聯盟》（*The Avengers*, 2012, 2015），整部片子都是翻天覆地、打鬥不斷，多少建築物都遭摧毀夷為廢墟，即便結局壞人都被打敗了，試問：該片如何回復初始的平衡狀態？

至於新聞報導，在新聞學裡從未討論或想過：新聞事件經過報導之

後，是否回復初始平衡狀態？而且新聞通常只針對最新發展，為閱聽大眾提供最新資訊，至於該事件是否會回復平衡狀態，從來就不是新聞學的考慮範疇。譬如臺灣1999年的921大地震、2001年911美國世界貿易中心雙子星大樓雙雙遭凱達組織劫持飛機撞毀、日本2011年311大地震引發大海嘯等，在這些重大災難新聞過後，新聞報導如何敘述它們回復初始平衡狀態？至多，只能在後續報導中，提及災後這些地區如今如何重建。所以新聞報導與敘事理論，在每個故事情節要求回復平衡狀態此點，兩者存在極大歧異。

三、故事都要封閉式結尾？

還有另一個問題：一切故事的結尾都是封閉的嗎？也就是說，故事最後出現的新平衡狀態，就不會再出任何狀況了嗎？一切就到此為止嗎？是否還有可能再遭逢另外的破壞？或者這個結尾根本尚未達到真正的平衡狀態？所以應該採取開放式結尾？猶待後續發展？亦即章回小說裡，常見的所謂「且看下回分解」。

此一問題，係針對故事最後雖然發展出某種新平衡狀態，但敘事猶未完全結束，仍有後續發展可能性。晚近不少電影不斷接連拍了好幾部續集，就是明顯例子，它常常在片中刻意留下後續發展的伏筆，甚至精心設計最讓人按捺不住的懸疑，藉以作為續集的楔子。有的則是看到票房不錯，為了多賺一點錢，於是硬從原本電影文本中再找出蛛絲馬跡，作為拍續集的梗。

像《魔鬼終結者》（*Terminator*）（1984），可謂相當成功的科幻電影，不僅出現前所未見人類與機器的綜合體之賽伯人（cyborg），而且又有時光交錯的科幻想像，從西元2029年毀滅地球的天網，派遣由阿諾・史瓦辛格飾演「終結者」T-800回到1984年的地球，要去殺害人類反抗軍領袖約翰・康納的母親莎拉，以防止她生下約翰・康納。

《魔鬼終結者》第一集沒有結局，根本還未回復平衡狀態，莎拉只是暫時躲藏而已，所以觀眾當然好奇後續可能發展，而且第一集片中已經交代，莎拉的兒子約翰，將成為人類反抗機器終結者的領袖，領導人類對抗

機器人。所以第一集的某些情節，已經鋪好了第二集的故事源頭，因此第一集結尾根本就是開放的，明顯還有後續發展情節。

當然在每集結尾留下拍製續集的線索，乃是影視工業的標準作業程序，可是許多賣座還不錯的影集，卻毫無需要封閉故事結尾，只是繼續拍續集就是了。有的則是眼看票房不錯，再回過頭來拍前傳，更不是延續前集的故事結尾，反而是採取倒敘法方式，敘說第1集故事發生的源頭，像從《魔戒》三步曲到回頭去拍《哈比人：意外旅程》（*The Hobbit: An Unexpected Journey*, 2012），就是佳例。

綜上所述，並非一切故事結尾都會採取封閉式的形式，好讓讀者有更多的想像空間。這又涉及敘事倫理和社會文化價值取向的諸多問題，因為許多文學小說難免夾雜、甚或充溢某種爭議性話題，那麼在結尾採取開放式，而不改結局或答案的情境下，難免要面對社會各種不同的評價和議論。就像早期臺灣所播放的好萊塢警匪片，結局未必都將匪徒逮捕歸案，例如：金像獎影帝金‧哈克曼（Gene Hackman）主演的《霹靂神探》（*The French Connection*）（1971），結局未必逮到匪徒，在臺灣戲院放映時，新聞局一定會要求片商在片尾加註：「法網恢恢、疏而不漏，匪徒最後落網就範，受到法律制裁」云云，以作為代表善惡分明的社會倫理觀點。但隨著臺灣社會的進步，現在已經看不到政府會再多此一舉，刻意教化人民了。

那麼新聞報導是否也要盡到「法網恢恢、疏而不漏」的責任？譬如報導殺人事件，新聞界一定要負責逮到罪犯？新聞記者從來不是治安單位，當然不負擒拿搶匪罪犯的責任。

肆、查特曼的內容、形式、表達、實質

美國敘事學者查特曼（Chatman, 1978）不僅提出故事（story）與話語（discourse）的分際，並且強調敘事學探究的標的，無非就是故事內容與話語表達的敘事結構，而故事就是內容（content）的形式，而話語則是表達（expression）的形式。

一、內容與形式、實質與表達

欲探討有關故事與話語的分際,務必回溯俄國形式主義,因為查特曼此一分際概念,就是援引耶姆什列夫(Louois Hjelmslev, 1899-1965)觀點(Chatman, 1978: 22)。耶姆什列夫認為符號可分為表達層面(plane of expression)和內容層面(plane of content),而且兩者又各自再包含形式(form)與實質(substance)兩個面向。所以,就可以分為四種面向:表達的形式、表達的實質、內容的形式和內容的實質(Chatman, 1978: 22-24)。

此四個向度所關照的內涵分別如下:第一向度,即內容實質向度:關注未經媒介表達,無任何形式的混沌素材;也就是故事原始素材,猶待美學藝術加工處理,方能成為故事。第二向度,即表達實質向度:關注媒介的實質,如文字、電影或聲音等;也就是各種不同媒材所展現出來的實質,各依其媒材特質屬性,各自擁有不同的符號學系統。第三向度,即表達形式向度:關注經由特定媒介以一定形式表達的敘事;此乃敘事理論所說的敘事話語層面,經由不同的媒材表達出來的話語。第四向度,即內容形式向度:關注經由媒介過濾,但未經表達方式處理的故事;也就是具有故事性的內容,但猶未經表達形式加以處理。此四個向度及其內涵,如圖2-1所示。

	表 達 (expression)	內 容 (content)
實 質 (substance)	媒介可以傳播故事,某些媒介自身就是符號學系統	真實或想像世界的物體和行動的再現,透過作者所處社會的符碼,能在媒介裡模仿
形 式 (form)	敘事話語(敘事轉換結構)包含任何媒介敘事分享的單元	敘事故事單元,包括事件、存在物、及其連結

圖2-1 內容與表達的形式層與實質層

資料來源:Chatman (1978: 24)

查特曼指出，故事是由深層的陳述語句所構成，包括深層故事中的事件、人物和場景及其相互關係。而話語所關切的表達形式，則是敘事結構體。至於所謂內容的實質，則是指涉未經語言整理或傳述的原始材料之謂。而表達的實質，則是指涉表達的媒介體本身，譬如文字或電影等。

但一般敘事結構所探討的對象是內容形式（form of content）和表達形式（form of expression）兩個向度，至於另外兩個向度：內容實質和表達實質，則非敘事理論或敘事結構所探討的範圍。

基本上，故事就是原始按照時間序列發生的事件，包括人物和場景都含括在內，並且彼此具有極其緊密的邏輯、因果關係。而話語則是如何將故事內容敘說出來的表達形式，不論是運用何種媒材，都屬於話語範疇。

查特曼認為，從結構主義的敘事理論觀點來看，任何一個敘事都包含兩個單元：故事和話語。其中，故事乃是指涉內容或一連串事件（即行動或事件的發生），再加上存在物（即人物和場景）。話語就是表達，亦即內容可以傳達的手段（Chatman, 1978: 19）。以上故事與話語的分際，可由圖2-2呈現。

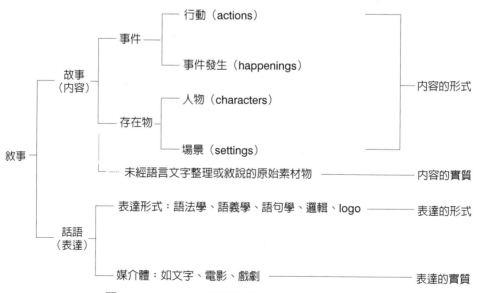

圖2-2　Chatman的故事與話語的區分及其內涵

資料來源：修改自Chatman (1978: 19-26)

從圖2-2可以明顯看出，查特曼將故事界定為事件和存在物，事件再含括行動和事件的發生，存在物則含括人物和場景。

至於話語層面，則包括表達形式的語言學、語義學、語句學等，都屬上述四個向度的表達形式向度。而不同媒材，自有其獨特的媒材特質，這就屬於表達實質的向度。

二、媒材與表達形式

對於一般人尤其是初學者而言，故事與話語的區分，常令人頭痛，但若再加上媒材特質的考量，透過媒材來彰顯故事與話語的表達，就容易瞭解兩者之間的差異了。譬如電影和芭蕾舞蹈各自使用不同的媒材，它們都有其特有的表達形式，只是電影的話語顯然比舞蹈要來得多元且複雜。

對故事內容與表達形式有所瞭解之後，接下來最經常被詢問的課題，就是既然故事是不變的常數（constant），表達形式才是敘事作品變化萬端的變數（variables），那麼加諸表達形式的各種美學藝術加工處理，是否可以運用到各種不同媒材？

查特曼的著作《故事與話語》（*Story and Discourse*），不僅從傳統結構主義切入，將敘事文本劃分為故事與話語——故事內容與話語表達形式，更是討論電影敘事結構的著作，從該書副標題：*Narrative structure in fiction and film*看來，它是兼論文學小說與電影兩種不同媒材的敘事結構。

查特曼指出，敘事不僅分為表達和內容兩種層面，而且兩者又各自再包含形式與實質兩個面向，因此總共有四種面向：表達的形式、表達的實質、內容的形式和內容的實質。

在敘事理論，多數討論集中在敘事結構的表達形式，對於其他則較少觸及，透過查特曼這四種區分，可以看清楚這種趨勢。所以查特曼這種提法，讓我們看到敘事表達與媒材特性之間更為深層的關係。

譬如就表達實質面向來說，它著重於媒材自身，媒材之所以能夠傳播故事，就是因為媒材自身就是一種符號學系統。表達形式則是各種媒材表達故事的各種形式。對於內容實質，查特曼認為不論是真實世界（real world）或故事世界（story world），其間物體和行動的再現，都可透過符

碼在媒材裡模仿，當然不同的媒材，自有其特有的模仿特色。

　　由此可見，針對不同的媒材屬性，在敘事表達方面都會賦予特有的美學加工處理，既合乎該媒材屬性，甚至更發揮該媒材對同一故事所能表達的視聽美學效果。譬如李安改編張愛玲（1978）短篇小說《色·戒》，所導演的同名電影《色·戒》（李安，2007），雖然改編的電影與原著精神一致，但由於媒材的差異，在表現手法上就有很大的不同。在電影裡，可以清楚看到李安導演對於張愛玲原著的故事情節，不僅有他自己在螢光幕影視的獨特表達形式和技法，甚至可以說幾乎超越張愛玲書寫的文字，更深刻地發揮文字小說無法淋漓盡致表達的內心衝突況味。

　　在張愛玲原著《色·戒》，原本只有簡短二行文字，說明男女對於食色的差異，小說寫道：「有句諺語：『到男人心裡去的路通過胃。』是說男人好吃，碰上會做菜款待他們的女人，容易上鉤。於是就有人說：『到女人心裡的路通過陰道。』」就這麼短短二行文字，埋下了這部小說的女性主義與國族主義的衝突點。

　　在李安導演的《色·戒》電影，透過女大學生王佳芝與特務頭子易先生的三場床戲，成了該片最具張力的鏡頭，臺灣媒體不僅大肆宣傳李安導演所拍製的三場床戲，甚至還將第三場床戲稱為是「迴紋針式」的做愛姿勢，因而成為這部電影在臺行銷的賣點，並成為影劇版新聞最熱烈討論的話題。而且根據臺灣諸多媒體報導，許多長年不看國片的先生女士們，就是衝著這幾場床戲——尤其是迴紋針床戲——而跑去看《色·戒》。而這些床戲，都是張愛玲原著小說裡所沒有的情節。可見，表達形式可以有許多不同形式，而且不同媒材，可能有更不一樣的表達形式。

　　張愛玲原著那短短二行文字，輕描淡寫男女差異，卻道盡《色·戒》女主角王佳芝，為何從原始試圖暗殺特務的熱血青年，不僅冒險身入賊巢，甚至自我犧牲處女身，最後卻因為與易先生假戲真做的床戲，因而對易先生萌生愛意，以致最後在暗殺緊要關頭，反而幫忙易先生逃走。

　　對這種情慾所產生的愛意背後的女性主義，與王佳芝原本要暗殺易先生的愛國主義，是一種非常強烈的矛盾對立。李安導演於《色·戒》在

臺演出之後返臺，曾經非常失望地表示，他原本以為會面對臺灣非常嚴肅的討論女性主義與愛國主義的議題，但他似乎沒有看到臺灣有這方面的討論。事實上是有人討論此一嚴肅課題，但似乎只出現在個人部落格，而主流媒體卻只在意那三場床戲，尤其是迴紋針式做愛姿勢到底是如何做到的。

可見，不同媒材對於故事情節的表達形式，具有很大的影響作用。此外，不同媒材對於同一個故事單元的表達形式，都可能因為媒材的特性而有所不同，像《阿凡達》（*Avatar*, 2009），就充分發揮了3D影視科技的表達效果，這就是其他媒材所無法相提並論的。

敘事基本上可分描寫（diegesis）和模仿（mimesis）兩大類，早在亞里斯多德的《詩學》就有所分析，而且這兩大類也被公認就是敘事學的濫觴。晚近似乎有人在爭執到底是描寫的，還是模仿的更接近故事本身，更能彰顯故事的原汁原味，這些爭議就涉及是否某種媒材勝於另種媒材的課題。

由於敘事學起源於文學小說的探究，所以文學小說研究學者自然而然傾向於認為描寫才是正統，戲劇被認為是模仿。對於文學和戲劇這兩種不同媒材，到底何者更能彰顯故事情節的張力，老早就是敘事學界討論的一大議題。無可否認，由於戲劇受到舞臺限制，對於場景或布景的設計難免受到相當程度的侷限，不像文學書寫可以盡情發揮銳利筆頭功力。再者，戲劇對於事件的交代，通常只能特別著重某些具有重大轉折的行動，予以刻意呈現，其餘則只能輕描淡寫帶過，或藉由舞臺人物的對話來轉述，甚至只能藉由場景的變化來呈現，此與文學小說對於情節轉折的極盡故事人物內心變化，可以說不可同日而語。

但是與戲劇接近的影視，則隨著影視科技日新月異，對於人物內心的刻劃、場景與動作的電腦合成、場景的特效、故事情節轉折的剪接等，都能生動聚焦，並且深刻左右觀眾的情緒，可說與描寫性的文學小說並駕齊驅，甚至有過之而無不及。最近幾部改編自長篇小說的電影，像《魔戒》系列（*Lord of the Rings*, 2001, 2002, 2003）和《哈利波特》系列（*Harry Potter*, 2001, 2002, 2004, 2005, 2007, 2009, 2010）等，不論小說原著或改

編電影，對於場景、角色、動作、特效等之描繪，都極其豐富精彩，難怪如此吸引青少年愛讀愛看，尤其電影系列的電腦合成科技，更超越原著小說多矣。

　　其實如同上述所言，不同的媒材，各具不同的優勢，亦即不同的媒材各自適合於再現故事情節裡某種特定單元，但未必有一種媒材的各種表達形式優勢，能勝過其他所有不同的媒材，就如同俗諺所說：天生我才必有用，各種不同媒材各有其不同表達形式上的優勢。

　　即使面對不同的媒材，敘事學都還是面對以下相同的課題：不同的媒材是否能夠表達相同的故事情節？不同的媒材是否能夠彰顯相同的敘事結構？不同的媒材是否因為敘述話語或表達形式不同，而讓閱聽大眾對故事本身有不同的感受？尤其是視角（point of view）所造成的差異？這些課題當中，有關視角，本書將另章討論。

伍、故事與情節融合一體

　　故事與話語的區分，既是敘事理論重要觀點，而且也是敘事理論根基所在。自從敘事理論發源伊始，就浮現故事與情節的區隔概念，可是故事與情節的明顯區隔傳統，卻給初學者帶來一些困擾和誤解。

　　敘事理論發展過程，曾經有敘事解析二分法與三分法的不同見解，各擅勝場，本章下節也會完整介紹。惟不論敘事解析二分法或三分法，都純係為了敘事研究方便，才將敘事作品切割為二個或三個層面，但實際上，所有敘事作品都將這二個或三個層面融合為一體，根本無所謂二個或三個區塊可言。林東泰（2011）也指陳，即便是傳統敘事結構觀點，敘事作品的內容與形式、故事與話語、故事與情節，都融合為一體，才能成就一個完整的敘事作品，無論它是以何種媒材呈現。

　　因此，無論是敘事研析二分法或三分法，都難免會面臨某種程度的誤解，初學者常常會因為敘事研究二分法或三分法的解析，而誤以為敘事作品是可以切割成二個或三個不同區塊，甚至誤以為一個完整的敘事作品裡，具有二個或三個彼此相互對立的單元等不切實際的想法。其實所有敘

事學者都指出，由於俄國形式主義和法國結構主義爲了探究敘事作品的結構，才從敘事作品的結構出發，硬是將一個完整作品分爲二個或三個結構面向，作爲敘事研究分析的途徑。

根據普蘭斯（Prince, 1994）的說法，敘事學可分爲三種類型，第一種類型，基本上接受俄國形式主義和法國結構主義的觀點，針對文學作品，致力於探究故事內容的事件功能、結構功能、結構規律和運作邏輯等敘事結構，代表人物就是研究（俄國）《童話型態學》的普洛普（Propp, 1928/1968）。

第二種類型，以法國結構主義者熱奈特（Genette, 1980, 1988）爲代表，著重於表達形式的話語層次，針對敘事作品中敘事者（narrator）的口頭或文字表達的敘述或敘述行爲（narration）作爲研究重心，關注在倒敘、預敘和視角運用等。

第三種類型，是以美國查特曼爲代表，試圖結合故事與話語，兼顧兩者的研究。這種類型敘事學，則是兼顧上述兩者，認爲故事的結構和敘述話語都很重要，所以被稱爲總體的或融合的敘事學，是以美國敘事學者普蘭斯和查特曼爲代表。

總結而言，不論是將敘事文本區分爲故事與話語、故事與情節等，或者是所謂二分法與三分法等各種不同的見解，初學者千萬不要誤解敘事文本原本就是一分爲二或者一分爲三的單元，務必建立一個基本觀念：只有融合一體，才是敘事作品。無論敘事學者提出多少不同的區分或分類，都只是就研究方法角度出發，爲了方便探究深藏在敘事作品深處的結構，所做的解析工作。其實敘事文本就是將故事與情節融合一體，只有融合一體的文本才是眞正的敘事作品。不論任何解析方法或分類，都是敘事學者爲了研究方便，而且任何方法或分類，都不會影響敘事作品。

第二節 敘事研究的二分法與三分法

從敘事理論濫觴伊始，即有故事與情節、故事與話語、fabula與syu-zhet等，將敘事文本一分為二的研析方法，後來有學者又添增了敘述或稱敘述行為，於是傳統的敘事研究二分法，遂又有三分法的論點。

不論是二分法或三分法，都無所謂孰是孰非、孰優孰劣的爭議，純係研究標的和焦點差異所致。至於三分法與二分法兩者的比較而言，當然三分法添增了二分法未曾重視的新標的：敘述。那麼讀者，尤其初學者到底要選擇哪一種較為合宜？其實端賴哪一種分類方法最合適自己對敘事理論的理解，以及自己想從事什麼研究主題而定。由此可見，這種二分法和三分法，只是作為解析文本的敘事研究方法，並不會影響敘事文本。

從俄國形式主義開始，就將敘事文本拆解為形式與內容，亦即以二分法來檢視敘事文本。這種敘事研究二分法，一直留傳迄今不墜。至於如何將一個完整的敘事文本，一切為二？說來容易，做來不簡單。

在敘事研究的傳統上，都將文學作品解析為幾個最簡單、最主要的敘事結構，包括：人物類型（人物與角色）、敘事單位（情節與結構）、整體布局（結構與節奏）等。在人物類型方面，又有主角、壞人、助手、幫凶等角色分配，在角色功能則可分為使命、報償、考驗等。至於敘事情節，可說是整部小說創作的核心，也是整個敘事文本最吸引人的部分，但許多文學作品的敘事情節，常常幾乎概括整部小說故事的結構與布局，所以想要將敘事文本分解為故事與情節二個區塊，真的說來容易、做來不簡單。

因為在敘事文本，故事與情節二者，原本就是交互穿插、連結共構、一體成形、共同呈現，如何輕易拆解一分為二？既難拆解，那又如何區分？其實最簡要的區分方法，就是要把握一個基本原則：故事內容只有一個，但表達形式可以許多不同面貌呈現。不同的作者或敘述者，對於同一個故事，都有可能創造出許多不同的情節。

可見，不論要將一個完整敘事文本拆解為二個或三個區塊，都不是容易的事，以下茲先介紹敘事研析二分法。

壹、敘事研析二分法

一、形式主義的形式與內容

　　最早提出敘事二分法的是俄國形式主義者什克洛夫斯基和艾欽鮑姆兩人，他們都主張將敘事作品明確區分它的形式與內容，也就是形式主義者所說的故事（fabula）與情節（sjuzet）。所謂故事，就是敘事內容，係指按實際時間及其因果關係等條件所排列的所有事件。而情節則是作者對這些素材所做的形式加工或藝術處理。對俄國形式主義者而言，作為敘事的原始素材的內容，並非重點，真正的重點在於如何對這些原始素材加以藝術加工處理，使它們變成引人入勝的敘事作品。所以，情節才是敘事理論研究的重點，也是形式主義者致力於鑽研的標的和對象。

　　根據普洛普針對俄國童話故事的研究，敘事具有固定結構，這些結構的基本單位，並非故事中的人物，而是故事中的行為功能。普洛普指出，童話故事結構具有固定的31種行為功能，而且更重要的是，這些組構情節的行為功能，具有恆定不計的結構，無論故事情節包含多少種不同功能，它們都會按照普洛普所發現的31種功能的順序排列。當然有些功能不可能完全包含在某一個故事當中，所以就會有些功能從缺。

　　童話故事的發展，總是按照自然時序的行為功能，所以，普洛普這種事件功能或敘事功能，其實是在探究故事背後的敘事結構。他認為敘事結構存在某種常數，非常單純；只有情節的表達形式，才是複雜的。這就是俄國形式主義者普洛普對敘事結構的基本觀點。此一觀點雖然來自俄國形式主義，卻與法國結構主義不謀而合，完全認定敘事具有固定結構形式，而這正是敘事學研究的核心所在。

　　其實，有別於普洛普行為功能觀點的論者，大有人在，有的主張情節觀，認為情節才是敘事學最引人入勝的核心，除卻情節，其他都只是陪襯而已。也有學者主張人物觀，人物角色才是敘事作品的精華所在，任何敘

事文本都不能沒有人物角色，如何安排鋪陳各種不同的人物角色，才是作者的藝術功力和美學造詣所在。所以說，敘事理論乃是一個五花八門、百花齊放的學術領域，各種不同觀點都各有見地，惟本書只介紹敘事學最基礎的共同觀點，好讓初學者不至於頭昏眼花、迷失在各種學派陣仗裡。

法國結構主義敘事學者基本上也接受俄國形式主義的觀點，像托多羅夫（Todorov, 1966）也提出故事與話語此二分法概念，來區分敘事作品的素材內容與表達形式，並且成為法國結構主義敘事學基本觀點。而美國敘事學者查特曼（Chatman, 1978）在其《故事與話語》書中指出，任何敘事作品都有兩個組成部分，其一是故事、另一是話語；故事就是作品的內容，而話語則是該作品的表達方式或敘事手法。所以，法國和美國敘事學界基本上，也都接受敘事研析二分法的觀點。

二、美國敘事學界的故事與話語

敘事研究二分法，是將敘事研究標的區分為形式與內容、故事與話語、故事內容與話語表達（story and discourse）兩個層面，可說是最簡單易懂的區分方法。這也就是俄國形式主義者對敘事作品的劃分方法，然後從俄國流傳至法國，被法國結構主義敘事學界採納，後來也被美國敘事學界接受，都是主張敘事研析二分法觀點。

所謂敘事研析二分法，就是探討敘事文本的研究方法，將敘事作品切割為內容與形式、故事與話語、故事內容與表達形式等二元分立的二分法來歸類，其優點就是簡而易懂，即使對文學作品不熟稔的初學者亦可一目了然。惟缺點就是過於簡化，會錯失對諸多敘事學精彩元素的深入體會，造成只重大局，卻遺漏許多細膩精彩細節。

在敘事研究二分法裡，自從俄國形式主義以降，幾乎所有敘事理論都將焦點鎖定在敘事情節，但對故事，則未將它視為研析對象。換句話說，只有話語表達形式才是敘事研究對象，故事內容則非敘事理論研究標的。而今，由於電腦科技日新月異，對於影視科技表現手法大有進步，許多以前難以表達的情節形式和技法，如今藉由影視科技的協助，反倒是一般人比較容易強調的層面。譬如《阿凡達》（*Avatar*, 2009），就動用了包

括RealD 3D、Dolby 3D、XpanD 3D和IMAX 3D在內的多種3D格式，乃至於4D格式（wikipedia.org/wiki/Avatar_2009_film），不僅在視覺上多所創新，更讓觀眾過足了癮，享受潘朵拉衛星納美人奇美無比的生活環境、靈魂之樹和人與迅雷翼獸之間神經網路的溝通景象，尤其是迅雷翼獸的飛行英姿，更是讓喜愛飆速的年輕人愛死了。

對於同一故事，卻有多種情節表達。這種現象也經常出現在電影，許多經典小說改編拍成電影，而且是幾位不同導演前後製作的電影，在這種情況下，可能就會因為導演功力不同、風格不同、視角不同、重點不一，而拍製出不同品味的電影。正如同不同的讀者、觀眾，對於同一部小說，會有不同的感受和領悟。但儘管有多位不同導演來拍攝，卻因為都引用相同一部小說，且多保留原著書寫的表達形式，所以拍攝出來的電影也多數大同小異。就像《傲慢與偏見》是英國小說家珍‧奧斯汀（Jane Austen, 1813）的著作，分別於1940、1980、1995、2005年拍製成電影或電視影集，就是由於導演不同、演員不同，所以觀眾評價各有不同。

過去數十年來，諸多學者對於敘事理論的探究有了不少界定和範疇，其中最簡單、易懂的莫過於普蘭斯（Prince, 2003），他在所著《敘事學辭典》中，將敘事學界定為二個層面：（1）兼顧故事與話語；和（2）偏重話語表達。這兩者差異何在？簡單而言，第一種層面包括故事內容與話語表達（story content and discourse expression），而第二種定義則侷限於話語表達而已，排除了故事內容，只重視故事話語表達形式的探究。

第一種層面所說的主要針對結構主義敘事學，本書第4章有詳細的說明。結構主義語言學主張語言系統具有內在規律，並能自成一體、獨立自足的符號系統。結構主義敘事學就是根據索緒爾的語言結構主義觀點，也主張敘事具有特定結構規律、運作功能和邏輯體系。

由於第二種層面侷限於話語表達，所以有人說，第二種層面只重敘述或敘述行為（narration），著重在敘述者（narrator）的講述技巧。

其實對於「敘事」和「敘述」這兩個詞的使用，有些人有不同的看法。純就英文而言，narrative翻譯為敘事，narration翻譯為敘述，恰當不

過、毫無問題。但narrator到底要翻譯爲敘事者或敘述者，較爲合適？則似乎未見充分討論，而且到處都可見到敘說者、敘事者、敘述者、講述者等十分接近又有些微差異的詞彙，本書爲行文方便，倒是將敘述者和敘事者兩者互用，未予確切分別。

　　至於敘事（narrative）與敘述（narration）兩者，嚴格地說，兩者其實有相當程度的差異。敘事指的是說故事，敘述則較偏重講述過程。也就是說，敘事包括故事內容和表達形式兩者，而敘述則只限於敘事者如何講述故事而已。也有學者認爲，敘述（narration）一詞與敘述者（narrator）緊密相連，指涉的是話語層次上的敘述技巧；而敘事（narrative）一詞，則含括了故事結構與話語技巧（story and discourse）兩個層面（申丹，2004）。在此給初學者一個建議，當你面對這些十分接近卻又有微妙差異的字眼時，你最好注意它所使用的英文，就好比徐佳士老師一直勸學生，當你面對大衆傳播這個詞的時候，最好你心中擺放著英文的原意，因爲communication乃是雙方、雙向的，可是中文的傳播，字面上似乎體會不出雙向的味道。

貳、敘事研析三分法

　　除了敘事研析二分法之外，也有不少敘事學者提出敘事研究三分法，認爲將敘事研析分爲三個面向更爲恰當。提出三分法的敘事學者相當多，本書只特別選取幾位頗享盛名的學者所提的三分法觀點來分析。

一、熱奈特的三分法

　　熱奈特（Genette, 1980）在《辭格之三》（*Figures III*）提出敘事研究三分法的概念，將敘事學的探究重點區分爲以下三個取向：（1）故事（histoire/story），就是指被敘述的內容；（2）話語（recit/discourse），就是指表達方式（不論是口頭說的或筆頭寫的）；（3）敘述（narration），就是指敘說話語的行爲或過程。

　　主張敘事研析三分法的熱奈特，與提倡敘事研析二分法的形式主義者普蘭斯、查特曼等人，雙方的主要歧異點在於三分法將原本二分法裡的

故事與話語中的話語，再區別獨立出來另外一種類別，也就是敘述或敘述行為（narration）。熱奈特不僅區分了故事與話語，還特別將敘述行為區分出來，點出了敘述行為的角色，並且強調敘述行為的重要性，認為敘述行為乃是產生話語的行為或過程，也正是熱奈特敘事研究三分法的特色所在。

　　熱奈特對於話語的界定，包括口頭的、書寫的，都屬表達方式的範疇。雖然話語必然涉及語言學議題，但過去敘事理論並未特別針對口頭話語和書寫語文，有所充分討論。

　　對於熱奈特三分法，也有人持不同看法，認為敘述行為（narration）或敘說者（narrator）等元素，都可以包含在話語表達層次，實在沒有必要從話語層次中再刻意區隔出來。持這種看法的學者，主要來自原本就主張二分法的學者居多，他們認為，不論是敘述者的安排或敘述行為的鋪陳，都屬於話語表達形式的範疇，所以三分法，無非就是將二分法裡的話語表達形式，再予以細分、區分出來而已，實在無此必要。但是，無可否認，三分法的優點，就是讓我們更清楚敘事分析，可以更細膩地審視敘事作品，對敘事理論的發展，未嘗不是好事一樁。

二、里蒙─凱南的三分法

　　在主張三分法的學者當中，有人提出與熱奈特不同的看法，卻都同樣主張將敘事研析分為三個層面較合宜。里蒙─凱南（Rimmon-Kenan, 1983）在《敘事小說》（*Narrative fiction*）裡，提出了三分法概念是：（1）故事（story）；（2）文本（text）；（3）敘說（行為）（narration）。

　　可見，從熱奈特到里蒙─凱南的兩種三分法，其實都是突顯了敘述（行為）的特色，將敘述從話語層面特別區隔出來。可是值得注意的是，里蒙─凱南的其他兩種類別：故事與文本，並沒有延續熱奈特的原始用法：故事與話語，而是故事與文本。意即，所謂三分法，並不是只有熱奈特的分法而已，還有其他不同的三分法。

　　里蒙─凱南此一分類法，除了與熱奈特一樣，突顯敘述（行為）之

外，特別將原來二分法的「話語」，明確修正爲完成的「文本」，藉以彰顯從完成的敘事文本作品來看敘事學的分類。她對於文本的界定如下：不論是口頭的或書寫的，凡是用來敘述故事事件的話語都屬之。可見她的文本概念，已經包含了話語表達形式，但既爲文本，就應指涉一個可以讀或聽的文本，所以里蒙—凱南的文本乃是指涉已經完成的敘事作品，不論它是以口頭的或以文字的方式呈現。這裡出現一個有趣的概念，里蒙—凱南的文本乃是指涉完成的敘事作品，那麼文本就含括了自形式主義以降的傳統二分法：故事與話語。可是問題就出在這裡，既然以文本取代了傳統故事與話語的二分法，那麼里蒙—凱南的三分法裡，它又有故事，到底它是如何獨立出來呢？

可見，傳統二分法的內涵，自俄國形式主義以降，包括普蘭斯和查特曼等人的二分法，都非常一致性地指涉二種相同的內涵：形式與內容、故事與話語、故事內容與話語表達。也就是說，主張二分法的學者，他們所指涉的區分出來的內涵，是相同的、一致的。但是，當熱奈特提出三分法之後，接下來不同學者所提出的各種三分法，卻各有不同的內涵指涉，亦即不同學者所主張的三分法，其區分內涵各自不同。所以，初學者遇到二分法，原本對於形式與內容、故事與話語、故事內容與表達，到底如何明確區分，都已經有些混淆不清了，如今再遇到三分法，就連各個三分法爲何要如此分類區隔，將更爲迷糊。

尤其是碰到像熱奈特與里蒙—凱南這麼著名的敘事學者，他們的理論觀點，當然受到學界重視，問題是他們所提出的三分法，並非與傳統二分法平行，而是既平行又交疊。在三分法的個別成分裡，既區隔了傳統二分法的成分，卻又相互交疊地混雜了既有二分法裡的成分。如此一來，就更讓初學者搞得一頭霧水，還未進入敘事學殿堂，就碰到一堆令人頭痛的問題。接下來，還有一個著名的敘事學者巴爾，她也提出不同的三分法內涵，可是介紹完她的觀點，再仔細比較這幾位學者不同三分法的異同之後，就會豁然開朗，弄清楚二分法與三分法之間的各種問題了。

三、巴爾的三分法

三分法的始作俑者是熱奈特，後來里蒙—凱南的三分法，從原本熱奈特的原始概念再向前邁出一大步，尤其她所分類出來的文本，更造就了巴爾（Bal, 1985）另一種三分法。巴爾在《敘事學》（*Narratology*）（Bal, 1985），提出另外不同的三分法：（1）素材（fabula）；（2）故事（story）；（3）文本（text）。

巴爾此種三分法的特色在於將傳統二分法故事與話語中的「故事」，再細分為「素材」與「故事」。可見巴爾的三分法，與熱奈特、里蒙—凱南所使用的策略和做法類似，都是從傳統二分法裡的某一個成分，再細分出不同的成分出來。熱奈特和里蒙—凱南都是從傳統二分法裡的話語，再細分出話語和敘述（行為）。而巴爾是從傳統二分法裡的故事，再細分出故事和素材。

所謂素材，就是完全按照時間序列進行的原始素材，與具有情節張力的故事有所不同。巴爾這種切割故事與原始素材的做法，真叫初學者恍然大悟，原來在故事成為可以敘說或可以書寫之前，它原本是以一種素材性質存在，巴爾這種切割策略，對理解傳統敘事研析二分法，貢獻頗大。

巴爾的三分法，最大的特色就是她將素材獨立出來，而此一特色正好突顯了形式主義風格，因為俄國形式主義非常重視故事素材，只是在傳統二分法裡，並沒有特別指陳。巴爾雖然彰顯了俄國形式主義對於素材的重視，可是她的三分法，卻似乎沒有帶來新的困擾。

或許可以說，巴爾既傳承了傳統形式與內容、故事與話語、故事內容與話語表達的二分法框架，但她同時也接納里蒙—凱南嶄新文本的三分法提法，所以巴爾可謂屬於兼容並蓄型的學者，既傳承傳統二分法，也再向前跨出一大步。

且讓我們仔細比較里蒙—凱南和巴爾的三分法，里蒙—凱南的三分法是：（1）故事（story）；（2）文本（text）；和（3）敘說（行為）（narration）。巴爾的三分法是：（1）素材（fabula）；（2）故事（story）；（3）文本（text）。所以從她們三分法的異同，可以看出：除了文

本之外，二人卻各自有不同的強調重點，里蒙—凱南追隨熱奈特，強調敘說（行為）；而巴爾則強調故事的原始素材。從這裡，就看得出來，敘事研析三分法遠比二分法更令人頭疼，各個學者不同的三分法，更有不同的強調重點，而且彼此既平行、又交叉、且重疊，這才是給初學者帶來困擾的主要原因。

　　這些困擾裡，至少有以下幾個問題。第一個問題，按照巴爾的三分法，將素材區隔獨立出來，自是好事，但是傳統二分法的故事，到底有無包含素材在內？如果答案是肯定的，那麼巴爾可以說幫傳統二分法一個大忙，將敘事作品再作更細膩的區分。如果答案是否定的，傳統二分法的故事裡，原本就不含括素材在內。那麼巴爾將素材獨立出來，則不僅讓傳統二分法更向前邁進一步，也為敘事理論貢獻不小，因為傳統二分法從未涉及素材與故事的分際，如此一來，大家對素材與故事之間的區隔，更為清楚明白了。所以在第一個問題裡，無論答案是肯定或否定，都展現巴爾三分法對既有敘事研析二分法做出了貢獻。

　　接下來第二個問題就比較麻煩了，因為里蒙—凱南和巴爾的三分法裡，都有故事和文本二種成分。根據傳統形式主義和敘事結構研究的觀點，敘事作品包含故事與話語二個不同層面，如今，里蒙—凱南和巴爾兩人的三分法，都既有故事又有文本，問題就浮現出來了。因為一般認為，文本既然是指涉完成的作品，它就含括了故事與情節兩者，如今兩人三分法都既有故事卻又冒出了文本，那麼到底故事與文本又如何區分、兩者有何差異？同學們請別著急，對於故事與文本之間的差異比較，將在下文介紹巴爾的三分法裡一一交代。

　　倒是第三個問題：到底巴爾的文本與里蒙—凱南的文本，是否一致？這的確是個大哉問，在比較之前，且先對照一下兩人的三分法異同，里蒙—凱南的三分法是：故事、文本和敘說（行為），而巴爾的三分法是：素材、故事和文本。兩人都區隔出來故事和文本，然後里蒙—凱南再從文本裡細分出敘說，而巴爾則從故事裡再細分素材出來。兩人各自一前一後所延伸出去的區分，基本上都各自對敘事理論的開展具有貢獻。只是兩人

一前一後的各自延伸出去，既平行又交疊，讓初學者愈搞愈混。

其實，對於她們的比較，可以採取以子之矛、攻子之盾的策略，因爲很明顯地，在里蒙—凱南的三分法裡，就將巴爾的素材含括在故事裡；而在巴爾的三分法裡，也將里蒙—凱南的敘說含括在文本裡。所以，兩人都有文本這個成分，它們之間到底是否一致？就好比她們的三分法裡，都有故事這個成分，到底是否一致的問題。這些問題都出在於一個向前延伸素材這個成分，另一個向後延伸敘說這個成分。唯一不同的是，巴爾的素材提法，是前所未見；而里蒙—凱南敘說的提法，則是效法熱奈特而來。

事實上，上述這些問題，都可以運用到熱奈特與里蒙—凱南或巴爾之間，因爲三人都各自提出既同且異的三分法，彼此各有獨到的見解，顯見三人對於敘事學三分法各有特色和著重點，也都爲敘事理論的研析工作，更向前推進。

四、不同三分法的比較

總結上述分析，這三種三分法各有不同成分，熱奈特的三分法是：故事、話語與敘述；里蒙—凱南的三分法是：故事、文本與敘述；巴爾的三分法是：素材、故事與文本。

三人比較起來，巴爾的三分法，明顯與熱奈特和里蒙—凱南的三分法有所不同，巴爾著重於故事與素材的區分，而非熱奈特和里蒙—凱南著重於文本與敘述的區分。

但是，巴爾這種三分法，卻比較合乎吾人日常生活中對於「說故事」和「聽故事」的用法；也就是說所謂故事是具有情節加工者，所以務必將素材和故事區分開來。那麼如此一來，巴爾豈不就是把情節看成故事？或者把故事和情節混爲一談？其實，並非如此，在巴爾的三分法裡，含括故事與情節者，乃是文本；也就是完成的敘事文本，它是必然同時含括故事與情節。這種說法，應該不會有人反對。

如果初學者誤以爲，巴爾的故事，是含括了故事與情節兩者，那就是錯誤的解讀。畢竟敘事是一個完整的作品，含括故事與情節，而情節只是敘事的部分。敘事務求完整，從開端、發展到結局有一個完整格局。所

以，若初學者誤以爲巴爾把故事和情節混爲一談，那就錯了，畢竟除了故事，巴爾三分法裡還有一個文本成分，文本才是含括故事與情節的完整敘事作品，或稱敘事文本。

另外，還有巴特（Barthes, 1977）〈敘事作品結構分析導論〉，也提出三分法：（1）功能層，是針對敘事事件的功能而定，也就是吾人關切的「情節」；（2）行動層，是針對人物的行動而定，是故事中的人物；（3）敘述層，就是敘述話語。可見巴特又將故事中的人物特別突顯出來，與其他人的區分方法都不同，但是仍然無法解決吾人困惑的問題：故事與素材、故事與話語的界線。

基於上述所談的熱奈特、里蒙—凱南、巴爾的三分法，可謂各有所長，比較令初學者感到困擾的是，彼此之間錯綜複雜的既平行、又交叉、且重疊的脈絡。所以，本書特將三人所提之各種三分法，以及傳統二分法，利用表2-2來展現其間的異同。

表2-2 敘事分析二分法與三分法的比較

各種不同敘事研析分析方法				代表性敘事學者
二分法	內容	形式		俄國形式主義
	故事	話語		法國結構主義、Chatman、Prince
	故事內容	話語表達		
三分法	故事	話語	敘述	Genette
	故事	敘述	文本	Rimmon-Kenan
素材	故事		文本	Bal

資料來源：本書整理

雖然熱奈特、里蒙—凱南和巴爾等人分別提出各種不同的敘事解析三分法，但不外乎就是：素材、故事、話語、敘述（行爲）、文本等五個面向爲其主要探討標的。在這五個標的當中，素材是由故事細分出來，敘述是由話語區分出來，所以也可以將此五個面向，再濃縮還原爲故事與話語

兩個面向。可見，整個敘事學還是圍繞在故事與話語兩個基本要素，只是各個學派或學者，各有其關注焦點的差異而已。

　　無論是敘事研究二分法和三分法，都只是敘事研究方法上的差別，根本不會影響敘事作品自身。也就是說，不論是二分法或三分法，都無增損於它們所要分析的敘事作品。甚至可以說，自古以來的各種偉大敘事創作，作者可能根本不曾想過什麼二分法或三分法。所以要強調的是，敘事研究二分法或三分法，純係敘事研究方法的區分，而非敘事文本創作的祕訣。也就是說，懂了敘事研究方法，未必就能創作出好的敘事作品來，這些區分方法，純粹是用來解析敘事作品用的。

　　但也有些學者硬要說，這種二分法和三分法乃是敘事作品層次上的不同（申丹，2004），但敘事作品又分為多少層次？它們各自為何？所以這種說法治絲益棼，反而容易讓初學者摸不著頭緒，所以建議初學者，從研究方法的角度來看待這兩種不同的分類，那麼對於其間諸多繁瑣、疑惑就可迎刃而解。只要掌握基本原則：不論二分法或三分法，都屬研析方法，而研析方法與研析對象完全是兩回事，只是不同專長領域學者各自為了研究興趣，刻意將研究對象切割為幾個不同面向。就像社會科學領域已經發展各種不同的研究方法，這些研究方法都是為了研究方便而已，卻與研究對象既毫無關係、也無增損，根本不會影響社會現象。研究方法歸研究方法，社會現象歸社會現象。但無可否認，若能將研究方法規劃得更為細膩，將可獲得更佳研究成果。

第三節　巴爾對敘事理論概念的界定

　　巴爾（Bal, 1985, 1997, 2007）除了提出上述敘事研析三分法之外，對於敘事學所涉及的諸多概念，有相當深入淺出、清晰易懂的界定，而且有如抽絲剝繭一般，逐層解析，對初學者助益匪淺。

　　首先，她為敘事學下了簡單的定義，所謂敘事學就是敘事文本的理論

（Narratology is the theory of narrative texts）（Bal, 1985: 3）。但哪些是屬於敘事文本，則必須有明確的範疇和界定。她認為，如果敘事文本的某些必要特質能夠被明確界定，那麼這些特質就應該能夠回答下一個問題：這個敘事文本是如何被建構？又如何清楚描述建構這個敘事文本的方式？她說，如果能夠回答這個問題，那麼就能描述敘事系統了。而且基於此一描述，就能進一步檢驗敘事系統具體成為敘事文本的變化。所以，她就嘗試提出一個整合的、有系統的敘事學及其觀點。

壹、素材、事件、故事、文本的定義

巴爾延續上述討論，提出有關敘事文本理論的幾個核心概念，茲分別界定如下：

1. 文本：就是一個包含語言符號有限的、結構的總體。有限的符號並非指文本自身是有限的，而是指文本的每一個字或電影的每一個鏡頭等，都是非常明確的指涉。

2. 敘事文本：就是某個角色（agent）在特定媒材，居中串聯故事的文本。這裡所謂媒材，範圍涵蓋甚廣，包括語言、聲音、影像、建築或上述多種媒材的複合體。

3. 故事：就是以某種形式再現的素材（A story is a fabula that is presented in a certain manner）。

4. 素材：就是一系列具有邏輯關係和時間序列（logically and chronologically）的事件，而由行動者（actor）所造成或所經歷者。

5. 事件：就是從一個狀態（state）到另一個狀態的轉換。

6. 行動者：就是行使行動的角色，但並不限於人類。

7. 行動（act）：就是造成或經歷某一事件。（Bal, 1985: 5）

檢視上述巴爾對諸多敘事相關概念定義看來，從敘事學、敘事文本到文本，從文本到故事、素材、事件，再從素材、事件到行動和行動者，以及下文還會介紹她提出的各種其他敘事成分，如時間、空間、關係、視角等，真是有如抽絲剝繭、一層一層地解析敘事學基本元素。

從這些定義，也看到巴爾對於自己所提敘事研析三分法裡，有關文本、故事、素材彼此之間環環相扣的緊密關係。巴爾對這些敘事學基本元素的界定，可說是進入敘事領域的必備知識，初學者只要掌握這些基本元素，就好比擁有武林祕笈，就能夠從這些敘事元素進入敘事結構，進而體會敘事學對敘事文本解析的各種學理。

她認為，這幾個核心概念，只是一種有助於瞭解敘事文本的工具。這些工具頗為實用，既可用來進行文本描述，而且又讓一般人容易聽得懂，有助於瞭解抽象的敘事系統。但她也提醒，借助於此一理論工具而獲得的文本描述，絕非唯一的正確可能描述，不同的人都可能從不同視角來運用這個系統和觀點，因而會有各種不同的文本描述。

有了此一基本認識，就可以進一步探討敘事文本的語料庫（corpus）問題，到底敘事語料庫包含哪些類型文本？像長篇小說、短篇小說、童話、新聞報導等，似乎都屬於我們關切的敘事文本類型。站在本書立場，當然最關切一般敘事理論與新聞傳播之間的關係，主要就是關切如何將敘事理論運用到新聞報導，讓新聞傳播與敘事理論結合。

但如何劃分這些界線？這些劃分不同敘事類屬的界線何在？更為根本的問題是：歸屬敘事文本與否的明確界線在哪？譬如漫畫算不算？同意者認為只要是文本（text），未必一定非得語言文本（language text）不可，如此一來，諸多非語言符號文本，像圖像、照片、廣告看板、甚至服飾等，也都是特有的文本，所以巴爾的文本，觀點不僅並未侷限於語言文本，也讓敘事文本的範疇更為寬廣，尤其在當今各種新興媒體的崛起，於是到處無不是文本。這種觀點也與巴特（Barthes, 1975）天下萬物都是文本的觀點相當一致。

由巴爾上述界定可以看到，所謂敘事文本（narrative text）就是與故事有關的文本，因此它暗示文本並非故事（text is not story）自身，而是故事的承載。而且殊值注意的是，許多相同的故事，卻有諸多不同的敘事文本；即使故事相同，但是敘事文本也有可能不同。其因素很多，包括不同的作者、敘述者等，都會造成故事相同、敘事文本不同的現象。所以，

文本與故事，乃是兩個不同的概念。文本同時含括了故事與話語，或者含括了前述的故事與情節。

巴爾在這裡既說文本是故事的承載，而且相同的故事，也可能會有不同的文本呈現。很明顯地，巴爾就是將文本視為含括故事與話語的完成文本，既有故事內容也有表達形式，但是基於作者和敘述者的不同，卻有許多不同版本的表達形式。可見，巴爾完全延續形式主義和結構主義敘事學的基本觀點。

接著她對素材和故事的界定，可謂敘事理論的基石，用白話講，她認為素材就像吾人日常生活裡，每天循著時間序列和邏輯關係，一點一滴發生的事件。但是這些再平常不過的素材，未必就是故事，巴爾主張它必須以某種形式再現，才會成為故事；也就是要具備敘事理論所謂的敘事性，才會讓素材成為故事。譬如說，在日常生活裡每天發生的事件何止萬千，但這些千千萬萬的事件，若無法以某種形式、具有敘事性地呈現，那麼它們就只是素材、而非故事。

許多敘事文本裡的素材，或許都有些類似。根據敘事理論，不同的敘事文本，難免展現了某些相似性，因為敘事文本的句子結構，就如同吾人真實生活裡一樣，兩者都彼此具有相似性。畢竟許多敘事文本裡的素材，可說是根據人類實際經驗和事件邏輯而被建構出來。

至於事件邏輯，則未必是人類經驗，但它必須具有某種可理解的邏輯性，才容易被閱聽人理解。所以許多影視情節，在真實世界根本不可能發生，但是從事件邏輯似乎可以接受，就會被拿來當故事世界的事件。所以，敘事文本的素材和人類真實生活具有相似性，而這種相似性的本質和它的抽象程度，都是吾人興趣所在並且頗具啟發、創新價值，才會被讀者或觀眾愛不釋手。

因此會造就以下結果：任何有關素材結構問題，或多或少都與文學作品外的真實世界有關。如此一來，就會牽扯到人類學和社會學等不同學科觀點與論點。而且本章所講述的各種論點都可適用於人類各種行動，像電影、戲劇、新聞報導、社會與個人事件等。

所以，素材應該跨文化、跨學科、跨歷史來比較，而非侷限在作者個人的經驗範疇，否則故事性或敘事性，就會大幅降低。就像《變形金鋼》系列（*Transformer*, 2007, 2009, 2011, 2014），無論金鋼如何變形，它的源頭總要和太空物理扯上一點關係才行，這樣才會讓觀眾看得懂這些金鋼人到底怎麼會出現在地球上，至於片中所談的太空物理概念是否正確，那又另當別論。

貳、因果邏輯、時間序列

從上述解說可以發現，敘事文本具有三個不同層次的概念：素材、故事、文本。此乃敘事文本的基礎所在，意謂著敘事文本是可以分成三個層次來分析，但分析的材料卻來自同一個文本。而且只有鑲嵌在語言符號體系裡的文本層，才是吾人可以直接接觸得到的。

巴爾對於素材與故事的界定，讓人看清楚兩者之間的分際，素材乃是按照時間序列組成，故事則是將諸多事件以特定手法或方式再現。也就是說，素材乃是按照時間序列和邏輯順序，所組成的原本一五一十、鉅細靡遺的事件發展的原貌。故事則是取材自素材，擷取具有故事性、或稱敘事性的素材，加以某種形式的組構，而成為故事。這種加諸形式的組構工作，就是予以美學加工和藝術處理等各種特定手法，讓它以異於原始素材樣貌再現，不論是在時間序列上或邏輯順序上，都可能與原始素材迥異，卻能讓讀者或觀眾感到好奇、有趣、驚嘆、懸疑、感動，甚至回味無窮。

根據巴爾的界定，素材被理解為故事裡原眞發生的材料；也就是依照時間序列眞實發生的點點滴滴，而且被界定為一系列事件。這一系列事件乃是根據某種規則建構而成，就是所謂事件的邏輯（the logic of events）。事件邏輯可以從兩個角度來看，一個是時間序列，另一個就是因果邏輯。其實時間序列和因果邏輯，兩者是一體兩面，畢竟在眞實世界裡，這兩者乃是同時發生，而且是不可逆，但是在敘事文學小說作品裡，作者為了鋪陳懸疑，經常會翻轉時間序列和邏輯順序，來突顯美學加工的效果。所以時間序列和邏輯順序，在敘事文本裡都可能被翻轉，但看完整

部敘事文本之後，整個故事情節裡的時間序列和因果邏輯關係，並不會因此遭受破壞，而是讓讀者更加明白作者刻意加工的美學藝術功夫。像茱蒂‧佛斯特主演的《空中危機》（*Flightplan*, 2009），時間序列和因果邏輯就刻意被安排，讓人看得懸疑萬分。

結構主義者認為故事裡的事件系列，一定存在著與人類生活方式相同的規則，否則敘事文本就無法被理解。所以，讀者和觀眾就是基於這些人類真實世界裡的生活規則和經驗，來理解敘事作品裡故事世界裡的情節，尤其對於各種不按時間序列所呈現的情節，讀者和觀眾就更需要以真實世界所能理解的邏輯，去想像下一步可能的發展。但是，既然敘事作品都是在描繪故事世界，有些敘事根本不是當前人類生活規則可以理解的，譬如科幻或靈異的故事世界，就只能靠讀者和觀眾對於故事世界各種線索的想像能力，來理解這類故事世界的情節發展。

巴爾認為，如果任何敘事作品，都是根據人類行為作為描述事件的標準，那麼就一定會導引出結構主義取向的敘事學論點，亦即任何事件裡的行動和行動者，一定具有某種特定的功能。而且這種功能是可以按照故事情節發展所需，務求依照敘事結構展現某種固定格局。這也正是結構主義敘事學，最早研究敘事結構的論點所在。除了巴爾之外，格雷馬斯（Greimas, 1973）也認為，行動者（actor）必然與事件（event）有關，才能回答上述相關問題。

然而不論布雷蒙（Bremond, 1973）或格雷馬斯（Greimas, 1973），都考慮到素材的兩個其他成分：時間和空間。他們指出，任何事件不論它的顯著程度如何，都發生在真實的時間裡（time in reality）。時間對素材的持續進行至關重要，因此必然是可描述的成分。時間不僅是敘事的重要成分，更是作者操弄情節的關鍵因素。當故事中的某些事件沒有按照時間序列呈現，就可能隱藏了某種情節在細節裡，成為作者或敘述者安排情節的刻意布局。

至於空間，在諸多敘事裡，也占有極其重要角色，讓讀者和觀眾對某一空間場景產生特有的情愫，藉以串聯整個故事情節的展現。於是乎，事

件、行動者、時間、空間，都是素材的材料，當它們聚合在一起，並且能夠以某種形式再現的話，就可能成為一則故事了。

參、線性與非線性敘事模式

由於時間與空間的不同敘事組合，就會造成線性敘事和非線性敘事兩種不同模式。從上述巴爾對敘事理論基本概念的定義，就逐漸對於故事與情節的區分，有了比較清楚的認識了。從巴爾的定義看來，情節就是故事事件的安排，它與時間序列和因果關係兩者必然有所關聯，但情節未必會按照時間序列鋪陳，倒是無論對事件如何加以藝術美學處理，都必然具有因果關係，則毫無疑問。

情節必然與因果邏輯有關，但情節的展現，卻未必是以時間序列逐步推出，反而經常刻意背離時間序列，藉以增添情節的懸疑性。所以，事件、故事、情節三者，與時間序列和因果關係，都具有密切關聯，但是如何鋪陳故事情節，則端賴作者巧妙形式技法的安排。

姑且不論如何安排敘事情節，基本上敘事結構不外乎以線性或以鑲嵌式來呈現。在線性敘事模式方面，乃是最簡單的敘事形式手法，對讀者或觀眾而言，線性敘事模式最簡單易懂，因為線性敘事模式完全依照時間序列、邏輯和因果關係，來鋪陳故事情節。所以，童話故事基本上就是採取線性敘事模式，來展現故事情節，畢竟閱讀童話的兒童，心智尚未十分成熟，這種線性敘事模式的敘說故事手法，比較適合兒童。即便是警匪動作片，常常將重點擺在爆破、追車等驚險畫面，反而是以線性敘事模式出現，聽來好像是成人童話影片。

另外的呈現手法就是鑲嵌敘事模式，正因為不少創作者認為線性敘事模式簡單易懂，缺乏挑戰性，所以許多藝文作家不願單純採取線性敘事模式，刻意追求在敘事作品裡展現對故事情節的美學藝術加工能力，而採取比較複雜的敘事模式。在這些較複雜的敘事模式裡，鑲嵌就是一種比較常見的敘事模式。所謂鑲嵌敘事模式，就是在原本簡單易懂的線性敘事模式裡，加入比較複雜的敘事手法，讓原本簡單的線性故事情節發展，出現

分歧、旁出的敘事路線；或者在某個主故事架構下，添加一些分支故事情節，讓故事中再發展出其他故事出來；或者讓某個主故事，包含幾個微故事，讓故事中還有其他微型故事存在。

肆、其他故事成分

根據巴爾觀點，這些成分以某種方式組構成為故事。這些成分彼此之間的安排，會產製不同的效果，可能是令人喜愛、或令人厭惡。這些成分不同的組合方式，會產製不同的故事。

巴爾（Bal, 1985: 7）提出以下幾個描述故事不可或缺的成分：

1. 事件：事件被安排成某種序列，但有可能與真實時間序列並不一致；

2. 時間：故事裡不同素材所占的時間，長短未必相同，取決於該素材在故事裡所占的分量而定；

3. 行動者：不同的行動者被賦予不同的特質，因而具有個人色彩，並轉化為角色個性（characteristics），成為諸多敘事文本喜好描繪的賣點，像《水滸傳》裡108個英雄好漢，個個性格都不同，此乃《水滸傳》吸引人的地方。

4. 空間（地點）：事件發生的地點，也經常被賦予某種特點或意義，並被轉化成為特定地點；空間地點除了連結事件，也常連結某種情愫，所以空間地點經常成為內在世界的暗喻；

5. 關係：除了行動者、事件、時間、空間的必要關係之外，還具有象徵的、暗指的關係；

6. 視角：這些諸多成分的選擇，通常會具有某種視角（觀點）（point of view）。由於每個人的主觀性不同，所以故事的焦點（focalization）也並未相同。

對於這些敘事成分，包括行動者、時間、空間等，無非都是圍繞著事件為軸心；也就是說，事件乃是故事不可或缺的成分，事件再由其他諸多成分共同組構而成。其實，事件最重要的敘事概念，就是巴爾前述所言，

它指涉從某個狀態到另一個狀態的轉變，這才是故事充滿懸疑、延宕、驚奇、趣味之處。

至於關係，它就是在整個事件中，除了行動者、時間、空間之外，另一個與事件有關的成分，有時故事文本會以明確外顯的關係來呈現，但有時也可能以相當隱晦不明的方式來烘托事件行動者。至於這些成分當中，巴爾還提到視角，此乃極其複雜概念。在敘事理論，視角所涉及範圍極其廣泛，誠非三言二語說得清楚，因此本書第10章會介紹敘事視角。

巴爾強調，按照某種順序所組成的故事素材，尚未成為故事，當然更談不上文本了。敘事文本之所以成為故事，乃是因為它被語言敘說出來，亦即被轉換成為語言符號。所以，符號遂成為中介agent，但殊值注意的是，此一中介的agent未必就是作者，可能就是一種假想的代言人；技術上來說，就是敘事者（narrator）。

愈來愈多以動物為主角的敘事作品，包括電影更是屢見不鮮，這些敘事很明顯地就是以動物為敘事者。多少好萊塢電影，都是以動物作主角，像《冰原歷險記》系列（*Ice Age*, 2002, 2006, 2009, 2012），每部都是膾炙人口、頗獲好評的佳作。在災難新聞，當記者在報導颱風災情時，畫面上出現的，無非都是狂風暴雨和泥石流，及其所造成的災損，所以颱風就是造成災情的破壞者，也就是行動者（actor），當然是颱風新聞的主角。

文本基本上不單只是敘述（narration），每個敘事文本都會含括事件之外的某些事物，例如：表達某種意見、間接揭露某些關聯、描述某些特定時空面向等。因此，可以檢視文本裡敘說了些什麼（what），以及更為重要的是：它是如何（how）敘說的？在這個關頭就出現了一個值得注意的差異，它就是敘事者風格和行動者風格。不論是敘事者或行動者，他們的風格差異，都是敘事文本極其重要的成分，巴爾認為，這些差異可以從以下三個層面來檢視。

第一個層面，就是在敘事文本裡有二種不同的人物角色，有時同一個人物扮演二種不同角色。如敘事者和行動者都是同一個人，既扮演行動者

也擔任敘事者角色；有時候則各自扮演不同角色，敘事者只扮演敘事者角色，行動者只是真正經歷事件的行動者。第二個層面，想要區辨敘事者和行動者的風格差異，並非只有在故事裡頭才找得到，其實不論文本、故事或素材這三個不同層次，都可以用來區辨敘事者和行動者風格的差異。第三個層面，就敘事文本而言，所謂「內容」就是行動者造成或經歷的一系列事件，而敘事文本就是透過這些「內容」傳遞給讀者或觀眾。

巴爾將上述特質置放一起，又產生以下定義：一個敘事文本就是具有上述三種特質的文本。很明顯，上述這些特質並不導致一個絕對的語料特定指涉；相反地，它暗示著一個敘事理論只針對文本的敘事觀點來描述，而非針對所有的敘事文本的特質來描述。因此，不可能有一個固定的語料可以用來描述一切的文本，或描述固定的敘事特質。

諸多對於敘事文本的描述觀點來自敘事系統理論，這些觀點讓敘事文本的描述成為可能，因為就文本達到敘事的程度，它們是做到了。因為此一敘事理論具有一種系統性概念，而且它的原則讓文本的充分描述成為可能，這就是文本的敘事特質（narrative characteristics）（Bal, 1985: 9）。

直覺地說，讀者閱讀某個特定文本，會選擇理論的某些成分來理解這個文本，並且對文本產生某種特定觀點。但是任何一個文本都有各種不同的解讀，所以這裡所提供的理論只是作為描述的一種工具而已，無可避免地它必然要面對各種不同的解釋。

從以上解析，可見敘事理論將一切敘事成分，緊密扣連在一起，共同創造敘事文本，營造故事情節。每個敘事成分都可能是整個故事情節的關鍵，端賴故事情節的美學藝術加工安排，所以對於每個敘事成分都不宜小覷。

03

第 3 章 ▶▶▶

新聞敘事成分與敘事節奏

　　新聞有如說故事（story-telling）（Cohan & Shires, 1988; Lacey, 2000），所以新聞與敘事理論所討論的敘事成分，自有相當多的雷同，但也存在某些差異性。畢竟文學小說創作講究的是美學藝術加工處理，藉以創造動聽感人的故事，但新聞報導不僅得根據事實不可，更要追求公正客觀。所以新聞學與敘事理論之間，一個是以美學創作爲標竿，另一個則是以事實爲圭臬，兩者本質殊異，因而即使兩者的敘事成分類似，卻仍存在本質上的差異。

※ 第一節　敘事基本成分

　　在敘事理論裡，如同巴特（Barthes, 1977）所說：世界上有無數的敘事（Innombrables sont les récits du monde），此一觀點映照出敘事結構有關故事素材諸多理論的發展。姑且不論敘事有多少形式，在各個文化、社會、國家、歷史裡都能夠發現各種不同的敘事文本，所以巴特才會說，所有這些敘事文本都基於一個共通的模式，讓敘事可以被認同作爲敘事，而且敘事學者的研究成果也令人激賞。巴爾（Bal, 1985,

1997, 2009）認爲，這些研究基本上或明顯或隱晦地，建基於以下兩個假設。

第一個最常出現的假設，就是認爲介於句子的語言學結構和不同句子組成的敘事文本結構，存在著某種相似性或一致性（Bal, 1997: 175）；而且介於句子之間的「深沉結構」（如語法學）與敘事文本的「深沉結構」（如故事素材）之間，也具有相似性。基本上，這種觀點主要是基於共通的邏輯基礎，也就是結構主義語言學的共通基礎。

第二個假設，則來自對於故事素材的普世模式，一般認爲介於敘事素材和眞實世界素材之間，亦即故事世界（story world）裡的素材和眞實世界（real world）裡的素材，也理應具有結構性的相似性或一致性；也就是介於人們做了些什麼和故事中行動者做了些什麼之間、人們在眞實世界的經歷和故事世界中行動者的經歷之間，也應該具有結構性的共通性和一致性，如此才能被一般讀者理解敘事文本裡所要表達的事物和情愫。

換句話說，閱聽人必須對敘事文本裡描繪的故事，具有某種經驗上的可理解性，否則難以體會故事情節想要表達的意旨。像《魔鬼終結者》（Terminator, 1984）第一集，由於半人半機器的賽伯人，是科幻片前所未有的故事素材，所以曾讓許多觀眾摸不著頭緒。但近年來各種無奇不有的科幻片多如牛毛，所以觀看類似《復仇者聯盟》（Marvel's the Avengers, 2012; Avengers: Age of Ultron, 2015）系列的動漫科幻電影，反而覺得稀鬆平常多了。

假若故事世界與眞實世界之間不存在共通性或一致性，那麼閱聽大眾就無法理解抽象敘事裡的故事情節發展邏輯。但這些假設卻引來不少爭辯，這些爭辯至少有兩種：第一個論爭認爲，文學與眞實之間的差異被忽略了，其實文學小說創作並非眞實世界的書寫或再現，而是文學藝術美學的創新，所以文學創作沒有必要與眞實世界有所對照或反映。

第二個論爭認爲，這種相似性對於某些敘事文本而言，雖是了不起的、卻也是古怪的。這種反諷態度基本上認爲，敘事文本的特質就是針對眞實世界邏輯的否定與挑戰。雖然有人主張敘事文本要與眞實世界有所呼

應，才能讓閱聽大眾理解；另方面也有不少敘事學者認為，這種觀點既侷限敘事創作者的空間，也太小看閱聽大眾的理解能力。

故事世界素材與真實世界素材的相似性或一致性概念，對新聞報導而言，毫無問題，因為新聞原本就是報導真實世界的事件，所以與一般常人的生活經驗大抵接近，閱聽大眾理應沒有理解上的困難，即便新聞學強調異常性，還是與一般人生活經驗相去不遠。可是，新聞媒體就是喜歡異常的新聞，所以還是會報導一些所謂「奇聞不要看」等，各種稀奇古怪、無奇不有的新聞素材。

就敘事結構而言，敘事文本有幾項不能或缺的元素，本章無法一一解析，以下僅就幾個犖犖大者提出說明。

壹、事件

大多數敘事文本的故事事件，都根據故事世界與真實世界的共通性、相似性或一致性來創作。所謂事件邏輯，就是一般讀者在真實世界所自然經歷的事件，這就是敘事作品與讀者、聽者之間的溝通理解，成為可能的基礎。所以敘事文本在選擇故事素材時，就傾向於選擇與真實世界具有共通性、相似性或一致性的故事素材，如此就容易讓閱聽大眾一看就懂。

譬如《夜市人生》，既然鎖定高齡、中下社經地位的觀眾族群，當然在節目內容故事的呈現，就要貼近觀眾的真實生活，才容易引起觀眾的共鳴。相對地，類似《魔鬼終結者》、《阿凡達》等電影，既然聲明是科幻片，觀眾們自然對片中故事情節和事件素材，就會以科幻心態來理解和接納。

就敘事理論而言，敘事文本與真實世界的相似性和抽象程度，主要依其敘事文類而定，凡是與一般人生活經驗有關者，其間共通性和相似性就高。相對地，凡是與一般人生活經驗疏離者，其間共通性和相似性就低。因此敘事理論才會說，文類創作也都背負著超乎文學的事實（Bal, 1985: 12）。但必須提醒，這種理論讓真實世界的某些部分成為可描述的，但並非一切敘事文本都得依照真實來呈現、創作不可（Bal, 1985: 13）。

根據敘事理論，建制這些故事素材的材料，可分爲固定的成分和可變動的成分兩種；也可分爲標的成分和過程成分（objects and process）兩類。所謂固定成分或標的成分，是指涉不僅只是行動者（也就是在多數素材中具有流動性者），同時也包括地點和事物。所謂可變動成分或過程成分，是指涉在標的、或標的與標的之間，所發生的一切改變；換句話說，也就是指涉事件（events）。因此，過程強調的是：事件與事件之間的發展、持續、轉換、相互關係。故事素材就是端賴標的和過程兩個不可或缺的單元成分共同組構而成，兩者缺一不可，否則就無法成就敘事。

　　對於事件，巴爾有極其經典且廣爲引用的界定，他將事件界定爲：行動者所造成的或所經歷的，從某種狀態轉變爲另一種狀態（the transition from one state to another state）（Bal, 1985: 13）。「狀態的轉變」一詞所強調的是，事件乃是一個過程、一種轉化（alternation）。換句話說，在敘事理論裡，狀態的改變，比改變狀態的事件更爲重要，事件只是作者用來鋪陳故事情節的狀態改變，所需要的介子而已；而敘事作品眞正要講述的故事，就必須仰賴情節狀態的改變，故事才能繼續講下去。

　　就新聞學而言，新聞學從未探討新聞事件就是因爲某種狀態的改變，所以才成爲新聞，而只是一再重述5W1H，和時效性、鄰近性、影響力、衝突性、異常性等新聞價值。如今，敘事理論簡單一句「狀態改變」，就一語道破事件的概念，也一語驚醒新聞學者，原來一切新聞都是在報導各種不同狀態的轉變，正因爲各種人、事、物的狀態改變，才會具有新聞價值，才會成爲新聞媒體追逐的話題和對象。

　　固然此一概念甚易理解，但是要在敘事文本句子中如何呈現，則非易事。它之所以困難，並不只是因爲許多句子包含了過程的成分，而且這些成分通常既被認爲是過程，又被認爲是標的（受格），完全端賴上下文脈絡而定。

　　譬如巴爾所舉的第一個判準：變化。他說John is ill.與John falls ill.這看來簡單的兩句話，卻有極其不同的意義。第一句話呈現的是一種情境、狀態，而第二句則是一種改變（Bal, 1985: 14）。用中文來說，約翰生病

和約翰病倒，是兩句不同的意思，約翰生病是一種狀態，而約翰病倒則是一種狀態的改變。

假使我們以因果邏輯來述說，可能就更容易些。約翰正在寫論文，他生病。約翰正在寫論文，他病倒。從這兩句，也可以瞭解，第一句指涉的依舊是情境、狀態，而第二句指涉的是一種狀態的改變，也就是因為寫論文，約翰才會因而病倒。若再進一步將因果邏輯講得更清楚明白，就可以如此敘說：約翰正在寫論文，累得病倒了，因此必須休息。

巴爾認為，對於事件的選擇，除了是狀態的改變，還須考慮該事件的功能性，是否對該事件狀態的改變帶來重大效應；也就是說，事件可區分為功能性事件和非功能性事件兩種，凡是功能性愈高的事件，對故事情節發展愈重大，也愈可能引導故事線朝向該功能性事件的方向前進。一切功能性事件必然少不了行動者，所謂功能性事件，無非就是某個行動者採取了某種具有重大效應的行動選擇，以致造成重大狀態改變，因而引導了故事線的發展方向。非功能性事件，雖然發生了，卻對結果沒有產生作用，所以就會被忽略，甚至不予理會。

巴爾提及功能性事件的選擇，事件可以說是故事素材當中最核心的成分，一切故事情節的發展莫不環繞在以事件為核心向外延伸，而素材又是按照時間序列和邏輯因果串聯起來的一系列事件，可見故事情節的發展，就是循著一個事件與另一個事件的相互關係，不斷延伸開展出去，這也正是結構主義敘事學所說的結構。

時間順序和因果邏輯，雖然可以分開來解析，其實是一體兩面，因果邏輯必然是隨著時間先後順序發展，因果邏輯萬萬不會逆時間展開，所以英文裡的時間順序（chronological sequence），也有學者特地將它拆解為時間、因果順序（chrono-logical sequence）。固然一切事件的發生或經歷，都與時間順序和因果邏輯脫不了干係，但敘事作品最忌流水帳式的完全按照時間順序記載發生的事件，作家無不費盡心思刻意將時間順序和因果邏輯打亂，藉以突顯故事情節的美學藝術成分以及對閱聽大眾所造成的懸念效果，好讓閱聽大眾專注在敘事文本裡尋找因果邏輯的線索，醞釀敘

事作品的美學藝術氛圍。

貳、行動者

普洛普指出，故事人物變化萬千，根本沒有所謂固定格式或模式可言，所以故事的基本單位不應該是人物，而是人物在故事中的行動功能。他並且歸納了俄國各式各樣的民間故事中總共31種行動功能，這些行動功能才是真正組成故事情節的恆定不變因素。

普洛普歸納出31種行動功能，只是故事情節按照自然時間順序和因果邏輯發展而來的行動功能，卻不是而且通常都不是一般敘事的敘事順序。

巴爾在界定事件時，特別強調行動者的重要性，她將事件定義為由行動者所引發或所經歷的、從一種狀態至另一種狀態的轉變。根據巴爾的界定，固然狀態的轉變，乃是事件的核心意旨，但是狀態之所以會造成轉變，就是因為行動者的引發或經歷的關係，所以行動者乃是敘事文本裡不可或缺的要素，而且行動者與其所引發或所經歷的事件之間的關係，更是故事情節發展的重點所在。

一、行動功能

敘事理論真正在意的不是人物，而是行動者功能。行動者此一概念，自普洛普以來，一直都是敘事理論研析的核心概念，此一概念除了包括人物角色之外，也可包括非人類的角色，如動物、機器等，更由於晚近對於各種動物和機器的敘事作品愈來愈多，所以行動者概念絕不應侷限於人類，其理甚明。

每個行動者通常會被賦予某種特定性格，所以行動者（actor）通常也與人物角色（character）互換使用；亦即每個行動者在敘事文本裡都被賦予某個特定角色，來扮演這個故事，實踐完成他（牠）所背負的角色功能與使命。

在許多敘事文本，有些行動者未必就是人類，而是以動物或機器作為故事角色，所以其間主要差異在於非人類角色的擬人化程度。在敘事文本裡運用動物作為角色，可謂比比皆是。早在中國家喻戶曉的中國四大名著

小說之一的《西遊記》，盡是動物化身的神話角色，協助唐三藏赴西方取經，歷經各種困頓，即便是沿途阻撓的壞人角色，也盡是動物化身，像蜘蛛精、牛魔王等，都是老少皆知的人物角色。在西方希臘神話裡，也同樣充滿以各種凶猛怪獸作為角色，在人獸之間、神獸之間，展開希臘神話故事情節。

在好萊塢電影也有好多以動物作為角色的好片，像《快樂腳》（*Happy Feet*, 2006, 2011）、《冰原歷險記》（*Ice Age*）系列（2002, 2006, 2009, 2012）、《馬達加斯加》（*Madagascar*）系列（2005, 2008, 2012）等許多以動物為角色的賣座電影，其間所有動物都依人類對牠們的瞭解程度，而賦予某種特定角色特質，所以牠們在電影裡頭的言說和行為等，都已經透過人類對這些物種的認識，而賦予了既定的角色特質和生命意義。另外，也有一些人與動物合體的電影，像《蜘蛛人》、《蝙蝠俠》、《貓女》，則是人類融合了某種動物。

由於人類對於動物具有某些預設立場，所以當某種動物出現，就應該符合人類善惡既有分際，不得與人類既有道德倫理相違，但既然是敘事創作，就會出現許多考驗人類既有價值觀點和經驗的敘事文本。像中國的《白蛇傳》，就是人蛇之間的畸戀，由於人類對蛇本來就存有不盡善類的刻板印象，所以對蛇都並非友善，可是在《白蛇傳》裡，白娘娘竟是如此純潔有如她的一身白衣，盡是只想照顧許仙，整個故事情節既浪漫又叫人不捨，反讓讀者覺得法海和尚多管閒事，所以《白蛇傳》可謂非常經典的人與動物合體的敘事文本。

另外，在許多動物卡通電影裡，常會以知名演員和動漫角色合體，既找知名演員幕後配音，又將該知名演員的性格融入動物角色，直叫觀眾誤以為知名演員在扮演某個動物角色，很容易達到人物角色個性的聯想，此對動物卡通電影而言，是一種加乘的效果。像《功夫熊貓》（2008, 2011）就找了不少大牌演員配音，像片中的師傅大師就由達斯汀‧霍夫曼配音、悍嬌虎就由安潔莉娜‧裘莉配音，而在國語發音的《功夫熊貓》，則分別改由金士傑和侯佩岑等人配音。

可見，行動者未必一定就是人類，不論敘事理論或新聞學皆是如此。就新聞報導而言，像夏季是臺灣多颱風的季節，每次颱風一來，都令人提心吊膽，因為它會對生命財產造成相當的損害。2009年莫拉克颱風所造成的八八水災，許多地方兩天的雨量幾乎達到一整年的降雨量，造成嚴重山崩和泥石流，甚至將高雄市甲仙區小林村整個淹沒並且滅村，活埋474人。所以行動者未必一定就是人類，只是在新聞學似乎並未特別強調人物與其他非人類行動者的差異而已。

二、行動者類別

敘事學者認為，行動者和事件都只是敘事結構的表象，為了闡明行動者在敘事結構所扮演的角色分量，法國結構主義者格雷馬斯更進一步闡釋敘事作品的表層結構和深層結構，他在《語義結構》（Greimas, 1966）指出，儘管敘事作品的表層內容變化萬千，但是其深層結構根本上恆定不變，這也正是敘事學者探究的課題。

格雷馬斯根據各種敘事作品中行動者的行動功能，歸納出六種行動者的深層結構，也就是行動者所構成的三類對立狀況：（1）主體與客體：對應於故事情節裡雙方所追求、尋找或破壞、阻撓的目標、慾望；（2）發送者與接受者：雙方彼此之間的互動、溝通與交流；（3）協助者與對抗者：雙方不斷較勁的各種輔助或阻礙手段。

這三類行動者都是彼此相互衝突對立，譬如主體與客體所追求的目標、欲望，正好相反。發送者和接受者，則是一送一收，國王是發送者，英雄是接受者。至於協助者與對抗者，在敘事作品中頻頻以各種不同姿態角色出現，譬如在金庸小說《射鵰英雄傳》和《神鵰俠侶》裡的北丐洪七公，不論是對郭靖或對黃蓉，都是重要的協助者，但是西毒歐陽鋒，則處處都扮演破壞者或幫凶角色。

巴爾對於格雷馬斯的語意結構，又添增行動者施動能力概念，畢竟在主體與客體的對立上，主體未必一定能夠施力及於客體，可能必須透過其他施動者來協助主體，達到預期目標或遂行其志，所以施動者（power）遂扮演重要角色功能（Bal, 1997: 198-202）。

巴爾所言甚是，因爲在諸多敘事作品裡，眞正執行主體意志的，通常並非主體自身，而是假借英雄人物達成主體意志或心願。譬如007系列電影，都是詹姆斯・龐德出生入死、與匪搏鬥，歷經各種困難和危險，而主體卻都是安安穩穩坐在倫敦冷氣房內，只要打幾通電話、傳送幾個訊息即可。

三、行動團／行動群

　　敘事理論裡有一個與行動者有關，卻不太容易理解的詞：actant，需要加以說明。所謂actant，根據巴爾（1985: 80）的說法，是指涉許多行動者的類別（a class of actors），用白話來講，就是有一群行動者。所以actant這個詞比較貼切的翻譯，就是行動者群、行動者團、或簡稱行動團，而非單一的一個行動者。actant是格雷馬斯分析主角、壞人、助手、幫凶等不同角色所使用的符號學用語。它譯爲「行動者群」較適宜，但由於有點饒舌，所以直接稱爲行動群或「行動團」，較爲簡潔，好比時下所稱的「揪團」的概念，有一群人共同參與其中。

　　普洛普所做的童話敘事結構分析，也就是以actant來指涉這個童話故事裡所出現的各種不同角色人物。所以，actant就是指涉某一事件的參與者們，或者說是參與某一事件的行動者們的總稱。也有學者將actant來指涉出現在某一事件的一切人、事、物，因此某一事件發生的場景，即所謂時空環境等外在因素，也被含括在actant範疇之內。但如此一來，若將actant翻譯爲參與者群，則似乎忽略了非人的場景因素。這也是爲何在此特別討論此一字眼的用意，畢竟它眞的是難以用簡單的詞來翻譯。若以行動團來稱呼，或許可以避免此一困擾。

　　在行動團（actant）裡，各個不同的行動者之間，各有其複雜的關係，這是敘事文本表現創作者想像功力的最佳場域，許多名著小說像《理性與感性》（Jane Austen, 1811），行動者群之間的感情糾葛，讀來無不令人隨著故事開展而心情起伏動盪。即便最耳熟能詳的金庸武俠小說系列如《笑傲江湖》，令狐沖俠義凜然，江湖名門正派倒反人心險惡，因此他與其他行動群之間的關係，也令人讀來感受良深。

巴爾指陳，行動團與行動者之間的數值是不等的。某個行動者在情節甲的行動團裡，可能扮演主體的發送者，但在情節乙的行動團裡，卻又扮演接受者的客體。在許多敘事文本裡，這些看似對立衝突的角色，卻常常彼此堆疊，看似發送者的主體，卻暗地又扮演某種接受者客體；同樣地，看似協助者，卻又轉身一變成為對抗的破壞者，善惡難辨、忠奸難分。

參、人物角色

　　普洛普對俄國童話敘事結構分析，在一百多種俄國童話除了發現31種敘事功能之外，也整理出7種敘事角色，這7種敘事角色分別是：壞人、神助、幫助者、公主（與父親）、派遣者、英雄和假英雄等。

　　茲將普洛普整理出來的7種敘事角色，簡單說明如下：（1）壞人（villain）：就是創造敘事複雜化的角色；（2）神助、捐助者（donor）：就是給予英雄某些東西，可能是實體物件、或抽象資訊、忠告，有助解決敘事的角色；（3）幫助者（helper）：就是協助英雄回復均衡狀態的角色；（4）公主（princess）：經常是受壞人脅迫，而在故事最高潮時，亟待英雄拯救的角色；她的父親（在童話中通常就是國王）角色，通常則在敘事結尾，將她許配給英雄。（5）派遣者（dispatcher）：就是派遣英雄出任務的角色；（6）英雄（hero）：通常是男性，任務是要恢復均衡狀態，主要就是去拯救公主，並且贏得她的芳心。有關英雄角色，普洛普又將他細分為受害者英雄和找尋者英雄兩種，受害者英雄乃是壞人注意的焦點，而找尋者英雄則是協助受害者的英雄。（7）假英雄（false hero）：看起來是好人，其實正好相反，通常在敘事結尾才能分辨的角色。

　　英雄是整個敘事最受注目的對象，那麼在敘事理論裡，到底如何定義英雄？雖然有人說，基本上是一種讀者直覺的選擇，其實在敘事文本裡，英雄與非英雄之間確有幾點特點或差異，包括：（1）條件：從外表、內在、外在各種特質來界定英雄條件；（2）出現頻率：英雄在整個故事情節裡，不斷出現，成為不可或缺角色；（3）獨立性：英雄經常是獨自一

人出現，單獨面對壞蛋，不用倚賴他者；（4）功能：某些行動功能就只有英雄做得到，這才是英雄可貴之處；（5）關係：英雄與故事裡其他角色維持某種關係（Leith, 1986）。

只是人物角色隨著創作者、敘事文本，而不斷推陳出新、不斷流變，故迄今為止尚未有一個針對角色的完整敘事理論，但它至少要面對以下幾個問題：

第一，當吾人嘗試在真人和角色之間劃下明確界線時，就會產生角色效果的問題，因為真人與角色之間常常極其類似，甚難區辨。所謂真人乃是指真實世界活生生的人，而角色是指派一個真人去飾演某個特定角色，必須依照故事劇本的敘事結構和故事話語，盡其所能展現他（她）在故事中應有的性格特質，這也就是一般所說的演技。

但要按照劇本演活指定角色，談何容易，這也是為何出名的演員受歡迎的原因。譬如梅莉‧史翠普在《麥迪遜之橋》、《穿著Prada的惡魔》和《鐵娘子》等，在不同的劇本裡，各有令人驚豔的角色發揮，而且是完全迴異的角色特質，這就是所謂的演技派大咖，每個不同的角色都淋漓盡致地發揮它應有的角色效果。不像約翰‧韋恩演過許多部西部牛仔電影，永遠都是打不死的牛仔硬漢，但無論你看多少部他主演的西部牛仔電影，看來他都在演同一個人。

第二個問題，在敘事理論裡有所謂圓熟角色（round character）和刻板角色（flat character）之分，所謂圓熟角色是指涉複雜的角色，常給讀者帶來驚訝、讚嘆，甚至出奇不意的表現；譬如吳宇森導演的《變臉》，尼可拉斯‧凱吉和約翰‧屈伏塔兩人，藉由變臉易容、互換身分角色，對兩大演員前後判若兩人、或前後喬裝對手的表現，著實令人激賞。而刻板角色則是指單純且常具刻板形象，也就是一般可以預期得到的角色。

第三個問題，是超乎文本的情境所帶來的問題。為了交代故事來龍去脈，通常需要相當充分的背景資訊，若敘事文本所涉及的時空脈絡愈大，它就需要愈大的背景來交代來龍去脈。有些故事背景是一般閱聽大眾所熟稔的，故無問題，但是愈來愈多的故事情節，都非一般讀者或觀眾所能熟

悉的話題，甚或與一般民眾生活經驗毫無相干，已經屬於非常專業的知識範疇。譬如外太空電影《星際效應》觸及諸多有關外太空專業知識，包括黑洞和蟲洞等，絕非一般觀眾所能理解，甚至某些外太空理論的議題，連學界也尚未有所共識，更何況一般社會大眾。

第四個問題，在許多敘事文本裡摻雜某些意識型態，尤其隨著20世紀末期意識型態文化研究崛起，諸多敘事文本都難免潛藏、夾雜，甚至光明正大宣揚特定意識型態，並將這些意識型態融入在敘事結構的人物角色裡，刻意讓某些特定角色具有強烈意識型態，不僅在敘事文本裡造就各種社會衝突，更在文學批評領域裡掀起社會價值與倫理的論爭。

肆、時間與地點

時間序列在敘事理論裡，占有重要位置，因為敘事作品就是藉由時間序列和因果邏輯，來創作文學作品，並且展現美學藝術品味。但在新聞報導裡，基本上只是交代新聞事件發生的時間和地點。

在敘事理論裡，事件被界定為一個過程，也就是狀態的轉變過程，而過程必然與時間脫不了干係，事件必然發生在某個特定時間期間，而且是以時間順序為其條件，所以時間因素在事件裡一直占有重要地位，尤其當作者刻意將時間序列予以倒置或錯置，藉以襯托敘事作品的美學藝術造詣。

許多敘事作品為了彰顯特定敘事情節和節奏，對於時間序列採取許多不同的技法，譬如採取省略法和概略法來節省敘述時間，或者採取與時俱進的場景策略來呈現故事情節的轉變關頭，甚至採取敘述時間多於故事時間的技法，來突顯感人的故事情節。

敘事文本透過時間的排除、刪減、省略、甚至暫停等各種不同技法，來展現故事線的發展，既可開展不同的敘事線，也可展現故事情節的轉折。但無論時間序列如何變化，無非就是為了展現美學創作功力。

故事情節的轉折點，時間與場景常常是關鍵因素，敘事作品對於時間與事件的安排，目的就是要展現故事情節轉折的敘事性（narrativity）

（Abbott, 2008; Herman, 2009; Prince, 1999, 2004, 2008; Pier & Landa, 2008; Ryan, 2005, 2006; Schmid, 2003），藉以吸引閱聽大眾的注意力。

在敘事文本裡，場景常常具有特殊意義，也經常是作者在創作故事情節時，特別用盡心思加以故事化、陌生化的標的。在浪漫愛情劇裡，閱聽大眾可以經常看到主人翁望景思情的寫照，就是強化特定場景對故事情節的張力，展現該場景對整個故事情節轉折的關鍵所在。在偵探警匪劇裡，特定場景則經常被安排為案情或破案的重要關鍵，或者是整個故事情節發展的源頭所在，譬如《神鬼認證》系列電影（*The Bourne Identity*, 2002, 2004, 2007），片中主角傑森・包恩腦中一再浮現的模糊鏡頭，就是他接受殺手訓練的場所，直到他找到了該場所後，不僅瞭解了自我，也是整個故事的結局。

根據敘事理論，事件一定發生在一定的場所，而且敘事文本對於事件發生的場景，常常會加以刻意的描繪，藉以展現時空背景。譬如張愛玲在短篇小說《色・戒》，一開始的頭兩段文字，就對易太太和幾個牌桌夫人們的穿著打扮，花費不少心力、筆力細膩描繪每個夫人的衣料、材質和配飾，這就是要展現這些過氣漢奸夫人們仍然過著遠離庶民、不知民間疾苦的奢華生活。張愛玲也刻意在第一段就描繪了王佳芝的身材，尤其對王佳芝「胸前丘壑」一語，更潛藏了整個故事色誘謀殺漢奸的可能發展。這些對場景、人物服飾的描繪，既可烘托故事情節的時空背景，當然更展現張愛玲寫景、寫物、寫人的才華，畢竟文筆欠佳的人，誠難具有寫景描物的功力。

地點對新聞學而言，非常簡單，就是新聞事件發生的地方，但是在敘事理論裡，重視的並非故事發生的地點，而是故事發生的場景，查特曼並將場景與人物歸納為存在物（existents），藉以展現故事情節發生的時間與空間因素。查特曼解析故事與話語的分際時，特別將行動與發生的事情，包含在事件裡；而將人物與場景包括在存在物裡。

他將故事劃分為靜態與動態兩大區塊。動態部分主要就是事件和發生的過程，也就是故事情節轉折所在；而靜態部分則是事件發生的背景，並

且再細分為人物和場景所共同建構的存在物，也就是故事情節發展的場所和人物對象。由此可見，故事情節的發展，動態與靜態兩者相互構連、共同完成故事情節的轉折。

伍、故事情節的可預測性

在敘事文本的書寫，最忌諱者莫過於其故事情節發展早被讀者識破，或臆測到整個故事的發展取向，讀了第一章節就可預知結局會是如何。但對創作者而言，既要符合閱聽大眾生活經驗，又要難以預測，的確是兩難的問題。

對於敘事結構的主要架構，基於某些基本角色所提供的資訊，可能決定了角色的特質，這些資訊可能並非文本情境資訊，只是對於人物角色特質的零星交代，但有可能就是決定角色的參考架構，甚至是故事情節裡的宿命。

歷史小說可說是爭議最多的文本類型，主要原因在於野史和正史常常對於歷史人物所提供的資訊大相逕庭，因而引起爭議，但讀者似乎不太在意正史與野史的爭議，閱聽大眾在意的是對歷史人物角色的描繪，是否感人肺腑。

譬如《三國演義》對諸葛孔明各種用兵策略的神來之筆，像第46回「用奇謀孔明借箭」，孔明竟能預測3日內必有大霧滿長江，大膽向曹軍騙了15、16萬枝箭，這可能是《三國演義》作者羅貫中刻意為突顯孔明的神算之敘事作品，而且完全超乎讀者、甚至超乎當時自認智謀全才的周瑜意料之外。但根據比較具有史料地位的《三國誌》（陳壽）記載，固然確實有「草船借箭」乙節，卻非諸葛孔明所為，而是孫權所為，發生時間、地點也非在赤壁之戰，而是赤壁之戰後第5年的濡須之戰。可是今天你去問華人，任何人都會告訴你：草船借箭的就是孔明，絕非孫權。我們不能怪罪羅貫中竄改歷史，而是羅貫中的敘事內容深植人心，讓人堅信諸葛孔明就是神機妙算的大人物，這完全歸功於羅貫中對《三國演義》人物角色的安排，以及對當時三國鼎立所提供的各種資訊，甚至可說是華人對

三國時期的共同記憶。

　　所以，歷史角色可被預測的可能性較大，許多重要角色都可能被貼上參考角色的標籤，因為他們已經被史實安排著許多明顯的參考資訊。所以就歷史小說而言，愈是具有參考性質角色，愈是容易被預測。而角色被安排設計的範圍，絕非僅僅只是姓名，包括社會地位、地理來源等都是。像在《三國演義》，劉備三請孔明於「臥龍岡」，讀者一看到臥龍岡，就難免會想像這個地方必然住著高人奇士。而劉備旗下另一位高人龐統，衝鋒進軍荊州途中，來到「落鳳坡」，即被賦予不祥之兆，因為龐統別號鳳雛，結果他就遭受埋伏死於該地。

　　根據《三國演義》，龐統出發前，馬失前蹄，於是劉備讓他改騎乘自己的白馬名駒的盧，因而被埋伏的張任軍認作是劉備，亂箭射死。好事的讀者可能會去翻閱古籍資料，考究到底有無臥龍岡和落鳳坡等地名，若有這些地名，那麼孔明是否真住在臥龍岡，而鳳雛又是否在落鳳坡遇襲而亡？或者，臥龍和落鳳兩個地名，乃是後人依《三國演義》故事而命名？其實，臥龍岡確有其地，只是目前名稱臥龍崗，而非三國時期的臥龍岡。而根據《三國誌》記載，龐統並非死於遭受埋伏，而是死於攻城。

　　一般小說當然與歷史小說不同，像金庸武俠小說之所以好看，其中一個原因就是在小說裡隱藏了許許多多的歷史人物、地理名勝、史實事件等，讓讀者讀來有如在歷史記載和小說創作之間來回擺盪，虛虛實實、忽實忽虛、虛中有實、實中留虛、真真假假、忽真忽假、真中帶假、假中藏真，讓人愛不釋手。

　　在敘事文本裡，類型（genre）乃是角色可預測性極其重要的一個面向，譬如警匪片一定充斥著警匪緊張刺激的追逐、警察與壞人的鬥智；驚悚片則務求要讓觀眾嚇破膽，才算是好的驚悚情節內容；而科幻片必然充滿與現實世界既有的科學知識，未必相同的科學想像和視覺效果。像《玩命關頭》（*The Fast and the Furious*）系列（2001, 2003, 2006, 2009, 2011, 2013, 2015），都是以飆車為核心，讓愛好飆車甩尾的年輕人趨之若鶩。

　　總而言之，角色的可預測性完全取決於角色的參考架構，所提供的資

訊多寡。一般而言，事後之明乃是一般預測性被體現的結果，事前預告則是在故事一開始就提供某些參考架構和相關資訊，讓閱聽大眾很容易就瞭解角色特質。事前預告的優點，是讓閱聽大眾及早進入情節，缺點是可預測性太高，對某些熱愛挑戰人士而言，缺乏閱讀或觀賞樂趣。事後之明，與事前預告正好相反，其優點是難以預測，缺點則是常常難以掌握情節線索。

至於新聞，既然是報導真實世界的真實事件，豈能預測未來？新聞學與敘事學對於故事情節的預測方面，具有極大歧異。對於各種問題，媒體至多追究官員的課責問題（accountability），為人民追究政府官員責任，但絕非記者預測未來。

陸、資訊來源

接下來的問題，就是吾人如何藉由相關資訊來瞭解推斷角色的特質、故事情節的發展？不論是明顯的或隱晦的資訊，對於任何角色要具有什麼特質或者具備什麼特定能力，譬如《007》系列，一定要在一開頭就展現龐德高超的身手，才能讓觀眾相信他是一個既風流倜儻又身手矯健、武藝高強的間諜。而《黃飛鴻》系列裡，扮演黃飛鴻的李連杰，則是中國青年武功競賽冠軍，本人就是武術高手的武生，人又長得英俊瀟灑，一派正人君子模樣，所以在該系列裡，一切資訊都充分顯示黃飛鴻必然是正派人物，而且必然可以拯救危急，甚至解救中國。

但李連杰在好萊塢洋片裡所扮演的角色，則非得依靠影片裡所提供的資訊，才能判斷他到底是扮演好人或壞人，譬如李連杰在《龍吻》（*Kiss of the Dragon*, 2001），就是扮演遠從中國去法國拜訪親人，並且破案的高手；但是《致命武器4》（*Lethal Weapon 4*, 1998），則是十足的反派壞蛋角色。至於李小龍，被譽為世界最佳功夫好手，所以李小龍的一切電影所提供的資訊，必然是襯托他擁有天下無雙的武打工夫，即便與西方拳擊好手比起來，也毫不遜色，譬如《唐山大兄》（1971）、《精武門》（1972）、《猛龍過江》（1972）、《龍爭虎鬥》（1973）、《死亡遊

戲》（1973）等皆是如此。

其實，任何知名演員未必有一定的角色特質設定，這才是眞正的演技派好演員，所以吾人實在不宜認定凡是羅素・克洛（Russell Crowe，《神鬼戰士》主角），一定都得飾演勇猛戰士；當然也不宜認定哈里遜・福特（Harris Ford，《空軍一號》主角），一定都得飾演總統或正派人物。譬如克里斯汀・貝爾（Christian Bale），從《蝙蝠俠》（*Batman*, 2005）、《黑暗騎士》（*The Dark Knight*, 2008, 2012）、《魔鬼終結者：未來救贖》（*Terminator Salvation*, 2008）的英雄角色，演到大壞蛋的《重裝任務》（*Equilibrium*, 2002），後來爲了拍《燃燒鬥魂》（*The Fighter*, 2010）還減重14公斤，也獲得奧斯卡最佳男配角獎。這才是實力派演員的眞正考驗，哪有一生只演一種角色特質的大牌演員？

至於在敘事文本裡提供角色資訊，通常可透過以下幾種不同方式：（1）在敘事文本裡，藉由角色的自我表現，不斷敘說他應該扮演的角色資訊；（2）透過其他角色，而非自我角色的敘說，提供某些資訊來彰顯他的特質；（3）則是劇中或劇外人物敘述者，提供了他的角色特質。

新聞報導亦然，新聞人物的角色特質，就是藉由他所作所爲的一切來襯托他的人格特質，或者透過第三者或其他人來敘說。可見，在提供相關人物資訊這方面，新聞學與敘事理論可說如出一轍，都採取相同的作法。

新聞記者的資訊來源，有的來自官方，有的來自非官方，但無論來自何方，都務求確實可靠則是新聞記者的職責和專業倫理。本書第8章〈不可靠敘述：新聞消息來源的敘事研究〉，將對相關問題有所論析。

柒、新聞與文學創作敘事成分之比較

上述這些敘事理論的基本敘事成分，如事件、行動者、人物角色、時間地點和資訊來源等，也都是新聞報導的必備成分，但新聞學卻不像敘事理論如此解析這些成分，新聞學長久以來宣稱的新聞成分，無非就是5W1H，頂多再加上概念層次的新聞價值判斷。以下茲就新聞學的5W1H和新聞價值，與敘事理論的敘事成分逐一對照比較。

首先，新聞學的5W1H乃是指涉六個單元，也就是敘事理論所說的六個敘事成分，包括誰、何時、何地、發生什麼事件、如何發生以及爲何會發生。新聞學這六個單元，從敘事理論觀點來看，基本上就是以「事件」爲核心，所有這六個單元都是爲了完整呈現某一特定新聞事件，必須同時提供的相關資訊。

新聞的敘事成分，雖然與敘事理論相近，但這些看來相似的敘事成分，其實只是表象的相近，實質上卻有極大的差異。因爲新聞敘說故事，幾乎只是純就「事件」的報導，與敘事文學小說講究故事情節的費心安排、刻意布局，可以說是兩種不同的文本類型。

新聞與文學創作的主要差異，也就在於對事件素材能否具有操控擺布的能力。舉凡所有稍有名氣的敘事創作，莫不經過創作者深入思慮、觀察、經歷、體會、想像，然後再耗費好幾個月、甚至好幾年的精雕細琢和文字修辭，才能完成該創作文本。但是記者每天必須面對各種不同題材、不同情境的事件，而且任一事件與其他事件之間可能根本毫無干係，但記者都要求必須在極短時間內，正確而且完整地即時報導。所有記者每天都要交稿，而且被嚴格地要求務必在截稿之前交稿，此乃記者與作家最大的工作、勞動差別。由於新聞與文學創作本質殊異，專業取向、社會責任大不相同，所以即便兩者的敘事成分看似相近，其實兩者在表達形式和敘事手法上也有極大的歧異。

由於記者每天幾乎都是面對各種前所未有、見也沒見過、聽也沒聽過的「新聞」，所以從來沒聽說記者能夠預備某種文稿等著某事件如期的發生，除非是針對長年臥病在床的年長者訃聞新聞，否則記者每天跑新聞有如作戰，而且每個採訪戰役都是不同的戰場、形形色色的敵人（受訪者）、各種必須配備的武器（專業知識），每次採寫都可能是這輩子第一次碰到的經歷，根本都是當年在學校新聞養成訓練沒有教過、沒學過的專業題材和場景。一切眞正發生的新聞事件，都要靠記者在職期間自我要求、自求上進、自己找資訊、自我充實，擴大自己的視野、知識、常識，以備不時之需。

所以，新聞記者的養成訓練，就技巧而言，真的就只是教導學生如何寫好5W1H的基本功，至於就業之後應該如何面對各種不同題材的新聞事件，真的就得靠記者自我成長，有效運用這5W1H。

　　殊值注意的是，新聞雖然和敘事創作一樣，具有類似的敘事成分，但僅止於報導「事件」，卻難以再像敘事創作一樣，更深入地安排故事情節，好用來打動閱聽大眾。其實，這也是新聞與敘事創作最大的本質歧異所在，敘事創作講求的是美學藝術加工處理各種看似稀鬆平常的事件素材，變成動聽感人的文學創作；但是，新聞講求的是事實，根本不容許記者加油添醋，所以文學創作所追求的美學藝術加工，卻是新聞最嚴格禁止的禁忌，所以新聞與創作兩者在本質上彼此對立。

　　在上述敘事成分裡的事件，不論是對新聞或者對文學創作，都是首屈一指的敘事要件，尤其是對新聞報導而言，幾乎就是以事件為核心，除卻事件，其餘的敘事成分，幾乎就只是陪襯事件才予以揭露的附屬成分而已。

　　就敘事成分的事件而言，新聞既然強調確實，就得依據事實報導，毫無美學加工處理的空間可言，但是新聞報導與敘事作品一樣，未必會按照時間序列來報導新聞事件。所以就時間序列和因果邏輯而言，新聞與敘事作品一樣，都想盡辦法來突顯它們想要呈現給閱聽大眾的事件，但未必非得按照時間序列和因果邏輯順序來呈現不可。譬如新聞有所謂倒寶塔式寫作格式，就是讓閱聽大眾對該新聞事件有一個明確的定向（orientation），即使沒有瞭解整個事件的細節，也能對該事件有了基本的瞭解。

　　所以，敘事理論的事件概念，對新聞報導而言非常簡單易懂，畢竟新聞報導一定是報導新聞事件（news event），一定是以事件為主，而這些新聞事件之所以成為新聞甚至新聞焦點，乃是因為該事件明顯的狀態改變了，而且改變愈大，新聞價值愈高。譬如全球暖化，絕對是人類生活狀態的重大改變，所以全球暖化頗受全球媒體重視，就是這個原因。像總統大選結果，若造成政權轉移，當然就是對當下執政狀態造成重大改變，所以它會是大新聞。

其次，就敘事成分的行動者而言，似乎新聞學從未探討過新聞人物與其行動功能的差異，只是著重於新聞人物的行動自身。就敘事理論來看，新聞報導只著重新聞人物的表層行動事件，卻從未觸及新聞人物深層結構的行動功能。所以新聞學與敘事學相較起來，似乎比較表淺，但是新聞學或許也有話要說，因為根據新聞價值，名人本來就是重要的新聞價值元素，所以只要是新聞人物、名人，他們的一舉一動，都可能成為新聞，即便只是表象毫無深層結構，仍舊具有新聞價值，仍有好賣點。從這點差異似乎可以窺見，新聞學似乎比較重視新聞事件自身，並且相當重視新聞所展現出來的市場價值，這既是新聞學與敘事學最大的差異所在，也可能是新聞學的禍根所在，值得新聞學界深思。

此外，新聞學領域也不像敘事理論，對於行動者討論如此深入，不僅研析行動功能、行動者類別，更討論行動群或行動團（actant）概念，對於事件素材的行動者討論極其深入。在新聞報導，大抵就是交代誰是加害人、誰是受害人，頂多再加上唆使者。對於新聞事件的行動者，只是以最簡單的形式予以交代，可見新聞實務上，對於新聞事件行動者似乏深入釐析，當然對於新聞人物角色，也就較乏深入的揭露，於是乎，當然就不可能對新聞事件有較深入的故事情節。而這也正是晚近美國幾所著名大學推動敘事新聞（narrative journalism），所要著力的重點之一，認為新聞依舊可以具有某種程度的感人故事情節。對此，請參閱本書第11章。

至於敘事成分的時間和地點，在敘事理論裡說得非常清楚，時空環境的動態與靜態成分及其彼此相互關係，都對故事情節發展具有重大關聯；但在新聞裡，只是將新聞事件的5W1H交代清楚，就算得上是一則好新聞。至於動態的時空環境與靜態的時空環境，及其彼此之間的交互關係，基本上都不是新聞學所關注的重點。或者更明確地說，新聞學從來並未注意到5W1H這些成分當中，還可以區分為動態與靜態兩種不同性質的單元。

至於敘事成分的資訊來源問題，在新聞學和實務裡，直接強調消息來源的可靠性，亦即只有根據可靠消息來源，報導出來的新聞才會具有可

靠性、才會是正確無誤的新聞。強調消息來源可靠性，在新聞學領域，既是學理的重點，更是專業倫理的圭臬，也可說是一切新聞最基本的條件。可是如何區辨消息來源到底是否可靠？新聞學並未提出辨認的途逕、方法或策略，似乎僅止於理念性的提醒和呼籲。在這方面，敘事理論就有極其深入的研析，如敘事理論特別著重敘述者（narrator）和敘述行為（narration）的探討。

　　從敘事理論對敘述者和敘述行為的深入研析，似乎讓人覺得敘事理論比新聞學來得高明許多。但不能因此指稱敘事理論就比新聞學高人一等，因為新聞與文學創作本質上和專業取向的殊異。但在新聞報導中，如何透過新聞人物的口述和其他人士的轉述，也就是敘事理論所運用的第一人稱和第三人稱的各種敘述行為的敘事形式技法，的確可以增添新聞的可讀性，這倒是值得新聞學向敘事理論學習之處。

　　至於故事情節的可預測性，此一命題明顯屬於敘事創作的議題，新聞學基本上根本不存在新聞事件情節的可預測性議題，畢竟新聞只是報導事實，而且是報導已發生的事實。至於各種政治、經濟、社會、國際關係等各層面的未來發展，也都是嚴謹地站在有憑有據的分析立場，而非布局設計故事情節的預測立場。

　　簡單地說，在敘事理論裡，故事情節掌握在創作者手中，創作者想盡辦法，就是要透過時間序列和因果關係的各種重新安排和巧妙布局，藉以提高故事情節的引人入勝；但是，在新聞裡，故事情節是屬於新聞事件自身，愈是具有故事情節的事件，愈有可能成為媒體焦點，但它並非掌握在記者手中，這也是新聞學與敘事理論極大差異的本質所在。

　　綜上所述，新聞學雖然與敘事理論擁有相近、類似的敘事成分，但是新聞報導畢竟與文學小說創作殊異，兩者本質大異其趣，只有說故事這回事是相同的。

　　如上所述，新聞與文學創作只是擁有類似的敘事成分，卻各有不同的敘述取向，新聞以事件為核心，文學創作卻以故事情節的巧妙布局作為追求美學藝術的極致，兩者基於本質上的殊異，所以即使具有共通的敘事成

分，依然各有不同的表達形式和重點。值得注意的是，即便文學創作講究故事情節的布局設計，也不以事件作爲故事情節的基點，除卻事件，故事情節無以爲附，所以事件必然是一切敘事文本的基礎所在，則無庸置疑。

但是仍舊不可誤解，新聞與文學創作既然都以事件爲基礎，爲何又有本質和表達形式的殊異？固然新聞和文學創作都是以事件作爲基礎，但是新聞的核心就是事件，而且僅止於事件；但是文學創作雖然也是以事件作爲布局故事情節的基礎，但是事件未必就是文學創作的核心意旨，事件對於文學創作可能只是布局的墊腳石，眞正要表達的可能是整個故事情節背後的意識型態。譬如《理性與感性》（*Sense and Sensibility*, Jane Austen, 1811）、《包法利夫人》（*Madame Bovary*, Gustave Flaubert, 1856）、《色‧戒》（張愛玲，1978）等這些名著，事件並非故事的重點，事件只能用來鋪陳情節的過程，這些名著小說所要敘述的可能不是故事情節自身，而是隱藏在故事背後的女性主義。

有關新聞報導背後的意識型態，基本上也不屬於新聞敘事的範疇，而是新聞批判論述分析（critical discourse analysis）的範疇。在敘事作品的析論裡，會對敘事文本背後的意識型態加以評析，但就新聞報導而言，新聞敘事分析歸新聞敘事分析、新聞批判論述分析歸批判論述分析，兩者不宜混爲一談，否則同學們寫起論文來，可能相當耗時費事。當然，若有人願意二者兼顧，並非不可，最近國內論文和西文期刊就有幾篇兼顧敘事與批判論述的論文。但本書既以敘事爲主軸，就謹守敘事的範疇，至於批判論述分析就留待論述分析來處理。

總結而言，新聞的敘事成分，似乎比敘事理論較爲單純許多，只專注於新聞事件的各個敘事成分，讓閱聽大眾可以一聽一看就明白整個新聞事件的梗概。與敘事創作的故事情節鋪陳比較起來，新聞當然遠比文學小說創作要簡單得多，畢竟兩者意圖、功能、目的、效能等，都各不相同，自然不能相提並論。但無可否認，新聞對於這些成分之間的關係，似乎不太重視、或者根本從來就沒有想過，所以還是歸結一句話：結合新聞學和敘事理論，對新聞傳播領域應該有所裨益。

壹、時間順序

由於時間對敘事而言攸關重大，所以從上述敘事成分裡，特別再將時間獨立出來，予以論析。早在亞里斯多德的《詩學》就指出，敘事要有個開頭、中間和結尾，可見時間順序對敘事的重要性。

敘事學者基本上都遵奉亞里斯多德對時間的觀點，認定敘事必然有其時間順序（chronological sequence），即使時間順序未必是敘事的充分條件，至少是敘事的必要條件。而且主張，敘事的時間順序只要一有變異，必然導致故事情節的不同變化，甚至後續不同的語意解釋（Labov & Waletzky, 1967）。但是，另有敘事學者認為，其實許多敘事並非按照時間順序發展，而是按照敘事的主題發展，尤其諸多穿插式敘事（episodic narrative），更是如此。

時間序列與因果邏輯，乃是建構故事情節的重要元素，兩者息息相關，不論時間或因果關係都無法逆轉，但在敘事文本裡，創作者為了突顯故事情節的張力，或者為了展現藝術美學的技法，故事情節的鋪陳，就未必一定是按照時間順序或因果邏輯來呈現。

故事事件原本是按照時間順序發生，這種自然發生的時序就是敘事事態的時序，但是敘述者講述故事，未必完全按照它發生的先後順序，甚至刻意違逆時間順序，藉以強調某些故事情節，所以在話語表達層次上所做的非事態時序的各種安排，像倒敘、跳敘和交叉敘述等，都是屬於不同的敘述時序型態。

貳、敘事時序與敘事方向

根據敘事理論，時序倒錯絕非不尋常，而是為了展現特定文學效果所做的安排（Bal, 1985: 53）。在敘事理論裡，時間倒錯至少會導致三種效果，這三種效果分別是敘事方向、敘事距離和敘事間隔。

一般敘事作品不會純粹按照時間序列鋪陳故事與情節，反而刻意採取錯時（anachronie）策略，刻意將時間序列予以重置，像倒敘和預敘，都是作者精心策劃，透過藝術美學加工處理，將事件時間予以重新安排，藉以彰顯敘事美學效果。這種錯時的敘事策略，就是敘事方向所採取的手法，敘事錯時的方向，基本上有倒敘和預敘兩種。

第一種錯時的敘事方向就是倒敘（retroversion, analepse, flash-back），也叫做回溯。其判準就是以故事發生的起點為基準，當故事進展到某個階段，突然又回到比當下更早發生的事件，就叫倒敘或回溯。最常見的倒敘或回溯的形式技法，主要是交代這個故事的來龍去脈（註：其實只能說是交代「來龍」，「去脈」則仍有待後續發展，但成語都說來龍去脈），或者是人物角色緬懷過往的追憶或懷念，或者特意突顯某一事件對故事情節的作用，姑不論如何鋪陳，其目的無非就是讓讀者或觀眾清楚瞭解故事發展的脈絡。

第二種錯時的敘事方向就是預敘（anticipation, prolepse, flash-forward），也稱為期待。顧名思義，預敘就是預告尚未發生的事件。但是預敘的形式技法，比倒敘更難呈現，畢竟作者不太願意讓讀者或觀眾預先見到尚未進展的故事情節，所以許多預敘常以模糊、欠缺精準的手法來做簡單的交代，然後再詳細展現整個故事情節。

比較常見的預敘手法，則是敘事作品的標題或者是篇章的標題，像章回小說的標題就是如此做法，它會簡潔扼要交代這個章節整個故事的重點和精華，所以閱讀小說，只要看看標題，就可掌握該章回所要敘說的故事內容梗概。早期，臺灣電影院在入口處都會提供觀眾一紙「本事」，讓觀眾找到座位卻還未放映之前，可以藉由閱讀「本事」瞭解該片故事情節的概要。但「本事」通常會對重大情節，特意保留，或對故事結局故布疑陣，吊觀眾胃口，好讓觀眾更加注意故事情節的發展。

參、敘事時序與敘事距離

所謂敘事距離（narrative distance），係指藉由時序倒錯事件的手

法，呈現故事從「當下」被某一個或大或小、或長或短、或久或暫分隔開來的間距；也就是被其他事件素材所干擾，而這些其他事件素材通常是以過去發生的事件為主。

敘事距離可分為三種不同的倒序距離，第一種是完全在初始素材的時間距離（time span）之外的時間倒序，叫做外在倒序（external analepsis, external retroversion）。第二種是發生在初始事件素材的時間距離之內，叫做內在倒序（internal analepsis, internal retroversion）。第三種是混雜倒序（mixed retroversion），它一開始是發生在初始素材時間距離之外，但結尾時卻是在初始素材之內，所以稱為混雜式倒序。

這三種不同種類敘事距離，各分別提供不同的敘事功能。第一種外在倒序，它提供角色在之前做了什麼事，這種主觀倒序法提供了解釋性功能（explanatory function），讓讀者瞭解角色過去所做的事。

第二種內在倒序手法，有時候部分內容會與初始素材重疊，意謂著與初始素材同時發生的其他事件（值得讓讀者知道），它提供了補充性功能（complementary function），讓讀者知道同時還發生了哪些事。

外在倒序與內在倒敘的區別，在於外在倒敘提供解釋功能，而內在倒敘提供補助功能，兩者性質殊異。外在倒敘純粹告知閱聽大眾人物角色過去作為，藉以連結故事情節脈絡的發展；而內在倒敘則是補充交代人物角色同時還做了哪些事情，讓故事可以循著不同線索發展下去。

此外，內在倒序法，除了補充性功能之外，還有重複性功能，它強調該事件的意義，或者該事件所帶來的改變。因此這種手法，又可區分為同一性或差異性，同一性是強調該事件的重複，及其重要性；差異性則強調該事件帶來的改變，及其產生的差異。

藉由敘事時序產生的敘事距離，長短外暫不一，端賴故事鋪陳而定。有的敘事距離一間隔就是幾十年，敘說一個數十年前的陳年往事。有的則只是敘說幾週、幾天、甚至幾小時之前的故事情節，好讓閱聽大眾能夠掌握整個故事發展脈動，像是警匪片，由於劇情既緊張、節奏又緊湊，為了讓閱聽大眾能夠掌握多頭故事線的發展，必須藉由各種不同倒敘技法來

鋪陳。

敘事文本裡的倒序技法，經常被限制在某一個單一的或隱含的結局，有時則是製造緊張、有時是故作神祕、有時是故弄懸疑、有時更是呈現整個故事情節的關鍵轉折，其目的可謂不一而足。

肆、敘述時間與故事時間

在敘事理論裡，有許多概念是可以用數學代號和數學公式來處理，這是熱奈特（Genette, 1980）的創舉。這種以簡單數學公式來比較不同敘事概念的大小，可以說對初學者助益頗大。

在敘事理論裡，敘事時間可分爲故事時間（story time）和敘述時間（narration time）兩種。所謂故事時間，就是指故事眞實經歷的時間；而敘述時間，則指講述故事所花費的時間。前者可以用來指涉眞實世界，後者則指涉敘事作品裡故事的表達講述，所以敘述時間，也被稱爲敘述表達時間或表達時間（discourse time）。

敘述時間與眞正發生的事件時間未必相同，這正是敘事的特色之一。敘事時間與事件時間，並不等同；敘事時間與歷史時間，也不等同；因此不論是敘說故事或敘說歷史，都難免會摻進了諸多敘事者的色彩。譬如《三國演義》，它是從黃巾起義一直寫到三國歸晉，前前後後共100年光景，而該書也共寫了120回，但絕非一年寫一回，這就與敘事理論產生微妙關係了，因爲作者羅貫中對在意的事件會多所著墨，對於不在意的事就輕描淡寫，所以從黃巾起義開始的前數十年，他僅僅以數百字交代，但對於劉備三訪孔明到赤壁之戰，期間只有一年有餘，就寫了17回。可見，羅貫中刻意對故事時間與敘述時間，造成落差，藉以突顯他所要彰顯的敘事內容、故事情節。

敘事時間不僅關係故事時間與敘述時間的落差，而且也關係著敘事作品裡故事情節發生的順序。敘事順序不僅是文學傳統的特色，而且也是刻意關注某些事件的手段和途徑。於是，敘事時間結合敘事順序，更造就了敘事創作的文學藝術水平，提升敘事作品的敘事美學。

這些在敘事作品中的差異安排，以及素材的時序等，就叫做時序脫軌或時序錯置（chronological deviation or anachronies）。當素材愈複雜時，時序錯置愈為劇烈，因為它為了參照過去所採取的某種特定參照形式，所以有時也會給閱聽大眾帶來困擾，難以將各種素材線頭理出頭緒。

敘事節奏的快慢當然就會造成敘述時間的長短，但是故事自身所發生的時間長短，則是原本自然發生，無法透過人為方式加以改變，所以只能改變敘述時間，卻無法改變故事時間；亦即故事時間乃是恆常定數、敘述時間才是變數，敘述時間長短、錯時或順時，都端賴創作者故事情節的設計。

由於故事時間與敘述表達時間未必等同，這正是敘事創作的特色之一。根據熱奈特（Genette, 1980, 1988）等人（Bal, 1985, 2009; Prince, 1982, 1987, 1994; Rimmon-Kenan, 1983/2002），敘事作品裡此兩者之間的關係，至少又可分為表3-1三種情形：

表3-1 修正後的熱奈特的敘述時間概念比較

敘述時間與故事時間的差異	敘述時間與故事時間之間的關係
（1）敘述時間 < 故事時間	敘述表達時間，少於，故事真實經歷時間
（2）敘述時間 > 故事時間	敘述表達時間，多於，故事真實經歷時間
（3）敘述時間 ≅ 故事時間	敘述表達時間，等於／近似，故事真實經歷時間

資料來源：本書根據熱奈特觀點略加修正；Genette, 1998: 94-95

原本熱奈特是以故事時間為主，以表達時間為輔，似未契合敘事理論對於敘事文本創作的觀點，所以本書主張應該以敘述表達時間為主、故事時間為輔，才符合敘事理論觀點。

一、敘述時間 < 故事時間

敘述時間小於或少於故事時間，就是在敘事作品裡，對於某事件或某故事的敘述表達時間，小於故事真實經歷所花費的時間。其實，所有敘事作品裡，敘述表達時間少於真實事件實際經歷時間，是一種常態。

一般而言，敘事作品只專注於某些特定故事情節，不會將所有發生的事件一五一十完全加以記錄或敘述，否則豈不成為流水帳，所以基本上幾乎所有敘事作品，都呈現敘述時間少於故事真實經歷所需時間。即便號稱拍攝整個生活起居的《楚門世界》（*Trueman Show*, 1998），也沒有將楚門一切生活細節都拍錄下來，只是突顯某些場景，好讓觀眾看得出來的重要事件和情節而已。

　　在串接故事情節，敘事作品也常以故事重點來交代，省略細枝末節或與故事情節無關者。不論是警匪片或愛情浪漫戲，故事主人翁為了追逐女主角，常常在美國偌大疆土跑來跑去，電影裡只看到主人翁到了機場，或者飛機起飛、降落等鏡頭，就算交代了主角忙碌奔波於美國大陸之間。至於前後事件之間的其餘細節，像訂機位、搭車去機場、在機場下車、進入機場大廳、通過長長機場大廳、排隊買機票並取票、進入安檢區、排隊等候安檢、在安檢線如何掏出身上金屬物品和電腦等物件、排隊等候上機等，一大堆細節都被省略，因為與主題沒有關聯。除非這些細節又會橫生枝節，否則根本不予理會。

　　誠如前述所言，敘事作品最常用的表達形式技法，就是以簡短幾個字「若干年後」、「幾個月後」、「幾週後」等，就交代了故事主人翁長達數年的光陰。其實這些時間概念在小說或電影常常看到，譬如輕鬆一句「18年之後……」，出現了女主角忽然之間從一個幼童，搖身一變成為亭亭玉立的少女。電影有時連文字都沒有，直接轉換個鏡頭就交代過去了。有的則比較講究運鏡技巧，在開門關門之間、或在轉身回眸之間，就串接幼童長大後的模樣，觀眾也瞭解她就是那位小小孩童長大成人了。這種敘事表達時間，明顯遠比真實時間，短了太多了。

二、敘述時間 > 故事時間

　　敘述時間大於或多於故事時間，就是敘述表達時間大於故事真實經歷時間。此與上述常態相反，可說是在敘事作品比較少見的場景，而且必定有其特定敘事目的，才會使出這種敘事手法。就是當敘事作品要深描某個特定事件、人物、場景時，會採取極其細膩的手法，相當深入描繪，甚至

讓時間暫停，這種形式手法通常是針對男女主角之間的纏綿悱惻、生離死別之際。譬如明明男女主角身陷危境，眼見火藥就要爆炸了，只剩短短幾秒時間，可是男女主角覺得一分手就可能永別，所以在鏡頭前依依不捨、深情款款、相互凝視、相擁長吻長達數分鐘之久，爲了突顯彼此之間的情愛與關懷，時間不僅休止停頓，甚至還比眞實時間還慢。而觀眾也都能夠體會並融入場景，也對表達時間與眞實時間之間的差異，不僅不會計較，甚至還相當投入場景氛圍呢。

三、敘述時間 ≅ 故事時間

敘述時間幾乎等於故事時間，就是敘述表達時間幾乎等於故事眞實經歷時間，或者與故事眞實經歷時間，十分相近。一般而言，眞實時間與敘事表達時間相等或接近者，就節目類型而言，就是一般所看到的紀錄片或現場直播的體育競技節目，基本上眞實時間和敘事時間是等同的。

敘述表達時間等同故事時間，這種現象主要發生在對話或對打場景，也就是說，當故事人物面對面溝通對話時，不論是書寫的或影視的敘事作品，基本上都出現敘事時間等於故事時間的場景。

爲了突顯故事情節，在敘事作品裡的對話內容，基本上不會像一般日常生活實際交談，會有許多不必要的口頭禪、轉折詞、這個那個、然後……瑣碎字詞，而是簡潔有力、直接切入故事情節，交代故事情節發展的走向或轉折重點。若是看到類似日常生活交談，用一大堆口頭禪、轉折詞、這個那個、然後來然後去……不必要的字詞，除非是爲了突顯某個角色人物，否則就是劇本太爛。在早期的言情小說，就是爲了騙稿費。

至於動作武打片，對打時當然也會呈現敘事時間等同故事時間，根本無從精簡，尤其好萊塢動作片，晚近引入不少功夫武打動作，對票房大有助益，這些武打動作，一來一往，都與時俱進，根本無從延長或縮短。話雖然這麼說，但是武打片經常會省略諸多細節，只強調好看、驚險、有趣的動作畫面，來吸引觀眾目光，所以觀眾也只看到精彩的動作畫面，因而還是屬於表述時間稍短於故事眞實時間。可是，武打動作片也會出現表述時間長於眞實武打動作所需時間，那就是導演爲了強調某個武打動作的驚

險、美妙、優雅等特色，因而特意以慢動作形式來表述。

四、敘述時間 = 0

後來也有敘事學者又添增了第四種情形，就是：敘述時間 = 0。在這種情形之下，不論故事真實事件發生時間長短，都完全被表述所省略，在敘事作品完全不提片紙隻字，根本不予敘述，完全視故事於不顧。前述採取「若干年後」的敘述時間少於故事時間的手法，至少還會提及故事人物前後變化，但是在這若干年之間的許許多多事件，就完全省略了，所以根本沒有敘事時間可言。

其實這種敘述時間 = 0的情境，乃是敘述時間少於故事時間的極致，理論上它包括在敘述時間少於故事時間的類型，只是某些敘事學者特地突顯它的存在而已。

總而言之，敘事作品對於故事情節的敘述，它所採取的時間策略，對於故事真實發生時間與敘述表達時間的差異，端賴作者取材和視角而定，敘述表達時間的長短久暫，完全存乎作者一心。

伍、敘事頻數（frequency）

在敘事理論發展過程，對於敘事文本裡事件發生的頻數分析，是熱奈特（Genette, 1980）首創的分析項目，他對於頻數的獨到見解，遂成為敘事理論的重要觀點之一。

熱奈特（Genette, 1980）對於敘事作品裡的事件敘述，提出頻數的概念，依照事件被敘述的次數而出現不同的模態，可分為單一模態、重複模態（repetition）、反覆模態（iteration）三種。

所謂單一模態，是指事件素材發生一次，在敘事作品裡也只敘述一次。這種單一模態可說是最常見的敘事頻數，讀者或觀眾在整個敘事作品裡，只看到一次這個事件的發生。

單一頻數模態對於後續故事情節發展，可能有以下幾種可能：第一，它對故事情節發展產生重大轉折；第二，它只是輕描淡寫交代來龍去脈，固然與故事情節有關，但對故事情節影響不大；第三，它對故事情節毫無

作用，只是敘述故事情節必要的過程而已。第一種情形，乃是一般敘事文本的基本結構形式，不論書寫的小說或電影皆是如此，凡對劇情產生重大影響的關鍵因素，除非特殊原因，否則在敘事文本裡通常只出現一次。第二種情形，也是具有影響作用，但效用沒有第一種來得大，所以只是輕描淡寫方式來處理。第三種情形，只是為了讓故事情節與一般人生活更為接近，讓閱聽大眾可以即時理解，所以對於故事發展過程，即使是一些細節，也都有可能納入敘述範疇。

可見事件出現頻數與整個故事情節未必有必然的因果關係，但需要提醒的是，並非單一頻數模態，其影響力道就比重複模態或反覆模態小。譬如在許多警匪動作片，由於敘事節奏緊湊，即使攸關重大的情節轉折，也都不會重複出現，而且整部電影時時刻刻都充滿緊張、令人屏息的緊湊敘事節奏，一幕接一幕，毫無時間再回頭重複敘述。

所謂重複模態（repetition），是指真實事件素材只發生一次，但在敘事作品裡，卻一再不斷重複敘述許多次。不論警匪動作片或愛情浪漫戲，都經常採取這種形式技法。

所謂反覆模態（iteration），是指同樣性質的事件，在真實世界裡事件一再發生，但是在敘事作品裡，卻只出現一次，這種在作品只出現一次的反覆模態，主要是在強調故事人物的特性、特質、習性等，但在敘事作品裡會以其他形式手法或文詞語彙，來強化這種同樣性質的特性。譬如婆媳劇裡，婆婆喜好欺負媳婦，所以只要兒子不在家，她就會對媳婦要求東、要求西，這些要求，性質相近，但未必完全重複，而是反覆某種欺凌行為模式。又好比故事裡的壞蛋在殺人之前，總是會有某種特定行為模式，所以當他再出現類似這種行為模式時，讀者或觀眾就知道他想做什麼了。

像《美麗境界》（*A Beautiful Mind*, 2001），羅素·克洛飾演諾貝爾經濟學獎得主數學家約翰·納許，由於患有精神分裂症，早在普林斯頓大學就讀時，就會看到幻象，但這些幻象在片中出現，甚至連觀眾一開始都不知道他們只是幻象，由於該片拍攝手法高超，每次幻象出現，都帶給納

許極大的誘發和刺激，有如真人真事一般演出。就敘事理論觀點而言，這些幻象雖然頻頻出現，卻毫不重複，其實它所運用的就是反覆模態概念。

除了上述三種模態之外，根據熱奈特（Genette, 1980）的敘事頻數概念，事實上有更多的呈現方式，如表3-2所示。

表3-2 敘事頻數的幾種樣態

代號	名稱	詮釋	敘事模式	故事素材原來頻數	在敘事文本出現頻數
1.	1F/1S	singular	單一事件、單一頻數	一個事件	出現一次
2.	nF/nS	plurisingular	多數事件、單一頻數	許多不同事件	各出現一次
3.	nF/mS	varisingular	多數事件、不同頻數	許多不同事件	出現次數各不相同
4.	1F/nS	repetitive	重複	一個事件	重複呈現
5.	nF/1S	iterative	反覆	許多事件	只出現一次

資料來源：本書作者整理自Genette, 1980: 113-118; Bal, 2009: 113
註：F指故事事件出現的頻數；S指該事件在敘事文本出現的頻數；n, m代表重複出現頻數

第一種情形：單一事件、單一頻數，就是該事件在真實世界故事素材裡只出現一次，純屬單一事件，該事件在敘事文本裡也只出現一次，這是事件頻數裡最簡單的情形。

第二種情形：多數事件、單一頻數，就是在故事裡包含許多不同的事件，而且每個事件在敘事文本裡，都只各出現一次，亦即個別事件都只單一出現一次。它主要目的在於對某一特定情節的發展過程，做比較詳細的敘述，讓各種不同事件都能呈現。

第三種情形：多數事件、不同頻數，就是指在故事裡出現許多不同的事件，但是每個事件出現在敘事文本裡的頻數都各不相同。這種處理手法，很明顯在交代不同事件或不同情節，敘述深入與否差異很大；也就是說，某些事件受到較多的頻數敘述，另外其他事件則只是輕描淡寫帶過，處理手法大不相同。

第四種情形：只有一個事件，卻重複出現。也就是上述所分析的重複模態，就是某一事件在這個故事裡不斷重複出現，其出現頻數並無一定規律，就是重複多次。這種處理方式，很明顯敘述該事件對整個故事的發展，具有相當程度的重要性或作用力，經常在故事不同情境下一再重複出現。

第五種情形：有許多事件，卻只出現一次。也就是上述所分析的反覆模態，是指敘述者在講述某個故事，講了一大堆事件，雖然這些事件素材都各出現一次，卻未必是故事核心，但在敘事文本裡鉅細靡遺講述了一大堆繁瑣的事件，具有反覆嘮叨之嫌。

就新聞報導的頻數而言，顯然與敘事理論大大不同，敘事文本乃是基於敘事結構而對某單一事件不斷重複，藉以彰顯故事情節令人迴腸寸斷或驚心動魄，但新聞既然講究時效性的新聞，就不可能一再重複報導舊聞，否則違背新聞學基本常識，所以頻數在新聞報導上比較難看到實務案例。

至於某些鏡頭，會一再重複出現，只是因為該新聞仍在熱度，所以當天或翌日都還會再重複播報。除非是相當重大的新聞事件，才會連續數日，不斷重播相同新聞畫面。史上最大重播新聞畫面，可能要屬2001年911恐怖攻擊事件，美國紐約世界貿易中心的雙子星大樓遭飛機恐攻的畫面，全球所有電視臺都一連數日連續重播該畫面。

🌀 第三節　敘事節奏

故事無非都是由原本的素材所構成，但是素材到底應該如何組構才能成為吸引讀者和觀眾的故事？讓讀者和觀眾願意一直看下去，一直被故事情節所吸引？這就是敘事理論和敘事學多年來持續探究的重點所在，就是嘗試要解構故事的組構形式，好讓初學者能夠一目了然造就故事的軌跡。以下主要根據巴爾（1985, 1997, 2007）論點，從節奏層面來析論。

探討素材事件所涵蓋時間長短、以及這些事件被敘述的時間多寡，可說已經是老話題了。1920年代Lubbock、1960年代Muller等人，都有深入

剖析。其中根本問題就是在於如何測量素材事件被敘述的速度，也就是原本素材事件再現在敘事文本裡的時間長短，也就是敘事理論所說的節奏。

至於如何測量事件被敘述、再現時間，並非十分精準的科學測量，通常只是概略性說法而已。就敘事理論而言，就是故事時間與敘述時間的差異；在不同媒材的敘事文本裡，就可能有不同的呈現形式。譬如以閱讀為例，就是閱讀時間與事件發生時間的比較；而以電影來說，就是觀眾觀賞電影時間的長短。在不同媒材，敘述表達時間的長短，各有不同，端賴創作者想要表達的視角和重點而定。即便是相同的媒材，不同的創作者也可能有不同的表達形式、視角和重點，因此也有可能不同。

最簡單策略，就是將「故事時間」（story time）和「敘述時間」（narration time）並置來比較。敘事節奏是決定故事情節開展的快慢，不同的敘事作品，可能有不同的敘事節奏或敘事速度，主要是依敘事題材而定。譬如警匪片的敘事節奏，就得快些，好讓喜好警匪片的觀眾目不暇給；但是文藝愛情浪漫故事，通常就得放慢腳步，好讓觀眾體會並且分享愛情的甜蜜滋味。

即便在同一個敘事作品裡，講述不同的故事或情節，也有可能採用不同的敘事節奏和速度，對於某個特定場景、人物或情節的鋪陳，敘事作品常常以各種不同的敘事節奏，來彰顯對於故事情節的收放需求。譬如在警匪片裡，固然以警匪追逐搏命為主調，卻也不乏愛情浪漫的戲分，既有火爆動作場面，也有帥哥和美女的纏綿悱惻養眼鏡頭；對於火爆動作場面，一定要以快速節奏來彰顯緊急危難，而對於纏綿悱惻鏡頭，則就要微火慢燉來呈現男女情愫的發酵。

所以在不同的場景、不同的情節，敘事節奏就有可能殊異，好讓觀眾感受忽冷忽熱、忽而緊張忽而鬆弛的心情。像《鐵達尼號》（*Titanic*, 1997），男女主角邂逅、一見鍾情、船首吹風、進而談情說愛、溫情歡樂，其敘事節奏必然是緩慢、浪漫的眉來眼去，但撞山海難發生，一切敘事節奏轉而驚慌、快速、緊張，觀眾心情前後儼然如處兩個世界。

敘事文本不能以相同的敘事節奏，一直維持緩慢或急速的調性，隨著

故事情節開展的需要，敘事節奏因而有所變化，或者從慢轉快、或者由快變慢，無非都是為了整個故事情節發展所必須做的節奏變化。

　　基本而言，在故事剛剛開始之際，根據敘事理論，都是處於一種所謂平衡狀態，不論是何種類型劇情，都是浸淫在幸福美滿的氛圍裡。敘事文本在起始階段，通常對平衡狀態裡頭的某些特定場景、人物或情節的鋪陳，會花費較多篇幅或者敘述時間，仔仔細細娓娓敘述，好讓讀者或觀眾浸淫其中，留下後續故事情節轉折的許多想像空間。因此，一般敘事文本的初始階段，敘事節奏較為舒緩，繼而快速，情節變化一波接一波，不斷生變，敘事節奏遂轉為快速緊湊，藉以掌控閱聽大眾的心理狀態、或讓觀眾目不暇給。

　　總而言之，對於敘事內容特定人物、景象、事件的敘事節奏和速度，既可加速、亦可放慢、也可暫停、甚至省略、或者快慢交替、或時快時慢等各種不同形式技法，來掌握故事情節的發展。其實對於放慢處理的故事情節，才真正驗導演和演員的真工夫。譬如《長日將盡》（*The Remains of the Day*）裡的安東尼‧霍金斯（Anthony Hopkins），純係透過臉部表情和肢體動作來表達內心戲，既細膩又令人動容，誠非講求快速節奏的警匪動作片可與比擬。

　　敘事作品的節奏快慢，取決於作者、戲本、導演對於故事情節的掌握、想像與操弄，像李安《少年Pi的奇幻漂流》（*Life of Pi*），Pi與名叫理察‧帕克（Richard Parker）的孟加拉虎，在海洋上共同渡過227天的漂流細節，雖然盡是人與虎的溝通相處，說來只是千篇一律的動作戲碼，但李安透過電影畫面，生動感人地描寫人虎之間的互動，實在令人佩服。

　　總結而言，敘事節奏的快慢，無非都是作者或導演意欲藉此來掌控讀者或觀眾的接收心理反應，達到敘事作品想要展現的情緒境界。

壹、敘事理論的五種敘事節奏

　　巴爾認為，為瞭解敘事節奏，就得一方面先掌握素材的整體時間，同時並掌握事件系列每個單一事件所需時間；也就是所謂插曲（episode）

第三章　新聞敘事成分與敘事節奏

的時間，必須此兩者同時都切實掌握，才能掌握整體的節奏。

敘事學對於故事整體節奏的敘事分析，早就發展出極其簡單的方法，就是將兩個關鍵元素：素材時間（time of fabula, TF）和故事時間（time of story, TS）作為分析指標，並比較何者所花費的時間較長，就可明白這個插曲的節奏到底是快或慢、簡約總結抑或深入描繪。

所謂素材時間，就是指該素材在真實世界原原本本所花費的時間。而故事時間，則指該敘事文本對於這個插曲的敘述、表達，所花費的時間。也就是說，一個是發生在真實世界裡的時間，一個是故事世界裡敘述它的時間；一個是原原本本真實發生所需時間，一個是藝術美學處理故事所花費的時間。這裡所謂的敘述時間，包括各種表達形式，無論是文字、口語、肢體、圖式、或多種形式的匯合都算。

可見，故事時間可長可短、可久可暫，端賴敘事文本處理該插曲的節奏；也就是作家要不要深入描繪這個插曲，還是只輕描淡寫帶過。根據巴爾對於素材時間和敘述時間的比較，產生如表3-3的幾種不同情形。

表3-3　素材時間與敘述時間的比較

不同敘事節奏法	素材時間與敘述時間的比較
1.省略法（ellipsis）	$TF > \sim TS$
2.總結法（summary）	$TF > TS$
3.場景法（scene）	$TF = TS$
4.慢敘法（slow down）	$TF < TS$
5.停格法（pause）	$TF < \sim TS$

資料來源：Bal, 1997: 102.
說明：TF: time of fabula素材時間；TS: time of story故事時間，即敘述時間；～：代表無限長時間（因為不明確）

以下茲一一說明這五種不同的敘事節奏形式技法：

一、省略法（ellipsis）

　　一般而言，被敘事文本所省略的素材，通常是與故事情節較乏直接關

係者，但是並非所有被省略的事件或素材都不重要，可能是在敘述整個故事過程的必要處理手法，甚至是敘事文本刻意的安排，而留供後續情節發展的懸疑空間。

就敘述時間與故事時間而言，省略法讓敘述時間比故事時間節省不少時間，但故事情節的邏輯性依然不變，只是在故事鋪陳形式上，刻意讓某些事件素材暫予擱置延宕或隱而不顯。所以敘事文本採取省略法，只能變化故事情節的時間序列，卻不會改變故事情節的因果邏輯。

只是我們似乎較難確認被省略者，它到底存在哪個確切時間點，但假使這種省略手法與整個故事情節並無重大關聯，那麼讀者或觀眾也就不太會去計較。如果被省略的事件素材，與故事情節至關重大，那麼它到底是在哪個確切時間點發生的？可能就得等整個故事結束之後才能充分掌握，至少也得等與該事件有關的其他事件的發展過程，才能透過因果邏輯加以推斷。

二、總結法（summary）

在敘事文本裡採取總結法，也是常見的敘述形式技法。總結法無非就是為了及早進入故事核心，而將其間不重要的事件素材，透過總結敘述手法一語帶過。

在各種敘事文本類型，經常採取總結法的表達形式，其主要目的是在指陳情境（situation）的變化，當素材裡情境有了變化，當然會造就敘事節奏的變化，其間事件的呈現方式就可能採取較緩慢手法出現，通常在戲劇裡就是以高潮（climax）形式來處理，讓事件更具有張力和影響力。

所以採取總結法，除了避免流水式事件將會令人厭煩之外，更重要的是透過總結法，可以馬上跳接故事情節的核心，將整個故事簡化，聚焦於重要情節上，但也提供了簡要背景資訊。

三、場景（scene）

在敘事理論，有兩種不同的場景，一種是指事件發生的時間背景（setting），另一種則是指敘述時間等同故事時間的同時敘說與扮演。在敘事節奏裡討論的場景，是指第二種的場景。

所謂場景，就是當敘述時間等同於故事素材時間；或者說敘述時間大約等同於素材持續的時間，在這種情況之下，敘述故事和觀眾觀看整個事件發生過程是一樣的、是同時並進的；亦即觀眾有如置身故事事件當中，親臨故事現場一般，所以說這種現象就如同觀眾凝視故事事件場景。譬如在警匪動作片裡，導演想要強調你死我活的緊張打鬥場面，就會安排場景的節奏方式，讓觀眾直接觀看故事事件整個發生過程。

　　場景通常就是一種與時間同步場景（synchronic scene），故事呈現的時間與素材時間完全同時發生。但是事實上，也有假場景（pseudo-scene），會以相當快速方式進行（例如：警匪片），而且被省略法略過的部分，就會以重點式高潮出現。但在場景設計上，只要製作單位稍一不慎，難免會有所疏漏，所以目前有不少好事的影迷，專門挑剔影片場景中的瑕疵，尤其針對賣座佳片，像《星際大戰3》、《變形金鋼》等，都被影迷捉包。

四、慢敘法（slow down）

　　慢敘法與總結法相反，就是敘述時間反而比素材時間還要長久，這在真實世界是看不到的，但在敘事文本裡頭，為了要突顯該插曲，刻意拉長該插曲的表達時間，遠遠超過真實世界裡實際發生的時間。

　　基本上，慢敘法並不多見，但只要它出現，就可看到敘事文本刻意安排這個插曲慢慢進行，完全遺忘場景外的其他任何事物，好讓觀眾融入場景中人物的心境，尤其是浪漫愛情劇，通常為了突顯男女主角之間的情愫，兩人之間許多動作都會以慢敘法處理，更不用說是初吻或初夜了。另外，諸多動作片的特效手法，就是採取慢敘影視手法，藉以突顯高難度驚險動作或爆破鏡頭等精彩畫面，這種慢敘法有如放大鏡，將細節放大讓觀眾看得更為仔細清楚，突顯該片的製作特色。

　　誠如前述，慢敘法在真實世界無法呈現，只能展現在敘事文本裡，不論書寫的或影視的文本類型。而新聞報導，本質上就是再現真實世界，它實在無法以慢敘手法來報導新聞事件。

五、停格法（pause）

敘事節奏停格法，大概是所有敘事節奏技法當中最爲獨特的手法，因爲它可以讓素材時間暫停不動，讓敘述暫時停留在某個時間點上，事件素材的一切行動刹那停止，似乎整個世界好像停止轉動一般。

這種停格法，在影音媒材方面，似乎稀鬆平常，但對書寫媒材就難以呈現了。所以，停格手法在影視方面採用得最爲普遍，就是讓素材時間暫停不動，讓觀眾所有注意力集中在某一個成分上，同時讓素材停留在原地不動。停格法的目的無非是讓觀眾對於某一個鏡頭，能夠加深印象，突顯敘事文本對這個鏡頭的特定敘述目的。目前最常使用的時機，就是要突顯或強調某一個驚險畫面時所採取的手法，藉以達到視覺效果。所以，在動作片最常看到這種停格手法。

貳、新聞報導的敘事節奏

在新聞處理上，不論是哪一種新聞媒體，也不論是哪一種新聞路線，基本上新聞畢竟與文學小說迥異，絕對無法像文學小說的敘事手法，一切文詞、字句都以文學藝術的美學視角作爲修辭和鋪陳的考量，而是講求新、速、實、簡、快、狠、準的報導策略，力求要在最短時間內告訴閱聽大眾到底發生了什麼重大事件，這也是新聞報導與文學小說敘事文本最大不同的地方。

由於新聞與文學小說的敘事文本類型大不相同，一般敘事理論所談的敘事節奏未必能夠完全適用於新聞報導，所以若想要援引敘事節奏觀點運用在新聞報導，就得視新聞媒體材質和新聞事件性質而定。

就一般新聞報導而言，對於上述五種敘事節奏的運用各有不同，最經常使用在新聞報導的節奏，大概要屬省略法、總結法和場景法了。至於慢敘法和停格法，可能較難適用。若以新聞媒體的媒材特質來說，則影視媒體像電視新聞，最適合採取場景法。

省略法乃是敘事文本極其普遍的敘述技法，新聞報導亦是如此。由於新聞講求時效性，務必在最短時間內，將整個新聞重點清楚告訴閱聽大

眾，再加上新聞媒體有其時間和篇幅的限制，敘述新聞的時間必然都要少於素材事件實際所發生的時間，根本不可能對新聞事件從頭到尾毫無刪減的全都採用。所以，省略法乃是新聞報導最常使用的敘述方法。但是對於具有高度新聞價值的事件，則採取高密度的報導方式，必要時還會予以場景式的全程報導。

不論是哪一種新聞媒體或哪一種路線的新聞，也不論新聞事件大小，在新聞實務處理上，都會站在服務閱聽大眾的立場，提供閱聽人該則新聞的標題和導言，直接點出新聞焦點和重點，好讓閱聽大眾一目了然該新聞事件的梗概。這種報導策略基本上就是一種省略法，就像5W1H，其實就是典型的省略法，只告訴閱聽大眾幾個重點，而省略其他細節。

至於總結法，除非是重大新聞，否則一般新聞對該事件的來龍去脈，頂多也只是稍微交代而已，誠如貝爾（Bell, 1991: 161-174; 1998: 68）討論新聞話語結構時指出，每件重大新聞事件都有其歷史背景和前事件的時空條件，所以對於重大新聞或多或少都會提及該事件的歷史背景，但由於新聞媒體極其重視時間和篇幅管控，所以不可能再重述（re-telling）舊聞，而只是蜻蜓點水式輕描淡寫地稍微交代一下。因此，總結法對於回顧式的新聞報導，是相當適合的敘事節奏。

至於場景法，對平面媒體而言，頂多只能多拍幾幀新聞照片，但對電視新聞而言，卻是求之不得的大好機會。電視新聞由於是以畫面為主，記者莫不想盡辦法，力求展現新聞的場景視覺效果，好讓觀眾能夠目睹整個新聞事件的發生過程，讓閱聽大眾有如親臨現場、讓觀眾「眼見為真」，所以場景法，乃是電視新聞最佳採用的敘事節奏手法。尤其是衝突、異常、災難的畫面，更是觀眾觀看電視新聞的焦點，難怪電視新聞會以場景式手法全程照錄。

像最近國內也經常看到所謂行車紀錄器畫面新聞，儘管並非電視臺新聞親自拍攝，而是由好事民眾提供，但由於行車紀錄器所拍攝的鏡頭，就是素材事件發生的原原本本過程，正符合敘事理論所說的場景法。所以，我們經常會看到電視新聞播出這種車禍或行車糾紛等事件，臺灣可說是全

球播報行車紀錄器最頻繁的國家，這豈是臺灣新聞界的驕傲？

　　至於停格法的使用，則依媒體特質而有所不同。就平面媒體而言，停格法就好比是新聞照片，讓該鏡頭永遠停格在那個分秒，也讓該事件裡的相關人物的影像停格在那個歷史鏡頭裡。而在電視新聞方面，常常因為某一則新聞會與過去舊聞扯上關係，尤其是一些重大新聞，像政治鬥爭、弊案等，電視新聞常會舊事重提，只要一提起過往事件時，就會出現該事件的停格畫面，讓觀眾回想起該事件與目前新聞事件的關聯性，強化電視新聞的可看性，所以停格法，在新聞媒體上也經常使用。

　　總而言之，敘事理論所談的敘事節奏，有些適用於新聞媒體，有些卻不太適合用在新聞報導，主要基於新聞與文學創作本質上、功能上的殊異所致，相信各種不同的新聞媒體會依其媒體材質特性，做出明智且恰當的選擇。

第 4 章 ▶▶▶

敘事學的源起

　　敘事理論或敘事探究的發展歷史極其悠久，不論東西方世界都有極其深遠的淵源。由於敘事理論或敘事學乃是西方國家率先提出，所以敘事觀點常以柏拉圖（Plato, 427 B.C.E.-347 B.C.E.）和亞里斯多德（Aristotle, 384 B.C.E.-322 B.C.E.）對於敘事作品所說的話語，作為西方敘事理論的起源。

　　其實人類敘事理論的濫觴，未必起始於西方，像中國的《毛詩序》就是討論《詩經》敘事內容的敘事論點。雖然《毛詩序》的作者眾說紛紜，但孔子得意弟子之一的子夏，一直被認為是作者，或者是他與別人合作寫成，可見東方中國早在柏拉圖和亞里斯多德之前，就有敘事理論的觀點出現。更別說，還有更早的《尚書》，也對《詩經》提出敘事觀點，足見雖然西方敘事學或敘事理論相當成熟，但論及敘事理論的起源，則未必是從西方出發。

　　何況古埃及金字塔，建造於約公元前2600年至2200年之間的第三王朝至第十三王朝，距今也已有4,600多年歷史。試想4、5千年前就能建造這麼宏偉的金字塔，其代價必然不菲，死傷人數應不可計數，其間必然留傳許多故事。相對於這麼偉大的人類文明及其敘事，難道埃及人都不曾討論任何敘事觀點？

根據英國的埃及研究學者Parkinson（1991, 1999）研究發現，埃及古王國時期（約公元前26世紀至22世紀）的敘事內容，主要是祭文、書信、宗教聖歌和聖詩等為主，到了中王國時期（約公元前21至17世紀），則開始有娛樂性質敘事文學，再加上當時書吏行業興起、傳播媒介增加，所以他稱這段時期的特色就是媒介革命。既然當時媒介發達，就會有各種不同類型的敘事文本產生，只是目前知識界似乎尚未看到埃及在地對於敘事理論的相關論著。

第一節　敘事理論的源起

費雪（Fisher, 1984）在闡述敘事典範（narrative paradigm）時就指出，人類是說故事的動物（homo narrans, or story-telling animals）。也有學者認為，敘事原本就是一種人類最根基的生活形式（the most typical form of social life）（MacIntyre, 1981/1990: 129）。理論上，自從有了人類活動，就有了敘事，因為人類為了彼此溝通、延續生命、保護族群、傳承文化等功能，都必須透過人類最根基的敘事方式來達到目的。

所謂敘事（narrative），就是說故事（telling story）（Berger, 1997; Cohan & Shires, 1988; Czarniawska, 2004; Fisher, 1984; Fulton et al., 2005; Phelan & Rabinowitz, 2008; Polkinghorne, 1988；蔡琰、臧國仁，1999；林東泰，2011）。人類歷史互古以來為了延續生命和文化，就必須透過說故事方式傳承社群經驗和精神價值，人類必須有了敘事，才能夠傳遞經驗與文化，所以敘事和說故事，可謂與人類文化和人類文明同時存在。甚至可以說，人類敘事乃是人類文化開端的先河，更走在人類文化和文明的前頭，人類必須先懂得如何說故事，才能夠傳承人類文化和文明，所以敘事早在人類文化留存之前就已經存在。

不論東方的中國、西方的希臘或古埃及與印度，都有極其悠久的歷史文化。東方中國早在春秋戰國時期，就有輝煌的人類思想智慧結晶，諸子

百家絕非僅止於屬於中國的思想文明，更是全球人類思想的啟蒙。諸子百家經典古籍，充斥敘說、論理、闡釋、論辯等各種文體，若古老中國在敘說故事能力未達到某種境界，絕不可能產生如此鉅量且輝煌的思想學說，東方中國的敘事源起，絕對要從春秋戰國更往前推數千年。

　　從各種有關中國最古老的記載，也就是東方最古老的敘事，像《山海經》乃是中國最古老的神話傳奇敘事作品，內容包羅萬象，神話、地理、山河、奇禽、怪獸、礦物、巫術、宗教、醫學、民俗等，可謂無奇不有。根據考證，它大約是在先秦時期的敘事作品。一般咸認，《山海經》並非一人著述，而是集體創作。就語言文字發展史而言，人類先有約定俗成統一的語言，然後經過數百年、數千年甚至數萬年，才有可能發展出文字，所以可以推論，東方中國早在《山海經》之前數百年、數千年甚至數萬年，就存在敘說有關《山海經》的故事了。

　　東方有《山海經》，西方世界也有膾炙人口的《希臘神話》。《希臘神話》大約在公元前3千年就口耳相傳，直到公元前8世紀才有了文字記載。其主要內容是古希臘人的神、英雄、自然和宇宙歷史等神話。這些神話內容豐富，包括在眾神方面，敘述有關宇宙的起源和希臘眾神；在英雄方面，敘述許多英雄英勇事蹟，像荷馬著名的兩部敘事史詩：伊利亞德和奧德賽。

　　《希臘神話》敘事內容的特色，就是悲劇。許多敘事內容不論是神話、英雄或戰爭，都是以悲劇收場。像特洛伊戰爭一再被敘說，但都充滿悲劇色調。也有許多著名悲劇敘事，像伊底帕斯（Oedipus），是一位希臘神話中的王子，在各種巧合中弒父並娶了母親，也就是後來被心理學者佛洛伊德（Freud）拿來作為學術研究的戀母情節典故。《希臘神話》更談到許多神與人類相互交流，充滿悽美、荒誕、淫亂的敘事情節，其中不少故事情節被拍成電影。

　　除了上述亞洲和歐洲悠久的敘事作品之外，非洲古埃及的故事更充滿傳奇和神祕，只要看到那些4、5千年前建造的高聳金字塔，就不禁讓人充滿各種想像和幻影。根據研究，早在公元前3、4千年前，古埃及人就開始

使用文字系統，而且埃及盛產莎草紙，至今到處可見各式各樣用莎草紙繪寫的古埃及傳奇故事。尤其古埃及能夠早在4、5千年以前，就建造人類最古老、最神祕、最艱鉅、最科學的金字塔，實在令人難以想像，迄今對於金字塔的工程，仍存在諸多科學與玄學之間的論戰。姑不論這些論戰誰是誰非，一個無可否認的事實就是在建造金字塔的年代，一定留傳許多有關埃及法老王偉大神祕的故事，也會留傳更多因爲建造金字塔而遭迫害凌虐的悲慘故事，而且這些神祕和悽慘的故事，一定早在金字塔竣工前就已經存在，而且一直在留傳和傳誦，只是因爲後來埃及頹敗，很難看到埃及學者對於古埃及敘事作品的論析，殊爲憾事。

敘事理論或敘事學的發展歷史極其悠久，東西方世界都早就曾經加以探討，而古埃及，既然能夠在公元前2600年就建造近百座金字塔，相信在古埃及時代一定流傳更爲古老的敘事作品。一般咸認古埃及早在公元前2780-2250年就有埃及神話，譬如死亡之書或叫亡靈書，就是古埃及帝王死後，放置在陵墓供死者閱讀的書，內容除了對神祉的頌歌和對魔鬼的咒語，也有古埃及神話和民間歌謠，可說是人類遺留最古老的敘事作品。好萊塢電影《神鬼傳奇》系列的「印和闐」、復活的「安蘇納姆」等，都是膾炙人口的古埃及神話故事。

壹、西方：柏拉圖與亞里斯多德

西方咸認最早提出敘事理論的是古希臘大哲學家柏拉圖，他在《理想國》中，就提出單純敘事與模仿敘事的分辨。《理想國》（*The Republic*）（Plato, 360 B.C.E.）第三卷（尤其是頁碼392c-398b），就以模仿（mimesis）與敘事（diegesis）二分法作爲敘事討論的濫觴。

柏拉圖認爲，講故事，無非就是關於過去、現在和未來發生的事情（頁392d）。如何講故事，只有二種形式：敘事和模仿，或者兩者兼具。若不用模仿，就是純粹的敘事；若不用敘事，只剩模仿，就是悲劇了（頁394b）。

《理想國》是以對話形式書寫，柏拉圖更以蘇格拉底的話來總結：悲

劇和喜劇（tragedy and comedy）只用模仿，酒神讚美詩（dithyramb）只用詩人敘事的吟誦，史詩（epic poetry）則兼具模仿與敘事（頁394c）。可見，柏拉圖最早將敘事分為模仿與敘事二種，後來又將敘事形式分為三種：模仿、敘事（詩人說話）、模仿和敘事摻雜（柏拉圖：文藝對話集）。

亞里斯多德的《詩學》（*Poetics*）（Aristotle, 350 B.C.E.）更進一步指出，所有的詩和各種不同形式的詩，只要是好詩，都要具備情節結構（structure of plot），而且不論是史詩、悲劇、喜劇、狂熱詩或音樂等，都有其共通的模仿模式，只是媒介、主體和模仿模式有所差異而已。

亞里斯多德指出，悲劇乃是行動的模仿，它是一個嚴肅、完整、有一定長度的行為之模仿。他指出，悲劇由六大因素構成：情節（plot）、角色（character）、思維（thought）、措辭（diction）、景象（spectacle）和歌曲（song），並以情節為核心，情節也是行動的模仿，情節是悲劇的根本、是悲劇的靈魂。

這六個構成因素當中最重要的成分當然是情節，亞里斯多德認為，情節就是事件順序的安排，也就是行動的再現（representation of action）（Huisman, 2005: 29）。亞里斯多德指出，一個好的情節，就是妥善建構、周延統合、令人難忘的敘事。

亞里斯多德也指出，角色是僅次於情節的重要成分，一切都因角色才會引起行動，有了行動才會有情節產生，所以角色並非僅僅是一個扮演的人，而是與情節動機和故事發展具關鍵關係。

更重要的是，亞里斯多德區分了在敘事理論上非常重要的概念：mimesis與diegesis，他認為這是兩種完全不同的再現模式。其中，mimesis係指扮演（showing），也就是模仿；而diegesis則指敘說（telling），也就是透過語言文字講述故事。亞里斯多德提出這兩種概念的分野，奠定了爾後敘事理論發展的根基。他將敘事分為兩類，即故事的呈現和敘說故事的人。其中，敘說故事的人，就是敘述故事的角色，也就是敘述者（narrator），也是後來敘事理論探討的重點。

亞里斯多德延續柏拉圖的敘事與模仿的二分法，更將模仿視爲藝術的根源，所以模仿論遂成爲西方最早的敘事觀點源起，發展至今，依然可以看到歐美，尤其是西歐，戲劇就是整個表演藝術的重心，而柏拉圖和亞里斯多德一直被西方遵奉爲敘事理論的起點。

貳、東方：《詩經》與《毛詩序》

除卻柏拉圖和亞里斯多德，其實還有許多值得探究的敘事理論起源，像東方的中國早就有許多敘事留傳和敘事觀點的討論，《詩經》就是中國詩歌史上第一部詩歌總集，也是中國最早出現的純文學作品，它最早的作品大約完成於春秋時代西周初期（1100-771 B.C.E.），從西周初年到春秋中葉，歷時500年，是周朝采詩官到民間採詩，橫跨中國陝西、山西、河南、河北、山東和湖北等地所彙集的詩篇。《詩經》共有311篇，但其中6篇有目無辭，故只有305篇，統稱《詩三百》。

從對《詩經》敘事內容進行分析的《尚書》和《毛詩序》，就可看出東方中國敘事理論的探討，遠比柏拉圖和亞里斯多德都早很久。《尚書》深明《詩經》敘事文本的特色，因爲先秦詩論起於儒家，宗法儒學，所以都藉由詩歌來強調「詩言志」的儒家思維，因此《尚書》才會說：「詩言志、歌永（詠）言、聲依永、律和聲。」

《毛詩序》更是東方中國最早、最周延探討敘事理論的觀點，它將《尚書》對《詩經》的敘事論點，擴大到「詩者，志之所之也。在心爲志，發言爲詩。情動於中而形於言。言之不足，故嗟嘆之；嗟嘆之不足，故永歌之；永歌之不足，不知手之舞之，足之蹈之也。」雖然《毛詩序》沒有提及任何模仿與敘述的差異，但它從理性言志，擴大到情感萌動，甚至肢體律動，可說相當全面性地含括了敘說故事情節的範疇了。

《尚書》和《毛詩序》都分別提出敘事作品的基本敘事理論觀點，這或許就是東方中國最早討論敘事理論的見解。其中，《尚書》當然遠比《毛詩序》更早，根據《緯書》和《漢書藝文志》指出，古代《尚書》凡3240篇，到了孔子將它刪定爲120篇，可見《尚書》早在孔子之前早就存

在，因爲內容以上古、夏、商、西周君臣講話紀錄爲主，所以至少是西周以前的著作，而孔子生於公元前5世紀前後，可見，東方中國討論敘事理論的時間點，從《尙書》看來，遠比柏拉圖和亞里斯多德在公元前3世紀，要早至少有數百年以上。

至於《毛詩序》，更是東方中國敘事理論源起的經典作品。《詩經》對於敘事文本的詮釋，最具敘事理論觀點，而且論析相當完整全面，所以它可能是東方中國敘事理論最早經典。

但是《毛詩序》到底是何時著作，由於對它的作者眾說紛紜（胡樸安，1973），包括子夏、衛宏、子夏與毛公合作、子夏與衛宏、毛公合作等各種說法都有，但它完成於秦漢之前，則是相當明確。其中，子夏就是孔子弟子，所以無論作者說法如何紛紜，《毛詩序》早於柏拉圖和亞里斯多德，也可以間接佐證。

《詩經》有四始六義的分類，四始是指《風》、《大雅》、《小雅》、《頌》，六義則指「風、雅、頌、賦、比、興」。其中《風》、《雅》、《頌》是就詩的性質和體制的分類，《風》是帶有地方色彩的民歌，共有15《國風》，也就是有15個不同地區的土風歌謠。《雅》是宮廷樂，用於典禮，包括《大雅》31篇、《小雅》74篇；《頌》是宗廟祭祀唱的讚歌，包括《周頌》31篇、《商頌》5篇、《魯頌》4篇。

《國風》取自陝西至山東的黃河流域之土風民歌，多爲民間口頭創作，有不少是反映人民受壓迫、對統治者不滿、勞動生產、婚姻戀愛等，被認爲是《詩經》最精華部分，最富故事情節可供書寫。譬如《國風·豳風·七月》描述農民終年辛苦，就是爲了奉獻給統治者，「七月流火，九月授衣。一之日觱發，二之日栗烈。無衣無褐，何以卒歲！三之日于耜，四之日舉趾。同我婦子，饁彼南畝。田畯至喜。」大意是說：「七月火烈太陽向西沉下，九月寒衣不夠穿。冬月北風吹叫著不停，臘月更增添寒氣。粗布衣裳一件也沒，叫我如何挨過年！正月裡來修鋤頭，二月裡忙下田。女人和孩子們也沒閒著，送湯送飯到壟邊。政府田官老爺卻露出笑臉來。」主要描述農民千辛萬苦，卻要侍奉官老爺們。

《風》、《雅》、《頌》乃是詩經體裁的區別，《賦》、《比》、《興》則是詩經作法的分類，就是各種不同表現手法。朱熹（1130-1200）《詩傳綱領》解釋：「賦者，直陳其事；比者，以彼狀此；興者，托物興詩」。也就是朱熹《詩集傳》所說：「賦者，敷陳其事而直言之者也；比者，以彼物比此物也；興者，先言他物以引起所詠之詞也」。也就是說，《賦》是純粹敘述法，即是直述法，直抒情意，直敘人事等；《比》是比喻法，取物為況，借他物比此物；《興》則是有感而發，托物興起，抒發感受。也有人說《興》是半賦半比，前半用比，後半用賦。譬如大家耳熟能詳的「關關雎鳩，在河之洲。窈窕淑女，君子好逑。」就是以河洲上的雎鳩之關關鳴唱，作為求偶之比；而以淑女、君子作為人間佳偶，直抒男女情意。前二句是比，後兩句是賦，四句合起來便成興。

可見，中國最早探討敘事理論的範疇遠比西方更為廣泛，但可能缺乏科學性、理論性統整，再者，全球化浪潮係以西文為主，所以中國敘事學觀點較少被國際論著提及。

參、東方與西方敘事理論傳統的比較

雖然西方早在柏拉圖和亞里斯多德時代就對敘事有了基本概念，但對於西方最早敘事作品的出現，則多指稱以源自地中海敘事文學的荷馬史詩為代表，並被公認是西方古典文化的集大成，然後再由史詩逐漸發展至中近世的羅曼史（romance），隨著文藝復興的啟蒙，再發展至18、19世紀的長篇小說（novel）。對照西方敘事學傳統，在東方的中國，則以騷──賦──樂府──律詩──詞曲──小說作為傳承脈絡（浦安迪，1996）。

清代劉熙載（1813-1881）的《藝概》，是中國文藝理論史上繼劉勰的《文心雕龍》之後，堪稱一部通論各種文體鉅著，全書六卷分為文概、詩概、賦概、詞曲概、書概、經義概，分別論述文、詩、賦、詞曲、書法、八股文，其中文概專論中國古代散文，對於散文各種敘事方法，指出「敘事有特敘、有類敘、有正敘、有帶敘、有實敘、有借敘、有詳敘、有

約敘、有順敘、有倒敘、有連敘、有截敘、有豫敘、有補敘、有跨敘、有插敘、有原敘、有推敘，種種不同。唯有線索在手，則錯綜變化，惟吾所施。」

《藝概》與敘事時間有關者，至少有順敘、倒敘、豫敘、補敘、插敘等，幾種不同敘事技法，無異就是西方敘事理論所說的時間序列的安排。劉熙載的《藝概》，是早在19世紀中葉的著作，遠比任何西方敘事理論的論著都來得更早許多。而且除了上述這些順敘、倒敘、豫敘、補敘、插敘等與時間相關的敘事技法外，還有各種不同層面、不同取向、不同技法的「特敘、類敘、正敘、帶敘、實敘、借敘、詳敘、約敘、連敘、截敘、跨敘、原敘、推敘」等，如此層次繁複、多元豐富、多彩多姿的敘事策略與技法，豈是西方既有敘事理論所能相提並論的？

希臘神話和荷馬史詩，都是西方敘事作品的開端，並且頗富故事性，它們都是依照時間序列講故事，但是中國戰國時期的《山海經》，卻以空間作為敘事的軸線。《山海經》全書18卷、三萬餘字，都是以東、西、南、北、內、外的空間方位來敘事，包括山經5卷、海經8卷、大荒經4卷、海內經1卷，記載了100多邦國、550座山、300條水道、100多個歷史人物，可說是一部集地理誌、方物誌、民俗誌於一體的上古奇書，內容相當廣泛，包括神話、地理、動物、植物、礦物、宗教、巫術、醫藥等。

尤其對於神話的描述和靈禽異獸、奇山異水的描繪，直叫人嘆為觀止。譬如《南山經》、《西山經》、《北山經》、《東山經》、《中山經》、《海外西經》、《海外北經》、《海內南經》、《海內北經》等，《山海經》各個山經都在書寫山名和奇獸，並附有各式各樣的繪圖，即《山海經圖讚》，內容含括各種奇禽、野獸、植物、樹木、山川、地理、山川神靈、遠國異人等圖像，真無法想像，這些繪圖內的奇禽異獸，似多已絕跡，都非現今可見的物種。又如《南山經第一》開頭就寫：南山經之首曰䧿山，其首曰招瑤之山，臨于西海之上。這種空間敘事手法，好比國畫裡的層層疊疊，與西畫講究透視手法完全迥異，卻又顯示出國畫藝術之美。

《山海經》不但被視爲中國最古老的地理著作，同時也是中國最古老神話的經典作品，包括盤古開天闢地、女媧補天、黃帝大戰蚩尤、夸父追日、后羿射九日、嫦娥奔月、堯禪位於舜、大禹治水等，都是東方中國膾炙人口的神話和民間傳說。其故事類型之豐富多元，也堪與希臘神話相匹敵。

總之，《藝概》所提諸多敘事技法，誠遠比當前西方敘事理論更爲多元豐富，只可惜中國並未更進一步追隨先人腳步繼續向前邁進，以致停留在《藝概》，殊爲可惜。

🌀 第二節　結構主義敘事學

從上述東西方世界敘事源起的討論，足見敘事作品存在甚早，距今已有數千多年歷史，但若以科學方法系統性探究敘事作品，則首推20世紀初期俄國形式主義。

俄國形式主義和當時語言學家索緒爾處境類似，雖然都早在20世紀初，就從事敘事研究或語言學探討，都是等到20世紀60年代法國結構主義盛行之際，兩者才被重新發現並深受重視。俄國形式主義並與法國結構主義攜手共創科學方法，探究敘事理論的結構主義敘事學浪潮。

壹、敘事學的初創與定義

雖然人類早有敘事作品存在，但以科學方法探究敘事作品，則是直到20世紀初期才開始，敘事學界概以俄國形式主義作爲以科學方法探究敘事理論的濫觴。

至於敘事學（narratology）一詞，更是直到1969年才出現，係由法國結構主義者托多羅夫（Tzvetan Todorov, 1939- ）在《〈十日談〉語法》（*La Grammaire du Décaméron*）提出。它是由拉丁文詞根narrato（敘事）再加上希臘文詞尾logie（科學）所構成的narratologie、narratology（敘事

學）。托多羅夫（Todorov, 1969: 10）對敘事學下了最簡潔的定義：敘事學就是敘事科學（science of narrative），就是探討敘事的科學，也是研究敘事作品的科學。根據《羅伯特法語辭典》（*Dictionnaire Le petite Robert*）的定義，敘事學乃是關於敘事作品、敘述、敘述結構和敘事性的理論。結構主義者則認為，敘事學就是研究敘事結構的科學，探討敘事表現的邏輯、原則與實踐。簡單的說，敘事學就是有關敘事文本科學，敘事理論就是有關敘事文本的理論。

托多羅夫原本將敘事學界定為一種相當寬廣的敘事研究的科學，後來為了迎合當時法國文學界的各種論點，他將敘事單元、敘事功能、敘事結構等，都視為敘事學理論性探討對象，使他從原本最簡潔、寬廣的敘事科學定義，畫蛇添足地侷限了敘事學成為探討敘事結構的科學，反而將敘事現象分解成為個別組件，遂侷限於結構主義敘事學觀點，所以咸認托多羅夫對於敘事學的創始，基本上只是屬於結構主義敘事學觀點。

早期結構主義敘事學主要是針對敘事作品自身的研究，即探究敘事文本的結構，而文本（text）一詞，源自拉丁文編織（texere）。而編織物自有其橫豎交織編理可循，意謂任何編織品自有其編織結構，後來的文本主義（textualism）不論它自古即具多重意義，甚至指涉對聖經的校勘等，都顯示文本研究就是試圖尋繹文本背後的結構理路，如同拆解編織品般，只有弄懂了如何編織的理路，才能編織美麗的編織品。這種基本邏輯思維，就是結構主義敘事學的思維，但也正因為如此，而讓結構主義敘事學侷限在文本自身，無法跳脫文本的窠臼。這好比只看到這件編織品自身的美麗，卻無法理解該編織品的原料來源、製作工廠、血汗勞動、綠色消費等編織品外部的其他層面問題。

結構主義者認為，敘事學就是研究敘事文本的科學，也就是將研究焦點侷限於敘事文本自身，排除了文本外部其他如歷史、文化、政治、社會、經濟等各種對文本產製可能發生影響作用的其他外在因素。

貳、俄國形式主義

俄國形式主義（Russian formalism）早在1920年代就相當興盛，主張以科學方法處理敘事作品的內在結構，認為文學研究並非研究文學是「什麼」，而是探究文學是「怎麼」表達的（方珊，2002），認為形式決定一切，只有文學的形式和藝術程序，才是從科學角度認識文學的途徑，如此才能讓文學研究成為一門科學。

其實「形式主義」一詞，並非俄國形式主義者自封，而是法國結構主義人類學者李維—思陀（Lévi-Strauss, 1960）對他們的貶低稱謂，因為「形式」一詞意謂負面和貶抑。但俄國形式主義學者卻反過來賦予「形式」新的意涵，透過嚴謹科學分析方法，使得「形式主義」儼然成為20世紀初葉敘事研究的主流之一。

一般咸認，俄國形式主義乃是結構主義敘事學的先驅，他們致力於「形式」，也就是文學作品的「語言形式」。俄國形式主義認為，每一部敘事作品都是一個完整的結構體，而敘事作品既然是一個完整結構體，就必然由諸多不同因素結構所組成，每個因素結構都有其特定的功能。

俄國形式主義所關切的功能，就是故事內在結構功能。每一部敘事作品的各個敘事因素的結構功能，乃是各個不同因素與其他因素彼此相互依存關係，共同成就整部作品和整個敘事系統。這些結構功能是動態的，展現各個結構因素彼此相互作用的動態關係。但是每個結構因素的地位或重要性並非等同，所以就有主要因素或主宰因素，來主宰、支配、統御、決定其他次要因素。

以下茲介紹幾位俄國形式主義者，他們不僅對形式主義作出許多貢獻，對後來興起的結構主義敘事學，也頗具啓發作用。

一、普洛普：《民間故事型態學》

俄國形式主義以科學方法發展出來的結構主義敘事分析，最具影響力者即屬普洛普（Valdmir Propp, 1895-1970）的著作《民間故事型態學》（*Morphology of the Folktale*）（Propp, 1928/1968）。普洛普可以說開啓

了敘事理論科學研究的先河，不僅彰顯俄國形式主義意旨，更實踐形式主義精神，以形式結構而非故事內容，分析俄國100多則民間故事，儼然就是形式主義敘事分析的指標性研究。

普洛普從俄國100多則民間故事中，歸納出7種人物角色和31種人物功能，這7種人物角色分別是：（1）反角；（2）施主／供養者；（3）幫手；（4）公主／被尋求者；（5）派遣者；（6）英雄／主人公／尋求者；（7）假英雄。

對於功能，則是指涉人物的行動，是由它對行動進程的意義來界定。畢竟所有故事情節，都衍生自人物行動，所以行動是整個故事的功能所在（Propp, 1968: 21）。普洛普所歸納的31種人物功能分別如下：

（1）某個家庭成員出門不在家；

（2）主人公（英雄）被告知某一禁令；

（3）禁令遭到違背或破壞；

（4）反角試探虛實；

（5）反角獲得受害人相關資訊；

（6）反角欺騙受害人，試圖控制或強占財物；

（7）受害人中計，因而無意幫助了反角；

（8）反角傷害了家庭成員；（8a）家庭某成員缺席或希望得到某物；

（9）災難出現；主人公得到請求或被命令前往；

（10）主人公決定反擊；

（11）主人公離家出發；

（12）主人公遭受各種考驗；

（13）主人公對援助者做出反應；

（14）主人公獲得神力（或知悉使用神力的方法）；

（15）主人公被帶到被尋求者的所在地；

（16）主人公與反角搏鬥；

（17）主人公受挫（但遇救）；

（18）反角被打敗；

（19）災難獲得解除；

（20）主人公返回家園；

（21）主人公受到追捕；

（22）主人公在追捕過程遇救脫困；

（23）主人公返回家園或流徙到另個國度，卻無人能夠認出；

（24）冒出一個假主人公，並提出無理要求；

（25）主人公被要求完成某項艱困任務；

（26）主人公完成任務；

（27）主人公終於獲得承認；

（28）假主人公或反角被揭露真相；

（29）主人公被賦予新形象；

（30）反角受到懲罰；

（31）主人公結婚並登基為王。（Propp, 1928/1968: 26-65；林東泰，2008）

普洛普認為這31個功能的每一個功能，不僅可再細分為更低層次的各種不同形式和情節，也能歸納為更高層次的表達形式或情節。譬如在這31種功能當中，第1-7種功能，就是故事最起頭的「鋪陳」，第8-10種功能則是促使故事更為深化，而第11-19種功能則是故事的「高潮」和「衝突」所在，第20-28種功能則是另一次「衝突」和「高潮」，第29-31種功能則當然就是「結局」了。

所以，普洛普歸納俄國民間故事裡的31種功能，也可再濃縮為以下11種功能，分別重複出現在各種不同童話裡：

初始均衡狀態（並非功能）

1. 發生破壞性事件（初始均衡狀態遭受破壞：均衡狀態轉變為非均衡）

2.（受害人）要求減輕（或回復）狀態

3. 主角決定減輕（或回復）狀態

4. 主角啓動減輕（或回復）狀態的行動

5. 主角受到考驗

6. 主角回應考驗

7. 主角獲得協助

8. 主角抵達特定時空位置，準備執行主要行動

9. 主角執行減輕（或回復）狀態的主要行動

10.執行成功

11.（新）均衡狀態

　　上述從初始均衡狀態開始，一旦遭受破壞，經過主角英雄4個主要功能（3, 4, 9, 10），最後達到新的均衡狀態（11）。在上述6種功能（1, 3, 4, 9, 10, 11），顯示一個敘事故事完整的各種階段。根據普洛普觀點，各個民間故事都有相同的敘事結構和線性敘事時序（chronological order of linear sequence）（Propp, 1928/1968: xi），只是故事內容各有不同。

　　也有敘事學者將普洛普所歸納出來的敘事模式，粗分爲五個階段：初始情境、干擾、行動、解決和終結情境，即所謂敘事五段模式。看來將普洛普的31種功能，粗分爲五個階段，似乎更能清楚掌握普洛普整個敘事結構的樣貌，而且在讀者腦海中也比較容易理解故事情節發展的主要過程。黃新生（2008）則將它們，歸納爲準備、複雜、移轉、爭鬥、歸鄉、認同五階段。

　　敘事就是開始於原本穩定的狀態遭到破壞，繼而經歷一個或幾個衝突和危機階段，而終止於某種平衡的再恢復、或某種永恆的開放、或解決的闕如。這種簡化模式，似乎又看到了亞里斯多德所說的故事，就是有一個開頭、一個中間和一個結尾。同時也回應了亞里斯多德的主張，情節始於開端，在開始一個故事之後，才提供相關人物和先前情況的各種細節與交代，至於是否在一個衝突結束後，就結束整個敘事，則端賴作者對敘事作品的鋪陳了。有的短篇小說可能就此結束，但長篇小說像《水滸傳》和《三國演義》，就盤根錯節、枝蔓叢生、高潮迭起。

　　此外，普洛普並整理出四個民間故事的敘事通則：

第一，功能不僅是故事核心，而且都是不變的常數。

第二，功能數量總是有限的。每個不同故事功能歸納起來，數目都不會太大，普洛普歸納出來的俄國民間故事功能總數只有31種。

第三，功能未必全數出現，但故事功能出現時，都有一定的秩序，都是依照時間序列出現。

第四，就敘事結構而言，所有（俄國）民間故事都屬於相同的類型，也就是只有一種結構型態（Propp, 1928/1968: 21-23; Scholes, 1974）。

但是提醒讀者，普洛普所分析的敘事作品是以兒童為對象的童話，不論人物、功能、情節或故事內容等，相對比較單純，為了讓兒童理解故事內容，敘事結構都呈現線性時序（linear chronology）發展走向，也就是普洛普所說的功能依序出現，這種敘事時序模式未必能夠放之四海而皆準，或許只能適用於兒童故事童話。

普洛普的《民間故事型態學》，正如該書標題「型態學」所揭示的一樣，是以極其嚴謹態度和研究方法來檢視故事的敘事結構，它標誌著早期敘事理論以科學精神和科學方法研究敘事結構的代表性著作。

二、什克洛夫斯基：陌生化

俄國形式主義者什克洛夫斯基（Viktor Shklovsky, 1893-1984）認為，藝術程序就是事物的陌生化程序，也是形式複雜化的程序。它藉由增加感受的難度，體現藝術就是一種體驗事物的創造方式。

什克洛夫斯基一方面主張陌生化，另方面反對自動化。所謂自動化，就是人們在日常生活當中的某些行動，一旦成為習慣之後，就會形成自動化和機械化，對於周遭一切事物就失去新鮮感，缺乏藝術動機，在一切經驗中就會形成無意識，對生活周遭了無審美衝動。所以，什克洛夫斯基就是想要重新喚起人們對生活周遭世界的興趣和關心，讓吾人永遠關切我們所生活的周遭一切，並且不斷更新對生活世界的感受，讓我們從自動化、機械化的束縛中解脫出來，重新投入對生活周遭事物的審美感受。由此可見，藝術創作就是要創造陌生化，同樣地，敘事作品也必須透過陌生化的手法，才會讓讀者有新鮮感。

三、雅克布森：溝通理論

　　站在新聞傳播學界立場，對於俄國形式主義一定不能錯過雅克布森（Roman Jakobson, 1896-1982）。因為他提出的溝通理論（communication theory）（Jakobson, 1960），認為任何語言事件都包含6種構成成分：送話人、信息、接觸、收話人、代碼和語境，幾乎可謂與新聞傳播領域所慣用的施蘭姆（Schramm, 1954）的傳播理論，並無太大差異。

　　雖然施蘭姆是比雅克布森早了幾年，但雅克布森所提的溝通理論，是從敘事溝通立場出發，與施蘭姆從大眾傳播立場出發，顯然大有不同。雅克布森的溝通理論，其主要觀點如圖4-1所示。

圖4-1　雅克布森溝通理論的6個成分因素

　　雅克布森此6種構成成分，即人類語言溝通的6個因素，所以他又以此6個因素為基礎，再向前推進，提出人類語言溝通的6個功能：指涉功能（referential）、表情功能（emotive）、詩功能（poetic）、意動功能（conative）、溝通功能（phatic）和元語言功能（metalingual）。

　　根據雅克布森觀點，人類語言溝通行為不外上述這6個因素。不論是訊息的發送者、訊息、和訊息的接受者，此三者乃是構成人類語言溝通最基本的3個要素。但要完成人類溝通行為，仍有賴以代碼作為形式，和以雙方實際交流作為接觸。再者，人類語言溝通行為都是在某一特定語境中進行和完成，若缺乏特定語境，就有可能發生鴨子聽雷、對牛彈琴等難以溝通情事。雅克布森這些概念，對新聞傳播科系同學而言，這又與傳播理論有何差異呢？

　　他跳脫索緒爾對語言系統自足體系的主張，認為文學探究不應侷限在文學作品自身，猶需將敘事文本關聯到文學和語言學之外的政治、社會、

歷史、文化、宗教、思想等各種層面，深切瞭解它們對文學作品所產生的作用和影響，如此才能眞正釐清文學和語言學的演變過程。雅克布森此一觀點，早就從俄國形式主義跳脫至後結構主義的層次了，難怪他不論在俄國形式主義或結構主義敘事學，都頗具舉足輕重地位。

其實，雅克布森是莫斯科語言學派的要角，當年由於俄國十月革命後的政治壓迫，遷居捷克，成爲俄國形式主義向外輸出的推手。先是協助捷克建立了結構主義語言學的布拉格學派（Prague School），後來於1950至60年代，他透過李維－思陀（Lévi-Strauss）與巴黎頗爲前衛的原樣派雜誌《Tel Quel》，直接影響並推動法國結構主義的興起。他早年就移居美國，並致力於符號學研究，後來李維－思陀於1941年也來到美國，兩人同校同事，此時雅克布森的音位學對李維－思陀產生重大影響。李維－思陀在發表的《語言學和人類學中的結構分析》，就援引了雅克布森的語言學觀點，後來就走到結構主義人類學路途上。所以，雅克布森不僅是俄國形式主義先驅，他也將俄國形式主義理論譯介給歐洲，扮演了俄國形式主義與法國結構主義的橋梁角色。

參、法國結構主義

所謂結構主義敘事學，就是指涉法國結構主義敘事學觀點，它含括了俄國形式主義和法國結構主義。兩者主要差異在於俄國形式主義純粹針對敘事作品的形式與內容的區辨，並致力於一切敘事作品的共通結構探究；法國結構主義敘事學則是結合了索緒爾語言學觀點，認爲敘事作品有如語言系統，都是自足體系，而且敘事文本就是再現了語言系統的特質。不論俄國形式主義或法國結構主義敘事學，都以敘事作品的文本作爲探討對象。

在1940、1950年代，人類學者李維－思陀發表了《親族關係的基本結構》，即嘗試運用結構主義的方法，來分析親族關係，雖然點燃了結構主義的火種，但仍未受到當時社會的重視。直到李維－思陀在1962年發表《野性思維》，大力批判存在主義大師沙特，才眞正開啓了法國結構主

義運動的序幕，並且受到當時知識界的重視。

到了1960年代，結構主義學者試圖將結構主義語言學觀點，應用到其他人文學科，藉由更為嚴謹的科學精神重建人文學科，包括現代語言學（索緒爾）、文化人類學（李維－思陀）和精神分析（拉岡）等，再加上當時思想家傅科（Foucault）、馬克思主義者阿圖舍（Althusser）、文學理論家巴特（Barthes）等人的合力推動，使得結構主義迅速蔓延開來，蔚為一股新興思潮。

就方法論觀點而言，結構主義乃是運用整體分析（holistic analysis）方法，將社會現象分解為部分和全體，並將系統內各個部分之間的相互關係界定為結構。所以，結構分析著重於將現象予以組織化，藉由嚴謹科學方法，排除主觀價值判斷和主觀經驗，達到客觀和一致性。

結構主義是從當代語言學方法中脫穎而出，並且藉由語言學方法來分析各種文化現象。語言學的探究，不僅激發了新思潮的靈感和動力，更激揚了結構主義的新思維和新視野，同時更將原本各行其是的各種結構主義的想法，統一在語言學的方法論模式之下，因此建構了結構主義的新思維和新方法。

結構主義並非單指某一個學科或研究領域，而是全面滲透到哲學、語言學、史學、文學理論、人類學、社會學、心理學、精神分析學等諸多不同學術領域，可見其影響之深遠。索緒爾語言學乃是結構主義的根本，而且結構主義與索緒爾語言學緊密連結在一起。

但是，無可否認，法國結構主義潛藏根本問題，因為結構主義的發展，與結構語言學關係密切。邇來結構主義者都喜歡從語言學角度，用語言或社會的結構、規則、符碼和系統等觀念，來描述社會現象，宣稱結構是由無意識的符碼和規則所支配，就好像語言係透過能指和所指、歷時性和共時性、二元對立等構成意義一般。

尤其結構主義對於主體，一如它對語言看法一樣，認為不論主體或意義都是經由符號所衍生出來：意義並非自主性主體的意圖所創造出來，因為主體自身也是被語言系統中的關係所形構，所以主體性只是一種社會的

和語言的建構而已（Best & Kellner, 1991）。結構主義這種主體觀點，後來遭受後結構主義和解構主義嚴厲批判。

綜而言之，結構主義早在20世紀就萌芽，但直到60年代才達到高峰。然而結構主義才占領學術思潮舞臺不久，後結構主義和解構主義隨即接踵而至，不僅嚴厲批判結構主義，更儼然成為另一股更嶄新的學術思潮，很快就取代了結構主義。

一、索緒爾：結構主義語言學

20世紀60年代，是法國結構主義鼎盛時期，但咸認發軔於索緒爾的語言學。索緒爾（Ferdinand de Saussure, 1857-1913）於1906-1911年間在日內瓦講說語言學，他的學生在其歿後將筆記和手稿整理成冊，即《普通語言學教程》（*Course in General Linguistics*），於1915年以法語出版，1959年英文版問世，對爾後的語言學、符號學和結構主義敘事理論，都有重大影響，所以有人尊稱他為現代語言學之父。

索緒爾語言學的主要觀點，包括語言與話語、能指和所指、任意性與差異性、歷時性與共時性、二元對立等，茲分別介紹如下：

（一）語言與話語

索緒爾對於語言學，首先就提出語言（langue/language）與言語／言說（parole/speech）的差別。索緒爾認為，語言是一種社會成員共同約定的規範與制度，彼此經由約定制度相互溝通。它是人類社會歷經長久發展，既具約定俗成的共通性，又有不同社群的特殊社會性，所以語言必然是一種系統，也是一種社會制度，是歷經漫長社會互動，被社會成員約定俗成，並且共同接受和分享的符號系統。

每種語言系統都具有特定的規則，包括語音、詞彙、語意、句法等，才能成為該社群賴以溝通的載體。誠如《荀子·正名》篇所言：「名無固宜，約之以命，約定俗成謂之宜，異於約則謂之不宜。名無固實，約之以命實，約定俗成謂之實名。」

但是言語或言說則不同，它是個體行為，是指每個人平常說話，由於每個人的口語習慣，包括口音、語彙等各有不同，可說因人而異。所以索

緒爾主張，語言學的研究對象是語言，而非言說或說話。

索緒爾認為，語言是一種表達觀念的符號系統，符號乃是意義最基本的單元，所以符號就是把許多不同的事物、名稱，結合在一起的組合系統，並且藉以構成某種特定理念或意思。索緒爾強調，語言符號所連結的，並非事物和名稱，而是概念和聲音形象。

更重要的是，索緒爾認為，語言系統是一種獨立自足體系，此一觀點深刻影響法國結構主義。法國結構主義著重敘事作品的內部結構，重視敘事文本的結構關係，卻不在意文本外部的其他因素，諸如歷史、社會、文化等。這種思維就是受到索緒爾語言學觀點影響，認為敘事作品有如語言系統，都是獨立自足體系，與外界無干，只要能夠掌握敘事文本的內在結構，就能充分理解敘事作品的形式與內容。法國結構主義者認為，敘事作品的表現與語言系統如出一轍，既是獨立自足體系，而且都各有其特定規則可循。所以，敘事研究重點不在於各個敘事文本的獨特性，而是敘事文本所具有的內在結構規則。

索緒爾並將符號系統研究命名為符號學（semiology），目的在探討不同符號系統裡，符號的形成方式、運作方法、使用規則、組成關係和意義產生等。索緒爾認為，符號學初始比較關注說話，而非書寫文字。近代西方語言學者也較關注說話，而且侷限於聲音符號所代表的語言，認為書寫文字只是聲音語言的紀錄罷了，但此觀點受到後現代主義者德希達（Jacques Derrida）等人嚴重抨擊。

（二）能指與所指

索緒爾認為，語言符號包括能指（signifier）與所指（signified）兩方面，也就是聲音意象（sound image）和概念（concept）兩者的結合；聲音意象就是能指，概念就是所指。國內也有人將「能指」譯為「符徵」，將「所指」譯為「符旨」。

有人一開始聽到能指、所指，有些搞不清楚，甚至會將兩者搞混。其實早在戰國時期，公孫龍《指物篇》就區分能指與所指的概念，可以說比索緒爾足足早了2400多年。公孫龍在《指物篇》說：

「物莫非指，而指非指。天下無指，物無可以謂物。

非指者天下，而物可謂指乎？

指也者，天下之所無也。

物也者，天下之所有也。

以天下之所有，爲天下之所無，未可。

天下無指，而物不可謂指也；

不可謂指者，非指也；非指者，物莫非指也。」

公孫龍《指物篇》乃是人類討論能指和所指的最早文獻（據瞭解，公孫龍小於孔子53歲，而孔子551-479 B.C.E.，可見是公元前5世紀），公孫龍將「能指」與「所指」都用同一個「指」字來含括，難免會讓人眼花瞭亂，就像白馬非馬的論辯一般，容易讓人搞不清楚狀況。

其實對於公孫龍的能指與所指之區辨，可將這段文字稍加增修，就一目了然了：「物莫非（所）指，而（能）指非（所）指。天下無（能）指，物無可以謂物。非（能）指者天下，而物可謂（所）指乎？（能）指也者，天下之所無也。物也者，天下之所有也。以天下之所有，爲天下之所無，未可。天下無（能）指，而物不可謂（所）指也；不可謂（所）指者，非（能）指也；非（能）指者，物莫非（所）指也。」

若翻譯爲白話文，大概意思就是：「天下萬物莫非就是能指所指涉的對象，而能指並非所指，兩者截然不同。天下如果沒有能指符號，那麼萬物就無法被人類稱謂、命名、分辨。能指符號本來就是世界上所沒有的，是人類自己創造出來的，而萬物則是世上本來就有的，用世上本來就有的萬物，去迎合本來沒有的符號，這種邏輯是錯的；人類應該創造某些原本不存在的符號，來迎合世上本來就有的萬物才對。當人類尙未創造能指符號之前，天下萬物是無法被指稱命名的。而萬物不能被指稱命名，是因爲萬物本來就不是能指，而萬物不是能指符號的原因，正是因爲萬物都是被指稱的所指。」（林東泰，2008）

索緒爾指出，能指是一種線性特質（liner nature），是由聲符所構成

的語言符號，既是聲音的延續，也是時間的延續，屬於一種線性特質。吾人無法同時發出兩種聲符，也無法倒逆著時間說話，即使錄音機倒轉，也聽不出其所以然來。語言這種線性特質，奠定了語言符號系統藉由時間先後秩序來決定意義關係的基本原則。這種線性語言學觀點，也映照在結構主義於探究敘事情節的時間序列上面。

後來，奧格登和李察斯（Ogden & Richards, 1923）與美國符號學者皮爾斯（Peirce, 1931），分別針對能指與所指，提出意義三角形（tri-angle of meaning），將符號、客觀存在的客體或參考物、思想或參考意義三者連結起來，就更清楚符號裡的能指與所指之間的關係了。

（三）語言的任意性和差異性

根據索緒爾的結構語言學，語言是由兩個部分組成，一個是視聽元素的能指，亦稱符徵；另一個是意念元素的所指，亦稱符旨。所以，語言是一個「表達意念的所指，透過不同的能指，產生意義的符號系統」。

對於結構語言學，索緒爾提出兩項非常重要的特質：任意性和差異性。所謂符號的任意性原則，是指語言符號是任意的、武斷的（arbi-trary），兩者之間並沒有必然或先驗的關係，純粹建立在使用社群約定俗成、共同分享基礎之上。意即在能指和所指之間，並沒有存在自然連結（natural link），而只是隨機的文化指定（cultural designation）。因為語言符號的產生，能指和所指之間的連結，並沒有一定的規則，而是任意的配置，並非具有先驗的規則可循。譬如中文的兒子、英文的son、法文的fils，並沒有一定的必然規則。但是索緒爾這種任意、武斷指定的說法，他自認並不完全適用於東方中國的形象文字。

其實索緒爾這種任意、武斷的觀點，更正確的說法，應該是語言文字乃是約定俗成的，而早在春秋戰國時期的《荀子正名》，就明確指陳：名無固宜，約之以命，約定俗成謂之宜，異於俗成謂之不宜。可見若索緒爾將任意性、武斷性，修改為約定俗成，就更合乎他所說的文化指定的意涵。

至於所謂符號的差異性原則，是聲音形象與其他聲音形象、指聲音形

象和概念之間，仍存在著差異，必須明確區別開來。因為語言乃是連結聲音中有條理的思想，所以兩者必須明白區分。每個符號都有不同的發聲，但是更重要的不只是它發聲的不同，而是代表它所指涉的意涵和符旨也不相同，而且只有透過不同的聲音，才能明確顯示符號具有不同的意涵。

索緒爾他認為，任何一個字，必須要參照其他前後的字，才能在意義系統中獲得某種意義。這也正是索緒爾所說的「在語言中，只有差異，並沒有根本的意義」（There are only differences without positive terms.）（Saussure, 1966: 120）。

索緒爾認為，語言乃是一種形式（form）問題，而非實質（substance）問題，所以在語言符號系統中，其意義端賴語言聚合因素和組合因素所組構而成的關係而定，因此語言符號必須有所差異，才會有意義。語言系統就是一系列聲音差異和一系列觀念差異的結合，必須每個聲音和每個指涉的概念都不一樣，才能組構出語言的意義，否則每個聲音都一樣或每個概念都相同，就無法分辨語言的意義。

（四）歷時性與共時性

所謂歷時性，係指循著時間順序，探究語言系統個別因素隨著時間序列所產生的線性變化，是專門探討語言演化現象的語言學，所以又稱歷時語言學（diachronic linguistics）。至於共時性，則是探究語言符號各種因素之間的橫斷面關係，它與時間先後順序並不相干，是一種靜態語言學，也稱共時語言學（synchronic linguistics）。

索緒爾舉了一個有趣且實用例子，來說明歷時性與共時性概念，他以棋奕為例，說明歷時性與共時性兩者之間的差異。我們都知道棋奕最重要的是什麼棋子、擺在什麼位置、產生什麼作用，每顆棋子的功能與價值取決於它在棋盤上的位置，有如語言符號系統中各個單元彼此之間的對應關係。

下棋時，每顆不同棋子該如何下，自有其約定規則，而且對奕者非循此共同規則不可，否則無法對奕。就好比語言系統的組合，自有其語音、詞彙、語意、句法或文法等規則，與人對話也非依循此一規則不可，否則

沒人聽得懂你在說什麼。所以，每顆棋子在棋盤上的位置，既具有歷時性（它之前為何來到此位置），也有共時性（目前它與其他棋子的相對位置，包括己方與對手的棋子）。我們說話，尤其與人交談，每句話，甚至每個字眼，都是彼此互動的前後關係所導致的結果，所以在交談中，每句話、每個字的選擇，也都兼具歷時性和共時性。

（五）聚合關係與組合關係／系譜軸與毗鄰軸

根據索緒爾的觀點，語言學家研究語言最關切的就是關係，而語言符號關係，主要有兩種：聚合關係（paradigmatic relations）和組合關係（syntagmatic relations）。也有人將聚合關係稱為系譜軸（paradigms），而組合關係則稱為毗鄰軸（syntagms）。

其實索緒爾最初將聚合關係命名為連結關係（associative relations），後來卻都普遍採用俄國形式主義學者雅克布森（Jakobson）所創的聚合關係。所謂聚合關係，係指在語言符號系統能夠產生互有區別，又可以選擇、替換的功能。譬如b與p相對，foot與feet相對，彼此之間既可替換、對比，又有所區別。譬如friend（朋友）一詞，可藉由聚合關係，將它替換為以下各種不同的字詞：friendly（友善的）、friendless（沒朋友的）、friendship（友誼）等，卻不能替換成disfriend、friendation、subfriend、defriendize等。

以上這些例子，就是藉由「y」、「-less」、「-ship」等的互相替換，而在這些替換和對比當中，可以明顯瞭解每個字詞意義的轉換，這就是聚合關係。

至於組合關係，則是指涉構成序列的單位之間的前後（左右）關係。索緒爾認為，由聲符所構成的語言符號具有線性特質，亦即連綴組合關係。這種組合關係，可能出現在音節或字詞，透過彼此的連串銜接，藉以顯示語言符號的意義。譬如「I make friends」這句話後面必須接受格名詞，不論專有名詞或普通名詞都可，像「I make friends with Tom.」卻不能空白，否則意思未完全表達完整，因為無法理解你到底和誰做朋友。而「friendly」這個字詞，則可前後各自連綴主詞和受詞，像「Tom is friendly to me.」以上固然是組合關係的例子，其實它也隱含了聚合關係的概念，因為既然使用friendly，就不能用其他字詞替換，否則意義就可能大不相同了。

簡單的說，所謂聚合或連結關係，是指語言符號的意義，來自它與其他符號的連結關係而定。而組合關係，則是語言符號的意義來自這些符號的前後秩序關係而定。索緒爾認為，語言符號的組成，乃是透過系譜軸的選擇和毗鄰軸的組合，兩者共同組織而成。在語言符號系統，一個符號元素的價值和意義，不僅取決於它與其他可能替換它的元素間的對比關係，更取決於在序列中這個符號元素的前後連綴秩序關係。

（六）二元對立

索緒爾語言學觀點，不論是能指與所指、歷時性與共時性、聚合關係與組合關係等，雖然都指陳彼此之間的差異，但經常遭受後結構主義者和後現代主義者批判，其實都是二元對立（binary opposition）關係。二元對立幾乎就是結構主義者，思考、審察事物的基本方法。

但是索緒爾語言學是否真如一般人所言二元對立？其實也有人持不同看法，認為這些二分法只是索緒爾為了研究語言方便，所設立的區別，其實在這些二元對立元素裡頭蘊含了難以抹滅的內在統一本質。譬如一切言語行動，固然有個人習性使然的特殊性，但也絕對擁有社會共通性，否則難以與人對話溝通。

索緒爾的語言學理論，不僅是奠定現代語言學基礎，更對結構主義敘事學產生直接影響。他認為語言系統是由能指與所指所構成的符號系統，此一語言系統是一個自足系統，不必然一定與外界事物對應。語言自足系統自有其特定規則可循，這些語言系統的內在規則，才是語言學的核心所在。

索緒爾語言學二元對立觀點深深影響法國結構主義，也影響到結構主義敘事學的理論建構和研究取向，但也正因為如此，而嚴重侷限了結構主義敘事學的發展。後來由於後結構主義勃興，對結構主義展開無情抨擊，不僅推翻索緒爾結構語言學觀點，也開展敘事理論不斷繼續向前邁進的動力。

二、托多羅夫：敘事語法分析

　　敘事學（narratology）一詞是托多羅夫（Tzvetan Todorov, 1939-）於 1969年在所著《〈十日談〉語法》（*Grammaire du Decameron*）（Todorov, 1969）一書中所創，主張敘事學就是研究文學作品結構的科學，也就是針對敘事作品探究其敘事結構的理論。

　　托多羅夫對敘事學所下的定義是：敘事學是關於敘事結構的理論，也就是爲了發現和描寫敘事的結構。他爲了探討和描寫敘事的結構，特將敘事現象分解成爲個別組件，並且確定它們的功能和相互關係。托多羅夫嘗試找到敘事作品的內在、抽象、普遍結構。而且要透過敘事手法，找到敘事作品共通性，具體展現敘事作品內在、普遍的敘事規則和結構。可見，他當時對敘事學所下的定義，幾乎就是法國結構主義對於敘事學的觀點。

　　托多羅夫不僅受到普洛普、李維－思陀、巴特等人的影響，而且也備受俄國形式主義學派的影響，他比法國其他敘事學者更熟悉俄國形式主義學派的思想。他首先將普洛普的《俄國民間故事型態學》翻譯爲法文，認爲敘事結構有五個重點：（1）初始的平衡狀態（情境一）；（2）此一平衡狀態被某些行動破壞；（3）承認平衡狀態遭受破壞；（4）力圖恢復平衡狀態；（5）恢復平衡狀態（情境二）（Lacey, 2000: 23-45, 101-102）。其實這五個重點，就是簡化了普洛普的31種功能。

　　托多羅夫最重視的是句法學，他曾將語法結構當作是敘事結構的一部分，並且提出敘事文本的三個分析角度：（1）語意學角度；（2）句法學角度；（3）修辭學角度。這些可說是語言學的核心內容，其中，語意學角度強調敘事內容，或透過敘事內容引人想像得到的故事世界。

　　他主張敘事學研究應該關注敘事作品的普遍性，而非僅僅是該敘事作品自身，應該專注於存在敘事作品裡頭的抽象敘事結構，可見他已正式標誌敘事學研究取向了。

　　托多羅夫從語言學出發，幾乎就是將敘事文本視爲比較大型的語句而已，完全從語言學觀點來分析敘事文本，其中又以狀態至爲重要，一切敘事故事無非就是兩種成分，一是描寫平衡狀態或不平衡狀態，另一是描寫

狀態的改變。他不僅用這種視角來分析《〈十日談〉語法》，且對後來的敘事理論產生莫大影響。

他透過對《〈十日談〉語法》分析，提出以下幾項敘事結構單位：（1）故事；（2）序列（一個故事可能包含多個序列）；（3）陳述（即基本的陳述語句）；（4）詞類，並將敘事作品分解為三個組件：（1）命題；（2）序列；和（3）文本。所謂命題，就是敘事最小單位，通常由參與故事的行動者及其謂詞兩者組成。所謂序列，就是由一連串的命題所組成，它指涉故事發展的時間序列。值得注意的是，故事固然係由序列組成，但是一則故事，未必僅僅只是一種序列安排，不同的時間序列安排，可能出現不同的表達形式，因而產生不同的敘述效果。

對於序列方面，他認為一個故事至少包含一種序列安排，但通常包含好幾種不同序列安排，主要可以分為三種方式：（1）連接式：就是幾個序列，依時間先後順序展現，這是最簡單的方式；（2）嵌入式：就是把某個序列當作命題，整個嵌入在其他的序列當中；（3）交替式：就是將兩個序列的命題，在敘事中交替出現，讓時空交錯呈現，藉以展現不同序列之間的前因後果等效應。

至於文本，則是故事的組成形式，也就是一般所看到的文學小說作品。此外，他對於「狀態」也有獨到見解，認為狀態是某種情境的變化，譬如從快樂到痛苦、從幸福美滿到了無樂趣的變化，都是指涉狀態的改變。後來巴爾（1985, 2007）也以狀態的改變，來界定事件（event）。

托多羅夫對敘事語法分析，其主要優點係著重作品內在結構的系統性、規則性與普遍性，在面對複雜多樣的作品形式，能夠尋繹作品敘事話語的普遍結構與規律。但硬是要將複雜的敘事作品簡化為具有規則性的普遍結構，而且將敘事美學填充在純粹的話語框架之內，以為敘事語法結構就是一個自足體系，與作者的創意無關，甚至與歷史、社會、文化等時空背景也不相干，就難免走火入魔，但也充分再現了當時法國結構主義一廂情願思潮。

他不僅受到俄國形式主義學者普洛普和法國結構主義者李維—思陀的

影響，並在巴特（Roland Barthes）的指導下完成論文，更受到索緒爾語言學觀點影響，認爲敘事作品分析，主要就是敘事的語言形式分析，嘗試將每個故事視爲一個龐大的句子結構，然後再根據它的句法結構，逐步進行細部敘事分析。

三、熱奈特：敘事話語

在法國結構主義者當中，將敘事作品視爲大型語句的擴充，除了托多羅夫之外，就屬熱奈特（Gérard Genette, 1930-）了。他認爲不論敘事作品是短篇小說或長篇小說，不論情節簡要或繁複，其實都是語言的產物、話語的產物。

熱奈特是法國結構主義者，對結構主義敘事理論貢獻頗大。他將敘事分爲三個層次：（1）敘事呈現表層：相當於形式主義所謂的表達形式；（2）未經敘事安排的故事內容層：即俄國形式主義者所說的本事或素材（fabula）；（3）敘述（narration）層：此乃講述故事的行爲，並非故事自身，是在故事外的敘事者講述故事的行爲。

熱奈特這種三分法，與其他敘事理論學者的分法稍有差異，主要是強調敘述層，是其他敘事理論者所未曾加以突顯的層次，但也因爲熱奈特重視講述故事的敘述層，因而造成爾後敘事理論對於敘事結構的分層，有了更多的分層視角。有關敘事分析的二分法和三分法，本書第2章有專章介紹。

尤其他開啓敘事理論之先河，以時間、方式和聲音三個範疇進行敘事分析，認爲敘事作品的技術性問題，全部都涵蓋在時間、方式和聲音三個範疇當中。

首先，在時間方面，他區分並比較故事時間與敘述時間的差異，故事時間是指原本故事素材實際發生過程所花費的時間，而敘述時間則是指敘事者在描述這個故事所花費的講述時間。有時候，兩者所花費時間相等，有時候則前者多於後者，或後者多於前者，情況不一，端賴作者對其敘事作品的安排鋪陳而定。

譬如在許多小說或電影裡，輕描淡寫一句「10年之後」，人物和場

景就搬到了10年之後了，對於這10年之間的一切事物和素材就被省略掉了，因此敘述時間遠比故事時間要短了太多了。相對地，有時候明明就是短短幾秒鐘的事，可是導演特別為了誇大男女主角離情依依不捨，所以一再含情脈脈、熱淚盈眶、接吻擁抱，根本早就超過數分鐘了，但就是要突顯、表達男女主角之間的戀情與不捨。至於真實時間與敘事表達時間相等或接近者，就是一般所看到的紀錄片或現場直播的體育競技節目，基本上真實時間和敘事時間是等同的。

除了將敘事的時間分為故事時間和表達時間之外，他並進一步分析時間順序、時間久暫、時間疏密等不同的與時間有關的敘事特質。譬如針對故事內容的表達形式，他再細分為距離（distance）和視角（perspective）兩個概念，來處理敘事作品對現實的模仿形式。所謂距離，是針對敘事表達形式與原本故事真實事件呈現方式的差別；而視角，更是敘述故事最要緊的重點之一，尤其本書著重結合新聞傳播與敘事理論，新聞報導的視角關切它是否能夠真實、公正、客觀再現社會真實的議題，所以不論是敘事理論或新聞學都極其重視這個議題，本書第10章將專章介紹這個議題。

熱奈特特別強調敘述，所以對於敘事者所扮演的角色，也著墨特多，並藉由敘述者的聲音，也就是敘事者與他所敘述內容之間的關係，來處理敘述這個層次問題。他特別透過聚焦（focalization），來解析敘述者所扮演的不同角色，可說是敘事理論前所未有的見解。並藉由解析第一人稱或第三人稱，來處理敘述者在敘事作品中所扮演的角色，及其與作者或隱含作者之間的關係。

熱奈特將作者、敘述者、故事主角這三者的關係，歸納出各種不同變化，並結合語言學觀點，歸納出各種與時間有關的時序、頻率和時間長短等敘事手法，也從敘事作品的表達形式歸納出語式和語態等各種表現手法。

四、巴特：敘事結構分析

巴特（Roland Barthes, 1915-1980）是法國結構主義敘事理論的整理者，也是敘事理論的開創者之一。他不僅有系統地整理了法國結構主義相

關的符號學和敘事學，並且也是法國從結構主義走向後結構主義的代表性人物。所以這裡介紹的巴特，可以說是早期結構主義的巴特。

巴特著作等身，包括《作品的零度》（1953）、《符號學原理》（1964）、《S/Z》（1970）、《文本的歡悅》（1975）等，都對敘事學的發展產生重大影響，尤其他對於符號的用力極深，所以被譽爲符號帝國的奠定者。

但縱觀巴特論著，處處充滿叛逆色彩，每本新書都給敘事學界帶來極大衝擊與震撼，所以他既是傳統敘事學的整理者，同時也對傳統敘事學展開無情的批評，因此也是敘事理論的開創者。

對於法國結構主義的整理而言，巴特於1966年發表〈敘事結構的分析導論〉（*Introduction to the Structural Analysis of Narratives*）專文，在法國的《溝通》（*Communication*）雜誌第8期，歸納整理當代法國結構主義敘事學者，包括Todorov、Bremond和Greimas等人觀點，並提出敘事分析架構和程序。一般咸認該文匯聚了當時法國結構主義敘事理論諸多觀點，也是法國結構主義敘事分析的新起點。該文後來收錄在巴特1977年《形象／音樂／文本》（*Image, Music and Text*）一書當中。而《溝通》雜誌該期（第8期）以〈符號學研究：敘事作品結構分析〉作爲專題，標誌著當代敘事理論或敘事學的誕生，該雜誌也是法國結構主義的代表性刊物。

巴特在〈敘事結構的分析導論〉一文，開宗明義即指出，世上敘事無可計數，而且其範疇早已超越傳統口頭說的和筆頭寫的文本，天下舉凡看得到的、聽得見的，包括神話、傳奇、小說、詩歌、歷史、戲劇、舞蹈、美術、電影、漫畫、新聞等，都屬敘事文本範疇。

敘事文本既然充斥天下無所不在，那麼如何研究敘事？於是巴特援引索緒爾語言學「言語／言說」（paroles/speech）和「語言」（langue/language）觀點，認爲言語和語言存在著辯證關係，若沒有言語，就不會有語言結構。反之，若無語言結構，也就不會有言語。重點是天底下各種類型、形形色色的文本，就好比個人「言語／言說」（paroles）一般，習

性各有不同，但它畢竟都存在「語言」（langue）系統結構；亦即言語的實現方式無窮無盡，卻都有其語言系統結構規則可循。所以敘事分析就是要掌握敘事作品內在底蘊的結構，而非外在形形色色的各種敘事文本。

巴特指出，文學敘事作品與語言具有諸多共通點。就語言學而言，只有當語言元素與其他元素和整個體系連結起來才有意義。文學敘事作品亦然，只有當敘事文本的某一個層次與其他層次和整部敘事作品連結起來，它會具有意義。因此，敘事作品的層次遂成為巴特首要解決的問題，只有充分掌握敘事作品的層次，才能進一步討論敘事作品的內在結構。

巴特在〈敘事結構的分析導論〉指出，敘事作品有三個層次：功能（function）、行動（actions）和敘述（narration）三個層次。巴特將普洛普（Propp, 1928/1968）的行動功能向前推進，認為某個功能只有當它在某個行動和整個行動結構中，占有某種明確地位才有意義；這個行動則又只有當它在整個故事中，獲得某種敘述地位才獲得意義。所以，這三個層次就是敘事作品內在結構分析的基本要件。

功能是敘事分析最基本的單位，又可分為主要功能和次要功能、核心功能和催化功能。主要功能係指在故事情節方面具有關鍵作用，且能引領或導致其他功能出現者。次要功能則是指附屬於主要功能的鋪陳，或能促成主要功能浮現的細節。核心功能就是扮演主要功能角色，催化功能則是對核心功能的補充或催化。巴特說，功能是一個內容單位，有時候是好幾句組成，所以比句子層次要高，有時又比句子層次低。譬如某一個單字，就具有某種功能。基本上功能種類很多種，彼此之間互有相關，但是必須一提的事實是，敘事必然由功能組構而成，這並非藝術的問題，而是結構的問題。

巴特認為敘事單元的功能，有如句子的語法，它們之間不僅具有時間順序（chronological order）關係，也有邏輯因果或邏輯序列（logical）關係。在故事時間（即所謂story time），它是非常明確的時間序列線性特質；但是在敘事書寫和表達（也就是所謂discourse time），時間只是敘事結構的一部分，作者常為了情節的鋪陳，特地將時間作某種先後倒置，則

是常見的敘事技法。

巴特這裡所說的故事時間與表達時間，也就是前述熱奈特對於故事時間與敘述時間的時間比較和區分。

至於比功能更高層次的敘事單位，就是系列順序（sequence），是由具有邏輯關係的一系列功能組合而成。譬如「問候」此一「系列順序」，就可能包含見面、微笑、點頭、伸手、握手、噓寒問暖等，一系列動作和次要功能。所以在敘事作品裡，可以看到許許多多表達形式的各種系列順序，無非都是用來讓讀者或觀眾可以清楚明確理解故事情節的發展。

巴特指出，過去對於敘事功能的研究主要有三個方向，第一個方向是布雷蒙所專注的邏輯取向，關注的是每個人物角色在故事中，每個時間點的行動抉擇。第二個方向是雅克布森所專注的語言學取向，從語言學系譜軸和毗鄰軸來分析敘事功能。第三個方向是托多羅夫所專注的行動取向，也就是由故事人物的行動來決定故事的發展。

行動層次也有人稱之為人物層次，因為行動必然與人物連結在一起，無可分離，所以行動層次主要是處理人物的結構地位（structural status of characters）。在西方敘事理論中，自從亞里斯多德以降，多以事件情節作為主要動向，而以人物為輔，但是巴特認為，不論事件或人物都可以作為行動的焦點。其中，尤以格雷馬斯對人物的分類、分析和研究，就是以行動群（actants）的觀念，來分類小說人物。當某些行動者的形象被定形之後，只要提及某一「行動群」時，閱聽人心目中即浮現某些情節事件或對它的想像與期待。

至於動向層涉及行動者的性格，也是閱聽人理解故事人物的重要依據，只有合乎邏輯推理的人物性格，閱聽人才容易掌握故事情節發展。至於違逆邏輯的性格翻轉，倒也可能增進故事情節的張力。可見人物性格與故事情節發展息息相關，也是故事鋪陳的重心，但故事終究是核心，人物性格只是依附在故事情節之上，絕不能本末倒置。所以亞里斯多德才會說，可能會有無性格的故事，卻不會有無故事的性格。

對於結合新聞傳播與敘事理論，巴特提出一個非常重要的理念，他認

爲敘述（narration）就是一種敘事溝通（narrative communication），作爲讀者與敘事者之間溝通的橋梁。敘事有一個主要的交換功能（function of exchange），就是溝通客體的敘事施與者（narrative donor）與敘事接受者（narrative receiver），這就是敘述層次的重點所在。

巴特認爲有三種敘事施與者：作者、全知的敘述者、侷限於故事情節的敘述者。結構主義敘事理論強調「作者」與「敘事者」的差別，故事情節如何鋪陳、安排誰扮演全知敘述者和誰扮演侷限的敘述者，這些都是作者精心設計在其敘事作品當中，這三種敘事施與者明顯不同。在敘事作品，無論是小說或影視，敘事者的敘述，它固然是敘事作品的單元，更重要的是扮演與閱聽人的溝通功能，讓閱聽人瞭解有些作者並未明確交代的情節或細節，或者是交代故事情節的來龍去脈，好讓閱聽人可以理解故事情節的發展景況。

巴特認爲敘述層次完全被敘事性（narrativity）所掌控，敘事性符號統整了敘事溝通的功能與行動。在文學小說裡的表達形式（form of discourse），則是作者干預故事情節最鮮明的例證。巴特認爲敘事的終極形式，應該超越內容及其嚴格的敘事形式。敘述層次又可分爲個人主觀的（personal），和客觀非個人的（impersonal），但是並非所有非個人的敘事法，就是完全客觀的，因爲敘事作品常常潛藏各種障眼法。

巴特透過上述三個層次來分析敘事作品的內在結構，強調這三個層次之間彼此相關卻不互擾，這三個層次的結構分析相當全面且完整地展現敘事作品存在的形式，也整合了俄國形式主義和當時法國結構主義者，包括托馬舍夫斯基、普洛普、布雷蒙、格雷馬斯、托多羅夫等人觀點。

巴特並且指出，敘事的兩個基本程序：形式程序和意義程序。形式程序是指涉字句相連和故事鋪陳的形式，而意義程序則是透過形式程序並綜合敘事意義。就事論事，不論小說或任何敘事，其最主要目的乃是表達某種特定意義，所以形式常常在爲了達成敘事目的，而被特意變化無窮。

除了上述俄國形式主義和法國結構主義之外，還有英美新批評和捷克結構詩學等，也都致力於結構主義敘事學的探討。

英美新批評的出現，主要是因為當時的文學批評，並非分析文學作品，而是描寫批評者自我藝術想像和經驗，不僅脫離敘事作品，甚至摻雜個人主觀好惡，於是這種浪漫主義遭受嚴厲批評，被要求回歸敘事作品自身。主要代表性人物，有美國的蘭森（John Crowe Ransom）、英國的瑞查（I. A. Richards）和加拿大的弗萊（Northrop Frye）等人。

　　捷克結構詩學，則是前雅克布森從俄國遷居捷克，不僅協助建立了布拉格學派，而且更讓捷克敘事研究更上層樓，以致於有捷克結構詩學的創立。捷克結構詩學的主要代表人物就是多列澤（Lubomir Dolezel），認為西方詩學存在共通的形態學特質，並借鏡語意學和人工智慧等嶄新分析工具，來描繪不同體裁敘事作品的結構特徵。

　　但不論結構主義敘事學浪潮有多澎湃，短短十幾二十年之間，即遭逢來自後結構主義和解構主義的嚴厲批判和挑戰。

05

第 5 章 ▶▶▶

從結構主義敘事學到
後經典敘事學

❋ 第一節　後結構主義對結構語言學的批判

　　後結構主義對結構主義的批判，根本就是針對索緒爾結構主義語言學的批判，因為後結構主義者發現語言文字符號對人類知識、文化、甚至日常生活，都產生巨大影響，所以有必要從最根基的語言符號進行反思批判。

壹、語言並非是封閉系統

　　索緒爾把語言體系分為兩個部分，一是具有規則依循的語言結構或語言系統（langue），也就是吾人書寫完整句子必須遵奉的語言體系；另一是吾人日常實際說話行動，索緒爾叫它為言說（parole）。語言系統是屬於社會的部分，而言說則是屬於個人的，但個人言說，會受到語言系統的宰制。

　　後結構主義者指出，索緒爾只提出能指與所指（即符徵與符旨）的對應關係，卻缺少了能指與所指對應關係非常重要的參考標的（reference）或參考物（referent）。即便索緒爾的意指作用（signification），涉及了意義與參考物之間的

關係，卻仍比較重視符號意義，而忽略參考物。尤其索緒爾的語言符號模式中，完全沒有觸及權力，此對後結構主義、解構主義、文化研究和批判理論而言，絕對是一個嚴重缺失。

索緒爾在《普通語言學教程》指出，語言中只存在差異，並不存在確定的詞語。他對差異的闡釋，就是一個符號並非靠著指向現實世界某個實體而產生意義，而是靠著指向語言系統裡有別於其自身的其他詞語而產生意義，所以一個符號的意義可以說是從倚靠著與其他符號的差異來定義。換句話說，一個符號的意義並非因為它自身所代表的意義，而是倚靠有別於其他符號的差異。

語言和符號是透過意指作用來再現意義，但後結構主義者傅科認為，再現絕非只是符號的意義呈現而已，而是透過論述的知識產製，所以傅科把論述（discourse）當成再現（representation）系統來探究。傳統語言學認為，論述不過就是書寫或敘述文句的連結而已，但對傅科而言，論述當然不是傳統語言學的結構規則等舊思維，而是再現語言與社會實踐的關係，也就是透過語言論述的知識再現。傅科認為，吾人對某些事物有了知識，當然就有了意義，但是意義並非事物自身，而是吾人對它產製了某些知識，它才有了意義。所以他更進一步推論說，除去論述，別無它物（Foucault, 1969/1972）。

再者，索緒爾認為語言有一個非常嚴謹的結構和規則在督導如何使用語言，聽來頗具語言結構科學觀點，卻因而將語言系統視為封閉的穩定體系。其實語言乃是一個開放體系，它的意義是滑動的，且會隨著歷史時空轉移而有所改變。尤其語言不僅與各種社會實踐密切相關，更與權力緊密結合，人類知識和文化乃是透過語文意義再現過程才得以展現，而知識和文化本身就蘊含權力，所以語言符號的意義再現，與權力絕對脫不了干係。

貳、主體的消融

結構主義對於主體的看法，一如對語言一樣，不論主體或意義都是衍生出來的，所以意義是語言符號創造出來，不是來自主體自主性的透明意

圖，主體是被語言系統中的關係所形構，主體性只是一種社會的和語言的建構而已（Best & Kellner, 1991）。所以主體的言說，表面看來是個別主體的言說行為，其實都被語言系統所決定。

對於索緒爾結構語言學，讓主體在語言符號的意指過程中消失不見，這是後結構主義甚至解構主義者所不能寬容。傅科採取一種迥異於一般學者的觀點，認為是「語言說我們」，而非「我們說話」；也就是說，是「話說我們」，而非「我們說話」。傅科之所以如此主張，主要係由於他認為「論述產生知識」，而非「主體產生知識」。講話的並非主體而是論述，而且也是論述而非主體產生知識（Foucault, 1969/1972）。主體固然是在論述中產生，但並非所有論述都會再現主體，因為有些主體並不會在論述中出現，譬如傅科喜歡舉例的宮娥圖就是一個佳例（倪炎元，2003）。

傅科把論述所產生的主體分為兩種類別或兩種位置，一種是論述所產生的主體，另外一種則是論述為主體所產製的位置。前者具有論述所描述的一般特質，與吾人期待相去不遠；後者其實就是指涉讀者或觀者，因為讀者和觀者同時也是受制於論述，在論述實踐過程中，讀者和觀者也都接受了論述所產製的知識和意義。也就是說，主體可以分為兩種，一種是受到別人控制，另一種則是與自我知識和道德良知緊密結合的主體，而這兩種意義都顯示主體明顯與權力形式具有密切關係。要不是去駕馭別人，就是受到別人擺布。

傅科在《詞與物》（Foucault, 1966/1970）指出，自從16世紀人類建構近代知識的基本模式以來，都環繞在有關主體的人的「言說」、「勞動」和「生活」三大方面，亦即探討「說話的人」、「勞動的人」和「生活的人」三大領域，而且與圍繞著資本主義發展所需要的「主體」的規訓有關，要從這三大類型知識論述結構，分別形構和規訓現代人，使每個人自身通過這三大領域論述的學習和運用，完成自身成為「說話的主體」、「勞動的主體」和「生活的主體」，讓每個人都能夠把自己培養成為資本主義所要求的標準化的「正常人」。

後結構主義者針對理性和科學所造就的現代性提出懷疑，尤其傅科更是窮其畢生精力，解構資本主義社會中有關「主體性」的問題，藉以揭露現代知識、權力和道德三者之間，相互滲透的西方傳統文化的根本核心問題；也就是「說話主體」、「勞動主體」和「生活主體」三大方面。可見後結構主義者用盡心力，就是直指索緒爾結構語言學，在意指作用過程消融了主體所造成的問題，尤其傅科更是提出全面性批判。

🕷 第二節　後結構主義敘事學及其代表人物

壹、後結構主義

結構主義敘事學的崛起，真可謂風雲際會，短短一、二十年光景，即紅遍全歐，令人文學界驚呼連連。可是，結構主義敘事學風光日子並不太長，隨著後結構主義、解構主義的勃興，以及女性主義、後現代主義、後殖民主義等各種文學理論有如雨後春筍般不停冒出，更讓人覺得結構主義敘事學老態龍鍾、步履蹣跚，根本趕不上時代向前邁進的脈動和步伐。

本節將從結構主義敘事學邁向後結構主義敘事學的基本觀點，僅介紹法國結構主義者巴特（Roland Barthes）和美國敘事學者布思（Wayne Booth）等代表性人物的理論觀點，讓人看到其實早在結構主義敘事學興盛之時，結構主義敘事學界就已經潛伏了對它自身的侷限，展開各種反思和開疆闢土的思維與創見。

一般咸認，巴特發表〈作者已死〉（1968）、《S/Z》（1970）、《文本的愉悅》（*The Pleasure of Text*, 1973）；傅科發表《詞與物》（*Words and Things*, 1966）等，確立了後結構主義時代的來臨。以下茲介紹幾位後結構主義代表性人物。

貳、巴特與後結構主義

巴特（Roland Barthes, 1915-1980）可謂敘事學界傳奇人物，其著作和理論觀點充分呈現了敘事學從結構主義走向後結構主義的發展歷程。敘事學界咸認，巴特1966年在《溝通》雜誌專刊發表的〈敘事結構的分析導論〉一文，完整地整理了法國結構主義敘事理論架構，可說是一位結構主義敘事學者。但自此之後，逐漸脫離結構主義，不僅與結構主義敘事學格格不入，甚至不斷大肆撻伐結構主義敘事學，走在思潮浪頭最前端，扮演著先行者、革命者角色，親手搗毀了他自己原來所敬奉的結構主義，還引領著敘事學向後結構主義邁進。

一、作者已死

巴特在《形象／音樂／文本》（1977）一書中，有一篇短文名叫〈作者已死〉（*The Death of Author*），備受爭議，後來都直接引述該文篇名，來指涉巴特出走結構主義敘事學的象徵和代表作。

「作者已死」此一觀點對結構主義敘事學者而言，簡直就是離經叛道。因爲傳統結構主義的特色之一，就是致力於鑽研作者與文本的關係，如今巴特宣稱作者已死，無疑就是否定作者在敘事研究中的重要角色，對結構主義者而言，是可忍，孰不可忍，豈是結構主義同儕所能見容。

其實，「作者已死」此一觀點，正好擊中傳統結構主義敘事學的要害。因爲傳統結構主義敘事學就是建基於索緒爾語言學的自足體系觀點，將敘事研究侷限在敘事文本自身，一心一意只專注於作者與敘事文本之間的關係，不僅排除文本外部各種可能影響文本產製的因素，而且也完全置讀者於不顧，根本不理會讀者對敘事作品的接收感受。所以當巴特宣稱作者已死，無異就是擺脫傳統結構主義研究框架，要將讀者的接收分析納入敘事學研究範疇，所以「作者已死」無疑宣告傳統結構主義大限已至。

不論是從接收分析觀點或者從傳播理論而言，傳統結構主義敘事學竟然排除讀者或閱聽人，實在難以令人置信。畢竟在傳播理論研究發展史上，對於閱聽人的效果研究早在1950年代就成爲經典的傳播效果模式

（Lasswell, 1948），所以對新聞傳播學界而言，結構主義敘事學刻意排除讀者，真是匪夷所思。

巴特「作者已死」的提法，就是跳脫結構主義敘事學既有框架，為敘事研究開擴更寬廣的視野，明顯標誌他的思想已經從結構主義步入了後結構主義路徑，而且在此之後的著作，就更明顯與結構主義完全斷裂。

二、寫作的零度

巴特一方面摒除作者在敘事文本的角色，另方面將讀者納入敘事研究範疇，他的《寫作的零度》（Barthes, 1953；羅蘭‧巴特，李幼蒸譯，1991）和《S/Z》（Barthes, 1970），更清楚闡揚他重視讀者在敘事研究所扮演的重要角色，這些觀點都與後來的閱讀理論相互銜接。

其實《寫作的零度》是巴特1953年的作品，遠比他於1966年在《溝通》雜誌發表〈敘事結構的分析導論〉還早，可見巴特雖然曾經費盡心思有系統地整理法國結構主義，並且因此被譽為法國結構主義的傑出成員，其實他血管裡流的盡是反結構主義的血液。他早在結構主義社群裡冒尖之前，就深藏著反結構主義的反動思維，從《寫作的零度》可以窺見巴特對結構主義敘事學隱藏的基本心態，根本就是天生反骨。

巴特在《寫作的零度》，將作者分為「作家」和「寫作者」兩種不同作者的界定，也將寫作分為「及物」與「不及物」兩種截然不同的寫作目的，然後再將作者與寫作目的兩者結合起來，提出他對敘事作品的獨到見解。他認為「作家」的目的就是要寫作，以作品表達思想、再現內外在現實，這種作家的寫作目的就是要寫給讀者看的，所以是一種及物的寫作。至於「寫作者」的作家，則是毫無目的純粹語文活動，既非為再現真實的任何內外在問題，也非為了讀者而寫作，所以是不及物的一種文字活動。巴特這種既分類又再組合的做法，可以說極具善辯之能事，根本就是衝著當時文學批評而來，難怪讓文學批評家們對他恨得牙癢癢的，對巴特極盡誣衊譏諷。

巴特的《寫作的零度》表面看來，只是針對作者與敘事作品的討論，其實他已經從作者的寫作目的，提出了讀者在敘事研究中所扮演的重要角

色，只是他在《寫作的零度》中對讀者的關照，尚未及他後來〈作者已死〉的宣稱那般強烈。

有趣的是，巴特在《寫作的零度》提及與新聞寫作有關的事。他說，《寫作的零度》根本是一種直述式寫作，正確的說，就是一種新聞式寫作；也就是新聞記者採取一種毫不介入的角色，即便面對各種生死、災難、禍福、弊案等，也都能把持中性客觀、不介入的寫作態度（羅蘭・巴特／李幼蒸譯，1991）。只可惜巴特未能繼續申論，就已作古，這種新聞報導的寫作，它的寫作目的到底是爲了什麼？是爲了讀者、閱聽人？還是媒體老板、所有權者？已經無從查考。

三、《S/Z》與五種符碼

巴特的《S/Z》一書，更是爭議和傳誦並存的一本奇特著作。他在該書中所採取獨特風格和體例，並非本書探討敘事研究的重點，而是他展現的嶄新敘事分析手法。該書是針對巴爾札克的短篇小說《沙哈辛》（*Sarrasine*）（Balzac, 1830）的閱讀分析，小說原文只有20頁左右，巴特卻將它細分爲561個文段，並在每個文段再加以深入剖析和閱讀聯想，《S/Z》一書總共寫了將近200頁。

巴特在《S/Z》一書中，開宗明義就將文學作品分爲讀者文（readerly text）與作者文（writerly text）兩類，這種分類不僅標誌著巴特已經拋棄傳統法國結構主義，並選擇走向後結構主義，而且也標誌著西方文學批評觀點的重要轉折，此對敘事學後續的發展頗爲重要。

不論傳統法國結構主義的敘事分析或其他西方國家的文學批評對象，向來都只著重敘事作品自身，既不理會如歷史、政治、經濟、社會、文化等外部因素對敘事文本所產生的作用，也不處理讀者閱讀敘事作品所獲得、體驗的理解。而今巴特的《S/Z》掀起重大轉變，它標誌著爾後的敘事學研究，要從過往以「作品」作爲中心的觀點，轉向以「閱讀」作爲中心的觀點，引領了近代「閱讀理論」的來臨。

所謂讀者文，就是按照傳統思維所書寫的敘事作品，讀者只是被動地接受作者所想要表達的思想或故事世界。至於作者文，則沒有任何既定符

碼，完全不受任何傳統思維所侷限，所以當讀者在閱讀時，並非閱讀作者在敘事作品裡所要再現的世界，而是讀者要與敘事文字產生互動，親身體驗閱讀敘事文字的感受，意識到「讀與寫」的交互作用，不再只是被動、消極的閱讀或消費而已，而是要讀者與作者共同參與、共同創造意義生成過程。巴特這種主張讀者參與意義產生的觀點，因而也造就了後來文本多義（polysemy）解讀的嶄新觀點。

巴特認為，符碼就是用來傳達訊息的符號。語言文字就是一種符碼，具有特定功能與目的，也有多種不同的類型，就如同科學領域的科學研究報告、法律界的宣判主文、新聞界的新聞報導等，各自使用不同的特有符碼，展現各自的特定功能和目的。

巴特將敘事作品的符碼分為五類：詮釋符碼（hermeneutic code）、能指符碼（code of signifier）、象徵符碼（symbolic code）、行動符碼（proairetic code）和文化符碼（cultural code）。

所謂詮釋符碼，是用來解釋、說明或暗示故事情節發展的符碼，凡是帶領故事情節、製造懸疑氛圍、引起離奇曲折、提出解答釋疑、或提供似是而非線索等，都屬詮釋符碼範疇。

所謂能指符碼，也就是語意符碼，透過能指蘊含著某種故事情節的所指，尤其對於人物性格和場景設計，都是透過能指來暗示或彰顯特定意義。譬如想要彰顯人物角色的蠻橫霸道或慈祥寬容，可能藉由一、二句霸氣逼人或親切體恤的話語來襯托他的個性；如果想要展現家庭豪華貴氣或貧窮寒酸，則除了對話言詞的能指之外，也可透過場景布置的寬敞亮麗或髒亂破舊來象徵。所以，能指符碼基本上就是想傳達給閱聽人某種所指意涵或想像空間。

所謂象徵符碼，是藉由文字意象符碼來表徵故事情節發展的特定意涵，但有些學者認為，巴特對於「能指符碼」和「象徵符碼」的區分，似乎未能做得盡善盡美，常會讓人搞混。其實兩者之間的差異，能指符碼通常用於比較表層的所指意涵；而象徵符碼要比能指符碼指涉更為深層的結構原則，藉以展現敘事的幽微莫測和隱祕性，所以要深入瞭解象徵符碼，

就得更為用心去體會和想像才行。

　　所謂行動符碼，就好像普洛普所提出的行動功能一般，它指涉其他重要結構原則所造成的故事情節發展的興趣或懸疑，由於它係以外在行動來展現故事情節的發展，所以它是故事情節的表徵，一切故事情節都會依附著行動而展開，藉由序列來帶領閱聽人以理解故事情節的發展，只是這種序列安排未必完全依照時間和因果邏輯來進行，經常藉由各種違逆時間和邏輯的序列，來襯托敘事作品的美學藝術創作。

　　至於文化符碼，則指涉敘事文本中的科學或知識體系，是指對科學或智慧符碼的引用，所以也稱為指涉符碼，是要呈現文化中的共同信仰，如格言、諺語，或各種知識類型，如物理、醫學、文學、歷史等。巴特的文化符碼，就隱隱約約將敘事文本之外的外在世界各種更為寬廣的語境脈絡，帶進了結構主義敘事學的研究範疇。

參、布思與隱含作者

　　雖然美國和法國或俄國比較起來，在結構主義敘事學的發展上稍嫌落後，但美國敘事學者布思（Wayne Booth, 1921-2005）所提隱含作者概念，卻是美國突破結構主義窠臼的少數敘事學者。

一、隱含作者

　　布思的《小說修辭學》（Booth, 1961），針對文學小說中的作者、敘事者、人物和讀者之間的關係，將它們視為一種修辭關係，強調作者透過敘事作品裡各種人稱使用的修辭手段，向讀者展現並闡釋作者、敘事者、故事人物彼此之間的特殊敘事關係，藉以達到閱讀效果。

　　該書雖然早在1961年出版，但他已經早就把讀者視為敘事研究的重要標的之一，所以，真實作者未必把隱含作者的意旨明確展現在敘事文本裡，甚至讀者也未必與隱含作者或真實作者站在同一視角來觀看整個故事，更何況讀者每次閱讀都可能有不同的體會和理解。

　　布思所提隱含作者的概念，其實影射敘事理論另外一個重要課題，就是敘事者所表述的一切未必都是真實可靠的，從全知讀者角度就可明白一

切。但殊值注意的是，讀者未必就是全知的閱聽人，而且作者在表現敘事者的過程，也未必忠實再現眞實作者或隱含作者的眞正意圖，所以布思的隱含作者概念，不僅爲敘事學提出了一個嶄新重要課題，同時也爲新聞學結合敘事學提供了一個反思的命題。

在敘事理論裡，既然稱爲隱含作者，就是眞實作者絕不會讓讀者知道他眞正的敘事意圖爲何，所以只能隱而不現，躲在敘事作品的暗處，隱晦不明地敘說他的意圖。若是一位眞實作者，在其諸多敘事作品裡，一致性地出現某種隱含作者的意圖，那麼這位作者可能會被冠以職業作者或志業作者（career author）。這種稱號對文學創作者而言，似乎不太尊敬，讓偉大的作家避而遠之，但是就新聞工作者而言，此一稱號卻可能是一種推崇，因爲這種稱號無異就是認定某位新聞記者，具有公共特質（Martin, 1987），一輩子都爲了社會公義而採寫報導。

布思將作者細分爲眞實作者與隱含作者，主要目的是跳脫傳統敘事學將敘事作品視爲靜態文本的觀點，認爲敘事作品除了眞實作者之外，背後還有所謂的隱含作者。嚴格來說，敘事理論這種從敘述者到受述者的交流模式，其實只是單方的線性模式，根本尚未達到眞正溝通的交流境界。其主要原因在於無論讀者對敘事作品有任何反應，都無法與故事人物或作者產生任何溝通交流行爲。所以，即便敘事理論嘗試結合新進普受學界重視的溝通行動理論，也難眞正達到作者與讀者之間的溝通交流。

二、隱含讀者

布思爲了表彰隱含作者概念，將作者分爲隱含作者與眞實作者，並將讀者分爲眞實讀者和隱含讀者兩種，如圖5-1所示。

真實作者 → 隱含作者 → 敘事者 → 受述者 → 隱含讀者 → 真實讀者

圖5-1　布思的隱含作者圖示

資料來源：Booth, 1961

這個圖也被查特曼（Chatman, 1978）所引用。這些切割都是布思首創，認爲閱讀敘事作品，讀者要有動態文本的用心，要用心體會隱含作者的眞正意旨所在。而且眞實讀者之外，也有隱含讀者，要給某種特定的讀者閱讀。

布思也有另一種說法，指稱不論是眞實作者或隱含作者與讀者——不論是與眞實讀者或與隱含讀者——之間的交流溝通，並非像我們在大眾傳播理論所看到的傳播者與受播者之間的溝通行爲，而是作者透過敘事作品，對廣大讀者造就內心的震撼和回應，而讀者內心的回應，既可以是自發性的表白，像有些讀者會在自己的部落格表達讀後感，也可能會激起社會大眾對某些事物的具體行動。

就新聞傳播理論而言，布思的觀點也有超越傳播理論的地方，因爲傳播理論只有傳播者與受播者、或傳播者與閱聽人的二分法，似乎尚未將傳播者和閱聽人再細分爲眞實傳播者與隱含傳播者、眞實閱聽人與隱含閱聽人。就前者而言，布思這種觀點，對晚近媒體政治經濟學探討媒體所有權的批判性問題，具有啓發性思維。至於後者，對於隱含閱聽人，傳播理論則似乎找不到適當的對應觀點，而且大概永遠也不會出現這種劃分，可能因爲媒體的資本主義性格，不注重背後隱含的閱聽人，傾向於將這兩種閱聽人都視爲傳播對象。

布思《小說修辭學》不僅創造隱含作者，更創造出來隱含讀者的概念，於是乎敘事文本創造出讀者形象，不論是被稱爲模範讀者、虛擬讀者、或假設讀者，都在在顯示敘事作品既能夠創造作者形象，也能創造讀者形象。

就新聞學而言，新聞記者在報導新聞事件，到底想要創造什麼讀者形象；或者說，媒體組織和新聞工作者的心目中，廣大的閱聽大眾到底被視爲什麼身分地位？只是新聞的消費者？抑或是公民社會的公民？吾人可以從布思的隱含作者和隱含讀者概念，深沉思考當今國內新聞媒體到底是如何看待閱聽人。

肆、敘事溝通：從閱讀理論、讀者反應理論到敘事交流

敘事學從發展伊始，就遵奉索緒爾語言學自足體系觀點，都以敘事文本作為研究標的，並且刻意排除文本之外的其他更為宏觀的外在語境脈絡因素。但隨著各種學術思潮勃興，侷限於敘事文本自身的研究取向，逐漸不符時代潮流，其中，閱讀理論、讀者反應理論和接收美學，可以說是結構主義敘事學走向後結構主義的重要脈絡。

敘事理論傳統上講求的是敘事作品的美學加工，對於閱讀理論和讀者反應基本上比較不受重視，直到晚近隨著社會科學界對於接收分析成為必備題材，敘事理論才開始重視讀者反應。但嚴格而言，敘事理論所講述的敘事交流與一般社會科學，尤其是大眾傳播理論，則仍有一大段差距。

譬如大傳理論所講的是雙向溝通，是受播者與傳播者之間，直接的對話交流，而敘事理論所稱謂的敘事交流，卻僅止於讀者閱讀敘事作品後的內在反應。再者，社會科學像大傳理論將受播者的反應，分成認知、態度和外在行為三個層次，但敘事理論的敘事交流，則僅止於讀者內心世界的反應，卻無法觸及讀者的外在行為反應。

敘事理論最早探討閱讀理論和讀者反應理論，可追溯至俄國形式主義者雅克布森提出的溝通理論，它包含6種構成成分：送話人、信息、接觸、收話人、代碼和語境，是敘事理論探討作者與讀者關係最具體的觀點（請詳見本書第4章）。雅克布森在敘述者、受述者和訊息之外，所揭櫫的語境、接觸和代碼，被敘事學界公認是當時最具前瞻性觀點。

首先，任何訊息要能成功傳遞，必須讀者對作者所敘說的故事情節，具有某種語境知識基礎，就是讀者清楚敘說者或送話人想要表達的意念；其次，接觸就是指涉送話者和收話人之間，必須具備彼此相互交流溝通的通道，否則訊息根本無法傳遞出去。至於代碼，就象徵敘說者與收話者、作者與讀者之間，彼此相互溝通交流的共同話語基礎。譬如當一方說出「可惡」時，不論聽者或讀者都可以清楚瞭解接下來雙方可能的下一步棋會是如何走法。

就敘事理論觀點而言，讀者解釋敘事作品裡事件發生的方式，可以說五花八門，畢竟每位讀者的生活經驗和社會化歷程，各有不同，對於敘事作品裡的故事情節，難免各有不同體會、理解和期待。所以，文本多義性逐給了敘事理論對於閱讀理論和讀者反應理論，更多寬廣的理論擴展和想像空間。

　　根據敘事理論說法，解釋乃是閱讀過程最後階段（Bleich, 1978），讀者難免會將自己的意義和解釋加諸於敘事作品之上，所以敘事理論認為，讀者有時候就是想介入敘事作品裡，與作者做某種程度的互動交流，有時候又想奮力拒絕實際作者或隱含作者對敘事作品所賦予的意義、觀點和價值。所以，敘事理論裡的閱讀理論和讀者反應理論，似乎從各種面向都能夠找到讀者對敘事作品的各自解釋和閱讀想像。

　　巴特的《S/Z》，更可謂敘事學閱讀理論、讀者反應理論、接收美學極具代表性的著作，他採取歸納與演繹兼具的方法來閱讀，並在閱讀過程不斷詮釋他內心所獲得的各種意義，進行意義增生的浩大工程。從巴特的《S/Z》，讓我們看到意義的多重性，敘事文本並沒有固定的意義存在，而且也銜接上了所謂文本多義性（polysemy）的理念。

　　閱讀理論指陳，讀者對敘事文本的閱讀反應，正有如人與人之間的差異一般，可謂言人人殊，每個讀者對同一個敘事文本的解讀都可能大不相同，所以敘事理論才會指陳：敘事文本的意義，並非存在文本自身，而是存在於讀者的閱讀活動中。而且，即便是相同的讀者，每次閱讀相同敘事文本，都有可能產生不同的解釋和意義。所以敘事理論認為，閱讀理論和讀者反應理論所探討的讀者與敘事作品、讀者與作者之間的交流溝通，隨著閱讀當下所產生的流動意義，讓讀者與文本產生交流互動的火花（de Man, 1979; Eco, 1979）。

　　巴赫汀（Bakhtin）所提眾聲喧譁的概念，敘事作品其實並非只提供一種聲音、一種交流溝通管道，而是同時提供了多元不同、甚至不盡和諧的聲音，所以交流溝通的管道絕非只有一種。如此一來，原本就已具有多元聲音的文本，再加上讀者各自解讀意義不同，更讓人體會到巴赫汀所謂

眾聲喧譁的景象，原來閱讀是如此熱鬧、喧譁和多元。

　　敘事交流觀點也與布思的隱含作者和隱含讀者概念有關，不論是真實作者與真實讀者、真實作者與隱含讀者、隱含作者與真實讀者、抑或隱含作者與隱含讀者之間的交流溝通，都各有不同層次的閱讀溝通交流反應。

　　不論是敘事交流、閱讀敘事、或解讀敘事，都與解構主義和後現代理論有關。德曼（de Man, 1979）認為，解構閱讀並非某種增加到文本上去的東西，而是文本自身的建構，所以解讀既要求自身的語言具有透明性，同時又拒絕透明性的可能性。任何文本的解讀，無非就是發現與創作、客觀與主觀、陳述語句與施為（performative）語句，這些兩極彼此相互連結，而且敘事與敘事閱讀，更充分呈現相互對話、彼此依存的緊密關係。因此敘事既不能為自己說話，它需要閱讀來為它說話，而閱讀又永遠是一種重寫，而非敘事。但閱讀不能完全自由闡釋文本，閱讀不能暢所欲言，閱讀總是在客觀性與主觀性的兩極限制中擺盪，忽而站在作者的立場，忽而站在讀者自己的立場，忽而根據文本詮釋自己想法，忽而從文本延伸許多超越文本的想像。閱讀創造了敘事，同時閱讀也被敘事所創造（Currie, 1999）。

✿ 第三節　從解構主義到後現代理論

壹、解構主義

一、解構主義／解構理論

　　繼後結構主義之後，解構理論崛起，也有人叫它「解構主義」，是法國哲學家兼文學理論家德希達（Jacques Derrida, 1930-2004）所創立的批評學派，係以一種解構閱讀西方哲學的方法，藉以揭露文本結構與其西方形上學之間的差異的文本分析方法。

　　解構主義認為，傳統閱讀只是一種重複閱讀，讀者致力於對文本進行

客觀的解釋和複述，試圖在文本中找到真理或源泉。解構主義所推崇的閱讀，則是讀和寫的雙重活動，文本是向讀者開放的，文本絕非封閉或固定的，所以解構閱讀應該就是批判閱讀。一個被解構的文本，無可避免會出現許多同時存在相互衝突的觀點。若將解構閱讀與傳統閱讀拿來比較，就會發現許多遭受壓抑或長久被忽略、忽視的觀點或議題。

解構閱讀也是以一種遊戲態度對待文本，在閱讀中不斷增生、增值、增添既有文本所無的各種意義和想像。所以，解構閱讀就是對解構文本而造成意義播散，而非尋找真理的傳統說法，閱讀不再是一種手段，是閱讀本身就是目的。批判閱讀或者解構閱讀，根本顛覆了傳統二元對立的思維，並且開啓了讀者對文本的遊戲（楊大春，1994）。

德希達透過閱讀柏拉圖、盧梭、黑格爾、胡爾賽、海德格等大師的作品，進行深入的重新思想。他最早的著作就是解構閱讀胡賽爾的研究方法的《論幾何學的起源》（1962/1989），於1967年連續發表了三本鉅著：《聲音與現象》（1967/1973）、《書寫與差異》（1967/1978）和《論書寫學》（1967/1976），不僅奠定其學術地位，更給哲學和文學理論帶來極大衝擊。前二本書主要是探討黑格爾、佛洛伊德、盧梭、索緒爾、李維－思陀等大師著作中，凡是涉及書寫、符號和結構等問題，都囊括在內。《論書寫學》一書，則是分析西方語言和文化中心的所謂邏各斯中心主義（logocentrism）與書寫的問題，德希達以這三本書宣告解構主義的確立。

二、德希達的延異（différance）

德希達在批判語音中心主義的過程，特別集中火力在「差異」這個議題。他以「différance」為例，主張文字並非聲音的摹寫，聲音沒有必然比文字更具優先性，徹底否定了傳統結構語言學的基調。傳統語言學認為人類先有聲音，而後才有文字，所以聲音應具優先性。

他認為，傳統西方文字差異「difference」這個字眼，根本不足以表達差異本身真正的意涵，所以他創造了一個新的字眼，來表達「產生差異的差異」這個「延異」（différance）的概念。「différance」是從法語的

différence（差異）所引申出來的術語différance（延異）。在法語中，這兩個詞的讀法完全相同，但彰顯了德希達解構主義所要表達的重要觀點。因為法文的differe源自拉丁文的differre，而拉丁文的differre具有兩種極大差別的所指；一個是指空間性的間隔，如英文中的to differ（in space），另一個是指時間性的延遲，如英文中的to defer（to put off in time）。德希達認為法文的différence喪失了這兩種蘊意，所以才用différance來補償它（Derrida, 1967/1978: xvi）。

德希達在《立場》（1972/1982: 40）一書中即說得非常明白，以不發音的a所標明的différance一詞的主旨，在效果上既不是產生一個「概念」的作用，也不是簡單詞的作用。這個字在字典是找不到的，但讀音卻又與différence相同，只是這兩個字的差異是無法讀出來的。它雖然留下了痕跡，卻又不見了。

其實，德希達的延異，講白就是要挑戰傳統索緒爾語言學觀點。從延異這個新創的詞，就可發現詞與音素，是兩個不同的單元，音素沒有自己專屬的獨立意義，任何一個音素都必須與其他音素結合成為詞或語詞，才具有意義。由此可見，音素受到語境的限制，音素想要表達意義，必須連結其他音素成為特定的詞或語詞，才會具有意義，而詞自身就具有獨特專屬的意義。索緒爾只想到透過差異，來表達意義，但沒想到音素自身根本是沒有特定意義，所以學者才會說，意義是被語境所限制（Culler, 1975；Currie, 1999）。

但德希達真正要表達的並非「延異」這個「概念」，而是「產生差異的差異」的這種差異化本身。認為語言符號的特徵，並非在於它本身與其所要表達的對象之間的差異，而是語言符號都包含著「在場」和「不在場」兩種特質。就是因為語言符號具有這種在場／不在場的特質，所以才會讓人類在使用語言過程，產生複雜的差異化問題。只有透過延異過程，才能夠排除以「在場／不在場」或「出席／缺席」二元對立為基礎的傳統固定結構，藉以解構傳統的邏各斯中心主義。

三、邏各斯中心主義

德希達的解構主義，目的就是要消解西方傳統思維的邏各斯中心論（logocentrism）。所謂邏各斯中心論，是指聲音中心主義（phonocentrism），認爲言語優先於書寫，只是書寫後來占據了聲音的地位，並且搶走了聲音的地盤，甚至造就了社會不同的階級，反過來統治只會發聲、不會書寫的人們。

德希達指出，西方文化自始即以語言中心主義爲其基本指導原則，作爲建構西方文化的基礎和元素；並且在啓蒙之後，語言中心主義結合了邏各斯中心主義成爲西方文化的基本指導原則，也主導了西方文化發展取向。

早在古希臘自然哲學家Heracleitus即提出logos此一概念，認爲在萬事、萬物中存在著永恆的邏各斯（logos），是讓萬物統一起來的崇高法則，有如中國儒道哲學所說的「天道」，所以人們應該服從logos。其涵義相當廣泛，原指語言、談論、說明和尺度等，西方在啓蒙之後的哲學思維，基本上是以邏輯爲基調，所以邏各斯又被當作是邏輯範疇，具有思想、理性、判斷、公理、規律、概念、定義、根據、判斷和關係等涵義，就是意謂存在一種主宰萬事、萬物運行的天道。

德希達倡言反邏各斯中心主義，就是反語音中心主義或是反聲音中心主義，因爲西方哲學一直把聲音和話語置於書寫之上。像蘇格拉底和孔子，都只是「述而不作」，他們都只是講述眞理，由他們的弟子作筆記整理出《對話錄》和《論語》，話語優於書寫。因爲話語優先於文字，話語是一級能指，書寫只是二級能指。據此而論，話語模仿眞實，書寫模仿話語；亦即書寫只是模仿的模仿。

德希達認爲在西方的傳統，言語必有其特定對象，而話語的聲音，也必然會和某種特定「現象」連接，他認爲，這些現象就是透過話語的聲音，才成爲「在場」。而「在場」的來源就是logos，它們兩者之間的關係是一種意指作用（signification），只有透過話語的意指作用，該現象才會出現在場。他認爲能指和所指看起來是兩種不同的因素，其實它們是

同一個符號。當傳統文化用「能指」去指涉或表現「所指」的時候，其實是用某種「在場」的「能指」，去指涉某種「不在場」的「所指」。而當「所指」能夠「在場」呈現的時候，原來用來間接指涉的「能指」，卻又不見了，變成「不在場」了。

林東泰（2002）曾經針對臺灣有趣的《鐵獅玉玲瓏》節目進行語音延異遊戲分析，該節目談及中國民間故事十二生肖的故事，主持人澎恰恰問許效舜，為何萬獸之王獅子竟然沒有名列十二生肖？豈非有違一般人對獅子的認知？許效舜回答說，其實獅子也報名參加十二生肖競賽，但比賽當天，不巧獅子的母親生病，孝順的獅子為了照顧母親只好棄權，失去名列十二生肖的機會。因此後來人們碰到獅子，就會問候他母親：「獅，你娘卡好？（臺語發音）」。「鐵獅玉玲瓏」節目將十二生肖傳統民間故事和國罵，以語音延異遊戲方式連結在一起，令人叫絕。

貳、後現代理論的發展

一、後現代、後現代主義與後現代性

在二次世界大戰結束後，工業革命興起，現代社會產生了許多重要變革，包括工業化、都市化、商品化、組織化、世俗化、官僚化和科技化等，共同建構現代世界型態。

這些新興社會景觀，主要是追求科學和理性所營造出來，同時也營造了現代主義及現代性。從笛卡兒的我思故我在的哲學思維，經過啟蒙運動，一直到孔德、韋伯、馬克思等人的社會理論，無不企求找到知識的基礎，造成普遍化和總體化的追求，誤以為它們可以提供絕對真理，以致現代主義和現代性遂成為現代社會追求真理的表徵。現代性代表革新、創新、理性、進步等意涵。現代主義主張大量生產，重視普羅大眾，一切都強調大量和普遍原則，於是商品化、世俗化等現代文化現象大行其道，也讓藝術品味淪為世俗時尚。

對於現代主義的指標，有些學者認為它呈現的內涵至少有：異化、物化、片斷化、碎裂化、非人化等特質，這些現代主義觀點，在20世紀末遭

逢挑戰，包括：（1）電腦網路躍居人類生活方式不可或缺成分；（2）傳播平臺結合影視科技成為人類溝通形式；（3）企業併購國家與跨國併購，造就全球資本主義現象；（4）新的知識形式與過去格格不入；（5）嶄新社會經濟制度與文化現象等，不僅前所未有，而且超越了現代性，因而有了後現代的崛起（Best & Kellner, 1991; Harvey, 1989; Lyotard, 1984）。

　　後現代資本主義依舊強調營利，但其內涵已大有轉變。傳統資本主義是主張大量生產以賺取利潤的極大化，後現代資本主義雖然依舊強調利潤極大化，但已不再以大量生產掛帥，而是主張及時回應消費者需求，尤其是小群體消費者的不同需求，客製化遂成為後現代消費主義追求重點。過去現代主義主張福特生產線的大量生產，後現代主義卻強調回歸小而美、具彈性的生產策略，以適應消費者需求，造就彈性生產和勞動殊化的後現代主義現象。

　　後現代另外一種全球化現象，其特徵就是流動性，不論是資訊流動、資金流動、人口流動、勞力流動、產品流動或文化流動等，都成為不可遏抑的全球浪潮。再加上人手一支智慧型手機的行動社會（mobile society）與無所不在的社會（ubiquitous society），更添增後現代文化更加多元。在不同社會之間的文化，由於流動性增加，因而降低文化差異性，增加文化同質性；但同一個社會內部，卻正好相反，隨著流動性增加可能增加了文化異質性，因而造成文化的碎裂化（Best & Kellner, 1991）。

　　後現代主義的文化形式特色，包括：（1）缺乏深度：後現代主義相當膚淺，文本與其外在任何事物未必有關，只強調表現、講究形象。（2）拼湊／拼貼（pastiche）：一切領域，由於電腦網路的便利性，大家抄來抄去，作品成為集拼貼之大成，既缺乏創新又無實質內容，根本沒有紮實統合風格。（3）精神分裂（schizophrenia）：後現代作品不論是形式或內容，都是片片斷斷、碎碎裂裂，無法統合過去、現在和未來，甚至根本不打算做統合的敘事。（4）懷舊情懷（nostalgia）：一切敘事，即便是歷史或歷史感，都已經被化約成為懷舊的經驗，或者是浪漫的懷舊情懷，取而代之的是追求過去的流行。（5）後現代的莊嚴（postmodern sublime）：由於傳統藝術美感不復再現，所以競相擬仿後現代美感的虛無，於是美學真義蕩然無存。（6）模仿（simulacrum）取代真實：布希亞的模仿擬象成為後現代特色，一切都建立在抹殺虛擬與真實世界之間的界限，再加上電腦和資訊科技的進步，造就形象與真實的差異已然消失，一切都只是超真實（hyperreal）的模仿、擬真和擬象。

二、後現代主義與現代主義的比較

哈山（Hassan, 1987）認為，後現代主義有幾點特徵：不確定性、缺乏深度、種類混雜、無原則、零亂、反諷、好狂歡、愛表演等特質。李歐塔（Lyotard, 1984）認為，現代性就是主張同一性、統一性、總體性（totality）、普遍性等；後現代性則完全站在堅決對立的立場，主張異質、多元、歧識、歧論、異議、異教等。至於後現代主義與現代主義的比較，哈山（Hassan, 1982）列表一一對照兩者的差異，如表5-1所示。

表5-1　現代主義與後現代主義內涵的比較

現代主義	後現代主義
浪漫主義／符號主義	類似物理學／達達主義
形式（連結，封閉）	反形式（不連結，開放）
目的取向	遊戲取向
事先設計	隨興所至
確定的	不確定的
階層結構	無政府狀態、紊亂
控制／講話	耗盡／寂靜無語
藝術品／完成的作品	過程／表現／猶未終止
創作／整體／綜合	毀滅／無結構／對照
類別／範圍	文本／文本與文本之間
語意學	修辭學
所指／符旨（signified）	能指／符徵（signifier）
系譜軸／聚合關係	毗鄰軸／組合關係
深度	表面
解釋／閱讀	反解釋／誤讀
敘事／大故事	反敘事／小故事
出席	缺席
趨中	離散
型態	變型
偏執狂	精神分裂

資料來源：修改自Hassan, 1982；羅青譯（1989）

根據詹明信的看法，後現代藝術最獨具的特質，就是一種平面化、浮面化的膚淺呈現，既乏深度、又無生命，只是以絢麗耀眼的光彩吸引目光，卻是用來組構一些與原物切斷關係的擬象與幻覺。這種現象與工業化之後的拜物傾向有密切關聯，拜物現象更與後現代商業主義的廣告手法相互呼應、共生共榮。

不少文化論者就以普普藝術作爲批判佳例，認爲普普藝術商業氣息濃厚，運用廣告藝術和藝術行銷手段，目的不在於獲得美學印象或美感體驗，而是一種商業媒介圖解技巧的複製。儘管這種美學化只是一種虛無、模仿、擬象、不切實際，卻與一般民眾更爲貼近。所以布希亞（Baudrillard, 1981）把這種現象稱爲五光十色的展覽會，是一種物象的享樂主義，因爲它只有外表而無內涵，只有作秀而無素質，只有能指（符號／符徵）而無所指（符旨）。

李歐塔（Lyotard, 1984）批判西方哲學長久以來，環繞在話語與書寫、論述與圖像、論述與感官、說的與看的、閱讀與覺知、普遍與特殊等二元對立的傳統架構，並且都是獨鍾前者、低貶後者的傳統框架。他完全抱持與現代主義相反的論調，主張感官性是形象的，強調視覺感受優於文義感受、圖像優於概念、感官優於意義、直接經驗優於理論知識模式。這就是李歐塔重視圖像，主張圖像優於理論、感官美學優於詮釋美學的後現代美學觀點。

面對後現代社會，原本就已經占領傳媒重要位置的感官圖像，在網路科技推波助瀾和社交媒體（social media）的無孔不入下，文字正被影視所取代，印刷傳媒已被影視傳媒取代，而且感官圖像符碼占領吾人日常生活，甚至還從日常生活延伸至娛樂、消費、政治、社會和文化各個層面，型塑後現代質素的當今社會面貌。

三、幾位後現代理論大師

後現代形式的討論雖然是在北美啓動，但眞正提出後現代新紀元者，則非法國布希亞、利奧塔、德勒茲與瓜塔希等人莫屬（Best & Kellner, 1991; Currie, 1999; Harvey, 1989）。

（一）布希亞（**Jean Baudrillard**）

布希亞（Jean Baudrillard, 1929-2007）可以說是1970年代和1980年代初期最具爭議性的後現代理論大師，對當代文化理論、社會、媒體與藝術，都頗具影響力。

布希亞早期針對消費社會、客體系統、媒介與訊息、現代藝術、流行時尚等諸多面向的分析，把現代性做了理論化工作。在《客體系統》（1968），認為日常生活已經被資本主義商品化，而且在符號學理論，客體也被解釋為只是意指作用（signification）系統中的一個符號而已（Best & Kellner, 1991）。在《消費社會》（1970），探討被組構為消費社會的客體系統。在《符號的政治經濟學批判》（1972），則透過符號學觀點，指向當前的消費社會現象，並將視角擴大到媒體與資訊、當代建築、居家布置和流行藝術等面向。

布希亞這三本早期著作，都是以符號學和馬克思主義針對當前消費社會文化現象，所發展出來的政治經濟視角的批判和詮釋。他針對交換和價值，提出了創新見解，他將價值整理為三種：（1）使用價值（use value），指物質或客體的直接利用價值；（2）交換價值（exchange value），指能夠以金錢、貨幣交換的商業價值；（3）符號價值（sign value），指商品賦予的聲望、尊榮，也就是符號所意指（signify）的社會地位與權力等價值。

他認為，交換價值會演變成為需求和客體的理性化系統，甚至將所有主體整合進入資本主義的社會秩序當中，所以主體、消費、需求、滿足，便生生不息地被困在交換價值的牢籠。而主體在滿足其自身的需求過程當中，又再生出了勞動和消費系統。

為了破解這個根深蒂固的牢籠，布希亞提出了前所未見的三位一體：擬象（simulation）、內爆（implosion）和超真實（hyperreality）等嶄新概念。在原本現代資本主義社會，現代性乃是由工業資產階級宰制的生產時代；而後現代擬象社會，則是一個資訊和符號的時代，它是由模型、模仿、擬象、符碼和模控學所宰控。

至於內爆（implosion），布希亞指稱在後現代世界，擬象與真實之間的界線已經內爆，模型、模仿、擬象與真實之間的差別已經消失，人們對於真實的確切經驗已經不復存在。以政治新聞而言，在媒介內爆的表現中，已經愈來愈難以分辨政治人物的擬象和本尊，甚至常會以擬象取代本尊自身，而且當本尊所作所為，與一般擬象不符時，我們寧可相信擬象而拒絕接受發生的事實。布希亞之所以稱之為內爆，係因為在擬象充斥的時代，符號已經失去能指（signifier）的指涉功能，符號已經無法發揮能指與所指的意指作用，能指自成一個封閉系統，於是符號就在這個系統裡，不斷增生、增值，以致於內爆（Baudrillard, 1981）。

　　布希亞指稱的內爆現象，在娛樂新聞最為明顯，讓人分不清楚到底是明星本尊，還是公關經紀人複製出來的擬象、模仿、模型、符號等。而這種內爆現象，也延伸至政治領域，所以政治新聞已經愈來愈娛樂化，為了製造新聞的臨場性，經常採取虛擬方式再現現場，並採用戲劇手法讓它更具可看性，於是乎新聞（information）與娛樂（entertainment）之間的界線愈來愈模糊，因而有所謂「新聞娛樂化」（infotainment）之譏。像選舉新聞，候選人為了製造良好形象，委託媒體顧問和公關專家，為他製造各種良好形象。在許多政治場景中，候選人的說話詞彙、競選口號、參與活動、甚至穿著等，都是為了製造擬象而扮演，在媒介的操作下，已經讓政治領域的虛實、真假難以分辨。

　　布希亞更創造了一個新名詞──超真實（hyperreality），點出了真實與不真實之間的區別日漸模糊的現象，而且超真實更意指它比真實還更真實。他認為，面對擬象的後現代世界，所謂真實，其實乃是根據模型、模仿、擬象而產生，當真實不再只是單純的給定，而是人為生產或複製而使它為真的時候，它就會變得比真的還真，成為一種幻象式的逼真（hallucinatory resemblance）。他曾舉美國迪斯尼樂園為例，一般人在迪斯尼樂園所看到的美國，比真實的美國還更真實，而且美國愈來愈像迪斯尼樂園，這就是模型、擬真取代了真實。也有學者舉性愛色情影片為例，說明擬象取代了真實。

尤其最近幾年傳播科技日新月異，影視繪圖軟體對於擬象的協助，可以修飾得比本尊更漂亮美麗、皮膚更白嫩，連皺紋也不見了，不僅讓年輕人趨之若鶩，更讓年長者愛不釋手。

布希亞從商品消費連結到敘事問題，認為敘事的生產與消費，在資本主義無孔不入的後現代具有極大差異，不僅敘事生產已近乎消失，完全失去敘事生產的靈光，而且連消費的文化性也都被壓抑，只剩下商品消費展示的景觀，於是敘事生產在資本主義全球化的影響之下，遂只得讓位於資本主義式的消費享受（Currie, 1999）。

（二）李歐塔：後現代狀況與後現代敘事

李歐塔（Jean-Francois Lyotard, 1924-1998）在《後現代狀況》（1984）一書，展現他的後現代論述，誠如該書副標題「關於知識的報告」所揭示，分析比較當前後現代知識狀況與以前的現代知識有何不同。

李歐塔說，後現代社會充滿許多語言戲局，他描繪了後現代情境的景象，卻也突顯出了後現代的困局，面對這種困局，其實個人和人類社會都需要敘事，必須先將敘事區分為支配敘事和鉅型敘事，然後在鉅型敘事當中，再區分為後設敘事和社會理論敘事，以及在支配敘事當中，再區分為共時性敘事和歷時性敘事。

所謂支配敘事（master narrative），係指像黑格爾、馬克思或帕森思等人，將各種觀點都收編在一個總體論之下，叫做支配敘事；也就是從這個支配敘事，去看整個社會體系的組構和運作。譬如面對當前全球化浪潮，無論政治、經濟、社會、學術等，都狂熱追求全球化，而這種全球化標準，就是一種支配敘事，深刻影響支配各個層面的運作，它是很多敘事的敘事，它所講述的目標與內容，就是很多故事的故事，左右著社會各個層面的努力與遵行方向（Currie, 1999）。

所謂鉅型敘事（grand narrative），是對於人類社會重大發展現象的描述，像資本主義、殖民主義、父權現象等，嘗試用一種觀點來含括一切。也有人將它譯為偉大敘事、大敘事或啟蒙敘事等，但是李歐塔認為，在後現代，鉅型敘事已經顯現頹勢，甚至面臨瓦解的危機。

支配敘事與鉅型敘事最大的差別，在於支配敘事具有支配、役使、命令的權威，叫人非做不可，像教忠教孝就是。鉅型敘事則較屬由下而上的自覺和反動。

至於後設敘事（metanarrative），則是敘說知識的基礎，也是敘事的源頭。社會理論敘事，則是針對複雜的社會現象中的歧異性和權力關係，予以概念化並加以詮釋，如父權社會中，男性如何主宰一切等。共時性敘事（synchronic narrative），則是將重點擺在歷史的某一特定點上，對該特定時間點的某一社會之描述。歷時性敘事（diachronic narrative），則是著重在歷史的變遷、不連續或斷裂等問題上。

李歐塔認為現代知識存在著三種狀況：（1）現代知識以後設敘事來訴求基礎主義的正當化；（2）現代知識充滿正當化、去正當化和排他手段，但這些卻都是無可避免的必然結果；（3）現代知識企求同質的認識論和道德指令。所以李歐塔提出與此完全對立的後現代知識觀點：（1）後現代知識反對後設敘事和基礎主義；（2）後現代知識迴避合法性的大架構；（3）後現代知識支持異質、多元、創新（Benjamin, 1989）。

李歐塔認為，現代論述就是為了正當化它們自己的立場，透過所謂進步和解放的敘事、歷史或精神的辯證、真理和意義的描述等各種後設論述（metadiscourse），藉以鞏固自己的地位。為了打倒這些後設論述，他主張後現代主義的立場，就是不相信後設敘事、排拒形上學、排拒歷史哲學、排拒任何形式的總體化思想。

李歐塔指出，科學並非只是一套知識體系，而是基於它自己位置所製造出來的合法化話語，任何科學都會訴諸鉅型敘事，像精神辯證、意義詮釋、理性解放等，透過後設論述來合法化自己。但這套鉅型敘事已經失去它的可靠性，所以要對後設敘事有所懷疑，因此才用小敘事或微敘事（petits récits/little narrative），來挑戰知識的穩定性。

李歐塔認為，敘事並非一個固定的傳播現象，而是形構社會的複雜且流動的意義畛域。學者並非中立的觀察者，他們總是用敘事（不論小敘事或鉅型敘事）建構理論，強烈暗示他們對於社會真實的省思，其實這些只

是表象。不論馬克思主義或解構主義都指出，社會各個階層永遠相互不停爭鬥，都是透過意義進行永無休止的意義爭鬥，社會的特質就是持續的、不斷的意義爭霸（struggle over meaning）（Mumby, 1993: 5）。

（三）德勒茲與瓜塔希

德勒茲（Gilles Louis René Deleuze, 1925-1995）是一位哲學教授，瓜塔希（Pierre-Félix Guattari, 1930-1992）是臨床精神分析學者，兩人合著《資本主義與精神分裂》共有兩冊。第一冊為《反伊底帕斯：資本主義與精神分裂》（*Anti-Oedipus: Capitalism and Schizophrenia*）（1972/1983），和第二冊《千高原》（*A Thousand Plateaus*）（1980/1987），提出了嶄新的慾望理論，並以游牧式、地下莖的慾望觀點，試圖創造思想、書寫、主體性的新形式。

在《反伊底帕斯》，他們嚴厲批判當時備受推崇的拉岡精神分析，也批判後結構主義的再現、現代主義和能指暴政等觀點，無非就是要創造慾望理論新觀點。試圖顛覆過去對慾望生產的任何制度或理論的限制，重新創造一個後現代的分裂主體（shizo-subject），並讓這個新主體能夠破解現代性符碼，重新形構游牧式的慾望機器。

兩人強調慾望原本既是主體，也是社會存在的基本實體，堅決反對現代主義的再現理論、總體化理論、主體理論等，認為慾望乃是一種非指意（a-signifying）符號系統，與索緒爾主張的符號系統完全不同，因為只有透過非指意符號系統，無意識之流才能在社會各領域產生。

他們認為對現實的心智再現，本身就完全是一種派生性的，會阻礙創造慾望能量的發揮。他們也批判後結構主義的能指觀點，認為它太過侷限於語言再現，真實的心智再現完完全全就是一種衍生物，只是現代理性主義壓抑慾望的手段而已，一直都將慾望侷限在伊底帕斯與家庭的限定場域當中。所以要以分裂分析（schizoanalysis）和地下莖（rhizomatics）來解放在日常生活裡被壓迫的慾望，以便重建後現代嶄新的、不明確的、後資本主義社會秩序。

《反伊底帕斯》提出的分裂分析，就是建基在慾望之上，認為慾望在

本質上就是革命的、去中心的（decentred）、片斷的（fragmented）、動態的。主張慾望是在一個自由領域中運作，所以一切事情都有可能發生，其運作特色就是一種游牧的流動。

他們提出的慾望理論，主要目的是爲了解構現代主義觀點，所以提出疆域化（territorialization）與去疆域化（deterritorialization）概念，來彰顯現代主義如何馴化和箝制人們的慾望。所謂疆域化，就是各種社會體制透過馴化或限制手段，對慾望進行壓抑的過程；而去疆域化，則是要將這種被壓抑的力量解放出來，讓慾望得以越線跨出被限制的疆界。

他們採用分裂分析法（schizoanalysis），來摧毀那些壓迫階層和結構所設定的「疆域」，並且促使藉由「去疆域化」能夠產生「無器官軀體」（body without organs），回到慾望機器的原始狀態。所謂無器官軀體，是指對精神分裂者而言，語言詞彙是以一種生動、卻無意義的片斷進入軀體，並且像一大堆不相連貫的聲音離開軀體，所以軀體就只不過是一些零散物件的隨意堆積罷了，所以就如同無器官的軀體（Deleuze & Guattari, 1980/1987）。

至於「地下莖」，是針對「地上的樹狀」而來，認爲人類知識就好比樹狀一樣，它的系統化和層級原則，都植根於堅實的樹根。他們就是要藉由「地下莖」的思維方式，拔除西方哲學之樹。

《千高原》「地下莖」思維即是一種游牧思考（nomadic thought）形式，以小群體或少數人扮演自由馳騁於廣闊原野的游牧者，試圖以游擊戰或各種手段，來破壞摧毀這個國家或國家所建築的城市。他們就以一種近乎戲謔的創新形式，用分裂、地下莖和游牧等關鍵概念，表達了後現代理論和慾望革命，試圖重建某種嶄新、後現代的社會秩序（Best & Kellner, 1991）。

第四節　從經典敘事學與後經典敘事學

壹、傳統經典敘事學

　　傳統結構主義敘事學的研究範疇，基本上侷限於敘事結構和敘事單元，隨著時代變化和學術領域日益精進，敘事學研究範疇和研究標的，從強調結構主義概念的單數經典敘事學（narratology），逐漸走向複數的後經典敘事學（narratologies）。

　　敘事學從1960年代崛起，儼然就是結構主義科學標誌，而在80年代，各種意識型態研究，把敘事文本推向歷史、社會、文化與日常生活實踐的權力鬥爭解讀。到了90年代，後現代理論崛起，更映照出傳統結構主義敘事學的窘境，只有轉向後現代敘事發展。

　　進入21世紀隨著各種新興媒體大量湧現，敘事學界更敞開胸懷接納各種媒材，紛紛轉向其他新興課題如人工智慧、電腦網路等，敘事學已完全走出20世紀傳統結構主義的牢籠，已經是煥然一新的21世紀後經典敘事學新時代。

　　所謂經典敘事學，主要是泛指結構主義敘事學，就是指20世紀60年代以法國結構主義為主軸，並結合了俄國形式主義，讓世人大為驚艷，故有敘事復興（narratological renaissance）之讚（Herman, 1999a: 2）。

　　法國結構主義無不將敘事學建基於索緒爾語言學，並致力於敘事科學之奠基工程，講究術語嚴謹、分類嚴格的結構主義科學，認為敘事作品自身就是獨立自足的藝術美學創作，純係以建構結構語法的敘事詩學為主體，既不考慮歷史、社會、文化等語境，也不重視讀者或觀眾的閱讀經驗或感受，而這也正是結構主義背離敘事作品外在世界的政治、社會、歷史、文化等更大語境的緣由，這些都是結構主義後來遭受詬病之處。

　　法國結構主義者所關切的無非就是在敘事作品裡，人物、狀態、事件等各種基本結構單元，及其在組合、排列、和轉換成為特定敘事文本，尋繹具有通則性、放之四海而皆準的敘事結構。隨著後結構主義和解構主義

甚至後現代主義興起，以結構主義為宗旨的經典敘事學，遂遭受抨擊而逐漸失去舊日光輝。像美國於80年代興起的女性主義，就結合敘事學成為女性主義敘事學，取代法國成為國際敘事學的新焦點。所以90年代，美國遂取代法國成為國際敘事理論研究新中心，並且陸續發展出修辭敘事學、認知敘事學、社會敘事學、後殖民敘事學等各種後經典敘事學派。

貳、後經典敘事學的發展

隨著從20世紀末葉至21世紀，傳統結構主義或所謂經典敘事學，已難以與各種文學理論或哲學思維並駕齊驅，於是從傳統經典的結構主義敘事學，走向後經典敘事學（postclassical narratology）階段。

根據賀曼（Herman, 1999）觀點，後經典敘事學相當用心地檢驗經典的、結構主義敘事學模式的可能性和侷限性，亦即評估哪些模式能夠或不能夠闡明什麼類型的敘事現象。並且以後經典模式來豐富既有傳統的經典模式，藉以與敘事話語取得協調與新興活力。

所謂後經典敘事學，就是摒棄既有的結構主義觀點，大膽採取跨學科、跨領域的積極態度，除了文學小說既有研究領域之外，大膽滲入、摻雜諸多過去不能、不敢進入的各種學科領域和各種歷史、社會、文化語境視角，造就了當前的後經典敘事學風貌。

一、從單數的敘事學（narratology）到複數的敘事學（narratologies）

自從敘事學興起之後，各種文史哲思維和理論不斷湧入敘事理論的探討，從最開始的結構主義到後結構主義、解構主義，從現代主義到後現代主義，從古典馬克思主義到馬克思主義批評，從男尊女卑到女性主義，從殖民主義到後殖民主義，從文學小說到網路社會媒體等，敘事學已然從傳統單數的敘事學（narratology），演變到今日各種文史哲理論、眾聲喧譁的複數敘事學（narratologies）。

從傳統單數的經典敘事學，到後來五花八門的複數敘事學，意謂著敘事學走向完全與晚近學術思潮契合，也就是從定於一尊的單一敘事學觀點，在接納或者遭受各種不同思潮、學術領域、流派思維等的衝擊之後，

複數的後經典敘事學可說有如脫胎換骨蛻變重生，不僅跳脫傳統結構主義的窠臼，而且也混雜各種元素，不能再從傳統思維看待當今的敘事學或敘事作品。

二、第一波敘事學知識爆炸

對於敘事學發展歷程的階段性劃分，羅傑（Lodge, 1996）認為在20世紀60、70年代崛起的敘事學，可說是敘事學知識爆炸的第一波。他認為結構主義主要建立在差異的語言系統，主要有三個探討層面：敘事語法、敘事詩學和敘事修辭。

所謂敘事語法，亦即敘事語言系統研究，焦點放在敘事或故事的組織表達結構，亦即fabula（素材）在syuzhet（情節）中的各種表達形式結構，這類研究主要以俄國普洛普和法國格雷馬斯、托多羅夫與早期的巴特等人為代表。

所謂敘事詩學，亦即小說詩學，就是針對所有對小說再現技巧所做的描述和分類，研究重點放在故事事件被敘述者敘述的順序，強調敘事的和被敘事之間的關係，或故事與話語表達（story and discourse）、素材與文本之間的關係，主要以熱奈特、巴爾和里蒙—凱南為代表。

所謂敘事修辭，亦即小說的修辭分析，也就是敘事文本的話語結構分析，研究重點放在敘事作品展現故事的語言中介，如何決定它的意義與效果。除了布思是代表性人物之外，雅克布森（Jakobson, 1971）的譬喻（metaphor）和隱喻（metonymy）的區分，也對敘事修辭研究助益很大。

所謂第一波敘事學知識爆炸，無非就是指涉結構主義敘事學的崛起，但這股崛起的結構主義，不論是在敘事學或其他學術領域範疇，都隨即遭逢其他各種新興思潮無情的打擊，並且很快地就殞落、消沉。

三、第二波敘事學知識爆炸

賀曼（Herman, 1999a）後來相繼提出敘事學知識爆炸第二波衝擊的觀點，認為在20世紀80年代以後的敘事學發展，與羅傑（Lodge, 1996）所說的敘事結構三個層面分析的當年景象已經大不相同。譬如羅傑當年所提第一波爆炸的三大領域：敘事語法、敘事詩學、與敘事修辭三方面的發

展，在過去幾十年下來，此三者都已經相互交織影響各個相關周邊的理論發展與文學批評取向，並且回過頭來又再影響這三個既有的研究領域。

　　所以賀曼才說，第二波爆炸正衝擊第一波爆炸的各種研究領域，這些年來的敘事學發展，應可稱爲敘事學知識第二波爆炸。尤其晚近諸多相關社會科學領域的發展，像認知科學、語用學和話語分析（discourse analysis）等領域的蓬勃發展，更促使敘事學重新探討研究方向。

　　賀曼指出，傳統經典敘事學的問題，不外以下幾點：第一個問題：經典敘事學能否建構某種形式設計，藉以找到一切敘事作品必要的和所有的單元？如果經典敘事學確實能夠做到這個地步，敘事學界勢必將創造一個令世人讚嘆的成就。但是，敘事學能否做到這點，而且是否只要掌握這些有限的話語單元就足夠了？這卻又是敘事學無可迴避的大問題。

　　第二個問題：經典敘事學能否透過這些形式設計，找到話語表達結構的最小單元？這意謂著經典敘事學不僅能夠建構一切敘事作品必要和所有的單元，而且能夠確切標誌敘事最小單元，好讓生手馬上就上手，可以輕易仿效寫出像樣甚至令人按讚的敘事作品。但是能否做到這點，則不禁讓人懷疑。

　　第三個問題：能否產出一套有規則可循的敘事形式技巧和手段？這意謂著經典敘事學能夠製作一套完整的SOP寫作程序，一切寫作的技巧、功夫、手段、祕笈等，無不包含在這個SOP裡，任何生手只要依循此寫作程序SOP，就能完成令人讚賞的敘事文本。但是，這套有規則可循的敘事形式技巧和手段，是否又能夠與符號再現系統密切結合？尤其面對當前最火紅的網路敘事自我生成系統，看來電腦似乎有自我生成敘事文本的能力，但這套系統與經典結構主義敘事學所聲稱的語言學符號系統，到底是否能夠相輔相成？

　　賀曼指出，歷經20年左右學術發展，上述第一波的提問，都被以下第二波問題所取代：（1）敘事話語表達裡的形式線索，到底如何啓動閱聽人既存的知識？閱聽人到底如何在第一時間，一看到某些敘事情境和事件，就能夠馬上從形式線索裡，得知它就是在敘說某一則故事？（2）有

哪些形式線索是敘事結構所必須的？為什麼是必須的？若欠缺它，閱聽人是否就無從理解故事的鋪陳？（3）哪些特定形式線索會比其他形式線索，更有助於閱聽人的敘事理解？它們為何比其他話語線索有用？（4）這些屬於認知、語言和互動技巧的敘事理解能力，如何與一般溝通能力連結在一起？

　　簡言之，賀曼針對敘事學知識第二波爆炸所提出的問題，早已遠遠超乎第一波敘事學知識爆炸所要探討的敘事作品自身的敘事結構問題。頗值得關注的是，第二波敘事學知識爆炸則更進一步探究敘事作品之外，閱聽人如何理解敘事作品。所以第二波敘事學知識爆炸已跳脫第一波敘事學的窠臼，不再只是探究故事結構或話語結構，而是致力於閱聽人如何理解故事、話語、事件，透過他們既有的知識庫，去認知、理解、連結、詮釋敘事裡的片斷。

　　其實，針對敘事學關注閱聽人如何理解敘事文本的命題，可以說晚了其他社會科學領域長達數10年之久。譬如像大眾傳播理論，早在50年代就以閱聽人的傳播效果為命題，並且從認知、情意態度和外在行為等各種不同層面，逐一探究閱聽人接觸傳播內容之後的效果，所以說，敘事學在有關閱聽人接收方面的探究，是比其他社會科學晚了一些。

　　此外，殊值重視的是，第二波敘事學知識爆炸時期的研究重點之一，已不再侷限於敘事文本自身的分析，而是採取故事文本與故事語境兼顧的研究取向，大幅提升敘事的研究範疇和格局，讓敘事學研究不再囿於窄狹的敘事文本窠臼裡。

　　此一轉折就是從文本中心或形式模式，轉向形式與功能並重的研究取向，試圖建構比第一波更為寬廣的重新配置組構的視野和格局。這個時期的敘事理論認為故事之所以為故事，並非只是形式使然，而是敘事文本（text）的形式與敘事闡釋的語境（context）之間，複雜互動所造就的結果。

　　可見，第二波敘事學知識爆炸，遠遠超乎第一波敘事學企圖探究的範疇；甚至直接地說，第二波敘事學已經無情地推翻傳統經典結構主義敘事學的主張。而且，賀曼認為羅傑所指稱的第一波敘事學知識的三層次問

題，並沒有觸及敘事者（narrator）的角色。譬如劇中人物敘述（homodi-egetic narration）和劇外人物敘述（heterodiegetic narration）等根本問題，這些都成為晚近後經典敘事學的重要研究課題。

賀曼在第二波敘事學知識，特別重視熱奈特所提及的拗口難懂的劇中人物敘述和劇外人物敘述，這類二元對立的概念，主要因為它們涉及故事裡的人物，所進行的敘述行為是真、是假。就如記者報導新聞，當然沒有參與其中，就要扮演稱職的新聞事件外的敘述者角色。

所以，賀曼認為羅傑在第一波敘事學知識爆炸所提的三個層面問題：敘事語法、敘事詩學、敘事修辭，都是各自分離的。而在敘事學知識爆炸第二波時期，這三個課題都已經交織成為敘事分析的一個單一項目。雖然這個新興研究項目猶處於形成過程，尚未具體成形，但可以明顯看見，第一波敘事學的敘事語法、敘事詩學、敘事修辭這三個層面難以構成新敘事學的三個學科，至多只能當作重新思考敘事分析的基礎和方法而已。

更何況新敘事學所要面對的更多嶄新議題，譬如紙本以外的電視、電影等融合影音、文字的所謂新媒體如網路等，儼然成為下個世代必備的生活工具或生活方式。尤其21世紀勢將影響人類生活方式的物聯網（Inter-net of Things, IoT），早已成為萬物相連（Internet of Everything, IoE）。這些前所未有的21世紀新挑戰和新領域，根本都不是第一波傳統經典敘事學某一個單一層面，所能單獨面對的課題。

當代敘事學理論具有幾個重要轉折：第一，自從後結構主義崛起之後，敘事學已經大膽接納各式各樣理論，也大膽跨域結盟，擴大研究範疇，讓當代敘事學更加多樣化。第二，當代敘事學與當前社會科學走得更加貼近，原本被侷限在人文學科的敘事學，遂與社會科學結下深厚情緣，兩者相知相惜、並肩而行，相信對未來敘事學發展前景更為寬廣。第三，當前社會面臨事物之間新秩序的競爭，而後現代社會就是舊與新的秩序之競爭，也是舊與新的認同過程的對話（Hall, 1991; Harvey, 1989）。只有採取這種開放策略，當代敘事學才有可能與當前日新月異的傳播科技攜手合作，共創敘事學的新巔峰。

第 6 章▶▶▶

敘事傳播：新聞傳播結合敘事理論

✿ 第一節　人際敘事與人際傳播

壹、新聞傳播結合敘事理論的可行性

誠如費雪（Fisher, 1984）所言：人類是說故事的動物；利科（Ricoeur, 1984）也說：人是敘事動物（homo fabuans）。不論是上古時期，人類在部落裡敘說如何逃過天災；或是當今即時線上新聞報導，都是共通的敘說故事行為模式。蓋新聞傳播和敘事理論兩者，不論在理論面或實務面都有其共通處，所以兩者結合，自有其可行性。

雖然結合新聞傳播與敘事理論，在國內尚未成為熱門話題，但在國外，嘗試結合新聞報導技巧與文學寫作，早已在新新聞（new journalism）流行的20世紀70年代，就曾經實踐了。晚近哈佛大學和波士頓大學，積極推動敘事新聞學（narrative journalism），讓新聞傳播結合敘事理論更向前邁進一大步。

隨著全球學術界和思想界的語言轉向（linguistic turn）之後不久，敘事轉向（narrative turn）（Polkinghorne, 1987;

Fisher, 1987; Czarniawska, 2004; Riseman, 2008）呼聲不絕於耳。全球人文與社會科學都掀起敘事轉向風潮，在朝敘事轉向的跨域整合風潮所及，人文學科和社會科學結合敘事學，可說是近20多年頗受注目的一環。尤其近年來新聞傳播領域也掀起一股跨域結合敘事學的學術浪潮，從敘事理論觀點檢視新聞敘事結構（蔡琰、臧國仁，1999；Anthonissen, 2003; Bell, 1991, 1998; Berger, 1997; Scannell, 1991; van Dijk, 1988, 1991），可謂方興未艾，而且對於報紙或電視新聞敘事結構研究都有豐碩成果（Fulton, Huisman, Murphet, & Dunn, 2005; Hoskins & O'Loughlin, 2007; Montgomery, 2007；林東泰，2011），充分展現國內外結合敘事學跨域的學術風潮。

　　雖然國內尚未思考如何結合新聞傳播與敘事理論，只是引進一些敘事理論觀點，揉合進入新聞傳播研究領域，但西方學界對於結合新聞學與敘事學，不僅致力於學理上的匯流，更具體實踐在新聞實務上。

　　在學術領域的歸屬，新聞學屬於應用型社會科學，而敘事學則屬人文學科，兩者本質上有所殊異，所以一時之間，意欲結合不同屬性的學術領域，其困難度可以想見，但隨著學界跨域結合風潮日盛，不論學界或實務界都致力於跨域，藉以創造更為精進的效益。

　　敘事學或敘事理論，其實和新聞傳播理論一樣，都是在探討人類最根基的傳播行為，只是敘事行為有別於當前新聞傳播學子所熟稔的大眾傳播行為，而是涉及人類最古老、最傳統的人際之間講述故事的傳播行為。

　　由於大眾傳播理論發展背景的特殊時空因素，肇始於美國將它運用在二次世界大戰軍事宣傳用途，所以美國對於大眾傳播理論的探討，一開始就從實用面著手，直接觸及敵我對峙的說服傳播。其實西方世界對於傳播行為的重視，早在希臘、羅馬時代就已經是一種生活方式，像當時的民主政治論辯就如同呼吸空氣一般平常，被認為乃是日常生活必備口條。所以語藝傳播不僅是西方傳播研究的重點，更是西方傳播研究的起點（林靜伶，2000），只是在國內的傳播研究是從大眾傳播開始（徐佳士，1973），所以一般學子常誤以為大眾傳播理論是傳播研究的起點。

隨著學術知識日益精進，傳播學界對日常生活敘述故事產生莫大興趣，因爲敘說故事乃是人類日常傳播行爲的一部分，如同每天不可或缺的空氣和水一般，敘事原本就是一種人類最根基的生活形式（the most typical form of social life）（MacIntyre, 1981/1990: 129）。

　　傳統上，敘事理論的探究，都是從敘事作品出發，而傳播理論則從人類傳播行爲最根本的符號著手，所以兩相比較，傳播理論似乎又比敘事理論更根本地從符號意義出發，建基於社會科學淵源久遠的社會學理論，而敘事理論則是建基於語言學，直接針對敘事文本著手。

　　隨著敘事學不斷發展和擴張研究範疇，晚近敘事學也興起敘事社會學風潮（Herman, 1999b, 2005, 2007, 2009），將傳統敘事學的研究範疇，從敘事文本的語言學範疇擴大到敘事傳播情境。本章就是嘗試依循傳播社會學理論，以費雪的敘事典範爲根基（Fisher, 1984, 1985, 1987, 1989, 1994, 1995），結合傳播理論的人際溝通模式，建構人際敘事溝通模式（interpersonal narrative communication model）。

　　敘事學走到敘事社會學的理路，就更顯現出它與傳播理論關係密切，因爲傳播理論在發展過程，爲了要深入探索人類傳播行爲，借重許多社會學的學理，來精進傳播理論的理論內涵。不論是符號互動論、人際傳播、團體溝通、組織溝通、大眾傳播等，都處處可見社會學理論的概念。拉柏夫的人際敘事結構特色（Labov, 1972; Labov & Waletzky, 1967）和高夫曼（Goffman, 1959, 1961, 1963）的戲劇觀點，則分別從語文傳播和非語文傳播觀點，提出人際敘事模式（interpersonal narration model），作爲未來結合新聞學與敘事學的學理參照。

　　社會學理論浩瀚無涯，本章僅嘗試從社會學最根基的社會互動觀點出發，以社會互動（Parsons, 1937, 1951）的符號互動論（Blumer, 1969; Mead, 1934）作爲起點，參照費雪敘事典範，藉由跨域連結兩種學理，以作爲結合新聞學與敘事學的理論基礎，並以拉柏夫和高夫曼劇場理論，作爲電視新聞敘事的分析平臺，走出新聞學結合敘事學的社會敘事學第一步。

貳、人際傳播、人際敘事與社會互動

一、敘事是人類最古老的傳播行為

「說故事」這件事，早在地球出現人類就已經存在。在遠古時期，天災人禍不斷，部落為了求生存，長老的教誨和敘說故事，就是趨吉避凶最佳途徑。在故事裡，有明確的使命、敵我分明的角色人物，更有要求族人共同信守的行動，這些故事世世代代相傳，成為族人遵奉的信仰。

說故事乃是人類本能、日常生活實踐方式，亙古以來人類不外乎以口傳與書寫兩種貼近人們生活的方式，不斷地敘說故事。後來人類不僅創造文字，也發明了紙張和印刷術，講述故事更從口頭傳誦擴展到書寫形式。隨著人類知識不斷擴增，說故事的類型更是大肆擴張，無奇不有。

尤其當今電腦科技網路發達，人人隨時都在網路上說故事，每天生產的故事數量，甚至超越18、19世紀整個世紀所創造的總量。何以致之？其一，說故事乃是人類本能。其二，由於網際網路和社群媒體的發達，每個人都變成愛好說故事的人。其三，各行各業都在說故事，不論是政治、經濟、財金、歷史、社會、文化、運動、學術等，各行各業無不想盡辦法敘說他們自己的故事，讓別人知道自己、相信自己，或者影響別人。笛卡兒說：「我思故我在」，這句話恐怕要改成：「我說故事，故我在；我不說故事，我就不存在。」

二、人際傳播即人際敘事

在人類敘說故事的歷史發展，面對面說故事，是人類最初也是最多的敘說故事方式，也就是人際傳播。即便後來有了文字和紙張，書寫故事給讀者看，也是一種中介人際傳播。所以自古以來，人類說故事的方式基本上都是一種人際傳播行為。

晚近由於傳播科技的進步，人際敘說故事形式，也就跟著傳播科技與時俱進，如今電腦中介傳播日益蓬勃發展，已經成為人們不可或缺的傳播與溝通形式。由於行動通訊科技的發達進步，成為隨時隨地都可以上網聯絡的無所不在的資訊化社會（ubiquitous society）。因而人際之間敘說故事的方式，可能更加多元化，也可能產生前所未有的人際敘事方式。

參、符號互動論與人際傳播

人類亙古以來講述故事就是一種人際傳播行為，也是一種人際敘事行動，它透過社會互動過程，將歷史經驗和文化結晶傳承成為人類共同記憶與文化。

社會互動理論透過各種不同領域，包括人類學、社會學、心理學和語言學等不同領域的投入，探討人們彼此互動模式與過程。韋伯（Weber, 1922/1978）界定社會行動指出，社會互動同時具有兩個層面：鉅觀面屬於結構性，微觀面則具詮釋性。譬如社會學結構主義決定論就主張，對社會觀察，應採取整體性的視角，像功能主義和馬克思主義都是從鉅觀視角來觀察整體社會；而微觀視角則從個體來詮釋差異，像符號互動論和人際傳播，就是從微觀視角觀察人類傳播行為。

對於鉅觀與微觀的社會學爭議，社會行動理論認為檢視社會行動，鉅觀與微觀皆可。季登斯（Giddens, 1979）認為鉅觀與微觀，其間具有結構二元性（duality）的相互辯證關係。季登斯（Giddens, 1984）結構化理論（structuration），可說解決了社會學界長久以來有關鉅觀與微觀之間的爭議。本章追隨季登斯觀點，從微觀視角來看社會行動，一是行為本身，另一是它所代表的意義，並進而構連符號互動論與人際傳播。

一、符號互動論

在微觀社會學裡，與傳播理論關係最密切，且最受社會學界關切的理論體系，則非符號互動論莫屬。符號互動論是探究人類社會互動最佳微觀視角，從米德（Mead, 1934）、布魯默（Blumer, 1969）師徒所發展的符號互動論，可充分體會到社會互動與語言學的緊密關係。

米德在歿後，由學生的筆記編纂而成的《心靈、自我與社會》（*Mind, self and society*）（Mead, 1934），提出自我理論，認為自我乃是人類與環境之間的適應過程所造就而成，心靈就是在這種情境之中和在這種基礎之上發展出來，心靈是一種生物社會行為，在生物與社會環境適應過程中展現。行動則是可觀察得到的社會行為，可分為有意識的行動和無

意識的行動兩種。若只是刺激反應，則屬無意識行動；當人類借助某種工具或符號，行動就包含了意圖操縱的社會面向，就屬於有意識的行動。

米德認為，符號的使用和思想運作等心靈活動，起源於行動與環境之間的互動情境，因為有意識行動的操縱面向，會借助符號或其他工具，藉以達成有意識行動的目的，於是人類就出現了語言符號與溝通行為。人類就是將有意義的意識，加諸於語言符號之上，形成蓄意的符號（significant symbol），使彼此互動預期成為可能，於是出現語言符號溝通行為。

米德認為，語言是人類用來溝通互動的行動當中，最具典型的範例，它既具有內在心靈的成分，又兼具外顯行動的功能，所以米德以口語姿勢或言說來指涉它。他認為，言說具有自我指涉（self-reference）或自身反思（self-reflexivity）特質，這正是米德所說的：語言在對別人說話時，也對自己說話；在對自己說話時，也可以對別人說話。米德這種自我，已非單獨自我，而是社會的自我，也只有在具有社會自我的情境下，才容易與他者進行溝通。

米德這種社會自我，就是所謂主我（I）與客我（me）的區分，畢竟自我是個體在社會化過程逐漸發展形成，對於社會概念、概念化他者（generalized other）、顯著他者（significant other）等，逐形成自我與社會互動過程之間的行動規則。主我與客我，難免有時具有某種緊張關係，卻又時時相輔相成，只有當主我透過客我在社會過程獲得實現，才是最完滿的自我。

總而言之，米德主張心靈是一個社會過程，人類社會互動過程的核心，人類就是透過有意義的語言符號進行溝通，不論主我或客我，都在社會互動過程實現，所以符號互動遂成為人類進行溝通最重要的基石。

布魯默（Blumer, 1969）提出符號互動論的三個非常具體的理論前提：（1）人類對外在事物的反應，取決於人們賦予它的意義；（2）這些外在事物的意義，經由社會互動而產生；（3）社會互動的解釋過程，既可決定、又可改變事物的意義。此三層次論點，不僅為符號互動論定調，而且也為符號互動論和社會互動論之間的關係，做了非常簡單扼要的

界定。

　　符號互動論指出，人類只有透過語言符號的溝通，才能創造意義、解讀意義、並建構眞實（construction of reality）（Berger & Luckman, 1966）。不論意義或眞實，都是社會互動的產物，而且意義和眞實都會隨著社會互動的解釋過程而產生或者有所變異，可見吾人所傳遞的其實只是符碼，但符碼的意義爲何，端賴社會互動賦予它什麼意義而定。符號互動論所探討的自我、心靈、社會、文化，都是透過語言符號互動所賦予特定意義的結果。

　　符號互動論最根基的主張，就是人類透過語文載具溝通意義和思想，並藉由意義建構社會眞實，不僅形塑自我、心靈與社會，更決定個體如何反思自我、看待他者、應對外在事物。就敘事理論而言，人類都是藉由敘說故事，來創造和建構外在世界，並且根據人類所創造建構的世界來回應它。

二、拉伯夫人際敘事模式

　　拉伯夫（Labov & Waletzky, 1967: 12）在探究人際互動時，明確指陳就是要找出「最簡單而且最根基的敘事結構」。所以從人際敘事案例中理析出五單元鑽石狀的敘事形式（form of narrative）結構，後來又增加一個「摘要」，遂成爲六單元的全面性敘事結構（overall structure of narrative）（Labov, 1972）。此六單元爲：摘要（abstract）、定向（orientation）、行動（complicating actions）、評價（evaluation）、解決（resolution）和結尾（coda）。

　　下頁圖6-1是拉伯夫對於敘事結構五單元和六單元，所繪製的鑽石狀敘事結構圖：

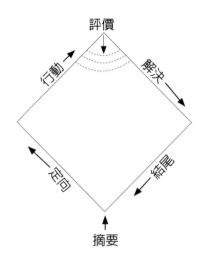

圖6-1　拉伯夫（1972）的人際敘事結構圖（註：略經筆者修訂）

　　原本是從定向開始，經過行動、評價、解決，到結尾，後來才又添增摘要，而成為六單元的完整人際敘事結構，並且以「摘要」作為人際敘事的起點，也是拉伯夫鑽石敘事結構的起點。此對新聞報導頗具啓發作用，意謂著新聞報導是從「摘要」起始，與人際敘事一模一樣。

　　拉伯夫的人際敘事結構六單元，試圖找出最根本的人際敘事最簡單的表達形式結構。以下簡介此六單元：

（一）摘要（**abstract**）

　　當故事較為複雜時，摘要提供重點，非常實用。新聞標題和導言亦然，不論電視或報紙新聞，通常同時具有標題和導言，而標題又是摘要中的摘要。不論東西方世界的新聞媒體，標題都比導言更為精簡。在西方英文媒體的標題，為了精簡，常常與慣常文法不盡相符。而東方新聞媒體的標題，則更講究遣辭用字的文字功力，不僅精簡，更能突顯編輯文字修養。

　　人際敘事亦是如此，對於複雜的故事內容，總會先告訴對方摘要，好讓對方可以馬上理解接下來要敘說的故事。

（二）定向（**orientation**）

　　根據拉伯夫觀點，人際敘事的取向是爲了確定某種場景，包括人物、時間、地點和行爲情境（Labov & Waletzky, 1967: 32）。此一定向概念完全吻合普洛普、巴爾、查特曼等人的敘事理論基本觀點。它就是查特曼（Chatman, 1978: 19）所說的存在物（existent）。新聞敘事的確需要此四要件作爲定向，讓閱聽大眾掌握基本動向。

　　人際敘事也是如此，對於複雜的故事，都會先交代簡要的來龍去脈，好讓對方對整個故事情節有基本的輪廓認識，再逐一鋪陳故事內容。

（三）行動／複雜行動（**complication/complicating action**）

　　根據拉伯夫的說法，事件和行動是人際敘事的核心，也是故事的核心，正如貝爾（Bell, 1991: 148）所說，行動就是要告訴閱聽人：「到底發生了什麼事？」（what happened）。而這些複雜的行動和事件，會被「結果」所終止（Labov & Waletzky, 1967: 33）。此一事件和行動概念，與普洛普的行動功能，有異曲同工之妙，都是故事裡所不可或缺的元素。

　　殊值注意的是，新聞報導未必按照時間序列，甚至是時間先後倒序，因爲就新聞而言，行動和事件都只是過程而非重點，只有結果才是重點，才是新聞媒體、即時新聞要馬上告訴閱聽人的內容。這也是爲何新聞媒體一直追逐最新結果、報導最新發展的原因。

（四）評價（**evaluation**）

　　拉伯夫認爲，評價就是敘事的觀點與意義。若敘事缺乏某種觀點，就不值得向別人敘說這個故事，所以評價就是「爲什麼要說這個故事？」敘事一定存在某種特定觀點，那就是敘事者的意圖，讓故事有敘說的價值。拉伯夫指出，若結束了某個故事，卻缺乏某種觀點或論點，那就不是完整的敘事，所以一個完整的故事，必須呈現某種觀點或論點。若缺乏觀點或論點，就難以區別「行動」與「結果」，只讓聽眾聽到許多不同行動或事件，卻無法理解和區辨這些「行動」到底和「結果」有何差異或關係。

　　貝爾（Bell, 1991: 148）指出，評價就是要回答：「那又怎樣？（so what?）」。敘事一定有其觀點，那就是敘事者的意圖，讓故事有敘說的

價值，或值得報導。

就新聞而言，「評價」正是所謂新聞價值，只有具有新聞價值的事件才值得報導。一切刊播的新聞，都是新聞媒體在編輯室裡，經過新聞專業的選擇與評價之後，才出現在閱聽大眾面前。而且拉伯夫將評價放置在鑽石型敘事結構圖的最頂端，也充分顯示評價在敘事結構中的重要性，可說完全符合新聞學對於新聞價值的專業意理。

新聞價值至少包括：衝突、相關性、即時性、簡單化、私密化、突發性、連續性、組合性、菁英國家和菁英人士動態、文化殊異性、負面性等，而新聞就是在選取與排除（inclusion and exclusion）之間，再現這些新聞價值，展現了媒體的框架（Allan, 2004）。

（五）解決（**resolution**）

在人際敘事，從事件發生到解決，有先後順序的敘事邏輯，解決都是在事件發生後，經過評價的判斷，然後做出的對策。

一般而言，解決就是冀求對於發生的事件，能夠找到最佳處理方式。而就敘事理論而言，一切故事起始於某種平衡狀態遭受破壞，所以解決在敘事理論裡，就是意圖回復原初狀態的用意。而對一般人而言，在聽了這麼多的事件和行動之後，到底最後結局如何？最終解決方案如何？其實也是聽者心中，想要知道的答案。

若將敘事模式以一個循環過程來濃縮整個故事的話，它們就是：（1）平衡狀態（equilibrium）；（2）失去平衡狀態（disequilibrium）；（3）對抗（opposition）；（4）尋求助手或試圖修補這個分裂；（5）達到新平衡狀態（a new equilibrium）。但第（4）點尋求助手修補分裂，在新聞中，通常都被忽略（Lacey, 2000: 48）。

畢竟新聞報導與人際敘事大不相同，人際敘事會先敘述整個事件經過，最後才交代如何解決；而新聞報導則通常把結果所做的解決放在導言，然後再回過頭來敘說事件發生過程，而這也是新聞報導不按時間序列進行的主要原因。

貝爾認為，就新聞報導而言，結束某一事件時最後發生的，就是解

決。由於新聞報導只是針對某一新聞事件，無法預知未來結局，只能報導目前現階段的（暫時）結果。

（六）結尾（**coda**）

大部分故事都是以解決作爲故事的結尾，因爲事件既獲得解決，就結束了。但有的敘事作品會多增加一個單元，叫「結尾（尾聲、終曲、完結篇）」之類的，這是一種功能性設計，其目的就是要「敘說」狀態回到當下（present moment）。人際敘事結構亦然，都會在最後給個結尾，好讓對方知道你故事講完了，接下來，可能再講另外一個故事，或者進行其他的交談。

總結拉伯夫的六單元人際敘事結構，相當適合運用到新聞敘事結構的探析。因爲拉伯夫的敘事結構是從人際敘說故事的情境中整理出來，它的情境比較接近一般人際敘事語境，也可以說是新聞傳播結合敘事理論的人際語文傳播面向。下面要介紹的高夫曼戲劇論，則是新聞傳播結合敘事理論的非語文傳播面向，此兩者結合起來，就構成了新聞傳播結合敘事理論的語文傳播與非語文傳播的完整架構。

三、高夫曼的戲劇論

雖然符號互動論都被稱爲是微觀社會學理論，但季登斯（Giddens, 1988）卻對高夫曼讚譽有加，認爲高夫曼的戲劇論觀點，在微觀之中具有鉅觀系統結構取向。高夫曼在《日常生活的自我表演》（*The presentation of self in everyday life*）（Goffman, 1959）所採取的戲劇論（dramaturgy）或稱戲劇研究取向（dramaturgical approach），揉合了布魯默符號互動論和帕森思社會系統理論。

高夫曼用了許多戲劇術語作爲分析人際交往的概念，例如：表演、舞臺、前臺、後臺、劇本等，因此他的研究就被稱爲戲劇取徑或演技取徑。高夫曼提出的戲劇觀點，關注的是一般人每天日常生活裡都會碰到的人際交往情境，探討主我如何在社會環境中自處、自我如何解讀情境意義（Goffman, 1959: 238）。

高夫曼將日常生活的自我表演（performance），界定爲個體在所有

不同場合的全部表現。認為每個個體在不同場合，面對不同的人，會有不同的自我表演。因為在不同的特定場合，會有不同的參與者，這些人會對個體的自我表演，產生某些特定社會規範的影響。

高夫曼從戲劇觀點出發，認為一般人的日常生活表演，無非就是演員與觀眾之間的互動，而非只是行動者單方面的表現。所以高夫曼將米德和布魯默的自我、主我、客我、符號、意義、社會互動等概念，充分展現在人際交往、再平常不過的日常生活表現上面，所以獲得季登斯的讚揚。

高夫曼以舞臺譬喻為面對面親身傳播的社會互動情境，每個人既是演員也是觀眾，彼此一言一行、舉手投足都透過自我反思來與他者互動，並觀察別人的言行舉止和臉色表情、肢體動作，藉以決定如何理解、回應對方。這種表演就是戲劇實現過程，也是個人形象管理手段，讓自我與他者相互溝通的過程，能夠表現出合宜的行為，包括共同或集體再現，藉以契合特定場景合宜的社會互動（Goffman, 1959: 22-30）。

高夫曼更細微地將日常生活人際交往，分為幾種不同類型：（1）與熟人之間的交往；（2）與陌生人或交淺者之間的交往；（3）職業上的交往等三種人際交往。他觀察入微地分辨這三種不同交情的人際交往情境，所展現出來的各種不同儀式行為、肢體語言、話語和腳本等，個體的自我表演。

高夫曼對於這些分析，明顯都與敘事文本展現故事人物親疏關係，具有高度相關，雖然高夫曼自始至終都未聯想到敘事文本的創作書寫，即便社會學理論界也從未將高夫曼與敘事學相提並論，但從高夫曼的戲劇研究取徑，它的確與敘事學關係密切，尤其彰顯人際交往所展現出來的儀式、肢體語言、話語等，都是影視文本在表達故事人物彼此之間親疏關係的寫照。

根據高夫曼的戲劇研究，一般人和陌生人或交淺者來往，都會依照社會規範和慣例，採取某些規定的動作（routine），才不致失禮。譬如要與對方保持適當距離，不許交淺言深，更要尊重對方隱私，不宜隨便問東問西等。在公開場合，尤其是婚喪喜慶，更不准有輕佻、失禮、失態等與社

會規範不符的舉止言行，否則就是高夫曼所說的演出失誤（misrepresenta-tion），不僅貽笑大方，甚至都會對個人自我形象產生重大破壞。即便是與陌生人交往，要如何發動接觸，高夫曼都有相當深入的觀察分析。譬如某位男士意圖向某年輕貌美女性搭訕，若這位女士對這位男士看得順眼、覺得他高帥美，就會製造機會給他，像故意不小心把手帕掉在地上等（轉引自鄭為元，1992），經常在故事小說或電影看到的情節。其實這些行為舉止，都是吾人日常生活的潛規則，我們都按照這些社會和文化所規範的潛規則，來與他者互動，而且這些潛規則也都被各種文學小說影視作品充分運用，只是尚無人像高夫曼如此鉅細靡遺整理成為人際互動的理論架構。

至於熟人之間的交往，高夫曼也找到許多展現彼此關係深淺的連結訊號，通常熟朋友之間，說話比較直接露骨、不拘小節，單刀直入、不修邊幅，用語坦率、毫不含蓄，行為也比較輕率，喜歡勾肩搭背、不拘禮節等。一些經常看到的肢體表演，像一對青年男女一見面就熱情擁抱親吻，表示兩人熱戀；若在車站話別，兩人卻保持相當距離，則表示兩人親密關係即將告終。

高夫曼所研究的這些自我表演和場景，不就是電影裡經常處理的手法嗎？高夫曼的戲劇演技研究取向，可謂與敘事理論如出一轍，講究表達令人一目了然的人際親疏關係。

高夫曼重視情境意義的界定，即便一般人日常生活的表演，也有前臺和後臺的區分，不同的空間區域，有不同的角色扮演。譬如在前臺，每個表演者，也就是每個人，不論穿著、舉止、一言一行，都比較重視別人（即觀眾）的觀感，自我要求合乎社會規範的禮儀和體面等。至於在後臺，即非觀眾觀看的區域，也就是演員解放壓力的場域，所以演員就會放鬆，難免會出現一些非正式的言行舉止。每個人在家和在外的穿著打扮、言行舉止，都明顯有所差異，這也印證了高夫曼的前臺、後臺的概念。

高夫曼的戲劇取徑，重視形象管理，它是表演者為了預防或挽救自我的表演可能出現的任何閃失，以免形象遭受破壞或威脅，所採取的自我

防衛與自我保護措施。這種自我防衛和自我保護措施，包括戲劇表演的忠誠、戲劇表演的紀律、和戲劇表演的審慎（dramaturgical loyalty, discipline, and circumspection）等不同面向（Goffman, 1959, 1961, 1963）。

所謂戲劇表演的忠誠，是指表演者必須接受某種道德義務，展現高度團結合作，共創良好形象給觀眾看。戲劇表演紀律，是指每個表演者必須嚴守紀律，與觀眾保持某種適當角色距離。至於戲劇表演的審慎，則是指表演者事先要知悉戲碼內容，並且知道要表演給誰看，以期作出最佳演出表現，合乎劇本的期望。其實，這些所講求的形象管理，無非就是我們在正式場合的自我表演所要求的質量，就好像教授在堂課之前，都該充分準備課綱內容，否則必然違犯戲劇忠誠、紀律和審慎，以致遭學生嫌棄。

高夫曼專注於各種意義情境，包括前臺和後臺，以及在這些意義情境之下的儀式、規定動作、腳本等各種日常生活表演。所以對於各種意義情境的界定，對每個人日常生活的表演非常重要，而每個人對周遭環境的意義情境，應該如何詮釋又取決於社會支配和個人主觀看法的折衷結果，因而他認為，個人周遭環境的結構框架（frame），影響個人對意義情境的詮釋，至關重大。只有當個人對整體周遭環境有了深切瞭解，才能在適當場合，做出適當的表演。

殊值注意的是，高夫曼的戲劇演技研究取向，真正的理論核心是戲劇互動（dramatic interaction），而非個人的戲劇行為（dramatic action）；也就是針對個人與他者彼此互動過程的交叉表演，而非個人唱獨角戲似的純粹展現個人表演能力。

不論是表演者或者觀眾，都是戲劇論的主角，若沒有觀眾，一般人日常生活的表演，將會很不一樣，千萬不要誤以為觀眾是高夫曼戲劇論的配角；相反地，觀眾在高夫曼戲劇論裡的分量，甚至要比表演者更為重要，因為觀眾就是決定個人如何自我表演的情境界定主要因素，也是決定個人如何自我表演的關鍵性因素。此乃高夫曼戲劇論的核心意旨，他堅信吾人日常生活的表演，就是因為隨時都有觀眾在場，所以我們才會講究該如何自我表演。若無觀眾在場，那麼吾人的自我表演將會隨著情境框架的界

定，而有不同的演出行為。

　　所以高夫曼的戲劇論觀點，一切個人的日常生活自我表演，其實都建立在舞臺有無的基礎之上，有了舞臺或是在臺前，個人就得依照社會規範來表演自我，若是沒了舞臺或是在後臺，那麼個人就會展現原本的自我，不必計較別人的眼光和評價。

四、人際傳播、社會互動、符號互動、戲劇論匯流融合

　　高夫曼戲劇觀點，係以面對面的人際互動作為觀察重點，而人際傳播理論所關切的面向則更為寬廣，不僅結合戲劇觀點與面子（Metts & Cupach, 2008）和人際關係，也透過敘事過程結合家庭傳播（Braitwaite & Baxter, 2006; Kellas, 2008），整合各種社會互動相關理論，譬如歸因理論、關係框架理論、不確定相關理論、面子理論、情感交易理論、社會交易理論、關係溝通理論、社會資訊處理論等（Baxter & Braitwaite, 2008），甚至一切人際之間的互動皆屬之。

　　葛瑞格等人（Craig & Tracy, 1995）更將傳播溝通視為一種實踐行為，並透過詮釋學的扎根實踐理論，提出人際傳播技術性的、解決問題的和哲學的三個層次，既合乎社會規範要求，又能創造合宜的嶄新社會行動。葛瑞格綜合數百個曾被討論的所有傳播相關理論，提出以實踐原則作為基礎的傳播理論共通性。

　　葛瑞格（Craig, 1999）此一實踐觀點結合傳統修辭學、符號學（Littlejohn, 1978）和語藝學（Delia, 1987），貫穿柏格與查菲（Berger & Chaffee, 1987）所揭櫫的傳播科學觀點，並整合了社會規範複製觀點，同時回應了哈柏瑪斯溝通行動觀點，也迎合資訊處理相關理論，其主要意旨就是傳播的實踐和實用性（Craig & Muller, 2007）。

　　人際傳播只是社會互動的基礎，而且社會互動也有可能改變人際傳播內容的意義。雖然，人際傳播和人際敘事僅僅止於個人與個人之間訊息與意義傳遞，但經過社會互動過程，原本賦予的符號意義可能產生重大改變。

　　從符號互動論來看，人際互動實踐最根基的目的，就是在自我與社會

文化之間取得和諧穩定狀態，透過語言文字或符號，彼此交換觀念、感覺和想法，藉以維繫自我與社會文化的緊密關係，適應外在環境的變動。

透過人際傳播和社會互動，人們不僅建構自我身分認同和社會位置，更可建構社會真實（construction of social realtiy）（Berger & Luckman, 1966）。人類對於外在世界的認知，就是在人際傳播和社會互動的符號互動過程中產生。社會互動既可建構人們對於外在世界認知，當然也可改變人們對外在世界的認知。

不論人際傳播或人際敘事，都是社會互動和符號互動最根基的日常生活實踐模式，而且饒富趣味的是，人際傳播都可鮮明或隱約地傳遞某個故事，這就是晚近敘事理論結合社會學和人際傳播所發展出來的敘事傳播（narrative communication）（Appel & Richter, 2007; Bochner & El-lis, 1992; Kellas, 2008; Knobloch, 2008; Adler & Rodman, 2009; Griffin, 2010）。

✳ 第二節　費雪的敘事典範

上述從人際敘事、人際傳播、戲劇論，到符號互動和社會互動的介紹，充分展現人際敘事與人際傳播兩者在理論思維和實踐運作的共通特質。如今隨著敘事學的不斷求新求變，晚近更日益精進，已經提出敘事社會學的理論架構。

壹、敘事學走向敘事社會學

普洛普早在20世紀初期就進行敘事結構探究，但只侷限於敘事文本自身，後來20世紀中葉法國結構主義興起，敘事結構成為20世紀文學小說研究的重要取向，即使查特曼從文學小說擴展至影視（Mulvey, 1975, 1981; Arijon, 1991; Bordwell, 1985, 1989），也十分重視故事結構與表達結構的分野及其融合。

直到20世紀末期，敘事學界發現光是探究敘事文本自身，根本無法充分體現敘事創作的精神，敘事學界掀起一股改革浪潮，力求突破既有研究窠臼，再展敘事學輝煌雄風。於是，諸多社會科學領域紛紛投入有關敘事理論的探究隊伍，掀起敘事轉向學術風潮，包括政治學（Fisher, 1984; Fulford, 1999; Mayer, 2014; Patterson & Monroe, 1998）、心理學（Bruner, 1986, 1990, 1991, 1994; Polkinghorne, 1988; Sarbin, 1986）、社會學（Bruner, 1987, 1991; Labov, 1972; Labov & Waletzky, 1967; Richardson, 1990; Polkinghorne, 1987, 1988, 1995）、經濟學（McCloskey, 1990, 1992）、教育學（Clough, 2002; MacLure, 2003; Usher, 1998）等各個不同領域結合敘事學，協力探究敘事文本的外在影響因素，以及敘事文本對這些領域可能造成的影響和作用。

在轉向敘事的學術風潮，不少學者都提出跨領域、跨學科的見解，賀曼（Herman, 1999a, 1999b, 2005, 2007, 2009）提出社會敘事學觀點，強調整合其他學術領域，包括晚近新興崛起的認知科學等，明確點出社會敘事學務必將日常對話分析與互動的社會語言學，與敘事學分析整合在一起，尤其強調人際溝通對敘說故事的重要性，並特別以敘事溝通模式（narrative communication model）（Herman, 1999a）稱之。

賀曼（Herman, 2007）在其所編輯的《敘事理論指南》（*The Cambridge Companion to Narrative*）一書的前言，也特別提到拉柏夫敘事模式（Labovian model），強調它是一種面對面溝通的敘事行為，認為面對面的敘事溝通就是一種敘事社會學的典型範例，並且試圖藉此連結敘說故事的社會語言學。因為這種面對面的敘說傳播行為，乃是一種極其自然、毫不矯情的人際敘事行為。

范迪克（van Dijk, 1988）乃新聞傳播學界咸認最早探討新聞敘事結構的學者，他一開始就提及拉柏夫人際敘事結構與新聞敘事結構的關係。雖然拉柏夫的發現，早受語言學重視，但范迪克大概是最早將拉柏夫人際敘事結構運用到新聞敘事結構的學者（林東泰，2011），爾後才普受新聞敘事研究的重視（Bell, 1991）。後來賀曼結合傳統敘事學與社會語言學

和日常對話分析的觀點，也借助拉柏夫所提社會語言學的人際敘事分析，而且雙方都是從日常對話分析著手，側重人際敘事的特質。

新聞學是一種非常獨特的向閱聽大眾敘說故事的專業，必須天天、時時、刻刻都要向廣大閱聽大眾敘說故事。再者，新聞報導並非要用什麼艱深難懂語彙和哲理，而是貼近一般市井小民的日常對話和社會互動語言學，來向廣大民眾敘說大家共同關心的事件、故事、情節，這對新聞學結合敘事學而言，頗具跨域結合的重大意義。

尤其電視新聞的敘事形式，與報紙或雜誌都有極大不同的敘事形式，反而與人際傳播相當類似，即所謂類人際傳播形式（para-interpersonal communication）（Blumler & Katz, 1974）。不論是電視主播或電視記者，都有如對著閱聽大眾或坐在客廳的觀眾，在敘說新聞故事。所有新聞報導類型當中，電視新聞可謂最符合人際傳播和人際敘事的敘事形式。

電視新聞不僅契合拉柏夫人際敘事模式（林東泰，2011），而且與賀曼所提人際互動的社會敘事學的觀點完全一致。賀曼更用社會溝通實踐（socio-communicative practice）來展現社會敘事學的內涵，凡此都可充分展現人際敘事在社會敘事學所扮演的重要角色。

此外，高夫曼日常生活人際互動的自我表演觀點，將人際面對面溝通視為微觀社會學，人們在日常生活實踐當中，就是依靠各種語文和非語文符碼相互溝通、互動和理解，也就是所謂的戲劇分析。在面對面溝通情境，彼此相互扮演「演員」和「觀眾」角色，透過面對面溝通平臺彼此釋放傳輸給對方的各種訊息和符號意義，藉以建立自我的形象和身分等。

所以，人際傳播和人際敘事兩相融合匯流，可以看出拉柏夫與高夫曼兩人的觀點，都融入在新聞報導和人際溝通。拉柏夫所強調的是語文傳播（verbal communication）層面，而高夫曼戲劇觀點則兼具語文與非語文傳播並側重非語文傳播（non-verbal communication）層面，在匯流融合人際傳播和人際敘事的過程，可以看出拉柏夫與高夫曼兩人，不同的理論觀點，卻給人際傳播與人際敘事的融合，更加圓滿。

貳、敘事典範的意旨

一、人類是敘說故事的動物

　　直接把敘事視為人類社會生活重心的學者，首推麥金泰爾、利科和費雪等人。利科（Ricoeur, 1984）和費雪（1984, 1985, 1987）都說：人是敘事動物（homo fabuans, homo narran）。麥金泰爾更進一步說，敘事乃是最典型的社會生活形式，認為敘事就是一種社會生活。

　　費雪開宗明義指出，人就是說故事的動物，並且提出與一般傳播學者不同的看法。過去傳播理論認為，敘事只是傳播或溝通的一部分，但費雪卻說，所有的傳播或溝通反而都只是敘說故事的一種形式而已；也就是說，敘事包含了傳播，此與傳播學者聲稱傳播包含敘事，完全相反。費雪這種觀點，傳播學者或者不盡贊同，但溝通與敘事，其實兩者極其類似，不論形式或內容，都有異曲同工之妙。只是對傳播學界而言，長久以來都一直認為傳播可以包山包海，如今一看到自己只不過是別的領域的一部分，一定難以承受和接納，但如果細思傳播形式和內容，似乎可以發現傳播與敘事兩者，其實就是一體兩面，端賴從什麼視角去檢視這些行動和社會現象。

　　費雪認為，敘說是一種溝通的共同模式，他構連敘事與知曉模式，提出傳播敘事典範（narrative paradigm of communication）（Fisher, 1984, 1985, 1987）。費雪主張，所有人類傳播形式，都應該被視為根本就是故事（all forms of human communication need to be seen fundamentally as stories）（Fisher, 1987: xiii），所有人類有意義的溝通，其實就是敘說故事的形式。

　　費雪主張，敘事就是傳播典範（narration as a communication paradigm）（Fisher, 1984），而且人類傳播即敘事（human communication as narration）（Fisher, 1987）。他更深入地從哲學、科學、倫理、知識、日常生活、文化等諸多層面，探究敘事與傳播的本質，樹立了敘事溝通或稱敘事傳播（narrative communication）明確的學術標竿，為日後新聞傳播

結合敘事理論奠定深厚磐石。

二、敘事理性

費雪的敘事典範建基於敘事理性（narrative rationality）基礎之上，有別於傳統的人類傳播理論，是建立在形式邏輯所造就出來的形式理性（formal rationality）之上（Fisher, 1987）。麥金泰爾、費雪和許多敘事學者都指出，行為科學把許多行為視為理所當然，主要是源自實證主義和邏輯實證論觀點之上。

可是這種建基於實證主義和邏輯實證觀點的行為科學，面對一種無法解答的問題：人類世界不僅只是一個難以解釋，有時根本就是無從解釋的世界（MacIntyre, 1981/1990: 79）。

利科（Ricoeur, 1984）除了提出人類是敘事動物之外，他也認為，凡是有意義的行動，就可視為文本。利科此一說法完全合乎敘事理論觀點，既然是文本裡的行動，都是作者精心設計所鋪陳，當然是有意義的，畢竟有意義的行動，就具有文本的敘事特質。可見，利科、麥金泰爾、布倫納（Bruner, 1986, 1987, 1990, 1991）等人，都認為在邏輯實證或科學主義的科學通則之外，敘事理論提供了解釋人類行動非常有用的理論依據，不僅不必仰賴邏輯實證、科學通則，甚至比邏輯實證或科學通則，更能深入瞭解人類行動。

費雪提出的敘事典範，主要是針對既有形式理性的批判，因而提出敘事理性，藉以建構敘事典範，意圖含括人類世界既難以解釋與無從解釋的行動和現象。他將敘事理性重新界定為：敘事可能性（narrative probability）和敘事原真性（narrative fidelity）兩個原則。

所謂敘事可能性，是指故事的內在連貫性和完整性；就是指涉故事各個組合分子可以合宜地置放一起，完成一個完整、連貫、有意義的故事。它通常是藉由敘事的組織或結構來評斷，包括結構一致性、材料一致性、人物角色的一致性等。所謂敘事原真性，是指故事的可靠性，也就是基於呈現某個好理由所造就出來的特性；就是指涉該故事符合人們既有的信仰、經驗和價值等判準，檢視故事是否值得相信。

費雪的敘事典範，就事論事，它並非完全排拒既有的實證主義和邏輯實證論，而是兼容並蓄傳統邏輯實證科學觀點與敘事理論。嚴格說來，實證主義和邏輯實證論主要是運用在探索行為科學的社會科學領域，而敘事理論所追求的敘事理性，基本上是屬於人文學科。社會科學與人文學科，這兩大不同學術領域，自有其遵奉的信仰和典範（Kuhn, 1962）。而今費雪的敘事典範，也將適用在社會科學領域。

費雪的敘事典範，一方面不否認人類某些行動具有法則可循，這是延續實證主義和邏輯實證論觀點的立場，畢竟不少人類行動和敘事行動，依舊具有普世法則；另方面，費雪又致力於尋繹對人類行動的嶄新詮釋，基於上述敘事可能性和敘事原真性兩個原則，建構更具有哲理根基的敘事典範。費雪嘗試推動的開放敘事情境，主張也適用在理想言說情境（Habermas, 1984）。

對此，費雪提問：如果無法達到理想言說情境，那麼好的敘事情境，總可以達到吧？所以費雪對於敘事理性的觀點，就是認為它可以提供社會政治批判的民主基石。為了證明他這種想法，他曾將他這個觀點運用在核武戰爭和雷根總統的政治修辭的研究（Fisher, 1987）。

費雪認為，敘事乃是一種社會生活的形式、知識的形式、溝通的形式（Fisher, 1987）。費雪認為，有意義的溝通，就是一種說故事的形式，畢竟人們都經驗並且理解，生活無非就是一連串永無休止的敘事，在這些敘事洪流裡，有各種角色、有衝突、有開始、有中間、有結尾。所有的溝通形式，都訴諸吾人的理性，而且應該被視為是歷史、文化和角色人物所形塑和造就出來的。可見，敘事理性乃是費雪堅持的信仰，也是他所主張的敘事典範的核心思想。

傳統社會科學典範，將社會視為是一個理性世界，人們的知識和行為，都有其邏輯、實證與科學依據可循，這種傳統典範宣稱人就是本質上會思考的動物，並依照推理證據來作決策和決定。人們之所以會理性抉擇，就是建立在理性思辨的知識和理解之上。所以這個世界就是一個理性世界，同時也是一個具有邏輯的謎局，端賴吾人如何依據理性思維來應對

和破解。

　　簡單來說，傳統典範對於理性世界，有以下幾點宣稱：（1）人本質上是理性的；（2）人基於邏輯基礎來作決定；（3）說話情境決定人們的論辯取向；（4）理性建立在人們的知識之上；（5）世界無非就是一大套邏輯謎團，人們可以透過理性分析一一獲得解決。費雪針對傳統典範提出質疑，並以敘事典範的思維來彌補傳統典範的缺失，主張敘事典範才是解釋人類行動的妙方。

三、敘事的好理由

　　對於傳統典範理性思維邏輯，費雪指出這種論點的根據明顯侷限在科學理性基礎，無法解釋人類社會一切問題和現象。如前所述，人類社會一切行動、問題和現象，並非科學邏輯可以一一解釋，因此他提出敘事典範，宣稱是依據他所提嶄新的敘事理性（narrative rationality）。敘事典範的敘事理性，有以下幾點與傳統理性思維典範完全迥異的主張和觀點：（1）人們本質上都是敘說故事者；（2）人們基於有「好理由」的故事，來作決定；（3）歷史、文化、傳記和人物角色等，都會決定人們如何思考好理由的故事；（4）敘事理性由故事的連貫性和原真性來決定；（5）世界無非就是一大套故事，人們選擇好故事，並且持續創造故事。

　　從以上兩種不同典範的論辯來看，敘事典範強調的是：人們不是被好的論辯說服，而是被好的故事感動。我們每個人親身體驗都充滿各種故事，而且我們都必須在許多故事當中，選擇我們相信的好故事，抉擇我們面對的問題和未來。所以，敘事典範的精髓在於如何敘說一個好故事，而非像傳統理性典範致力於建構一個完美的實證邏輯體系。可見，敘事典範遠比傳統理性典範，更貼近一般庶民生活，而這也正是敘事典範強調敘事就是社會生活方式的理論基礎，它採取一般庶民都會用、都必須用，而且都聽得懂的日常生活敘說故事，此乃敘事典範的優勢所在。

　　對於上述敘事理性的論點裡，費雪認為，人類依據一些「好理由」（good reasons），來作判斷和決定。此處所謂好理由，乃是指涉對於社會真實具有真誠、準確的陳述（Fisher, 1987）。至於什麼是「好理

由」？費雪提出了五點議題：（1）訊息裡的價值是什麼？（2）這些價值與人們所要決定的價值是否有關？（3）相信這些價值會有什麼後果？（4）這些價值與社會其他人的世界觀是否一致？（5）與其他人遵從的規範而言，它是否為一個理想的抉擇？

費雪提出好理由的先決條件：敘事可能性、敘事連貫性和敘事原眞性，作為判定是否好或壞的故事之先決條件。人類溝通比理性形式更為複雜，包括文化和歷史的脈絡框架與個人的經驗和價值觀等，都是作抉擇的重要因素（Fisher, 1987）。

費雪所提敘事典範，言簡意賅指陳，人類是非常獨特的說故事的敘說者，不論是對親身經驗或對外在世界的理解，都會以說故事形式來表達。人們利用故事來學習並強化價值觀，並且利用故事來做決策。人們自古以來就創造了無數的各種故事，而且隨著內在需求和外在環境變遷，不斷創造足以因應的各種故事。不論是傳承具有價值的故事，或者是創造因應新需求的故事，都是人類依循敘事理性原則來運作。

四、敘事的價值

費雪強調敘事理性（narrative rationality）的重要性，認為務必要培養具有區辨敘事可靠性、眞實性和需求性（reliability, trustworthiness, and desirability）判準的能力，要在個人生活周遭、工作環境、人生際遇等，審視、觀察各種故事的前後一致性、眞實可靠程度、以及能否符合自我和社會的整體需求等。所以敘事理性就是要求故事前後一致、眞實可靠和具有價值（coherence, fidelity and value of stories）。

可見，費雪敘事典範的內涵和理念，幾乎含括個人自我和整體社會的生活全部。如同前述麥金泰爾所言，敘事乃是最典型的社會生活形式，包括個人的日常生活和每天所做的抉擇，以及整體社會對於歷史的詮釋、對於當前環境因應政策的解釋、和對於未來前瞻的討論，無不與敘事典範息息相關。

費雪所提敘事典範模式，不僅與個人和社會日常生活息息相關，而且更為新聞傳播結合敘事理論，比傳統敘事學更跨出重要一大步。傳統敘

事學強調敘事作品如何刻劃人物性格（characterization），如今這些傳統舊觀念，隨著當代敘事學接納後結構主義、解構主義和後現代主義等各種多元觀點之後，一切都講求敘事性（Abbott, 2008; Herman, 2009; Prince, 2004, 2008; Pier & Landa, 2008; Ryan, 2005, 2006; Schmid, 2003），再加上費雪的敘事典範，主張一切敘事無非就是反映吾人日常生活，讓講故事這件事情更貼近每個人，更貼近每個人的日常生活，於是，費雪的敘事典範模式，不僅讓新聞結合敘事向前跨出一大步，更奠定了新聞結合敘事的堅實磐石。

❋ 第三節　新聞敘事結構與人際敘事結構的比較

從上述新聞敘事和人際敘事的探究，至少可以理解以下幾點：（1）新聞敘事與人際敘事，都是人類共通的傳播行為；（2）新聞學發展歷史約有200年左右，而人際敘事則是與人類歷史並存；（3）藉由敘事理論的探究，新聞學可以從中獲得啟發，並讓新聞報導更為精進。

壹、新聞敘事結構的特色

對新聞傳播學子而言，所謂新聞敘事結構無非就是新標題、導言和5W1H等新聞寫作格式，大概就可以交卷了。更進一步言，就是要從新聞價值專業意理角度思考，到底要將5W1H的哪個或哪些個元素，放置在標題、導言，能讓閱聽大眾能夠一目了然新聞重點，就是所謂新聞文類的書寫風格；也就是說，新聞體裁有其獨特風格，與其他文類大不相同。

就新聞寫作而言，這5W1H，就是新聞報導的「六寶」，自從有了新聞學，就有了這六寶。所謂5W1H，就是指涉誰（who）、何時（when）、在何地（where）、說了什麼／做了什麼（what）、是如何說／做（how）、為何要如此說／做（why）。由此可見，新聞無非就是告訴閱聽大眾：什麼人、在什麼時空場景、發生了什麼事情。難怪新聞傳播學

者會說：新聞就是說故事（story-telling）。從新聞學發展迄今約200年，自從提出這5W1H之後，似乎就認爲新聞敘事元素足矣，遂無人再更爲精進，爲新聞敘事結構提出更爲周全的觀點。

直到晚近敘事學興起，一些學者才從敘事理論爲新聞寫作格式找到基本的新聞敘事結構。敘事理論關於敘說故事最簡要的元素，與新聞敘事元素十分類似，但是長久以來，敘事理論一再經過不同時期、不同視角的理論觀點探討，即便只是簡要的一般敘事元素，其理論架構仍有可觀之處。

就以一般最簡要的敘事元素來說，與新聞敘事元素類似者，包括人物、行動、時空背景、事件與情節等5W1H，與敘事理論的敘事元素幾乎如出一轍。從表面看來，新聞報導的幾個重要敘事元素，與敘事理論十分接近；但若仔細檢視兩種理論架構，則發現兩者之間的差異，不在於元素的異同，而是對於元素與元素之間是否具有綿密理論連結的問題。換句話說，新聞寫作格式的5W1H僅僅六個單元，似乎各自獨立，一、二百年來，新聞傳播學界從未針對這幾個新聞敘事元素，有過理論架構性的析論，而只當它們就是非有不可的元素，任何新聞傳播科系學生只要照單全收、依樣畫葫蘆即可，至於這些新聞元素彼此相互之間的學理，則付之闕如。相反地，敘事理論在過去短短50年左右期間，歷經各種不同學術觀點的論戰，即便只是最基本的敘事元素，都經過不同理論思維的論辯，才發展至今彼此相互連結、相互構成故事與情節的敘事理論架構。

譬如，對於時空背景的敘事元素，在敘事理論裡，又可再細分爲場景、時間邏輯。而時間邏輯又可再依據敘事理論，分爲時間序列和敘述故事的敘述時間，並且對於故事時間（story time）和敘述時間（narration time）的長短，都有極其深入的探討。尤其是情節，在新聞學裡只有簡單的爲何（why），可與敘事理論的情節相互映照，只求在新聞報導裡交代爲何會發生這件事，但在敘事理論裡，情節則是敘事學最核心課題，更是敘事理論長久以來不斷探索的標的，簡直就是所有敘事學者必須深入探究的題材。所以，兩相比較之下，可謂立見高下，這也是爲何新聞學結合敘事學，相信可爲新聞學帶來不少啓發的基本思維。

以下嘗試針對新聞報導寫作格式，也就是新聞傳播科系習慣說的5W1H，來與敘事理論相關元素，進行簡單比較。從表6-1可以看出，敘事理論的敘事單元與傳統新聞學5W1H若合符節，只是因為學科領域不同，而有不同的表達形式與內容。

表6-1　新聞學的新聞元素與敘事學的敘事元素對照表

新聞學的新聞元素	敘事學的敘事元素
1.who 新聞事件人物，是誰？	1.故事人物（character），主角或配角
2.what 做什麼？說什麼？	2.故事情節的行動（actions）
3.where 在何處（發生）？	3.故事情節發生的場景（setting）
4.when 在何時（發生）？	4.故事情節的時間邏輯（chronological order） (1)內在時間邏輯：場景（時空）的一部分； (2)外在時間邏輯：敘述期間
5.how 如何做？如何說？	5.故事情節前前後後發生的事情（happenings）
6.why 為何如此做？說？	6.情節（plot）：因果關係、時間序列

資料來源：本書整理

但仔細體會，就可發現：敘事學的敘事單元比傳統新聞學5W1H，更具有故事性或敘事性（narrativity）（Abbott, 2008; Herman, 2009; Prince, 1999, 2004, 2008; Pier & Landa, 2008; Ryan, 2005, 2006; Schmid, 2003）。它除了新聞學的5W1H六個概念之外，還提出更具有理論體系的故事情節邏輯結構，而這也正是文學創作吸引讀者之所在，但是新聞學歷經一、二百年發展，卻仍侷限在5W1H傳統概念，猶未為這六個概念建構出完整的理論體系。

從表6-1，可以理解敘事理論的敘事元素，彼此之間具有緊密契合關係，可謂環環相扣，彼此相互連結而成為一個動人的故事情節。相對地，新聞報導則是屬於一種平鋪直敘的寫作風格，只是將六個元素擺放在一起，它與文學小說敘事創作比較起來，像是毫無粉飾的素人模樣，而文學小說創作則是可能精心設計的濃妝豔抹打扮。新聞報導直接告訴閱聽大眾

發生了什麼事件，而文學小說創作則是拐彎抹角想盡辦法，吊足讀者或觀眾的胃口。

所以，近年美國幾所名校，包括哈佛、波士頓大學，紛紛開設敘事新聞學（narrative journalism）課程，邀請多位新聞界享有盛名的寫手記者，到校開班授課，教導學生們如何提升新聞報導寫作技巧，希望能夠寫出像文學小說那般吸引讀者的新聞。

儘管新聞結合敘事，試圖透過敘事新聞課程的磨練，提升新聞報導的敘事風格，但新聞本質上與文學小說創作有極大的差異，新聞報導追求的是確實、公正、客觀，而文學小說創作則致力於美學藝術的精心設計，前者講究眞實，後者講究美學，兩者在本質上幾乎毫無妥協空間。

❈ 第四節 敘事心理學

新聞傳播結合敘事理論，是一種彼此互惠的跨域結盟，新聞傳播領域可從敘事理論學到自己未曾想過、卻被視為理所當然的新聞敘事理論。相對地，敘事學也可從新聞傳播理論學到未曾觸及的社會科學領域，像社會學、心理學、政治學和經濟學等各種社會科學領域。

敘事學結合心理學，已經有初步進展，敘事心理學目前至少有以下幾個不同領域：（1）自我敘事：透過敘事，瞭解自我，包括自我的成長與改變。對於個人生命故事、個人性格、心理傳記等自我瞭解（Bamberg, De Fina & Schiffrin, 2008; Brodkmeier & Carbaugh, 2001; Daiute & Lightfoot, 2004; Georgakopoulou, 2007; Holstein & Gubrium, 1999; Langellier & Peterson, 2004; MacIntyre, 1984; McAdams, 2006; Mishler, 1999; Rosebwald & Ochberg, 1992），透過心理學與敘事學的結合，更能呈現自我敘事的心理圖像。（2）歷史敘事：歷史學界咸認，歷史即敘事，透過敘事書寫形式，來呈現歷史面貌。不論是對古代聖君明王的刻劃，或對當今各國的興亡衰敗的書寫，甚至國際間各種錯綜複雜的國際關係描述，無不都是採

取敘說故事手法，滲入各種主觀、敵我元素，展現自我書寫歷史的主觀正義（Andrews, 2007; Bambgerg, De Fina & Schiffrin, 2008; Bold, 2012; Carr, 1991; Fisher, 1988; Munslow, 2007; Ricoeur, 1984; Roberts, 2001; Spence, 1982; White, 1973）。（3）敘事治療：心理學在精神治療領域，早就引進敘事治療概念，透過敘說故事過程，療癒病患內心深處的傷痛、撫慰病患內心傷痕（Androutsopoulou, 2001; McLeod, 1997; Murray, 2003, 2007; White & Epston, 1990; White & Morgan, 2007），近年來，國內也開始有學者從事這方面的探討。（4）敘事學研究方法：近年來，心理學界紛紛從人類學、文化心理學、語言學、符號學、話語分析、個案法、深度訪談法、社會學等各種不同角度切入，藉以深入觀察理解個人、團體組織或社會現象（Andrews, Sclater, Squire & Treacher, 2004; Clandinin, 2006; Clandinin & Connelly, 2004; Cortazzi, 1993; Czarniawska, 2004; Erlandson, Harris, Skipper & Allen, 1993; De Fina & Georgakopoulou, 2011; Elliot, 2005; Herman, 2009; Lieblich, Tuval-Mashiach & Zilber, 1998; Mishler, 1986; Murray, 2007; Ochs & Capps, 2001; Patterson, 2002; Polkinghorne, 2004, 2007; Riessman, 1993, 2008; Ryans, 2004; Wells, 2011b），成果相當豐碩，業已爲心理學結合敘事學奠定穩固的研究方法基礎。

壹、莎賓最早提出敘事心理學

　　國內目前已經從國外引介敘事治療（narrative therapy）概念和實務操作（易之新，2000；林杏足，2002；彭信揚，2006），惟猶未見敘事心理學的討論，可見此一議題仍未受到國內學界重視。國外早就有敘事心理學的討論與研究，莎賓（Sarbin, 1986）所編著《敘事心理學：人類行爲的故事本質》（*Narrative psychology: The storied nature of human conduct*）一書，可說是首先採用敘事心理學這個學術字眼和理論，從人類行爲的故事本質（storied nature of human conduct）視角，爲敘事心理學做了最早、最簡要的界定。莎賓可以說是心理學結合敘事學的代表性人物。

　　莎賓指出，當我們在談論自己和別人的時候，我們都很習慣地以敘

事情節來表達，不論是在自傳、傳記、心理治療、自我揭露（self-expo-sure）（註：人際傳播中的自我表白），甚至娛樂等，我們都自然而然地以一系列事件來呈現，並且將這些事件歸納轉換成為故事（Sarbin, 1986: 23）。可見，我們都生活在故事裡，生活就是敘事。敘事心理學就是對於人類行為的故事本質，進行心理學取向的學術研究，藉以瞭解人類到底是如何藉由建構故事和傾聽別人的故事經驗，來處理和面對各種問題。

莎賓認為，人類行為具有故事本質，想要瞭解人類行為可從兩個不同取向著手，一者是人類行為和經驗都充滿「意義」，一者是人類用其他的「故事」，來傳達和溝通這些行為與經驗的意義。所以透過敘說故事，可以增進對人類行為和經驗的瞭解。

在人類互動的行為和經驗裡，這些故事既非邏輯論辯，也非法律規章，而就只不過是敘說故事而已，此乃人們日常生活實踐當中最簡單不過的行為和實踐，但這些行為和故事卻又充滿意義，所以他才主張敘事就是人類行為的本質。

莎賓認為，人類在日常生活的適應，有如劇場般的場景變化，所以從根基譬喻（root metaphor）出發，探究人類日常行為的角色變化，因而將譬喻區分為四種類型：形式譬喻、機械譬喻、有機譬喻和框架譬喻（formism, mechanism, organism, and contextualism）。

他認為，傳統心理學主要都是循著形式、機械或有機譬喻的思維取向，他嘗試創造另一種心理學思維取向，將框架譬喻和敘事結合在一起，認為框架譬喻再現了個體整個生命歷史，故事可以作為瞭解人類行為的重要途徑，亦即從敘事心理學角度思考人類行為，此對傳統心理學帶來另類思維。

莎賓編著的《敘事心理學》，共蒐集11篇論文，分為四個領域：（1）科學的敘事理論，包括哲學和知識論等討論，作為敘事心理學的理論基礎；（2）敘事力（narrative competence）之探討，探討如何有效提升敘事能力，深入瞭解潛藏在內心世界的故事與意義；（3）探討自我敘事（self-narrative），透過自我故事的敘說，深入瞭解自我、瞭解身分認

同；和（4）自我敘事的建構與解構，不僅可以藉由敘說故事，建構自我與身分認同，同時也可以藉由敘說故事來解構既有的自我與身分認同。莎賓認為，不論是編造故事、講述故事、或理解故事，基本上都屬於心理學範疇，可以從人們生活故事，來瞭解個體的心理發展與變化。

葛俊夫婦（Gergen & Gergen, 1986）也是《敘事心理學》一書某個篇章的作者，他們指出敘事乃是人類日常生活的經驗，也是人類日常生活的建構，更是人類社會互動不可或缺的一部分。人們在日常生活社會互動過程中，喜歡用敘說故事的方式，來相互溝通和分享個人經驗與外在世界的意義。葛俊夫婦這般見解，與本章所述「人際傳播與人際敘事乃是人類共通傳播行為」觀點，可以說完全吻合。

葛俊夫婦（Gergen & Gergen, 1986）認為，敘事有三種不同結構內容，第一種是前進的，這種敘述內容採取未來取向，敘事者所敘述一切內容和視角，都是向前觀看的取向；第二種是回顧的，敘事者所敘述的內容和視角，是針對過去所發生的事。回顧過去發生的一切，它可以是懷舊、懷念，也可以是檢視、反思過去所作所為，基本上都是回顧過去；第三種是穩定卻較缺乏變化，這種敘述既非回顧過去，也非前瞻未來，而是敘說當前正在進行的一切事務，比較不像回顧型和前進型那麼嚴肅。

葛俊夫婦（Gergen & Gergen, 1986）這種分類方法與傳統敘事理論，有異曲同工之妙，他們將敘事結構內容分為喜劇、浪漫、悲劇和諷刺等不同類型，這種分類與傳統敘事學頗為類似。因為自從有了敘事理論以來，喜劇都是向前看，常有一個完美結局；浪漫則是主角必須克服諸多困難，最終獲得歡欣結局；悲劇則是回顧型的，敘述諸多過去悲慘不幸遭遇；諷刺則採取穩定立場來看待諸多社會荒謬現象（Gergen & Gergen, 1986）。

貳、布倫納的心理學與敘事、文化、人類學

莎賓（Sarbin, 1986）最早提出敘事心理學這個學術名詞，但對敘事心理學貢獻最大的應屬布倫納。布倫納（Bruner, 1986, 1990, 1991, 2002, 2005）一生致力於結合心理學與敘事學，為敘事心理學開拓前所未有的

研究範疇和視野，奠定了敘事心理學的學術基礎。尤其致力於心理學與人類學的對話，藉以開啓敘事心理學迎向人類學的一扇窗，也對後來的文化心理學和心理人類學都產生重大影響（Mattingly, Lutkehaus & Throop, 2008）。

布倫納（Bruner, 1986, 1990）認爲，人類思考具有二種形式：範例形式與敘事形式（paradigmatic and narrative forms）。所謂範例形式的思考模式，就是人類思考依循科學、邏輯、分類等思維方式，也就是前述的實證主義、邏輯實證等科學思維，但這種思維形式基本上定型刻板、缺乏彈性、非黑即白、毫無灰色地帶可言，本質上與人類屬性似不相符。而敘事形式的思考模式，則是以故事形式來詮釋人類行爲，以敘說故事的形式、譬喻，來克服、面對、解決問題，這種思維形式比較貼近人類日常生活行爲模式，就像一般人處於左右爲難困局時刻，固然有人會以科學、邏輯方式來解決問題，但可能有更多的人，會用敘說故事的方式來解決問題。

就像中國春秋戰國時期，策士和知識分子爲各國君王獻策時，除了邏輯思辯之外，最令人印象深刻，且取得最佳勝利的成功例子，都是以敘事手法，打動君王頑固心靈和井蛙視野。即便當今一般日常生活所面對的問題，譬如親子溝通、師生對話等，身爲師長者，也常常發現敘事形式遠比範例形式更具效果，較容易打動年輕學子的心，讓年輕人願意傾聽師長敘說故事。

布倫納（Bruner, 1986）所著《實際心智、可能世界》（*Actual minds, possible world*），是他直接將敘事理論帶進心理學領域。他說，從心理學觀點來看，人的意圖（intention）可說是變化無常，此對強調邏輯實證和行爲主義的心理學，倍感困擾，但是敘事，卻是處理這種變化多端意圖的最佳利器（Bruner, 1986: 13）。就心理學而言，意圖是無可化約的人類心智，它是人類理解外在世界不可或缺的途徑，而從敘事理論而言，人類意圖卻是一眼便可看穿（immediately and intuitively recognizable）（Bruner, 1986: 17）。所以他認爲，敘事相當適合用來理解人類意圖，即使再複雜、世故的意圖，敘事都可迎刃而解，因爲敘事乃是人類與生俱來的本能

（human readiness for narrative），人類可以將一切經驗和際遇，化爲敘事形式和各種動聽的故事情節（organize experience into a narrative form, into plot structure）（Bruner, 1990: 45）。

在《意義的行動》（*Act of meaning*）（Bruner, 1990），布倫納更直接連結心理學與人類學，極其重視人類學理論觀點，並將它們直接運用到心理學，造就了後來的人類心理學。布倫納主張，對於人類行動意義的解讀，不僅要關注個人內心世界，更要關注他所身處的社群和外在環境，因爲諸多行動的意義，乃是經過社群的創造和妥協而形成，所以想要探索人類行動的意義，務必要從文化著手，而非直接針對個人的行動。

布倫納認爲，敘事是文化的（narrative as cultural），而且文化也是敘事的（culture is also narrative）（Bruner, 1990: 34）。他說，人一生下來，就誕生在文化的國度裡，而且也是一個比他（她）早就存在的一個故事世界裡，所以人們都必須藉由文化和故事，來和他者進行故事的互動。就好比一生下來，就走進舞臺上，而且是一個早就在進行的故事情節舞臺，每個人都必須扮演他所被賦予的角色，來和他者共同完成這齣戲（Bruner, 1990: 34）。布倫納這種觀點，似乎又比前述高夫曼（Goffman, 1959, 1961, 1963）的見解更爲前進。高夫曼的戲劇觀認爲，人們是依據自己站在前臺或後臺，來決定自己該如何扮演、言行舉止等。而布倫納根本不容你有迴避的空間，人一生下來就在前臺，前臺上的一切文化和故事，都會促使每個人按照既有的文化規範來和他者、社會互動。誠如一些學者（Murray, 1999; Sarbin, 1986）所言，我們都生長在故事世界裡，我們都透過創造和交換故事在過生活。

布倫納（Bruner, 1986）認爲，敘事具有幾項特質：（1）敘事必然包含一系列事件，這些事件不論人物心理狀態或事件的發生，都與人有關，人物必然是一切敘事的核心，尤其是人物的心理轉折，更是整個故事情節的重點所在。（2）敘事既可以是眞實的，也可以是想像的。因爲人類心理並非都屬外顯可見的行爲，所以務必含括想像敘事，方能全面含括人類心理的層面。科學、邏輯思辯的範例思考模式，雖有助於解決諸多疑惑和

困難，但無法解決人類一切問題，反而敘事思考模式，更有助於解決日常生活面對的問題。（3）敘事既可以是普通平凡的細微小事，也可能是極其特殊異常的大事。

布倫納（Bruner, 1994）並將敘事心理學運用在自我敘事，此乃敘事心理學一個重要的研究領域。布倫納深入闡釋敘事對自我特質的再現，認為敘事最適合用來再現自我，尤其在人際交談之間談及自己的時候，對自我的敘述，正好可以從類似自傳的視角，來再現自我，從敘事的視角來瞭解敘事即自我（narrative vis-a-vis the self）的功能。所以，他認為生活即敘事（life as narrative）（Bruner, 1987）。

布倫納（Bruner, 1991）關切的並非敘事文本如何撰寫，而是敘事如何作為心智工具來建構真實，因此他提出10個敘事的特質：（1）敘事的歷時性（narrative diachronicity）：故事裡的事件會隨著時間發展而有所變化。（2）敘事的特殊性：敘事只選擇具有特殊性的元素，敘事從來就不是流水帳的紀錄，只有具有故事性的元素，才會納入敘事內容。（3）敘事目的狀態：敘事場景出現的任何人物角色，都各具目的和任務，故事中各個行動都是為了達成某種特定目的或任務，目的和任務的達成與否，會造成狀態的改變。（4）敘事的詮釋包容性（hermeneutic composabil-ity）：敘事文本的呈現，並非就是等於敘事的意義，所以詮釋學派極適合運用到敘事意義的解讀。（5）法典和違規（canonicity and breach）：根據敘事理論，每一個事件的發生都是依照時間序列，但是並非每個文本都具有敘事性，所以拉柏夫（Labov, 1967, 1972）就提出評價概念，打破事件發生的時間序列，而以故事的敘事性作為評價標準，來決定如何講故事。（6）敘事的參考性（referentiality）：敘事能否被接受，並非因為它完全參照真實，否則如此一來就沒有所謂虛構小說了。敘事成功與否的評斷標準是它的類真性（verisimilitude），而非可驗證性（verifiability）。敘事理論講究的是藝術美學，而非科學證據或實證。（7）敘事的類型（genres）：類型是建構和瞭解故事的關鍵，不同的類型各有不同的本體論和認識論，故事情節因而產生。但隨著時代進步，類型可能會日益增

加。像遠古時期，哪來新聞類型？而今人們在網路社群媒體（social me-dia）的溝通影音資料，又屬一種新興傳播敘事類型。（8）敘事的規範性（normativeness）：敘事的可敘性（tellability），自有其規範的話語表達形式，不少學者指出它就是文化合宜性（cultural legitimacy），只有符合既有文化規範的敘事內容，比較能夠即時被採納。（9）框架敏感與妥協（context sensitivity and negotiability）：敘事文本的詮釋包容性，不僅每個敘事文本的框架都務必要與其所處境遇的文化有所妥協，同時也要求讀者先擱置自己的立場與懷疑，這是最理想的讀者閱讀態度。（10）敘事累積（narrative accrual）：科學藉由知識的累積而不斷增進，但是敘事的累積並沒有科學成長的普遍原則或途徑可尋，畢竟敘事乃屬於人文的領域，與自然科學大不相同。

總結而言，布倫納（Bruner, 1986, 1987, 1990, 1991, 2002, 2005）對於心理學與人類學、文化人類學、敘事學的結合，貢獻匪淺，誠如葛茲（Geertz, 2000）所言，布倫納甚至還低估了他這些觀點所帶來的影響力。一般人都直覺文化就是社會和歷史所建構而成，但從布倫納觀點，似乎可以看得更清楚，文化更根本地是由敘事所建構而成，敘事透過故事的意義生產，遠比社會和歷史，更根基地、更初始地，在建構自我和他者的共同文化（Geertz, 2000: 196）。

參、波爾金霍恩與利科的敘事意義

另一位對敘事學結合社會科學貢獻不少的波爾金霍恩（Polkinghorne, 1988），他為敘事做了非常廣泛的介紹，認為人類生存在三種不同的領域：物質的世界、有機的世界和意義的世界。對於物質世界和有機世界，我們是從形式邏輯、數學、科學等角度出發，但對於意義世界的瞭解，則有賴人類科學（human sciences），而其中最重要的領域就是敘事，只有透過敘事的創造和瞭解，我們才能夠掌握「意義世界」（meaning world）。

波爾金霍恩認為，敘事的建構和理解，就是人類理性。這也正是費

雪所說的敘事理性（narrative rationality）（Fisher, 1984），它主要是概括地瞭解整體的意義，並且從辯證角度來整合各個單元，畢竟人類就是透過敘事來組織和整理所經歷的一切，敘事就是人類的認知基模（cognitive scheme）（Polkinghorne, 1988: 15）。

波爾金霍恩認為，敘事意義（narrative meaning）乃是一種認知過程，將人類一切經驗組織成為具有意義的插曲（episode），不僅用敘事來組織經驗，同時也用敘事來組織意義。而插曲的意義，正是心理學長久以來探究認知的重要題材之一。

波爾金霍恩認為，敘事既然是一種認知過程，而且是人類重要心智活動，是可供客觀觀察的對象，所以從敘事心理學下手，就可以窺探人類心智活動的奧祕。再者，人類既然是以敘事方式來組織經驗、分享意義，並且運用敘事來和他者溝通，所以敘事遂成為敘事心理學裡頭自我敘事的重要起點。

人類自古以來都是藉由自我敘事來表達自我、與他人溝通，甚至區別自我與他者的差異，人類就是藉由敘事紀錄一生的發展過程。波爾金霍恩認為，自我與個人生命故事結合在一起；也就是說，自我即敘事（self as narrative）（Polkinghorne, 1988: 151）。所以結論就是：敘事乃是人類日常生活實踐，敘事適足以作為人類經驗的意義再現，人類一切經驗都是藉由敘事來表達和組織它的意義。

波爾金霍恩更進一步探討敘事與歷史的關係，認為歷史就是詮釋的話語，歷史也是敘事的話語，人類就是透過敘事來詮釋歷史事件和經驗，更透過敘事來詮釋人類所經歷一切的意義。不僅用敘事來組織自己的經驗，更用敘事來組織社會的、歷史的、文化的經驗，所以敘事在人類歷史上，誠可謂無所不在的，敘事並且被人類作為話語（narrative as discourse），人類就是以敘事表達來組織整理人類經驗和歷史，敘事表達就是人類社會進行社會互動、彼此溝通分享意義的行為。波爾金霍恩認為，敘事是瞭解人類行為的極佳途徑，閱讀一個人，就好比閱讀一篇文本，每個人的行為，就好比是在書寫一個故事，而瞭解一個人的行為，就好比詮釋故事一

般（Polkinghorne, 1988: 142）。

　　波爾金霍恩（Polkinghorne, 1988）對於敘事理論，也有他獨到的見解。他將意義世界的概念與敘事理論的情節結合，認為敘事學之所以特別重視情節（plot），就是因為某個特定的行動，在整個複雜多端的系列事件當中，具有特別意義。正因為有了它，整個故事才具有重大意義，若少了它，故事就無法組織串聯具有吸引人的故事價值和意義。再者，建構情節的推理過程，就有如社會科學研究方法裡的假設，需要諸多相關元素變項或交互作用，才能夠判定是否合乎接受或拒絕假設的條件。情節就有如在星雲當中，找到適合的事件、行動和角色，才能構成情節要件。

　　法國哲學家、詮釋學者利科（Paul Ricoeur, 1913-2005），也對敘事理論提出不少見解。他在《時間與敘事》（*Time and narrative*）（Ricoeur, 1984），認為吾人既然生存在這個世界，就必須創造故事，來敘說當前變幻多端的時代，並且賦予它某種意義。而且，不僅是要創造有關外在世界的故事，更要創造我們應該如何自處的故事，讓我們清楚瞭解自己在這個多變的世局中，到底是站在什麼位置，我們自己的身分認同又是什麼。這些都有賴藉由故事，來連結自我與行動，並且來區辨自我與他者。

　　利科（Ricoeur, 1987）對於敘事的功能指出，敘事既可帶來秩序，亦可帶來失序。敘事者無非就是在組織或解組這些故事，以便賦予它某種意義，可是它又不是如此輕鬆容易的事，否則天下早就太平了，但也可能更糟糕也說不定。利科認為，敘事就是集結一大堆異質事物的綜合體（synthesis），它既有和諧的，也有混亂的，和諧當中難免有所混亂，悲劇乃是這個綜合體的範式，充滿各種混亂、可怕、哀傷的事件，最後和諧終於戰勝混亂，就是靠著故事打贏這場戰役（Ricoeur, 1987: 436）。

　　前述賀曼大力推動敘事社會學，其實他也著手致力於敘事心理學，他曾編撰《敘事理論與認知科學》（*Narrative theory and the cognitive sciences*）（Herman, 2003）。而敘事理論與認知科學，也逐漸受到心理學和敘事學界的重視（Aldama, 2010），甚至深入腦神經科學，探究大腦如何運作故事（Lindenberger, 2010; Zunshine, 2006）。

最近幾年敘事學與社會學、心理學、人類學、認知科學、腦神經科學的跨域結合，更擴大整個跨域合作的學術資源，不僅擴大敘事學的學術視野、強化敘事理論的學術內涵，更壯大了敘事理論在人文學科與社會科學的影響力。

✿ 第五節 新聞報導結合敘事典範的啓發

新聞報導貼近庶民日常生活對話的形式和內容，造就閱聽新聞成為全球人類最具共同形式與內容的傳播行為。全球人類經常共同關注相同的新聞事件，可是新聞報導也有它與生俱有的負面功能，而且這些負面功能也隨著它貼近一般庶民日常生活話語，所以造成全球負面影響，也不容忽視。

壹、新聞價值反而成為亂源淵藪

新聞報導之所以會造成社會負面影響，主要根源於所謂新聞價值（news worthiness）（Bell, 1991; Galtung & Ruge, 1965）。新聞價值是新聞媒體專業人士決定是否刊播某一則新聞的判準，它取決於以下幾點特質：即時性、臨近性、重要性、影響力、衝突性、異常性等，就新聞傳播學術領域而言，多年來對於這些新聞價值判準，雖然有些少許的修訂，但萬變不離其宗，都堅持信守這些判準。

在這些新聞價值判準當中，最受抨擊者就是衝突性和異常性兩者，任何事情、任何行為只要出現衝突和異於平常，就被新聞媒體認定具有新聞價值，值得刊播。尤其在電子媒體出現後，媒介生態競爭益趨激烈，再加上影視媒體擁有畫面優勢，衝突和異常的新聞畫面完全符合敘事節奏的「場景法」，不僅競相播出，因而更擴大了影視新聞媒體的負面影響作用。

當新聞傳播學界和實務界運作，面對這種窘境似乎只有搖頭長嘆，苦無對策。但是敘事理論近年來所提的敘事典範，卻令人眼睛一亮。費雪所

提敘事典範，主張一定要有好理由的敘事內容，才會成為好故事、好的敘事題材。敘事典範的好理由觀點，對當前媒介生態追逐衝突、異常新聞事件，可謂是一記當頭棒喝。

新聞媒體所謂新聞價值的這些特質，尤其是衝突和異常，到底是不是、會不會是好新聞的好理由？既然閱聽新聞已經成為人類生活方式重要內涵，所以站在人類價值而言，當然有好理由的新聞，才對人類有益。而非只是對媒體老闆有益的新聞價值，其實這些新聞價值，說穿了，根本就是媒體價值，而媒體價值就是只對媒體所有權人有好處的價值。

新聞價值的來源，始自葛東等人（Galtung & Ruge, 1965）針對國際新聞，提出12點有關新聞價值的判準，包括突發性、影響力、明確性、接近性、共鳴性、異常性、持續性、編輯組合（compositional balance）、菁英國家（elite nations）、菁英名人（elite people）、名人隱私（personality）、負面性（negativity）等。

對於葛東等人所提出來的12點有關國際新聞的新聞價值判準，其實幾乎可適用於各種類型新聞，並不侷限於國際新聞。邇來新聞學界也有不少學者致力於新聞價值的探討（Bell, 1991; Brighton & Foy, 2007; Entman, 1993, 2004; Gans, 1979; Gitlin, 2003; Golding & Elliott, 1999; Harcup & O'Nell, 2001; Herbert, 2003; Hetherington, 1985; O'Sullivan, Hartley, Saunders & Fiske, 1983; Ryan, 1991；Shoemaker & Reese, 1991; Tuchman, 1973, 1976, 1978; Tunstall, 1971），有的針對編輯室的專業運作，有的針對新聞類型的特色，有的針對記者如何選擇新聞事件。總而言之，都是關切新聞媒體新聞價值的專業選擇。

對於葛東等人提出的12點新聞價值判準，學界不斷進行修訂，並將上述12個判準，整理分為影響（impact）、閱聽人認同（audience identification）與媒體實用（pragmatics of media coverage）三個取向。在影響方面，包括突發性、影響力、負面性、異常性、簡單性等。在閱聽人認同方面，包括名人隱私、菁英國家和菁英名人、接近性等。在與媒體概念契合方面，包括持續性、共鳴性、編輯組合等。

不少學者認為，這些新聞價值其實都是新聞從業人員，也就是記者們，自己訂定出來的判準，基本上只要符合他們想法、看法的社會事件，都比較有可能成為新聞（Bell, 1991; Bennett, 2001; Berry, 1990; Harcpu & O'Nell, 2001; Hess, 2005; Hetherington, 1985; Larson, 1982; Weaver, 1998）。

也有學者特別從例行常規（routine）（Tuchman, 1973, 1976, 1978）的觀點，來描述媒體編輯室裡的專業運作過程，但嚴格而言，這種編輯室常規研究策略，似乎是採取學術煙幕，來掩飾記者心目中既定新聞價值取向。

對於這些新聞價值，難免遭人質疑，看起來冠冕堂皇的新聞價值，卻似乎都是記者們自己為自己量身訂製的判準。可是，更令人好奇的是：為何新聞學界就這麼乖乖就範、毫無異議呢？新聞傳播學界一直被認為，是培養反抗社會現狀分歧分子最多的學術領域之一，那麼為何新聞學界對於這種新聞價值標準，卻是毫無異議的接受呢？難道新聞學界與新聞實務界就是同一夥人？

其實學界也不是沒有人批判這種新聞價值取向（Curran & Seaton, 1997; Shoemaker & Reese, 1991; Schudson, 2000），尤其是法蘭克福學派和馬克思主義學者，對媒體的社會責任的批判（Bennett, 2001; Gurevitch, Bennett, Curran & Woollacott, 1982），更是不落人後，但批判的聲音似乎沒有激起太大的社會迴響。

貳、慢新聞可以解決當前問題嗎？

最近這幾年來興起的慢新聞（slow journalism），竟然與傳統新聞大反其道而行，不再要求即時、快速報導突發事件，而是要求準確、深度、遲延的報導，分析新聞事件的來龍去脈。這是一場被稱為新聞革命運動，也被稱為延遲滿足（delayed gratification）的新聞報導，可謂與傳統新聞學講求的快速即時，完全背道而馳。譬如《慢新聞雜誌》（*Slow Journalism Magazine*）在2015年春夏之交，所訂定的新聞主題，包括敘利亞內戰

內幕、美國密蘇里州福格森（Ferguson）市黑人被白人警察殺害，美國人學到了什麼？誰眞正擁有北極？這些議題都非一天、二天可以交卷的作業，當然只有走慢新聞一途，才有可能完成使命。

究其原因，慢新聞主要是針對現行新聞報導，爲了即時告知閱聽大眾發生了什麼事，在急促作業過程，難免有所疏失，只講求快速，卻遺漏了精準正確；即便提供了最快速的新聞，只是皮毛表象的訊息，卻無法提供閱聽大眾事件背後的脈絡和意義。但追根究底，慢新聞並非要慢，而是要求準確。那麼到底是什麼因素，促使當前新聞報導爲了講求快速，反而造成不夠準確、缺乏實質意義？

面對當前以量取勝的媒體現象，只要用普通常識就可以理解。當記者每天都被要求要繳交定額數量新聞的情境下，他們會先跑哪一種類型的新聞呢？他們會計畫從哪一類型或哪一條新聞先跑起呢？當然就是先處理簡單容易的新聞，然後再想辦法去跑比較有深度的新聞事件。可是，時間是有限的，精力也是有限的，當記者每天爲了繳交定額新聞數量，猶嫌時間、精力不足，何來餘力，再著手於需要更多時間和精力的深度新聞呢？許多熱血澎湃的新進記者，被每天定額新聞數量壓得喘不過氣來，根本無法發揮伸張社會公義角色的功能。

如果以電視新聞爲例，問題就更顯嚴重。每一組文字與攝影記者，每天都得跑好幾條新聞，才能交差，有些新聞事件性質相去甚遠，也得硬著頭皮完成使命。試問：電視記者急急忙忙跑了幾條新聞，匆匆忙忙趕回電視臺裡剪接、後製，趕著馬上要播出的分秒必爭，猶嫌時間不夠，哪有心思、精力再多方查證，確保準確、並有深度？電視新聞爲了滿足觀眾視覺效果，一定要求有畫面的新聞才能交差，其他任何有深度、卻無畫面的新聞，抱歉，它不屬於電視新聞範疇。那是學者、知識分子的功課，絕不是一般社會大眾想要看的新聞（新聞畫面）。這也是爲什麼近年來，國內電視新聞大量出現行車紀錄器畫面新聞，而且是全球新聞界使用行車紀錄器畫面最多的國家，因爲它有畫面，這就是電視臺要的電視新聞。

蘇德森（Schudson, 2008）在探討《爲何民主需要一個不可愛的新聞

業》（*Why democracies need an unlovable press*），指出一個非常重要的觀點，新聞報導偏重事件取向（event-driven orientation of news）（轉引自羅世宏，2015），以致於當今新聞報導流於表象、淺薄、瑣碎，只是側重衝突性事件或戲劇性，反而缺乏深度、全面與能夠掌握來龍去脈的資訊。而新聞報導所側重的事件取向，就敘事理論而言，其實太過膚淺、缺乏故事情節，更談不上新聞事件背後的敘事視角、社會意義、文化意涵等。所以未來新聞傳播結合敘事理論，理應著重更有深度的新聞資訊，讓閱聽大眾可以一看新聞就可掌握整個社會脈動和社會意義。

慢新聞究竟與當前現行新聞有何差別？慢新聞主張摒棄快速、追求準確，唾棄即時、追求深度，但問題核心到底是什麼？其實，快慢並非問題的核心，真正的問題在於新聞是否能夠提供精準、確實，並清楚交代來龍去脈、提供具體社會意義的新聞。那麼慢新聞，即使都滿足了這些要求，閱聽大眾就真的願意延緩滿足、慢慢等待慢新聞，在1、2週後，甚至1、2個月後，再報導嗎？在英文裡，用slow journalism是行得通的，但在中文裡，怎能說慢新聞？既慢，就成了「舊聞」，哪裡是「新聞」？所以在中文裡，似不宜採用「慢新聞」這個詞，應該再思考其他用語，譬如直接就叫「慢聞」。

參、有好理由的新聞，才是解決之道

但根本問題不是快慢，而是當前新聞媒體是否提供了社會大眾需要知道的資訊，如果新聞媒體所提供的資訊，只是為了塞滿版面篇幅，可是內容卻是垃圾資訊的話，那麼即便再多的資訊，也不是社會大眾所需要的。

到底社會大眾需要什麼？聽來似乎有幾分哲學意味的問題，至少絕非只是填滿每天報紙的篇幅和電視時段，就算善盡社會責任了。這種以填塞版面和時段的做法，充其量只能說是交差了事，有時甚至是在敷衍社會大眾，根本不是為民耳目、為民喉舌的新聞媒體應善盡的神聖天職。

至於探討新聞媒體應該善盡什麼社會責任，其實也用不著太過高調，非得高談闊論新聞媒體的哲學理論不可，只要實踐費雪（Fisher, 1984,

1985, 1987）敘事典範的概念，就可善盡新聞媒體的社會責任了。

費雪主張敘事理性，強調任何敘事都要有好理由（good reason）。所謂好理由的敘事，就是敘說的故事要與人類價值一致，至少要與人們所要做決定的價值有關；也就是與社會大眾息息相關，而且具有好理由的新聞。每天多少民眾嘗試從新聞中，獲取一些能夠充實自己、做好抉擇、有益自己決定去向的新聞資訊，這些都具有極好的理由，也都是一般社會大眾急切需求的新聞資訊。

其實，新聞媒體該處理的、有好理由的新聞話題，俯拾即是，可是國內媒體卻只偏愛藍綠惡鬥、衝突畫面，尤其是行車紀錄器畫面新聞幾乎成了電視臺首屈一指的新聞題材。既然不論報紙和電視都擁有這麼豐富的版面和時段，爲何不好好去滿足社會大眾的需求？反而，提供一大堆民眾不需要的垃圾資訊呢？

其實國內並非沒有任何媒體注意到這個大問題，像聯合報系的「願景工程」、民視「異言堂」、三立「消失的國界」、TVBS的「FOCUS」等，而且也樂見有心人士正在籌辦有深度的「報導者」新媒體，經由上述可窺見猶有許多人關切臺灣現況和未來。一旦確定擁有社會大眾需要的好理由，接下來，只要在報導內容，力求確實可靠，不就達到費雪所要求的敘事典範標準了嗎？這樣的新聞作業，對媒體老板和高層幹部有困難嗎？有難以達成的過度要求嗎？

因此，費雪強調敘事理性（narrative rationality）的重要性，認爲務必要培養具有區辨敘事可靠性、眞實性和需求性（reliability, trustworthiness, and desirability）判準的能力，要在個人生活周遭、工作環境、人生際遇等，審視觀察各種故事的前後一致性、眞實可靠程度、以及能否符合自我和社會的整體需求等。所以，敘事理性就是要求故事前後一致、眞實可靠和具有價值（coherence, fidelity and value of stories）。

藉由新聞傳播結合敘事理論，他山之石可以攻錯，也可以借鏡敘事典範的好理由觀點，來糾正新聞學長久以來奉爲圭臬的新聞價值觀點，從敘事典範觀點可以明確看到，並非所有新聞價值的元素都是有好理由。譬如

衝突性和異常性一直被新聞學界認爲極爲棘手、難以適當處理，既不想要卻又不能不要，因爲它們是新聞學長年的聖經，而且每家媒體都是如此運作。如今藉由結合敘事理論，可以發現原來新聞價值並不符合敘事典範的好理由判準，既然不是好理由，理應不該讓廣大閱聽大眾淹沒在這些垃圾資訊裡，而應多提供具有好理由的新聞，來引導社會開大門、走大路。尤其面對國內青年的諸多問題，肩負環境守門人的新聞媒體，責無旁貸理應多多提供具有好理由、能夠啓迪青年朋友的新聞，多爲臺灣下一代青年的出路，多報導一些具有好理由的新聞。

最後，看到心理學結合敘事學，並且更進一步結合了認知科學和腦神經科學，對心理學如此大開大闔的跨域結合魄力，令人由衷感佩，也期盼新聞傳播在不久的將來，也能像心理學一樣，在跨域結合方面有更傑出的表現。

第 **1** 章 ▶▶▶

電視新聞敘事結構分析

　　新聞報導本質上就是在說故事，只是新聞學過去200年來，未曾想過要與敘事學結合，直到近年來人文社會科學界掀起向敘事轉向（narrative turn）（Polkinghorne, 1987; Fisher, 1984; Czarniawska, 2004; Riseman, 2008）風潮以來，新聞傳播學界也積極嘗試結合敘事理論來精進新聞報導。不論是從敘事理論觀點檢視新聞報導（Anthonissen, 2003; Bell, 1991, 1998; Berger, 1997; Scannell, 1991; van Dijk, 1988, 1991），或者分別從報紙或電視新聞媒體進行敘事結構探究（Fulton, Huisman, Murphet & Dunn, 2005; Hoskins & O'Loughlin, 2007; Montgomery, 2007），都有相當豐碩成果。國內也有不少相關論文，探討新聞敘事結構（蔡琰、臧國仁，1999；林東泰，2011）。

　　本章將從最早提出報紙敘事結構的范迪克（van Dijk, 1988）談起，然後探究人際敘事的拉伯夫（Labov, 1967, 1972）模式，最後再討論其他晚近探究電視新聞敘事結構的學者，像貝爾（Bell, 1991, 1998）等人。

第一節 范迪克新聞基模結構

最早從事新聞敘事結構探究的，無可否認非歸范迪克（van Dijk, 1988）不可，他寫的《作爲話語的新聞》（*News as discourse*），乃是第一本觸及新聞敘事結構的書。他矢志於探討論述分析（discourse analysis），也有學者稱之爲話語分析，也就是後來蓬勃發展的批判論述分析（critical discourse analysis, CDA）。針對新聞話語中所彰顯或隱閉的意識型態或歧視，他是爲了探討新聞話語的批判論述分析，才下手進行新聞報導的敘事結構，儘管如此的巧合，吾人還是將第一位探究新聞敘事結構的頭銜獻給范迪克（van Dijk, 1988）。

其實，范迪克（van Dijk, 1980, 1988, 1991, 1997, 1998, 2006, 2007, 2008, 2009）終其一生，都致力於新聞論述分析研究，尤其是針對新聞文本所出現的種族歧視，一直是他持續關注的研究題材。有趣的是，范迪克從來就不使用論述分析或批判論述分析這個字眼，而是堅持使用論述研究（discourse studies）或批判論述研究（critical discourse studies）。

最早范迪克（van Dijk, 1988）之所以要從新聞敘事結構出發，目的是爲了深入瞭解新聞文本的產製及其特質，但自從該書出版之後，他就不再觸及任何有關敘事的研究。而且值得重視的是，范迪克《作爲話語的新聞》一書，基本上就不是以敘事學所關照的表達形式的「話語」，而是論述分析所關注的語言學的「論述」，因爲該書雖然也提及俄國形式主義和法國結構主義敘事學觀點，但它更專注於以社會語言學（sociolinguistics）作爲論述研究的理論依據，而且這也是他爾後在論述分析和批判論述分析領域獨樹一幟的重要標誌。

這麼一來，我們就可以明白，雖然范迪克該書以discourse爲名，但是他所關注的並非敘事結構或新聞的表達形式，而是潛藏在新聞文本裡的意識型態。而discourse一詞，在此並非側重敘事結構裡的「表達形式」，而是論述分析和批判論述分析裡的「話語」。

范迪克（van Dijk, 1988: 49）最初探究新聞的話語結構，是從最根基

的新聞基模（news schemata）出發，既然要探究新聞報導如何再現、扭曲種族歧視，於是他就從最根基的新聞文本的組成基模著手，可見他治學之嚴謹態度。

他在探究新聞的話語基模（discourse schemata）時，就指出新聞報導原本就具有傳統的敘事基模（narrative schemata）類型，並且以拉伯夫（Labov & Waletzky, 1967; Labov, 1972）所創見的人際敘事基模爲例來說明新聞報導的特性，這些敘事基模包括摘要、場景、行動、解決和結尾。

在這裡值得一提的是，范迪克早就提及拉伯夫對敘事結構的重要性，可是國內談論新聞敘事結構學者卻一直等到2011年，林東泰（2011）才提到拉伯夫（Labov, 1967, 1972）對新聞敘事結構，尤其是對電視新聞敘事結構的重要性。

范迪克就是以新聞基模爲根基，結合人際敘事基模和新聞報導特色，並歸結出三點結論：第一，不論人際敘事或新聞報導，都有其傳統的敘事類型；第二，這一套敘事規則將各種敘事類型的先後秩序，納入基模形式裡頭；第三，但也有可能會有一套轉換規則，將基本的典型敘事結構改變成爲各種不同的敘事基模形式，譬如刪減或轉換某個類型，因而改變了整個典型敘事結構秩序。

范迪克進一步將上述敘事基模運用到新聞基模類型（news schema categories），其中最獨特的新聞基模就是標題和導言。他認爲新聞標題和導言就是新聞報導的核心，將一切新聞事件的重點都含括在標題和導言裡，兩者都扮演新聞摘要的功能，其中新聞標題更是畫龍點睛，出現在導言之前，以最簡約的文字，透過粗黑的字體，將複雜的整則新聞重點呈現給閱聽大眾。范迪克認爲標題和導言乃是新聞之精髓所在，不僅摘要出新聞的重點，而且也表達語意的巨型結構（semantic macrostructure）（van Dijk, 1988: 53）。今日臺灣的新聞標題還會以戲謔、反諷、質問、懸疑等各種字眼，來吸引閱聽大眾好奇目光和閱覽動機。

至於整個新聞事件的來龍去脈、前因後果，新聞報導則會以背景文本詳加交代，范迪克也將這個主要事件叫做脈絡（context）（van Dijk,

1988: 53），但值得注意的是，范迪克在這裡所稱的脈絡只是針對該新聞事件而言，畢竟任何事情的發生，若真要溯及既往，則其脈絡豈能三言二語就能清楚交代？而且值得關注的是，范迪克在這裡所談的脈絡（context），與他後來發展出來的文本與脈絡模式（text and context）（van Dijk, 1998, 2006, 2008, 2009），具有密切關係，只是他在探討新聞脈絡時，所指涉的脈絡遠不及他後來探究文本與脈絡模式那麼寬廣宏大。

在這裡我們發現范迪克與拉伯夫所提的人際敘事基模有所不同，因為拉伯夫（Labov, 1967, 1972）特別提及解決（resolution）的概念，但是范迪克（van Dijk, 1988）對這一塊卻毫無交代或做任何深入的處理，可以說是范迪克整個新聞基模分析當中最為美中不足之處。不論站在新聞學或政治溝通立場而言，任何新聞事件的發生，新聞界除了讓閱聽大眾瞭解事情的發生之外，更重要的是，到底對該事件公部門有無任何適切的處置。尤其今天民主社會裡，社會大眾就是要檢視政府公部門應變能力和對公共事務未來的處置態度。換句話說，如何解決理應比新聞事件本身更為重要才對，可惜范迪克對此卻毫無交代。但是正因為如此，我們似乎可以看出，范迪克旨在揭露當前新聞話語裡所隱藏的意識型態與歧視，而非嘗試要解決新聞所報導的事件或問題。

范迪克倒是提出了一個拉伯夫所未提及的另一個概念，那就是評論（comment）（van Dijk, 1988: 56）。范迪克非常重視且也以相當重要分量，交代並分析「評論」在新聞報導中所占的地位和角色。范迪克並將評論又進一步細分為評價與期待（evaluation and expectation）兩個層面，評價是新聞記者或者受訪者針對新聞事件的意見評價，而期待則是針對該事件發生後可能採取的政治或其他處置。但不論是評價或期待，都置放在以話語表達的「評論」類別項下。

由此可見，范迪克新聞基模的「評論」中的「期待」，與前述拉伯夫的「解決」概念相近，只是范迪克將它置放在評論類型項下，與一般人際談話在敘說後來如何處置不盡相同。因為如何「解決」並非某一特定當事人的評論，而是整個事件的後續發展。就一般新聞報導而言，新聞記者

未必會以採訪方式，徵詢特定受訪者表達某一新聞事件如何處置的評論意見，而直接以夾議夾敘形式，將記者個人意見直接評論在該事件；或者也有可能去採訪主管部門未來如何處置，但基本上范迪克比較重視的是記者的評論。那麼有趣的問題是：為何范迪克重視評論？因為他旨在探究新聞話語中隱藏的意識型態，所以受訪者的評論最能彰顯當前社會已然形塑的意識型態，不經意地會在評論中表露出來。

　　至於范迪克為何會將「解決」基模類型，置放在「評論」類型項下？其實道理很簡單，因為范迪克終其一生就在鑽研新聞文本中的種族歧視意識型態，而不論記者或受訪者所講出來的字眼、語句，最容易洩露當事人潛藏在內心深處的意識型態，這對范迪克的研究是非常重要的元素。所以可以說范迪克其實是將拉伯夫的人際敘事基模稍作修正，以符合他鑽研新聞文本扭曲意識型態的需要。

　　由圖7-1可以看到范迪克整理的新聞話語結構，此一新聞話語結構誠如范迪克（van Dijk, 1988）書名所稱，係針對新聞話語而非新聞故事內容，主要著重新聞話語的表達形式。

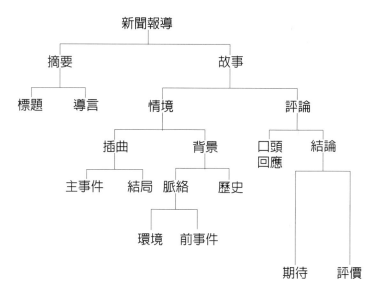

圖7-1　范迪克的新聞基模結構（structure of news schema）
資料來源：van Dijk (1988: 55)

范迪克在新聞基模結構，明確將新聞報導區分爲摘要和故事兩大區塊。從結構主義敘事理論觀點而言，此二區塊的劃分，係屬敘事結構的話語（discourse）或表達形式（expression form）（Chatman, 1978），亦即一切報紙新聞都有標題、導言和故事內容，突顯此模式對於新聞話語表達形式的重視。

其中摘要包括標題和導言，這兩個單元都與故事結構無關，純係新聞文本特有的表達形式。至於新聞故事，此模式又將它再區分爲情境和評論兩大類，誠如前述分析，范迪克就是爲了爾後方便進行新聞文本意識型態的社會語言學分析，所以特地將著重於「評論」這個基模類別。而在故事單元的情境、插曲、背景、脈絡、歷史、前事件、主事件、結局等，除卻新聞表達形式之外，又有相當成分的新聞故事內容結構。

綜觀范迪克此一新聞基模結構，比較偏重新聞話語結構，也就是敘事理論所說的表達形式，或叫表達層。總結而言，范迪克著作《作爲話語的新聞》，乃是以新聞文本的表達形式作爲他爾後鑽研意識型態的藍本，更直截了當地說，范迪克的新聞基模結構只是作爲論述分析的前置作業，藉以作爲他爾後從事新聞文本論述分析的基礎，而非以新聞基模結構作爲論述分析。

❋ 第二節　拉伯夫人際敘事結構

范迪克（van Dijk, 1980, 1988）探討新聞故事的敘事基模（narrative schema）時，就曾經引用拉伯夫觀點（Labov, 1972; Labov & Waletzky, 1967），認爲它包括摘要、定向、行動、評價、解決和結尾六種功能，並稱之爲新聞文本的超結構（textual superstructure）（van Dijk, 1988: 49-52）。

其實拉伯夫當初主要是要研究紐約黑人彼此說話的特定語言學結構，研究成果發表後，反而這個敘事結構六單元更受學界注目，紛紛受到語言

學界的重視和引用，於是成爲學界公認的人際敘事結構模式。

　　拉伯夫探究出來的人際敘事結構模式，最初只包括五個單元：定向（orientation）、行動（complicating actions）、評價（evaluation）、解決（resolution）和結尾（coda），後來再加上摘要（abstract）。於是他將這六個單元畫成鑽石狀的敘事結構圖，廣受各界援用。有關這個結構圖可參考本書第6章。

　　拉伯夫人際敘事結構模式，原本是針對人們面對面溝通、對話時的說話先後順序；也就是人際面對面溝通，會先敘說重點，然後再回過頭來敘說這件事到底是如何發生的，並給予這個事件做某種評價，而且也會敘說這件事後來如何獲得解決。

　　拉伯夫注意到，故事到此應該講完了，可是他發現人們面對面講完故事後，都會以各種不同的結尾語氣或方式，來告訴或暗示對方故事說完了，這也就是拉伯夫所整理出來的結尾（coda）。拉伯夫提出的結尾概念，雖然只是一個小小的概念，卻是前人所未見，而且這個結尾概念，對新聞敘事來說，可以說極其重要。尤其像電視新聞，一則一則不停的報導，如何在每則新聞之間，有個切割的結尾，不僅對記者來說很重要，對閱聽人來說更爲重要，如此才不會把幾則不同的新聞搞混在一起。

　　拉伯夫這套人際敘事結構模式，不僅適用於人際面對面敘事溝通，而且更適用於新聞報導，因爲新聞報導幾乎就是採取與拉伯夫人際敘事結構模式一模一樣的敘事形式。難怪拉伯夫人際敘事模式，會被范迪克運用到新聞基模。

　　不論報紙或電視新聞，幾乎都採取拉伯夫人際敘事模式的報導形式，就是先報導摘要，然後再從定向、行動、評價、解決和結尾，逐步開展。有時會在摘要之後，隨即跟著就是評價，然後再交代行動和最後解決之道。

　　摘要就是針對新聞事件，尤其是複雜的新聞事件，提供閱聽大眾一個簡要的重點，好讓閱聽大眾對整則新聞的故事情節，有基本的梗概。不論報紙或電視新聞通常都會有標題和導言，這就是拉伯夫人際敘事模式所說

的摘要。在新聞實務裡，標題更是摘要中的摘要，比導言更為精簡，更能吸引閱聽大眾的目光和注意力。

由於電視媒材的特性，如何將一則新聞，很快且有效地讓電視觀眾馬上看懂它的重點所在，對電視新聞極其重要，所以各電視臺無不想盡辦法，播出新聞重點來吸引觀眾。尤其國內電視新聞，更是無所不用其極，各種不同的新聞重點或標題，幾乎占滿了電視畫面，不僅讓人目不暇給，甚至讓人頭昏眼花，搞不清楚當下報導的是哪一則標題的新聞，這種現象又太過頭了，過猶不及，並非最佳處理方式。

至於定向，則是交代這則新聞的事件是如何發生的；也就是查特曼（Chatman, 1978）所說的事件與存在物，其中事件又包括行動與事件發生，而存在物則包括人物與場景。所以拉伯夫人際敘事模式的定向單元，與查特曼解析故事與話語中的故事，幾乎是如出一轍。

但是定向只是交代這則新聞故事的梗概，對於整個故事情節還未敘說清楚，所以接下來就透過行動或稱複雜行動，將整個故事情節交代得一清二楚。拉伯夫這種先故事情節的梗概，再敘說清楚整個新聞故事的來龍去脈，可說完全符合新聞報導的策略和寫作格式，難怪拉伯夫人際敘事結構模式，與新聞敘事結構的關係如此密切。

拉伯夫人際敘事模式裡的評價單元，是一個非常重要的概念，與新聞敘事結構關係更為密切。首先，站在新聞媒體立場，評價就是依新聞價值的專業判準，來決定這則新聞的重要性如何，到底要給多大的標題、多大的篇幅，要放在什麼位置來播報。其次，站在人際面對面敘事立場，評價就是決定要不要向對方敘說這個故事、要敘說得多仔細等思考取向。所以說，拉伯夫這個敘事模式，既適合人際敘事溝通，也適合新聞報導。

至於解決，這可能是人際面對面溝通與新聞報導有所不同的地方。在人際敘事溝通時，通常一個故事都會有最後的結局，也就是這個故事情節最後所獲得的解決之道。但是在新聞就有所不同，因為新聞只報導最新發展、最新現況。在報導時，可能這則新聞事件尚未獲得解決，所以未必每則新聞都有獲得解決的機會，端賴個案而定。

至於結尾的敘事結構，報紙和電視新聞則因為媒體材質的不同，而各有不同的表達結尾的形式。新聞報導不會在最後又來個總結性結尾，而只是透過新聞的敘事形式，告訴閱聽人這則故事結束了。其目的就是要「敘說」狀態回復到當下，電視新聞更是如此。譬如電視新聞常會聽到現場記者說：「以上是某臺、某某記者、在某某地方所做的報導。」這就是結尾的訊息，也是這則新聞結束的敘事結構，讓觀眾知道以下要播報其他不同的新聞。

　　而在整個電視新聞節目結束時，主播就會明講：「謝謝收看某臺新聞」之類的話，而最著名的結束語，就是Walter Cronkite曾主播美國CBS晚間新聞長達19年，每天播報結束時都會說：「事實就是這樣（That's the way it is.）。」意指該臺所播報的新聞，就代表今天美國和全球所發生的重大事件的樣貌，代表它最具真實性和客觀性。

　　綜合上述拉伯夫的六單元人際敘事結構，雖然沒有論析內容與形式二元分立的基調，卻明顯比查特曼（Chatman, 1978: 267）的敘事結構要來得簡單明瞭，而且更適合運用到新聞敘事結構的探析。因為查特曼的敘事結構圖是十幾部名著小說和電影的敘事情節所彙整而來；而拉伯夫的敘事結構則是從人際敘說故事的情境中整理出來，它的情境比較接近一般人際敘事語境。

　　Cortazzi（1993）也提出與拉伯夫（Labov, 1967, 1972）類似的典型敘事結構元素，包括摘要（abstract）、取向（orientation）、複雜行動（complication）、評價（evaluation）、結果（result）和尾聲（coda）。

　　雖然貝爾（Bell, 1991, 1998）認為，適用於新聞報導的必要單元只有摘要、取向和評價三者，另外三者：行動、解決和結尾，則是有選擇性的可有可無。但個人認為，此六單元都是新聞報導所必要者，因為所有新聞報導都務必清楚向閱聽大眾交代此一新聞事件，到底發生什麼重大或複雜的行動，而最後又是如何獲得解決。當然不論報紙或電視新聞，都會有其獨特的結尾表達形式，只是一般讀者和觀眾都習以為常，而忽略它們的存在罷了。

表7-1是將拉伯夫的人際敘事六單元與傳統新聞的5W1H所做的簡單比較：

表7-1	拉伯夫敘事六單元與新聞元素的比較
1.摘要：主要說什麼？	Abstract: what was this about?
2.取向：誰、時、地、什麼？	Orientation: who, when, what, and where?
3.行動：發生何事？	Complicating action: then what happened?
4.評價：那又怎樣？	Evaluation: so what? Why tell the story?
5.結局：最後發生什麼？	Result/resolution: what finally happened?
6.結尾：結束	Coda: end of the story.

資料來源：作者整理

由表7-1可以明顯看到，拉伯夫的人際敘事六單元與傳統新聞報導的5W1H，可以說完全吻合，兩者在敘事結構上可以說有異曲同工之妙。由此可知新聞傳播要結合敘事學是有其脈絡可循，而且新聞傳播也可從敘事理論當中擷取值得學習的養分，藉以更加充實並提升新聞傳播的品質和效益。

拉伯夫（Labov, 1972: 370）指出，敘事就是重新概述（recapitulating）業已發生的事件或經驗的一種表達手法，它具有兩種敘事功能：指涉功能（referential function）和評價功能（evaluation function）。而這兩種功能彼此相互界定，從系列子句的線性事件出發，但並不僅只是講述故事本身，同時還對故事加以評價，所以指涉與評價兩者並用，藉以充分達到敘事者講述此一故事的真正目的和意圖。從拉伯夫這種論點，我們又可以聯想到原來敘事理論所講的敘事視角，原來並非存在於故事自身，而是敘事者所外加上去的評價所造就而成。而這種觀點，更充分展現出為何一些社會事件，只要被新聞媒體刊播，就具有新聞價值呢？這就是因為新聞記者對該事件加上了某種特有的評價，而該評價可能正是閱聽大眾所想要知道或釐清的重點所在。

拉伯夫將敘事分解為指涉和評價兩種功能，就更強化了敘事理論所強調的敘事者所扮演的重要角色，常常一則普通的事情，只要被某位資深記者加以點化，就變成重大新聞，其間也就是資深記者能夠賦予該事件妥適的評價。所以拉伯夫的敘事評價，正好可與新聞價值相提並論，前者是在人際傳播時的評價功能，而後者則是新聞媒體基於專業意理和社會公器所強調的社會公義的評價。

後來，賀曼將拉伯夫的人際敘事結構稱為「Labovian模式」，更將人際敘事提升為敘事學研究核心，主張進行敘事結構研究，無非就是要求敘事溝通（narrative communication）的特質（Herman, 1999a: 219），並且因而展開了前所未有的社會敘事學（socionarratology）研究的濫觴。有關敘事理論與社會敘事學的發展，本書第6章也有專章介紹。

❄ 第三節　貝爾報紙新聞敘事結構

報紙經過200年悠久歷史，發展出它特有的新聞敘事的表達形式結構，而且這種形式結構早為閱聽大眾所熟悉，一般民眾每天翻閱報紙，都很清楚該如何閱讀報紙新聞，以及該如何選擇想要閱讀的新聞。

本書為結合新聞學與敘事學，不妨可以比較兩者對於敘說故事的基本共同點與差異性。根據美國敘事學者查特曼（Chatman, 1990: 3）指稱，敘事三要素就是情節、人物和場景，即不論是敘說故事或報導新聞，都必須具備這三個基本要素。其中，根據查特曼觀點，人物和場景的組合就是存在物（existent）（Chatman, 1978: 19），他將情節排除在故事結構之外，僅將存在物和事件包含在故事結構之內。所以就查特曼敘事結構概念而言，他明顯將故事與話語，亦即故事與情節，視為二個似乎不相干的結構。

查特曼此一觀點當然有諸多討論餘地，畢竟一則動聽的故事，乃是故事與情節兩者合而為一，融合成為一個作品，這也是為什麼巴爾（Bal, 1985, 2007）將文本當作是兼具故事與情節的完整作品的用意所在。但是

為什麼查特曼在解析敘事結構時，特地要將故事與情節區隔開來？並可能招致不必要的批判與困擾？其實，查特曼這種故事與情節區隔開來的二分法，乃是從敘事分析角度，遵奉俄國形式主義內容與形式二分的概念而來。這種故事與情節二分的做法，對於初學敘事理論者，是非常實用的研究方法上的策略，但必須提醒讀者的是，任何敘事文本都包括了故事與情節兩者。就敘事作品而言，故事與情節根本就融合一體、密不可分，特意將兩者區隔開來，純係為了解析方便。

站在敘事理論觀點，報紙這種只取情節一勺的實務作為，其實只是選擇性地呈現全部素材的一小部分（a small selection of "total fabula"），而這一小部分就是報紙「實際安排與呈現」（actual arrangement and pre-sentation），也正是敘事理論裡頭的情節部分（Chatman, 1990: 125）。所以，報紙只選擇要那些具有新聞價值的情節進入新聞文本。

巴爾（Bal, 1985: 7）認為情節就是經過安排的事件，而事件又是行動和發生過程的組合。所以傳統上，一則新聞就是要告訴讀者：什麼人、在什麼時空場景、發生了什麼事情，這種傳統新聞學的敘事元素到底與敘事理論的敘事元素又有何共通點和差異性？吾人若列出傳統新聞學的5W1H來和敘事學的敘事元素對照，就可瞭解其中的梗概。請參閱本章表7-1。

新聞敘事的單元與傳統新聞學5W1H若合符節，確有異曲同工之妙。但仔細審視就可發現：敘事學的敘事單元似乎又比傳統新聞學5W1H更具有故事性或敘事性（narrativity），它除了新聞學的5W1H六個概念之外，還提出更具有理論體系的故事邏輯結構。

所以新聞學的5W1H與敘事學的敘事單元比較之下，幾可立判：所謂「什麼人、在什麼時空場景、發生了什麼事情」只是新聞最基本的元素，卻缺乏像小說故事吸引讀者閱讀、甚至無法釋手的情節張力，而情節張力正是敘事學最核心的課題，也是長久以來文學創作嘔心瀝血的結晶所在。再者，敘事理論對於情節的探究，已經理析出相當完整理論體系。譬如對於情節的時序先後安排，發展出各種不同敘事手法，再輔以事件發生與時間先後序列的安排，更能彰顯故事情節扣人心弦的力道，尤其與時空場景

的善加運用，更能突顯故事情節的懸疑性，諸如這些敘事理論元素的美學安排等，都誠非只講求公正客觀報導的新聞學可以相提並論。

再者，新聞敘事又有其獨特的時間邏輯和雙重時間邏輯（chronologic, doubly temporal logic）（Chatman, 1990: 9）。在時間邏輯方面，新聞敘事乃是報導某段時間所發生的事件狀態的改變或流動（Bal, 1985: 5）。而新聞敘事的時間邏輯，如同其他敘事類型文本，也包含內在時間邏輯和外在時間邏輯。所謂內在時間邏輯，就是依時間序列構成情節的事件所需的期間，也就是故事或故事內容；而新聞敘事的外在時間邏輯，就是按新聞價值呈現新聞事件所需的期間，也就是話語或表達形式。

新聞敘事與其他敘事類型相似，就是以話語的時間邏輯打破素材原始的時間序列，而且新聞敘事又與其他敘事文本型態迥然不同，它獨特地將最重要的情節置放在最開頭的標題或導言（van Dijk, 1991: 52, 118-119; Bell, 1991, 1998）。即便是電視新聞也是如此，它會透過主播強調新聞重點（Montgomery, 2007），然後，再按照新聞價值，反向以倒寶塔式呈現新聞故事。

俄國形式主義主張內容與形式二元分立，包括美國敘事學者查特曼也採取此一策略。但這只能視為方法論上解析敘事結構的概念層次，其實任何類型文本，不論是文學小說或新聞報導，都是內容與形式融合一體，根本無所謂二元分立的文本作品，更無內容與形式二元對立的敘事文本。

任何類型的敘事文本，在原始素材被轉換成為具有吸引力的敘事情節時，它在這個轉換的實現（actualization）過程，都已經將內容與形式渾然融合（fusion）成為一體（Chatman, 1990: 29），根本無法再將素材與情節、內容與形式切割開來，而這也正是創作文本——不論文學小說、影視、新聞——吸引閱聽大眾之處。

新聞乃是非常獨特的敘事文本型態，它與其他文本型態最大差異，在於新聞報導的獨特風格，而且新聞報導風格，除了特別文類像特寫、專題報導、人物專訪等之外，一般硬新聞（hard news）的風格幾乎相同；也就是傳統新聞學所講的「倒寶塔寫作格式」，將最重要新聞重點放置在新

聞最前面的導言，接下來每段則依照新聞價值（重要程度），逐次遞減。

由此可見，形式主義主張內容與形式二元分立，乃是站在解析敘事結構的方法學角度（Eco, 1962/1989），此一觀點雖有助於理解敘事結構二元分立的概念，惟任何敘事文本的實現（Chatman, 1990: 110），都是兼具故事內容與表達形式。所以，一則新聞，就是一個獨特的敘事文本，它不會將新聞事件的故事內容和表達形式分開處理，而是在報導裡頭同時呈現故事內容與表達形式，所以新聞敘事如同其他任何文本型態，當事件成為新聞的實現（actualization）過程，它已經將內容和形式渾然聚合在一起，而無法分割。

若要列舉一個報紙新聞敘事結構的話，貝爾（Bell, 1991, 1998）的新聞話語結構要比范迪克（van Dijk, 1988）的新聞基模要更適當。因為誠如前述所言，其實范迪克並非以新聞敘事作為研究重點，而是終其一生致力於論述分析或批判論述分析，所以在他的新聞基模結構裡，特別強調評論單元，並且將記者和受訪者的評論語句，作為他鑽研新聞話語（論述）扭曲種族歧視的意識型態重點所在，而貝爾的新聞話語結構，則比較能夠展現報紙新聞的敘事結構。

貝爾早在1991年就曾提出新聞話語結構模式（Bell, 1991: 171），後來於1998年稍加修正而成為代表作（Bell, 1998: 68），如圖7-2所示。其實比較前後所提的新聞話語結構模式，除了將摘要單元與屬性單元兩者對調之外，其餘則大同小異無太大差別。

有趣的是，不論貝爾的新聞話語結構或范迪克的新聞基模，都曾經引用拉伯夫的人際敘事六單元觀點（Labov, 1972; Labov & Waletzky, 1967）。他們兩人都將拉伯夫的人際敘事觀點運用到新聞敘事，並稱為新聞文本的超結構（textual superstructure）（van Dijk, 1988: 49-52）。

就事論事，貝爾比范迪克更貼近敘事理論，他不僅直言新聞報導就是人際敘事（personal narrative）（Bell, 1991: 148），更進一步結合拉伯夫「評價」觀點與「新聞價值」，來解析新聞報導不論導言或各段新聞稿所呈現的「評價」的用字遣詞（Bell, 1991: 155-160）。最後，貝爾將新聞

視爲故事，並進行新聞的表達／話語分析（discourse analysis of news），也就是貝爾的新聞表達／話語結構（Bell, 1991: 161-174; 1998: 68）。

以下是貝爾（Bell, 1991, 1998）所提出來的新聞表達／話語結構：

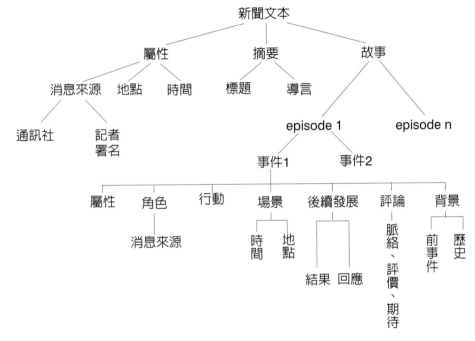

圖7-2　貝爾（Bell）新聞表達／話語結構

資料來源：Bell (1991: 171; 1998: 68)

從圖7-2看來，可以明顯看到貝爾這個新聞表達／話語結構相當符合報紙新聞報導的敘事結構。一開始它在「屬性」裡，就從消息來源起頭，不論是來自通訊社或自己報社記者，這種敘事結構與電視新聞具有相當大的差異。而且貝爾將新聞文本裡的「摘要」和「故事」切割開來，這是非常明智的做法，畢竟新聞報導裡的摘要，常常與故事內容重複，只是報紙爲了吸引讀者目光，或者讓讀者聚焦在某些新聞焦點上，才將最具新聞價值的焦點置放在標題和導言裡。所以貝爾這個新聞表達／話語結構圖，可謂相當符合報紙新聞的敘事表達形式結構。

至於故事內容，則可能一則新聞具有相當複雜的背景來由。譬如以尹清風命案爲例，如果該案今天有了重大驚人突破，當然必將成爲各個新聞媒體競相報導的焦點，可是如何讓年輕的閱聽大眾知道尹清風是誰？就可能要花不少篇幅，才能將它的來龍去脈交代清楚。所以有的新聞脈絡相當複雜，就不只一個episode（即插曲）。至於每個episode（插曲），貝爾的新聞表達／話語結構，都有清楚交代敘事學結合新聞學的部分，對於各個場景的時空背景、行動及其前因後果和後續發展等，都有詳細交代，就如同一個完整的敘事理論結構圖一般。所以說貝爾這個新聞表達／話語結構，乃是新聞學與敘事學結合非常成功的一個案例。

※ 第四節　林東泰的電視新聞敘事結構

　　早在俄國形式主義出現之後，結構主義敘事學者主張敘事結構分爲內容與形式兩個層面。但結構主義這種截然二分觀點迭遭批判，尤其晚近敘事學者多認爲，形式主義主張的內容與形式二元分立觀點，只適合視爲解析敘事結構的方法論觀點（Eco, 1962/1989），而就敘事文本的實務作爲而言，任何文本型態（text-type）的創作實現（actualization），故事和情節已完全融入敘事文本，故事內容與表達形式已渾然融爲一體（fusion）（Chatman, 1990: 29），而且這也正是敘事文學追求的藝術極致，所以敘事結構從二元分立到二元一體，不僅見證了敘事分析從方法到實現的不同層次和境界，也提供更爲正確的視角，來觀看新聞學與敘事學的結合。

壹、內容與形式：從二元分立到二元融合

　　俄國形式主義將敘事區分爲內容與形式／故事與情節二種不同層面，但這種爲了敘事研究方便所做的內容與形式二元分立觀點，卻難免給後學帶來困擾，因爲任何一件敘事作品，必然是內容與形式融合一體，豈有二元分立之理？更何況任何敘事文本創作與實現，都將故事內容與表達形式

兩者融合為一，充分發揮藝術創作、美學加工等各種專業手法，將故事與情節透過美學藝術形式呈現出來，實在無法切割。

電視新聞敘事結構似應含括媒材實質的表達和故事內容的表達兩個面向，以下茲就電視媒材實質的敘事表達形式和電視新聞敘事結構分別說明。

查特曼（Chatman, 1978）明確指陳敘事兩個結構：故事結構與話語結構，認為故事乃是內容（content）的形式，而話語則是表達（expression）的形式（Chatman, 1978: 19）。此一分際的概念，源自Hjelmslev（1969）對敘事的分類。Hjelmslev認為符號可分為表達面（plane of expression）和內容面（plane of content）兩種層面，而且此兩者又各自再包含形式（form）與實質（substance）兩個面向。所以一個符號就可以分為四種面向：表達的形式、表達的實質、內容的形式和內容的實質（Chatman, 1978）。

所謂內容的實質，是指涉未經語言整理或傳述的原始材料之謂。表達的實質，是指表達的媒介體本身，譬如文字或電影等。所以，一般敘事結構所探討的對象，無非就是內容的形式（form of content），抑或表達的形式（form of expression）兩者。

普蘭斯（Prince, 1987）也有相同看法，認為故事就是敘事的內容層（content plane of narrative），而話語就是表達層（expression plane）（Prince, 1987: 21, 91）。其他像布雷蒙（Bremond, 1966）和Pier（2003）等人都持類似觀點，直指故事（story）就是敘事的內容（content），亦即敘事說了什麼（the what in a narrative）；而話語（discourse）則是敘事的表達（expression），到底敘事怎麼說的（the how）（Chatman, 1978: 19-26）。

從結構主義的敘事理論觀點來看，任何一個敘事都包含兩個單元：故事和話語。故事乃是指涉內容或一連串事件，即行動或發生的事情，加上存在物——即人物和場景。話語就是表達，亦即內容可以傳達的手段。

查特曼（Chatman, 1978: 267）在其《故事與話語》一書的最後一頁，就總結性提出敘事結構圖如圖7-3所示。

查特曼在此敘事結構圖，對於故事結構可以說鉅細靡遺將敘事結構觀點展現無遺。查特曼認為話語比較貼近作者（包括眞實的和隱含的作者）與敘述者，是經過作者的創作處理才能實現；故事則比較貼近閱聽人（包括眞實的和隱含的閱聽人）。他並將故事區分爲靜態與動態兩大類，並嵌入他對故事結構元素的獨到區分：事件與存在物，事件就是動態的行動和發生過程，其間又有核心與衛星事件之區分；而存在物就是靜態的人物、背景、時、地、物等，亦可按情節顯著程度和不同面向，再細分爲角色、背景、身分、品質、特點和氣氛等。從圖7-3可以清楚掌握，上述所說的各種敘事結構情境。

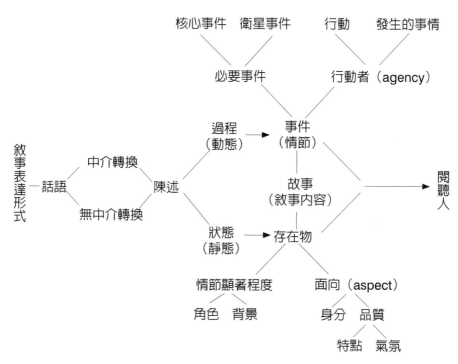

圖7-3　查特曼敘事結構圖

資料來源：摘錄自查特曼（Chatman, 1978: 267）

貳、電視媒材實質的敘事表達形式

電視新聞最大的特質在於它是透過電視螢幕，向觀眾報導新聞，所以電視螢幕這個特殊媒材遂決定了電視新聞的表達特色，讓我們先從電視螢幕特有媒材的表達形式，再討論電視新聞的表達形式。

一、電視螢幕基本的新聞敘事表達形式

電視螢幕這個特殊媒材，正如查特曼所言，此一媒材相當程度決定了電視新聞的特有表達形式結構。

電視媒體有其科技特性，它利用螢幕特性呈現了與其他媒體不同的特色，彰顯電視新聞獨特敘事表達形式結構，是報紙新聞完全沒有的形式。早期，電視新聞會利用在螢幕最下方VBI（vertical blanking interval，垂直遮沒區間），插播式字幕呈現其他新聞重點或預告最新資訊。

電視螢幕還有幾項特有的表達形式，基本上世界各國類似，但未必完全相同：

（一）螢幕右上角的頻道標誌或節目logo

各電視臺新聞節目、各新聞頻道，都各有特別的標誌和節目logo，國內各臺各頻道都將標誌擺放在螢幕右上角，但公視集團（包括公視、原視和客家），卻將它放在左上角。

（二）螢幕左下角（或右下角）的報時

貼心提供報時設計，方便觀眾知道時間。

（三）螢幕左下角（或右下角）的證券交易行情

在證券市場交易時段，提供臺北及世界各主要市場行情。

（四）螢幕左下角（或右下角）的氣象

在非證券市場交易時段，則提供臺灣各地氣象資訊，有時早晚也會提供世界各地氣象資訊。颱風季節，就會提供各地降雨量。如果空氣品質太差，就會提供各地PM2.5的狀況。

（五）有些新聞節目以專輯形式呈現

為了吸引觀眾，加註「獨家」、「最新××」、「××內幕」、

「××紀錄」或「××特蒐」等醒目字樣，出現螢幕左上角或左右兩邊。

二、電視新聞的開頭框架：電視主播的表達形式

電視新聞表達形式的話語結構，可分為開頭框架、代言框架和結束框架（opening frame, delegation frame, closing frame）三種（Montgomery, 2007）。國內電視新聞開頭框架的表達形式，茲按照開頭框架的臺呼、節目logo、主播、新聞標題、新聞導言等，逐步解析電視新聞的話語表達形式。

（一）主播與電視新聞開頭框架的先後順序

電視新聞的開頭框架，有如儀式行為，必須包括電視臺臺呼、節目logo和主播三者，並有以下幾種不同表達形式：

1. 先出現臺呼，繼而節目logo，然後才出現主播。
2. 繼臺呼之後，主播與節目logo同時出現。
3. 主播直接出場，不論臺呼或logo都只是背景。

（二）主播在螢幕上出現的位置

主播在螢幕上的位置，全球電視新聞節目大概有以下幾種不同形式：

1. 當電視新聞主播只有一位時，採取坐姿，坐在螢幕左邊或右邊。
2. 主播坐在螢幕左或右邊，因為另半邊要播放新聞畫面。
3. 氣象主播通常採取站姿，以便有足夠空間可以移動，指出某個特定氣象圖或地理位置。
4. 少數獨特性的新聞，主播採站姿，以便與其他記者或專家學者互動。
5. 若採雙主播形式，剛開始時兩人同時占滿整個螢幕，然後任一主播播報時，畫面就只帶到該主播，並且採取輪流方式進行，有時雙方會互動簡單交談，以提高人際溝通氛圍。
6. 主播出現螢幕時，所占畫面比例，通常主播約占五分之二、新聞畫面約占五分之三。氣象報導由於氣象圖較大，主播就相對較小。

三、電視新聞標題的表達形式

（一）電視新聞標題出現的各種形式

1. 主播、節目logo、新聞標題三者同時出現時的表達形式：通常是主播在螢幕左邊，電視臺或電視節目logo在螢幕右邊，新聞標題則在螢幕下方或右方，以橫式或跑馬燈方式呈現。

2. 主播與新聞標題同時出現於左右兩邊，這時節目logo縮小，並置於右上角。

3. 新聞畫面出現時，新聞標題就被放置在螢幕下方，以橫式方式呈現，或以直式出現在螢幕左右兩邊。

4. 在晨間新聞，通常是早報的「剪報」或「讀報」現象，所以除了相關新聞標題，也會附加「消息來源」：「x報」字樣。

（二）主播與新聞標題出現的先後順序

新聞標題出現形式，也有以下幾種形式：

1. 先出現新聞主播，再播報新聞重點（即導言），繼而出現新聞標題：亦即（1）新聞主播→（2）新聞導言→（3）新聞標題→（4）新聞內容。

2. 先出現新聞標題，再出現新聞主播：亦即（1）新聞標題→（2）新聞主播→（3）新聞導言→（4）新聞內容。

3. 新聞主播和新聞標題同時出現：亦即（1）新聞主播／新聞標題→（2）新聞導言→（3）新聞內容。（林東泰，2010）

四、現場新聞畫面的表達形式

觀眾觀看電視新聞最關切的還是新聞本身，也就是Montgomery（2007）所謂的代言框架。現場新聞畫面就是電視新聞的代言框架，有以下幾種不同表達形式：

（一）主播與新聞畫面之間的表達形式

1. 只有主播獨白的形式

這種形式沒有任何新聞畫面，因為新聞內容非常簡要，不需要新聞畫面即可充分表達。若屬於突發新聞，現場記者尚未傳回畫面，或者是國

際重大突發事件，端賴國際媒體提供畫面，導播也來不及準備相關新聞畫面，只好讓主播獨撐大局。此時會頻頻出現聳動標題，吸引觀眾。

2. 主播與「資料畫面」同時出現的表達形式

（1）由於無法、來不及或沒有派記者親赴現場，只好從片庫找出「資料畫面」權充。

（2）運用友臺或國際媒體提供新聞畫面，並加註畫面來源。

（3）晚近電視新聞喜好從Youtube、Facebook等免費平臺，擷取畫面。最近也流行所謂公民新聞，由民眾提供新聞畫面。

3. 主播與「現場新聞畫面」的表達形式

（1）主播報導新聞時，出現預錄現場畫面，但現場記者不發聲，由主播敘說故事。

（2）主播報導導言時，同時出現現場新聞畫面，當主播結束導言，隨即引介現場記者出場，繼而由現場記者向觀眾敘說整個新聞事件的來龍去脈。

（3）主播結束導言後，出現現場新聞畫面，但是主播並沒有向觀眾引介現場記者，而是由現場記者直接向觀眾敘說整個新聞故事。

（4）不論主播有沒有引介現場記者，只要有預錄的現場新聞畫面，或連線畫面，就會有現場記者和攝影記者的姓名，而且螢幕上也會顯示新聞現場所在地。

（5）既然是預錄的新聞畫面，主播就不會與現場記者有任何互動，但也有偽裝的互動景象。

（二）主播與現場記者「連線對話」的表達形式

1. 主播引介現場記者出場的表達形式。

2. 主播與現場記者進行連線對話形式

（1）等現場記者報導結束後，主播才開口詢問。

（2）事先經過安排溝通，主播會適時提問。

（3）主播不預期的插話，直接打斷現場記者的報導。

（三）「現場記者」對新聞事件當事人或相關人等的「採訪」形式

不論是政治、影劇或社會新聞的當事人，通常都不易採訪得到，但為求畫面和搶鏡頭，記者常常擠得頭破血流、人仰馬翻、攝影機摔壞等各種場景。也常常看到記者追著當事人，吼叫一些「無厘頭」的問題，而當事人卻毫不理會，甚至有保鑣阻擋記者。當事人有時會規規矩矩接受採訪並且侃侃而談，這有可能是事先安排好，雙方都獲益。現場採訪當事人，目的是要獲取當事人回應的畫面和親口說法（soundbite）。在無法獲得當事人受訪之際，只好找相關人作為替代品，新聞價值當然低。

（四）「專家學者」的訪談形式

除了現場採訪之外，也請教學者專家，所以在新聞畫面出現學者專家原音。若學者專家幾句訪談仍無法釐清問題，有可能邀請他們親赴攝影棚與主播對話。若主播與專家學者對話仍嫌不足的話，有可能更進一步以專題或特別節目處理。但是，每每發生不幸事件，就請命理師發表高見，此乃全球罕見的「臺灣奇蹟」。

五、電視新聞結尾表達形式

電視新聞報導結束，要進入另一則新聞，也有其特別的結尾框架，讓觀眾知道即將進入另外其他新聞。它有幾種不同呈現形式：

1. 沒有現場新聞畫面時，完全由主播掌控結尾。
2. 有現場新聞預錄畫面，但現場記者不發聲，所以也委由主播結尾。
3. 有預錄新聞畫面，現場記者雖然發聲，但最後會說「現在再交回主播」之類的話語來結束，或者直接由主播說「以上是本臺記者×××（姓名）在××（地名）的報導」來結束。
4. 一般結尾框架的結束形式，不外乎：「××（媒體名稱）×××（攝影記者姓名）和×××（文字記者姓名）在××（現場地名）報導」，或省略自己所屬媒體，而直接說記者姓名。（林東泰，2010）

參、電視新聞敘事結構

一、電視新聞的敘事表達形式與敘事策略

電視新聞的敘事文本型態（text-type）有其特色，結合聲光畫面和語言文字於一體，因此它既與電影也與報紙新聞的敘事結構有所差異，其最大特色在於融匯聲光、影像、語言、文字、圖像等多種符號於一體，而且又要兼具即時新聞價值的本質。所以電視新聞敘事結構，一方面在表達形式上，力求與電影模仿敘事（mimetic narrative）相同，藉以吸引觀眾目光；另方面在故事內容上，又要符合報紙新聞價值要件，直接觸及新聞事件核心，藉以滿足觀眾尋求資訊的需求。所以，電視新聞敘事結構的基本特質，就是兼具影像（Chatman, 1978, 1990）與報紙新聞敘事結構的特色。

根據查特曼觀點來審視電視新聞，可以發現電視新聞同時包含故事內容與話語表達形式，尤其是事件包括行動和發生的事情，與存在物——亦即景物——包括人物和場景，更是影視媒體吸引觀眾目光最佳賣點。所以電視新聞首要敘事原則，就是務求要在事件現場報導新聞（spot news），最能襯托電視新聞結合電影敘事的特質，透過現場記者鏡頭，帶領觀眾親臨現場，讓觀眾有如身臨其境的視覺與心理感受。即使絕大多數電視新聞，都是事後播報（除了少數記者正巧或能夠即時趕上正在發生的現場），依然能夠滿足觀眾在視覺上的欲求，畢竟這是其他媒體無法提供的媒材實質的聲光、影像功能。

再者，敘事理論的「事件」，係指行動與發生的事情（actions and happenings）（Chatman, 1978: 19）。就此界定來看新聞事件，更能讓電視新聞展現它遠遠超越其他新聞媒體的特質，讓觀眾親眼目睹當事人的行動和一切發生的事情與過程。在此，就出現了敘事理論最根本的模仿與敘說的差異，基本上電視新聞比較接近模仿，而報紙新聞則是敘說。有些敘事學者就認為，報紙既然是透過文字的描寫敘事（diegetic narrative），總難免讓人以武斷能指再現所指的疑慮。

電視新聞敘事策略常運用它優勢媒材實質的畫面功能，透過旁白（voice-over）（Chatman, 1990）的形式表達，刻意與現場背景連結，好像當事人就曾出現在事件現場似的，但只要新聞性夠強，此一資料畫面敘事策略，仍會讓不少觀眾緊盯電視螢幕不放。

並非所有電視新聞都能提供事件的行動與發生事情的現場鏡頭，除非攝影記者正好在事件現場，如議場、抗議活動或災難現場等。如果電視鏡頭能夠捕捉得到新聞事件的發生經過，必然大大添增電視新聞收視率，因為鏡頭已經明明白白敘說了一切故事內容的行動和發生經過，而且鏡頭敘事的發生過程，遠遠超越其他任何能指符號。即使事件發生之後，記者才趕赴現場，電視新聞敘事策略依然會以現場場景作為敘事背景。

以上主要著重電視新聞畫面部分，而電視新聞係融匯聲光、影像、語言、文字、圖像等多種符號於一體，所以不論在語言（主播的導言和現場記者的旁白）、文字（新聞標題）部分，都充分掌握一般新聞敘事原則，一再強調摘要和評價（evaluation）（Labov, 1967, 1972）的新聞價值，並巧妙適時地交代其他敘事結構，如定向、行動、解決和結局等（Labov, 1972）或情境、背景、脈絡、歷史、插曲等（Bell, 1991, 1998; van Dijk, 1988, 1991），並且在報導該事件時，早已將故事內容和表達形式，透過聲光畫面、語言文字圖像，融合一體呈現在觀眾面前。

二、結構主義敘事理論從內容與形式二元分立到二元一體

俄國形式主義以來將敘事作品劃分為內容與形式、素材與情節、故事與情節、故事與話語、內容與文體等各種區分方法，可見敘事結構的二元分立其來有自。

自俄國形式主義以降，敘事理論就一直將故事內容與表達形式對立起來，並成為結構主義敘事理論重要標竿。其實形式主義是站在方法學角度（Eco, 1962/1989），為了解析敘事文本的結構所採取的便宜手段。基於敘事的雙重時間邏輯（double chronologic）（Chatman, 1990: 3），既有故事原原本本事件的時間序列，又有表達形式的話語時間序列（Chatman, 1978），所以故事內容與表達形式二元分立，完全站在方法學解析角度

可說非常明確。所以故事內容與表達形式二元分立概念，應僅限於方法學的概念性解析，在實務操作上，將故事情節具體實現（actualization）成為任何型態敘事文本的創作過程，當然都是內容與形式兩者兼具、渾然一體、無可分割（Chatman, 1990）。

其實，俄國形式主義者提出故事的素材（fable/fabula）與情節（plot/syuzhet）的區分，主要目的是為了拆解敘事作品方便，所做的研究方法上的概念型運作方法。就如同當今社會科學界大家都熟悉的量化研究過程一般，首先要將建構（construct）予以概念型定義，界定它的研究範疇，接下來就是要將它運作化定義，界定它如何進行分析。

所以俄國形式主義將素材（fable/fabula）界定為敘事的原材料，是按照邏輯因果和時間順序串聯起來，由行為者所引起或經歷，且尚未經過美學藝術加工處理的一系列事件。而將情節（plot/syuzhet）界定為作品中所出現的敘事，是經過作者美學藝術安排的故事。可以明顯看得出來，Eco（1962/1989）的論點，充分說明俄國形式主義採取形式與內容二元分立的基本立場，就是為了方便研究、解析、拆解敘事作品方便，所採取的策略性研究手段。

三、電視新聞的敘事結構圖

綜合上述電視媒材實質的敘事表達形式和電視新聞敘事策略，並結合貝爾（Bell, 1991, 1998）、查特曼（Chatman, 1978, 1990）、拉伯夫（Labov, 1967, 1972）、Montgomery（2007）、范迪克（van Dijk, 1988, 1991）與林東泰（2009, 2011）的敘事結構論點，從電視臺的臺呼到節目終了，將電視新聞內容與形式二元一體的敘事結構，運用循環概念，把一則電視新聞從臺呼、新聞主播、新聞標題出現、到報導核心新聞、輔助新聞、現場訪談等，呈現如圖7-4所示。

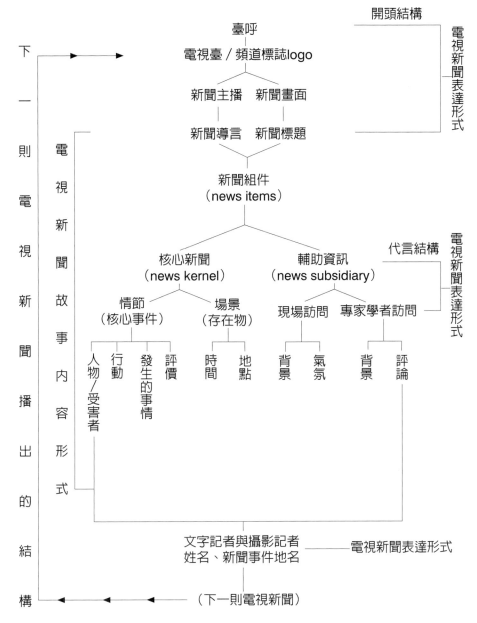

圖7-4　電視新聞敘事結構圖：包括內容形式與表達形式

資料來源：參考Bell (1991: 171; 1998: 68)、Chatman (1978: 267)、Montgomery
　　　　　(2007: 40)、van Dijk (1988: 55; 1991: 119)、林東泰（2011）

以下將根據電視新聞敘事結構特質，逐一加以解析。

肆、電視新聞敘事特質析論

上述電視新聞敘事結構示意圖，只是將電視新聞敘事結構以圖示方式呈現，其實電視新聞敘事結構結合新聞學與敘事理論當中，具有許多值得探討的概念與議題。

一、記者是敘述者而非故事人物

不論是報紙或電視的新聞記者，都是敘事學所說的敘述者（narrator）而非故事人物。此對敘事理論而言，是非常重要的界線，既然只是敘述者而非故事中人物，當然對於故事情節的發生及其發展，只能從他人或旁觀者視角來解讀，而非故事人物的親身表白。報紙和電視這兩種不同媒體的記者，都作爲敘述者卻仍有些許不同，報紙新聞的敘述者，就是執筆撰稿的新聞記者，再加上製作標題的編輯；而電視新聞的敘述者，就是現場記者和攝影棚裡的新聞主播。一般而言，報社編輯通常既不署名（少數報紙如中時例外），也鮮爲人知；但電視新聞主播卻是電視新聞最光鮮亮眼的敘述者，並且常常成爲家喻戶曉名人。

新聞記者既然只是新聞事件的敘述者而非參與者，所以新聞記者只是報導新聞事件，而非親身經驗故事世界（story world）（Chatman, 1990）。即使記者恰巧正好身處事件現場，作爲新聞記者也都務求堅持公正客觀的旁觀者立場，而非涉入新聞事件，讓公親變成事主。正因爲新聞記者只是事件敘述者而非參與者，只能透過文字語言或畫面轉敘、再現新聞事件發生的來龍去脈與前因後果。所以新聞對於社會眞實，到底是反映抑或扭曲（reflect or refract）（Volosinov, 1973: 10），其間有多少落差，端賴記者能否堅守新聞專業意理。

由於電視新聞的敘事形式，比報紙更貼近閱聽大眾生活世界，透過電視圖像畫面的模仿（Chatman, 1990: 111），也比報紙文字描寫更具吸引力和生動性，尤其是災難新聞，報紙誠非電視新聞可以相提並論。電視新聞的敘述者包括主播與現場記者，除了新聞畫面，再加上雙方的互動，一

唱一和，更讓閱聽人有如置身新聞現場，這絕非報紙可以比擬。所以，儘管電視新聞記者也是敘述者，卻是相當吸引觀眾的敘述者。

高夫曼（Goffman, 1981）指出，說話形式（form of talk）有三種：作者角色（author）、發聲者角色（animator）、決策者角色（principal）。其中記者不論是報紙或電視記者，都是扮演作者角色，因為他們都負責撰寫新聞稿。主播就不是新聞稿的作者，通常只是照本宣科的讀稿者，也就是所謂的發聲者角色。可是當主播與現場記者連線對話，主播就不再只是讀稿，而是主導整個新聞播報內容，這時候他們就不再只是唸稿的發聲者角色而已。至於決策者角色則是媒體主管和負責人，他們才是真正決定要追逐何種新聞的人，雖然新聞學強調編輯室自主權，但是就高夫曼觀點而言，其實只是形式上的自主，媒體老板才是真正決策者。

二、電視新聞兼具描寫與模仿敘事

描寫與模仿（diegesis and mimesis）兩者的異同，自亞里斯多德以降，一直是敘事學核心概念。而描寫的敘事（narrative with diegesis）和模仿的戲劇（drama with mimesis）之間的差異，更是敘事學者探索的焦點所在（Chatman, 1990: 110）。電視與報紙之間的差異，就如同模仿與描寫之間、扮演與敘說（showing and telling）之間或圖像與非圖像（iconic and non-iconic）符號之間的差異（Chatman, 1990: 111）。電視新聞也和報紙一樣，都善於運用具有武斷能指的語言文字。但除此之外，電視新聞比報紙還運用了可類比鏡頭手法，並賦予某種文化可以理解的方法，模仿人物、行動和場景（Chatman, 1990: 112），這就可能非報紙所可比擬的特質。

晚近報紙花費相當多心思在圖像、標題和美編，但無論如何的費盡心機，依舊只是平面媒體，它所能發揮的綜效畢竟有限。而電視新聞就是以鏡頭敘事取勝，此乃電視新聞有別於報紙新聞的優勢，具有敘事學所謂的某種程度的戲劇模仿。惟鏡頭敘事並非新聞事件的原原本本的錄影，通常是在事件發生過後，記者才趕赴事件現場，以現場作為敘事場景，透過鏡頭和旁白（voice-over）敘說新聞事件的來龍去脈和故事情節。

若是災難新聞的現場報導，除了鏡頭敘事災難場景，當然更會讓閱聽大眾有如親臨事件現場，並且目睹事件場景的攝影策略和手法。惟電視新聞的鏡頭敘事，既不能複製也無法模仿新聞事件發生過程，而是透過鏡頭和語文兩者，共同敘說新聞故事。

　　電視新聞除了語言文字，還透過聲音和畫面再現新聞事件，透過鏡頭敘事（camera-eye narration）（Chatman, 1990: 145），誠非報紙所能比擬，就是多了一些報紙新聞所沒有的同質描寫的聲音（homodiegetic voice）（Chatman, 1990: 121），也多了一些報紙新聞所沒有的模仿素質，這正是電視新聞在表達形式更能吸引觀眾的所在。

三、電視新聞的隱含作者（implied author）與其視角（point of view）

　　新聞記者既然只是新聞事件的敘述者而非故事中人物，但是他們又必須深入報導新聞事件，所以記者在用字遣詞難免會涉入敘述者的視角（point of view），也就是slant（有別於劇中人物視角的filter）（Chatman, 1990: 143）。即便劇中人物在敘述某個故事情節時，也難免會滲入個人視角的資訊，但他還是故事世界的一員，只是從不同位置和視角看待這個故事情節的發展。而記者既然不是故事劇中人物，而只是轉述這個故事情節的敘述者，他對整個故事情節的體會，當然未必有如故事劇中人物一般，所以記者敘述者的視角，就有別於故事劇中人物所滲入的視角。

　　故事劇中人物的視角，查特曼（Chatman, 1990）稱為filter，才是與故事情節來龍去脈真正具有因果關係的部分。但是新聞記者播報新聞，不僅不是故事劇中人物，卻既要扮演敘述者，更要扮演解釋者，一肩扛起故事情節的解釋責任，所以記者這種非故事劇中人物的視角，到底是否與事實相符，猶待閱聽大眾省思。

　　殊值注意的是，電視新聞記者並非新聞敘事真正的作者，真正作者乃是隱身於新聞幕後，是真正決定新聞視角的隱含作者（implied author），也就是國內俗稱的媒體所有權者。這種隱身幕後的隱含作者，引導著廣大閱聽大眾如何閱讀電視新聞，才是敘事作品真正的意向（intent）所在。幾乎每則電視新聞都可隱約看到隱含作者的身影，有的隱含作者含蓄而隱

晦不明的隱藏新聞幕後，有的則是明目張膽、肆無忌憚，甚至張牙舞爪、指指點點電視新聞的製播。當然，報紙亦然，像自從《中國時報》賣給旺旺集團之後，不論新聞同業或新聞傳播學界，都對報老闆行徑嘆爲觀止。

所以，作爲敘述者的新聞記者，並非新聞視角的決定者，而只是新聞視角的agent而已。作爲一個敘述者，想要瞭解故事的細節，常常並非憑藉他自己的知識和能力，來決定要如何再現這則新聞，而經常是要聽命於幕後隱含作者委任他要呈現什麼（Chatman, 1990: 121）。不論記者是以語言、文字、聲音或畫面來敘說新聞故事，雖然表面上看來就是記者在撰寫、旁白、敘述，其實他們都只是敘述者，而主導他們如何撰稿和敘說的，才是眞正隱藏在新聞報導背後的媒體所有權人和老闆，他們才是眞正的新聞視角的決定者。

值得關注的是，電視新聞視角不僅引導閱聽大眾如何理解這則新聞，更引導閱聽大眾如何觀看外在世界，而這就是意識型態所在。所以觀看一則電視新聞，就是再建構外在世界、再建構隱含作者的意向（reconstruct its intent）（Chatman, 1990: 74）。

四、電視新聞兼具形式與內容

電視新聞是一種非常獨特的敘事文本型態，它匯聚各種聲光、畫面、語言、文字、圖像等符號，兼具敘事理論自亞里斯多德以降所指稱的模仿與描寫特質。

電視新聞必須將新聞事件融入影視表達形式，並將內容與表達結合爲一，也必須同時兼備模仿與描寫的敘事元素，才能突顯電視此一特殊媒材處理新聞的特質。電視新聞敘事結構既要兼具報紙新聞與電影的敘事結構某些特質，同時又要排除它們敘事結構的某些部分元素，藉以突顯電視新聞敘事結構既兼備聲光畫面和語文圖像特質，卻又與報紙新聞和電影的敘事手法有所不同。

電視新聞不僅兼具聲光影像與語文圖像優勢，更拜SNG直播衛星科技之賜直擊事件現場，讓閱聽大眾有如即時身處新聞事件現場，增進臨場感。所以它與只靠文字一天發行一次的報紙，媒材實質上就有極大歧異。

另外，電影講究的是虛構故事情節的美學藝術加工處理，而且題材可以無邊無際充滿想像，但是電視新聞與報紙一樣，務求再現社會眞實，任何新聞都要有憑有據，既不能誇大不實，更不能憑空捏造。

所以電視新聞敘事結構與報紙和電影，當然有所不同。但是，畢竟電視新聞和報紙都是報導新聞，所以基於新聞確實、公正、客觀等專業要求，其本質上完全相同，只是表達形式不同。

雖然電視新聞與報紙的敘事結構比較相近，但兩者媒材大不相同，表達形式就有極大差異，而這也正是電視新聞敘事結構的特質所在。基於它與報紙的媒材差異性，電視新聞敘事結構可分爲二個面向：（1）電視媒材實質所造就的特有表達形式；和（2）電視透過聲光畫面與旁白，再現新聞事件的特有敘事結構表達形式。

前者所謂電視媒材實質所造就的特有表達形式，就是指電視媒材在新聞節目或時段，從臺呼開始、節目logo、主播和新聞標題在螢幕上的位置、主播和現場記者互動的形式、到電視節目的結束，都有其他媒體所無的特有的表達形式。

後者電視再現新聞事件的聲光畫面與旁白特有敘事表達形式，才是電視新聞敘事結構的重點所在，包括如何將有關事件、人物、行動、場景、情節等敘事觀點（Bal, 1985; Chatman, 1978, 1990），融合於新聞事件的敘事表達形式（Anthonissen, 2003; Berger, 1997; Dunn, 2005; Labov, 1972; Montgomery, 2007）。

第五節 電視新聞與報紙新聞的比較

經過上述報紙敘事結構和電視新聞敘事結構的分析，接下來就可以進行比較兩者之間的異同。讓我們先就電視新聞敘事結構與報紙的差異，做以下的分析：

壹、電視記者和報紙記者扮演不同敘述者角色

電視與報紙記者都扮演新聞事件的敘述者角色,而非故事劇中人物,前述已經闡明清楚,但兩者仍稍有不同。一般而言,報紙新聞的記者通常採取第三人稱敘述者角色,而電視新聞則因為直接面對電視機前的觀眾,所以兩者口吻顯然有別。

電視新聞與報紙新聞顯然不同,電視記者是以類似面對面親身傳播(para-interpersonal communication)(Blumer & Katz, 1974)氛圍,向坐在客廳的觀眾娓娓敘說新聞故事,所以電視新聞主播扮演敘事理論中敘述者重要角色。雖然有時候電視新聞是以現場新聞(spot news)形式呈現,現場記者此時固然以扮演第三人稱敘述者(third-person narrator)為主,但常常為了強調臨場氣氛,也可能模仿事件人物(當事人)動作或境況,因而也有可能扮演第一人稱敘述者角色(first-person narrator)。

在電視新聞裡,最經常扮演第一人稱敘述者角色,莫過於現場記者了。不論有無與攝影棚內新聞主播連線,現場記者經常都以第一人稱敘述者角色報導新聞。一旦與主播連線,現場記者就可能把主播或者觀眾當作面對面敘述新聞故事的第一人稱敘述者了。

貳、電視主播與報紙編輯的差異

電視新聞的敘述者包括主播與現場記者,而報紙的敘述者包括撰稿記者和編輯。不論是電視新聞的主播或報紙編輯,都肩負畫龍點睛的職責和角色,就是透過新聞標題和新聞摘要的處理,讓每一則新聞都能夠吸引讀者和觀眾的目光,所以他們的重要性常常超越現場記者或撰稿記者。

即便如此,電視新聞主播與報紙編輯依然有所不同。一般而言,報社從總編輯、副總編輯,以至於各版編輯,都決定新聞的取捨(inclusion and exclusion)、標題和版面的大小以及空間。

所以,電視新聞記者不論是主播或現場記者,都有可能採用第一人稱或第三人稱敘述者角色的機會,而這種現象並非一般小說作品容易見得到

的情景。而且電視新聞也提供了敘事理論嶄新的探討標題內容，這些例行常規工作（routine jobs）（Tuchman, 1973），原本都是肩負編輯重任的老總們的職責，雖然電視新聞主播看來光鮮亮麗，似乎位高權重的樣子，其實並非所有的電視新聞主播都可以決定新聞的取捨和rundown。臺灣有些主播純係讀稿機，靠的是face、口條和口齒清晰，並非具有新聞權威性，無法對新聞內容置喙，所以難以一概而論。這種擔任讀稿機的主播，就是高夫曼（1981）所說的發聲者角色（animator）而已，他或她並無實質決定權。

參、電視新聞和報紙的表達形式不同

在表達形式上，報紙新聞和電視新聞有其基本上的差異。報紙純粹以文字（和有限照片）再現新聞事件，它是一種純係描寫敘事（diegetic narrative）的表達形式，但是透過語言文字再現社會真實迭遭非議，就是所謂以武斷能指（signifier）再現所指（signified）的爭議（Chatman, 1990）。在這方面，由於電視新聞是以畫面再現社會真實，而眼見為憑乃是一般人的理解，所以電視新聞向來都被認為比報紙新聞較為客觀，至於此一社會普遍認知是否為真，猶待申論。為何猶待申論？道理很簡單，雖然電視新聞是靠畫面說故事，但每個畫面都只能取某一個視角，卻難以攝取全面的視角，所以電視新聞所呈現的畫面固然是真實的，但電視新聞畫面沒有呈現的是什麼？就非觀眾所能看得到的。

電視新聞的表達形式顯然與報紙新聞不同，電視新聞兼具描寫敘事與模仿敘事兩種特質，它既有記者和主播的語言、文字的描寫敘事，更有透過新聞畫面敘說新聞事件。而一般電視觀眾之所以想看電視新聞，無非就是因為新聞畫面的臨場感、現場感。所以，作為電視新聞工作者如何充分運用電視媒材的聲光、畫面、圖像等多樣符號元素，將新聞事件的敘事元素，透過新聞專業判斷，結合敘事學與新聞學理念，確實、公正、客觀地呈現在觀眾面前，才是電視新聞核心意旨，也更顯得責任重大。由於電視新聞敘事符號比報紙更為多樣性，所以新聞事件的處理、轉換和實現過

程，都遠比報紙複雜許多。

肆、電視新聞與報紙新聞的風格差異

敘事理論指陳，不同媒材有不同的敘事形式，不同媒材各有不同表達風格。所謂風格就是媒材實現（actualization）故事事件的整體表現。

報紙和電視既各屬不同媒體，它們在表達新聞故事的風格和手法，當然各有不同。報紙新聞幾乎純粹依賴武斷能指，再現新聞故事和敘事視角，係屬描寫型態敘事文本；而電視新聞除了語言、文字，還大量倚賴聲音和畫面，所以兼具描寫和模仿兩種敘事類型特質。

此外，就高夫曼（1981）三種說話形式角色而言，電視新聞除了與報紙同樣有作者角色和決策者角色之外，還有一種是報紙所沒有的發聲者角色（animator），那就是指播報新聞的主播，而且是那種不跑新聞只負責播報的主播。

至於兩者的隱含作者，也存在某些歧異。基本上，報紙純粹是以文字為主，即所謂能指，來再現新聞事件。而電視新聞，除了語言、文字這類能指之外，它還相當程度仰賴聲光、畫面，才能有效再現電視新聞，所以電視新聞的隱含作者，乃是「透過敘述者、或扮演者、或者結合兩者，來呈現故事」。「隱含作者可能選擇類比的或有動機的符號，來呈現模仿敘事；也可能選擇武斷的或象徵的符號來呈現描寫敘事，或者混雜兩者的混合敘事」（mixed narrative）（Chatman, 1990: 114），它明顯比報紙的隱含作者要來得複雜。

伍、電視新聞敘事解析：以災難新聞為例

電視新聞的優勢就是它有畫面，而且記者還會帶領觀眾親赴現場，讓觀眾親臨現場觀看新聞事件的發生。所以，電視災難新聞可以說最能充分展現查特曼（Chatman, 1990: 3）的敘事三要素：情節、人物與場景。任何一則電視災難新聞一定要有災難場景畫面，其次要交代遭受災難的人物，更要有感人肺腑的故事情節。

電視新聞透過鏡頭，讓災難畫面直接呈現給觀眾，不必再經由語文能指符號的再現，就能吸引觀眾目光。像美國遭受911恐攻，兩座雙子星大樓連續崩塌，那種場景從前只有電影特效才能看得到的畫面，竟然出現在觀眾面前，尤其歷來從未在本土遭受攻擊的美國，竟然也會遭受如此打擊，這一切都是前所未有的第一遭，所以雙子星大樓遭受恐攻的新聞畫面，連續在世界各國一再重播達近1週時間，幾乎打破電視新聞史上的紀錄。

所以，只要是災難新聞，電視新聞第一個要求毫無疑問的，就是要災難現場畫面。當人們被要求遠離災難現場以確保人身安全之際，電視新聞記者卻反其道而行，被要求進入、深入災難現場，愈接近災難現場、愈能滿足觀眾視覺感受、愈能提高收視率、愈能達成電視新聞的職責。所以災難事件的場景，遂成為電視災難新聞首要敘事元素。

以臺灣每年最常見的天災——颱風為例，新聞記者都被要求站在強風暴雨中報導颱風現況，來滿足客廳觀眾的好奇心，讓觀眾能夠親眼看見到底颱風威力有多強大。若是颱風來襲前夕，以臺北而言，記者就被要求到陽明山拍攝強風豪雨畫面，因為陽明山海拔1120公尺，是臺北地區最易遭受強風暴雨影響的區域。電視臺為了滿足觀眾好奇心的需求，遂要求記者冒著生命危險，其實這並非新聞專業意理所追求的記者的勇氣，即便是戰地記者，都一再被要求，生命安全第一，千萬不能為了新聞畫面，而不顧生命死活。

這就是因為電視新聞敘事本質上就有某種程度的模仿（mimesis）或模仿的敘事（narrative with mimesis），甚至是模仿的戲劇（drama with mimesis），電視新聞這種模仿敘事的特質，與報紙新聞純屬描寫（diegesis），基本上是完全不同屬性。

颱風災難新聞，受災的並非只有人類，其他像房屋、稻田、果園、漁塭、牲畜、山路、橋梁、邊坡、土石流等，都可能是受災對象，這就是查特曼（Chatman, 1990: 115）所說非人類agent來表演的敘事行動類型。而且這些非人類agent不僅可以入鏡，甚至經常是災難新聞最能向觀眾直接敘說災情。當鏡頭呈現水淹及腰、滾滾溪河、土石流等各種風災、水災

景象，無不讓人驚嘆非人類的agent，往往更勝人類語言、文字所能描寫、模仿，這正是電視災難新聞呈現事件現場場景，遠比報紙吸引觀眾的特性。

陸、結論與建議

近20年來，新聞與敘事理論掀起科際跨域整合風，新聞敘事研究蔚為風潮。本章就是從電視新聞敘事結構作為起點，不僅實踐新聞與敘事的結合，更期盼對新聞傳播學界和實務都有所裨益。

本章係以結構主義敘事理論為基礎，從最早的俄國形式主義內容與形式二元分立到晚近二元一體的敘事文本實現觀點，作為本文析論電視新聞敘事結構的參考架構，試圖整合出一個兼具新聞故事內容與表達形式、聲光畫面模仿與語文旁白描寫、影像模仿敘事與文字描寫敘事於一體的電視新聞敘事結構。

本章電視新聞敘事結構所強調的重點，有以下幾點：

（一）解析敘事理論內容與形式二元分立至二元一體的思考脈絡，直指內容與形式二元分立純係方法論上，拆解敘事結構的概念性指引，而在任何文本型態敘事文本實現故事情節的創作過程，內容與形式渾然融合為一，毫無疑義。

（二）以電視新聞敘事文本為例，析論內容與形式二元分立至二元一體，在敘事結構方法論面向與製播實踐（文本實現）面向的差異。

（三）說明電視新聞結合描寫和模仿二種敘事結構，兼具報紙文字描寫的敘事結構與電影影像畫面模仿的敘事結構，並提出電視新聞敘事結構。

（四）從電視新聞敘事結構進而探討背後更深層的結構，如電視新聞的視角等，雖然本文只是蜻蜓點水猶未申論，惟此一思維邏輯可連結批判理論進一步析論。

（五）汲取范迪克（van Dijk, 1988, 1991）、拉伯夫（Labov, 1967,

1972）、貝爾（Bell, 1991, 1998）、查特曼（Chatman, 1978, 1990）、Montgomery（2007）等人所提有關敘事結構的精華論點，結合本人思慮所及，試圖提出更爲具體的電視新聞敘事結構。

（六）本章特別強調拉伯夫（Labov, 1967, 1972）人際敘事基模及其對後來社會敘事學發展的影響，正由於拉伯夫（Labov, 1967, 1972）將人際敘事拆解爲指涉和評價兩種功能，更與新聞價值息息相關，也讓新聞傳播結合敘事理論有了更具啓發性的思維。

但是電視新聞敘事結構相當複雜，它匯聚聲光、畫面、語言、文字和圖像等多種符號，共同再現新聞事件，遠比其他單一媒材如報紙複雜許多。爾後尚有以下幾點猶待繼續探究：

（一）電視就是一種高度科技媒材，如何充分有效結合敘事美學與新聞專業意理？

（二）電視新聞敘事結構既要分別擷取電影和報紙敘事結構的精華，又要分別排除電影和報紙敘事結構中不適用於電視新聞者，如何有效拿捏？

（三）電視鏡頭再現新聞事件與社會眞實，讓人誤以爲眼見爲眞，電視等同眞實，此一誤解恐更甚於報紙新聞以武斷能指（arbi-trary signifier）再現所指的問題，如何釋疑？

（四）鏡頭只能拍攝有限角度和場景，電視新聞視角可能宰制觀眾理解外在世界的認知，如何排解？此一疑難，將在本書敘事視角專章深入探析。

最後，若只是談論敘事結構，還比較單純，但一扯上影視媒材，問題就變得更爲複雜，畢竟它所牽涉的元素和面向都極爲廣泛，誠非僅敘事結構自身即可完全解決。所以，建基於結構主義敘事學的電視新聞敘事結構，雖然觸及從二元分立至二元一體的思維邏輯，但像Bordwell（1989）針對電影組合、功能與效果等問題的看法，沒有任何先驗的方法可以涵蓋

一切有關電影的詮釋、理解、解讀和批評，並提出「新形式主義」（neo-formalism）電影詩學，面對各種新興學術思維，可見想要結合影視敘事理論與新聞學，仍有一段長遠的路要走。

08

第 8 章 ▶▶▶

不可靠敘述：新聞消息來源的敘事研究

　　本章試圖藉由敘事理論熱門話題：不可靠敘述（unreli-able narration）（Booth, 1961; Nunning, 1998, 1999, 2005; Phelan & Martin, 1999; Phelan & Robinwitz, 2008），來探討新聞報導裡潛藏的不可靠消息，並且藉此來結合新聞傳播與敘事理論。

　　根據敘事理論，不可靠敘述主要來自敘事者（narra-tor），只有當敘事者提供不實資訊，才會造就敘事作品裡出現不可靠敘述情事。新聞記者時時刻刻都在提供最新資訊給閱聽大眾，是否會提供不實消息？記者爲何要提供不可靠的新聞？是什麼因素造成國內媒體充滿不可靠新聞？

　　新聞原本就是一種引人入勝的敘說故事文本類型，讓閱聽大眾能夠掌握生活周遭環境變化（守望環境，surveil-lance）、瞭解並維護自己所處社會位置與社會認同（協調正反，correlation）、傳衍文化（cultural heritage）（Lasswell, 1948），甚至可獲得繁忙工作之餘的精神紓解（娛樂，enter-tainment）。所以，新聞文本不僅成爲百年來史上最大數量的敘事文本類型，更是全球人類日常生活不可或缺的元素。

　　新聞報導最根本的要求就是確實、公正、客觀，也就是

新聞產製的專業要求，它早已成爲新聞記者訓練最基本、最普通的常識，在這些要求當中最基本的就是提供可靠消息來源。

畢竟新聞記者只是一個轉述者，轉述各個新聞事件給閱聽大眾，在新聞產製專業過程，不論任何採訪路線，都會嚴格要求交代可靠消息來源。即便有可靠消息來源，仍有出錯可能，更何況沒有確實消息來源？所以，對於任何無法交代清楚消息來源的新聞，通常就不能刊播。

國內固不乏消息來源之研究，譬如針對探討如何處理消息來源（羅文輝，1995；蘇蘅，1995；翁秀琪，1998）、如何與消息來源互動（鍾蔚文，1995；臧國仁、鍾蔚文、楊怡珊，1999；羅玉潔、張錦華，2006）、尤其如何與官員互動（蘇蘅、陳憶寧，2010）、探討消息來源新聞框架（臧國仁，1999；胡光夏，2004）、或其他專精主題（鄭瑞城，1991）等，但對於不可靠消息的研究，卻寥寥可數。

✸ 第一節　記者即新聞敘述者

不論是講故事或者報導新聞，都需要有一個敘事者（或叫敘述者）（Bal, 1985, 1997, 2007; Genette, 1980, 1988），講故事有講故事的敘事者，報導新聞則有新聞記者，負責敘述新聞事件。不論哪一種敘事者，對於故事情節是否動聽感人都扮演至關重要角色。敘事作品裡包含形形色色敘事者，姑不論是何種敘事者，也不論是在何種場景的敘述，都有可能是扭轉整個故事情節的重大關鍵，所以敘事者在敘事作品扮演重要角色無庸贅言。

但新聞與小說、文學、戲劇等其他敘事類型，本質上大不相同，其中最大歧異在於新聞務求確實、公正和客觀再現社會眞實，不得憑空想像或捏造不實，否則即使獲得普立茲新聞獎，仍爲新聞界所不齒。就像從前某位《紐約時報》女記者，因爲深入報導幼童吸毒而獲得普立茲獎，但事後經過查證結果，原來只是她妙筆生花的虛構敘事作品，根本沒有這件事實

存在，於是不僅普立茲獎被索回，還得離開《紐約時報》，並永不受其他新聞媒體眷顧。

壹、記者扮演敘述者角色

敘事者一直都是敘事理論探究的重要課題，主要探討敘事者究竟是如何在整個故事情節裡穿針引線，讓整個故事可以串聯起來，卻讓他們隱藏著，就好比一件漂亮衣服，完全看不到任何接縫一般。

報導新聞和講故事不同，講故事可以用盡各種美學藝術手法，只要故事編織得完美，不管運用什麼手段，讀者或觀眾都會買帳。但是，報導新聞講求確實、公正、客觀，必須秉持新聞專業意理，絕不容許有任何一絲絲的捏造或虛偽，更甭想要耍什麼設計手段來吸引閱聽大眾。

作爲敘事者的新聞記者，絕不容許任何自己設計或隨意捏造，否則難以在新聞界立足，像「腳尾飯事件」被揭穿之後，當事人只得離開他最熱愛的新聞界。

新聞學近一、二百年來的學術探究，在新聞實務上，一路要求記者秉持專業意理的確實、公正、客觀，但至於學理上到底如何才能做得到，則似乎欠缺較爲充實的學理架構，相對地，敘事理論有明確的學理，可作爲新聞學的參考。

貳、新聞記者只是故事外敘事者

敘事理論對於敘事者的角色和功能，有相當深入的剖析，熱奈特從修辭學觀點，將敘述者與隱含作者之間的落差，分爲二種不同類型：（1）劇內敘事者（homodiegetic narrator）和（2）劇外敘事者（heterodiegetic narrator）（Genette, 1980）。所謂劇內敘事者，是指敘事者是故事中人物或角色；而劇外敘事者，則指敘事者非故事中人物或角色。

傳統修辭學主要針對劇中故事人物的不可靠敘述作爲研究對象，較缺乏故事外敘事者的不可靠敘述探討，並且認爲故事外敘事者多以第三人稱，故事內敘事者多以第一人稱，所以從敘事作品的第一人稱或第三人

稱，大概就可以辨別他（她）到底是以劇中人物或劇外人物的角色所做的敘述。

　　就新聞報導而言，新聞記者基本上都是報導新聞事件，即熱奈特所指的劇外敘事者，也就是故事外的敘事者。只有新聞事件當事人或參與該新聞事件的消息來源，提供相關資訊給記者時，他們才是劇內敘事者。而新聞記者就是根據消息來源所提供的資訊，透過專業訓練的文筆、影像轉述給閱聽大眾，所以記者本質上只是「記」者，而非新聞事件的當事人。至於新聞記者成為劇中人物的機會少之又少，除非記者碰巧身處事發現場、或者涉入某些權力鬥爭，並成為政客運用的棋子，但後者所提供的訊息可能更加偏頗。

　　除了將敘事者分為劇內敘事者和劇外敘事者之外，又有故事內敘述（intradiegetic）與故事外敘述（extradiegetic）等類別（Genette, 1980）。所謂故事內敘述，是指敘事者是屬於故事中的人物，講述自己或與自己相關的故事歷程，他所講的都是他參與其中的故事。故事外敘述，則是敘事者並非故事中人物，所以講述的盡是別人的故事，他是從旁觀者的身分和視角來做敘述故事，所以他所講述的內容到底可不可靠就有待驗證了。當然故事內人物所敘述者，可能為真，也可能為假；至於故事外人物敘述，則只是依照他個人的想像與理解，由於並未參與故事歷程，與事實出入機會較多。

　　晚近認知敘事學有相當長足進步，它走出既有結構主義敘事學的窠臼，融合新興認知科學相關領域知識，讓認知敘事學崛起成為敘事理論新興研究取向。認知敘事學觀點不僅與新聞傳播理念相近，其發展路徑也與傳播理論類似，都是先從傳播者（作者）與傳播內容（作品文本）作為研究起點，再逐步擴展至閱聽人（讀者／觀者），然後將傳播者（作者）、訊息內容（作品文本）、以至於閱聽人（讀者／觀者）整體，都納入研究範疇，不再侷限於傳統敘事學只針對敘事文本裡的作者與敘事者的研究。

　　而且，認知敘事學相當重視讀者與敘事文本的關係，譬如雅寇比（Yacobi, 2005）就將敘事視為一種溝通行動（communication act），強

調務必進入作者位置，才能瞭解作者意圖和心境。可見，認知敘事學觀點不再拘泥於傳統隱含作者，進而擴展至不同讀者如何處理文本的不可靠性，從分歧閱讀（divergent reading）視角來詮釋讀者與作者之間的歧異，針對各種不同情境讀者的文本解讀。

努寧（Nunnning, 1997, 1999, 2005）也從認知學派觀點，批判傳統修辭學取向，認爲傳統研究取向不僅輕忽作者或文本功能，並且輕視讀者對敘事作品的解釋策略、理解策略和概念架構。他指出，傳統修辭學常常喜歡提問：到底是什麼文本訊號和什麼語境訊號，讓讀者對敘事者的可靠性產生懷疑？到底隱含作者如何處理敘事者的話語表達？而文本裡又有哪些蛛絲馬跡，讓人確認那就是敘事者的不可靠？但認知學派敘事學由於研究取向的歧異，它所質問的問題就完全不同。譬如面對這些相同的問題，不同的讀者會有什麼樣不同的解釋？在這些分歧閱讀背後，到底有什麼不同的概念架構或文化情境？

這也是爲什麼查特曼（Chatman, 1990）會提出推論作者（inferred author）論點，認爲推論作者之所以比隱含作者爲佳的道理，就在於隱含作者是由眞實作者創造出來，而推論作者則是站在讀者立場，從閱讀視角來看待敘事文本與閱讀理解之間的差異，可見查特曼也從傳統修辭學取向（Chatman, 1978）走向認知學派觀點（Chatman, 1990）。而且斐倫（Phelan, 2005）也認爲，查特曼這種觀點比較合乎當前敘事學發展取向。

✹ 第二節　敘事學、新聞學與不可靠敘述

敘事學和新聞學兩者都十分重視敘事的可靠性，但是新聞學對於消息來源的可信度，基本上是以一種道德倫理的規勸和實務工作上的要求，尚未整理出系統性的新聞可靠性的概念化定義和運作化定義，缺乏西方社會科學研究方法上的標準作業程序，供記者作遵循。

壹、新聞的不可靠敘述

新聞學一再強調，新聞務求確實、公正、客觀。但無可否認，新聞報導難免出錯，這些錯誤基本上可以分為以下幾種不同類型。第一種錯誤類型誠屬記者能力問題，尤其是新進記者最有可能犯錯，主要都是記者自身的訓練和歷練不足所致。第二種錯誤類型則是截稿時間壓力，由於每天都要應付層出不窮的新議題，缺少查證時間，以致造成錯誤。但是最嚴重的要屬第三類型錯誤，就是整個媒介生態惡質化競爭態勢。在此惡性競爭生態之下，媒體負責人不太計較新聞素質，只在乎收視率，只要能夠提高收視率0.1個百分點，都是媒體汲汲營營追逐方向，根本置新聞專業於不顧。甚至，有的媒體基於過往恩怨情仇，只要有一絲風聲，就會抓住相互攻訐機會，直把社會公器的媒體當成私人洩恨報仇工具。

不論傳統修辭學敘事觀點或晚近認知敘事學觀點，對不可靠敘述探討都值得新聞傳播學界思考，尤其面對新聞學結合敘事理論熱潮，這些論點對提升新聞報導的品質大有裨益。

傳統修辭學敘事觀點，將敘述者分為劇中人物敘述者和劇外人物敘述者等各種不同敘事者，對新聞學消息來源的探討頗具啟發。若消息來源是新聞事件當事人，不論他是主角或配角，當然都屬敘事學劇中人物敘述者角色，都是值得採訪的對象。相對地，若消息來源並非新聞事件主角、配角，而只是旁觀者，那麼其敘述可靠性就低；因為這些消息來源屬於敘事理論所說的劇外人物，除非是該領域專家學者，否則其敘述可靠性當然令人質疑。

新聞記者取得消息來源的管道，無非就是根據自己的採訪路線布下天羅地網，也就是傳統新聞學所說的記者要與三教九流都結交朋友，因為你不知道什麼時候會用得上他們。但是新聞路線各有不同特色，所以消息來源的掌握各有不同困難程度。

政治新聞的消息來源，由於臺灣在政治民主化過程，執政當局常利用餵養方式，提供獨家新聞給特定媒體，這種未盡透明消息來源所提供的訊

息，雖然可能既偏頗又欠公允，但既是執政當局餵養的新聞，一定具有新聞價值，所以記者很難抵擋誘惑，甚至淪爲執政者政治鬥爭工具。

晚近認知敘事學對於不可靠敘述的研究取向，至少衍生出以下幾個與新聞傳播研究密切相關的課題：

第一個課題：來自不可靠消息來源所造成的不可靠新聞報導。若是消息來源原本就是新聞事件當事人，那麼比較難以判斷，是否會摻雜不實資訊。通常只有資深記者才具有足夠歷練，能夠判斷當事人提供的資訊到底可不可靠。但國內既無資深記者制度，也對培養資深記者欠缺興趣，出錯的機會當然會比較多。

第二個課題：來自新聞記者所造成的不可靠、不可信的新聞內容。這個問題完全是記者自身的責任，並非從他的資歷、路線或人脈來評量，而是從他所報導的每則新聞，是否都能堅守新聞專業立場、專業意理，毫無畏懼官威，真正做到爲社會公義把關。面對此一嚴肅課題，除了記者自身修養之外，媒體負責人是否能夠、願意支持記者，更是記者能否提升新聞可靠性的重大決定因素。

另外，敘事理論與新聞學有一個相當大的歧異，而且也難以比擬的觀點。在敘事理論，熱奈特（Genette, 1980）針對敘事焦點，提出零聚焦或稱零度聚焦觀點，就是一種全知型（omniscient）視角的零聚焦（zero focalization）視角，敘述者可以從一種全景式鳥瞰的視角，綜觀整個故事，完全不受任何視角的限制，所以被稱爲全知敘述。而喜好撰寫政治權鬥新聞的記者，就是自以爲擁有全知型視角，可以完全掌握整個權鬥來龍去脈，也能透過全景視角，完全清楚明瞭所有政客的內心世界，好比自己就是整個政治權鬥的幕後隱含作者。可見，長久以來的不可靠新聞，在新聞傳播領域，不論學理或實務界似難找出對策，但從敘事理論來看，其實它只是一個不堪一擊的謬誤思維，從全知型聚焦視角觀點，一戳就破的錯誤迷思而已。

第三個課題：來自新聞媒體組織所造成的不可靠、不可信的新聞內容。有關媒體組織和所有權人對新聞內容的影響，早就成爲國內外學界和

實務界長久以來的批判話題，但無可否認，並非長久批判，它就會消失。譬如國內《中國時報》賣給旺旺後，目睹一票優秀記者紛紛搶搭直昇機、甚至噴射機離開《中國時報》，真的令人看了鼻酸。所謂良禽擇木而居，正是這種寫照。

第四個問題：媒介生態惡性競爭，只顧收視率，不計較新聞可不可靠。這是整個媒介生態的大問題，身處這種媒介生態，即便滿懷理想的記者也難伸其志，不是老闆拿別人的業績來壓逼，就是在同業間也可能遭到排擠。當然國內整個媒介生態絕非一言兩語可以談完，也非一、二人可以輕易改變它，但這個大環境問題絕對是助長不可靠新聞的重要因素之一。

上述這些課題除牽涉記者自身的專業能力和專業倫理外，還涉及新聞媒體組織和整個媒介生態。可見，新聞學探究不可靠敘述，除了敘事者、敘述內容之外，還含括真實作者（記者）和隱含作者（媒體所有者和決策者、社會公義等），從記者擴大到媒體組織和整體社會。

貳、不可靠敘述的敘事學研究

敘事理論所探究的不可靠敘述，可追溯自布思（Booth, 1961）對於文學作品裡的敘述者言行，與隱含作者（implied author）的作品規範不一致時，所提出的觀點。所以敘事理論傳統上，都是針對真實作者與隱含作者之間的品味、價值、道德規範等差異，作為不可靠敘述的探究重點。

布思（Booth, 196:158-159）最早提出不可靠敘述概念，認為所謂不可靠敘述，就是指涉作為講述者的言行與作品規範不一致。而所謂可靠敘述者，就是指他的言行與作品規範一致。布思此一定義就帶出隱含作者概念，因為不可靠敘述者（unreliable narrator），就是指涉他的敘述言行與隱含作者規範不符，而可靠敘述者與不可靠敘述者之間的差異，無非就是真實作者與隱含作者之間的距離類別與程度。

普蘭斯（Prince, 1987: 101）在《敘事學辭典》（*Dictionary of Narratology*）針對不可靠性提出極佳總結性定義與詮釋，他說「敘述者的規範和行為，不符隱含作者的規範，敘述者的價值（品味、評斷、道德感）背

離隱含作者時，敘述者所講述的各種特色會削減他的可靠性。」基本上普蘭斯此一定義依循布思隱含作者觀點，完全將不可靠敘述取決於隱含作者的唯一判準。

但是敘事學界在探討不可靠敘述此一議題時，將它歸咎於隱含作者，此一觀點值得商榷。再者，隱含作者又是自布思提出以來，最為模糊、最難掌握、最具爭議的概念，所以查特曼（Chatman, 1990:77）提出推論作者（inferred author）新論點，認為「推論作者」比「隱含作者」為佳，試圖以推論作者取代隱含作者。因為他認為隱含作者是由真實作者創造出來，而推論作者則是站在讀者立場，從閱讀視角來看待敘事文本與閱讀理解之間的差異。顯然查特曼觀點已經從作者視角轉移至讀者立場，並從傳統修辭學取向（Chatman, 1978）走向認知學派觀點（Chatman, 1990）。

斐倫（Phelan, 2005）認為，查特曼的推論作者觀點比布思隱含作者更具嶄新意涵，已經從真實作者創造出來的隱含作者，轉化到讀者立場，從敘事文本轉移到閱讀理論、甚至是接收美學，致力於從認知心理學面向將讀者與作品連結起來，所以不再侷限於以真實作者的意圖來理解作品。

敘事學長久以來，對不可靠敘述一直相當關注。晚近更嘗試尋繹不可靠性的原因，力圖擺脫布思傳統隱含作者與真實作者之間規範的差異問題，而將矛頭直指敘述者，即不可靠敘述的源頭（Fludernik, 1999; Herman, 1999; Nunning, 1999, 2005; Phelan & Martin, 1999; Phelan & Rainowitz, 2008）。

從敘事者到敘事行為的擴展，對不可靠敘述的探討，它延續熱奈特對敘述行為的區分，並且從其他認知科學汲取了養分，讓敘事理論更向前邁進一大步。漢申（Hansen, 2007）就是循著熱奈特敘事者類型觀點，更進一步針對不可靠敘述，提出四種不同類型的不可靠性（unreliability）：（1）同一敘事者的不可靠性（intranarrational unreliability）：同一敘事者所講述內容的不可靠敘述。（2）不同敘事者間的不可靠性（internarrational unreliability）：在不同敘事者之間的對照比較，因而揭露某特定

敘事者講述內容的不可靠敘述。接下來兩種不可靠性，則非指涉敘事者，而是讀者閱讀敘事文本所產生的理解上的不可靠性。（3）同一文本的不可靠性（intratextual unreliability）：是指讀者對同一文本，前後閱讀理解所產生的不可靠敘述；（4）不同文本間的不可靠性（intertextual unreliability）：讀者根據不同版本，而對特定文本有不可靠敘述的質疑。這四種不可靠性，都是從不可靠敘述所衍生出來。

里蒙－凱南（Rimmon-Kenan, 1983/2002）也針對敘事者知識有限、個人涉入、價值偏差等不可靠敘述因素，提出（1）敘述與事實矛盾；（2）事件結果與敘事者報告不符；（3）敘事者的敘述與其他故事人物產生矛盾衝突；（4）敘事者敘述內容自我矛盾或兩面刃（double-edged）等，幾種不可靠敘述類型。

基本上，上述這些不可靠敘述的分類及其觀點，都屬傳統修辭學取向，純粹針對敘事文本內的作者、敘事者與其講述內容，所做的論析。晚近敘事理論結合認知科學，採取建構學派／認知學派取向（constructivist/cognitivist approach）的認知敘事學（cognitive narratology），不再侷限於作品文本與隱含作者之間的規範，是否一致的狹隘課題，而將作者、文本、讀者三者合而為一，整體探究不可靠敘述的範疇、類型、結構等議題。

如此一來，晚近認知敘事學就將探究面向從初始的作者與作品之間的論爭，擴展至作者、作品、讀者三個面向，並將認知心理學等社會科學引進此一淵源悠久，以人文為主的敘事學探究領域，不僅擴展敘事理論與社會科學的結合，也擴增敘事理論與新聞傳播結合的機緣。

針對敘述行為的可靠與否，蘭舍（Lanser, 1981）更區分不可靠敘述者與不可信敘述者（unreliable narrator vs. untrustworthy narrator）兩者的差別，前者指涉敘事者所講述的故事，會讓閱聽人起疑；後者則指涉其評論與傳統判斷不符。歐爾森（Olson, 2003）更進一步區分事實的不可靠與規範的不可靠，前者係敘述者提供不可靠事實，而後者則是敘述者的評論或解釋背離傳統觀點。

斐倫與馬汀（Phelan & Martin, 1999）更將講述者與隱含作者之間的規範差異，向前推向事實面、評價面、解釋面的差異，讓晚近敘事學發展更與當代人文社會科學緊密結合，充分展現敘事理論與新聞傳播領域契合之處，並更讓新聞傳播結合敘事理論的契機大爲提升。

參、六種不可靠敘述類型

晚近認知敘事學在敘事理論學界崛起並普受重視，對於傳統不可靠敘述就有了更進一步的探究，不再侷限於作者與作品文本之間規範是否一致的狹隘課題，而是將作者、文本、讀者三者合而爲一，整體探究不可靠敘述的範疇、類型、結構等。

斐倫與馬汀（Phelan & Martin, 1999）依講述內容的報導、評價、理解三種不同功能，亦即事實、評價、解釋三種不同面向，將不可靠性講述區分爲：（1）事實軸／事件軸所產生的不可靠報導（fact/event axis: unreliable reporting）；（2）倫理軸／評價軸所產生的不可靠評價（ethics/evaluation axis: unreliabel evaluation）；（3）知識軸／理解軸所產生的不可靠解釋（knowledge/perception axis: unreliable reading or interpreting）。

從斐倫與馬汀對講述內容的三種不同面向，可以窺見以下幾項值得關注的敘事理論發展脈絡：第一，斐倫與馬汀繼查特曼之後，大膽擺脫結構主義敘事學框架，不再侷限於敘事文本自身，將探究面向從初始的作者與作品之間的論爭，擴展至作者、作品、讀者三個面向，大幅擴大敘事理論研究範疇與探究對象。

第二，既將敘事理論探究空間擴大至讀者面向，自然而然就將認知心理學等社會科學引進敘事學探究領域。更擴增敘事理論與新聞傳播結合交融的機緣，譬如事實軸可以指涉新聞報導的眞實正確與否，而評價軸則是輿論對於各種新聞事件的評價。至於理解軸則既可指涉記者對於新聞事件的理解，也可指涉閱聽大眾對於新聞事件的理解與解釋。

畢竟認知科學乃是20世紀末期以來最受學界重視的領域之一，尤其認知科學結合電腦資訊科學和其他相關領域知識，讓認知科學有了非常突

破性的發展。敘事理論結合認知科學，可以說是趕上學術思潮浪頭，而且認知敘事學觀點不僅與新聞傳播理念相近，其發展路徑也與傳播理論類似，都是先從傳播者（作者）與傳播內容（作品文本）作為起點，再擴展至閱聽人（讀者／觀眾），然後將傳播者（作者）、訊息內容（作品文本），以至於閱聽人（讀者／觀眾）都整體納入研究範疇，不再侷限於傳播者（作者）與訊息內容（作品文本），所以認知敘事學與新聞傳播理論發展可謂不謀而合。

第三，斐倫與馬汀這三個層面裡的評價層面，也與本書第7章討論電視新聞敘事結構裡，談到拉柏夫（Labov, 1967, 1972）的評價功能，可以連結在一起。拉柏夫指出，一般人際敘事至少含括二種敘事功能：指涉功能與評價功能，其中指涉功能係針對故事本身，而評價功能則是敘述者自行對於故事所加上去的評價，它是故事之外的衍生意義與價值，純係敘事所加諸於上。但是，評價功能正好可以顯現敘事者到底對於所敘說的故事，自己給它添了什麼油、加了什麼醋。而這種敘事者評價功能的說法，正好成為了斐倫與馬汀在思考敘事倫理時，對於不可靠敘述的重要啟發。

針對晚近認知敘事學對於不可靠敘述的探究，斐倫與馬汀更進一步沿著事實報導、倫理評價、知識理解三個不同軸線，析理出各自有二個不同的途徑會出現不可靠性：不足（short）與扭曲（distort）。亦即故事人物在講述過程，既有可能因為其資訊或能力不足而導致不可靠講述，也有可能是講述者刻意扭曲，意圖造成某種特定效應或結果，而做出不可靠講述內容。所以將上述事實、評價、理解三個軸線，與不足、扭曲兩種可能綜合起來，總共有六種不可靠講述類型：（1）不充分報導（underreporting）；（2）錯誤報導（misreporting）；（3）不充分評價（underregarding）；（4）錯誤評價（misregarding/misevaluating）；（5）不充分解讀（underreading）；（6）錯誤解讀（misreading）。

從事實、評價和理解三個層面，擴展為不充分報導、錯誤報導、不充分評價、錯誤評價、不充分解讀和錯誤解讀等六種類型，可以說不僅與新聞傳播理論息息相關，甚至可謂兩者理念緊密融合一體。所以斐倫與馬汀

（Phelan & Martin, 1999）此一提法，正符合本書結合新聞傳播與敘事理論的意旨，相信一定可以為未來新聞傳播結合敘事理論樹立標竿性啓發作用和實質貢獻。

🌀 第三節　不可靠新聞敘事分析

壹、不可靠新聞敘述的幾種原因

　　敘事學從關注講述者與隱含作者的規範是否一致的傳統觀點，進而含括讀者，同時關切事實與規範的區分，以及事實、評價、解釋等不同層面的晚近視角，對照新聞傳播研究內涵，至少衍生出以下二個與新聞傳播研究密切相關的課題。

　　第一個課題是：新聞傳播領域既關切事實，也關切倫理規範。所以不論是事實不可靠，抑或規範不可靠，兩者都是新聞傳播研究關切對象。傳統新聞學講求的正確，係針對新聞報導內容是否真實、正確、可靠，而非規範的可靠。至於規範的可靠與否，則是新聞專業意理的重大課題，固然與內容相關，更與媒體組織密切相關。

　　第二個課題是：新聞所指涉的倫理規範，分為專業意理規範與媒體組織規範兩個不同層次。專業意理規範當然是新聞執業的圭臬，媒體組織例行常規更是新聞賴以存在和展現的基礎，所以不論與專業意理或與媒體組織專業例行常規相違，都嚴重違反規範。過去有些媒體為了追逐市場利益，而與媒體既有規範背道而馳，因此迭遭批判（McManus, 1994, 1995）。

　　若循著敘事理論隱含作者的觀點出發，拿它來映照新聞傳播所指涉的隱含作者，又可分為以下二種不同的隱含作者：

　　第一種是新聞傳播教育遵奉的專業意理規範，它是崇高的專業理想，服膺確實、公正、客觀的價值觀，追求社會公義，毫不屈服於外力的專業

意志與情懷，所以這裡所指涉的隱含作者就是無上崇高的社會公義。譬如在20世紀60、70年代，有那麼多優秀青年投身新聞工作，其主要原因之一，就是它是一項極其崇高偉大的事業，讓青年們視之為終身志業。相對於目前國內墮落的新聞界，年輕人視如敝屣，根本瞧不起新聞記者這項行業，看到這樣的世代差異，難道媒體上層負責人都無感嗎？

第二種是新聞媒體專業例行常規，其實務運作過程所服從的隱含作者，即俗稱（報）老闆的媒體所有權人。此一問題可以說愈來愈嚴重，國外有些媒體如紐約時報，百餘年來無非就是為克盡厥職，善盡社會公器責任，但是邇來國內不少媒體純係為了營利，早就置理想於不顧，更遑論社會責任等堂皇理念了。

20世紀中葉以前，世界先進民主國家的媒體所有人，無不追求新聞專業意理，所以第二種隱含作者與上述第一種隱含作者的理念與實際運作，是一致的、相輔相成的；但是由於近年來追逐市場利益儼然成為媒體首要任務，以致第二種隱含作者的媒體所有人常常違逆第一種隱含作者的專業意理（McManus, 1994, 1995; Glynn, 2000）。

所以當記者報導新聞與專業規範不一致時，誠屬敘事學所謂的不可靠敘述；但是當記者違逆媒體所有權人，而恪遵專業意理規範所作出的新聞報導，則不但不是不可靠敘述，反而是新聞業界英雄、社會公義的維護者才對。可見敘事理論的不可靠敘述研究軌跡，固然與新聞傳播領域探究路徑類似，然而本質上有所歧異，因此當嘗試結合新聞傳播與敘事理論，就得關注兩者之間本質上的異同。

殊值重視的是，敘事理論對於不可靠敘述，通常係針對劇中人物作為敘述者（homodiegestic narrator）的不可靠敘述，對於敘事作品裡的劇外人物作為敘事者（heterodiegestic narrator），則付出較少關注。可是就新聞報導而言，既包含劇中人物的敘述者，同時也包括劇外人物的敘述者，前者就是新聞事件當事人，後者則可能是旁觀者、事件主角的親友等。所以不論劇中人物或劇外人物，對新聞而言，都是重要的消息來源。因此在結合新聞學與敘事學過程，不能毫無思索全盤接受敘事學觀點，務求站在

新聞學觀點，否則一旦置劇外人物敘事於不顧，就無法採訪最全面性的消息來源，當然也就難以確實、公正、客觀再現社會眞實。

貳、新聞學與敘事學的不可靠敘述類型比較

新聞學結合敘事學，固然可以擴展新聞研究視野，但兩者本質殊異，敘事學講究故事情節的藝術美學加工處理，新聞學則追求正確、眞實、客觀、公正等求眞求是精神，所以敘事理論未必可以毫無選擇全盤照搬。就敘事學探究不可靠敘述來說，它針對故事情節劇中人物講述者的不可靠敘述作爲研究標的，亦即故事情節參與人物在講述事件發生過程時，摻雜了與故事情節不盡相符，以致造成與隱含作者的品味、價值、規範不一致的不可靠敘述。

新聞記者基本上不會是新聞事件的參與者或當事人，只是報導別人的新聞事件，除非記者碰巧身處事件現場，否則新聞記者只是純粹報導新聞，並非新聞事件參與人物。所以，新聞「記者」本質上乃是新聞事件的「記載者」而非「參與者」，因此新聞報導的不可靠敘述與敘事學的劇中人物不可靠敘述，本質上有所不同。

敘事學的不可靠敘述者不論是劇中主角或配角，基本上都是劇中人物對於故事情節發生過程的不可靠敘述，而且此一轉述與隱含作者的品味、價值、規範相違。而新聞報導的不可靠敘述與敘事學視角有幾點歧異，第一，在敘事學不論是主角或配角的不可靠敘述，依然都是作品文本裡的角色，而新聞報導的不可靠敘述，除了當事人提供不實消息之外，新聞記者自身在編採過程所產生的不可靠敘述，更是新聞學關切的重點。第二，從布思提出不可靠敘述概念以來，都是將它與隱含作者的規範作對照，但是新聞學理論或實務報導並無所謂隱含作者，新聞只有專業意理和專業倫理，而新聞專業意理和新聞倫理對新聞記者而言，其影響力可能更勝敘事理論的隱含作者。

若將新聞報導的不可靠敘述，依其來源而論，應有二種截然不同的不可靠講述者，其一是新聞事件的當事人，也就是新聞事件的消息來源，

亦即敘事理論所說的劇中人物敘事者，卻提供與事件不盡相符的訊息給記者。另一就是新聞記者，在報導過程提供了不盡確實的不可靠敘述內容。

新聞記者本非故事劇中人物，自不能扮演劇中人物敘述者角色，只能依照採訪新聞事件當事人的所見所聞據實報導，因此不論是根據新聞事件的主要消息來源或是次要消息來源，新聞記者都只是扮演一個非故事劇中人物的所謂劇外人物的轉述工作。

根據這些比較，新聞記者與敘事學所探究的不可靠敘述，基本上仍存在某些歧異。表8-1所示，就是敘事學與新聞學的不可靠敘述者的比較。

表8-1　敘事學與新聞學的不可靠敘述者比較

敘事學的敘述者	新聞學的敘述者
故事主角	主要消息來源
故事配角	次要消息來源
故事外敘述者	轉敘者 新聞記者

資料來源：本研究整理

根據表8-1敘事學與新聞學在不可靠敘述者方面的比較，可以更進一步結合斐倫與馬汀（Phelan & Martin, 1999）的理論，依講述內容的報導、評價、解釋三種不同功能，而區分出六種不可靠講述類型：（1）不充分報導、（2）錯誤報導、（3）不充分評價、（4）錯誤評價、（5）不充分解讀、（6）錯誤解讀。此六種不可靠講述類型，可更進一步區分，在敘事學可細分為20種不可靠敘述者類型，而新聞學則可細分為26種不可靠敘述者類型。如表8-2所示。

表8-2	敘事學與新聞學各有20和26種不可靠敘述者的比較	
	敘事學	新聞學
1.不充分報導	故事主角 故事配角 劇外敘事者	主要消息來源 次要消息來源 轉敘者 新聞記者
2.錯誤報導	故事主角 故事配角 劇外敘事者	主要消息來源 次要消息來源 轉敘者 新聞記者
3.不充分評價	故事主角 故事配角 劇外敘事者	主要消息來源 次要消息來源 轉敘者 新聞記者
4.錯誤評價	故事主角 故事配角 劇外敘事者	主要消息來源 次要消息來源 轉敘者 新聞記者
5.不充分解讀	故事主角 故事配角 讀者 劇外敘事者	主要消息來源 次要消息來源 轉敘者 閱聽大眾 新聞記者
6.錯誤解讀	故事主角 故事配角 讀者 劇外敘事者	主要消息來源 次要消息來源 轉敘者 閱聽大眾 新聞記者
小計	20種類型	26種類型

資料來源：本研究整理

　　根據表8-2，不論是敘事學和新聞學各細分出20種與26種不可靠敘述者類型，基本上都含括了作者、作品文本、讀者，或者記者、新聞報導、閱聽大眾三種面向，亦即都是全面性探究敘事學或新聞學的不可靠敘述課題。所以這些細分出來的不同類型，既可以回應斐倫與馬汀所發展的報導、評價、解釋三種層面，又可結合新聞學與敘事學，符應了本書試圖結

合新聞傳播與敘事理論的意旨。

在這些不同類型當中，在解讀層面的不充分解讀和錯誤解讀上，看到敘事學從作者、作品擴充至讀者，新聞學從記者、新聞擴充至閱聽大眾，不僅依照斐倫與馬汀（Phelan & Martin, 1999）的理念，將讀者置放進來，圓滿了不充分解讀和錯誤解讀的範疇，同時也回應了賀曼（Herman, 1999）與巴特（Barthes, 1977）等人，對於敘事學不應侷限於敘事文本研究窠臼的呼籲；更重要的是，將新聞傳播自始至終百分百重視閱聽人反應的基本立場彰顯出來。

參、「王老師世界末日預言」新聞敘事分析

新聞報導不可靠敘述者案例，可說俯拾即是，尤其在新聞界落後國家和新聞媒介生態惡質化競爭的社會更是如此。本章將討論國內二個案例，其中一個案例是2011年所謂「王老師預言511世界末日」的相關新聞報導，可以說是國內新聞界極其離譜的案例，根本是笑話、鬧劇一場。

臺灣新聞有一個非常奇特的現象，就是在重大災難現場，常常會看到記者採訪命理師解說災難發生的原因。像台塑工廠接連大火的公安事件和北二高國道走山的驚人景象，都會看到命理師手拿羅盤，解說易經、八卦的新聞畫面，真是令人嘆為觀止。

臺灣這種易經、八卦命理新聞，可以「王老師世界末日預言」為最。王老師以易經、八卦預言2011年「5月11日上午10時42分37秒，臺灣將出現超級大地震，總統府、景福門倒塌、101大樓斷成三截，災難死亡人數達數百萬」（中時，2011.04.27，A4版），這則相關新聞臺灣許多新聞媒體多有報導，包括《中國時報》、《自由時報》、《蘋果日報》等平面媒體，中廣、全國廣播等廣播媒體，TVBS、公視、民視、東森、華視等電視媒體，以及NOWnews今日新聞網、臺灣醒報等網路媒體，以及中央社等，都有相當大的篇幅版面刊播。譬如民視晚間新聞更明確報導，「王老師還預言，5月27日會有170公尺高的大海嘯，5月底臺灣會裂成南北兩塊」（民視，2011.04.27）。

當時國內新聞媒體之所以會大幅報導這則新聞，至少有三個因素：其一，馬雅文化長曆推算2012年12月21日將是世界末日，由於時間點愈來愈接近，民眾若非擔心就是好奇，所以它的新聞能見度相當高。其二，美國好萊塢搶拍了一部相關商業電影《2012》，純粹就是衝著馬雅預言而來，姑不論內容如何，至少賺進不少鈔票，也為馬雅預言添增談興素材。其三，現在都是什麼時代了，當然也有不少人想看笑話，尤其是某些媒體，可能就是抱著起鬨又可賺收視率的心態，對王老師世界末日預言添柴加火。

　　在尚未針對該新聞進行文本分析之前，首先必須明確指陳一個非常關鍵的敘事學理論觀點，因為所謂任何世界末日預言，都沒有真正的故事主人翁的說法，只有預言者的個人陳述而已，只有預言者在轉述上帝、神、天意的訊息而已，所以預言者充其量只是扮演一個轉述者角色。

　　既然預言者只是一個轉述者，新聞記者更是傳達轉述者（預言者）的轉述者而已，因此理論上，記者應該更用心去向預言者查證，到底預言者是如何推估出來此一預言，才能向閱聽大眾報導該則預言。若連查證都沒有，或根本無從查證，不知報導這則預言新聞的根據為何？真不知道國內新聞界這些記者的專業意理是怎麼學的？

　　對於這則「王老師預言世界末日」新聞，以下將援引上述敘事學發展出來的六種不可靠敘述觀點（Phelan & Martin, 1999），來逐一加以分析。

一、不充分報導

　　對於埔里王老師的世界末日預言報導，國內媒體都只提供不充分資訊，根本無法供閱聽大眾針對該預言辨別真偽。像「他自稱天生就有感應能力，還有很多信徒拜他為師」（華視午間新聞，2011.04.27）、「（他）自稱生來就會易經」（TVBS晚間新聞，2011.04.27）、「王老師以易經、八卦預言，5月11日上午10時42分37秒，臺灣將出現超級大地震，總統府、景福門倒塌、101大樓斷成三截，災難死亡人數達數百萬」（中時，2011.04.27，A4版）、「王老師還預言，5月27日會有

170公尺高的大海嘯，5月底臺灣會裂成南北兩塊」（民視晚間新聞，2011.04.27）。對於如此明確時間的超級大地震，到底根據什麼科學數據？新聞界完全沒有提供任何充分資訊，只是隨著王老師預言起舞，炒熱新聞。

這些新聞報導都是不充分報導，只片面提供「王老師」對於「511預言」的說法，從未追究其科學可信度，只是輕描淡寫說「王老師會易經」（華視，2011.04.27; TVBS, 2011.04.27），或者是王老師「根據易經推算而來」（TVBS, 2011.04.27），甚至說「（王老師）自稱天生就有感應能力」（華視，2011.04.27），更是令人瞠目結舌。

王老師這種預言毫無憑據，而且國內科學家也都講得非常清楚，但是偏偏許多想提高收視率和看好戲的媒體，卻對科學家說法一直置之不理。像中研院地球科學研究所研究員林正洪就指出，就科學而言，只要10級地震，「意謂斷層破裂長度達1萬公里或10萬公里，但地球繞一圈才3、4萬公里」（中央社，2011.05.10），可見王老師所說14級超級地震，根本毫無科學根據。

二、錯誤報導

王老師不僅預言511臺灣遭逢超級大地震，而且「5月27日會有170公尺高的大海嘯，5月底臺灣會裂成南北兩塊」（民視晚間新聞，2011.04.27）。

一方面王老師提供預言的不可靠敘述，另一方面國內媒體也都扮演一個不可靠轉述者角色，既不查證，又完全聽信王老師說詞。雖有少數媒體站在批判立場，卻只是引用別人說法，像「氣象局駁斥王老師預言」（民視，2011.04.27），有的則是用來防範日後被主管機關NCC裁罰的手段而已。

可是國內媒體刻意忽略或輕描淡寫地球科學的專業常識，有意炒熱王老師末日預言，似有明知錯誤卻明知故犯，新聞記者和媒體遠比王老師本人更應受到譴責，不應將錯誤報導後的責任，完全歸咎於提供錯誤資訊的王老師。

三、不充分認識／不充分評價

　　對於王老師對自己預言的自我評價，由於王老師刻意裝神祕，「這王老師不露臉，只肯給媒體錄音」（民視，2011.04.27）、「王老師很神祕，表明只現聲不現影」（華視，2011.04.27），再加上記者們對易經數理只有耳聞根本不知其間道理，所以國內媒體根本無法知道王老師對自己511預言的評價如何？有的媒體提及「范陽居士指出，他認同王老師的推算，5月臺灣將發生大災難，但不是11日，而是12日」（中時，2011.04.27），這些新聞豈不是火上添油？更對王老師預言評價加分？

　　甚至有的媒體還對王老師給了正面的評價，像「他根本就不想出名，只是將研究的數據公開」（TVBS, 2011.04.27）、他說「要是5月11日沒有發生的話，我就是騙子」（TVBS, 2011.04.27），新聞界這種算是哪門子護航手法？國內多少購物臺代言人不也都是如此大言不慚，然後每個代言人不也個個都吃上官司？

　　可見，國內媒體不僅對王老師預言無法進行專業查證，也無法做出具有信度、效度的評價，只能隨波逐流，只要王老師說什麼就報導什麼，所以就倫理／評價軸而言，不論王老師或媒體都無法對511預言有充分評價。

四、錯誤認識／錯誤評價

　　至於王老師對推算易經數理產生錯誤評價，「王老師說，提早幾分鐘或延後幾小時，可以吧，一定會發生」（TVBS, 2011/4/27，晚間新聞，19:13）、「是善意提醒，……大家就來看預言會不會成眞」（華視，2011/4/27，午間新聞，12:02），顯示王老師錯估自己的易經數理推算。

　　新聞媒體也犯了嚴重錯誤評價問題，譬如：「被專家視爲無稽的說法，不過追隨的粉絲說，過去老師講過的話都有獲得驗證」（TVBS, 2011.04.27）、「王老師晚間對於各方評論表示：隨他們去講」（中國時報，2011.04.27）、「要是5月11日沒有發生的話，我就是騙子」（TVBS, 2011.04.27）、「爲了證明自己預言沒錯，除了大手筆買下33個貨櫃屋，還全打通靠攏在一起……帶著家人全部入住」（華視，2011.05.02）等。

新聞媒體對於王老師預言，不僅錯誤評價其可信度，甚至大肆報導。不論王老師自己或新聞記者都對王老師的預言做了錯誤的評價，這對稍有科學素養的新聞記者而言，實在難以令人置信。

五、不充分解讀

王老師個人對易經數理的解讀，竟然可以精準預言2011年5月11日會發生14級大地震？5月27日會發生170公尺大海嘯？到底易經哪些卦爻提供了這些數據？或哪些卦爻可以解讀出這些預言？其實都不是易經告訴他的，純係王老師個人的解讀與推算。倒是新聞媒體對王老師預言，並不嚴肅以對，而是將它視爲炒作八卦的絕佳題材，既可衝收視率，也可添增社會大眾茶餘飯後剔牙話題。

有趣的是，511過後，臺灣安然無恙，王老師不僅預言破功，還被檢調約談，可是他卻一反當初強勢態度，反而推托是媒體誇大，「今天過度解讀，是你們過度解讀的問題，那是你們放話又不是我，那應該是報紙主筆和記者去跟檢察官解釋，跟我一點關係也沒有。」（東森，2011.05.11）、「王老師改口說他沒講過世界末日到來，是平面媒體誤導」（全國廣播，2011.05.11）、「王老師先前曾說，如果511沒有發生地震，就當我是跳梁小丑，不然就當我是騙子。預言過後，……他說我沒講，都是你們寫的」（自由時報，2011.05.12），甚至改口說是「去年和朋友喝酒『練囂話』」（自由時報，2011.05.12）、「酒後失言，跟朋友只說有大地震，……根本沒說末日預言」（蘋果，2011.05.12）。可見，王老師若非畏罪否認，就是自承解讀易經錯誤，而事後證明純屬錯誤推算之後，卻全將責任推給新聞界。

國內媒體對王老師14級大地震預言，根本存心看好戲，所以媒體自始至終都刻意對王老師末日預言採取不充分解讀，直到最後政府出面，甚至連行政院長和立法院都表達關切之際，媒體才稍稍用一點基本新聞專業素養去採訪中研院和氣象局。可見國內媒體既抱著看戲心情，又想藉由王老師衝收視率，才會釀成如此荒唐的14級超級大地震預言笑話。

六、錯誤解讀

在解讀這個層面，基本上可以分為社會大眾和新聞記者兩個方面。首先在社會大眾這方面，所謂解讀當然就直指閱聽大眾對王老師超級大地震預言的回應，的確造成國內不少民眾的恐慌，譬如：「追隨王老師在埔里大肆興建貨櫃屋」（華視，2011.04.28）、「愈來愈多『信徒』攜家帶眷加入避難行列」、「網友們討論得興致勃勃」（公視，2011.05.10）、「村民們議論紛紛」（東森，2011.05.01）、「已經有二百多人在埔里租地放貨櫃屋」（TVBS, 2011.04.29）、「相信王老師的信徒們，在埔里鎮愛蘭臺地及史港里購買上百個貨櫃屋，並陸續添購物資，準備在大地震來臨前入住避災」（中時，2011.04.27）等。

甚至有大學生返家避難，「一名就讀高雄的某大學生……因為受到『511刺激』，決定要回到北部的家，他認為『被同學罵白痴也甘願』，……這名女兒認為如真發生不幸，至少『跟爸媽死在一起』。」（蘋果，2011.05.11）等。這些在國內炒作王老師大地震預言的新聞業界當中，東森這則報導最令人聽來「恐怖詭譎」：「臺北市北投這個小巷發生跳樓事件，……70歲老先生擔心511真的會來，向家人抱怨後，縱身一跳，了結生命。……其實整個社區裡，擔心世界末日的人，不在少數，加上跳樓事件，瀰漫著恐怖詭譎的氣氛。」（東森，2011.05.06）。

無可諱言，有民眾聽信王老師世界末日的預言，才會有這些後續行動。但是更大的問題在於新聞媒體到底如何扮演敘事者角色，來報導這件新聞？誠如前述所言，國內媒體根本不理會到底王老師有無證據，或者有多少證據，媒體在意的只有一件事情：這則新聞會不會提高收視率？所以從查證王老師預言，到評價和解讀王老師預言，媒體都未善盡應有的社會責任。

而最扯的莫過於傳聞軍方因此也移機防災的新聞，「陸航指揮部昨特別發出電話紀錄，要求所有能起飛的飛機，除了戰搜直升機外，昨入夜前依規定實施『露儲』停到停機坪，……避免擊傷飛機」（蘋果，2011.05.11）。這種新聞只有媒體才會作這種連結，可見國內媒體真的像

王老師一樣：瘋了。從頭到尾，媒體根本就是一路混到底，完全扮演不可靠敘事者角色。

七、小結

本節依照斐倫與馬汀六種不可靠敘述模式，分析王老師世界末日預言新聞。發現王老師預言新聞從不可靠敘述視角而言，可謂班班可考，不論是在事實面、評價面、理解面都可以隨手取得各種不可靠敘述的文本，充滿各種不可靠敘述痕跡和證據。

對於「王老師超級大地震預言」新聞個案，一方面是媒體將王老師預言視為虛擬遊戲，是可笑的、好玩的、詼諧的；另方面又將王老師預言新聞視為實質效益來源，是可獲利的、可提高收視率的。

國內媒體當然心知肚明王老師預言純屬虛構，但大幅報導卻可帶來業界高收視率，又何樂而不為？至於此一預言新聞炒作結果，對於教育程度較低民眾帶來的效應，則絕非新聞業者所在乎者。所以從一開始新聞界對王老師預言的處理，就不想、不願、也不會從地球科學的基本專業知識下手，反而是一路炒作，不斷追逐王老師在埔里的貨櫃屋到底有多少、買了多少白米、水、油等，直到政府採取對應措施，甚至檢警約談，新聞界和王老師才收斂。在511過後，臺灣依舊平安無事，王老師遂成為自己所說的「騙子」，但不知國內新聞界會是什麼？炒作騙子的另一個騙子？

本節只是一個嘗試，猶須更嚴謹深入探析，譬如本文所整理的26種不可靠敘述者，尚未充分運用，其原因之一是王老師預言新聞似乎欠缺主角與配角之分，而該新聞來源，也沒有主要消息來源和次要消息來源之別，所以諸多缺失所在多有，期盼未來能夠更精進新聞學與敘事學的結合，透過更多的新聞文本檢驗，藉以提升新聞報導品質。

肆、內閣改組新聞的敘事分析

國內每次內閣改組或選舉提名等重大人事更迭時機，媒體經常充斥想像、猜測的人選名單，這種現象與從前戒嚴或威權時代各有千秋。在戒嚴和威權時代，黨政重大人事新聞，主要是靠掌權者餵養給新聞界，如今臺

灣享有充分新聞自由，不必再靠掌權者餵養，反而是充斥各種想像與臆測報導。

這種欠缺可靠消息來源的新聞，坦白說對於新聞界絕非好事，但是由於黨政重大人事更迭，具有高度故事性、敘事性、可看性和神祕性，所以一定非得大幅報導不可。問題是：一般民眾豈能判斷它是真、是假？只好奇誰會出線、誰下臺？至少可以當它們是情節，猶勝電視連續劇的茶餘飯後談笑素材。所以只要記者妙筆生花，說得頭頭是道，宛如自己就是決策者，尤其對於政治權謀，各黨各派彼此之間的恩怨情仇，報導得淋漓盡致，更讓閱聽大眾覺得比看宮廷權鬥電視劇更引人入勝。閱聽大眾不會計較情節是否真實，而且事後都忘得一乾二淨，根本不會追究記者到底有無真實報導。

就在這種閱聽市場驅力之下，國內媒體每到內閣改組、重大黨政人事更迭，或每逢選舉提名階段，記者就會大膽放手，憑藉個人想像，盡情猜測，樂此不疲，甚至比寫小說更具創作性，讓臺灣新聞業界簡直就是政治權鬥小說最佳創作天堂。而且每隔一段時間，這些想像臆測的權鬥戲碼，又會捲土重來，再演一遍，絲毫都不厭倦。

在戒嚴和威權時代，媒體既不敢胡亂猜測，又缺消息來源可供刺探，只好等著執政者餵食。但《聯合報》曾在蔣經國時代，就在某次中常會開會決定黨職人事案當天早上，頭版刊出所有新任人事名單，當然引起小蔣動怒，於是當天中常會上，當場就把所有原先既定人事，全部換人。一方面展現小蔣威權，既給《聯合報》難看，同時又教訓其他媒體不准亂來；另方面也顯示國民黨人才濟濟，不怕找不到人。有趣的是，原本內定接掌文工會的秦孝儀，後來換了楚崧秋，於是新聞界笑稱「朝秦暮楚」。可惜的是，林清江原本內定接國民黨副祕書長，那是當年國民黨培養臺籍人士最高的職位，卻因而落空，讓林清江賦閒好一陣子。

本節嘗試以2013年2月的內閣改組作為案例，探討不可靠消息來源和不可靠敘述，所引起的敘事學和新聞學問題。之所以要以2013年2月內閣改組做案例，另外一個人算不如天算的理由，就是據傳馬英九總統屬意江

宜樺來接續大位，沒想到那次內閣改組，江宜樺雖然順利接任閣揆，但任誰都沒想到，2016年總統大選，執政的國民黨竟然焦慮找不到合適的候選人，甚至還演出「換柱」（換掉候選人洪秀柱）戲碼。

在進行敘事文本分析之前，要先交代這次內閣改組的一個突發新聞。原本執政黨打算過完年假之後，再進行內閣改組工程，因為從2月9日起有長達九天的春節年假，政經新聞較少，府院黨都比較有充分時間運作人事安排。但沒想到2013年1月31日華視晚間新聞率先披露內閣改組訊息，總統府考量消息既已走漏，為了避免夜長夢多，於是當夜證實內閣改組，翌日國內各報幾乎都頭版報導行政院副院長江宜樺接掌閣揆。

一、不充分報導

2013年2月1日各報紛紛大幅報導內閣改組新聞，同時也報導前一天馬總統與媒體茶敘時，還直說「會在適當時間向大家說明」（中時，2013.2.1: A2；聯合，2013.2.1: A1；蘋果，2013.2.1: A1），原本規劃「在陳沖任職屆滿週年的二月六日後才宣布」（自由，2013.2.1: A1），但因為「昨夜消息提前走漏」（聯合，2013.2.1: A1），所以提前展開內閣改組作業。至於現任院長陳沖下臺理由，各報都以「健康與家庭因素」為由報導（中時，2013.2.1: A1；蘋果，2013.2.1: A1；自由，2013.2.1: A1；聯合，2013.2.1: A1）。

這些新聞只說明一件事是充分且正確的，那就是馬政府因為華視新聞走漏風聲，而不得不提早啟動內閣改組作業。至於其他新聞，不論是內閣改組的真正原因，或者是陳沖院長下臺的理由，都沒有充分的交代。

因為媒體都在追誰接閣揆和副手，所以對於內閣改組真正原因和理由，可說是無暇顧及。這或許情有可原，但只單方面接受府院「健康與家庭因素」說法，這種理由根本不是真正的理由，既難讓人接受，而且更屬不充分報導。總而言之，對於現任閣揆為何下臺的理由，各媒體都呈現不充分報導情形。其實，除了健康和家庭因素之外，掌權者更深層的政治考量，才是重點，但各家媒體都沒有討論。

二、錯誤報導

有關內閣改組所出現的錯誤報導，主要是以「猜錯人選」為主。這次內閣改組，許多報紙都押寶中央銀行總裁彭懷南（中時，2013.2.1: A1；自由，2013.2.1: A2；蘋果，2013.2.1: A1），只有《聯合報》在當天頭版大幅報導「央行總裁彭淮南續任」消息（聯合，2013.2.1: A1），並在二版全版報導彭淮南「婉拒接閣揆彭邁向10A總裁」（聯合，2013.2.1: A2）。

一般咸認這次內閣改組的重心是要撤換財經首長，但因為財政部長才剛換不久，所以經濟部長施顏祥和經建會主委尹啓銘兩人都非走不可，至於接任人選遂成為媒體競相猜測對象，問題是各報紛紛「猜錯」，包括《聯合報》（2013.2.2: A1）和《中國時報》（2013.2.3: A2）等。

所以國內四大報在2月1日當天，對於誰接任新閣揆，只有《聯合報》準確掌握央行總裁續任的消息，其餘三報都錯了。還好，這次改組消息一經走漏風聲，府院隨即半夜證實內定正副院長人選，否則錯誤報導情形恐怕會更多。

三、不充分認識／不充分評價

這次內閣改組，江宜樺從副閣揆升任閣揆，那麼接下來，誰接手副閣揆？遂成為下一波人事新聞的重點，一般媒體認為，由於前行政院長劉兆玄一直扮演馬英九總統幕後軍師，所以「交通幫」可能因此受到重用。

對於交通部長毛治國接任副閣揆，咸認與劉兆玄力薦有關（聯合，2013.2.1: A3；中時，2013.2.1: A2）。而且內定行政院祕書長的陳威仁，曾任交通部常次；內定經濟部長的張家祝，曾任交通部常次；內定交通部長葉匡時也是現任交通部政次（聯合，2013.2.4: A3），所以這種「交通幫」的推理，似乎讓人聽來相當合理。《中國時報》更以通欄標題指稱「江組閣劉兆玄名單出線」（2013.2.4: A2），認為這次內閣改組主要都是「劉兆玄名單」。

但如前所言，這次2014年初內閣財經閣員改組，主要是為了2016年總統大選，希望大選之前能夠交出一些讓人民有感的成績，可見「交通幫」並未必能夠在總統大選為執政黨全面性加分，畢竟交通只是選民所關

切的諸多問題之中的一環而已，所以「交通幫」的人事策略，未必是對整個人事布局有充分的認識和評價。

江宜樺接掌閣揆，固然咸認是馬英九欽定2016年接班人選，所以各媒體紛紛指陳：「小馬英九江宜樺躋身接班梯隊」、「政治千里馬和朱吳郝平起平坐」（聯合報，2013.2.1: A1）。可是相對地另一種聲音也出現，如此早就決定接班人選，會否徒增黨內困擾？不僅黨內內訌四起，而且連馬英九自己勢必提前跛腳。

對於江宜樺的升任閣揆，咸認馬英九頗賞識他的能力，這方面評價從江宜樺短短五年不到，從研考會主委（2008/5/20）到內政部長（2009/9/10）、行政院副院長（2012/2/6）、行政院院長（2013/2/18-2014/12/8），一路受到馬總統信任與拔擢，他與馬英九總統的關係，自不在話下。但是目前拔擢江擔任閣揆，時機是否恰當？是否會讓他受到更多無情考驗和挑戰？畢竟閣揆位高權重、責任更重，以國內媚俗政治文化的氛圍，是否會因為一點點芝麻小事，而被逼得掛冠而去？媒體一口咬定就是要江接班，這種認識和評價，是否與事實相符？是否充分？

四、錯誤認識／錯誤評價

國內媒體認為，這次內閣改組的最重要政治安排，就是讓江宜樺躋身接班梯隊，與其他幾位2016年熱門人選如吳敦義、朱立倫、胡志強、郝龍斌等人平起平坐，先是「卡位」卡住「朱、胡、郝」三人，然後再以「小馬英九」之姿，在2016年代表藍軍迎戰綠營。

但是問題是：出頭鼠、人人打，誰先冒尖，誰就遭逢各方圍剿，歷史明證不勝枚舉，先占位置未必較為有利，尤其當前臺灣政治文化既庸俗又媚俗，缺乏理想只想討好選民，所以具有理想性格者先占位置，常常反而成為炮灰，還未上戰場就先斃命。

尤其當時藍軍士氣低落、馬英九民調低迷、藍軍內訌不斷，種種跡象都顯示，藍軍未必能贏得2014年九合一選舉，更遑論2016年繼續執政。所以當務之急就是趕在2014年九合一選舉之前，端出幾樣大菜，讓全民有感，否則連2014年地方選舉都打敗戰，更別妄想2016年春秋大夢了。

簡言之，對這次內閣改組而言，由於2014年九合一選舉迫在眉睫，只有2014年勝選，國民黨2016年才能繼續執政，所以尚未跨過2014年，即侈言2016年都屬不切實際，與事實似未相符。倒是馬英九為了避免自己提前跛腳，所以先讓黨內菁英在2014年奮力一搏、各盡所能、以觀後效，這種說法似乎比較能夠被接受。後來，2014年九合一選舉結果，果不其然，國民黨在馬英九的領導下，「締造」前所未有敗績，江宜樺因而下臺謝罪。所以一切的卡位、接班等權謀，都付之一炬。

五、不充分解讀

從戒嚴末期以來，每逢重大人事改組，派系權鬥和大內爭霸，就成為媒體報導焦點。晚近媒介生態競爭更形庸俗民粹，於是派系權鬥各種敘事情節，遂成為內閣改組的新聞戲碼。

媒體將內閣改組等重大人事更迭，皆以權鬥視角待之，這不僅是媒體對政局的解讀，更是媒體對閱聽消費市場的解讀。至於媒體對閱聽市場的解讀，是否正中閱聽人下懷？國人是否喜好觀看這種政治權鬥敘事情節新聞？國人抱持什麼心態來觀看這些權鬥敘事情節戲碼？抑或只是媒體強將自己的權鬥想像，嵌進內閣改組？

新聞媒體長久以來，都將異常、衝突、刺激、對立等特質和現象，當作新聞價值重要判準，新聞產製過程，喜好從異常、衝突、對立、刺激等視角，報導其他社會各個部門的新聞事件。這種從媒體視角和媒體邏輯，去理解、詮釋、呈現、再現、投射、扭曲其他社會部門的運作，或多或少以媒體邏輯，要求其他社會部門也須按照媒體邏輯來運作，否則就不會有新聞能見度，這正是晚近傳播學界所批判的媒介化（mediatization）現象。

總之，國內媒體對內閣改組的不充分解讀，不論是媒體記者或閱聽大眾都有解讀不夠充分的問題，其始作俑者，當然就是媒體，尤其是媒體邏輯。就是因為媒體已經成為社會不可或缺的體系，並且滲透整個政治領域，讓政壇和選民都被媒介化。既然習以為常，這就不是一天、二天造成，足見媒介化現象，在臺灣政治領域已經達到令人咋舌地步，至於媒體

對黨政重大人事的不可靠解讀，與其侵噬整個政治體系相較，這還只是小巫呢。

六、錯誤解讀

新聞媒體對於內閣改組的權鬥敘事情節，如果錯了又如何？其實，只有少數政壇高層人士掌握來龍去脈，只有他們能夠評斷事件的真相與始末。

馬英九總統是否刻意安排江宜樺接手大位？媒體如何能夠正確解讀馬英九安排江宜樺去接大位，實在難以評估，但是若從馬英九2008年上任以來，所任命的行政院長，包括劉兆玄、吳敦義、陳冲、江宜樺、毛治國等人，就似乎可以看出某些端倪，那就是根本沒有什麼接班梯隊可言，馬英九根本沒有安排總統大位的構想、邏輯和策略。

除非還有另一種解讀，就是他從來就看不上有任何一個人符合他所要求的條件，所以只是不得不如此的安排。講白了，這些閣揆可能都是臨時找來的，都只是為了應付當時政治需求而已。如此一來，媒體認為，江宜樺與馬最接近、最類似，所以江的出線，就是馬的刻意安排。這種解讀與事實或許有幾分相符，因為馬實在找不到一個足供信任的人。

所以，不論媒體或民眾，都可能對權鬥新聞的不可靠敘述，產生錯誤解讀。在媒體方面，由於社會各機制都非仰賴媒體提供資訊和扮演溝通平臺不可，所以府院黨即使發現媒體解讀錯誤，也不敢冒然指謫。

七、檢討與建議

近年政府內閣改組或政壇重大人事異動新聞，常夾雜虛實難辨的權鬥敘事情節，其原因不外：（1）執政者或政客餵養利用媒體的技倆；（2）執政者或政客刻意放話測試民意；（3）記者私心意圖擁護或打擊特定人選；（4）純屬記者臆測，只要猜中就算權威、猜錯也沒人計較。這類新聞的呈現形式，夾雜劇中人物與劇外人物二種不同敘述者作為消息來源，實中帶虛、虛中帶實，魚目混珠、混淆視聽，遊走新聞專業邊緣。

這種媒體表現，長期以來，早已成為國內政治新聞新常態，早期或因戒嚴和威權時代，媒體無法接觸權力核心，只好旁敲側擊、引蛇出洞，透

過權鬥敘事情節，既可測試權力核心的盤算，也可藉此挑戰威權。所以在戒嚴和威權時期，媒體這種虛虛實實的政治權鬥新聞，站在爭取新聞自由立場，或許不能太過責難。

但時至今日，臺灣新聞自由已被世界新聞自由組織（Freedom House, 2014）評斷為與歐美自由民主國家並駕齊驅的自由國家，當今臺灣的新聞自由，並非不夠，而是太過氾濫，類似這種明明就是劇外人物，卻刻意敘述一些自以為是劇內人物的不可靠新聞，完全背離新聞專業倫理。

從敘事理論不可靠敘述觀點審視，記者本質上就是劇外人物，記者只扮演新聞事件的敘事者，絕非參與新聞事件的劇中人物。對於政治權鬥過程，記者根本不是故事情節的劇中參與者，也無緣接近，主要都是憑藉個人想像臆測。面對政治權鬥新聞，我們不禁要問：記者到底憑藉什麼做報導？一個專業新聞記者，竟然可以憑藉個人想像臆測來撰寫新聞？尤其是動見觀瞻的內閣改組等重大政治人物異動新聞？

就國內媒介生態而言，記者之所以敢憑藉個人想像臆測視角，胡亂書寫政治權鬥新聞，可能存在一個新聞文本外部的媒介現象，就是臺灣政論節目名嘴滿天下，信口雌黃、胡亂瞎扯，而這種現象裡卻有一個共象：這些名嘴不是失意政客、就是離職記者。政客之所以成為名嘴，因為只要占領媒體一隅，就有機會在政壇永保一席之地，尤其是那些下臺政客，更是將媒體視為未來取得政治位置的前哨站。至於記者出身的名嘴憑藉採寫經驗，既可名滿天下、東拉西扯，又可拿通告費，生活過得比在報社輕鬆多了，真叫剛出道學弟、學妹羨慕得眼紅。何況電視臺還會提供各種素材和大字報，以供名嘴拿來胡扯瞎掰，只要出了名，其實不必太用功做什麼功課，就可與媒體狼狽為奸。

在臺灣政治新聞，還有更多既未參與政治事件、也毫不知道事實真相，卻自以為消息靈通人士，喜好在政治權鬥裡軋一腳，其中又以名嘴居多。這類人物，也就是敘事理論所說的劇外的轉敘者。嚴格而言，名嘴與記者性質相近，只是記者職責在身，既要據實報導，又要為自己服務的媒體善盡維護招牌責任，所以不太敢胡扯瞎掰。但是名嘴是靠嘴巴吃飯，不

必爲任何一家媒體擔負言責。

　　而且誠如前述，根據敘事理論全知型零聚焦視角（Genette, 1980）觀點，只有全知型隱含作者，才能真正掌握整個故事情節的來龍去脈，不僅能夠清楚掌握事件發生過程，亦能明確掌控未來發展去向，所以才會被敘事學者冠以全知型聚焦視角。試問：記者既然只是故事外的敘事者，他又如何具有全知型聚焦視角？任何記者如果自以爲自己擁有全知型聚焦視角，豈不和上述「預言世界末日」的「王老師」如出一轍？豈非記者就是可以預言的「王老師」？都自以爲是全知型真知真覺者？由此可見，敘事理論不可靠敘述觀點，確實足供檢驗不可靠新聞報導，亦即新聞傳播領域多年來難以突破解決的困境，就敘事理論而言，其實只是一個簡單的、一戳就破的謬誤迷思而已。

　　總而言之，本章透過結合新聞學與敘事學，從新聞文本擴展至閱聽大眾和整個媒介生態，正如晚近敘事學從傳統結構主義敘事學，發展至晚近認知敘事學一般，大幅擴展敘事研究範疇。而今藉由新聞學與敘事學的結合，也可借鏡敘事理論不可靠敘述觀點，不僅可以檢視新聞有無消息來源，也能協助檢核消息來源類型，既能在實務上藉此提升新聞可靠性，亦能對新聞學理探討提供新思維，所以新聞傳播結合敘事理論，兩者相得益彰、彼此受惠。

第 9 章▶▶▶

現場直播棒球賽事的敘事分析

❋ 第一節　現場直播就是正在報導故事

壹、現場直播吸睛

　　運動賽事原本就是人們熱愛觀賞的競技活動，但是截至目前，敘事理論似乎還未將現場直播運動競技賽事納入研究範疇，其主要原因在於敘事理論講究的是改變故事發生的時間順序，透過對於時間序列先後的美學藝術化改變，突顯動人的故事情節（Bal, 1985, 1997, 2009; Berger, 1997; Bremond, 1973; Chatman, 1978; Genette, 1972/1980, 1988; Prince, 1973, 1982, 1987, 1994, 2003, 2004; Ryan, 2004; Schmid, 2003）。可是現場直播運動競技賽事卻是從頭到尾都是按照時間序列進行，除了賽事結束後的新聞報導之外，任何現場直播競技賽事絕不可能改變比賽進行的時間序列。所以現場直播運動競技賽事與敘事理論兩者在時間序列，基本上相互牴觸，可能因此導致敘事理論對運動賽事興趣缺缺，一直未將運動競技賽事納入研究範疇。

　　其實，並非一切故事都要將它發生過程的時間序列予以藝術加工或美學處理，才會有動人的故事情節，只要具有敘事性，即便是完全按照時間序列進行，依然讓人屏息、聚精

會神，緊緊盯著可能造成故事情節急劇變化的每一個動作。

運動競技賽事既然普受粉絲關切，而且兼具在地與全球特質。各種運動競技項目遂發展出例行性賽局和關鍵性奪標決賽，藉以吸引數以百萬計甚至千萬計的觀眾，讓運動賽事儼然成為全球人類生活的一部分。

以國人比較熟悉的藍球和棒球賽事為例，只要美國職業棒球或職業籃球賽事一開始，即便遠在臺灣的球迷，依然寄予濃厚興趣，緊盯著直播畫面。尤其近年來，擁有臺灣之光美譽的優秀球員，在美國表現極為出色，包括美國職籃的林書豪、美國職棒的王建民、陳偉殷等人，只要有他們出場的賽事，國內的現場直播收視率馬上大幅竄升，國內熱情觀眾就是要觀看現場直播鏡頭，享受臺灣之光打球的臨場氛圍。

人類自古以來即愛好運動競技賽事，羅馬競技場就是留傳下來的典型例子。當年羅馬帝國誤解運動休閒的本質，拿奴隸相互搏命、或與猛獸搏鬥，當作休閒娛樂。如今這種不人道運動競技已不復存在，取而代之的是透過運動科學的輔助，提升各項運動競技的強度和美技，尤其藉由影視科技和運動行銷的推波助瀾，讓運動競技發展成為現場直播賽事，不僅吸睛，更是一種生活享受，讓現場直播運動競技賽事成為現代生活重要的一部分。

運動競技賽事雖然完全按照時間序列進行，依然吸引熱愛運動賽事者，其主要原因在於運動競技賽事，時時刻刻都有可能出現影響賽局輸贏的重大情節變化，任誰都難預料誰必然輸或誰必然贏，而這正是運動競技賽事情節難料的特色。任何賽事在沒到最後一分一秒，賽事結局究竟如何誠難預料。

正如俗話所云：球是圓的，任誰也難預料誰必然會贏，球賽的每個動作，都可能成為整個球賽最具關鍵性的故事情節，所以棒球賽事看來或許不像籃球或足球那般激烈刺激，可是它時時刻刻、分分秒秒又令人盯著賽事不放，可說吸睛十足，這也正是觀眾喜歡現場觀看運動競技賽事的原因。

貳、現場直播兼具敘說和扮演

現場直播運動競技賽事，其實就是現場報導正在進行中的競技故事情節。正因爲這種現場直播正在進行中的故事的特質，任何一個影響甚至改變整個賽局的關鍵性事件，都有可能隨時就在觀眾眼前出現。所以現場直播運動競技賽事，不僅是生動的講述故事，更讓觀眾親眼看到他們心目中的英雄是如何爭霸或展開救援的現場演出（Smith & Sparkes, 2012）。

敘事理論自俄國形式主義以降，都同意在故事情節裡必然會出現英雄，而英雄的角色和使命，就是要從壞人手中拯救公主，這種簡單的故事情節依然出現在運動賽事。尤其是團隊型態的球賽，更是每場賽事都讓人引領期盼隨時出現英雄，爲自己支持的球隊做出偉大貢獻。

在運動競技賽事，每個表現出眾的球員，也都經常扮演該球隊的英雄。因爲運動競技賽事，每場都得分出勝負才能罷休，即使需要打延長賽，也都堅持到底，像美國職棒，有延長賽打到20局以上，連觀賽的球迷都喊累了，但非得有個勝負結局不可，因此，每場賽事都會出現英雄人物，在最困頓、最緊張、最僵持不下的時刻，奮力一搏，終於爲球隊加分獲得勝利。

正如敘事理論所言，英雄救美，並非只遭受一次挑戰，很可能英雄要歷經二次以上的考驗才行。在棒球賽事亦然，在九局賽事裡，常看到某隊勝利在望，卻又突遭逆轉，但沒過多久，該隊又再扳回來，眼看球賽快結束了，兩隊又再度糾纏不止，直叫觀眾看得心驚動魄。所以棒球賽事過程，可謂驚險百出、高潮迭起，讓觀賽球迷看了大呼過癮。

運動賽事目前已經成爲世界各國非常重要的直播節目，但是除了親赴現場觀看運動競技賽事之外，還有更多的民眾是在家裡觀看影視直播節目，包括家庭電視體育頻道和網路上的直播或轉播，而且這群不在現場觀看直播賽事的觀眾，其數量遠比親赴現場的人數，多得太多了。譬如當前容納量最大的球場，大概要屬美式足球和職棒球場了，約可容納8、9萬至10萬人不等，可是不在現場觀看直播賽事的人口，有時更高達數百

萬人、甚至數千萬人。像美式足球超級盃，再大的德州球場也不過容納10萬人左右，但觀看現場直播的球迷，就高達千萬人。由於美式足球似乎只有美國喜歡玩，其他國家尚未見相關賽事，所以美式足球超級盃的觀看人口也只限於美國人為主。但是若說到歐式足球，則不僅歐洲、亞洲，甚至中南洲、非洲，都是瘋狂足球的國度。所以每四年一度的世界盃足球賽，觀看現場直播的人口，就高達幾億人了。根據統計數據，2014年世足賽開幕當天就有4千多萬巴西人，有4千多萬日本人觀看日本球隊出賽，而德國近4,500萬人觀看，創下德國收視率86.3%（www.zh.wikipedia.org/zh-tw/2014）。

為什麼大家喜歡看現場直播運動賽事？根據敘事理論，亞里斯多德將敘事分為兩大類型：扮演與敘說（mimesis and diegesis），扮演就是模仿，敘說就是敘述或講述。

運動競技賽事則是兼具敘說與扮演兩種類型，除了競技比賽之外，通常會有專業體育記者和相關專業人士從旁解說和評論，像國人熟悉的美國職棒大聯盟或臺灣中職，每場球賽轉播都至少有2人至3人的球評和解說員，或者像奧林匹克運動會如此重要賽事，不僅新興項目，即便是一般觀眾熟知的項目，負責現場直播的單位，也都會邀請專家從旁解說兼評論。

所以，觀看現場直播運動競技賽事，不僅有如觀看故事在自己眼前展開，更可聽到球評的評論和說明，讓模仿、扮演與敘說、講述兩者同時並進，誠可謂敘說和扮演同時進行，也就是兼具亞里斯多德所說的diegesis與mimesis，此乃其他媒材難以抗衡的特點，這也是其他媒材無法提供的最佳即時服務，好讓觀賞者同時沉浸在模仿、扮演與敘說、講述兩者兼具的故事情節氛圍當中。

像電影，就是屬於兼具模仿、扮演與敘說、講述的敘事形式，但是運動競技賽事與電影最大的不同，在於電影故事情節，都是經過導演和編劇精心設計，刻意將故事情節的開展，不按時間序列演出，藉以提高故事懸疑性和緊張氣氛；可是在運動競技賽事，則毫無導演或編劇可以左右賽事故事情節，它完全依照時間序列進行，卻又充滿緊張情節，常讓觀眾看得

血脈賁張，視線不敢稍稍離開球場。可見，運動競技賽事，雖然沒有情節操作，卻依舊情節動人，讓觀眾愛不釋手。

參、現場直播球賽的敘事特質

本書係以結合新聞傳播與敘事理論為意旨，本章為了彰顯新聞傳播理念與敘事理論，特別以團體球隊的賽事為主。

一、團體賽事狀況多，故事情節也多

基本上，個人賽事的突發性故事情節，要比團體賽事少。以田徑賽為例，國際賽事通常都是世界頂尖高手較量的場域。一般而言，若非世界級田徑高手，根本無緣參加世界級田徑賽，表現一般的田徑選手，絕不可能一夕之間，在國際賽事突然成為全球一等一高手。

但是，球隊競賽就很難說了。以國人熟悉的美國職棒大聯盟（MLB）為例，不論美聯或國聯，各有精兵球隊，但是每個球隊如何在例行賽長達數個月的鏖戰中，取得勝利，誠非易事。因為每個球隊都得在各自分區的聯盟中對仗數次，並且還要跨區甚至跨盟，需要長征數小時的飛行時差，再與其他不同分區、不同聯盟的球隊，決勝高下。在這種長達半年以上的征戰，實在很難確保哪一個球隊能夠從頭到尾，都保持最佳狀態，沒有低潮現象；同樣的，也很難擔保哪一個球員永遠都維持在巔峰狀態，毫無閃失。

即便國人因為臺灣之光王建民之故，所以比較熟悉的洋基隊，它被譏為邪惡帝國的原因，就是它肯花錢簽約全球最頂尖球員，它每年花費的簽約金，常常是小咖球隊的數倍、甚至數十倍。正由於它肯花錢，所以簽下不少絕佳先發投手、各壘手，以及擁有全美最強的全壘打強棒。基於如此頂尖的夢幻組合，所以洋基經常打進季後賽，並且勇奪幾次世界冠軍，可是即便如此，它也無法一拿再拿冠軍。檢視近年拿到世界冠軍的隊伍，像紅襪、紅雀、巨人很幸運地近10年內得以複數奪冠，但有的球隊離上次冠軍杯，少則10年，多則20、30年了（//zh.wikE8%A1%A8%）。就以2014年拿下世界冠軍的舊金山巨人隊為例，在當年例行賽中表現時好時壞，五

月分突然表現特佳，但六月分就衰敗下來，幸好以外卡身分打進季後賽，最後終於得以奪冠。

就美國大聯盟制度而言，外卡球隊理論上要比例行賽稍遜，因為美聯和國聯在例行賽打進季後賽的球隊，當然都比外卡球隊表現更好，但外卡就是提供翻轉故事情節極佳的設計，多讓幾支球隊和他們的球迷們，對於冠軍戒指多寄予一絲厚望。尤其外卡球隊如能打進世界盃決賽，不僅球隊和球迷們更加興奮，同時也為當年職棒世界盃增添許多茶餘飯後的故事情節。所以外卡的設計，對於促進運動競技行銷大有助益，也會提升現場直播的收視率，不論對運動產業、對球隊、對球迷等，都有加分效益。

就像2014年的外卡皇家隊，就是一個絕佳範例。原本於2014年例行賽順利進入季後賽的巴爾的摩金鶯隊，因為該隊有一個臺灣之光先發投手陳偉殷，所以國人無不期盼陳偉殷能夠為金鶯勇奪冠軍，自己也能獲得冠軍戒指，但事與願違，金鶯在季後賽早早就與冠軍無緣。而同年堪薩斯皇家隊則是另外一個故事情節，它已經29年沒進過季後賽，當年是以外卡進入季後賽，卻從外卡驟死賽、美聯分區賽、到美聯冠軍賽，總共八場全勝打進世界冠軍大賽。它這種氣勢簡直讓球迷和賭盤瘋狂，皇家與巨人兩隊在世界冠軍賽決戰過程，無不令球迷如痴如狂。每場球賽都充滿故事情節，球迷們腎上腺素隨著賽局飆升，直到最後一局決定誰是冠軍，才讓故事畫下句點，而球迷們又期盼明年另一個精彩的故事情節陸續上演。

所以球隊競賽，充滿不可預知的變數，正如俗話所說：球是圓的，而這種不可預知性，正是敘事理論核心的故事情節的不可預測性。故事情節之所以吸引人，就是觀眾無法預知下一步會是如何，所以現場直播球隊競技賽事，誠可謂符合敘事理論的概念，在球賽未結束之前，任誰都無法鐵口直斷，只有讓故事隨著球賽繼續在觀眾面前扮演展開。

二、棒球賽事雖是線性敘事模式，但故事情節不斷

根據敘事理論，敘事作品通常會違逆時間序列的敘事方式來鋪陳故事情節，甚至以非線性的敘事模式，來突顯曲折動人的故事情節。但是現場直播運動競技賽事，卻都是依照時間順序、事件先後因果邏輯的線性方式

呈現整個故事情節，毫無藝術美學的加工處理，可以說與傳統敘事理論探討的精心設計敘事創作文本的技法，大異其趣。

　　但是並非依照時間序列以線性模式呈現的敘事作品，就必然缺乏動人的故事情節，只要故事情節確實具有敘事性，故事內容值得向人敘說，仍然會吸引讀者或觀眾。所以，完全按照時間序列進行的運動競技賽事，絕不會因此而缺乏曲折動人的故事情節，否則就不會每場賽事，都擠滿了人潮，還有守候著電視機前的觀眾，竟然願意犧牲睡眠時間，而緊盯著電視畫面每個球數的進行。

　　再者，團體球隊競賽與個人競技也大不相同。譬如在個人球賽方面，即便全球頂尖好手，也難免會有突發狀況，像瑞士網球名將費德勒（Roger Federer），打起球來，風姿優雅，就是紳士型球王，打球身影令人難忘，儘管多年連續幾個大滿貫，也難免有失手情事。2014年墨爾本杯早在第三輪就打包走人，令人惋惜。可是，費德勒提前出局，卻不可能突然看到一個排名50或百名以外的新手，突然打進溫布頓或墨爾本冠軍，依舊是世界積分前幾名的爭奪戰，尤其是當年球王塞爾維亞與蒙特內哥羅籍的喬科維奇（Novak Djokovic）和西班牙籍納達爾（Rafael Nadal）、英國墨瑞（Andy Murray）、法籍松加（Jo-Wilfried Tsonga）、瑞士瓦倫卡（Stanislas Wawrinka）等人的競逐。

　　誠如上述所言，個人賽事較易掌握可能奪冠高手，但球隊競賽則較難預測賽事結果。像在一般個人田徑賽項目，大都採取預賽、複賽、準決賽和決賽等分級淘汰，所以在決賽時，到底誰會奪冠，大概八九不離十，可以預測得到。但是一般球賽，由於是團體球賽，與個人田徑比賽不同，不是個人體能競技而已，還得看整個球隊的團體合作才行。

　　棒球賽事雖然完全按照時間序列進行，但敘事理論也不否認線性敘事模式依舊可以出現感人的故事情節。而且可以不斷出現許多感人的故事情節，尤其像美國職棒的設計，從初春打到秋末，期間超過半年以上，多少美國家庭攜老帶幼，闔家出動觀賞球賽，甚至開著休旅車，長征數天之久，無非就是要表達支持自己所喜愛的球隊。當然這種親赴現場觀賞球賽

的動機，就是期盼能夠親眼目睹球隊精彩的故事情節出現。

三、職棒賽事長達半年，每場球賽都有精彩故事情節

　　美國職棒的設計非常獨特，分為美國聯盟和國家聯盟兩個系統。在各聯盟之下，再按地域區分為東、西、中三區，而且棒協規定各球隊既要與各該區其他球隊較勁，也要跨區和跨盟，和其他各區各盟球隊競技，所以每年職棒球季都要長達半年以上。

　　既然是球隊競賽，當然是以整體球隊表現來競逐勝負，雖然明星級好手都是各界期盼扮演英雄角色的人物，但是球隊競賽並非像個人賽事，無法在短短一、二週，或二、三週內完成賽程。像美國職棒，例行賽從每年四月開打，每支球隊在球季都得打上162場比賽，包括同區、同盟和跨區、跨盟比賽，都要打到10月例行賽才結束。然後緊接著就是季後賽，由美聯和國聯各三區（東、西、中）的冠軍隊和兩盟最佳勝率的前二名（即外卡），共10隊參加。季後賽採淘汰制，包括外卡驟死賽、分區賽、聯盟冠軍賽，外卡驟死賽是單場制，外卡賽後剩8隊，分區系列賽是五戰三勝制，冠軍賽則是七戰四勝制。最後就是世界大賽，也是採七戰四勝制。

　　每支球隊每年都要東征西討、南打北伐，備極辛勞，甚至有時候由於各種因素使然，必須短短24小時之內，連打二場球賽，對球員而言，體力與精神負擔，絕對是一大挑戰。任何球員都必須擁有強壯的體力和堅忍不拔的毅力，才能應付長達半年的征戰。但人畢竟還是人，難免有所閃失，即使是最被看好的頂尖好手，也有失手的機會；有時候則是因為運動傷害，造成球員和球隊極大負荷。譬如王建民，曾經於2000年在美國職棒大聯盟拿下18勝，並於2006年拿下19勝6敗佳績，並分別於2007、2008年獲選《時代雜誌》「全球百位最有影響力人物」。就美聯而言，王建民絕對是頂級先發投手，但在一次跨盟比賽中，因為按國聯規定，投手也要參與打擊，在跑壘時就是因為經驗不足，造成足踝受傷，經核磁共振檢查，確定是右腳掌中間的蹠跗韌帶（Lisfranc ligament）扭傷，然後右腳的腓骨長肌肌腱（peroneal longus tendon）也有裂傷〔//twbsball.dils.tke.edu.tw/wiki/index.php/王建民（1980）〕，不僅因此整個球季報銷，甚至連王建

民自己也無法再恢復當年神勇英姿，殊爲可惜。

　　球隊和球員在長達半年征戰過程，各種狀況都難免發生，甚至出人意表，像有臺灣之光美譽的陳偉殷，一直是金鶯隊頗爲倚重的先發投手之一，2014年拿下16勝。但是2015年4月8日自從例行賽開打，雖然每場先發都投得品質極佳，卻是直到5月中旬母親節當天，才拿下該年首勝。像他分別在4/14、4/26、5/4三場都投滿六局以上，甚至4/26和5/4兩場防禦率都在2.78和2.83，但可惜都以無關勝負收場，尤其4/26還投滿八局，依舊無關勝負。其原因在於球隊競賽與個人競技大不相同，個人競賽只要個人表現好，就可穩拿獎牌、獎座，但球隊團體賽事，卻須全體隊員都表現好才嚐得到勝利的滋味。陳偉殷個人先發投手固然表現極佳，但只要隊友火力不支援，也與勝利無緣。

　　畢竟無人可以預測球隊競賽結果，除了無法藝術加工處理球賽的時間序列，更無法美學藝術加工處理球賽的故事情節，尤其是棒球，不僅各個球員都要強，也要團體合作無間，有時還得靠一些球運，常見轟出全壘打的球員，跑回本壘時，都會做出感謝上帝的手勢，正是所謂球是圓的，不到最後一局和最後一球，常常無法斷定到底哪一隊會是贏家。

第二節　現場直播球賽的敘事分析

壹、現場直播就是正在進行中、勝負未卜的故事情節

　　現場直播運動賽事的敘事概念，與傳統敘事理論大不相同，其間最大差異在於傳統敘事理論主張藉由美學藝術加工處理，以倒敘、插敘、後敘等各種改變時間序列的敘事美學手法（Bal, 1985, 1997, 2009; Berger, 1997; Chatman, 1978, 1990; Czarniawska, 2004; Norrick, 2007; Prince, 1973, 1982），精彩再現故事情節。而現場直播賽事，則是完全按照時間序列，一五一十對當下每個球數都進行直播。

誠如上節所述，球隊競賽遠比個人比賽難料誰輸誰贏，其原因除了團體與個人的差異之外，上述各種因素，都可能造成球隊勝出或落敗。所以每一場球賽，都有如一齣嶄新的戲碼，在棒球場上，從來就沒有重複過的故事情節，觀賽者也無法預測今天球賽到底會有怎麼樣的故事情節？會如何收場？即便是身經百戰的記者和評論員，看著每場球賽的進行，也無法看得準到底哪一隊會因為哪一個球員在某一局的具體表現，就斷定今天這場球賽誰是贏家。

根據敘事理論，俄國形式主義者普洛普（Propp, 1928/1968），在整理民間故事的行動功能時指出，英雄不只承受一次的考驗，常常會在救回公主之後，又遭逢新的考驗。其他敘事學者也有類似的說法，端賴敘事作品的長度、深度與廣度而定。在棒球賽事，英雄要接受的考驗何止一次，像上述陳偉殷的例子，在2015年例行賽表現如此高素質的先發投手，不僅投滿六局、甚至八局，累積防禦率又如此低，可謂大聯盟少見的好投，卻是一勝難求，長達一個多月，才終於拿下首勝。所以，在棒球賽事裡，英雄要接受的考驗何止一次、二次，務必要在長達半年以上的例行賽和季後賽，不斷地接受各種考驗。

棒球運動賽事的進行，就好比敘事故事情節的發展一般，不到最後關頭，根本無法預測鹿死誰手，而這種難以預測輸贏結局的運動賽事，不僅讓賭盤輸贏難料，更叫球迷緊守著現場直播賽事，一刻都不離直播畫面。不論現場或電視機前的觀眾，都全神貫注，不願漏失任何一球，因為每一球都有可能是整個球賽最重要的故事情節。現場直播還會播出球迷們的肢體語言，展現他們對支持球隊當前表現的反應，這些觀眾在電視機畫面上的表情、肢體語言，更將球賽緊張高潮的氛圍，不斷地擴散開來，影響所有電視機前觀看現場直播賽事的觀眾之心情起伏。觀看現場直播賽事的觀眾，甚至比現場觀眾還沉浸在整個球賽故事情節氛圍當中。

所以結論是：現場直播球賽有如故事情節發展，高潮迭起。現場直播的每一球都足以讓觀眾心跳和腎上腺素飆破表，所以說運動賽事與敘事故事情節完全一致，都會讓觀眾屏息靜觀、心跳加速、欣喜若狂、或者失

望捶胸頓足。像《神鬼戰士》情節，每場搏命競技到底鹿死誰手，猶未可知，這才是令觀眾屏息關注的故事情節，也正是觀看現場直播棒球賽事的心情寫照。

貳、敘事理論和運動競技直播的文獻探討

現場直播球賽就是一種故事情節的模仿，而且是一五一十的模仿，毫不添加任何人為的藝術加工處理。在直播棒球比賽過程，既看不到任何真實作者（real author）的操弄，也看不到隱含作者（implied author）（Booth, 1961, 1979, 2005; Chatman, 1978, 1990）的身影，觀眾只看到各隊球員和球員的表現。

晚近有關運動節目的探討文獻不少，但主要集中在運動心理學和運動社會學兩大領域，至於運動敘事幾乎付之闕如。在運動心理學方面，可以說相關著作相當豐富（Bryant & Raney, 2000; Perterson & Raney, 2008; Raney, 2006; Sapolsky, 1980; Zillman, 1991; Zillman, Bryant & Sapolsky, 1989）。

在運動社會學方面，主要探討領域包括運動與性別差異、運動與文化認同、運動與國家認同等幾個重大議題。在運動與性別差異，又以運動與男女性別差異比較或運動與性別論述（Duncan et al., 1990; Miller, 2001; Whannel, 2002）；在運動與文化認同方面，則探討各國運動項目與其文化認同的議題，呈現世界各地由於歷史文化的各種殊遇，所造就出來的運動與文化認同的議題（Roche, 1998; Schaffer & Smith, 2000; Boyle & Haynes, 2009）。至於運動與國家認同，更是頗受注目的研究領域，此方面的著作相當豐富（Roche, 1998; Blain, Boyle & O'Donnell, 1999; Dashper, Fletcher & McCullough, 2014），都深入檢視運動、運動產業所帶來的國家認同危機與相關議題。

至於探討廣電媒體直播運動競技，其實起步相當早（Dayan & Katz, 1992），也曾探討球迷（Gantz & Wenner, 1995; Zillman, Bryant & Sapolsky, 1989; Lines, 2001; Raney, 2006）相關議題，但專注於探討運動敘事的

學術探討就比較有限（Douglas & Carless, 2015）。有關直播運動賽事的敘事研究，更是鳳毛麟角，截至目前只搜尋到與現場直播相關的文獻，非常鮮少（Duncan & Brummett, 1986; Ryan, 1993；崔林，2012）。儘管Ryan（1993）早就對現場直播產生興趣，但並未針對運動賽事的敘事議題，進行實質探討，殊為可惜。令人好奇的是：為何現場直播敘事研究如此稀少？可能原因之一是運動競技尚未與敘事理論結合之故。所以本文嘗試從新聞傳播結合敘事理論角度出發，探討直播棒球賽事的敘事分析，正可為此一研究取向作出微薄貢獻。

第三節　以棒球賽事為例的現場直播敘事分析

　　觀眾喜愛的運動競技類型林林總總，本書為了解析現場直播競技賽事的敘事理論觀點，特別選擇國人喜愛的棒球賽事作為解說範例，至少有以下幾點理由：（1）棒球普遍受到國人熱愛，有所謂國球稱號，可謂老少咸宜；（2）棒球的比賽規則，與其他球類比較起來，不論攻守的規則，一般人都可看得懂的三好球、四壞球的基本規則，不像其他球賽那麼複雜，看來似乎比較單純，門檻似乎較低，一般人容易看得懂；（3）棒球動作與其他球類比較，相對簡單明白，如投手投球、打者擊球、守隊傳球、跑者跑壘等，動作簡單明白，一般庶民容易看得懂；（4）棒球比賽的故事情節，攻守相對比其他球賽清楚明白，一般人一看就懂，既利於敘說，也便於解析新聞傳播結合敘事理論精髓之處。

壹、既是模仿（misesis），也是敘述（diegesis）

　　敘事理論可追溯至柏拉圖和亞里斯多德對於敘事的兩種不同再現模式的區分：mimesis與diegesis，前者係指扮演（showing），也就是模仿；後者則指敘說（telling），也就是透過語言文字來講述故事。隨著表演藝術的日益精進，以及影視科技的日新月異，二千多年來敘事理論所遵奉的

模仿、扮演與敘說、講述截然二分的原則，似乎早就遭受諸多挑戰。

　　就現場直播棒球賽事而言，柏拉圖與亞里斯多德對於敘事的兩種分類：模仿、扮演（mimesis）與敘說、講述（diegesis），前者好比球員在球場上的表現，是屬於模仿、扮演範疇，後者敘說、講述則是指記者和球評在現場直播時，為觀眾所做的解說和評論。所以在現場直播棒球比賽，很明顯就含括了敘事理論的模仿、扮演和敘說、講述兩種截然不同的類型；也就是說，現場直播運動競技賽事，根本就是打破傳統柏拉圖和亞里斯多德對於敘事類型的劃分，反而將這兩種被硬性切割的敘事表達形式，做了最美妙的結合，讓觀看現場直播的球迷，充分享受運動競技賽事的無窮樂趣。再者，現場直播運動競技賽事，不僅重新融合了自古以來即被切割的模仿、扮演與敘說、講述二種表達形式，而且更重要的是，這種重新融合的敘事形式，也提供了新聞傳播結合敘事理論重要的思考方向。

　　現場直播棒球賽事，除了球員的各自表現之外，還有體育記者和球評的參與。記者報導球賽進行過程，球評則對每個球員表現做專業的敘述和評論。雖說棒球規則相對比較單純，其實嚴格而論，棒球比賽規則也相當複雜，因為觀眾通常只是看到一般正常比賽情況，所以沒有觸及棒球比賽規則跟深難懂的縝密規則設計，對於這種複雜的賽事狀況，在現場解說的記者和評論員，就會扮演非常重要的敘述者角色，幫觀球的球迷敘說球賽規則。

　　一般人不論是現場或在家觀看棒球比賽，實在無法一眼就看出投手投出的是什麼球路，而球評基於自身豐富的打球和觀戰經驗，一看便知是哪種球路，到底是快速球，還是變速球？變化球？曲球？下墜球等？可以馬上為觀眾球迷解惑，提供球迷對於投手與打者對戰，更為深入的賽事專業判斷知識。在棒球比賽，投手球路及其配球變化，正是投手克敵致勝的關鍵，也是球賽最精彩的部分。棒球比賽主要的故事情節都出自投手的球路與打者的對抗，所以記者和球評的從旁解說，遂成為觀看直播棒球比賽的重點，既可敘說、解析球賽精彩故事情節，也能添增觀賽樂趣。

　　所以現場直播棒球賽事，表面上看來就是一場模仿、扮演，可是記

者和球評敘述者從旁的解說、敘述，卻更加突顯了直播球賽精彩情節的關鍵，這種兼具模仿、扮演與敘說、講述的敘事型態，乃是傳統敘事理論沒有處理過的故事題材。傳統敘事理論主要是針對文學小說的內容和表達形式所做的深層結構處理，幾乎沒有處理過既是扮演又是敘說的故事題材。所以，現場直播棒球賽事，可以說突破了傳統敘事學的探討範疇，對敘事理論未來研究題材的擴展有所助益。

貳、融合敘事形式與內容

最早研究文學敘事的俄國形式主義者，將敘事研究標的區分爲「形式與內容」，也就是後來查特曼（Chatman, 1978）所說的「故事內容與話語表達」（story and discourse）兩個層面。

查特曼的論點，讓我們看到媒材特質與敘事表達之間具有重大關係，媒材之所以能夠傳播故事，就是因爲媒材自身就是一種符號學系統，能夠展現敘事作品某些層面特質，不論眞實世界（real world）或故事世界（story world）的事件，媒材都能夠展現它特有的符碼功能，用來模仿、扮演眞實世界或想像世界的故事情節。

敘事理論對於形式與內容的解析，主要概念是：故事內容只有一個，表達形式卻可以變化萬端（Bal, 1985, 1997, 2009; Chatman, 1978; Genette, 1972/1980, 1988）。而敘事作品之所以吸引觀眾和讀者的重點，正是變化萬千的表達形式。就直播棒球賽事而言，一場棒球賽事輸贏的故事也只有一個，亦即每場棒球賽事必定有一隊贏球，而另一隊輸球。但是觀看現場直播的觀眾，無法預測誰輸誰贏，反而更因爲球賽得分、失分變化萬端，更讓觀眾沉浸享受比賽過程的每一球，包括先發投手和救援投手的每個球路、打者每個打數的表現和各壘精彩守備等。

查特曼將形式和內容兩個層面擴大爲四種面向，尤其特別重視媒材特質對於敘事作品表現所產生的作用。在直播棒球比賽過程，就可以充分體現他這種觀點，正因爲電視直播技術的進步，鏡頭不僅可以捕捉每個精彩投球、打擊和接球，也可以一再重播精彩畫面，讓觀眾盡情享受觀賞球賽

樂趣的極致。

尤其對於球場觀戰氛圍的描繪敘述，電視媒體的直播鏡頭常常遠遠超過文字，因為球員和球迷們常常會有各種出人意表的表情、動作和裝扮，電視鏡頭對這些場景（setting）的表現，更能掌握住球場競賽氣氛。雖然文字媒體也會有所描述，但語言文字與現場氣氛，兩者之間的差距，真可謂相去十萬八千里。

現場直播運動賽事的價值，在於即時獲知賽事結果誰輸誰贏，對於熱愛運動賽事的粉絲而言，只有守著電視甚至親赴現場，才能即時掌握賽事輸贏結果。那種親眼目睹故事情節在自己眼前展開的敘事心理欲求和快感，可以說充分獲得滿足；不論是對自己所支持球隊的勝利期待，或者在球賽過程目睹明星球員的超水準演出，都能獲得相當的滿足。

直播運動競技賽事，就是將運動競技場景，直接搬到觀眾面前，讓觀眾可以坐在家裡客廳享受觀賞運動競技的樂趣。尤其當前運動競技賽事在運動行銷的大力推展，以及結合先進影視科技的功能下，讓觀看現場直播的粉絲，甚至比親赴現場所看到的場景，更為直接、近身，有如運動競技就在你面前展開一般，此對在家觀看現場直播粉絲而言，絕對是享受運動競技的一大樂事。運動競技賽事的故事，就拜現代影視科技之賜，讓觀看現場直播運動賽事的觀眾，能夠達到有如布希亞所說的：比真實更為真實的運動競技賽事（Baudrillard, 1981, 1983）。

藉由當前影視科技的長足進步，現場直播運動競技賽事就可以充分展現觀看運動競技賽事的樂趣，讓運動競技賽事的精彩故事情節，一一呈現在粉絲面前，讓粉絲們可以輕鬆在家，也能享受緊張刺激、精彩奪目、展現體能的運動美學。所以現場直播運動競技賽事，根本就是將運動競技故事內容，透過影視科技的形式展現，讓熱愛運動競技的粉絲可以同時享受運動競賽故事內容和運動美學形式，也就是融合了傳統敘事理論的內容與形式於賽事直播。

誠如俗話所云：球是圓的。球賽誰輸誰贏，沒到賽局結束，誰都難預料。即使再強的球隊，在與弱隊對戰之際，卻大意失荊州，可能是投手失

準，也可能是個個強打者都打不出好球，或者是守備頻頻出狀況。即便是一再贏球，每場贏球的方式，也未必都如出一轍，有時是靠先發投手；有時是倚賴強打者的全壘打；有時卻是一棒接一棒、一壘一壘的蠶食鯨吞；有時是因為守備及時解危；有時更是因為救援投手出色表現。總而言之，球賽輸贏，都不是照本宣科、一成不變、或一再重複，而是每場各有千秋，難以比擬。而球賽的變化無窮，更應驗了敘事理論所說的故事內容只有一個，但是表達形式卻是千變萬化。

所以總結而言，球賽過程最能再現敘事理論所說的：一個故事內容，卻有千千百百個不同表達形式，直播棒球賽事正是同時兼具敘事理論形式與內容於一身的特有敘事，它不僅有助於擴展敘事研究的範疇，而且更對新聞傳播結合敘事理論作出貢獻。

參、完全依照時間序列進行，迥異於敘事美學的時間交錯

敘事美學講究的就是打破時間序列，刻意營造對於故事情節加以藝術美學處理的時間交錯形式，但現場直播棒球賽事，卻只能完全依照時間序列，一球一球、一棒一棒地，從頭到尾直到整個球賽結束，完全不能有任何人為的敘事美學的插敘或倒敘等情事。只有對於精彩鏡頭或失誤動作，導播會刻意一再重播數次，或者當球評談論到某一個球員該場表現，導播也可能配合球評，重複播出該球員剛剛的表現動作。即便轉播單位為了強調某一個打數或某個傳球動作的精彩或失誤過程，藉以強化它對整個球賽輸贏的關鍵性，也無法改變整個賽局，只不過讓觀眾添增幾分歡樂高潮或徒呼負負的氛圍而已。

所以運動競技賽事的現場直播，根本就是完全與時間同時推展，完全按照時間序列進行，毫無違逆時間序列之可能，這是直播賽事的運作事實，也是直播運動賽事的本質。對於完全依照時間序列進行球賽，雖然與講求藝術加工的傳統敘事美學完全不符，但是完全依照時間序列的現場直播球賽，就沒有故事情節了嗎？其實不然，棒球比賽，每一球、每一棒都可能是整個球賽最精彩的情節，既無人能預測投手這一球會是什麼結果？

也無人能預測打者這一棒會是什麼表現？所以，投手投出的每一球和打者每一棒的揮擊，都可能是決定或改變這場球賽最精彩的故事情節。但是，無論投手或打者表現如何，整個棒球賽事的現場直播，絕對是與時俱進，完全按照時間序列進行，則毫無疑義。

團隊球賽這種難以預測輸贏的特性，正是觀眾必須全程看完現場直播賽事，才能知道最後結局為何，所以儘管它是按照時間序列進行，卻絲毫不減損棒球賽事的精彩故事情節。也正是因為球賽難以預測誰輸誰贏，所以只能依照時間序列，一步一步的來，根本毫無倒敘、插敘的任何空間或可能性，所以按照時間序列進行比賽，其實也是運動競技的重要本質，各個競賽隊伍和個人，都只能依序進行比賽，毫無他者可以插手干預的空間。

現場直播運動賽事，就好比正在錄製整個敘事作品的紀錄片，現場直播將球賽每個打數、每個傳球，非常忠實地一一紀錄下來，問題是：現場直播所紀錄的每個打數和傳球動作，都是整個球賽故事的原始素材，這些原始素材完完全全按照時間序列展開，負責現場直播的單位，既不必花費任何心思去考究如何加以藝術美學處理球賽時序，也不必擔憂到底決定故事結局的精彩情節會出現在哪個環節，只要隨著時間一球一球的紀錄，自然而然就會出現精彩的故事情節，而且在沒有記錄到最後一個球數，故事是不會結束的，隨時都有翻盤逆轉的可能。球賽沒有結束，故事不會出現結局；球賽沒有結束，扭轉故事的精彩情節，隨時都有可能發生。只有球賽結束，故事才會結束。

不論是親赴現場或在家守著電視觀看直播棒球賽事，都無法預估每一場球賽會呈現什麼故事情節，會有怎麼樣的故事結局，這些愛好棒球的粉絲們，只能守著球場或守著電視機，一直觀看到整個球賽結束，才能知曉這場球賽的故事、情節和結局，也才甘心離開球場或轉臺。正是因為現場直播運動競技賽事這種與時俱進、無法預測的特質，不論參賽的球隊和球員，或者是觀賽的粉絲們，都只能隨著時間一分一秒的耐心等候。

肆、運動明星既是英雄、也是壞蛋？球迷是敘事文本外的參與者

根據俄國形式主義者普洛普（Propp, 1928/1968）對於俄國一百多則民間童話故事，歸納出7種人物角色和31種人物功能。這7種人物角色當中，閱聽大眾最關心的無非就是：英雄、幫手、壞人、幫凶等，在每個故事裡都會出現英雄，擔綱拯救公主的角色，在整個拯救過程，一定會歷經各種艱難挑戰，然後在關鍵時刻，獲得幫手的協助，最後終於能夠打倒壞蛋和幫凶，藉以完成使命，解救公主，讓故事回復平衡狀態。

善惡二元對立的敘事風格，似乎難以適用在運動競技，尤其是在球賽競技方面。因為所有球賽都是兩支球隊的競技，而且球隊之外，還有雙方各自所擁有極大數量愛好者、粉絲團和死忠球迷，任何一方球隊的強棒，對該隊而言，肯定是英雄毫無問題；但對另一隊及其球迷而言，卻可能就是百分百壞事的大壞蛋或是幫凶。

現場直播棒球賽事裡的英雄群裡，最受注目者非先發投手莫屬。其次，球隊裡的幫手，就是攻守俱佳的堅強陣容。不論是打擊方面的全壘打、長打、短打和盜壘高手，和守衛方面的捕手、各壘手、游擊手、內野手或外野手等，都有可能是每一場賽事的重要幫手。但是棒球比賽除了球隊和球員之外，還有球隊之外的廣大支持者和球迷。甲隊贏了球賽，當然會受他的支持者們大力讚許，可是對乙隊的球迷而言，這些英雄反而是十足的壞蛋和幫凶。

誠如萊思（Lines, 2001）指出，在運動賽事中，傑出運動員既是英雄，也有可能是人人喊打的大壞蛋，尤其對年輕球迷更是如此。對於棒球賽事，除了球隊之外還有無數球迷，而球迷們對於好人和壞人的分法，完全以他們支持對象而定，所以當球隊競技對立時，就會產生傳統敘事理論善惡二元對立難以適用的窘境。

現場直播運動賽事，既展現敘事文本（球賽自身），又摻雜了觀眾的敘事心理學，這絕非傳統敘事理論所能想像得到的景況，所以這種現場直播運動賽事的敘事分析，除了本書嘗試從新聞傳播結合敘事理論之外，恐

怕又要添增更多的其他社會科學領域的投入，才能對這種現場直播運動賽事的嶄新敘事文本現象，有更精確的分析視角。

伍、內行看門道：投手與打者的心理戰

喜愛棒球賽事的球迷一定都很清楚，先發投手投得好壞，乃是一場棒球比賽的致勝關鍵。先發投手投得好，就有可能有效壓制對方的打擊，只要投手能夠有效壓制對方打者，球隊就能穩操勝券。但是先發投手如何能夠有效壓制對方打者？就得看投手與打者之間，能否掌控致勝的心理戰。換句話說，棒球比賽的重中之重，而且也是棒球賽事故事情節的來源，就屬投手與打者之間的心理戰，它不僅決定到底是投手壓制打者，或者是打者擊敗投手，而且更直接決定棒球比賽的勝負。

正如前述所言，先發投手投出去的每一個球數，和打擊者每次揮出去的棒次，都有可能就是一個重大的故事情節，甚至是決定這場賽事的關鍵性一球。因此投手與打者之間的心理對仗，遂成為每場棒球比賽的吸睛焦點，足以讓全場和觀看直播的觀眾們屏息以待。那麼，投手到底要投出什麼球路？而打者到底要如何揮棒？投手與打者之間的猜測、想像、預期，都是整個棒球賽事永無止境的心理戰，而投手與打者之間的心理戰，正是現場直播棒球賽事源源不絕的故事情節來源。

一般棒球觀看者，只是看到投手將一個個打者三振，或者看到某個打者一棒揮出全壘打或二壘、三壘長打，然後跟著三振或長打而歡呼大叫，殊不知投手要三振一個打者有多困難，正如一個打者要揮出全壘打或二壘、三壘長打，有多困難。因為投手投出去的每一球，和打者擊出的每一棒，都是雙方強碰的心理戰下的結果。

即便投手的球路有限，但投手未必每球都會投出好球，除了邊邊角角的刁鑽球路之外，投手還會故意投出壞球，引誘打者出棒卻毫無打擊功能，這是投手高明配球策略。

雖然一般觀眾看不出這些投手與打者之間心理戰的端倪，但是雙方球隊的球員、教練，和在旁觀戰評論的球評，卻是一目了然。這就是觀球功

力深淺的差異，所以我們常常看到每個打者在站上打擊區之前，都會回頭瞄一下教練區，看教練團有無下達任何揮棒戰略。

教練團在比賽現場會給投手下達的指令，通常是經由捕手充當轉述者（narrator），捕手乃是按照教練的指令來指引投手要投什麼球路的球數。但有時候，投手未必完全接受捕手的配球指令，他有他自己的主張，或者來自自己的投球手感，所以我們會在現場直播鏡頭看到投手對捕手下達的指令，頻頻搖頭表示不肯接受。有時候，投手與捕手之間的互動，常常也是干擾打擊者的戰略之一，讓打者摸不著頭緒，搞不清楚投手到底可能會投出什麼球路出來。

尤其是當滿壘時，投手面對打者所投出的每一個球數，都非得仔細推敲不可，不僅教練團會透過捕手來指揮作戰策略和戰術，投手自身還得心臟更大顆才行，能夠臨危不亂，才能展現最佳球技。所以在滿壘時，所有攻防雙方的球員和教練，甚至在場所有球迷，可說是血脈賁張，腎上腺素飆升，每一球的投出和打擊，都讓現場氣氛緊張萬分。尤其在二好三壞滿球數時，更令投手、打者、雙方隊員、現場觀眾和觀看直播賽事的觀眾屏息以待。

所以說，現場直播棒球比賽最精彩的橋段，莫過於投手與打者之間的心理戰。但是，看球是一回事，打球比賽卻是另外一回事。當我們看到王建民或陳偉殷在最危險關頭，能夠克敵制勝，英雄式走下投手丘，我們都會為他們鼓掌叫好，可是我們豈能體會他們內心的煎熬？

將來若是敘事理論將棒球和諸多運動賽事納入敘事分析，那麼棒球賽事裡的投手與打者的心理戰，勢必成為有趣的敘事心理學重要課題，不僅理論上，投手與打者之間的心理戰，將成為研究焦點，而且在實務上，必然成為各個球隊教練團爭相學習的重點課程。畢竟在棒球賽事，先發投手能否壓制敵對打者，乃是決定球賽勝負的關鍵。

陸、觀眾是傳統敘事理論從未觸及的敘事對象

自從敘事理論興起迄今，主要著眼於敘事作品的藝術美學加工處理，至於讀者或觀眾的觀看反應，則是直到晚近接受分析（reception analysis）普受社會科學界重視後，敘事學界才開始重視讀者和觀眾的反應，而有敘事美學的嶄新研究領域。

傳統敘事理論並未將讀者或觀眾納入敘事作品裡頭，一直將讀者或觀眾排除在敘事作品之外，也排除在敘事研究分析的範疇之外。反觀現場直播運動競技賽事，既然講求的是現場直播，對於齊聚競技球場觀賞球賽的數千甚至數萬球迷，怎麼可能被負責直播單位置之不顧？現代資本主義推展運動產業的目的，就是要結合全球數以億計的粉絲球迷（Wann, Melnick, Rusell, & Pease, 2001），務必將現場的和在家觀看直播賽事的觀眾，一起納入運動產業的消費邏輯，才符合資本主義推展運動產業的目的。

對於觀看運動競技賽事，過去一直都將親赴現場觀賽的粉絲球迷，視為最忠誠的消費者，對於在家觀看直播競技賽事的觀眾，則常被視為次等的球迷粉絲。其實這種觀點，就運動產業而言，並非正確，道理很簡單，既然運動產業以擴大行銷為目標和手段，怎麼可能只關注親赴現場的球迷，而輕忽觀看直播節目的球迷？光從數字而言，這種想法根本就是錯誤的，因為運動競技比賽之際，能夠買票親赴現場的觀眾畢竟有限，因為球場就只有這麼大，再大也只能容納10萬人左右；反觀在家觀看直播電視節目的人數，可能高達數十萬、數百萬、數千萬、甚至數億人。所以當吾人嘗試擴大敘事研究的範疇，要將觀眾納入敘事分析，就不能只考慮到親赴現場觀賽的球迷，同時也要將在家觀看直播賽事的廣大觀眾，一起納入敘事研究分析範疇。

在現場直播運動賽事，現場觀眾的反應當然也是播報員和球評關注的焦點之一，負責直播單位也會經常在觀眾席間尋找有趣的畫面。

對於運動產業而言，現場觀眾絕對是最忠誠的粉絲，但不可小覷的是在家觀看直播影視節目的觀眾，雖然他們身不在現場，卻是心在現場，雖

然人不在現場，但關心球賽心情並沒有因此有所稍減，反而會邀集三五好友一起觀看球賽節目，製造一些聚會、聯誼的場合，增添觀看運動賽事的樂趣。而這一大群被傳統敘事理論排除在外的觀眾，不論親赴現場的，或在家的，其實對於推廣運動敘事研究具有時代意義與價值，值得深入探究。

在探討現場直播運動賽事的敘事分析，敘事理論將面對開疆拓土的重大革命，亦即現場直播運動賽事的敘事分析，務必將現場觀眾納入敘事分析範疇，只有將現場觀眾與球場運動員連結在一起，才有完整的運動賽事的敘事分析，才算是一場完整的現場直播運動賽事。這不僅是針對傳統敘事理論的一大挑戰，也是對社會科學的一大挑戰。

那麼，對於現場觀賽和在家裡看電視的觀眾，敘事理論到底如何看待他們？他們雖非故事參與者，卻是故事的旁觀者，他們當然不能參與棒球比賽的進行過程。可是，就新聞報導而言，現場旁觀者常常也會成為故事的參與者，而且是新聞報導不能或缺者，尤其當某一賽事場地發生觀眾鬧場、球場發生災難等情事時，旁觀者也成為棒球賽事的新聞報導焦點之一，甚至新聞媒體還會特別在其他新聞時段再予以特別報導。但這只是特例，在一般正常棒球賽局裡，現場直播必須關照在場和在家看電視的觀眾，而這群廣大的觀眾，原本就非傳統文學小說敘事範圍的觀眾，竟然也成為現場直播球賽的敘述對象，這是傳統敘事理論所未曾想像過的景況。

值得重視的是，體育記者和球評，他們之所以轉播現場球賽，目的就是為了服務喜愛棒球的閱聽大眾，所以記者和球評雖然並非與故事中的人物（球員）對話，卻是與故事外的觀眾對話。這種敘事情境，誠非傳統敘事理論所想像得到的場景，套用熱奈特（Genettte, 1972/1980, 1988）的概念，這種現場直播給閱聽大眾的敘事情境，根本就是敘事作品故事外的敘述者，敘說故事給故事外的廣大閱聽人聽，而且還不只是說與聽，透過電視媒體的直播科技，記者和球評還得分析講解故事情節給閱聽大眾。如果熱奈特（1972/1980, 1988）面對這種敘事情境，可能會想出更多的辭彙，來描繪播報和觀看現場直播球賽的這些劇外人物們。

將現場直播觀眾納入敘事範疇，就是將整個現場直播的球隊、球員、

教練團和球評、記者，甚至數以萬計的球迷都納入敘事裡頭，這就是一個大型敘事。將侷限於敘事文本自身的傳統敘事學，擴大到整個球賽現場，連同數以萬計廣大球迷都含括進來，這將是未來敘事學另外一種挑戰和新興研究題材。

柒、觀看直播比現場看球更為真實：布希亞的擬像觀點

經過上述解析現場直播運動賽事，發現一個有趣的現象，在家觀賞直播賽事，似乎比親赴現場，更能貼近自己喜愛的明星球員，還可重複享受球賽精彩鏡頭。

熱愛棒球的球迷粉絲即便買票親赴現場觀賽，可能座位離內野尚有一段相當遠的距離，對於球員每個細微動作未必都能看得清楚。即使花大錢買了本壘後方的昂貴座位，也不見得容易看到打者與投手之間，進行心理戰相互猜測的微妙表情，當然看不到捕手對投手所做出的配球暗號，也無法看清楚外野手撲接高飛球的驚險動作，更甭提打者到底是被刺殺在一壘前、還是安全上壘了，其間的些微差距，只能透過鏡頭一再重播，甚至從各個不同視角一播再播，才能判斷到底有無安全上壘。

不論是花小錢或花大錢，在球場現場觀賽，固然可以親身體會賽場氣氛，但是對於許多細微差距卻攸關勝負重要關鍵的動作，和許多球賽精彩鏡頭，卻都難以看得一清二楚，反而不如在家觀看現場直播，透過主播單位影視科技提供最佳鏡頭，既可貼近明星球員，又能清清楚楚看到每個明星球員精彩動作，所以觀看現場直播棒球賽事，可說是球迷粉絲最大的眼福和觀賽樂趣。

現場直播運動賽事在資本主義的推波助瀾之下，已經成為現代人們重要的生活方式之一，一到週末、或球季，無可計數的球迷粉絲紛紛守著電視或影視產品，就是要目睹明星球員精彩的球技，和自己支持的球隊克敵制勝的英勇戰績。各種影視科技產品提供運動競技賽事節目，收視率普遍都相當不錯，尤其是每年一度、二年一度、甚至四年一度的球賽，更不在話下，全球熱愛運動競技的球迷粉絲，徹夜不眠不休、如痴如醉、簡直瘋

狂，全都是為了要觀賞現場直播運動競技賽事。

這些熱門運動競技賽事，每年都在固定場所舉辦，透過現場直播，根本就是將全球轉變成為一個道道地地、無所不在（ubiquitous）的運動競技場域，全球愛好各類運動競技的粉絲都可以一飽眼福。現場直播運動競技的最大優點，就是提供球迷粉絲最即時、最精彩、最細微、最關鍵的絕佳鏡頭，讓觀看現場直播的球迷能夠在影視畫面上，看到每個球員和球隊的精湛表現。這種現場直播運動競技的影像內容充斥吾人生活的場景，有如後現代大師布希亞（Baudrillard, 1981, 1983）所說的超真實（hyperreality）情境。

布希亞指出，當前媒體充斥吾人生活空間，到處充滿媒體再現的各種模仿和擬像（simulation），多到已經無法分辨到底我們所看到的是真實的，抑或只是模仿的擬像？造成真實本尊與模仿、擬像之間的差別，已經消滅殆盡，人們對於真實的感覺已經被模仿、擬像所取代（Baudrillard, 1981; Kellner, 1989）。

就好比觀眾覺得觀看現場直播球賽，影視媒體提供的精彩畫面，比買票親赴現場，更能看清楚每個精彩動作、更貼近球員、更具故事情節、更為過癮、更為緊張、更為真實。於是乎，現場直播影視科技所提供的擬像，已經取代了球迷們真實的經驗了。球迷粉絲似乎也接受以影視形象，來取代真實賽事。

布希亞認為真實與非真實（the real and the unreal）之間的區別，也因為媒體的複製、模仿、擬真，而變得日漸模糊，甚至比真實還更真實（more real than real）。人們在媒介科技的作祟之下，逐漸失去辨別能力，誤將媒介模仿、擬真的非真實，當作原本的真實，甚至還肯定模仿、擬像的非真實變得比本尊更為真實，也就是布希亞所批判的幻象式的逼真（hallucinatory resemblance）。無庸置疑，現場直播運動競技賽事，在科技資本主義的大力整合行銷之下，影視科技所複製的模仿、擬真，已經充斥全球愛好運動的球迷粉絲的腦海、視野，廣大的球迷粉絲已經難以分辨真實與非真實、真實與擬真、真實球賽與影視科技提供的球賽了。

這些傳播科技提供的影視服務，遠非親赴現場觀賽所能比擬，因為影視科技所提供的畫面，最瞭解觀賽故事情節的需要，最能夠適時提供最適切畫面，讓球迷粉絲可以與球賽故事情節和影視畫面，完全融合一體，享受球賽最過癮的視覺效果。而且這些待在家裡觀看現場直播的球迷粉絲，覺得電視畫面所提供的精彩畫面，反而比那些花錢買票親赴現場的人，更能近距離貼近球員、仔細端詳每位球員的一舉一動、一顰一笑。

在家觀看球賽的球迷，還可事先邀約三五好友一齊觀球，並準備好各種愛吃愛喝的飲料零嘴，與好友一面吃喝一面討論、批判賽事，誠可謂人生一大享樂。如果是與三五好友相約到酒吧觀球，而且又是支持相同的球隊，那麼整個酒吧簡直就是在開同學會或歡慶會。試想：他們是在看球，還是在享受人生？而當看球可以和享受人生融合在一起時，那又為何要親赴現場觀球呢？敘事理論又是如何看待與生活方式、人生享受結合一體的觀看現場直播賽事呢？

捌、檢討與建議

雖然敘事理論和敘事學的發展歷史悠久，可惜迄今為止尚無現場直播運動競技賽事的相關探討，大概是因為敘事學傳統上講究藝術加工處理故事情節的時間序列，而現場直播運動賽事卻完全依照時間序列，以至於敘事學者對現場直播運動競技賽事興趣缺缺。

但敘事理論也說，並非按照時間序列呈現的動作，就沒有動人的故事情節，只要故事內容具有敘事性，至於情節如何安排設計，倒還是其次，並不會減損敘事文本的可看性或可聽性。敘事理論此一務實觀點，頗符合運動競技賽事的敘事情節，所有運動賽事都是按照時間序列進行，但並不因此減損運動賽事的緊張、精彩氣氛。其實每年重大運動賽事，尤其像每四年一次的奧運會，哪一個項目比賽不是按照時間序列進行？又哪一個項目不是充滿故事情節？對於喜愛運動賽事的粉絲而言，觀看每場賽事現場直播很可能是早就安排計畫好的大事。若非運動競技賽事充滿故事情節，為何會讓全球這麼多的粉絲著迷？可見現場直播運動賽事雖然完全按照時

間序列進行，但賽事自身就充滿故事情節，所以會讓球迷們如此瘋狂。

　　運動競技賽事早就被當代資本主義包裝成爲英雄展現高超、優異體能和美技的競技場（arena），更透過運動行銷大力推廣，讓運動產業成爲當今人類生活方式的重要單元，不只占據人們休閒的重要部分，即使上班時刻也念念不忘上個週末、或即將來臨的運動競技賽事，觀看運動競技現場直播節目，已經成爲現代人生活不可或缺的重要成分。而以全家人一起玩樂、觀賞的棒球比賽，更是許多家庭共同的休閒娛樂。

　　對全球如此眾多愛好運動競技粉絲而言，沒有一項運動競技賽事不是按照時間序列進行，沒有一項運動競技賽事不充滿故事情節，其主要原因在於故事情節隨時都有可能發生在每項運動競技賽事的每一個時間點、每一個動作、每一個環節，而這也正是運動競技賽事能夠吸引那麼多粉絲的原因所在。

　　現場直播與親赴現場觀賽，對觀眾而言，又有許多不同感受。固然親赴現場觀賽，可以與全場多達數百、數千、甚至數萬人，共同分享每個賽事情節的觀看心情，但是在家或在酒吧與三五好友觀看現場直播運動競技賽事，卻又有完全不同的風味，而且比親赴現場更能享受觀球的樂趣。

　　本章針對現場直播棒球賽事，嘗試結合新聞傳播與敘事理論，試圖尋繹出傳統敘事理論或敘事學尚未觸及的面向，尤其是像棒球這種球隊與球隊之間的競賽，因爲它並非個人表現就可以決定勝負，而是端賴整個球隊的整體表現，所以觀看現場直播球賽，常常又比觀看個人競賽更具故事情節。

　　像棒球這類賽事，經過長久發展，各個球隊都有其愛好者，粉絲遍及各地，所以每到賽事開打，各地球迷蜂擁而至，各自爲自己喜愛球隊加油打氣，也是觀看運動賽事的一大特色。

　　觀賞現場直播運動賽事，是一件非常賞心悅目的享受和樂趣，尤其對愛好運動賽事的觀眾而言，更是各自生活方式裡重要的一環，甚至是生活方式裡無可取代的項目，這也難怪每次運動競技，除了有數萬人湧進球場看球，跟著球賽進行節奏一起歡呼吶喊、或嘆氣頓足、甚至憤怒叫囂。更

有難以計數的球迷粉絲，相約三五好友，在家或在酒吧一同觀看現場直播賽事，那種看球的樂趣，簡直就是人生一大享受。球賽精彩演出，再加上三五好友共聚一堂的樂趣，兩者相加相乘共同綻放的火花，豈是棒球場上賽事可相比擬？

不論是親赴現場觀賽，與全場所有球迷共同歡呼或者怒吼，一起分享球賽的樂趣；或者是待在家裡與三五好友，邊喝啤酒邊看球賽，享受休閒娛樂的昇華境界。這群觀眾都是敘事研究不可忽視的故事外參與者，因為現場觀眾與球賽合體，共同融合成為球賽的敘事場景，或成為球賽不可或缺的重要場景（Chatman, 1978; Bal, 1985, 1997, 2009; Prince, 1973, 1982, 1987, 1994, 2003, 2004），運動賽事敘事豈可對這群廣大觀眾視而不見？

至於在家觀看現場直播賽事的球迷粉絲，的確他們與競技場完全隔絕，不是球賽場景的一部分，但是這群觀看現場直播賽事的觀眾，數量遠比親赴現場看球的觀眾，多出高達數百、數千、甚至數萬倍，既然他們都已成為運動產業的焦點，為何敘事理論可以將他們排除在外？所以，未來敘事理論如何將這群觀看現場直播運動賽事的觀眾，也納入敘事研析範疇，可以說至關重要。

所以敘事理論務必要與時俱進，將運動賽事納入敘事研析範疇，藉以大力擴展敘事學研究領域。針對這個嚴肅的議題，敘事學可分為二個不同階段，或兩個不同對象，一個是親赴現場觀賽的球迷，另一個是觀看現場直播賽事的粉絲，不論是對他們的運動心理學或運動社會學，都是值得探究的課題。期盼在不久的將來，在敘事理論裡會出現許許多多有關運動競技賽事的研究，讓敘事學更拓展它的研究範疇。

第 10 章 ▶▶▶
敘事視角與歷史敘事

🌀 第一節　敘事視角

敘事視角（narrative perspective）早就是敘事學界探討的重點之一，在20世紀的前半葉，敘事學都沉浸在敘事視角的研析當中，也是20世紀敘事學和文學批評偉大的成就（Currie, 1999）。敘事視角所要探討的是在敘事文本裡，不論所要描述的是什麼事件，總會從某個特定的視角出發、或選擇某個特定的觀察點下手，也就是看事物的某種角度或某種方式（Bal, 1985, 1997, 2007; Booth, 1961; Chatman, 1978; Genette, 1980, 1988; Huhn & Sommer, 2012; Lubbock, 1966; Peer & Chatman, 2001）。

壹、敘事視角

根據敘事理論，故事事件無論何時被描述或如何被描述，總要從特定的某種視界（vision）被描述出來；也就是要選擇某種特定視角（point of view），即觀看事件的角度，這就是敘事視角，包括歷史描述和虛構小說創作都是如此（Bal, 1997: 142）。

亦即每一個故事的敘述過程，之所以與其他故事的敘說

有所不同，造成差異的根源就在於敘述過程所採取的觀點，也就是敘事視角。每個敘事者在敘述事件時，他與事件相對應的位置，就是他對敘述事件所選擇的觀察點、立場或觀察方式。可見敘事視角乃是一個相當寬廣的概念，含括認知、情意和意識型態取向（Rimmon-Kenan, 1983/2002: 79-82）。

根據字典定義，視角有二個意義：（1）是指觀看事情的角度；（2）是指心智位置或觀點（Oxford English Dictionary; Webster's Third）。此兩者根本的差異在於，前者指涉觀看事物的物理位置，後者指涉觀看者的心智態度或心境。

譬如從臺北101大樓觀看臺北城市景觀，就是一種視角。但站在臺北101大樓上觀看臺北城市景觀，卻可以有多種不同的詮釋，既可欣賞臺北美景，也可讚嘆101大樓建築的鬼斧神工，亦可登高望遠、發抒情懷，更可以藉此來激勵自己努力向上等，這些差異可以表10-1表示。

表10-1 視角的幾種不同意義：以101大樓為例

觀看的官能	觀看的地點	觀看的對象
1.文學的：眼睛	1.文學的：101大樓觀景臺	1.景觀學的：城市、地景
2.比喻的：視覺／記憶	2.比喻的：努力向上的標竿	2.客觀的：臺北市最高大樓
3.評斷的：心智	3.評斷的：建築界翹楚佳作	3.比喻的：傑出／高人一等

資料來源：整理並修改自Chatman (1978: 151-152)

貳、聚焦

針對敘事視角議題，熱奈特最早提出敘述聚焦概念，主要是為了澄清過去對於誰在說（who speaks）和誰在看（who sees）混淆不清的問題。誰在說，指涉的是敘述者的「聲音」（voice）；而誰在看，則指涉誰在觀察故事，用什麼「眼光」（viewpoint）看故事（Genette, 1980）。

基本上敘述聲音和敘述視角是一致的，也就是敘述者和觀看者，是同一個人，他既看且說，亦即：他一面看著事件正在進行、一面敘說這個進行中的事件。但有時候，兩者是分離的，聲音固然是某一個敘述者的，但視角卻是另外其他故事人物的，在這種情形下，敘述者只是轉述或解釋其他人物所見所聞或想表達的想法。

　　在敘事理論裡，將誰在看和誰在說，弄得很複雜，最簡單的情形就是說和看是同一個人。但有時並非如此，譬如某甲敘說某乙所看和所說的事件、或某甲敘說某乙所看和某丙所說的事件、或某甲看著某乙敘說所看的事件、或某甲看著某乙敘說和某丙所看的事件等，各種不一而足的敘述情境，都與誰在看和誰在說有關，也就是都與敘事視角有關。

　　在敘事理論，敘述者在陳述過程，當然有他看事情的角度，此與敘事文本的視角不能混為一談，所以清楚區分敘事者的視角和劇中人物的視角，遂變得非常重要。巴爾和查特曼都用不同的字眼來區分這種差別，用slant（視角）指涉敘述者的態度和心智狀態，適合於敘事文本中的對話；另外用filter（過濾）指涉劇中人物更為寬廣的心智活動經驗，係針對故事世界的理解、態度、情緒等不同層面（Bal, 1997: 143）。

　　基本上，slant適合用在展現故事世界的話語裡，如對話等，所以是屬於敘事者所有，它能掌握敘述者心理的、社會的、或意識型態的各種態度，它既可以明顯表現，也可以隱晦地表現。而filter純係劇中人物在整個故事情節發展過程所表現在故事中的一切，當然是屬於劇中人物特有的。

　　即便對於slant和filter這兩個字眼有如此明確的區分，但是還是有不少學者喜歡使用視角（point of view）字眼，因為一來語義清楚，二來敘事者位置也可一目了然。

　　但是，視點或敘事觀點一詞也潛藏某種誤導作用，暗示敘事作品中的敘述者，似乎真的從視覺上的某個點，去觀察故事人物和事件，有如拍電影的拍攝，從鏡頭去觀看一切發生的事件。雖然這只是一種視覺隱喻，它卻彰顯了敘事作品的視點，原來只是一種幻覺，而且比電影的鏡頭視點更為虛幻，畢竟電影至少還是確實從鏡頭來拍攝場景、事件，而文學小說的

視點或敘事觀點，只不過是故事人物敘述他所看到的故事事件而已。

在熱奈特之前，敘事學界通常以敘述視角（point of view）、敘述觀點（narrative perspective）、敘述焦點（focus of narration）、敘述情境（narrative situation）、敘述樣式（narrative manner）或視野（vision field）等不同術語來指稱，遂造成諸多理解上的困擾。所以巴爾繼熱奈特之後，為了統一歧見，遂都採用聚焦（focalization）一詞，來指涉敘事視角及其類似概念。「觀看者」和「觀看對象」之間的關係就明確化了，「觀看者」就是「聚焦者」（focalizor），而非聚焦者就不是觀看者，至多只是敘述者，所以讀者就不會再將「誰在看」和「誰在說」搞混了。

誠如巴爾（Bal, 1985, 1997, 2007）所說，聚焦就是觀看者與被觀看對象、聚焦者與聚焦對象之間的聯繫，此一聯繫乃是敘事文本內容與故事的構成成分。若再將聚焦者與聚焦對象之間的關係，更進一步釐清，繼續追問以下幾個問題：1.人物聚焦什麼？聚焦對象為何？2.人物是如何觀看聚焦對象？是以什麼態度來觀看？3.是誰在進行聚焦？4.它是誰的聚焦對象？那麼，人物、聚焦者、聚焦、聚焦對象等，彼此的關係就非常明確，不會再有所混淆了。

參、聚焦的三種類型

對於聚焦，熱奈特又將它細分為三種類型：內聚焦（internal focalization）、外聚焦（external focalization）、零聚焦（zero focalization）。

一、零聚焦

零聚焦或稱零度聚焦，就是一種全知型（omniscient）視角，敘述者可以從任何角度觀察整個故事，作一種全景式鳥瞰，也就是一種無限制式的視角，所以又被稱為全知敘述。

零聚焦敘述者，不僅完全掌握整個故事情節的來龍去脈，更能夠未卜先知整個故事情節的發展及其後果。他對故事場景的變化，明察秋毫；對故事人物角色的內心世界，洞燭機先；對故事情節的發展，瞭若指掌。他既掌握所有的資訊，更可隨時提供相關訊息，純粹由他決定、完全看他

高興與否，多少著名文學創作就是以這種敘事技法，鋪陳整個故事情節的脈絡發展。讀者或觀眾的情緒，完全掌控在他的手裡，因此零聚焦的敘述者，可以說是無所不知、無所不曉、無所不在、近似神祇的全知全能敘述者。

就新聞報導而言，新聞記者既不可能、也無法扮演一個全知的敘述者，基本上記者只靠採訪內容來撰寫新聞，採訪多少就寫多少，既不能無中生有，也不能造假欺騙，尤其對於每個新聞事件的未來發展究竟如何，根本無從預知，所以從新聞學觀點而言，這種全知型敘述行為是不會發生在新聞事件的報導。

可笑的是，國內談話性節目充滿自以為是的名嘴，這些名嘴常常自以為扮演全知者角色，能夠看見一切，大肆在媒體上爆料。更常口出狂言，若不如何如何，自己就會切腹自殺，但多少名嘴食言而肥，不僅沒有切腹，也沒有自殺，依舊拿通告費在節目上大言不慚。令人好奇的是：臺灣觀眾怎麼這般有耐性？竟然能夠容忍這些名嘴？

二、內聚焦

根據熱奈特觀點，內聚焦是指按照敘述者的意識或感受來呈現敘事視角，敘述者只能從其他故事人物的外部來接受訊息，或者透過故事人物的外部訊息來理解他的內心感受，也就是敘述者只能從旁觀者角度，靠著觀察、接觸、溝通，嘗試理解、猜測故事人物的內在思想或感受，藉以陳述他對故事人物或事件的理解。

換句話說，內聚焦就是指敘事者嘗試深入故事人物的內心世界，瞭解故事人物的內心感受和想法，此一敘事者就好像是想做當事人肚子裡的迴蟲一般，嘗試摸透故事人物的內在世界。

內聚焦這種敘事手法，乃是作家在敘事文本中特意發揮的寫作技巧，藉由對故事某些人物的限定視角功能，不直接陳述表白故事主人翁的內心世界，而由其他配角代為陳述表白，這種刻意在敘事文本中留下某些空白或伏筆，藉以吸引讀者的好奇心或預留某些未來可以操作的空間。

根據上述分析，記者既可能是內聚焦敘述者，也可能不是內聚焦敘述者。讓我們先來討論為何記者不可能是內聚焦敘述者，因為記者並非故事事件的參與者或當事人，所以記者根本無從觀察、理解、想像新聞事件主人翁的內心世界；但是，記者仍可扮演新聞事件外部的觀察者和轉述者，去報導故事內容和故事人物的內心世界。

尤其是災難新聞，記者為了重現當事人面對災難發生現場的內心感受，會採訪當事人陳述災難發生時的心境，來分享給廣大閱聽大眾。這也是為什麼明明新聞記者無法進行內聚焦，卻屢屢以採訪事件當事人來複製事件現場的臨場感原因所在。藉由這種具有親臨現場、參與其中的當事人內心感受，更加突顯災難新聞的震撼性和可看性、可讀性，而非僅僅只是記者事後的外聚焦描述而已。

三、外聚焦

所謂外聚焦，是指敘事者無法瞭解故事人物內心想法，只能從故事人物外顯的一舉一動，靠著接觸或溝通等各種方式，如肢體語言和裝扮等，間接瞭解或猜測他內心想法，可謂只是提供純屬外在相關資訊而已。

外聚焦基本上是由於敘述者處於故事之外，並非故事中人物，根本沒有參與故事本身，純係以一個旁觀者身分對故事加以敘述。所以，敘述者只能從故事人物外部的行動、外表及客觀環境等，提供相關資訊，而無法提供故事人物動機、思維、想法、感受、情感等內在心理層面資訊。

外聚焦的敘述者，站在事件、場景、行動的外面，就新聞報導而言，有如攝影記者和攝影機，只是站在新聞事件的外部，真實紀錄一切發生的事件和行動，只能客觀、中立地紀錄新聞事件，卻完全處於新聞事件之外。但是文字記者可能會超越外在的資訊，深入故事的來龍去脈和情節發展，做更深入詳細的分析報導。

外聚焦的敘事手法，就一般敘事文本而言，比較常見於偵探、警匪等類型敘事文本，通常只提供讀者或觀眾一些表面資訊，而不提供其事件發生的真正緣由，正因為這種外聚焦手法沒有提供故事核心事件發生的緣由，反而更激起閱聽人對於核心事件原委的好奇，閱聽大眾就必須隨著敘

事文本逐次逐層、抽絲剝繭地掀開懸疑內幕，才能慢慢體會、瞭解核心事件的來龍去脈，逐步理析出整個故事藉以達到敘事文本欲求的驚悚、緊張、懸疑效果。但也有偵探警匪片，極力試圖透過外聚焦資訊，進而揭露當事人的內心世界。譬如《福爾摩斯》電影（*Sherlock Holmes*, 2009, 2011）和影集《新世紀福爾摩斯》（*Sherlock*, 2010, 2012, 2014），喜好賣弄辦案技巧的福爾摩斯，就常常在助理面前，分析當事人外聚焦資訊所揭露的內聚焦狀態。

由上述分析可見，新聞報導基本上是屬於外聚焦敘述，記者通常只能扮演一個外聚焦敘述者角色。但是從內聚焦與外聚焦的解析，可以明顯分辨內聚焦型的新聞，當然遠比外聚焦型新聞，更為吸引人、更具有可看性、更貼近閱聽大眾心理需求。所以雖然新聞記者本質上只是一個外聚焦觀察者，但在報導新聞事件，卻常以內聚焦敘述者身分，來服務廣大閱聽大眾。

肆、聚焦、敘述者與故事內容的關係

從內聚焦、外聚焦、零聚焦的分析，可以窺見聚焦與敘述者之間存在某種關係。有敘事學者認為熱奈特所創各種敘事詞彙，具有鮮明的數理大小概念，可以用簡單數學公式比較彼此之間的關係。譬如以聚焦為例，敘述者與故事人物之間的關係，可以呈現如表10-2所示。

表10-2　聚焦、敘述者、敘述內容三者關係

聚焦類型	敘述者角色	敘述內容
零聚焦	敘述者 ＞ 故事人物	敘述者所知大於故事人物；敘述者屬全知型
內聚焦	敘述者 ＝ 故事人物	敘述者所知等同故事人物；敘述者自我敘事
外聚焦	敘述者 ＜ 故事人物	敘述者所知小於故事人物；敘述者觀察紀錄

資料來源：本書仿照熱奈特（Genette, 1980）數學方程式概念整理

從三種聚焦類型與故事內容的比較，清楚看到敘事文本透過不同敘述者所提供的訊息來源、訊息數量和訊息表達方式，可以相當程度掌握閱聽大眾的判斷和對故事人物、故事情節的感受，不論是博取同情的、激起熱情的、賣弄懸疑的或製造緊張的，都可透過敘事視角的精心設計，達到敘事文本預設目的。

從上述內聚焦、外聚焦和零聚焦等分析，可見傳統敘事理論，對於敘事者的分析非常深入，而且與敘事文本息息相關，這些敘事理論觀點都足以作為新聞學的借鏡。新聞工作屬於熱奈特所說的外聚焦敘述情境，新聞記者對新聞事件的描述，理應採取外聚焦報導策略，也就是確實、公正、客觀的敘述方式，既符合敘事理論要求，也合乎新聞專業意理。

但是，若新聞報導只能從外顯資訊，進行外聚焦式的報導，未必善盡記者職責，因為並非所有新聞事件都是如此單純，如果只是要站在事件場景的外部，根本無法明白故事情節的來龍去脈、因果關係和發展動向，反而失去新聞的社會責任。

伍、故事內外敘述、劇中與劇外敘述

熱奈特曾提出許多二元對立敘事形式分類，不僅成為敘事理論重要論點，也對敘事視角的解析助益匪淺，包括故事內敘述（intradiegetic narration）與故事外敘述（extradiegetic narration）、劇中人物敘述（homodiegetic narration）與劇外人物敘述（heterodiegetic narration）、內聚焦與外聚焦等，都與敘事視角有關，有助於釐清「誰在看」和「誰在說」的爭議。

一、故事內敘述與故事外敘述

熱奈特對於敘述者角色，尚有故事內敘述與故事外敘述二種不同敘述類型。里蒙－凱南認為，每個故事必然有其敘述者，敘述者一直是敘事文本的核心人物，他在敘事文本裡所扮演的角色，至少與以下幾個因素有關：（1）敘事層次；（2）敘述者在故事中的參與程度；（3）敘述者對故事來龍去脈的理解程度；（4）敘述者或其敘述內容的可信度等

（Rimmon-Kenan, 1983/2002）。

所謂敘事層次，就是故事或情節，或稱故事內容或表達形式。但里蒙－凱南在這裡所指的敘事層次，並非指涉故事與情節、或故事內容與表達形式，而是敘述者到底是在故事之內，還是在故事之外。

熱奈特所指的故事內敘述，就是指涉敘述者參與故事其中，對故事情節發展過程所做的敘述。至於故事外敘述，就是指涉敘述者並未參與故事其中，而對故事情節發展過程所做的陳述。

新聞記者當然是以故事外敘述者身分，來報導各種新聞事件。若是要求記者作為一個故事內敘述者，除非正好遇到記者身處新聞事件當場，或者親身參與該新聞事件的過程，否則記者根本不會是故事內敘述者。可是臺灣談話節目，經常看到名嘴聲稱自己與某某政治人物共商大事云云，好似名嘴自身就是故事內敘述者身分，親自參與某個政治謀略似的，藉以取信觀眾們的信任。這種做法，不僅違反新聞倫理規範，也可說是臺灣當前談話節目的病態。

二、劇中人物敘述與劇外人物敘述

所謂劇中人物敘述（homodiegetic narration），就是指涉敘述者在故事中扮演某種角色，但不必然非主角不可；而劇外人物敘述（heterodiegetic narration），則指涉敘述者並未在故事中扮演任何角色。有些學者也將熱奈特所強調的敘事聲音（voice），放進來作為區分劇中人物或劇外人物的考量判準，而這種與敘事聲音有關的概念，其實又與第一人稱和第三人稱有關，因為以第一人稱出現，就代表著敘述者在場，而以第三人稱出現的話，則是敘述者不在場。至於自我敘事（autodiegetic narrative），自己既是故事中人物，也是故事主角，並以第一人稱來敘述。

另外，也有學者是以敘事層次來看待劇中人物與劇外人物敘述的差異，此處所謂敘事層次，就是指在同一個敘事文本裡，具有多層的故事敘述，而非只有單層的故事敘述而已。因此，劇中人物敘述就是在該故事中扮演某個重要角色的人，並敘說該故事的發生經過。劇外人物敘述則是指並未在故事中扮演任何角色的人，卻在敘說該故事的發生經過。因此，劇

第十章　敘事視角與歷史敘事

323

中人物敘述，有時候又可與內聚焦敘述者結合，表示敘述者既參與該故事事件，而且又以第一人稱陳述事件經過。甚至劇中人物敘述，也可與全知型敘述結合在一起，如果他能夠掌握整個故事情節的來龍去脈的話，基本上能夠扮演全知型的劇中人物，通常都被安排爲故事主人翁或是英雄。

可見熱奈特的敘述者概念，環環相扣，卻也造成困擾，尤其是「故事內和故事外敘述」與「劇中人物和劇外人物敘述」，二者之間的差異，常令人混淆。其實，故事內和故事外敘述是比較容易理解，故事內敘述，是指敘述者的敘述行爲發生在故事內；故事外敘述，則是指敘述者的敘述行爲發生在故事外。至於劇中人物和劇外人物敘述，則聽來似乎與故事內外敘述相近，所以容易造成混亂。其實，所謂劇中人物敘述，是指敘述者是故事中人物，敘述者講述自己或與自己相關的故事；而劇外人物敘述，則是敘述者並非故事中人物，而是由故事外人物來做敘述，敘述者講述的是別人經歷的故事。所以故事內敘述者，就是故事內講述故事的人；而故事外敘述者，則是故事外對故事發展可能產生框架作用的講述者。

陸、聚焦、聲音與人稱

除了聚焦、故事內外、是否劇中人物等與敘述者相關概念之外，熱奈特也提出敘事聲音（voice）的觀點，是前所未有的針對發聲主體之探究。

一、敘事情境

文學小說故事人物的敘述行爲，主要是有一個敘事者，對於某個敘述對象，發出敘述聲音，並透過彼此之間的對話互動，揭露某個故事情節的開展，於是就構成了敘事情境。敘事理論早就以敘事情境來描繪敘述視角，認爲敘事情境主要就是針對敘事者採取某種特定觀看視角，向敘述對象陳述事件，於是就構成敘事情境。

不論熱奈特、巴爾或里蒙－凱南，他們除了提出敘事情境來與敘事聲音結合之外，也提出敘事層次概念來結合敘事聲音。所謂敘事層次，就是指在同一個敘事文本裡，其敘事情境有所轉換，於是構成不同的敘事層

次。譬如，在同一個敘事文本裡，某個故事人物在某個敘事情境，扮演敘事者角色，他在不同敘事情境下卻是受述者，接受其他敘事者的陳述。這種故事人物的角色變化，主要在於敘事情境的轉換，在不同的敘事情境，也就有了不同敘事層次。

　　熱奈特對於敘事情境的分析，又分為敘事層次、敘事時間、人稱三種不同面向，一起來連結敘事聲音。基本上，敘事情境是由故事人物（包括敘述者和受述者）、敘述行為（包括雙方對話溝通）、時空背景、與同一故事場景的其他各種相關事物緊密交織而成，如果將這些個別物件分開來呈現，就不會有一個完整的敘事文本，整個敘事文本就支離破碎而無法敘說這個完整的故事。

二、敘事聲音

　　在敘事情境，必有敘事者發聲，因為敘事者一定非得講述某一特定事件，才能構成故事。熱奈特就從敘事主體的聲音出發，將敘事主體的發聲過程與整個敘事情境的關係，帶進了敘事視角的論析，更豐富了敘事理論的架構與內涵。

　　敘事聲音必然就是敘事主體所發出的聲音，但基於敘事形式的不同，有直接面對面敘述，也有透過書寫形式的敘述，所以熱奈特就加以區別為敘述主體與書寫主體兩種類別。所謂敘述主體，就是在敘事文本裡發出聲音的所謂敘述主體，就是敘述者直接面對受述者，雙方透過面對面溝通、對話、甚至質問的形式，這種敘述形式的敘述者，就是熱奈特所說的敘述主體敘事者；而書寫主體，則指涉敘事文本的作者而言，在文本裡的一切敘述、對話、溝通或質問等，都是作者表達在文本中的敘事形式。

　　既然敘事主體與書寫主體有必要加以區隔，所以「敘述接受者」與「讀者」、「敘事情境」與「書寫情境」，也就有所區隔了。所謂敘述接受者，就是在敘事文本裡，有某個人物與敘述者面對面，接受敘述者所陳述的一切，這種故事人物就是敘述接受者。至於讀者，當然就是閱讀敘事文本的真實世界人物，根本不會與敘事文本裡的受述者混為一談，只是熱奈特為了說明受述者，才特別標誌出來。至於敘事情境，則是指敘述者與

受述者，面對面溝通、對話、質問，所造就出來的故事情境；而書寫情境，則是指涉作者在書寫該敘事文本所處的境遇。

　　熱奈特更進一步將敘事再現（narrative representation）與世界真實的距離，分為三種類型：（1）敘事化描述：由敘述者用自己的話來描述或轉述故事事件。（2）引述：由敘述者一字不改地引述別人的對白，是透過敘述者的聲音呈現，而非原音重現。（3）模仿描述：不僅直接引述劇中人物的對白或獨白，而且由故事當事人親口說出來，是一種原音重現的處理方式。在這三者當中，敘事再現與世界真實距離最大者為敘事化描述，其次為引述，最小的是模仿描述。

　　熱奈特還將敘述者分為四類：（1）敘述者既非故事主角，也不在故事現場，純係故事外的敘述者。（2）敘述者是故事主角，卻不在故事現場，所以不會是一個全知的敘述者。（3）敘述者在場，但並非故事主角，所以講述的並非自己的故事而是別人的故事。（4）敘述者既是故事主角而且也在故事現場，他講述的就是自己的故事。

　　熱奈特也將作者、敘述者、故事主角這三者的關係，歸納出各種不同變化，並結合語言學觀點，釐清各種與時間有關的時序、頻率和時間長短等敘事手法，也從敘事作品的表達形式，歸納出語式和語態等各種表現手法。

三、第一人稱

　　最容易彰顯敘事聲音的手法，莫過於採取第一人稱或第三人稱的敘事策略，這也是敘事作品共同採用的敘事技法，透過第一人稱或第三人稱來發抒作者意圖呈現的故事情節變化與發展過程。

　　至於敘事視角或敘事觀點，通常採取「第一人稱敘述法」或「第三者意識中心法」，透過特定人物的眼光、意識來觀看周遭所發生的事物，就如同運用電影鏡頭轉換，藉以呈現劇中人物所關注的視角，通常閱聽人都是透過此種劇中特定人物的眼光或視角來瞭解故事的發展。

　　熱奈特認為敘述者通常都是以第一人稱或第三人稱、在場或不在場等敘事手法，來扮演敘述者角色。所謂第一人稱敘述法，就是以第一人稱進

行的敘事形式，敘述故事事件發生經過，通常屬於內聚焦敘述。第三人稱敘述法或稱第三者意識中心敘述法，純粹站在第三者立場，客觀敘述故事事件發生的外在樣貌，正是熱奈特所說的外聚焦敘述。

以第一人稱「我」當主詞作為敘述者，又可再分成二種類型：（1）由「我」來敘述自己的故事，以「我」作為故事主角，從故事主角的視角出發，來講述故事，也就是一般所謂自我敘述，這是心理學研究最喜歡使用的敘事研究方法。（2）由「我」來敘述他者的故事，以「我」作為故事的旁觀者身分，並非故事的參與者，只是從旁以一個旁觀者視角來講述故事，並由「我」來代言。

自己講述自己的故事，這種內聚焦敘述，當然沒有任何問題，但是由「我」來講述「他者」的故事，原本就屬外聚焦敘述，雖然敘述者謙稱是以旁觀者自居，可是依舊難免涉入故事情境，所以敘事理論一直認為，以第一人稱講述他者故事，通常被視為是一種介入故事的敘述行為。

四、第三人稱

第三人稱敘述法可分為二種不同的敘述類型：客觀敘述和全知觀點。所謂第三人稱的客觀敘述，是指敘述者並非故事中人物，而是獨立於故事之外的旁觀者，完全站在旁觀者視角，觀察故事、講述故事。既然是以第三人稱「他」或「她」，來講述他者的故事，理論上不會介入他者故事的敘述行為。這種敘述手法用於外聚焦視角，純粹從旁觀察、講述故事人物的外表、外在行動等，只提供外在資訊，或只能從外在資訊設想可能的內在動機。

至於第三人稱的全知型觀點，敘述者雖然是以第三人稱「他」或「她」，作為講述者，可是他完全知曉故事主角的內心世界，所以這種敘事技法，是以一種全知者視角，進入故事主角內心世界，專注於講述故事主角的心路歷程，鉅細靡遺講述故事主角內心世界的轉變過程。

像19世紀英國女性文學家珍·奧斯汀，著有《傲慢與偏見》、《理性與感性》、《愛瑪》等許多膾炙人口的小說，她就喜歡以交互對話和第三人稱來講述故事，像《愛瑪》（*Emma*）（Jane Austin, 1815）雖然是以

第三人稱來講述整個故事情節，卻是透過主人翁愛瑪的眼光去看事件，拉近了讀者與愛瑪的距離，也拉近了讀者對愛瑪感同身受的敘事效果。

新聞記者報導新聞，屬於新聞事件的旁觀者，當然是第三人稱客觀型敘述者，來陳述新聞事件的發生過程，所以新聞本質上屬於第三人稱客觀型敘述模式。可是，常常為了深入瞭解新聞事件當事人的內心想法，記者也經常嘗試去理解、想像當事人的內心世界，藉以增添新聞的可讀性和人情味。所以許多社會新聞，常常會看到記者排除萬難、想盡辦法，就是要貼近新聞事件當事人，就近、深入瞭解當事人的內心想法，而非僅止於站在新聞事件外部、純以一種外部觀看的外聚焦式的報導而已，畢竟內聚焦式報導遠比外聚焦式新聞的可讀性和人情味都高，這也是新聞記者想盡辦法一定要貼近當事人的主要原因。

五、敘事介入

試圖進入故事人物內心的情形，就是敘事理論所說的敘事介入（intrusive narrative）。馬丁（Martin, 1986）對於敘事視角的討論，又加入一項條件：敘事者是否「介入角色內心」，讓敘事視角、敘事聲音與第一人稱或第三人稱此一長期受到關注的敘事議題，獲得更明確的思維。

除了敘事者是否介入角色內心世界之外，馬丁也將敘事者是否「顯身或隱身」，加入敘事視角的思維邏輯之內，讓敘事視角的分類有更鮮明的解讀。根據馬丁觀點，敘事理論所說的全知視角（omniscient），就非常容易理解，它就是一種屬於既「介入角色內心」，又是「隱身」的敘事手法。如果是以第一人稱方式出現的話，那就是既「介入角色內心」又「顯身」的敘事手法。若是以第三人稱介入故事人物角色內心，則屬「隱身」敘事手法。傳統敘事理論對於第一人稱和第三人稱的各種爭論，其實只要根據馬丁的觀點，就容易理解。

譬如《左傳》，除了全知視角的主敘事外，經常出現「君子曰：」的一些次要敘述，它有別於主敘事，卻是用來配合全知視角的主敘事，就是所謂的介入敘事。也就是透過其他敘述者的聲音，來配合或彰顯主敘事，也有可能用來與主敘事站在對立面，藉以突顯彼此的正邪對立、光明與黑

暗、正直與荒謬等。

　　撇開個別敘述者的敘事聲音不論，針對整體敘事文本的敘述語調來看，也有「敘述者口吻」的概念，不同的敘事文本可能採取不同敘述者口吻策略，藉以達到創作者意圖彰顯的敘事目的。

　　最足以代表以不同敘述口吻創作共同故事背景的敘事文本，莫過於中國對於三國時代的《三國志》、《三國演義》和《三國志平話》。從史學、文學、哲學、藝術等各種不同角度來觀看，這三本著作代表三種不同的「敘述者口吻」，陳壽用的是史官的口吻，羅貫中用的是小說家的口吻，而無名氏則是用說書人的口吻（浦安迪，1997）。

　　《三國志》是記載魏、蜀、吳三國鼎立的紀傳體國別史，由於作者陳壽是晉朝史官，所以《三國志》在陳壽筆下，遂尊魏為正統，且在《魏書》三十卷中特地為曹操寫了本紀，但《蜀書》和《吳書》就沒有本紀，分別只有劉備《先主傳》和孫權《吳主傳》。讓人看到，不僅敘述者口吻不同，而且史官都是為政治服務的一面。《三國志》既是史官所著，當然就有其背負的視角，而《三國演義》既名為演義，就跨域在文史和小說之間，當然作者就有創作的揮灑想像空間，而且特意「揚蜀漢、抑魏吳」，則又非僅僅只是敘述者口吻不同而已。

　　此外，熱奈特也提出敘事距離（narrative distance）概念，指涉敘事表達方式與故事事件實際呈現方式的異同，若兩者愈相近類似，則兩者敘事距離愈近；反之則兩者敘事距離愈遠。布思和里蒙—凱南也都有相同的看法。布思更直言，只有不成熟的讀者才會與故事人物打成一片，失去距離感，因而也失去經驗藝術的機會（Booth, 1961: 200）。可見，敘事視角解析也包含了閱讀敘事作品的審美距離的價值，而敘事距離也同時讓閱聽大眾與故事人物之間，保持必要的審美距離，或者必要的道德評斷距離，因而享受和體驗審美的經驗。

✺ 第二節　新聞報導與其敘事視角

新聞報導有如敘說故事，根據敘事理論，必然有其敘事視角，那麼新聞的敘事視角爲何？新聞的敘事視角是否會背離新聞學所堅持的公正、客觀的專業意理？

壹、新聞必然有其敘事視角

新聞學向來主張秉持公正、客觀的專業意理，來報導一切新聞事件。這種主張客觀報導的態度，就是堅持新聞報導沒有預設立場。可是，新聞報導眞的能夠切實做到無視角嗎？

新聞工作宣稱公正客觀秉公處理，其實只是一種道德性宣稱，至於實務運作是否眞能做到沒有視角，我們可以從敘事理論的他山之石，來深入瞭解新聞的實務運作。

根據敘事理論，任何敘述者在敘述行爲過程，都有他敘說故事的視角、立場、或觀察點，此乃敘事學的基本常識，多少敘事學者都曾對這個主題做過極其深入的探討，而且早就獲致敘事學界的共識，根本無庸置疑，也無須再費口舌討論此一議題。

可是，試圖結合敘事學的新聞學，雖然一方面宣稱新聞就是說故事，卻另方面否認新聞也有其敘事視角。很明顯，這是矛盾的說法。既然承認新聞也是敘說故事，也是一種敘事文本，卻反對敘事學典範架構裡所發現的：凡是敘事，必有其視角。任何敘事文本，不論它的屬性如何獨特，包括法律文本、財經文本、新聞文本、文學小說、藝術美學創作、廣告文案、服裝設計、建築工程等，只要是被含括在敘事範疇，它必然都具有敘事典範的共同特徵：凡是敘事，必有視角。

要質問新聞有無敘事視角，只要追問每一則新聞裡，到底是誰在說話？從誰的觀察點來看這個新聞事件？就可找到新聞視角，可以說輕而易舉。

貳、新聞豈會沒有預設立場？

既然新聞有敘事視角，怎麼會沒有預設立場？新聞有其敘事視角，新聞有其預設立場，並非新聞學出了什麼問題，眞正的問題在於新聞要站在誰的視角？站在什麼預設立場？誠如本書一再強調，新聞記者有如敘事理論所說的劇外人物、故事外人物，記者只是新聞事件的紀錄者、觀察者，既非新聞事件的參與者，也非新聞事件的當事人，所以理應清明、透澈看清新聞事件的來龍去脈和問題所在，不能也不可牽涉其中，甚至爲新聞事件中的特定人士或團體幫腔。

可是，新聞記者既然要報導新聞事件，難免就要敘說事件當事人的想法和說法，問題不在於記者敘說事件當事人的想法、說法，問題在於記者有無刻意爲特定人士或團體說話？畢竟爲特定人士或團體說話，就難免涉入潛藏的利害關係或意識型態，這也是批判論述分析（critical discourse analysis）的研究重點所在（van Dijk, 1988, 1991, 1998）。

由以上論析可以瞭解，新聞就是敘事，因此必然有其敘事視角，從而有其預設立場在所難免。進一步探討記者和媒體經常引以爲傲的鼓吹式新聞（advocacy journalism）就是一個佳例。新聞媒體和記者都擁有主觀意識和價值觀，積極鼓吹社會大眾共同追求某種發展方向，但其出發點都是爲社會更美好的未來著想，而非爲了私己利益。

可見，新聞必有其敘事視角，也有其預設立場，其實都未必因此有損新聞專業意理和專業倫理，問題在於鼓吹的是什麼？是否合乎人類價值？是否合乎社會共同利益？譬如新聞鼓吹產業綠化、節能減碳、節約用水，凡此種種都是預設立場的新聞，都著眼全民甚至全球共同利益，而非個人私利，這種預設立場何罪之有？所以問題並非在於有無預設立場，而是在於預設了什麼立場，是爲誰所預設的立場。

參、記者只是在故事外陳述事件

　　根據敘事理論，新聞記者只是新聞事件的陳述者，完全站在新聞事件的外部，客觀公正報導事件發生過程。記者既然是新聞事件的故事外陳述者，既非新聞事件的參與者或當事人，當然就非屬敘事理論所說的全知型的敘述者，所以新聞記者只能透過採訪，來瞭解整個新聞事件，而這也正是新聞學所嚴格要求的基本功。

　　新聞記者既然不是新聞事件的參與者或當事人，當然只能藉由從參與者或當事人的採訪過程，才能掌握新聞事件的發生經過和故事內容情節，所以記者作為一個敘述者，他只能透過採訪才能瞭解、進而敘述新聞事件。這不僅完全符合敘事理論所說的故事外敘述者或劇外人物敘述者角色，而且也契合新聞學對採寫的專業要求。

　　但是，國內目前充斥揣測型新聞，記者喜好扮演全知型陳述者，好像自己就是無所不知、無所不曉的隱含作者（Booth, 1961）一般，自以為擁有筆桿、占領媒體一方之地，儼然搖身一變成為敘事理論所說的全知型敘述者，愛寫什麼就寫什麼。這不僅不符敘事理論的人物角色界定功能，更嚴重背離新聞學專業意理。尤其是在政治權鬥方面，每屆選舉之前，各種權鬥新聞充斥，記者撰寫這類新聞，根本無須採訪，只要關起門來空憑想像就可以。這種假冒全知型的權鬥新聞的幽靈，自解嚴以來，一直徘徊在臺灣這塊土地上，日益嚴重，似乎已經到了新聞界之間彼此較量誰最有想像力的地步，根本無視新聞專業倫理與專業意理的要求。

　　由於權鬥新聞，對普羅大眾而言，實在距離生活經驗太過遙遠，根本無從瞭解或查證記者所言到底是真是假，遂給記者可以大膽揣測、閉門造車的大好機會，但記者這種置新聞專業意理於不顧的作風，不僅背離敘事學有關敘述者的理論，更嚴重悖逆新聞專業意理，到頭來終究會反噬自己，斲喪新聞媒體的公信力。

🌀 第三節　敘事認同

壹、認同

一、認同與身分認同

認同（identity）一詞的概念，乃是由拉丁文「同一」（idem, 英文 sameness）與「自身」（ipse, 英文 selfhood）而來。所以許多書籍都將 identity 翻譯為「同一」或「同一性」，也有的將它翻譯為「身分」或「身分同一性」。

認同最簡單的意義，具有二個層面，其一是同一性（identity），其二是確認和歸屬（belongingness, identification），也就是自我身分（identity）和對自我身分的認同作用（identification）。

有學者認為，個人的身分並不在我們本身之內。此種觀點至少具有二種觀點：其一，身分是一種關係，存在個人與他者的關係當中，而非在個人之內。任何想要瞭解或解釋個人身分，就得掌握個人與他者之間的差異，這種差異指涉的是社會關係的差異，而非個人內心世界的差異。其二，身分既不存在個人身內，那是因為身分僅僅存在於敘事當中。所要想要展現個人身分，那只有透過敘事的方法，講述個人自己的故事，藉由敘事形式來敘說自己的特性，將自己敘事化、外化，從而達到自我表現的目的（Currie, 1999）。

有學者將認同作為自我與他者的區辨，再加上想像（imagination）的概念（Anderson, 1991）。因此認同乃是在特定時空環境下，個體用來區分自我（self）與他者（other）的想像範疇。並將此定義擴大到想像社群和歷史的範疇，譬如認同乃是在特定歷史時空下，一群人想像用來區分「我們」與「他們」的集體範疇，如民族等。

利科對敘事認同，乃是經由「敘事」而達到「認同」，而且在此過程，又不斷對此兩種概念加以辯證，最後才達成敘事認同的結果。閱讀是一種欣賞敘事創作的過程，更是分享主體性的過程。讓讀者的身分就有了

轉換，瞬間從閱讀進到了主體性，對自我身分也造成某種特定作用，所以閱讀不僅只是欣賞敘事作品的過程而已，它也會讓讀者看到自我，並將自我投射到敘事文本，甚至產生敘事認同，轉換個人身分與身分認同（Ricoeur, 1984）。

二、鏡像階段的想像認同

拉岡提出鏡像階段（mirror stage）的理論觀點，認為個體「自我」經由鏡中意象發展到「建構自我」的一個重要轉折點。他在〈從心理分析實驗中揭示的鏡像階段做為「我」的形成期〉（Lacan, 1949）論文中，提出鏡像階段乃是個體的自我印象發揮作用的重要功能與階段，其功能就是在個體與現實之間建立一種關係。

拉岡的鏡像階段理論，通過鏡像觀點，闡明個體如何確認自我、認同自我，甚至建構自我。而且，還引伸更深層的觀點，亦即隨著幼兒鏡像階段的概念，將自我認同的概念做更深的延伸，既然吾人自我認同，可以透過鏡像來確認並且建構，它就意謂著吾人自我的身分認同，乃是可以透過外在客觀世界他物或他者的協調而完成。也就是說，自我身分的認同，乃是透過客觀他者的存在而完成。而拉岡此一觀點，其實與米德的自我／他者的觀點，可以說不謀而合（Mead, 1934）。

因為根據拉岡的鏡像階段理論，在確認自我、認同自我過程中，必須把本我（ego）進行自我疏離，才能藉由鏡像逐漸建構成熟的自我主體性。這種自我疏離、自我建構的過程，必須有自我反省的實踐才能完成。所以，鏡像階段理論提供了自我身分認同、自我建構的觀點，更指出了在身分認同和建構過程中的主體性位置移換和身分想像。

敘事視角乃是一種視覺隱喻，而且是高度視覺化的概念，與拍攝電影的手法如出一轍。第一個探討電影敘事學的學者馬爾維（Mulvey, 1975, 1981），就承襲了拉岡的觀點，主張電影就是為了滿足這一個原始欲望。她將觀賞電影的快感，描述成一個由兩種相互矛盾的欲望所驅使的過程，其一，是將電影中的故事人物作為客體來進行觀賞的快感；其二，是認同電影故事人物所獲得的快感。第一種欲望就是心理學上所說的力必多

（libido）的欲望，第二種則是自我欲望。

馬爾維也是一位女性主義者，她對於絕大多數電影敘事，都將男性主人翁描述爲主動角色，既是整個故事情節的中心，更是扮演主動、積極、俯視女性的角色，並激起性欲的形象；而女性卻只是被動的性欲對象。她對長期以來這種電影敘事文本深表不滿，而且嚴肅指出，這樣的電影敘事文本，無非就是男人將自己視爲主體，而將女性看成客體；男人在觀賞電影時，可以獲得雙重滿足和愉悅，主體滿足與觀看滿足、視覺愉悅與敘事愉悅。而女人卻一直被當作客體、被動、被觀看、性欲對象和愉悅對象。

三、身分與形式：話語構形

傅科認爲，身分（identity）是一種形式（form），身分認同（identification）是一種話語構形（discursive formation）（Foucault, 1969/1972）。身分可以是一種想像，同時也是一種形式，身分常常被視爲是對某種形式的渴求，而且是對於話語構形所表述的特定形式的渴望追求，只有當身分在作爲形式時，身分才會展現出它的權力和力量。

身分認同雖然被視爲個體自我認同的建構過程中的自我意識，它卻從未具有原始本質或終極目標的地位，僅透過話語的運作，來發揮它最大的效力。傅科認爲，身分認同就是一種話語構形。在社會實踐過程中，會產生各種特定的社會構形，話語構形乃是社會構形中最重要的一環，人們透過話語構形來形塑自己的身分認同，所以說，身分認同就是一種話語構形。

傅科認爲，話語構形過程會產生「構形規則」，但是這些規則並非藉由法律所操控，而是透過一種「秩序」和「規則性」所支配。對每一個話語運作而言，這套秩序和規則性會產生某種特定的陳述功能運作的條件，來界定並確保自身的存在。敘事具有文化想像的集體主體性，敘事、說故事，既是話語形構主體性非常重要的過程，更重要的是在敘事、說故事，務求形構具有文化想像的集體主體性。

敘事永無休止地建構身分，不論是個人的身分認同或國家認同或民族意識，都是藉由敘事去建構自我，並且去抗衡差異，在敘事中形構自我身

分與認同。所以，身分的話語形構過程，就是不折不扣的歷史過程。就個人而言，個人身分的敘事話語過程，就是個人的歷史過程；就國家而言，國家主體的敘事話語過程，就是國家的歷史過程。不論個人身分認同或國家認同，都是透過話語形構和敘事實踐過程建構而成。

貳、敘事的身分建構

傳統結構主義透過自我與他者的差異，認爲個人的身分不在個人之內，而是在於個人與他者的關係當中。此乃社會學觀點，也是社會科學社群所共同接受的基本觀點。但是，後現代敘事理論提出不同的看法，認爲個人的身分既不存在個人的身軀之內，也不存在於社會關係當中，而是存在於敘事之中。

結構主義的敘事分析，基本上是以演繹法，認爲敘事結構與語言系統一樣，具有語言系統的特質和相似的規則，所以結構主義敘事學就是從語言體系的一般規則，走向特定的敘事結構分析。但解構主義者則正好相反，認爲應該從對特定敘事的分析，然後走到對於語言一般規則的研究，所以應該採取歸納方法，否則就要註定失敗（Barthes, 1977: 81）。

所以後現代敘事理論主張採取歸納方法來進行敘事分析，否定了形式主義和結構主義敘事分析所採取的科學性演繹驗證的語言體系觀點。這種歸納法觀點，亦即顯示了後現代敘事理論對於語言的基本立場，包括語言乃是建構了而非反映了世界眞實，而敘事則是創造了而非揭示了社會眞實的結構。

而值得一提的，也是非提不可的，就是後現代敘事理論對於敘事創造身分與認同的觀點上，並非站在作者立場，而是站在讀者位置。後現代敘事理論主張，敘事就是閱讀，閱讀也就是敘事。無論閱讀再如何客觀或科學，閱讀行爲或閱讀過程所產生的意義，並非來自作者所指示的，而是由讀者所自行建構的，亦即閱讀所產生的身分或認同，並非讀者在作品中發現，而是讀者在閱讀行爲上自己創造出來的（Czarniawska, 2004）。

參、敘事認同

誠如敘事社會學和敘事心理學章節裡所言，人們都生活在故事裡，人們透過敘說故事來進行自我揭露、透過敘說故事來和他者溝通、透過敘事來建構、理解外在世界，所以敘事與人們生活息息相關。就個人而言，個體也透過敘事，來敘說自我的生命故事，透過敘事來建構自我的身分認同。

所謂敘事認同，乃是個人生命故事的內化，藉以建構自我生命的意義，它是一種選擇性的經驗重構和對未來的想像（McAdams & McLean, 2013; McAdams, 2011）。也就是個人透過敘說故事的形式，重構自己過去的親身體驗、理解當下的處遇，並想像未來的可能等綜合體。而敘事形式，無非就是人物、場景、事件、情節等故事素材，經過組織成為有開頭、中間、結尾的故事結構。在個人成長和社會化過程，透過敘事來瞭解自己是誰？自己想要成為怎麼樣的人？自己想要在社會上成為哪種身分的人？都是透過敘事來成就自我和身分認同（Hinchman & Hinchamn, 1997; Somers & Gibson, 1994; Whitebrook, 2001）。

在敘事認同過程，個人所敘說的故事，與個人意圖強烈相關，只是或顯或隱地將個人意圖放在故事裡，個人敘說故事的真正意圖就是欲求它可以實現，並且透過敘事形式來呈現。譬如我們會告訴自己，我們過去是／現在是／將來會是：怎麼樣的一種人？我們過去／現在／將來會：身處什麼情境？因此，我們應該如何自處、面對、追尋？（Ringmar, 1996: 73）。

所以，敘事認同無非就是通過敘事的中介和敘說故事的過程，建構某種身分認同（Ricoeur, 1991）。而這種敘事認同，其實就是在追尋或者回答下列問題：誰做的？誰想要做的？誰是能動者？誰是發動者？一切都鎖定在「誰」的身分，就好比是故事裡英雄不斷經歷各種考驗，要去追尋失蹤的公主一般，就是自己不斷地在追尋心目中的自我。

其實，透過敘事來瞭解自我、追尋自我認同，都是人們日常生活實踐中的一部分，只是過去從未思考原來我們日常生活如此具有敘事性、學術

性而已。

利科（Ricoeur, 1984, 1990）將敘事認同定義為：敘事整體透過內在的動力，帶給說者和聽者新的主體性，也就是對自我的重新理解。敘事認同連結一個人的過去、現在與未來，從過去、現在到未來，串起一個人的經歷、意志和想像，造就一個完整的自我。

利科認為，敘事認同有如日常生活一般平常，既有事件素材，也有故事情節，所以在敘事認同過程，一定同時兼具和諧與失諧兩者。所謂和諧，就是個人在敘事認同過程，故事情節發展相當順遂；所謂失諧，則是個人在敘事認同過程，遭遇失意、挫敗、命運逆轉等遠離追尋目標的際遇，讓人飽受痛苦與折磨。所以敘事就在和諧與失諧之間，扮演中介角色，撫平痛苦成為喜樂、慰藉失諧成為和諧，藉以達成認同（Ricoeur, 1984: 4, 69-73）。

敘事就是活生生的日常生活，每個人的日常生活就是在敘說故事。利科認為，敘事扮演個人與外在世界的調和者角色，敘事既是創新者，帶領個人走向前所未有的美好未來，但同時也是守舊者，建基於既有的陳舊觀點（Ricoeur, 1984: 68-69）。更重要的是，敘事能夠磨合痛苦與歡笑、撫慰失諧與和諧、綜合事實與虛構，於是乎，敘事認同就是在現實與理想之間、實然與應然之間，扮演重要的調和者角色，扮演一個中立描述和道德要求的調和者角色（Ricoeur, 1992: 114-115）。

※ 第四節　歷史敘事

歷史敘事大概是所有敘事理論最棘手的議題，一般敘事作品都是以藝術創作為最高指導原則，但是歷史敘事主要在於紀錄人類真實的經歷，所以歷史敘事絕非以美學藝術創作為宗旨。

壹、歷史真實是什麼？

如何記載歷史？以何種形式來記載？要記載什麼歷史真實事件？這些問題，其實最關鍵的是：歷史真實是什麼。歐威爾（Orwell, 1984）就曾說過，歷史掌握在當下掌權者手中，誰掌握現在，誰就能掌控歷史的書寫（He who controls the past controls the future. He who controls the present controls the past）。克羅齊（Croce, 1923）所說「一切歷史都是現代史」（All history is contemporary history）的說法，也就是中國歷史名言所說：成王敗寇。誰當家作主，誰就可以決定歷史如何書寫。

如此說來，歷史並非真實自身？只是成王的書寫？失敗者都是成王筆下的寇賊？那豈不經常要改寫歷史，以符合各代君王、掌權者的想法？這些問題，可歸結為二個主要問題，其一，歷史對某事件有無記載？其二，歷史記載有無爭議？

針對第一個問題：歷史有無記載？凡是歷史沒有記載的，就代表沒有事情發生過？這也未必，凡是暴君所忌諱的，根本聽不到任何相關的聲音，所以歷史沒有記載的，未必就是沒有發生過，甚至反而是更重大的歷史事件。不論是敘事或新聞報導，都有排除與納入（exclusion and inclusion）的概念與操作，凡是納入敘事文本的，就是作者想要刻劃的對象，而被排除在外的，不論是敘事文本或新聞報導，都是作者或記者忽略甚至不予理會的事物。所以就歷史真相而言，並非歷史沒有記載的，就代表沒有發生過，可是發生了，卻遭輕忽或刻意忽略甚至抹滅，反而更非得查個水落石出不可。

那麼第二個問題：歷史記載有無爭議？難道凡是未曾發生爭議的歷史記載，就是代表真實的歷史？譬如面對當前國共雙方對於抗日戰爭的功過，各有爭執，表示中國對日抗戰的歷史要如何記載，仍未定論。因為國共雙方都宣稱是自己抗戰勝利，試圖將一切功勞歸諸於己，所以這一段中國抗日歷史，如何書寫，猶存爭議。又譬如二次大戰期間，日本強迫臺灣婦女去當慰安婦，如今仍有不少見證人都還健在，但日本政府一直否認，

但否認就表示不存在嗎？那麼沒有爭議的，就是真實的歷史囉？倒也未必，可能只是目前尚未引起爭議罷了。譬如在中國，官方禁止網站出現諸如1989年發生在北京天安門的「六四事件」等字眼，這麼多年來，天安門事件在中國都未曾引起爭議，所以六四果然就是官方指稱的暴民事件嗎？

解構主義者德希達向來反對索緒爾所主張的符號的意義來自語言之間的差異觀點，並指陳符號其實就是一種排除結構，而且至少有三種方法壓制差異。其一，像歷史這個名詞，符號總是假定它具有某種特徵和相同性，理論上歷史應該是一致的、相同的，殊不知歷史的書寫，何止差異而已，有時根本就是南轅北轍。其二，當某個字詞出現之際，它就排除或遮蔽了與它不同的其他的字詞，也就是說，語言的意義並非藉由彼此之間的差異造成，而是藉由相互排除而造成。其三，在敘事中藉由排除手段，壓制了某種理應被呈現的意識型態，這不僅對敘事文本極其重要，對歷史敘事更形重要。

再者，意義不僅被語言符號的排除或納入所限制，同時也被敘事語境所限制（meaning is context-bound）（Culler, 2008）。雖然語境是無限、無窮盡的，但只要相關符號被排除在外，甚至沒有留下任何跡痕，那麼該符號就根本「不在場」，既然不在場，就無法為自己發聲，既然無法發聲，那麼與它有關的意義就難以進入語境，既然意義不在場，就更遑論它背後所潛藏的意識型態了。

歷史敘事學者懷特說，敘事的本質就如同文化和人性一樣，是如此地自然（White, 1981）。敘事是一種後設符碼，它是建立在分享實體乃是可能轉述的人類共同基礎之上。正如巴特（Barthes, 1981）所說，在吾人的經驗世界和使用語言描述經驗之間，敘事取代了直接重複該事件的意義。

值得況味的是，在敘事過程，到底哪一種意義缺席或被拒絕了？也就是德希達所說的，到底哪些歷史事件被歷史書寫所排除？歷史書寫可以告訴我們一些答案，但是史官通常不會以敘事形式直接呈現現實世界的真實，他們會選擇其他非敘事甚至反敘事（non-narrative even anti-narrative）的再現模式（White, 1981:2）。史官不會以敘事模式來處理事

件的意義，他們拒絕告訴我們「過去」（the past）的故事，也不會告訴我們故事的開頭、中間和結尾，更不會告訴我們故事是怎麼發生、怎麼結束的。他們所在意的和所記載的，就是他們所理解的事實，卻未必就是眞正的眞實。

史官或歷史記載者未必對歷史敘事有興趣，他們只是依照自己對歷史事件的意識，覺得那些事件應該被記載下來，於是就成爲他們筆下的歷史成分，至於他們意識裡認爲不重要的，也就被排除。一般而言，歷史書寫不太願意記載故事的結尾，因爲有了結尾就有如下了結論，豈非對該事件蓋棺論定？這對史官而言，似乎責任太重了。若沒有結尾，又如何瞭解它對後續社會的重大影響呢？難道歷史記載盡是爲了迴避爾後的批判？

這些歷史記載所呈現的諸多問題，或多或少與敘事理論有所關聯，懷特（White, 1973, 1981, 1987, 2010, 2013）則直指，過去的歷史記載就是因爲缺乏敘事觀點，所以才會出現這些問題。

他認爲，歷史記載的敘事式話語（narrative discourse），沒有任何敘事者，一切事件以一種編年式方法紀錄下來，呈現在故事的水平面上，完全沒有說故事的人，是由事件自身說它自己。歷史敘事沒有敘說者，因此只能讓事件自身說話，而不要涉入敘說者的自我意識。

有學者認爲，歷史與文學都是話語，都是建構而非反映、發明而非發現過去的事實經驗（Greenblatt, 1988）。歷史知識是基於文本而非經驗的事實，也就是所謂的文本性（textuality）（Currie, 1999），也正是德曼（de Man, 1979, 1986）所說的，歷史知識的基礎並非經驗的事實，而是書寫的文本。對於文本的歷史性（historicity）與歷史的文本性（textuality）之間的眞實，吾人無法把握一個全面眞實的過去，因此對於歷史眞相的追求，便不能再僅僅只是依靠文本與脈絡的二元對立概念，更應該有效地表述吾人嘗試要理解的歷史或歷史認同，及深藏其中的自我主體性。

此處所說的文本與歷史之間的關係，係純就寫史的角度出發，認爲寫史者所書寫的史實，只是權力擁有者所書寫的歷史。所以若單純以爲歷史就是單指文本，那麼「文本」豈非等同「歷史」，而「歷史」又等同於

「文本」。

歷史記載除了故事和情節之外，更重要的是它涉入很多的價值觀和來自各方的種種臆測，歷史記載絕非僅僅只是單純事件的紀錄而已，其複雜程度遠遠超乎敘事理論的敘事技法所能窮盡。

由此可見，歷史似乎逃避不了一再重寫的命運，問題的核心是：什麼是歷史真相？不少歷史學者咸認，歷史敘事的權威即真實本身的權威（authority of reality itself）（White, 1981: 19），人類最終還是要對歷史負責，只有歷史真相才具有真正的歷史權威。

懷特曾經提出分辨真實與想像的區別，他說歷史是屬於真實話語（discourse of the real），而想像話語（discourse of imagination）則是屬於欲望話語（discourse of desire）（White, 1981: 19）。以民族的敘事為例，民族這個字眼，除了是一種概念，指涉一群人依附在它之上的想像社群或群體之外，它更是一個強而有力的政治觀點。就像巴巴（Bhabha, 2003）對民族的敘事就是一個明顯例證，而巴巴也印證了傅柯的觀點，民族是一種話語結構，只有通過話語，才能呈現民族，只有通過話語，才能夠讓民族在場、發聲。

貳、歷史敘事形式

接下來的問題是：歷史該如何記載、敘事、書寫？歷史的記載、書寫、敘事形式和結構，是否有別於其他敘事文本？

懷特指出，歷史早就存在於人類再現它們之前（White, 2013），所以歷史書寫其實就是一種重構（reconstruction），甚至經常是在廢墟和遺骨中找尋人類遺留下來的過去生活形式，其目的無非就是企求盡可能地正確展現真實的歷史面貌。

歷史書寫就是過去的再現，但如何再現人類的過去？既要有歷史性（historicity），又要有敘事性（narrativity）（White, 2013），一方面既要符合歷史真相的要求，另方面又要滿足閱讀者的需求，可見其難度之高。

懷特所著《元歷史：19世紀歐洲的歷史想像》（Metahistory: The historical imagination in nineteenth-century Europe）（White, 1973），對於19世紀歐洲的歷史書寫，提出嚴厲批評，一如該書書名，盡是歷史的想像，把歷史書寫成浪漫史、喜劇史、悲劇史和諷刺史，固然盡是發揮敘事之能事，卻與歷史眞相相去太遠。

在這本書，懷特以形式論解釋、情節化解釋和意識型態解釋三種策略，並結合語言學、敘事學和歷史學，來討論歷史如何書寫。在語言學方面，他提出隱喻、提喻、轉喻和反諷四種主要的歷史意識模式，透過敘事學的情節結構，來論析19世紀歷史寫作的四種實在論（realism），分別是浪漫劇的歷史實在論、喜劇的歷史實在論、悲劇的歷史實在論和諷刺劇的歷史實在論。

懷特強調的敘事性，並非僅僅只是敘事理論所說的敘事結構或敘事形式而已，更重要的是要將敘事性從事實自我展現的形式範式，轉換成爲寫實意識，亦即將敘事轉換爲價值，讓代表客觀、嚴肅、寫實的眞實事件有關的話語能夠在場（White, 1981: 23）。

對於歷史敘事形式，也就是所謂歷史眞實的再現，基本上有三種不同的歷史敘事形式或歷史再現形式：年譜、編年史和歷史本身。

一、年譜

在這三種歷史敘事形式當中，年譜最爲簡要，可能是歷史記載最基本的形式和架構，幾乎毫無敘事成分可言，只是列出一系列事件而已。年譜無非就是按時間先後記載發生的重大事件。聽起來，年譜似乎是一件簡單的工作，其實不然，年譜就涉及太多的排除與納入的選擇、深描與淡寫等棘手要求，又不得有任何主觀評述，只能客觀記載，說來眞是何其困難。

懷特（White, 1981: 14）就曾以教士聖高爾（Saint Gall）的年譜爲例指出，論述年譜編纂難度之高。因爲聖高爾所記載的年譜，就是一個毫無人文道德和法則的年譜。譬如在1056年，它記載著：亨利帝王逝世，其子亨利繼位。這種記載，就是客觀記載眞實發生的事件，一來它的確發生，二來用語毫無主觀成分，那它就應該符合歷史記載、歷史敘事的要求

了吧。

懷特認為，這樣的記載就是一種敘事，而且具有敘事性。它的敘事性是透過法律體系的呈現，既然國王死了，就由王子繼承王位，一切合乎當時法律體制。於是乎，這種記載遂成就了王族系譜一代傳承一代的權威體制。可是如此記載的年譜，刻意忽略、甚至可以說排除了當時更值得重視的大事，就是國王與貴族和教宗之間的鬥爭。為什麼年譜不敘述這些事件？是什麼力量把這些事件排除在歷史敘事之外？認為在年譜的右欄所看到的各種記載，其實都是事件的同類性，而僅有的差異，卻是左欄的不同年代而已。

二、編年史

第二種歷史敘事形式，就是編年史。編年史雖然有說故事的意圖，但仍無法把故事的來龍去脈說得清楚、講得生動有趣。但是編年史也會遇到相同的問題：到底哪些事件要包括在內，而哪些要排除在外，所記載的事件、故事、甚至情節，到底要站在什麼觀點？

無論是年譜也好、編年史也罷，都是在建構真實的話語（discourse）表達形式，檢驗話語表達的真實與否，最簡單的策略技巧莫過於檢測這些話語表達是否具有連續性，畢竟真實歷史的建構話語表達，一定會隨著時間而持續發展，所以不連續性話語，就是屬於非真實的歷史建構。

就史家的歷史書寫而言，話語是在追求真實的欲求符號（a sign of a desire for the real），他們的共識是編年史比年譜具有較高的歷史再現位階的形式，此一形式表現在編年史較具全面性及其敘事連貫性。藉由年譜與編年史的比較，可以看到編年史之所以比較不會被誤解，因為編年史，它不像歷史，它不做任何結論。

但是，話語乃是以不在場作為本質（Foucault, 1966/1970, 1969/1972），這種不在場原則（absence principle），決定了事件的重要性或顯著度。吾人看到歷史年譜或編年史，都是記載一些重大事件，這些事件通常是災難性質居多。此正符合黑格爾（Hegel, 1956）所說的，在歷史上，人類的幸福和安全都呈現空白。但是編年史上這些空白的年代，

更能促使吾人去體會歷史敘事的限制，以及如何去填補這些空白的想像效應。

參、歷史敘事的客觀性與價值

歷史其實與文學都是話語（discourse），都是建構而非反映、發明而非發現，過去所發生的一切。這種建構論史觀，既然主張歷史都是建構的，那麼如何建構客觀真實的歷史，遂成為寫史的重責大任。

一、歷史敘事的客觀性

歷史應該重新界定，務必脫離傳統歷史文本意義的現實主義觀點，不應讓權力和政治活躍在歷史再現當中，因為這些歷史文本的闡釋絕不會是中立的，應轉而建立新歷史主義，讓文本性（textuality）取代現實主義（Greenblatt, 1988）。

畢竟，以時間、歷史與意義三者的共同關係，作為一種以存在為基礎的形上學，彼此相互糾纏難以釐清。德希達認為，一般人在提到時間、歷史與意義這些形上學的概念時，常會將注意力聚焦於某些假象，而這些假象就是被書寫差異的痕跡所破壞，因為此在（the present）或在場（presence）本身，就是一種延遲和保留的結構（Derrida, 1967/1976）。他拒絕歷史的形而上概念，也就是拒絕「一般性的歷史」和「歷史的一般性」概念，亦即拒絕總體性的歷史觀點，因而才會主張歷史不只一種，而是多種多樣（Derrida, 1972/1982: 58）。

對於德希達「歷史不只一種，而是多種多樣」的觀點，敘事學者指出，如果說這種對只有一種歷史、只有總體性歷史觀點的批判，是出於政治動機的話，那麼對於歷史的總體性（totality）概念的批判，就比較不會顯得如此具有政治性動機，而是一種出於防範有任何可能將不同歷史連結在一起的共同特性的假設的提出（Currie, 1999）。因為德希達在《立場》一書說得非常清楚，將各種歷史連結起來，使它成為總體性的、形而上歷史概念的共同特性，就是線性特徵。也就是一件歷史事件會導致另一件歷史事件，如此就可以撐起整個意義的整個系統，包括目的論、末世

論、昇華與內化等。這就是德希達所批判的：時間、歷史、意義三者共同關係，作為以存在為基礎的形上學（Derrida, 1967/1976）。

　　如果編年史並沒有比年譜具有更高或更細膩的方式再現真實，那麼到底編年史和年譜就完整性而言，有什麼不同？懷特在〈真實再現的敘事性價值〉（White, 1981）一文，就是要回答這個問題。

　　至於文本與權威的關係，對編年史者而言，權威對敘事事件的作用自不待言，而且歷史真實的彰顯本來就是要經過「鬥爭考驗」，才能成為歷史，既然沒有鬥爭考驗，就無事可敘事，也就不必敘說它們了。因為鬥爭考驗就是用來敘事的，但是並不因為鬥爭考驗沒有獲得解決，就不用敘述它。不論話語解決（discursive resolution）之道，或敘事解決（narrativizing resolution）途徑，真正缺少的是在決定該項解決是否公正的道德原則。真實（reality）本身是以能否真正化解問題，來判定該解決是否公正，所以要質問的是，公正到底是建立在什麼權威之上？總而言之，沒有所謂公正這回事，只有力量，或者只是以不同力量形式在場的權威（White, 1981: 19）。

　　懷特強調，為了讓事件能夠原原本本的以歷史事件紀錄下來，它們就應該是以一種敘事秩序來紀錄，好讓它們的真誠性（authenticity）被質問、挑戰，最終被肯定、接納。在所有歷史紀錄過程，幾乎任何事件要想成為歷史事件，尤其是擁有權威、地位的掌權者，更積極意圖以他們的想像和欲求，能夠被紀錄下來，成為歷史事件、成為歷史，但懷特強調，歷史敘事無所謂權威，歷史敘事不會接受任何權威，真正的歷史敘事權威是真實自身的權威（the authority of the historical narrative is the authority of reality itself）（White, 1981: 20）。

二、歷史敘事的價值觀

　　歷史敘事與編年史不同，主要在於歷史敘事顯露一個似乎有結局卻尚未化解的世界。在這個世界中，真實經常帶著意義的面具，試圖在敘事歷史時附加某種特定意義，儘管這些意義是如何的完整和周全，吾人只能想像卻從未經驗。這就是歷史的弔詭，吾人從未曾經歷它，可是我們卻要接

受它，而且認爲它是眞實發生過。

這種歷史敘事的情節，正是黑格爾所揭櫫現代歷史哲學典範批判對象，這種歷史再現的形式之所以遭受各方質疑，主要是它除了情節、什麼都沒有（nothing but plot），它的故事成分只有用來鋪陳話語的情節結構，而在情節結構之下，歷史眞實就是帶著一種常態、秩序和連貫的面具，脅迫人們只能想像認同（White, 1981: 21）。從歷史哲學的情節觀點而言，許多歷史情節都告訴我們過去所發生的事，而這些事似乎是眞正發生過，其實它們是召喚我們參與其故事形式的權威印象而已。

黑格爾（Hegel, 1956）認爲，任何一項歷史紀錄的主體，都是國家，但是國家乃是一個抽象的概念。凡是可以透過敘事再現的眞實，都介於欲求和法則的衝突之間。若無法則，那就既沒有主體，也沒有可供敘事再現的事件。黑格爾這種提法，讓人深思：歷史性（historicity）和敘事性（narrativity）到底是如何成爲可能。而且更讓吾人瞭解，若無正當主體來做行動者（agent）或付諸行動（agency）的話，就無所謂敘事性。若無歷史敘事的主體，那麼就沒有歷史性。

於是乎，黑格爾的法則、合法性和正當性等概念，遂成爲敘事的重要課題。由此觀之，不論是民間故事、小說，或者是編年史、甚至吾人所理解的歷史，都與法則、合法性、正當性、或權威有密切關係。而且，我們會發現，若是史官對歷史的自我意識愈高的話，那麼有關各種社會系統和法則的問題就愈多、對這些法則和自我辯白的權威也愈多，而且要求史官注意這些法則的威脅也就愈多。

如同黑格爾所說的，歷史性乃是人類存在非常獨特的形式，它擁有一套建構合法主體和與其相互對應的法則體系，因此所謂歷史自我意識——那種要把眞實再現成爲歷史的想像需要變成可能的意識——都只能以法則、合法性、正當性、權威等名詞來想像了。

編年史缺乏一個故事結尾，所以懷特主張歷史敘事要有結尾，而這種要有結尾的要求，光靠故事情節是不夠的，更重要的是，務必要在歷史敘事的故事情節裡，存在一種無上的道德訴求，作爲評價這些被敘述的歷史

真實事件，是否可以作為道德的依據。

　　所謂敘事完整性，就是涉及道德標準的隱含召喚，和純真的歷史客觀性。通常某事件之所以會被記載，是因為它們合乎道德存在的秩序，並且會從它在此秩序中的位置又衍生某種意義出來，造就社會秩序的形成。若它能夠造就社會秩序的形成，那麼它就是具有真實意義的事件；若它無法造就社會秩序的話，那麼它必將失去意義而不值得記載（White, 1981: 23）。

　　至於造就社會秩序的形成，此與其所處社會體系具有密切關係。所謂社會體系，其實就是被法則支配的人際關係的體系，它創造了各種緊張、衝突、鬥爭的可能性，以及它們的解決途徑，而這些解決途徑乃是吾人習以為常把它當成歷史的真實再現。歷史意識的增長，與敘事能力的成長相伴而生，而且歷史意識與作為主體的法律系統有某種程度關聯。

　　歷史敘事之所以會有結尾，主要是世界的道德秩序導致了敘事的轉向。這種道德結尾也是現代歷史的客觀要求，使它與過去的年譜或編年史形式都大不相同。所以歷史敘事要求有結尾，是有其道理，但是真實事件的歷史敘事，既然有了故事情節的結尾，會不會有什麼可能的結論呢？或者到底是基於什麼理由做出結論呢？懷特認為，能夠為歷史敘事的結尾做出結論的，當然就是道德秩序和純真的歷史客觀性，除了它們之外，敘事結尾還包含什麼呢？

　　但是為何某些真實歷史事件卻不見了？一件曾經對社會秩序產生重大意義的歷史真實事件，為何沒有被歷史記載？或者曾經被記載卻又被刪去？懷特認為，既然真實歷史事件發生了，實在無法讓真實本身消失，能夠讓真實歷史事件消失，主要是因為該事件的意義被轉換。從敘事視角而言，它是從某個社會空間被轉換到另外一個社會空間去，而在轉換過程，只要道德敏感性缺席，敘事性也將缺席，純真的歷史客觀性當然更缺席不在場了。

　　懷特指出，對任何真實事件而言，只要敘事性在場，吾人就確信道德或道德衝動也在場，其實懷特自承他真正在從事的工作，就是敘事性的價值，尤其是歷史話語所含括的真實再現（White, 1981: 24）。可見，懷特

強調歷史記載要有開頭、中間和結尾，其實這只是表面的敘事形式，懷特更重要的主張，是歷史敘事對於真實事件的記載，務必本諸道德要求和純真客觀性，永遠站在敘事性的價值基礎，考量真實事件對社會的影響，務求是一種真實的歷史話語，既非歷史想像的話語，更非歷史欲求的話語，而是再現真實事件的敘事性價值（value of narrativity），如此才可以讓真實事件說它自己（speaking itself）（White, 1981: 25），讓歷史敘事具有連貫性、完整性和結尾，並具有人類價值。

肆、新聞與歷史敘事

敘事雖然只是敘述故事與情節，但在敘述過程亦然跳脫不了意識型態的羈絆；也就是說，敘事中也隱然潛藏不少意識型態的身影，尤其本章特地從敘事視角出發，再以歷史敘事結尾，其目的就是彰顯敘事與意識型態難免藕斷絲連。

就新聞而言，既然新聞報導就是敘說故事，那麼新聞豈能輕易逃脫意識型態的羈絆和糾葛？換句話說，就敘事學觀點而言，新聞講究的是敘事形式，如何將新聞事件透過敘事形式，做最清楚完善的表達呈現。但是新聞既對每個新聞事件，都有其專業的抉擇，都有其新聞價值的衡量和取捨，既然有取有捨，就存在德希達所說的排除結構（Derrida, 1967/1976, 1967/1978），而排除結構就是根據自我意識的意識型態取捨的判準。

德希達說，「文本之外別無一物」，他的意思，並非真實（reality）不存在，而是真實只是語言所造成的幻覺（illusion）。他之所以會有這種觀點，主要在於他認為符號就是一種排除結構（structure of exclusion），不論意義或真實都是透過語言符號的排除結構，再現在吾人面前。

這也正是本章歷史敘事所討論的，歷史並非一切事件的留傳，而只是部分事件的遺留，有許多歷史事件因為各種因素被排除了，既不見任何歷史記載，因此後人也不會留下任何記憶。那些被排除的歷史事件，能否重見天日，就有待歷史學者藉由各種旁徵博引途徑鍥而不捨的挖掘了。

新聞敘事，既然是藉由語言符號來報導新聞、再現社會真實，當然就會難以跳脫德希達所擔憂的排除結構，所以並非一切發生的事件，都會成為新聞，新聞也是有所選擇的。就新聞學而言，其抉擇判準在於新聞價值，而敘事理論則簡單直指就是排除結構所致。

　　吾人都明白，今日的新聞，就是明日的歷史。可是，到底有多少成分或多少比例的新聞文本，將來可以被納入歷史事件的考量範疇？國內目前新聞表現，尤其電視新聞頻道最令人憂心，一面倒呈現瑣碎化、細節化、娛樂化、影像化、淺薄化、空洞化，真不知如何面對臺灣歷史？

　　另一個更值得重視的新聞敘事與臺灣歷史敘事的相關問題，就是臺灣面臨嚴重國家認同分歧、藍綠對立的社會現象。

　　站在新聞立場，新聞界應該如何面對如此嚴苛的社會分歧對立現象？視若無睹？火上添油？愛理不理、想理就理、不想理就不理？挑軟的理？揀不會傷到自己的來理？這些似乎都非身為社會公器的新聞媒體，所應採取的態度與作為方式，面對臺灣無可逃避的嚴重歷史走向，到底應該如何面對？

　　誠如敘事理論對於歷史敘事所言，多少史官都堅稱根據自我歷史意識來記載歷史事件，因此難免會落入想像的歷史表述，甚至是欲求的歷史表述（historical discourse of desire）（White, 1981）的困境。面對臺灣嚴重藍綠對立的整體社會現象，新聞界應該秉持新聞專業和專業判準，清明透澈、如水如鏡、毫無塵埃、坦誠面對，而非以一己之私，一味採取自我意識的排除結構，甚至火上加油的助長對立氛圍，相信今日新聞界的表現，都會在明日臺灣歷史敘事記下一筆。

第 11 章 ▶▶▶
從敘事新聞到數位敘事時代

✳ 第一節 敘事新聞的定義與特色

　　新聞學結合敘事學，在學術界尚未理出頭緒之前，新聞實務界早已實踐了敘事新聞報導的特色。這些被譽為敘事新聞的先鋒們，可都是新聞界的寫手，他們在雜誌型深度報導，早就享有盛名，頗受業界尊敬，所以從新聞學結合敘事學視角來看，他們被尊稱為敘事新聞的先知先覺，誠可謂當之無愧。這些傑出記者包括巫爾夫（Tom Wolfe）、塔勒西（Gay Talese）與湯普森（Hunter S. Thompson）等人。

壹、敘事新聞的界定

　　由於敘事新聞尚未成為孔恩（Kuhn, 1962）所說的常態科學階段，沒有典範教材可供參考，目前還是邊做邊學。

　　敘事新聞（narrative journalism），簡單地說，就是以敘事手法來撰寫新聞。試圖援引敘事理論觀點和技法，融入新聞報導，深入報導整個新聞事件過程，尤其透過內聚焦敘事手法，更想進入當事人或受害者的內心世界，深入描述他們的想法，好讓閱聽大眾可以體會當事人的心情，讓閱聽大眾更貼近新聞現場、更貼近當事人或受害者。

不論是傳統新聞學的客觀做法，或是敘事新聞嘗試進入事件當事人內心世界的做法，這兩種截然不同的新聞原則，其實在敘事理論講得非常清楚，傳統新聞學是採取外聚焦的故事外或劇外人物敘述者的報導策略（Genttte, 1980），記者只能站在新聞事件外部，觀察並報導整個新聞事件；相對地，敘事新聞致力於內聚焦的敘事技法，站在當事人或受害者的視角、觀點和立場，來報導新聞事件，所以就比傳統做法有更深入的報導。

　　嘗試以敘事手法深入報導特定新聞事件，並非今日才有，早在數10年前，就有所謂文學新聞（literary journalism），在海峽兩岸則都稱之為新聞文學（黃天鵬，1930；彭家發，2001），甚至有人說，梁啟超就是新聞文學的開山鼻祖（轉引自馬勇前，2009）。不論是稱之為文學新聞或新聞文學，都是講究以文學筆觸，深入描寫新聞事件，尤其針對名人的深度報導，更是寫手們全力以赴發揮長才的題材。像曾任中央社社長的女記者黃肇珩對於林語堂的採訪報導，就是膾炙人口的新聞文學佳作，一來林語堂素享盛名，再加上黃肇珩妙筆生花，將林語堂幽默、不亦快哉的生活藝術，描繪得淋漓盡致，讓人讀來如沐春風。

　　但隨著媒介生態和人類生活方式的改變，一切似乎都講求快速、直接，近年國內媒體趨向短、小、輕、薄的報導策略，要讓閱聽大眾馬上可以掌握新聞全貌，所以風行達數10年的新聞文學，在國內遂走入歷史，不再流行。

貳、敘事新聞的特色

　　敘事新聞有別於傳統新聞學，它們之間存在不少重大差異。第一，敘事新聞採取與傳統新聞學對立的敘事視角。當傳統新聞學堅持客觀的專業意理，敘事新聞卻大反其道，站在事件當事人的內聚焦視角，來觀察、看待新聞事件。

　　第二，敘事新聞採取與傳統新聞學對立的敘事介入。傳統新聞學嚴格要求記者要站在觀察者的立場，從旁觀者進行客觀報導；但是敘事新聞則想盡辦法進入事件當事人的內心世界，體驗事件的發生過程，站在新聞事

件當事人的立場和視角，深入體會當事人的內心感受和想法。

所以，相對於傳統新聞學純粹以旁觀者客觀視角來報導新聞；而敘事新聞就夾雜著客觀、旁觀與融入、報導與詮釋，它是一種混雜的非虛構（non-fiction）報導形式。

第三，傳統新聞學愈來愈講求快速簡約，爲了追求即時性，犧牲深度在所不惜，但是敘事新聞卻反其道，爲了追求新聞深度，甚至犧牲時效性毫不猶豫。

第四，敘事新聞對傳統新聞學最不以爲然的，就是反對傳統5W1H倒寶塔新聞寫作格式的侷限性。傳統新聞學爲了讓閱聽大眾在最短時間內，能夠對新聞事件有全貌的基本瞭解，主張將5W1H一股腦兒擠在導言裡；敘事新聞要讓閱聽大眾完整瞭解並掌握整個新聞事件的來龍去脈，怎麼可能將新聞侷限在導言的框架裡？

許多引人注意的敘事新聞，基本都超越了傳統新聞學5W1H的寫作格式框架，譬如當發生像911恐攻、921大地震等驚天動地的重大新聞，5W1H根本不是記者考量的格式，而是直接呼應人性需求的新聞資訊，就是直接回應閱聽大眾心靈需求的新聞。5W1H這種格局框架，根本寫不出扣人心弦的新聞。所以面對眞正重大新聞時，既有的5W1H反而被記者拋在腦後，這也是傳統新聞學應該正視和反思的嚴肅課題。

有人認爲，傳統新聞學所說的客觀新聞，是針對硬性新聞，所以硬性新聞只能提供5W1H的既定框架內的資訊，而且是循著倒寶塔（inverted pyramid）寫作格式。所以硬性新聞被認爲硬梆梆的、缺乏人情味道，對那些傑出新聞寫手而言，軟性新聞遂成爲他們發揮的場域。

敘事新聞與傳統新聞報導的差別，可歸納爲：（1）傳統新聞以提供訊息爲主，但是敘事新聞卻是強調敘說故事；（2）傳統新聞講究速度，但對敘事新聞，時效並非重點；（3）傳統新聞要求客觀，敘事新聞則在客觀之外，更講究非虛構（non-fiction）的紀實美學；（4）傳統新聞提供閱聽大眾簡單實用的資訊，但敘事新聞主張詳實深入報導；（5）傳統新聞記者被要求以旁觀者身分客觀報導，敘事新聞卻要求記者融入事件的故

事情節；（6）傳統新聞報導講求客觀，但是敘事新聞爲了帶領讀者進入事件場景，所以會有以第一人稱或第三人稱的敘說手法。

第二節　敘事新聞的崛起

壹、18-20世紀敘事新聞的崛起

　　新聞此一專業的崛起，與人類擴大對外接觸的需求有重大關聯，當人類逐漸擴大勢力範疇，就必須彼此互通消息，掌握外界最新資訊，以便做好下一步決策。隨著歐洲殖民帝國興起，有賴新聞這個前所未有的獨特行業，爲帝國殖民主義打探哪些落後國家、地區或島嶼，有哪些資源可供掠奪，於是新聞這個專業應運而興。好比歐洲貴族赴山林野外打獵，總要帶著一群獵狗幫他們打前鋒，先去尋找並發現獵物所在，並且驚動離開巢穴，好讓他們一一擊殺獵捕。

一、以英國《魯賓遜漂流記》作者迪福爲例

　　世界各國新聞專業的崛起，不僅與其國家勢力擴大有關，更與教育水準密切相關，英國乃是全球新聞最早崛起的國度，就是一個佳例。

　　到了19世紀，英國殖民擴張達到巔峰，統治領土擴及北美、澳洲、印度、南亞等地，幾乎占領了全球五分之一的土地。但是西方新聞史卻隻字不提新聞崛起與其強權對外侵略野心有關，畢竟西方新聞史都是西方人自己敘述的歷史，世界上哪有一個國家會自稱是侵略者？

　　像英國《魯賓遜漂流記》（*Robinson Crusoe*）（Defoe, 1719）作者迪福（Daniel Defoe, 1660-1731），就是一生充滿傳奇的人物，他既是商人、作家、新聞記者，而且也是公認的間諜。一般人對於迪福1719年寫的《魯賓遜漂流記》印象最爲深刻，其實他在之前幾年目睹倫敦和布里斯托（Bristol）等地的大風暴，因而寫成《風暴》（*The Storm*）（Defoe, 1704）一書，一舉成名，甚至被恭維爲現代新聞報導的最早典範（John

Miller, August 13, 2011. *The Wall Street Journal*），也有人稱他爲現代新聞報導之父。

迪福的小說創作和遊記都不少，他一生都在從事政治情報蒐集、辦報、寫文章，值得一提的是，他可能是最早提出自由貿易理論的人，並多次向政府建言開發並奪取殖民地的做法。被遵奉爲現代新聞報導之父的人，竟然就是大力主張強取豪奪殖民地各種豐沛資源的罪魁禍首。所以從迪福身上，也驗證了新聞這個行業與殖民帝國崛起息息相關，甚至有助於殖民帝國主義掠奪各地資源。

二、英法的咖啡廳、沙龍：公共論壇空間

進入19、20世紀，殖民帝國和世界強權興衰互見此起彼落，唯一不變的場景，就是強權不斷擴張勢力範圍，新聞的重要性因而日益提升，而且必須更加講究新聞報導的專業模式，所以新聞遂從一種獨特行業，逐漸走向新聞專業。

但是新聞專業並非一蹴可幾，它經歷了漫長的艱辛歷程。在18、19世紀，世界各國都處於專制極權統治，只有不怕死的知識分子，敢與當權者抗議，爲人民的苦難發聲。知識分子發聲抗議的唯一管道，就是選擇自己辦報，雖然只是薄薄幾頁短文，卻激發其他知識分子的共識與共鳴，所以哈柏瑪斯在研究公共論域時，就發現當年英國倫敦和法國巴黎就有一大堆知識分子，從早到晚就泡在咖啡廳或沙龍裡，高談闊論、批評時政。根據哈柏瑪斯（1962/1989: 236）的調查，光是英國倫敦，在18世紀初期，就有3000家咖啡廳。但英國開放辦報之後，就沒落了，如今只剩純供休閒數百家的咖啡館。

新聞這門特殊行業，在最早出現之時，雖然有助於歐洲殖民帝國勢力擴張，到了後來，卻又翻轉歐洲專制政體，成了歐洲政治民主化的火種和催化劑，新聞這門行業對歐洲，不論在政治上、經貿上，可說有功有過、功過相隨、功大於過。

三、美國開拓西部與5W1H倒寶塔寫作格式

有人會問：美國是新聞學極其發達的國家，它又沒有侵略其他國家。

不錯，美國是沒有侵略其他國家，但它從北美十三州，不斷擴張勢力範圍，大舉入侵印第安人土地，展開大肆殺戮，才有今天局面。

從歐洲人第一批移民搭著五月花號渡洋去北美，白人與印第安人之間衝突不斷，尤其是北美十三州逐漸開拓過程，為了吸納大量從歐洲來的移民，白人強迫印第安人簽約，退讓土地，雙方衝突日益擴大。

即便美國開國總統華盛頓，對於印第安人的態度，史書都明明紀錄在卷，他直把印第安人當成野狼，對待印第安人毫不手軟。接下來的幾任總統，包括傑佛遜、麥迪遜、門羅等，都對印第安人下了不少毒手。

尤其是美國在開發大西部期間，為了開疆闢地、搶奪資源，更是一路從西太平洋的新英蘭格，搶到東太平洋的加利福尼亞，其間殺戮多少印第安人，在美國歷史和諸多書籍就比較有明確的記載。那時白人去西部開發或尋找機會，說穿了，不論「開發」或「機會」，都是白人自己的說詞，對印第安人而言，與「殺戮掠奪」毫無二致。

傳統新聞5W1H倒寶塔寫作格式，與電報發明有密切關係。那時候正逢美國開發大西部，大批美國人舉家遷徙開發大西部，也有一批牛仔趁火打劫，專門行搶火車上的金銀財物，所以記者為了趕緊拍發電報，遂發展出5W1H倒寶塔寫作格式，將重要的新聞要件一起擠進導言裡，否則萬一碰到搶匪剪斷火車沿線的電話線或電報線，就來不及了。如今，理應不再有這種剪線問題了，但5W1H倒寶塔寫作格式，卻從未改變。

四、臺灣文人辦報篳路藍縷：蔣渭水與《臺灣民報》

在臺灣，也曾經有過文人辦報階段，那是在日據時期，臺灣幾位民主先輩林獻堂（1881-1956）、蔣渭水（1891-1931）、和蔡培火（1889-1983）等人，創辦《臺灣民報》。但是當年在臺灣的文人辦報，雖然與英、法18、19世紀文人辦報，也有一股文人熱忱的類似景象，但辦報環境遠比英、法艱難程度何止千萬倍。

在英、法等歐洲各國，雖然當年也都處於專制體制，但歐洲國家，尤其英、法等國君王，至少還懂得尊重基本人權，但是在臺灣，當時滿清政府腐敗，臺灣被割讓給日本，臺灣成為殖民地，臺灣人民變成二等國民，

各種日常生活，包括求學或辦報，都受到日本人非常不平等的嚴苛管制。

在這種情境下，當時的林獻堂和蔣渭水等人雖然都深明民族大義，鼓吹民族意識，但嚴格說來，他們所鼓吹的民族意識，當然不是腐敗的滿清，也可能不是內戰頻繁、前途未卜的中國，似乎只是期盼的、想像的、渴望的、虛擬的民族意識，不像在英、法等國，文人辦報可以大聲鼓吹自由、民主、關切公共事務等，可見，當年日據時期的文人辦報，大環境有多艱困。

《臺灣民報》是臺灣幾位民主先輩林獻堂、蔣渭水、蔡惠如和蔡培火等人，於1923年4月創刊於東京。草創之初，是旬刊，後改為周刊，並於1927年8月起遷回臺灣發行，並將臺灣支局就設在蔣渭水行醫的大安醫院隔壁，該刊在臺發行後，蔣渭水常常因此被捕下獄。

該報之所以會取名《臺灣民報》，是因為蔣渭水看到杜聰明、翁俊明、黃調清、曾慶福等人加入中國同盟會，受到感染因此也加入，並仿孫文創辦的《民報》，因而取名《臺灣民報》。

《臺灣民報》乃是當時日據時代唯一由臺灣人發行的報刊，它代表臺灣人的立場，也常刊登中國大陸作家的作品，創刊號就有胡適的話劇《終身大事》，該刊主要以臺灣新聞、國際新聞、書刊介紹和倡議改革社會風氣、提倡衛生等為主。

林、蔣、蔡等人於創辦《臺灣民報》之前，蔣渭水和林獻堂也在1921年成立臺灣文化協會，除創辦報紙之外，也經常舉辦以報紙、演講等各種方式，傳播現代知識和民族意識。從1921年1月起，即多次前往東京向日本帝國議會提出「臺灣議會設置請願運動」，至1934年止，前後請願多達15次，後來就將整個過程刊登在《臺灣民報》，也因此更讓日警懷恨在心，所以蔣渭水等人也因此被捕入獄。由葉天倫導演、豬哥亮和隋棠等人主演的《大稻埕》（2014），就有人稱「臺灣的孫中山」的蔣渭水請願抗爭的情節。蔣渭水並在1927年因為文化協會分裂，而組成臺灣民眾黨，主張地方自治、言論自由，是臺灣第一個現代化政黨。

蔣渭水更在文化協會第一期的《會報》，發表一篇〈臨床講義：關於名為臺灣的病人〉，其內容原文是日文，但重要部分都以漢字書寫，因此以下主要以其漢字原文照抄：

患者：臺灣。

姓名：臺灣島。

年齡：移籍已二十七歲（意指割讓了27年）。

原籍：中華民國福建省，臺灣道。

現住所：大日本帝國臺灣總督府。

職業：世界和平第一關門守衛。

遺傳：有黃帝、周公、孔子、孟子等血統，遺傳性顯著。

既往症（過去病歷）：幼時，即明鄭時期，身體健康，品德高
　　　　尚，清朝以後，身體日漸衰弱、意志薄弱、操守日下。

現症：道德廢頹、人心澆漓、物欲高張、精神生活匱乏、不重衛
　　　生、知識低落、只圖小利、不知永久大計、墮落、怠惰、
　　　腐敗、卑屈、怠慢、寡廉鮮恥、愛好虛榮、四肢怠倦、意
　　　氣消沉。

疹斷結果：世界文化低能兒。

疹斷原因：知識的營養不良。

疹斷處方：正規學校教育、補習教育、幼稚園、圖書館、讀報
　　　　社。

用量：都是極量。

療效：以上這些處方服用20年後即可痊癒。

　　看到蔣渭水這篇〈臨床講義〉，就可以充分理解他的心境，從蔣渭水這些文章，如今想來，真難以想像到底當年會有多少人會買、敢買、會看、敢看？在如此艱困大環境，不論是社會環境或國家處遇，都遠非18、19世紀英法等國文人辦報所能相提並論，可是他依然固我，一心一意奉獻

給臺灣想像的未來。面對當前國內媒體表現，實在令人汗顏，現在的媒體經營者，實在是愧對蔣渭水先生太多了。

貳、21世紀美國敘事新聞的興起

時至21世紀今日，新聞學結合敘事學已經成爲一股新興學術風潮，許多學者致力於在新聞學和敘事學之間，找到可以銜接的榫頭，藉以讓新聞學可以在21世紀更形發光、發亮。美國幾個著名學府已經展開敘事新聞寫作的教學課程，掀起另一波敘事新聞的波瀾。

其實，早在20世紀，美國新聞實務界對文學新聞就相當重視，雖然它與傳統新聞學理念未必完全相符，尚不致脫節，卻被侷限於對知名人物的特寫或特稿。

一、第一本非虛構小說：《冷血》

美國敘事新聞有一個特色，就是記者沉浸在新聞事件裡，與新聞事件當事人或整個新聞事件，相處有相當長一段時間，而非來去匆匆，所以又被稱作沉浸新聞（immersion journalism）（Bissinger, 2000; Griffin, 1961）。

像美國有名的非科幻小說《冷血》（*In Cold Blood*）（Capote, 1965），作者卡波第（Truman Capote, 1924-1984）敘說發生於1959年美國堪薩斯州一個寧靜小鎮霍康姆（Holcomb）一家四口的滅門血案，凶手誤以爲案主家中藏有上萬美元保險箱，其實並沒有，只奪走100美元，案情轟動全美。

卡波第嗅到這椿新聞的寫作價值，他想調查該鎮居民生活以及這椿凶殺案對社區民眾人心的衝擊，並獲得他所任職的《New Yorker》雜誌協助，親赴現場採訪並報導整個凶殺案件紀實文章，不斷探望獄中凶嫌佩瑞（Perry Smith），深入瞭解其身世、生活狀況、個性等，並嘗試幫他聘請辯護律師，前前後後訴訟長達5、6年，最後凶手仍被以第一級的蓄意謀殺，判處死刑。

也是《第凡內早餐》的作者的卡波第，自稱他的新書《冷血》，乃

是一種新創新文體，叫非虛構小說（non-fiction novel），作者在該書前言特別聲明，所有一切資料，除了作者親自觀察之外，都是取自官方紀錄，要不就是作者訪問與案情有關人士的結果。姑不論文學小說界對他評價如何，該書在美國暢銷，國內由楊月蓀教授翻譯的譯本銷售也不錯。

這部小說《冷血》，創造了一種非虛構小說的書寫形式，同時兼採文學筆調和犯罪新聞的現場報導，尤其強調真人真事的隨筆訪談，呈現一種隨訪隨記的新聞記者書寫手法，讓讀者有如接近超現實的閱讀經驗，這種書寫手法，充分顯示作者沉浸融入命案場景的寫作格調，被譽為是美國紀實文學的代表性著作。

因為在此之前，西方文學小說幾乎與虛構小說（fiction）劃上等號，而卡波第採取了一種前所未有的以小說創作的敘事技巧，來敘述真實故事，讓讀者有如閱讀小說般的沉浸在故事情節當中。《冷血》可說是第一部以小說形式出現的敘事新聞報導，難怪後來有所謂敘事新聞的討論，都會舉《冷血》為例。

《冷血》1966年出版全冊，轟動全美，隔年並改拍成同名電影，臺灣片名《卡波第：冷血告白》。2005年舊片新拍，由菲立普西蒙霍夫曼（Philip Seymour Hoffman）擔綱主演，該片和男主角都獲得不少奧斯卡和金球獎的肯定。

二、《新新聞》：奠定敘事新聞的理論基礎

在美國敘事新聞發展過程，公認最早實踐並且對敘事新聞發展影響最大的人，非巫爾夫（Tom Wolf, 1931-）莫屬，他在1974年編纂一本《新新聞》（New Journalism），不僅使用「新新聞」一詞，藉以有別於傳統新聞，更直接鼓吹敘事新聞寫作風格。他在《新新聞》裡，宣稱受到社會寫實主義者像狄更生（Charles Dickens）的啟發，所以要致力於結合敘事技法與新聞報導，並提出四點敘事新聞寫作風格的主張，這四點主張，可說是美國敘事新聞寫作風格的理論性濫觴，也為後來敘事新聞發展提出了明確指引方向。

巫爾夫所提四點主張，第一，強調場景，而且是一幕一幕的場景建構

（scene-by-scene construction），記者不應由別人轉述來報導事件發生場景，應該自己親赴現場，建構事件場景給讀者，而且是帶領著讀者從一幕到另一幕，讓讀者見證整個事件場景的變化和轉換。

第二，強調對話的重要性，記者要盡其可能記錄事件當事人的對話內容，最好是將當事人的對話內容完全紀錄下來，而且不僅只是紀錄事件當事人的講話內容，更要塑造當事人的角色性格，好讓讀者掌握當事人在整個事件中所扮演的角色。

第三，主張以第三人稱敘事視角（third-person point of view）形式，來報導事件來龍去脈，透過特定的某個視角，敘說這個故事情節，好讓讀者能夠一幕一幕地進入故事人物的內心世界，深切感受當事人實際經歷的情緒反應和想法，而非傳統平鋪直敘、毫無感情。

第四，不要輕忽任何細節，包括當事人的肢體語言、習性、儀態、服裝、打扮、生活起居、旅遊休閒、吃喝玩樂、家裡布置、對待兒童，甚至他的親友、同事、鄰居等，細節愈是詳細，愈能瞭解當事人性格角色，而且這些細節都有可能烘托當事人的某些符號性特徵，有助讀者對整個事件的深入瞭解（Wolf, 1974: 46-47）。

巫爾夫這四點聲明，與上述敘事新聞的特色幾乎完全一致，而且他強調新聞與敘事並非衝突對立的寫作風格，只是新聞務求非虛構（non-fiction）而已，此乃新聞與小說最大的差異所在。他也提及卡波第的《冷血》，他指出卡波第並沒有宣稱《冷血》是新聞，而是非虛構小說（non-fiction novel）（Wolf, 1974: 41），後來也有人稱它為非虛構創作（creative non-fiction）。

傳統新聞排拒敘事新聞最大原因，在於敘事新聞太像小說創作，根本不是新聞。像文學新聞、新新聞、非虛構新聞或新聞非虛構（journalistic non-fiction）、反虛構（anti-fiction）、非虛構（non-fiction）小說、非虛構創作等，都被傳統新聞拒絕門外，不得其門進入新聞學府殿堂。

但是，巫爾夫所強調的是：敘事新聞並非虛構小說，只是採取許多敘事創作的技法，並且是以事實為依據。就像卡波第自己在《冷血》一書的

引言聲明的一樣。所以巫爾夫這種論點，不僅指出傳統新聞與敘事新聞最大的爭執所在，同時也給這個長久爭議提出了一個解套的妙方。

　　巫爾夫在《新新聞》蒐集了20餘篇的嶄新新聞報導風格文章，該書一出版即刻造成轟動，咸認新聞寫作新風格的出現。也把上述卡波第的《冷血》部分摘錄其中，還有其他許多當時著名的敘事新聞創作的文摘，包括《出售總統，1968》（*The selling of the president, 1968*）（McGinniss, 1969）、《墮落的肯德基賽馬》（*The Kentucky Derby is decadent and depraved*）（Thompson, 1970）、《魔鬼天使、恐怖傳說》（*The hell's angels, a strange and terrible saga*）（Thompson, 1966）和《跋涉去伯利恆》（*Slouching towards Bethlehem*）（Didion, 1968）等。

　　其中，《墮落的肯德基賽馬》一書作者湯普森，也是常被敘事新聞提及的一位，他原本是一位體育記者，喜愛戴著墨鏡、嘴角叼著登喜路（Dunhill）香菸，進行採訪工作，於是這些遂成了他的招牌裝扮和特殊形象。湯普森一生主要致力於揭發體育與政治的齷齪與陰暗面，甚至常常用辛辣字眼來表達對所見所聞的不滿情緒，他的寫作風格就是喜好以第一人稱報導新聞事件，有別於傳統新聞，可謂獨樹一幟，這種新聞寫作風格被稱為剛左新聞（Gonzo journalism），也都以湯普森為代表性人物。上述《魔鬼天使、恐怖傳說》就是他報導摩托車幫派、俱樂部為非作歹的劣行劣跡。《紐約時報》還特地尊稱湯普森是世界上唯一敢去碰一般人不敢去碰的採訪對象，而且它也是湯普森第一本非虛構紀實報導小說。

　　巫爾夫曾尊稱塔勒西（Gay Talese）為新新聞之父，塔勒西寫了一篇〈法蘭克辛那屈感冒了〉（*Frank Sinatra Has a Cold*）（Talese, 1966），在《時尚先生》（*Esquire*）雜誌發表，由於筆法夾雜文學和新聞的敘事形式手法，儼然就是巫爾夫所尊敬的所謂新新聞寫作風格，以軟性文學筆觸來描寫影歌星辛那屈，重要的是他對辛那屈做了極其深度和廣泛的研究，也就是新聞記者深入採訪所必備的條件與付出，並且以一種文學非虛構的筆調，從日常生活極其平易近人的面向，來描寫一個享有極崇高知名度的影歌星，讓人讀起來像小說一般有趣引人入勝，卻字字都是活神活現

的真人真事。所以，才會有人尊稱塔勒西是新新聞寫作風格的創始人、新新聞文體風格之父。

女性作家狄迪恩（Joan Didion）也是當時新新聞寫作風格著名的文壇人士，以《跋涉去伯利恆》一書聞名，除對新新聞的貢獻之外，後來也致力於女性主義和後現代主義文學發展。

雖然巫爾夫的《新新聞》已為敘事新聞奠定理論基礎，但是美國報業卻仍躊躇未決，還在觀望，其理由非常容易理解，由於敘事新聞既然融合文學敘事手法，所以在報導的類型上大都屬於深描的特稿性質，對報紙而言，由於版面篇幅的限制，似乎有其接納的困難度，所以上述這些表態支持敘事新聞的，全都是雜誌，像《哈潑》（Harper's）、《紐約客》（New Yorker）、《時尚先生》（Esquire）、《滾石》（Rolling Stone）、《村聲》（Village Voice）等。

後來《文學新聞記者》（The literary journalists）（Sims, 1984）的提出，就在傳統新聞與文學之間，搭建一條橋，讓文學與新聞可以相輔相成融合一體。該書就蒐集了十餘篇結合文學與新聞寫作風格的文章，編者除了強調文學新聞，是一種非虛構的新聞報導，而非虛構創作，一定要有事實憑據，並特別指陳文學新聞必須具備的幾個條件，包括傳統新聞所要求的確實（accuracy）和責任之外，並且要充分展現文學創作的特質，包括沉浸在事件當中（immersion）、為當事人發聲（voice），以及重視敘事結構。

其實，唯有記者深入沉浸在新聞事件當中，才能挖到表面上看不到、聽不見的真正新聞素材，此乃深描故事情節所必須的條件，不像當前電視新聞，只配置少數幾組人員，每組記者在一天之內，都要負責好幾條新聞，但電視臺為了節約人事經費，長年都是如此配置新聞記者的人力。試想：這種蜻蜓點水式的採訪方式，能夠作出什麼樣的新聞？

三、普立茲獎作品：多屬敘事新聞寫作風格

普立茲獎一直被公認是新聞界最高榮譽，能夠獲得普立茲獎，就表示這位記者的新聞寫作表現傑出，他所服務的媒體也會獲得新聞界的肯定。

普立茲獎設立於1917年，委請哥倫比亞大學新聞學院負責組織評審團，每年聘請100多位評審員，分成十幾、二十餘獎項，包括公共服務、即時新聞、調查新聞、地方新聞、全國（美國）新聞、國際新聞、特稿、新聞評論等。

翻閱過去幾10年來，獲得普立茲獎的得獎新聞作品，發現一個令人驚訝的事實，除了即時新聞，幾乎所有得獎新聞，都沒有遵照傳統新聞5W1H寫作格式，幾乎沒有一篇新聞是將5W1H置放在導言裡。相反地，絕大多數得獎新聞，都是採取敘事新聞寫作手法，生動地敘說故事情節，讓人讀不釋手。

四、哈佛大學敘事新聞中心的創立

當今美國高等教育在推動敘事新聞方面，首推哈佛大學，領先全美走在新聞傳播學界前頭，早在2001年就成立尼曼敘事新聞中心（Nieman Program on Narrative Journalism），目的就是要提升美國新聞品質。

美國知名記者也是《民意》（*Public Opinion*）作者的知名學者李普曼（Walter Lippmann, 1889-1974），也畢業於哈佛大學，並分別於1958、1962年獲得普立茲獎，所以哈佛校園有一座建築就命名為李普曼館，而尼曼基金會主要就在李普曼館運作。當時全球有許許多多知名記者都曾經在尼曼基金會，參與長達1年的研習，這些參與者通常都是普立茲獎得主，其中國內新聞傳播學界比較熟悉的是萊納的麥爾（Philip Meyer, 1930-），他既是美國知名記者，也在北卡羅萊納大學任教，著有《精確新聞報導》（*Precision Journalism*）。

哈佛大學尼曼基金會出版《尼曼報告》季刊，長達數10年，至2009年則支持每年一度的「尼曼敘事新聞研討會」（Nieman Conference on Narrative Journalism），並設置尼曼新聞實驗室（Nieman Journalism Lab），其目的就是在從事敘事訓練與扎根工作。

擔任尼曼敘事新聞中心主任的葛拉姆（Mark Kramer）指出，敘事新聞就是要讓讀者早上一邊閱報、一邊喝咖啡的同時，還可以從新聞當中聽聞到具有人性的聲音，而非目前傳統新聞學硬梆梆、毫無人性的所謂客

觀新聞。

　　哈佛大學敘事新聞中心主任葛拉姆給敘事新聞內容做了界定，認為敘事新聞應該包括以下幾項元素：（1）場景：要讓閱聽大眾對於新聞事件發生的地點和場景，有明確瞭解，它間接促使記者務必親臨現場，才能敘說現場場景。（2）角色人物：事件當事人在整個事件中所扮演的角色，務必明確指陳出來，讓閱聽大眾掌握新聞事件各種不同角色和整個事件的來龍去脈。（3）行動：新聞事件發生過程，務必抽絲剝繭提供整個事件的一切行動，讓閱聽大眾掌握故事情節及其關鍵重點。（4）要有人性的聲音（human voice）：為了有別於傳統新聞的缺失，敘事新聞務求在報導內容，充分展現與事件當事人或受害者站在一起，在新聞中充分展現人性的聲音，讓閱聽大眾有如親臨事件現場、甚至有如發生在自己身上的心理感受，讓新聞充分展現人性的聲音。（5）要與閱聽人建立關係（relationship with the audience）：新聞報導不是記者只為跑新聞、寫稿子，而是要透過新聞，與閱聽大眾建立關係，讓閱聽大眾深切體認媒體是與整體社會連結，讓閱聽大眾感受到任何事件發生，媒體都會與大眾站在一起。（6）要有明確的主題、目的和理由（theme, purpose, and reason）：敘事新聞要深切體會任何新聞都有其目的與崇高的理由，每則新聞都要有明確主題、重點、目的和理由，不僅深刻展現關懷社會的用心，更讓閱聽大眾感同身受，共同追求理想境界（Kramer & Call, 2007）。

　　葛拉姆和他的同事合著《說真的故事》（*Telling true stories: Practical craft tips on narrative non-fiction from some of America's leading journalists*）（Kramer & Call, 2007），就是提供給學員們一本非常實用的撰寫敘事新聞的參考手冊，而且書中邀請美國當代許多著名新聞記者，也都是文學新聞或稱新新聞極享盛名的資深記者，並給學員授課，親授實戰經驗。

　　譬如這些名家當中，巫爾夫就提供如何撰寫新聞事件當中，最具情緒成分的核心部分。塔勒西提供如何書寫事件當事人的隱私生活部分，就好像他書寫法蘭克辛那屆一般。其他還有幾位其他著名資深記者，像格雷威（Malcolm Gladwell）就討論檔案資料的侷限性，而基勒莫普托（Alma

Guillermoprieto）則探討如何敘說真實故事。此外，哈佛大學敘事新聞中心還特地邀請來自全美各地幾大媒體資深記者，駐校授課。

除了哈佛之外，美國還有許多大學都對敘事新聞，開設了課程或學程，像波士頓大學、華盛頓大學、愛沃華大學、喬治華盛頓大學、奧勒岡大學、印第安那大學、紐約大學、紐約大學阿爾巴尼校區、加州大學戴維斯校區、史東布魯克大學、北德州大學等，還有澳洲雪梨大學等，都紛紛開設敘事新聞相關課程。

五、敘事新聞的學術濫觴

《新新聞》問世之後，關於新聞寫作格式的改變，並非因此定案，不論在學界或業界都還有不少爭議，無非就是：（1）客觀vs.非客觀；（2）文學場景vs.非文學敘述；（3）敘事視角vs.非視角；（4）當事人對話vs.非對話。

傳統新聞對新新聞或文學新聞的最嚴屬批評，就是文學新聞有違傳統新聞講求客觀的本質。但是文學新聞或新聞文學，就是要擯棄傳統新聞的客觀、倒寶塔寫作格式，所以這點爭議就雙方而言，幾乎就是南轅北轍，根本無法對口。

至於援用小說創作的場景寫實手法，則是傳統新聞力有未逮之處，無論傳統新聞如何辯駁，都無法否認新聞文學這種書寫手法的高超微妙。

傳統新聞批評新新聞或新聞文學，不僅非客觀，而且還有其特定敘事視角。但是新新聞這種敘事手法，讓閱聽大眾更貼近事件和當事人，從其視角來敘說整個故事，將更具新聞的敘事性和可讀性。

至於新聞文學喜好將受訪者的對話，一篇篇長篇照錄，與傳統新聞以直接了當的直敘字眼，來描述新聞事件大異其趣。許多非虛構小說都相當仰賴當事人的對話，來烘托整個故事情境的開展，對閱聽人來說，這種書寫技法更能帶領讀者進入故事場景。

所以有關雙方相互批評與對話，在當時可謂層出不窮（Murphy, 1974; Weber, 1974），但時勢所趨，敘事新聞畢竟還是能夠抵擋得住各種傳統新聞的批評，不僅屹立不搖，而且還更加發揚光大，早已超乎《新新聞》

被提出來的80年代可以比擬。

敘事學界曾於1991年出版一份期刊《敘事與生命歷史》（*Journal of Narrative and Life History*），後來於1998年改名為《敘事探究》（*Narrative Inquiry*）。該刊曾經於1994年出版題為《新聞敘事化》（*Narrativization of the News*）專刊（Liebes, 1994），該刊嚴肅指陳，傳播研究對於媒體內容研究都嚴守事實與虛構（fact and fiction）的分際。

自從2006年起，全球成立了國際文學新聞學會，並且創刊《文學新聞研究》（*Literary Journalism Studies*）半年刊，其主要內容無非就是提倡文學新聞或敘事新聞，早期較多回顧性新新聞或文學新聞的作品和作家，近期則開始重視數位時代與敘事新聞之間的關係。

像哈厝克所著《美國文學新聞史：現代敘事形式的崛起》（*A history of American literary journalism: The emergence of a modern narrative form*）（Hartsock, 2000），在其書名就標誌出敘事新聞的獨特敘事形式。

就敘事形式而言，敘事新聞揉合了傳統新聞與敘事新聞的寫作風格，採取兼容並蓄的策略，讓閱聽大眾在閱聽敘事新聞過程，既可掌握新聞事件的故事情節、人物角色、來龍去脈，又能享受文學藝術優美筆調，畢竟敘事新聞依舊堅持新聞學的基本立場和原則，就是真實非虛構，絕對不可因為追求文學優美筆調，而虛構故事情節。

哈厝克也在美國紐約州立大學（SUNY）新聞傳播系所任教，他的觀點和見解，當然更具說服力，因而確立了敘事新聞在美國大學學府發展的學術地位。

✳ 第三節 數位敘事時代的網路數位敘事

在20世紀最後10年，發生人類有史以來生活方式最大的變化，那就是網際網路的崛起，在短短幾年之間蓬勃發展，深入人類生活各個層面，其傳布速度之快，遠遠超過過去任何發明。

壹、網路時代的來臨

網路的崛起，並非突然發生，而是人類產業和生活方式的遞嬗發展逐漸演變而成，譬如以臺灣數10年的產業結構變遷歷史來看，從勞力密集到資產密集、然後從資產密集到腦力密集、再從腦力密集到生活便捷密集，可謂一波接一波從未停頓，徹頭徹尾改變臺灣整個產業結構，也見證了臺灣和全球人民生活方式的變化。

短短半個世紀不到的時間，看到臺灣人民生活方式從農業社會進入工商社會、再從工商社會進入資訊社會。可見產業結構與人民生活方式，相互映照，同步並進，只要落後，就會被淘汰。

在人類產業發明創新過程，從未見過新聞媒體給予資訊科技如此的優厚禮遇，只要與網路、智慧型手機或網際網路有關的任何新產品，全球各地、尤其是臺灣，媒體都會大幅報導，簡直就是免費廣告促銷，扮演推波助瀾角色，所以網路社會崛起，新聞媒體扮演至關重要角色。

為何新聞媒體對網路科技發明如此熱衷？因為電腦、網路、智慧型手機和網際網路的各種創新發明，都與社會大眾日常生活息息相關，所以這些創新發明的新聞收視率當然高，造就媒體持續報導。

在網路時代，由於資訊科技的特質，已將人類生活從類比時代，帶進數位時代無所不在、隨時隨地都可傳播的社會（ubiquitous society）。如今，全球又再進入另一個嶄新階段，隨著大數據（big data）、互聯網（Internet of Things、Internet of Everything, IoT、IoE）、雲端儲存、人工智慧等新興科技，彼此相互結合匯流，並與日常生活緊密結合，更全新進化到人類歷史前所未有的智慧家庭、智慧城市和智慧生活時代。

貳、傳統媒體面臨嚴厲挑戰

網路科技帶來智慧型數位時代，不僅對人類生活方式造成極大衝擊，新聞產業也無可逃避，面臨新聞事業有史以來最嚴厲挑戰。短短10-20年之間，全球許多著名新聞媒體，尤其是平面報紙，紛紛從實體走向虛擬型

態發展，或者至少實體與虛擬並進。像《華爾街日報》、《英國廣播公司》與《美聯社》可說是全球回應網路數位挑戰，最積極進取的代表性主流媒體，積極回應網路新聞，更進而對數位新聞敘事，也採取前衛做法。

一、主流媒體的消退

網路科技造就人類生活方式的巨大改變，同時也給新聞媒體帶來革命性的挑戰。許多全球赫赫有名的新聞媒體紛紛投入虛擬、網路媒體，導致不少身經百戰實務經驗的記者慘遭資遣，突然失去多年來熱愛的新聞工作。

傳統新聞媒體包括報紙、雜誌、廣播、有線和無線電視，在網路興起之後的短短幾年之間，廣告額驟降，銷售量和收視率大幅降低。根據皮優研究中心（Pew Research Center）的媒體調查數據，早在2013年，全美就有超過半數民眾是從網際網路獲得全國新聞和國際新聞，尤其是18-29歲年輕人，高達71%是從網際網路獲得新聞資訊，30-49歲青年也有63%的人，是從網際網路獲取新聞（///www.pewresearch.org/fact-tank/2013/-news/）。

根據皮優研究中心2015年公布的調查數據，全美2014年報紙的總銷售量，比前一年降低3%，而2014年全美報紙總營收額，一年比一年低，比2013年總營收額降低4%，只有199億美元，都不及10年前的一半，可見美國報紙所受到網路媒體的嚴重衝擊（///www.journalism.org/205/04/29/state-of-the-news-media-2015/）。美國幾個非常著名的雜誌訂戶，也都嚴重下滑，像《LA周刊》下滑18%，非常傳統經典的《鄉村聲音》（*Village Voice*）更下滑達25%。

有線電視比報紙更嚴重，根據2015年最新數據顯示，有線電視黃金時段收視情況，比前一年降低高達8%，可以說明顯降低。全美不論報紙或有線電視都雙雙面臨嚴重衰退危機，卻獨有網路數位廣告獨樹一幟，逆向成長高達18%，廣告額達507億美元。

更嚴重的是，更多的閱聽大眾已經逐漸習慣從網路或行動裝置，來獲得新聞資訊，而非再從傳統新聞媒體來取得新聞，這類新興媒體使用行為

已經昭告天下，傳統主流媒體，已不能再稱爲主流，因爲它們已經明確消退中，傳統舊媒體（traditional media, old media）已逐步讓位給新興網路媒體、新媒體（internet media, new media）。

過去近100年期間，各種新聞傳播媒體的出現，造就一波又一波的新聞媒體之間的革命性更迭。譬如像20世紀20年代，人類世界從第一次出現收音機，到全球達到5,000萬用戶，大概共花了38年時間。到了20世紀30年代末期，人類第一次有了電視，普及速度加快許多，只花了13年，就達到5,000萬用戶。可是網路，在20世紀80年代一出現，卻只花了短短4年光景，全球就達到5,000萬用戶。而臉書（Facebook），於2004年2月問世，更只花不到9個月，全球就超過1億使用者。而且早在2014年9月，臉書每月平均有13.5億經常使用者，到了2015年第二季，就已高達14.9億經常使用者（///www.statista.com/statistok-users-worldwide/）。而YouTube則有10億使用者，每天有40億人在YouTube觀看影音檔，平均每分鐘就有多達300小時長度的影音檔上傳（///www.expandedramblings.com/index.php/youtube-statistics/）。

二、獨立媒體與個人網站的崛起

在網路崛起之後，媒介生態丕變，除了實體與虛擬媒體之間的對決之外，另一個嚴峻挑戰，就是獨立媒體與個人網站的崛起。

以前所謂分眾化和小眾化，在網路崛起之前，還無法滿足閱聽大眾的細膩需求，如今拜網路科技所賜，透過社群網路服務（Social Networking Service, SNS）技術，各種社會媒體或稱社交媒體、社群媒體（social media）紛紛崛起，更讓分眾眞正落實到極其細緻地步，各種社群紛紛在各種不同的部落格（Blog）、臉書（Facebook）、推特（Twitter）、噗浪（Plurk）、YouTube、MySpace、LinkedIn、BBS、PTT等，徹底分眾化、區隔化。

每個網民都可以透過網路自我產製各種資訊，已經進入使用者產製內容（UGC）時代，每個人都擁有「自媒體」（We Media）。每個閱聽人都可以自己產製內容，自己擁有自己的媒體，人人都是傳播者，在主流媒

體之外，到處充滿形形色色的獨立記者、公民記者，也各擁有自己的社群和明確的議題討論取向。

可見網路的崛起，一方面正面挑戰傳統主流媒體，掠奪傳統媒體的市場和廣告，另方面又提供獨立記者和個人網頁活躍的空間，所以傳統媒體左右受敵、兩面作戰、左支右絀、處境凶險。

網路新聞和網路傳播，對社會影響極大。從遠的例子來看，發生於2010年年底的阿拉伯之春，是有史以來首度發難的網路革命運動，讓阿拉伯既有的獨裁政體，像埃及、利比亞、突尼西亞和葉門等因而被推翻下臺。近的例子，就是2013年在軍中服役的洪仲丘受虐致死案，所引發的白衫軍運動，和2014年春天的太陽花學運，都是透過網路的社會運動。

根據皮優研究中心調查數據指出，全美在2012年就已經有172個非營利獨立媒體，到了2014年，獨立媒體記者更高達3千餘人，這些獨立媒體主要報導方向是：一般性、調查新聞、政府部門、公共與外交事務等（///www.features.journalism.org/nonprofit-news-outlets./），可見這些非營利獨立記者，本身條件應該都還不錯，才有可能致力於公共事務、公共部門或調查新聞工作。

這麼多記者從傳統媒體退下來，轉而投身非營利獨立媒體，持續為新聞工作奮鬥，固然令人敬仰和欣喜，可是在這些非營利獨立新聞媒體裡頭，將近八成都只有5人或低於5人的全職編組（///www.journalism.org/files/legacy/Nonprofit News Study.pdt）。既然人手有限，基本上是比較難達成預設目標。國內「地球圖輯隊」在中信家族的支持下，也有志在國際新聞這塊園地奉獻一點心力，但目前都只有美編設計人手，尚無新聞專業記者的參與投入，恐難展現它非營利獨立媒體的貢獻。

參、數位敘事時代的來臨

網路對傳統媒體、甚至整個人類社會的衝擊，至少具有幾點重大意涵，包括：（1）虛擬vs.實體；（2）數位vs.類比；（3）隨時隨地vs.定時定點。

傳統媒體都是以實體與閱聽大眾接觸，但是網路媒體則是在虛擬、非實體的網路空間，來與閱聽大眾接觸或溝通。在市場，網購已經成爲全球共同生活方式；在教育界，全球各名校積極推廣的大規模網路開放課程（Massive Open Online Courses, MOOCs），簡稱開放課程、慕課、或磨課師；這些都是透過網路、而非實體的接觸。

　　網路社會另一個重要特徵，就是以數位取代傳統類比訊號。透過資訊科技，可以將各種以類比組合的聲光，以數位形式儲存、傳輸、輸入／輸出，既可以提高素質，不受雜訊干擾，又可大幅提高精準度。更重要的是，提高傳輸速度。像過去複製一部電影，得花個十來分鐘，現在轉拷100部電影，花不到1秒鐘時間。

　　令人感受最深的景象，就是隨著網路科技的發達，人類世界已經進入隨時隨地都可接收網路資訊的社會（ubiquitous society），再加上行動裝置的便利性，已經將人類社會推向一個行動社會（mobile society），網路連結行動，遂造就了隨時隨地都可以行動通訊的便利社會，人類各種生活層面都與過去有極大的不同面貌，似乎已經讓古人的許多夢想都實踐了。

　　但是網路科技猶未稍歇，最近更有物聯網、雲端科技、大數據、智慧行動等概念的推動，逐漸要將人類社會更向前推向智慧家庭、智慧城市、智慧管理的時代，10、20年前在電影上看到的許多科幻鏡頭，在不久的將來，都可能一一實現，它們已經不再是科幻，而是活生生的你我生活的一部分。

　　試想：當人們生活方式已經逐漸智慧化，那麼新聞傳播領域，應該如何因應？

一、數位敘事對傳統媒體的挑戰

　　大概在10-20年前，在談論網路新聞時，主要是在區分網路原生新聞，或者是在網路轉載平面印刷媒體的新聞。現在所謂網路數位新聞，指涉的是藉由網路科技和資訊、資料科技，由網路機器自動產製新聞，不再借由人工撰寫，直接就是由網路自動產製新聞。也就是透過機器自動化的所謂的數位敘事（digital narrative）或線上敘事（online narrative），而產

製出來數位新聞（digital journalism）或線上新聞（online journalism），也有人乾脆直接叫它機器人新聞（robot journalism）或計算機新聞（computational journalism）。目前看來，似乎比較多人使用數位新聞和機器新聞這類稱呼。

簡單而言，數位時代的新聞產業，已經不再需要那麼人力密集的記者，許多撰稿工作都可以直接由機器代爲操作，此對傳統新聞媒體的挑戰，豈止雪上加霜一語可以言表，簡直就是徹底毀滅傳統新聞媒體。

面對這種挑戰，傳統新聞媒體應如何因應？在英、美，幾家著名的重要新聞機構，已經正面迎戰、走上數位新聞和機器新聞的道路，國內則似乎還沒有任何一家傳統新聞媒體有此嘗試。

根據皮優研究中心發表的2014年美國媒體狀態報告，全美468家數位新聞組織，絕大多數都是成立不到10年光景，它們總共提供了5,000個編輯職缺，對新聞專業人員而言，是一件大好消息。可是全美的報紙，卻在2003至2012年10年之間，減少了16,200個職缺，另外雜誌也減少了38,000個職缺（///www.journalism.org/2014/03/26/the-losses-in-legacy/）。

根據皮優研究中心調查指出，全美全數位新聞媒體的職缺逐漸增加，表示數位新聞的前景有看好趨勢，譬如全美前30大純數位新聞媒體，就提供了3,000個職缺，而這種趨勢正好與傳統新聞媒體裁員的走勢完全背道而馳，亦即全數位媒體的崛起，正好是終結傳統媒體的頭號殺手。

數位媒體的崛起，其中一個有趣的現象，就是數位媒體聯手行動裝置，試圖一起消滅傳統新聞媒體。根據牛津大學新聞研究所（Reuters Institute for the Study of Journalism, Oxford University）調查全球12個資訊發達的國家，所發布的「2015年數位新聞報告」，指出全球民眾透過行動裝置獲取新聞的比例逐漸提高，而且社群媒體的臉書，也成爲一般民眾主要的新聞來源，在短短1年之間，從35%成長至41%，完全超乎學界和業界一般想像，繼臉書之後，依序是YouTube、WhatsApp、Twitter等，也都是一般民眾獲取新聞資訊的主要來源。尤其年輕世代，更是仰賴社群媒體作爲提供新聞的主要來源（///www.dndings-2015/）。

二、數位敘事：網路自動產製新聞

隨著電腦科技的進步，實體媒體走向虛擬媒體已然成為當前不可遏抑的趨勢，在敘事新聞方面亦然，網路線上敘事新聞（online narrative journalism）已逐漸成為一種新興趨勢，並且受到許多主流媒體的重視，不少主流媒體已經開始採用網路自動產製新聞的數位新聞或機器新聞。

基於數位新聞媒體的挑戰，如今幾個全球知名傳統媒體，包括《紐約時報》、《衛報》、BBC、CNN等，也都紛紛成立線上數位部門，試圖藉由這批網軍挽回一點頹勢。

網路自動產製新聞？可能嗎？其實它的核心能力指涉的是：敘事科學（narrative science）。所謂敘事科學，就是認知科學結合資訊科學、社會科學和人文學科共同發展電腦敘事（computer-supported narrative），再加上剛剛問世不久的自動寫稿公司的自然語言產製科技，讓電腦自動產製新聞，在數位敘事時代從夢想成為真實。

認知科學與敘事學的結合，發展出一個新興領域：認知敘事學（cognitive narratology）（Herman, 2007b, 2009b, 2009c；Peer, 2007; Ryan, 2006b；Zunshine, 2006），更加擴展敘事學既有的學術領域。

文學創作所在意的敘事心理層面，無非就是：（1）到底故事本身是如何扣連故事詮釋者的心理狀態與其心理過程？與（2）故事到底如何成就敘事經驗？所以掌握故事人物的心理狀態及其心理過程，既是敘事理論必須仰仗社會科學的地方，也是敘事學結合認知科學開發的重要基礎所在。

敘事學界和認知科學界、資訊科學界，亟須攜手合作，共同針對敘事理論最根本、最基礎的元素，包括本書所述事件素材、故事情節、時間序列和因果邏輯等，理析出一套有系統、合乎人類心理狀態的自然語言模式，就可以結合當前最熱門的資料科學（data science），一起將人工智慧、資料探勘、大數據、知識發現等資料科技納入分析體系，發展出電腦敘事或稱網路敘事（net narrative），才能指令機器透過各種模型分析和預測分析，自動產製數位敘事和數位新聞。

三、機器能將數據資料，轉換爲故事情節？

　　谷歌新聞（Google News）早在2006年伊始，即透過新聞聚集器（news aggregator），自動選擇、推薦、排列各種最新新聞資訊，並且翻譯爲28種語言，散布在全球每個角落，提供世界各國使用者各自不同興趣、關心的新聞焦點。但是這些都不是Google自己產製的新聞，而是透過新聞聚集器，從其他各種新聞媒體蒐集而來，然後再經過篩選、推薦、排列手續產生，不同地區國家各有不同的新聞焦點，所以谷歌新聞基本上只是扮演一種新聞轉述者角色，而不是新聞產製者或新聞敘述者角色。

　　至於後起之秀——「自動寫稿公司」（Automated Insights），雖然2014年才問世，但是它的威力遠遠超越一般人的想像，推出之後一鳴驚人，成爲當今最受注目的線上自動數位敘事系統，可以自動產製數量驚人的最新新聞，而且精準度大大超乎新聞專業人士的預期。（筆者註：這家公司縮寫AI，就是人工智慧的意思，該公司故意取這個名字，藉以彰顯它自動產製新聞的功能。）

　　《美聯社》與「自動寫稿公司」合作，於2014年春夏之交，針對蘋果公司公布第一季財務季報之後，隨即在短短幾分鐘之內，《美聯社》即推出標題爲〈蘋果打破華爾街第一季預期〉（*Apple tops Street 1Q forecast*）的新聞報導。這則新聞就是由這家「自動寫稿公司」，透過機器整理並分析出整季財報的概況和重點，竟然能夠寫出與華爾街分析師所做相同水準的相關報導，還能通過《美聯社》專業編輯的核稿。其速度之快、整理分析能力之強，遠超乎一般專業財經記者的人力作業效能。只是這篇報導的稿頭，卻罕見沒有撰稿「人」，因爲撰稿的不是人，而是機器，是由這家與《美聯社》合作的「自動寫稿公司」自動生成。

　　《美聯社》最初採用這家「自動寫稿公司」所屬的文字轉換器（Wordsmith）平臺，來自動產製新聞時，不少《美聯社》員工還抱持著懷疑態度，據《美聯社》一位女性助理編輯就表示：每個好記者都會表示懷疑。但從2014年7月至10月之間的實驗過程，每則由文字轉換器自動生成的新聞，都必須經過人工檢核，並紀錄錯誤再由「自動寫稿公司」進行

調整，結果發現這部自動生成新聞系統發稿的錯誤率，反而比人為疏失還少，而且到了2014年10月，這部自動生成發稿平臺就不再需要經過人工檢核了，完全可以自動生產新聞，只要依照《美聯社》既定的編採方針即可。而且值得慶幸的是，《美聯社》沒有因為採用自動生產新聞平臺，而裁員。

根據資料顯示，這家「自動寫稿公司」所屬的文字轉換器平臺，每週可以量產數百萬則報導，目前已經可以每秒量產2,000則的報導。《美聯社》目前每季可以自動發稿約3,000則，至2014年年底為止，《美聯社》已經用這個方式發稿4,400篇報導，未來將可為《美聯社》增加15倍以上的發稿量。

有趣的是，《美聯社》一位編輯說，真正希望記者做的是，當財報出來的時候，不只是讓閱聽大眾看到表面數字，而是讓記者寫出更聰明、更有趣的報導。所以未來《美聯社》記者，可以騰出更多時間撰寫深度報導和目擊報告，因此根本不會發生裁員問題，而且編輯們更可從繁重工作中解放出來，從事更具深度的思考工作。但確定的是，這種自動化系統所撰寫的新聞，必然都是依照《美聯社》編採方針發稿，而非機器想做什麼就做什麼。

除了財報方面新聞，《美聯社》也與運動統計公司STATS合作，進行自動生成橄欖球賽數據和資料。此外，Yahoo也曾使用過AI自動化技術處理運動新聞。這家AI公司是基於大數據（big data），提供個性化敘事內容的服務公司，於2013年曾自動生產3億篇稿件，2014年高達10億篇，平均每週可提供500萬篇運動相關報導。

一般讀者或者是新聞傳播領域的人，一定會問：這種自動產製新聞的系統，大概只適用於財經這類枯燥無味的數據資料，對於比較需要人性、感性的新聞，應該就不適用了吧？其實，早在《美聯社》試驗之初，內部自己的幹部都懷疑它的功能，就有不少新聞傳播專業領域的人，包括學界和實務界的人，都以不屑的語氣來看待這種機器新聞（robot journalism）、計算機新聞（computational journalism），甚至還說不久將來，就

要與機器人同事共事。

　　但是你不用懷疑，更不用擔心只有你才會問這個問題，不論你是新聞傳播領域中人或是一般讀者，只要對資訊工程講了好幾年的資料探勘（data mining），再加上最近崛起的敘事科學（narrative science）有所掌握，就不會再有任何懷疑了。

　　首先讓我們談談資料探勘。「自動寫稿公司」目前最大的優勢，就是結合大數據，能夠將各種大數據資訊，轉換成文字報導，而且是具有深度的報導，且富人情味，有如真人所寫的稿子一般。必須強調的是，所謂大數據，並非一般所想像的，就只是大量數字資訊而已，所謂大數據，它必須具備：大量（volume）、快速（velocity）、多樣（variety）、真實（veracity）等特性的龐大資料。

　　更重要的是，大數據指涉的是包括一切結構性的資料和非結構性的資料。就結構性資料而言，是比較方便處理的數據，譬如大公司固定型式的財務報表，或者是大學學生人數、成績單等數據，這些結構性資料對大數據而言，都是簡單易處理的。比較麻煩的是：非結構性資料，由於人類社會各種檔案資料的蒐集，尚未完全數位化，所以有許許多多非常珍貴的資料，都還是以非結構性形式儲存，譬如像故宮有多少國寶，包括各種書法、繪畫、雕刻等藝術品，以及原住民即將消失的珍貴文物等，都屬非結構性資料，這些才是大數據比較難以處理的對象。像報紙新聞就比較容易數位化，但電視新聞就相對比較難以數位化，而大數據就是要針對結構性的和非結構性的資料，一併都能夠處理，這也是大數據的未來性，也是對人類未來資料的保存和分析，扮演極其重要角色。

　　簡單地說，資料探勘包括文字探勘、網頁探勘、影音探勘等各種不同資料屬性，如此一來，幾乎天下任何資料無所不包，都含括在大數據的範疇當中，像各種社群媒體的影音、畫面、語言、文字、圖案、設計等，都含括在內，這也正是下一波人類生活方式大革命的另一個開端呢！

　　當然目前尚未達到這個地步，這套「自動寫稿公司」的文字轉換器，只是針對結構性的，而且是表格化資料為主。目前包括《美聯社》、雅虎

第十一章　從敘事新聞到數位敘事時代　—

377

（Yahoo）、谷歌（Google）、運動統計公司（STATS）、好事達（All-state）、三星（Samsung）、衛星有線電視公司（Comcast）等，都是它的客戶。連美國大學籃球聯賽（NCAA）都運用這套系統，來報導最新競賽成績。

從上述資料看來，純粹數據型資料，絕對是數位敘事最佳素材，上述幾家非新聞媒體，之所以也採用這套機器數位敘事系統，主要也是用來處理各種最新財務報表之類的資料分析與報告。《美聯社》和《華爾街日報》等幾家新聞專業媒體，都最早採用這套機器自動轉換系統，來進行數位敘事報導，而且它所發生的錯誤，比真人專業記者還少，這豈不為傳統新聞記者叫屈？

其實，具有知識發現能力和自然語言生成能力的自動化設備，其分析與產製新聞的範疇，絕不限於財經金融、運動競技、氣象地質和公共衛生等，它已經隨著科技的進步，逐步擴展到農業生產規劃、醫療保健、國防軍事、通訊媒體等諸多產業，早已超越一般人想像或懷疑的範疇。

基本上，「自動寫稿公司」這套文字轉換器，是一種自然語言生產引擎，它可以從數據提升到知識層次，超越傳統簡單的數據處理層次，進入網路數位時代的文本寫作層次，直接自動生產新聞文本出來。它具有資料探勘（data mining）的數據資料庫的知識發現（Knowledge Discovery in Databases, KDD）能力，從大量資料當中，透過統計、線上分析處理、情報檢索、機器學習、專家系統和模式識別等各種方法，既可分類資料、又可組合資料，既可推估預測、又能評價後果，所以能夠自動搜尋隱藏於大量資料裡頭的重要且具有特殊關聯的知識（Hand, Mannila, & Smyth, 2001）。

除了知識發現的能力之外，這套系統也必須具備自然語言處理（Natural Language Processing, NLP）能力，透過統計機率模式、圖形辨識和機器學習等功能，來分析資料，並將資料轉換成為另一種形式的有用資訊，然後再生成為我們所要的自然語言形式。必須強調的是，人類自然語言並不限於說話的語言，音樂當然也是一種自然語言，所以一般人以為這套系

統大概只限於產製文字新聞，其實數位敘事或數位自然語言轉換生成系統，並不限於語言，所以它相當具有前景。

❋ 第四節 傳統媒體與新聞教育的因應之道

目前新聞傳播學界面對數位敘事、機器新聞此一新興崛起趨勢，可以說進退維谷、左右為難，因為若不趕上時代腳步，發展數位敘事、網路敘事、機器新聞，就要落伍，可能被時代浪潮吞沒。但是一旦跟進之後，下場卻被是機器新聞取而代之，新聞媒體不再需要新聞記者，如此一來，新聞傳播學府追隨數位敘事、機器新聞，豈非為了斷臂求生？反而步入自掘墳墓、自我了斷的深淵？

壹、新聞教育因應之道

面對此兩難問題，新聞傳播學界到底何去何從？跟或是不跟數位敘事的浪潮走？其實這個兩難問題，並非只是臺灣新聞傳播學府的問題而已，全球新聞傳播學府都面臨同樣的難題。目前全球新聞傳播學術機構的對策，大概可分為三種類型：第一種類型是還在觀望猶豫，尚未決定到底跟或不跟。第二種類型是盲目跟隨，尚未考慮到後果，只能走一步、算一步，摸著石頭過河。第三種類型則是根本無動於衷，毫不理會整個大環境的急速且無情變化。那還有無第四類型最佳選擇嗎？

坦白說，面對機器新聞、數位敘事的崛起，對新聞傳播學界而言，絕對是一項毫無迴避空間的挑戰，唯一的回應，就是迎戰，不然就是關門或者退出。若仍堅守既有傳統新聞的訓練方式，終究難逃一劫，畢竟這波數位敘事、機器新聞劇變，絕非僅僅是新聞傳播界單一領域所面臨的挑戰，其實它意謂著全人類生活方式的革命性改變。

從整個網路科技、大數據、智慧型科技等發展趨勢來看，網路化、數位化、智慧化等，都在在顯示此乃21世紀人類最鮮明的發展取向，人類一

切生活方式勢必都要拋棄舊有的思維，只能跟著這股浪潮走，才是正道、王道，否則就要被遺棄，根本毫無閃躲迴避的空間。

所以結論是：只有正面迎戰，別無它途。問題是：正面迎戰，追隨數位敘事和機器新聞的浪潮，新聞傳播學府是否必然陷入自掘墳墓、自我毀滅的深淵？面對此一嚴肅課題，事實上還有幾種思考路徑，第一種思考路徑就是修訂課程，要求新聞傳播系所學生，務必具備數位敘事和機器新聞的工夫，除了傳統新聞傳播理論與實務課程之外，也必須學習各種資訊、資料科學與數位敘事相關的課程，以為未來就業實務工作做準備。

如今，國內幾所大學新聞傳播系所，已經聘請資訊工程相關師資，像政大和師大等，政大近幾年來相當致力於數位敘事。必須提醒的是，資訊傳播專業只重資訊層面，固然對平面圖像或影音素材，都十分精通如何設計、製作與散布，但是對新聞可能較缺乏深入瞭解，較難充分掌握新聞價值和新聞自由的意旨。解決之道，就是需要時間，若雙方能夠有充裕時間，彼此相互溝通、磨合、融入，大概幾年後的景象就大有不同。

截至目前為止，只有少數幾間大學直接開設數位敘事課程，像史坦福大學傳播系碩士班，設有新聞學程，開設系列機器新聞課程，並特別強調從數據觀點，訓練記者分析公共事務的能力。學生必須直接進入資料庫，搜尋、整理、分析數據資料，才能藉以撰寫相關新聞。目前採取與史坦福大學類似做法的大學，還有哥倫比亞大學、西北大學、雪城大學（Syracuse U.）、喬治亞理工學院，以及英國卡迪夫大學（Cardiff U.）等校，可以說走在全球新聞傳播學界的最前端。

貳、傳統媒體因應之道

英國廣播公司（BBC）近年來成立一個「BBC新聞實驗計畫」（BBC News Labs），開設數位敘事和機器新聞的必備知識課程，其做法是要全體記者和員工共同協力、互相學習、適應數位時代的需求，試圖建構一套結構新聞（structured journalism）模型，好讓同仁們深切瞭解新聞敘事的本質，懂得如何運用自動化工具和機器，撰寫出更有效、更具創意的新聞。

英國廣播公司在執行這項新聞實驗計畫之後，並未因此更加裁員或資遣，其實不僅英國廣播公司，全球許多知名媒體，面對網路新聞的挑戰，雖然強化記者對網路和數位的必備技術與能力，但並未因此再加大裁員或資遣的力道，其理由何在？主要就是即便有了網路數位敘事科技的協助之後，但仍需資深記者來做判斷，來指示電腦如何在大量數據和資料當中，進行哪些更具價值的整理和分析。

　　畢竟隨著網路數位敘事科技的助益，新聞媒體所需要的人才並非剛剛出道、離開學校的菜鳥新手，而是比較高階的資源記者或編輯。於是這又衍生另一個值得新聞媒體省思的課題，若沒有菜鳥的加入，等到那群資深老鳥退休，又有誰能接棒呢？或者，要詢問新聞傳播系所的問題是：能否訓練出一批資深的記者或編輯，而非菜鳥？

　　讓我們先來問實務界，天下沒有白吃的午餐？此乃人盡皆知的常識，新聞媒體豈能躺著等待新聞傳播系所，直接送進來一批又一批的資深記者和編輯老手？天下所有資深人員，都是在線上歷經長久歷練，才能造就出來。學校既非培養資深記者的職場，也無從培養資深記者。資深記者若是可以從學校培養出來，那麼各個新聞媒體的資深記者的飯碗，早就被學生們搶光了。所以，新聞媒體務必接納新手，提供新手逐漸成為資深老手的機會，否則媒體將無資深老手可用。

　　倒是有一個捷徑可走，那就是仿照許多專業領域的做法，提供實習機會，好讓新手一上班就能馬上上手。所以，各新聞媒體必須先購置這種自動化數位產製新聞的設備，否則連媒體都沒有設備，要學生去實習什麼？截至目前為止，國內尚無媒體購置這種自動化設備，也就是說國內媒體猶在觀望，或者根本不知下一步要如何走。

參、少而精的新聞記者

　　接下來的問題：需要這麼多新聞傳播系所學生嗎？固然這是一個極其敏感的問題，但是面對網路敘事、數位新聞的崛起，其實對新聞傳播系所而言，這是一個必須負責面對的問題，而非視而不見。

全球新聞記者的訓練，不再只是新聞採寫和編輯而已，它已經密切結合社會科學的大眾傳播相關領域，從美國20年前各大學紛紛將新聞系與傳播系整併，就可看出新聞與傳播已然融合一體。

　　如今每個網民天天都在網路上產製各種他們切身相關的訊息，其廣度和深度有些還超越一般記者的水準，所以如何提升新聞記者素質，已經是時代必然趨勢和要求，才能克盡服務閱聽大眾的職責。以前就有人提問：新聞記者的訓練是否應該只限設置在研究所階層？亦即廣收來自各種不同科系背景的大學生，譬如外交系的同學讀完新聞所，可以去跑外交新聞；政治系的去跑國會或黨政新聞；財經系的去跑財經新聞等。

　　面對網路發達時代，如果記者相關知識都不如網民，那又如何高談闊論服務社會大眾，所以提升記者素質，是新聞媒體和新聞教育雙方都責無旁貸的共同職責。

　　面對網路科技和數位敘事的挑戰，新聞媒體少裁減一些記者，已屬萬幸，不可能維持現狀，更絕不會再增加記者員額，所以既要培養高素質的記者，又要面對網路數位新聞的挑戰，因此未來的新聞教育大概只能培養少而精的記者，若想在小小臺灣，仍舊維持目前那麼多新聞傳播院校系所和學生數，是有其困難。目前國內新聞傳播相關系所學生萬餘人，每年畢業的新聞系所學生也有近千人，以臺灣彈丸之地，市場有限，實在不需要這麼多記者，除非輸出，或者創辦跨國媒體，否則臺灣真的吸納不了這麼多新聞記者。

　　所以未來臺灣的新聞教育，將是一個小而精、精而美、美而貴的專業領域，也就是必須高額投資，投入充分專業師資和專業設備的昂貴學術領域。這就讓人馬上聯想到美國哥倫比亞大學新聞學院的教育目標與做法，就是高額投資、高薪聘請名師、購置頂尖設備的新聞學府，但學生人數並不多，難怪它能夠培育出極其優秀的記者。為了給新聞系所畢業生更好的出路，為了培育臺灣更好的記者，國內新聞傳播院校真的該嚴肅思考是否該走小而精的培育取向。

　　面對網路、人工智慧、大數據、物聯網等資訊科技所開發出來的線

上數位敘事、網路敘事、機器新聞的數位敘事時代，再加上高教育水準網民的崛起，人人都是自媒體、人人都是資訊提供者，未來的新聞教育，不論國內外，恐怕少而精、精而美、美而貴的新聞教育，將是一條最佳的選擇，而且也是唯一可以走的路徑。如此才能培養高素質的記者，來服務高素質的網民和閱聽大眾，新聞記者不再只是一種職業、一種專業，而是一種極其崇高、重要、神聖的志業，一直帶領著社會向上提升的志業。

第12章

第 1 2 章 ▶▶▶

敘事新聞和數位敘事的
時代意義

❖ 第一節　敘事新聞與數位敘事的時代意義

　　20世紀末以來，網路以新媒體之姿崛起，短短20年左右時間，一方面大規模襲奪傳統媒體的廣告市場，另方面網民不再透過實體媒體，而是直接從網路獲取各種影音、文字、數據資訊，使得傳統媒體的營收和銷售，節節敗退、潰不成軍。尤其網民（俗稱鄉民）新興自媒體（We Media）崛起，更是人人都是內容提供者（User Generated Content, UGC），人人都可以當傳播資訊的敘事者，整個傳統媒介生態丕變，網路新媒體已然擺出凌駕傳統媒體的架勢。

　　21世紀20年代，網路更聯手結合各種日新月異的資訊科技（ICT），包括大數據、物聯網、雲端運算、人工智慧、知識探勘、自然語言生成等各種科技，堂堂皇皇邁向人類前所未有的數位敘事時代，藉由機器自動產製新聞，更造成傳統新聞媒體的恐慌、張皇失措。

壹、全球知名媒體和學府已採用機器新聞

網路數位敘事時代，是一個不可逆轉的發展趨勢，目前只因功能未臻理想、完備，以致全球新聞媒體猶未完全採用，但此一發展趨勢即將完全改變新聞媒體的運作模式。幾個全球頂尖知名媒體，如《華爾街日報》和《英國廣播公司》等，已經採用網路數位敘事系統，藉由機器自動產製新聞。

雖然目前只是實驗試行階段，大抵運用在結構化大量資料數據方面，譬如財經、金融、運動競技等類型的新聞處理，相信未來幾年只要數位敘事系統更臻完善，就能夠從結構化資料，進而處理非結構化資料，全面藉由機器來產製各種類型的新聞，屆時就能實現數位敘事的理想境界。

如今也有不少大學新聞教育，像史坦福大學、哥倫比亞大學和香港大學等，已經開設機器新聞相關課程，完全採用網路數位敘事科技，來處理新聞的產製和編輯。這些開設機器新聞的大學，大概可分兩類，一類是以理工為背景的大學，如喬治亞理工大學等；另一類則是全球頂尖知名學府，它們不僅學術成就領先群倫，在新興教材課程方面，也帶領時代風潮，像磨課師（MOOCs）就是一個例子，這幾所大學紛紛開設機器新聞，是否會帶來風起雲湧效應，全球新聞傳播學府和業者都盯著看。

貳、以敘事新聞為體、數位科技為用

不論是新聞媒體或新聞教育，正處於數位敘事的實驗階段，未來效益到底如何，猶待觀察，但這些媒體和學府，在機器新聞的實驗階段，都有一個共通現象，就是仍舊仰賴敘事新聞的寫作技能，不僅沒有因為機器新聞的加入，而拋棄敘事新聞，反而更倚重敘事新聞的技能，來指引機器如何運作，寫出具有人性味道的新聞。

譬如《華爾街日報》和《英國廣播公司》，在訓練記者、員工機器自動化產製新聞的同時，更要求記者提升敘事新聞的寫作技能。同樣地，這幾所開設機器新聞的新聞傳播學府，不僅沒有拋棄敘事新聞寫作技能的課

程，反而更加強調敘事新聞寫作技能的重要性，要藉由記者的敘事新聞寫作技能，來指令數位敘事系統如何產製具有可讀性的新聞。

從這些媒體實務界和新聞教育界的作為，可以明顯體會其用心，畢竟數位敘事系統自動產製新聞的機器，只是為人所役使的工具，而指令它們的記者務必要有敘事新聞的技能，才能實現線上數位敘事的理想境界。

根據本書對於敘事新聞的解析，敘事新聞具有三個層面意義，第一個層面：敘事新聞類似文學新聞（新聞文學）的寫作技巧，過去由於文學新聞較缺乏客觀性，常涉入主觀評述字眼和視角，晚近經由美國幾所名校紛紛嚴肅面對敘事新聞，有了更新的詮釋和實務操作之後，已經抹去記者主觀評述的缺失，與傳統新聞學一樣，都強調客觀公正的報導。所以晚近敘事新聞的發展，已經排除傳統對文學新聞遭人詬病的問題，有重新出發之姿，殊值注意。

第二個層面：敘事新聞解放被傳統新聞學5W1H倒寶塔寫作格式所框架的牢籠，希冀藉由敘事理論的引進，可以提升新聞的可讀性，尤其針對軟性新聞和調查報導，不僅讓閱聽大眾可以感同身受，有如親臨新聞事件現場，增加新聞可讀性，而且也可使新聞更具有人性滋味，讓閱聽大眾可以感受當事人或受害者的心情和內心世界，使新聞得以更貼近人性。

第三層面：面對數位敘事時代的機器新聞挑戰，敘事新聞更突顯出它的價值和優勢，既是迎戰機器新聞的最佳利器，更是與機器新聞攜手合作共創數位敘事時代的重要舵手，可以說是數位敘事時代最具指標性的新聞寫作風格。

眼見不久的將來，就要進入機器自動產製新聞的數位敘事時代，正當全球新聞教育和新聞界都面臨前所未有的嚴酷挑戰，苦思不得其解之際，敘事新聞適時提供絕處逢生之道。因為不管自動化機器如何智慧化，都無法執行一項非常重要的工作，那就是對新聞事件當事人進行內聚焦敘事的深度訪談，而深度訪談正是敘事新聞的優勢和特色所在，它是提升新聞可讀性的重要策略，卻絕非機器能夠代勞的工作，所以敘事新聞恰好是數位敘事時代，挽救新聞記者工作極其重要的新聞走向。

除了記者的工作飯碗之外，更重要的是，網路機器如何產製好的新聞、有好理由的新聞（費雪敘事典範的觀點）、有價值的新聞（懷特歷史敘事的觀點）、有人性聲音的新聞（巫爾夫和哈佛尼曼敘事新聞中心的觀點）等，這些敘事新聞的重要內涵，都只有記者才能親手撰寫，並且指令和引導機器產製出具有可讀性和敘事性的新聞。

參、學界和業界攜手合作、共同面對數位敘事時代

隨著數位時代而來的網路數位敘事，是對新聞界的重大考驗，目前全球有幾家著名的新聞媒體，已經著手進行數位敘事，但由於當前人工智慧、大數據、知識探勘、自然語言處理及生成系統，尚以結構性資料爲主要對象，所以這幾家媒體還只是以數字、列表等結構性大數據，作爲數位敘事的對象，如財經、金融、運動、競技新聞等，讓尚未著手數位敘事的媒體，猶可喘一口氣。

但可能只能稍喘一口氣，卻絕非天下太平。雖然目前是以結構性資料爲主，但基於人類社會積極邁向智慧化目標，各種相關產業積極開發，市場需求動力自然會推著走向非結構性資料的數位敘事，依目前情況看來，大概5年光景就可見到，所以不到10年之內，全球媒體都將全面數位化，應該是可以預期的景象。屆時任何不肯或不願數位化的新聞媒體，只有被時代浪潮淹沒一途。

如果2025年全球媒體進入全面數位敘事時代，那麼全球新聞教育恐怕在2020年之前，就非得及時因應不可，否則趨於跌勢的主流新聞媒體，再加上無法及時趕上時代潮流的新聞教育，那整個新聞學術與業界，可能就要面臨更嚴酷的歷史挑戰，甚至不無可能成爲歷史名詞。所以，在2020年之前，新聞教育如何快速引進數位敘事，已經刻不容緩。

那麼在這短短4、5年之間，國內新聞教育該如何因應，及時迎頭趕上數位敘事的快速步伐？目前少數幾個學校已經開始有相關課程的開設，但與機器新聞、非結構性資料的數位敘事，都還有一大段距離，個人以爲如果各校各自爲政，恐難在短短4、5年之內，會有驚人成就。爲今之

計，應該摒棄校園門戶之見，建議臺大、師大、政大三校先行跨校、跨域合作，因爲三校都有新聞傳播與資訊相關系所，所以合作起來，比較容易些，尤其政大校內已有合作先例，若再擴大至三校跨校合作，相信不用等國際開發非結構性數位敘事，臺灣就有可能領先全球先開發華文數位敘事系統。這套華文數位敘事系統開發成功，可服務全球數10億人口的華文新聞媒體，其市場之大應極具開發效益。

🌸 第二節 掌握敘事傳播相關理論神髓

　　新聞傳播跨域結合敘事理論，不論國內外都才起步不久，新聞傳播教育應如何有效運用敘事理論，的確讓人傷透腦筋，截至目前爲止，全球尚未有敘事新聞的教科書作爲範本。爲在校同學和在職記者整理和運用方便起見，特地在書末最後一章，做一些提示型的總整理，嘗試爲這個新興領域的教學與實務運用，提供一些粗淺的綜合性意見。

　　既然敘事傳播是一個跨域融合的新興領域，到底要如何實踐操作，兼顧雙方的精華與優點，自有其困難度。但如果將比較寬廣浩瀚的敘事傳播（narrative communication），降低至比較實務操作的敘事新聞（narrative journalism）寫作風格或技法，則相對比較容易處理。

　　雖然本書也介紹哈佛大學等校的敘事新聞學程，但截至目前爲止，全球新聞傳播學府在敘事新聞這方面的發展，似乎還是以理念溝通爲主要訴求，尚未見到具體理論與實務兼顧的敘事新聞寫作教材，所以本書嘗試提出一些簡要提示，提供在校學生和在職記者參考。

　　但誠如本書一再強調，一切專業實務操作，務必要以學術理論架構作爲基礎，否則只是玩弄表象技藝、流於枝節雜耍，難以進入問題核心、展現理論引導實務的宏規。所以即便本章著重敘事新聞寫作風格和技法，也務必心存新聞傳播和敘事理論兩大領域的學理精華，而非僅僅計較如何撰寫具有敘事觀點和技法的新聞稿而已。

如何兼顧新聞傳播與敘事理論雙方理論精華，並將它們展現在實務操作的敘事新聞寫作技法？如果這是一件簡單容易的工作，相信全球新聞傳播學府，早就應該有諸多的教材可供參考和各式各樣的課程，不用今天大費周章解析理論，再來思考如何運用實踐？可見，欲將兩個浩瀚的學術領域融會結合，誠非易事，又要將它們的理論轉化爲實務操作手冊，當然難上加難。

　　一方面，敘事理論淵源久遠、內容浩瀚，具有渾厚的人文、哲學、人性思維，況且各種理論觀點未必完全一致，從結構主義初創伊始，歷經後結構主義、解構主義、後現代理論的洗禮，誠難三言二語可以概括整個敘事學界各家之言。另方面，傳播理論以社會學爲基礎，並將心理學、政治學、經濟學等諸多社會科學領域囊括在內，範圍既廣且深。

　　所以想要將雙方深厚學理同時融會含括在一個簡要手冊，絕非易事。尤其面對每天無奇不有的新聞事件，未必一時半刻就能找到適當學者專家給予適當的解析，畢竟新聞不是小說創作，必須有憑有據，面對事件所涉及的專業知識，絕非光靠文學敘事可以解決，所以敘事新聞的難度，比敘事創作更高。

　　面對此一挑戰，不要說對在校同學絕對是一項艱苦任務，即便對教師也非輕而易舉。因此，必須虛心地說，本章所提供幾點簡單提示。期盼日後敘事新聞普受重視，俟敘事新聞在國內有了更扎實深厚的學理和實務經驗之後，並且能夠製作類似中央社的「編採手冊」（Manual of Style），作爲學生和記者的範本。

　　本章謹建議最重要基本原則，就是把握新聞傳播與敘事理論雙方的理論重點和核心思想，再來考慮如何運用到敘事新聞實務工作。亦即，務求對新聞傳播和敘事理論雙方理論基礎，心領神會、融會貫通，就好比武俠小說所言，先要掌握心法口訣，招式自然意隨心至，變化無窮。

壹、敘事新聞的核心：故事與情節

　　不論敘事理論再複雜，也不管新聞事件多奇特，所有的敘事文本都有

其共通核心元素：故事與情節。

不僅敘事學緊抓故事與情節，作爲學術探討的核心；新聞報導也是以新聞事件的故事與情節，作爲採寫的標的。所以，敘事新聞就是要確切掌握故事與情節兩大元素。

敘事理論強調，即使針對相同一個故事，也可以有各種不同表達形式的情節鋪陳。在新聞報導亦然，尤其各種新聞路線，也是有多種不同的報導焦點。所以面對敘事新聞的故事與情節，到底要如何書寫？也就是說面對敘事新聞的「故事內容」與「表達形式」（story and discourse），究竟該如何報導、如何表達？本節僅提供提示，而非全面含括，應可理解。

在此，僅建議來自新聞傳播領域的同學們，只能將傳統新聞學所教導的5W1H倒寶塔寫作格式，當作基本元素的參考，因爲敘事新聞講求的就是順著人性，去追尋新聞價值；而5W1H則是刻板的格式化框架，只是新聞產製最基本的元素，難以突顯敘事新聞的特質。

貳、故事與情節的關鍵：時間序列與邏輯因果

所有敘事文本的核心，就是故事與情節。一切故事與情節的關鍵，就是時間序列與邏輯因果關係。任何新聞事件的故事與情節，同樣都脫離不了時間和邏輯兩大因素，只要能夠確切掌握事件的時間序列和邏輯因果，就能掌握新聞事件的來龍去脈，以及它最具關鍵性的狀態改變因素。

不論故事與情節如何變化多端、表達形式如何複雜迷離，即使添加再多的美學藝術加工，都無法、也不可背離時間序列和邏輯因果，否則爲了賣弄情節，反而自毀故事。所以時間和因果這兩根支柱，乃是萬事萬物發生的秩序和規則，無論是文學創作或新聞報導，都無法背離時間序列和邏輯因果。

時間序列和邏輯因果，乃是一切敘事文本的中心支柱，不管哪一路線的新聞事件，從事件的發生、開展，及其後續效應等，都與時間序列和邏輯因果脫離不了關係，而且都必然依照時間序列和某種特定邏輯因果在運行，所以在新聞採寫上，務必要明確掌握這兩個條件，不能有任何差錯。

新聞報導和文學敘事一樣，都沒有必要非得按照時間序列和邏輯因果的順序來鋪陳不可，但是記者對於任何新聞事件的時間前後及其所涉及邏輯因果，卻必須牢牢緊握，才能抓住問題癥結所在。

尤其是調查報導，面對各種錯綜複雜的政商、權力關係，它的真正起源為何？到底誰是關鍵人物角色？究竟什麼慾望是決定性因素？在什麼時空、場景、情境下，讓事件狀態產生關鍵性改變？這一大串疑問，都只有切實掌握該新聞事件的時間序列和邏輯因果，才能揭露問題真相。

✳ 第三節 敘事新聞寫作的總結提示

誠如上述所言，全球新聞傳播學府對於敘事新聞，近年來才醒覺它的重要性，幾所全球知名學府紛紛開設敘事新聞相關課程或學程，但截至目前為止，尚未整理出任何有關敘事新聞寫作的教材。本節僅針對敘事新聞的實務運作和寫作技巧，提供幾點簡要提示，作為初學者參考。

壹、新聞事件狀態的改變，就是新聞價值所在

- 敘事新聞第一件要務，就是抓住該新聞事件，到底造成什麼狀態改變。
- 狀態改變，既是敘事理論對事件的定義，也是一切新聞事件故事情節的起點。
- 抓住新聞事件狀態改變所造成的社會意涵，它就是新聞價值所在。狀態改變愈大，新聞價值愈高。
- 如果無法掌握事件的狀態改變，就無法往下進行更深入的敘事新聞撰寫工作。
- 不論哪一種新聞路線，一切事件的新聞價值，都取決於該事件所造就的狀態改變。
- 不論哪一種新聞路線，首要思考的問題，就是這個新聞事件到底

造成什麼狀態改變。

- 用傳統新聞價值的思維方式。所謂狀態改變，就是該事件可能造成的影響力、重要性、改變力等。
- 只要事件的狀態改變，足以造成政治、經濟、社會、文化等各方面，達到某種程度的影響，就是具有新聞價值，就是一條值得跑的新聞事件。狀態改變愈大、影響愈深，新聞價值就愈高。

貳、造成新聞事件的行動，就是故事情節的關鍵所在

- 是什麼行動，造成事件狀態的改變？
- 涉及新聞事件狀態改變的行動，可能很多，但一定有一個是最關鍵的行動。
- 造成事件狀態改變的行動，一定具有新聞價值，值得好好向閱聽大眾敘述清楚。
- 到底該行動是如何發生的？爲什麼會發生？在什麼時空、場景情境之下發生？有何後續效應？
- 愈具影響力的重大新聞事件，其改變事件狀態的行動，愈具有新聞價值，閱聽大眾一定愈感興趣，所以務必向閱聽大眾說明清楚。
- 造成狀態重大改變的行動，未必是單一行動，常常是一連串行動，務必找到最具關鍵性的行動。

參、新聞事件的行動者，可能不只一個，要掌握所有的行動者

- 每個新聞事件的行動參與者，未必只有一個人或單一來源。
- 故事情節愈複雜的新聞事件，涉入的行動者愈多。
- 愈是重大新聞事件，所涉及的行動者愈多，一定要掌握所有涉案的行動者。
- 不論新聞事件有多重大、多複雜，其時間序列和邏輯因果關係，應該還是非常明確。
- 愈是重大新聞事件，行動者之間的關係愈複雜，務必透過時間序

列和邏輯因果，釐清彼此關係，才能釐清新聞事件的真正主角。

肆、行動者可能有主角與配角，不要抓住配角，卻放了主角

- 新聞事件的行動者當中，可能又有主角與配角之分。
- 千萬不要被表象矇騙，抓住配角，卻放了主角。
- 愈是複雜的新聞事件，愈難釐清誰是主角或配角、指令者或協助者。
- 務必透過整個事件的時間序列和邏輯因果，釐清事件的關鍵決策行動，才能找出主角。
- 深入訪談每個行動者，採訪愈深入，愈可能從眾多行動者當中，找出真正的主角。
- 主角與配角在事發之後，常互推責任，只有釐清時間序列和邏輯因果，才能呈現真相。
- 有時配角或故事外人物會代主受罪，誆稱主角，也只有時間序列和邏輯因果，才是解鈴之道。

伍、傾聽每一個行動者的聲音，是敘事新聞最大籌碼

- 敘事新聞要求深入採訪新聞事件的每個行動者，與傳統新聞學有所不同。
- 敘事新聞要求傾聽每個行動者的聲音，這是與傳統新聞學更大的不同。
- 敘事新聞要採取內聚焦的敘事策略，站在行動者的立場和視角，來看這個新聞事件，這更與傳統新聞學南轅北轍。
- 敘事新聞這種內聚焦做法，就是要帶領閱聽人進入新聞事件，讓閱聽人親臨現場，感受現場的氛圍，理解當事人當時的心情與反應。
- 敘事新聞這種做法，就是要帶領閱聽人進入新聞事件當事人的內心世界，理解他們的想法，傳統新聞學通常不願花費這番工夫，去理解他們的心境。
- 敘事新聞這種深訪做法，可以增進新聞的可讀性和敘事性。

- 敘事新聞這種內聚焦深訪做法，即使未來機器自動化數位敘事，也無可取代。

陸、敘述者未必都是新聞事件參與者

- 新聞事件每個行動者，願意接受採訪，就成為這個新聞事件的敘述者。
- 有許多願意提供相關資訊的敘述者，卻未參與這個新聞事件。
- 有無參與新聞事件，就是評斷敘述內容可不可靠的重要依據。
- 未參與新聞事件的敘述者，就是敘事理論所稱劇外人物敘述，所述內容可靠性存疑。
- 參與新聞事件的敘述者，所述內容未必就一定可靠，要小心查證。
- 記者只是新聞事件的轉述者，切不可自以為是事件的參與者。

柒、敘述者提供的資訊，涉及故事情節變化，小心查證，不要被誤導

- 參與新聞事件的行動者，願意提供相關資訊，就是消息來源。
- 消息來源雖然參與新聞事件，但提供的資訊，未必一定可靠，小心不要被誤導。
- 黨政官員雖然是事件行動者，卻經常刻意隱瞞或提供不可靠訊息，其目的不一而足。
- 國內許多名嘴根本沒有參與事件，卻喜好冒充事件行動者，提供想像式的故事情節。
- 各行各業常為營利或塑造形象，而釋放各種不實消息。
- 敘述者提供的資訊，到底是否牽涉故事情節，務必小心查證。
- 審慎查證敘述者所提供的訊息，釐清改變事件狀態的關鍵行動，千萬不要被別有用心的敘述者誤導。

捌、不要輕忽每一個場景，它們都是吸引閱聽人的本錢

- 敘事新聞注重新聞事件的每一個場景，這也是與傳統新聞學的重大差異所在。
- 敘事新聞交代故事情節的來龍去脈，場景扮演重要敘事成分，要帶領閱聽人經歷事件過程。
- 事件場景是新聞事件發生的重要關鍵所在，敘事新聞要讓閱聽人對它留下深刻印象。
- 事件場景通常是決定事件狀態改變的關鍵，務必仔細審視每個場景。
- 寫景是文筆好壞的考驗，敘事新聞喜好藉此彰顯記者的文筆功力。

玖、新聞敘事相關元素很多，都可能是新聞重點

- 敘事新聞對任何新聞敘事成分都不會輕易放過，此與傳統新聞學5W1H有極大差異。
- 每則敘事新聞，聚焦可能不同，所以關注的元素也可能不同，不像傳統新聞學，一致遵奉5W1H倒寶塔寫作格式。
- 敘事新聞如何取材新聞敘事成分，取決於新聞特質，沒有必然成規或公式依循。
- 敘事新聞的敘事成分，不論主要成分或附屬成分，都可能攸關整個新聞事件的故事情節。
- 新聞敘事成分之間如何搭配，敘事新聞也沒有既定成規，取決於呈現新聞事件的故事情節而定。

拾、敘事新聞最適合調查新聞和軟性新聞

- 敘事新聞不僅適合軟性新聞，更適合用在調查新聞報導。
- 敘事新聞適合人物特寫，也適合對重大新聞事件的深度分析。

- 敘事新聞將人性帶進軟性新聞，帶給閱聽人歡樂、悲痛、憐憫、感動、熱血等情緒。
- 敘事新聞可以深入探究重大案件的來龍去脈、故事情節，再現事件真相。
- 敘事新聞可以鍥而不捨，探究新聞事件真相，絕非5W1H倒寶塔寫作格式可以奏效。
- 敘事新聞可以深入淺出分析各種社會現象，也非5W1H寫作格式可以達成。
- 調查新聞惟賴敘事新聞的深描報導風格，才能奏效；5W1H報導風格只能粗描新聞事件的表象。

❀ 第四節 將新聞價值結合敘事好理由和敘事價值

新聞教育最重要的任務，除了培養記者判斷什麼新聞事件具有新聞價值之外，更重要的是培養記者伸張社會正義，善盡記者為民耳目、為民喉舌的神聖社會責任。

在新聞採寫方面，由於每天層出不窮的新聞事件，記者首要工作重點就是判斷何者最具新聞價值，藉以決定分配採寫時間，否則一天24小時怎麼夠用。基本上，新聞價值除了即時性和臨近性的必然條件之外，一般都著眼於新聞事件的重要性和影響力，但國內媒介生態長久以來，卻一直執著於異常性與衝突性，當作新聞價值的首要判準，所以迭遭批評。

關於新聞價值的哲學性思考，新聞學界似乎欠缺嚴肅學術性討論，反而是被實務界綁架，跟著實務界的運作取向亦步亦趨，所以在新聞教育上，也高呼異常性和衝突性這些造成社會亂象的價值取向。

此新聞傳播結合敘事理論的機緣，讓人看到敘事理論值得新聞學借鏡和檢討的課題，尤其是新聞價值，更是新聞學可以向敘事學學習之處。根據費雪（Fisher, 1984, 1985, 1987）的敘事典範，主張一切敘事應該具有

敘事理性，除了敘事原眞性之外，更要有敘事的好理由和敘事價值。人類每天敘事何其多，數都數不完，但是若缺乏敘事理性，沒有敘事好理由和敘事價值，則一概不值得新聞媒體和記者費時費力去敘述和轉述。

另外，歷史敘事學者懷特（White, 1973, 1981, 1987, 2010）也提出敘事價值觀點，主張一切敘事務求具有敘事價值。此對新聞而言，更形重要，因爲今日的新聞，就是明日的歷史，所以任何新聞報導，都要講求具有敘事價值。

當今臺灣媒體最大缺點，就是花費太多時間、人力、物力，在缺乏敘事理性、敘事好理由和敘事價值的事物上面。試問：神聖的社會公器，將寶貴的社會資源花費在包括行車紀錄器、和店員與顧客的爭吵等瑣碎、雞毛蒜皮小事，反而置國家社會的重大議題於不顧，這豈不愧對人民賦予的社會公器神聖責任。

若能常保敘事理性於心，記者心中首先掌握敘事理性的哲理，對任何新聞事件都能先審視它們有無敘事好理由和敘事價值，必須先通過這道關卡之後，然後再來思考要如何運用敘事技法，將最具新聞價值的故事情節，傳播給閱聽大眾。那麼這或許是新聞傳播跨域結合敘事理論更大的收穫，也是提升臺灣新聞素質和媒體生態最好的處方。

參考書目

中文參考書目

方珊（1999）。《形式主義文論》。濟南：山東教育出版社。

方珊等譯（1992）。《俄國形式主義文論選》。北京：三聯書店。

申丹（2004）。《敘述學與小說文體學研究》（三版）。北京：北京大學出版社。

李幼蒸譯（1991）。《寫作的零度》。臺北：桂冠。

林靜伶（2000）。《語藝批評：理論與實踐》。臺北：五南。

林東泰（2002.07）。〈笑看「鐵獅玉玲瓏」：從交互文本到語音延異遊戲〉，「2002年中華傳播年會」論文。臺灣，臺北。

林東泰（2008）。《大眾傳播理論》（增訂三版）。臺北：師大書苑。

林東泰（2011）。〈電視新聞敘事結構初探〉，《新聞學研究》，**108**：225-264。

林東泰（2012.07）。〈世界末日預言的不可靠敘述：末日預言新聞的敘事理論分析〉，「2012年中華傳播年會」論文。臺灣，臺中。

林東泰（2013.07）。〈不可靠的權鬥新聞敘事分析：以2013年行政院內閣改組新聞為例〉，「2013年中華傳播年會」論文。臺灣，臺北。

徐佳士（1973）。《大眾傳播理論》。臺北：臺北市新聞記者公會。

高辛勇（1987）。《形名學與敘事理論：結構主義的小說分析法》。臺北：聯經。

高宣揚（1999）。《後現代論》。臺北：五南。

浦安迪（1996）。《中國敘事學》。北京：北京大學出版。

黃新生（2008）。《偵探與間諜敘事：從小說到電影》。臺北：五南。

黃道琳譯（1994）。《結構主義之父——李維史陀》。臺北：桂冠。（原書 Leach, E. [1986]. *Lévi-Strauss*. Chicago: University of Chicago Press.）

傅修延（2004）。《文本學：文本主義文論系統研究》。北京：北京大學出版社。

楊大春（1994）。《解構理論》。臺北：揚智文化。

蔡琰、臧國仁（1999）。〈新聞敘事結構：再現故事的理論分析〉，《新聞學研究》，**58**：1-28。

鄭為元（1992）。〈日常生活戲劇觀的評論家：高夫曼〉，葉啓政（主編）《當代社會思想巨擘》，頁26-55。臺北：正中。

羅世宏（2015）。〈新聞業是討人厭，但民主需要它──評介《爲什麼民主需要不可愛的新聞業》一書〉。《傳播研究與實踐》，**5**（1）：199-205。

英文參考書目

Abbott, P. (2008). *The Cambridge introduction to narrative*. Cambridge, UK: Cambridg University Press.

Altheide, D. L., & Snow, R. P. (1979). *Media logic*. Beverly Hills, CA: Sage.

Altheide, D. L., & Snow, R. P. (1988). Toward a theory of mediation. In James A. Anderson (Ed.), *Communication Yearbook 11* (pp. 194-223). Newbury Park, CA: Sage.

Bal, M. (1985). *Narratology: Introduction to the theory of narrative*. Toronto: University of Toronto Press.

Bal, M. (1997). *Narratology: Introduction to the theory of narrative* (2rd Ed.). Toronto, Buffalo, London: University of Toronto Press.

Bal, M. (2009). *Narratology: Introduction to the theory of narrative* (3rd Ed.). Toronto, Buffalo, London: University of Toronto Press.

Bakhtin, M. M. (1981). *The dialogic imagination: Four essays*. (M. Holquist Ed. C. Emerson & M. Holquist, Trans.). Austin: University of Texas Press.

Bambgerg, M., De Fina, A., & Schiffrin, D. (2008). *Selves and identities in narrative and discourse*. Amsterdam: John Benjamins.

Barthes, R. (1967). *The elements of semiology*. London: Cape.

Barthes, R. (1970). *S/Z*. New York: Hill & Wang.

Barthes, R. (1977). *Image/Music/Text*. NY: Hill and Wang.

Barthes, R. (1972). *Mythologies*. London: Cape.

Barthes, R. (1977). "*Introduction to the structural analysis of narratives*. In Image-Music-Text. London: Fontana.

Baudrillard, J. (1968). *The system of objects*. London, UK: Verso.

Baudrillard, J. (1970/1988). *The Consumer Society: Myths and Structures* (C. Turner, Trans.). Thousand Oaks, CA: Sage.

Baudrillard, J. (1970). *The consumer society: Myth and structures*. London, UK: Sage.

Baudrillard, J. (1981). *Simulacra and simulation*. Ann Arbor, MI: University of Michigan Press.

Baxter, L. A. & Braithwaite, D. O. (Eds.). (2008). *Engaging theories in inter-personal communication: Multiple perspectives*. Thousand Oaks, CA: Sage.

Bell, A. (1991). *The language of news media*. Oxford: Blackwell.

Bell, A. (1998). The discourse structure of news stories. In A. Bell & P. Garrett (Eds.), *Approaches to Media Discourse* (pp. 64-104). Oxford: Blackwell.

Benveniste, E. (1966). *Problems in general linguistics*. Coral Gables, FL: University of Miami Press.

Bennett, W. L. (2001). *News and the politics of illusion* (4th ed.). NY: Longman.

Berger, A. A. (1997). *Narratives: In popular culture, media, and everyday life*. Thousand Oaks, CA: Sage.

Berger, P., & Luckman, T. (1966). *The social construction of reality: A treatise in the sociology of knowledge*. Garden City, NY: Anchor Books.

Best, S., & Kellner, D. (1991). *Postmodern theory: Critical interrogations*. London: Macmillan.

Bhabha, H. K. (2003). *Nation and narration*. London: Routledge.

Billig, M. (1991). *Ideology, rhetoric and opinion*. London, UK: Sage.

Billig, M. (1995). *Banal nationalism*. London: Sage.

Blumer, H. (1969). *Symbolic interactionism: Perspective and method*. Englewood Cliff, NJ: Prentice Hall.

Blumler, J. G., & Katz, E. (Eds.). (1974). *The uses of mass communication*. New-

參考書目

bury Park, CA: Sage.

Bochner, A. P., & Ellis, C. (1992). Personal narrative as a social approach to inter-personal communication. *Communication Theory, 2*(2), 165-172.

Booth, W. C. (1961). *The rhetoric of fiction.* Chicago: University of Chicago Press.

Booth, W. C. (2005). Resurrection of the implied author: Why bother? In J. Phelan & P. Rabinowitz (Eds.), *A companion to narrative theory* (pp. 75-88). Oxford, UK: Blackwell Publishing.

Bordwell, D. (1985). *Narration in the fiction film.* Madison, WI: University of Wisconsin Press.

Bordwell, D. (1989). *Making meaning: Inference and rhetoric in the interpretation of cinema.* Cambridge, MA: Harvard University Press.

Bordwell, D., & Thompson, K. (2006). *Film art: An introduction* (8th ed.). NY: McGraw-Hill.

Boyle, R., & Haynes, R. (2009). *Power play: Sport, the media and popular culture* (2nd Ed.). Edingburgh, UK: Edingburgh University Press.

Brighton, P., & Foy, D. (2007). *News value.* London: Sage.

Brockmeier, J. (2014). *Narrative psychology.* NY: Springer.

Bruner, J. S. (1986). *Actual minds, possible worlds.* Cambridge, MA: Harvard University Press.

Bruner, E. M. (1986). Enthnography as narrative. In V. W. Turner & E. M. Bruner (Eds.), *The ethnography of experience* (pp. 139-155). Urbana: University of Illinois Press.

Bruner, J. (1987). Life as narrative. *Social Research, 54*, 11-32.

Bruner, J. S. (1990). *Acts of meaning.* Cambridge, MA: Harvard University Press.

Bruner, J. S. (1991). The narrative construction of reality. *Critical Inquiry, 18*(1), 1-21.

Bruner, J. (2002). *Making stories: Law, literature, life.* NY: Farrar, Struss and Giroux.

Bruner, J. (2005). *Coded communications: Symbolic psychological anthropology.*

Chicago: University of Chicago Press.

Capote, T. (1966). *In cold blood: A true account of a multiple murder and its consequences*. NY: Random House.

Chatman, S. (1978). *Story and discourse: Narrative structure in fiction and film*. Ithaca, NY: Cornell University Press.

Chatman, S. (1990). *Coming to terms: The rhetoric of narrative in fiction and film*. Ithaca, NY: Cornell University Press.

Chatman, S. (1999). New directions in voice-narrated cinema. In D. Herman (ed.), *Narratologies: New perspectives on narrative analysis* (pp. 315-339). Columbus, OH: Ohio State University Press.

Clandinin, D. (2006). *Handbook of narrative inquiry*. Newbury Park, CA: Sage.

Clandinin, D., & Connelly, F. (2004). *Narrative inquiry: Experience and story in qualitative research*. NY: Jossey-Bass.

Cohen, S., & Young, J. (1981). *The manufacturing of news*. Beverly Hills, CA: Sage.

Cohan, S., & Shires, L. M. (1988). *Telling stories: The theoretical analysis of narrative fiction*. London: Routledge.

Cortazzi, M. (1993). *Narrative analysis*. London, UK: Falmer Press.

Craig, R., & Tracy, K. (1995). Grounded practical theory: The case of intellectual discussion. *Communication Theory, 5*(3), 248-272.

Craig, R. (1999). Communication theory as a field. *Communication Theory, 9*(2), 119-161.

Craig, R., & Muller, H. L. (2007). *Theorizing communication: Readings across traditions*. Thousand Oaks, CA: Sage.

Croce, B. (1923). *History: Its theory and method* (D. Ainslee, Trans.). NY: Harcourt and Brace.

Croce, B. (1955). *History as the story of liberty* (S. Sprigge, Trans.). NY: Meridan Books.

Croce, B. (1963). *History of Europe in the nineteenth century* (H. Furst, Trans.).

NY: Harbinger Books.

Culler, J. (1976). *Saussure*. London: Fontana.

Culler, J. (1975). *Structuralist poetics: Structuralism, linguistics and the study of literature*. London: Routledge and Kegan Paul.

Curran, J., & Seaton, J. (1997). *Power without responsibility: The press and broadcasting in Britain* (5th ed., pp. 264-286). NY: Routledge.

Currie, M. (1999). *Postmodern narrative theory*. NY: Macmillan.

Culler, J. (2008). *On deconstruction: Theory and criticism after structuralism*. Ithaca, NY: Cornell University Press.

Czarniawska, B. (2004). *Narratives in social science research*. London: Sage.

Dashper, K., Fletcher, T., & McCullough, N. (2014). *Sports events, society and culture*. NY: Routledge.

De Man, P. (1986). *The resistance to theory*. Manchester: Manchester University Press.

Deleuze, G., & Guattari, F. (1972/1983). *Capitalism and schizophrenia: Anti-Oedipus*. Minnesota, MN: University of Minnesota Press.

Deleuze, G., & Guattari, F. (1980/1987). *Capitalism and schizophrenia: A thousand plateaus*. Minnesota, MN: University of Minnesota Press.

Derrida, J. (1967/1976). *Of grammatology* (G. C. Spivak, Trans.). Baltimore, MD: John Hopkins University Press.

Derrida, J. (1967/1978). *Writing and difference* (A. Bass, Trans.). Chicago: University of Chicago Press.

Derrida, J. (1981c/1982). *Positions* (A. Bass, Trans.). Chicago: University of Chicago Press.

Derrida, J. (1981a/1983). *Dissemination* (B. Johnson, Trans.). Chicago: University of Chicago Press.

Dolezel, J. (1998). *Heterocosmica: Fiction and possible worlds*. Baltimore, MA: John Hopkins University Press.

Douglas, K., & Carless, D. (2015). *Life story research in sport: Understanding the experiences of elite and professional athletes through narrative.* NY: Routledge.

Eco, U. (1962/1989). *The open work* (A. Cancogni, Trans.). Cambridge, MA: Havard University Press.

Eco, U. (1979). *The role of reader: Explorations in the semiotics of texts.* Bloomington, IN: Indiana University Press.

Elliot, J. (2005). *Using narrative in social research: Qualitative and quantitative approaches.* London: Sage.

Entman, R. M. (1993). Framing: Toward clarification of a fractured paradigm. *Journal of Communication, 43*(4), 51-58.

Entman, R. (2010). Media framing biases and political power: Explaining slant in news of Campaign 2008. *Journalism, 11*(4), 389-408.

Fairclough, N. (1992). *Discourse and social change.* Cambridge, UK: Polity Press.

Fisher, W. R. (1984). Narration as a human communication paradigm: The case of public moral argument. *Communication Monographs, 51*(1), 1-22.

Fisher, W. (1985). The narrative paradigm: In the beginning. *Journal of Communication, 35*(4), 74-89.

Fisher, W. (1987/1989). *Human communication as narration: Toward a philosophy of reason, value, and action.* Columbia: University of South Carolina Press.

Fisher, W. R. (1988). The narrative paradigm and the assessment of historical texts. *Argumentation and Advocacy, 25*(2), 49-53.

Fisher, W. R. (1989). Clarifying the narrative paradigm. *Communication Monographs, 56*, 55-58.

Fisher, W. R. (1994). Narrative rationality and the logic of scientific discourse. *Argumentation, 8*, 21-32.

Fisher, W. R. (1995). Narration, knowledge, and the possibility of wisdom. In W. R. Fisher & R. F. Goodman (Eds.), *Rethinking knowledge: Reflections across the disciplines* (pp. 169-192). NY: State University of New York Press.

Fludernik, M. (1996). *Toward a "Natural" Narratology.* NY: Routledge.

Fludernik, M. (2009). *An introduction to narratology.* NY: Routledge.

Fludernik, M. (2005). Histories of narrative theory (II): From structuralism to the present. In J. Phelan & P. J. Rabinowitz (Eds.), *A Companion to Narrative Theory* (pp. 36-59). Oxford, UK: Blackwell.

Foucault, M. (1966/1970). *The order of things*. London: Tavistock.

Foucault, M. (1969/1972). *The Archaeology of knowledge*. NY: Pantheon.

Foucault, M. (1975/1977). *Discipline and punish*. London: Allen Lane.

Foucault, M. (1980). *Power/knowledge*. Brighton: Harvester.

Frank, A. W. (2010). *Letting stories breathe: A socio-narratology*. Chicago: University of Chicago Press.

Fulton, H., Huisman, R., Murphet, J., & Dunn, A. (2005). *Narrative and media* (pp. 1-12). London: Cambridge University Press.

Galtung, J. & Ruge, M. H. (1965). The structure of foreign news: The presentation of the Cong, Cuba and Cyrus crises in four Norwegian newspapers. *Journal of Peace Research, 2*(1), 64-90.

Galtung, J., & Ruge, M. (1973). Structuring and selecting news. In S. Cohen and J. Young (Eds.), *The manufacturing of news* (pp. 52-63). London, UK: Constable.

Gans, H. (1979). *Deciding what's news*. NY: Pantheon Books.

Gardiner, M., & Bell, M. (1998). Bakhtin and the human sciences: a brief introduction. In M. M. Bell & M. Gardiner (Eds.), *Bakhtin and the human sciences: No last words* (pp. 4-7). London: Sage.

Genette, G. (1972/1980). *Narrative discourse: An essay in method* (J. E. Lewin, Trans.). Ithaca, NY : Cornell University Press.

Genette, G. (1988). *Narrative discourse revisited* (J. E. Lewin, Trans.). Ithica, NY: Cornell University Press.

Gergen, K. & Gergen, M. (1986). Narratives form and the construction of psychological science. In T. R. Sarbin (Ed.), *Narrative psychology* (pp. 22-44). NY: Praeger.

Gergen, K. & Gergen, M. (1988). Narratives of the self as relationship. In L. Berkowitz (Ed.), *Advances in experimental social psychology* (Vol. 21, pp. 17-56).

San Diego: Academic Press.

Gergen, K. & Gergen, M. (2003). Qualitative inquiry: Tensions and transformations. In N. K. Denzin & Y. S. Lincoln (Eds.), *The landscape of qualitative research: Theories and issues* (2nd ed., pp. 575-610). Thousand Park, CA: Sage.

Giddens, A. (1984). *The constitution of society*. London: Polity.

Giddens, A. (1988). Goffman as a systematic social theorist. In P. Drew and A. Wootton (Eds.), *Erving Goffman: Exploring the interaction order* (pp. 250-279). Boston: Northeastern University Press.

Goffman, E. (1959). *Presentation of self in everyday life*. Garden City, NY: Doubleday Anchor Books.

Goffman, E. (1961). *Encounter: Two studies in the sociology of interaction*. Indianapolis, IN: Bobbs-Merrill.

Goffman, E. (1963). *Behavior in public places*. NY: Free Press.

Greimas, A. J. (1966/1983). *Structural semantics: An attempt at a method* (D. McDowell, R. Schleifer & A. Velie, Trans.). Lincoln, NA: University of Nebraska Press.

Griffin, H. H. (1961). *Black like me*. NY: Signet.

Griffin, E. (2010). *Understanding human communication*. NY: McGraw-Hill.

Habermas, J. (1962/1989). *The structural transformation of the public sphere: An inquiry into a category of Bourgeois society* (T. Burger & F. Lawrence, Trans.). Cambridge: Polity.

Habermas, J. (1984). *Theory of communicative action*. Boston: Beacon Press.

Hall, S. (1973/1980). "Encoding/decoding". In Centre for Contemporary Cultural Studies (Ed.), *Culture, Media, Language: Working Papers in Cultural Studies, 1972-79* (pp. 128-138). London: Hutchinson.

Hall, S. (1997). *Representation: Cultural representations and signifying practice*. London, UK: Sage.

Harvey, D. (1989). *The condition of postmodernity*. Oxford: Blackwell.

Harcup, T., & O'Nell, D. (2001). What is news? Galtung and Ruge revisited. *Jour-*

nalism Studies, 2(1), 261-280.

Hassan, I. (1987). *Postmodern turn.* Columbus, OH: Ohio State University Press.

Hepp, A., & Krotz, F. (Eds.) (2014). *Mediatized world.* NY: Palgrave.

Herman, D. (1999a). Toward a socionarratology: New ways of analyzing natural-language narratives. In D. Herman (Ed.), *Narratologies: New perspectives on narrative analysis* (pp. 218-246). Columbus, OH: Ohio State University Press.

Herman, D. (Ed.). (1999b). *Narratologies: New perspectives on narrative analysis.* Columbus, OH: Ohio State University Press.

Herman, D. (2000). Narratology as a cognitive science. *Image (&) Narrative, 1* (2000) Retrieve July 18, 2015, from Image (&)Narrative Online database.

Herman, D. (2002). *Story logic: Problems and possibilities of narrative.* Lincoln, NE: Nebraska University Press.

Herman, D. (Ed.) (2003). *Narrative theory and the cognitive sciences.* Stanford, CA: CSLI Publications.

Herman, D., Jahn, M., & Ryan, M.-L. (Eds.). (2005). *The Routledge encyclopedia of narrative theory.* NY: Routledge.

Herman, D. (2006). Dialogue in a discourse context: Scene of talk in fictional narrative. *Narrative Inquiry, 16*(1), 75-84.

Herman, D. (2007a). *The Cambridge companion to narrative* (ed.). Cambridge, UK: Cambridge University Press.

Herman, D. (2007b). Storytelling and the sciences of mind: Cognitive narratology, discursive psychology, and narratives in face-to-face interaction. *Narrative, 15*(3), 306-334.

Herman, D. (2009a). *Basic elements of narrative.* Oxford: Wiley-Blackwell.

Herman, D. (2009b). Beyond voice and vision: Cognitive grammar and focalization theory. In P. Huhn, et al., (Eds.), *Point of view, perspective, and focalization: Modeling mediation in narrative* (pp. 119-142). Berlin, GR: Gruyter.

Herman, D. (2009c). Cognitive approaches to narrative analysis. In G. Brone & J. Vandaele (Eds.), *Cognitive poetics: Goals, gains, and gaps* (pp. 79-118). Berlin,

GR: Mouton de Gruyter.

Herman, L. & Vervaeck, B. (Eds.), (2005). *Handbook of narrative analysis*. Lincoln, NE: University of Nebraska Press.

Hjelmslev, L. (1969). *Prolegomena to a theory of language*. Madison, WI: Wisconsin University Press.

Hjarvard, S. (2008). The mediatization society, A theory of the media as agents of social and cultural change. *Nordicom Review, 29*(2), 105-134.

Hjarvard, S. (2012). Media and communication studies in a mediatized world. *Nordicom Review, Supplement, 33*(1), 27-34

Hjarvard, S. (2013). *The mediatization of culture and society*. London: Routledge.

Hjarvard, S. (2014a). From mediation to mediatization: The institutionalization of new media. In A. Hepp & F. Krotz (Eds.), *Mediated world* (pp. 123-139). NY: Palgrave.

Hjarvard, S. (2014b). Mediatization and cultural and social change: An institutional perspective. In K. Lundby (Ed.), *Mediatization of communication* (pp. 199-226). Berlin: De Gruyter Nouton.

Huhn, P., & Sommer, R. (2012). Narration in poetry and drama. In P. Huhn, J. P. W. Schmid, & J. Schonert (Eds.), *The living handbook of narratology.* Interdisciplinary Center for Narratology. Hamburg, GR: Hamburg University Press.

Jakobson, R. (1956). Two aspects of languages and two types of aphasic disturbances. In R. Jakobson and M. Halle (Eds.), *Fundamentals of language* (pp. 115-133). Hague: Mouton & Co.

Jakobson, R. (1960). Closing statements: Linguistics and poetics. In T. A. Sebeok (Ed.), *Style in Language* (pp. 350-377). Cambridge, MA: MIT Press.

Jakobson, R., & Tynianov, Y. (1928/1962). Problems in the study of literature and language. In L. Matejka & K. Pomorska (Eds.), *Readings in Russian poetics: Formalism and structuralist views* (pp. 79-81). Cambridge, MA: MIT Press.

Jameson, F. (1972). *The prison house of language: A critical account of structuralism and Russian formalism*. Princeton, NJ: Princeton University Press.

Jameson, F. (1984). Postmodernism, or, the cultural logic of late capitalism. *New Left Review, 146*, 53-92.

Jameson, F. (1991). *Postmodernism, or, the Cultural Logic of Late Capitalism*. Durham, NC: Duke University Press.

Johnson-Cartee, K. S. (2005). *News narratives and news framing: Constructing political reality*. Lanham, MD: Rowman & Littlefield.

Kindt, T., & Muller, H. (Eds.). (2003). *What is narratology? Questions and answers regarding the status of a theory*. Berlin: Walter de Gruyter.

Katz, E., Blumler, J. G., & Gurevitch, M. (1974). Utilization of mass communication by the individual. In J. G. Blumer & E. Katz (Eds.), *The uses of mass communication: Current perspectives on gratifications research* (pp. 19-32). Beverly Hill, CA: Sage.

Kellner, D. (1989). *Jean Baudrillard: From Marxism to postmodernism and beyond*. Stanford, CA: Stanford University Press.

Kellas, J. K. (2008). Narrative theories: Making sense of interpersonal communication. In L. A. Baxter & D. O. Braithwaite (Eds.), *Engaging theories interpersonal communication: Multiple perspectives* (pp. 241-254). Thousand Oaks, CA: Sage.

Kramer, J., & Call, W. (2007). *Telling true stories: A nonfiction writers' guide from the Neiman Foundation at Harvard*. NY: Plume.

Kriesi, H., Lavenex, S., Esser, F., Mathes, J., Buhlmann, M., & Bochsler, D. (2013). *Democracy in the age of globalization and mediatization*. NY: Palgrave Macmillan.

Kuhn, T. S. (1962). *The structure of scientific revolutions*. Chicago: University of Chicago Press.

Labov, W. (1972). *Language in the inner city: Studies in the black English vernacular*. Philadelphia: University of Pennsylvania Press.

Labov, W., & Waletsky, J. (1967). Narrative analysis: Oral versions of personal experience. In J. Helm (ed.), *Essays on the verbal and visual arts* (pp. 12-44).

Seatle: University of Washington Press.

Labov, W. (1997). Some further steps in narrative analysis. *Journal of Narrative and Life History, 7*, 395-415.

Laclau, E., & Mouffe, C. (1985). *Hegemony and Socialist Strategy: Towards a Radical Democratic Politics.* London, UK: Verso.

Lacey, N. (2000). *Narrative and genre: Key concepts in media studies.* London: MacMillan.

Lanser, S. S. (1981). *The narrative act: Point of view in fiction.* Princeton, NJ: Princeton University Press.

Leith, T. (1986). *What stories are: Narrative theory and interpretation.* University Park, PN: Pennsylvania State University Press.

Lévi-Strauss, C. (1955). The structural study of myth. In Lévi-Strauss (1967), *Structural Anthropology* (pp. 202-228). Garden city: Anchor Books.

Liebes, T. (Ed.) (1994). *Narrativization of the news: A special issue of the journal of Narrative and Life History.* NY: Routledge.

Liebes, T. (1997). Talk shows as the new public sphere. In D. Caspi (Ed.), *Democracy and the Media in Israel (Hebrew)* (PP. 141-152). Hakibbutz Hameuchad and the Van Leer Institute.

Lubbock, P. (1966). *The craft of fiction.* London: Jonathan Cape.

Lundby, K. (Ed.). (2009). *Mediatization: Concept, changes, consequences.* NY: Peter Lang.

Lundby, K. (2014). *Mediatization of communication.* Berlin: De Gruyter Mouton.

Lyotard, J. (1984). *The postmodern condition: A report on knowledge* (G. Bennington & B. Massumi, Trans.). Minneapolis, MN: University of Minnesota Press.

Mayer, F. (2014). *Narrative politics: Stories and collective action.* London: Oxford University Press.

McAdams, D. P. (2006). *The redemptive self: Stories Americans live by.* Oxford: Oxford University Press.

McAdams, D. P. (2011). Narrative identity. In S. J. Schwartz, K. Luyckx, & V. L.

Vignoles (Eds.), *Handbook of identity theory and research* (pp. 99-115). NY: Springer.

McAdams, D. P., & McLean, K. C. (2013). Narrative identity. *Current Directions in Psychological Sciences, 22*, 233-238.

McCloskey, D. N. (1992). *If you're so smart: The narrative of economic expertise.* Chicago: University of Chicago Press.

McManus, J. H. (1994). *Market-driven journalism: Let the citizen beware?* Thousand Oaks, CA: Sage.

McManus, J. H. (1995). A market based model of news production. *Communication Theory, 5*(4), 301-338.

Mead, G. H. (1934). *Mind, self, and society.* Chicago: University of Chicago Press.

Metts, S., & Cupach, W. R. (2008). Face theory: Goffman's dramatistic approach to interpersonal interaction. In L. A. Baxter & D. O. Braithwaite (Eds.), *Engaging theories interpersonal communication: Multiple perspectives* (pp. 203-215). Thousand Oaks, CA: Sage.

Mildorf, J. (2011). Letting stories breathe: A socio-narratology (review). *Biography: An Interdisciplinary Quarterly, 34*(4), 833-837.

Montgomery, M. (2007). *The discourse of broadcast news: A linguisitic approach.* London: Routledge.

Mulvey, L. (1981). After thoughts on "visual pleasure and narrative cinema" inspired by Duel in the Sun. In A. Eastope (Ed.), *Contemporary film theory* (pp. 69-79). London: Longman.

Mumby, D. K. (ed.) (1993). *Narrative and social control: Critical perspectives.* Newbury Park, CA: Sage.

Munslow, A. (2007). *Narrative and history.* NY: Palgrave Macmillan.

Murphy, J. E. (1974). The new journalism: A critical perspective. *Journalism Quarterly, 34*, 1-38.

Murray, M. (2007). Narrative psychology. In J. Smith (Ed.), *Qualitative psychology: A practical guide to research methods* (2nd ed. pp. 111-131). Thousand

Park, CA: Sage.

Nunning, A. (1998). *Unreliable narration*. Trier: Wissenschaftlicher Verlag Trier.

Nunning, A. (1999). Unreliable, compared to what? Toward a cognitive theory of unreliable narration: Prolegomena and hypotheses. In W. Grunzeweig & A. Colbach (Eds.), *Transcending boundaries: Narratology in context* (pp. 53-73). Tubingen: Narr.

Nunning, A. (2005). Reconceptualizing unreliable narration: Synthesizing cognitive and rhetoric approaches. In J. Phelan & P. J. Rabinowitz (Eds.), *A companion to narrative theory* (pp. 89-107). Oxford, UK: Blackwell Publishing.

Olson, G. (2003). Reconsidering unreliability: Fallible and untrustworthy narrators. *Narrative, 11*(1), 93-109.

Parsons, T. (1978). *Action theory and the human condition*. NY: Free Press.

Parkinson, R. B. (1991). *Voices from ancient Egypt: An anthology of middle kingdom writings*. London, UK: British Museum Press.

Patterson, W. (Ed.) (2002). *Strategic narrative: New perspectives on the power of stories*. Oxford: Lexington.

Phelan, J. (2005). *Living to tell about it*. Ithaca, NY: Cornell University Press.

Phelan, J. (2007). Estranging unreliability, bonding unreliability, and the ethics of Lolita. *Narrative, 15*(2), 222-238.

Phelan, J., & Martin, P. (1999). The lessons of "Weymouth": Homodiegesis, unreliability, ethics, and the Remains of the Day. In D. Herman (Ed.), *Narratologies: New perspectives on narrative analysis* (pp. 88-109). Columbus, OH: Ohio State University Press.

Phelan, J., & Rabinowitz, P. J. (Eds.). (2008). *A companion to narrative theory*. Columbus, OH: Ohio State University Press.

Pier, J., & Landa, J. A. (Eds.) (2008). *Theorizing narrativity*. Berlin, GR: de Gruyter.

Polanyi, M. (1998). *Personal knowledge: Toward a post critical philosophy.* London: Routledge.

參考書目

Polkinghore, D. E. (1988). *Narrative knowing and the human sciences*. Albany, NY: State University of New York.

Polkinghorne, D. E. (1995). Narrative configuration in qualitative analysis. *International Journal of Qualitative Studies in Education, 8*(1), 5-23.

Polkinghorne, D. E. (1996). Explorations of narrative identity. *Psychological Inquiry, 7*(4), 363-367.

Polkinghorne, D. E. (2004). Narrative therapy and postmodernism. In L. E. Angus & J. McLeod (Eds.), *The handbook of narrative and psychology: Practice, theory, and research* (pp. 53-67). Thousand Park, CA: Sage.

Polkinghorne, D. E. (2007). Validity issues in narrative research. *Qualitative Inquiry, 13*(4), 471-486.

Propp, V. (1928/1968). *Morphology of the folktale* (L. Scott, Trans.). Austin, TX: University of Texas Press.

Prince, G. (1973). *A grammar of stories: An introduction*. The Hague: Mouton.

Prince, G. (1982). *Narratology: The form and functioning of narrative*. Berlin: Mouton.

Prince, G. (1987). *A dictionary of narratology*. Lincoln, NB: University of Nebraska Press.

Price, G. (1994). Narratology. In M. Groden & M. Kreiswirth (Eds.), *The John Hopkins Guide to literary theory and criticism* (pp. 524-527). Baltimore: The John Hopkins University Prsss.

Prince, G. (1999). Revisiting narrativity. In W. Grunzweig & A. Solbach (Eds.), *Transcending boundaries: Narratology in context* (pp. 43-51). Tubingen, GR: Gunter Narr.

Prince, G. (2003). Surveying narratology. In T. Kindt (Ed.), *What is narratology?: Questions and answers regarding the status of a theory* (pp. 1-12). Berlin: Walter de Gruyter & Co. KG Publishers.

Prince, G. (2004). Revisiting narrativity. In M. Bal (Ed.), *Narrative theory: Critical concepts in literary and cultural studies* (pp. 11-19). London, UK: Routledge.

Ricoeur, P. (1984). *Time and narrative, Volume 1* (K. McLaughlin & D. Pellauer, Trans.). Chicago: University of Chicago Press.

Ricoeur, P. (1987). *Time and narrative III*. Chicago: University of Chicago Press.

Ricoeur, P. (1992). *Oneself as another* (K. Blamey, Trans.). Chicago: University of Chicago Press.

Richardson, L. (1990). Narrative and sociology. *Journal of Contemporary Ethnography, 19*, 116-135.

Richardson, J. (2007). *Analyzing newspapers: An approach from critical discourse analysis*. NY: Palgrave.

Riessman, C. K. (2008). *Narrative methods for the human sciences*. Thousand Park, CA: Sage.

Rimmon-Kenan, S. (1983/2002). *Narrative fiction: Contemporary poetics*. London: Routlege.

Rushkoff, D. (2010). *Program or be programmed: Ten commands for a digital age*. NY: Soft Skull Press.

Ryan, M. L. (Ed.) (2004). *Narrative across media: The languages of storytelling*. Lincoln, NA: University of Nebraska Press.

Ryan, M. (2005). Tellability. In D. Herman , M. Jahn & M. Ryan (Eds.), *The Routledge encyclopedia of narrative theory* (pp. 589-591). London: Routledge.

Ryan, M. (2006a). Semantics, pragmatics, and narrativity: A response to David Rudrum. *Narrative, 14*, 188-196.

Ryan, M. (2006b). *Avatars of story*. Minneapolis, MN: University of Minnesota Press.

Saussure, F. de (1960). *Course in general linguistics*. London: Peter Owen.

Sarbin, T. R. (Ed.). (1986). *Narrative psychology: The storied nature of human conduct*. NY: Praeger.

Scannell, P. (Ed.). (1991). *Broadcast talk*. London: Sage.

Scholes, R. (1982). *Semiotics and interpretation*. New Haven, CT: Yale University Press.

參考書目

Schmid, W. (2003). Narrativity and eventfulness. In T. Kindt (Ed.), *What is narratology?: Questions and answers regarding the status of a theory* (pp. 17-33). Berlin: Walter de Gruyter & Co. KG Publishers.

Sims, N. (Ed.) (1984). *The literary journalist*. NY: Ballantine Books.

Sims, N. & Kramer, M. (Eds.) (1995). *Literary journalism*. NY: Ballantine Books.

Sims, N. (2008). *True stories: A century of literary journalism*. Chicago: Northwestern University Press.

Smith, B., & Sparkes, A. C. (2012). Narrative analysis in sports and physical culture. In K. Young and M. Atkinson (Eds.), *Qualitative research on sport and physical culture (Research in the sociology of sport, Volume 6)* (pp. 79-99). London, UK: Emerald Group Publishing Ltd.

Stromback, J. (2008). Four phases of mediatization: An analysis of the mediatization of politics. *International Journal of Press/Politics, 13*(3), 228-246.

Stromback, J. (2011). Mediatization and perception of the media's political influence. *Journalism Studies, 12*(4), 423-439.

Todorov, T. (1969). *Grammaire du Decameron*. Mouton: The Hague.

Todorov, T. (1981). *Introduction to poetics*. Minneapolis, MN: University of Minnesota Press.

van Dijk, T. A. (1977). *Text and context: Explorations in the semantics and pragmatics of discourse*. New York: Longman.

van Dijk, T. A. (1988). *News as discourse*. Hillsdale, NY: Erlbaum.

van Dijk, T. A. (1991). *Racism and the press*. London, UK: Routledge.

van Peer, W., & Chatman, S.B. (Eds.). (2001). *New perspectives on narrative perspective*. Albany, NY: State University of New York Press.

Voloshinov, V. N. (1986). *Marxism and the philosophy of language* (L. Matejka & I. R. Titunik, Trans.). Cambridge, MA: Harvard University Press.

Weber, M. (1922/1978). *Economy and society: An outline of interpretive sociology*. Los Angels, CA: Unviersity of California Press.

Wells, K. (2011). *Narrative inquiry*. NY: Oxford University Press.

Wenner, L. A. (2013). The mediasport interpellation: Gender, fanship, and consumer culture. *Sociology of Sport Journal, 30*(1), 83-103.

White, D. M. (1950). The "gate-keeper": A case study in the selection of news. *Journalism Quarterly, 27*(4), 383-390.

White, H. (1973). *Metahistory: The historical imagination in nineteenth-century Europe.* Baltimore, MD: The Johns Hopkins University Press.

White, H. (1981). The value of narrativity in the representation of reality. In W. J. T. Witchell (Ed.), *On narrative* (pp. 1-24). Chicago: University of Chicago Press.

White, H. (1987). *The content of the form: Narrative discourse and historical representation.* Baltimore, MD: The Johns Hopkins University Press.

White, H. (2010). Contextualism and historical understanding. *Taiwan Journal of East Asian Studies, 7*(1), 1-19.

White, H. (2013). History as fulfillment. In Robert Doran (Ed.), *Philosophy of history after Hayden White* (pp. 35-45). London: Bloomsbury.

Wiessman, C. (2007). *Narrative methods for the human sciences.* Thousand Park, CA: Sage.

Yacobi, T. (2005). Authorial rhetoric, narratorial (un)reliability, divergent readings: Tolstoy's "Kreutzer Sonota". In J. Phelan and P. J. Rabinowitz (Eds.), *A companion to narrative theory* (pp. 108-123). London: Blackwell Publishing.

Zerweck, B. (2001). Historicizing unreliable narration: Unreliability and cultural discourse in narrative fiction. *Style, 35*(1), 151-178.

Zunshine, L. (2006). *Why we read fiction: Theory of mind and the novel.* Columbus, OH: Ohio State University Press.

我們的粉絲專頁終於成立囉！

2015年5月，我們新成立了【五南圖書　教育/傳播網】粉絲專頁，期待您按讚加入，成為我們的一分子。

在粉絲專頁這裡，我們提供新書出書資訊，以及出版消息。您可閱讀、可訂購、可留言。有什麼意見，均可留言讓我們知道。提升效率、提升服務，與讀者多些互動，相信是我們出版業努力的方向。當然我們也會提供不定時的小驚喜或書籍折扣給您。

期待更好，有您的加入，我們會更加努力。

五南圖書出版股份有限公司
WU-NAN BOOK COMPANY LTD.

【五南圖書　教育/傳播網】臉書粉絲專頁

五南文化事業機構其他相關粉絲專頁，依您所需要的需求也可以加入呦！

五南圖書 法律/政治/公共行政

五南財經異想世界

五南圖書中等教育處編輯室

五南圖書 史哲/藝術/社會類

台灣書房

富野由悠季《影像的原則》台灣版　10月上市！！

魔法青春旅程－4到9年級學生性教育的第一本書

五南文化廣場
橫跨各領域的專業性、學術性書籍
在這裡必能滿足您的絕佳選擇！

五南全國展售門市

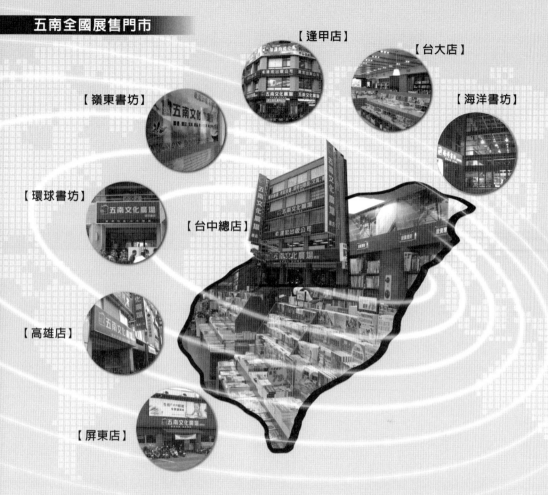

【逢甲店】
【台大店】
【嶺東書坊】
【海洋書坊】
【環球書坊】
【台中總店】
【高雄店】
【屏東店】

海洋書坊：202 基 隆 市 北 寧 路 2號 TEL：02-24636590 FAX：02-24636591
台 大 店：100 台北市羅斯福路四段160號 TEL：02-23683380 FAX：02-23683381
逢 甲 店：407 台中市河南路二段240號 TEL：04-27055800 FAX：04-27055801
台中總店：400 台 中 市 中 山 路 6號 TEL：04-22260330 FAX：04-22258234
嶺東書坊：408 台中市南屯區嶺東路1號 TEL：04-23853672 FAX：04-23853719
環球書坊：640 雲林縣斗六市嘉東里鎮南路1221號 TEL：05-5348939 FAX：05-5348940
高 雄 店：800 高 雄 市 中 山 一 路 290號 TEL：07-2351960 FAX：07-2351963
屏 東 店：900 屏 東 市 中 山 路 46-2號 TEL：08-7324020 FAX：08-7327357
中信圖書團購部：400 台 中 市 中 山 路 6號 TEL：04-22260339 FAX：04-22258234
政府出版品總經銷：400 台 中 市 軍 福 七 路 600號 TEL：04-24378010 FAX：04-24377010
網 路 書 店 http://www.wunanbooks.com.tw

專業法商理工圖書·各類圖書·考試用書·雜誌·文具·禮品·大陸簡體書
政府出版品總經銷·中信圖書館採購編目·教科書代辦業務

國家圖書館出版品預行編目資料

敘事新聞與數位敘事 ／ 林東泰著. ——初
版. ——臺北市：五南, 2015.11
　　面；　　公分
ISBN 978-957-11-8395-4（平裝）

1.採訪　2.新聞寫作　3.數位傳播

895　　　　　　　　　　104022980

1ZF6

敘事新聞與數位敘事

作　　者 — 林東泰（126.4）

發 行 人 — 楊榮川

總 編 輯 — 王翠華

主　　編 — 陳念祖

責任編輯 — 李敏華

封面設計 — 陳卿瑋

出 版 者 — 五南圖書出版股份有限公司

地　　址：106台北市大安區和平東路二段339號4樓

電　　話：(02)2705-5066　　傳　　真：(02)2706-6100

網　　址：http://www.wunan.com.tw

電子郵件：wunan@wunan.com.tw

劃撥帳號：01068953

戶　　名：五南圖書出版股份有限公司

法律顧問　林勝安律師事務所　林勝安律師

出版日期　2015年11月初版一刷

定　　價　新臺幣520元